Best Time

白 马 时 光

北倾 ——

著

想把你和时间藏起来

上

百花洲文艺出版社
BAIHUAZHOU LITERATURE AND ART PRESS

图书在版编目（CIP）数据

想把你和时间藏起来 / 北倾著 . — 南昌：百花洲
文艺出版社，2020.11
　ISBN 978-7-5500-3844-8

　Ⅰ.①想… Ⅱ.①北… Ⅲ.①长篇小说－中国－当代
Ⅳ.① I247.5

中国版本图书馆 CIP 数据核字（2020）第 192135 号

想把你和时间藏起来

XIANG BA NI HE SHIJIAN CANG QILAI

北倾　著

出 版 人	章华荣
出 品 人	李国靖
特约监制	王　瑜
责任编辑	刘　云　黄文尹
特约策划	王　婷
特约编辑	李　肖
封面设计	80 后·小贾
版式设计	赵梦菲
封面绘图	pinattsu 林菻
赠品绘图	梦桀桀
出版发行	百花洲文艺出版社
社　　址	南昌市红谷滩世贸路 898 号博能中心Ⅰ期 A 座 20 楼
邮　　编	330038
经　　销	全国新华书店
印　　刷	三河市兴博印务有限公司
开　　本	880mm×1230mm　1/32
印　　张	21.5
字　　数	580 千字
版　　次	2020 年 11 月第 1 版第 1 次印刷
书　　号	ISBN 978-7-5500-3844-8
定　　价	69.80 元（全二册）

赣版权登字：05-2020-164
发行电话　0791-86895108　　　　　　网　址 http://www.bhzwy.com
图书若有印装错误，影响阅读，可向承印厂联系调换。

目 录
Contents

目 录
Contents

Hide
You and
Time

山 火 遇 风

悸 动

第一章

七分野火，遇风

十二月，北京。

冬寒侵肌，天高雾冷。

沈千盏的航班落地时，已是傍晚。

天色还未彻底变暗，衔着抹将淡未淡的昏昧余光。深暮色的城市却已华灯初上，像披了一件暮金色的缕衣，流光溢彩。

繁华城市的夜景总能带点让人沉迷的虚幻和飞蛾扑火的向往，北京是这样，上海是这样，南辰也是这样。但此刻，沈千盏压根儿无心欣赏这曾令她神往不已的风景，她几乎是踏着碾碎这薄雾冥冥的步伐下的飞机。

她这趟出差，连轴转了欧洲和大洋洲的几大主城，考察适合剧组取景的摄制场地以及计算摄制所需的资金成本。

听上去是有点复杂，但这段工作内容翻译过来就是——拿着公款吃喝玩乐享受人生，顺便做份公费旅游的开销预算。

挺美好的。但前提是，没有发生向浅浅剧组耍大牌被公开"处刑"的公关危机事件。

沈千盏就职于千灯影业，公司成立得不算久，这几年在业内虽有一定的存在感，但比起知名的老牌影视公司来仍旧不值一提。

向浅浅是千灯影业从投资制作跨界迈入造星经纪的里程碑，她的分量不只是公司一姐，更是千灯影业造星工程运营成功的活招牌。其价值，堪比千灯影业的摇钱树。

按理说，沈千盏作为制片人，公司签的艺人有经纪人负责，即使出了事也不归她管。她只管逍遥自在，只需拉投资，组建摄制组，定导演，定演员，以及处理好拍摄经费超出预算了该如何跟老板解释就行。

可向浅浅不同。千灯影业刚创立艺人经纪运营项目时，是沈千盏一手挖掘培养了向浅浅，甚至全程参与了当年经纪运营项目的全部策划。她亲自下场做营销、谈项目、撕代言，在向浅浅交接给如今的经纪人之前，是沈千盏不遗余力毫无保留地一手捧红了她。

自己奶大的孩子犯了错，可不得亲自教训？

沈千盏的商务行程，向来有公司配车。几乎是她抵达机场出口的同时，一辆七座的黑色商务车掐时掐点地停在了她的面前。

副驾上下来个年轻男人，二十岁出头，瘦高白净，眼眸狭长，鼻梁高耸笔挺，脸部轮廓分明。无论是看脸还是看身材，都完全不输圈内的三线流量小生。苏暂出门前应该打扮过一番，皮肤奶白剔透，大背头梳得一丝不苟，连根碎发都坚硬得如同钢刺一般风吹不动。

沈千盏瞥了一眼后，没忍住，又瞥了眼："你这是往头上糊了多少发胶？"

苏暂脸上的笑容一僵，转身往车窗上照了照："有这么夸张？"

他一转身，背在身后的那束向日葵毫无遮掩地暴露在了沈千盏的眼前，她挑眉，冷笑："替向浅浅请罪来了？"

苏暂是向浅浅的经纪人，早在这个身份之前，他是千灯影业的太子爷。因整日招猫逗狗不务正业，被苏澜漪扔给了沈千盏调教。

沈千盏对赚钱之外的事都毫无兴趣，更何况是调教一个不服输、不听劝，认为这个世界除了他以外全是臭弟弟的小屁孩。

苏晳来了以后，先后给她当过生活助理和陪酒小弟，足足磨了两年的性子。也不知道那狗脾气是真的被她挫平了，还是小狼狗终于学会了暂时收爪，沈千盏眼看着他的业务能力熟练后，拍拍手，直接撒手两不管地把向浅浅扔给了他带。结果这还没半年，她不过一时失察，苦心经营了数年的摇钱树就这么被蛀虫给蛀烂了。

苏晳本就心虚，她把话一说明，这花递和不递都挺尴尬。

沈千盏跟完全没察觉他现在的处境一样，微抬了抬下巴，示意："冷，上车说。"

车内开足了暖气。苏晳为平息她的怒意，好好准备了一番。除了献花，车上还提前准备了下午茶茶点和一壶装在保温杯里的红枣燕窝。那孝敬程度就差再捎个洗脚桶，亲自帮她泡脚了。

可惜沈千盏并不买账。

向浅浅出事后，虽说苏晳反应快速，第一时间出了舆情处理方案与她商讨，但到底负面影响巨大。要不是这次危机公关处理得高效积极，向浅浅的口碑还不算坏得太彻底，眼下就不只是小翼蛰伏数月，静待时机复出的局面了。

沈千盏人不在国内，许多事鞭长莫及，她隔靴搔了几天痒，早攒了一肚子气："她是翅膀硬了，觉得自己能飞了？"

苏晳给她当了两年的生活助理，早摸清了她的脾气。一旦沈千盏说话带刺，绝不能顺着她的话继续往下说。不然哪怕你头再铁，这女人都能把你脑瓜子撸秃了。

他微笑，十分和蔼地关怀道："盏姐这趟出差挺辛苦吧，看你都没买什么东西，出去一个箱子，回来也就只多了两个箱子。"

沈千盏瞥他一眼，没说话。

苏晳继续道："香奶奶家最新出的饼包，听说欧洲也断货了，盏姐你买着了没？"

"还有古驰那款联名的小蜜蜂……"

沈千盏最无法抵抗别人跟她聊买包，她脸色不善，硬邦邦地挤出三个字："买到了。"

苏暂一笑，正要溜须拍马吹吹彩虹屁，沈千盏的脸一板，捏住他的下巴抬起，一字一句警告道："别成天想着游戏人生，得过且过。向浅浅才红多久，你就纵着她耍大牌甩脸子，口碑这种事，倒了就扶不起来了。你见过谁家贞节牌坊倒了还能再洗干净的？"

话落，她松手，往后倚入椅背，深叹了口气："向浅浅的成名之路没法复制两次，你要是真的带不动，趁早换人。"

沈千盏向来说一不二，苏暂知道她是认真了，表情一肃，也不敢再吊儿郎当："我知道了，我以后会注意的。"

"光你注意没用。"沈千盏微闭上眼，语气散漫又慵懒，"你得让向浅浅知道自己到底几斤几两，别粉丝一吹捧，就飘出了银河系。这个圈子不缺踏实做事的人，想红的人求都求不来的机遇，她要是再作妖，别说别人不给她机会，千灯也会直接放弃她。"

这话说得太重，饶是苏暂一时也不知道该怎么接话。他一沉默，车厢内的气氛瞬间冷了下来，只余导航的机械女声不断提醒前方高架道路车多拥堵。

沈千盏的原定行程是先和苏暂碰个面，再去赴个饭局。眼下聊得差不多了，她忽然有些意兴阑珊，不明白自己火急火燎地回国是出于什么心态。向浅浅她是不想见了，听人道歉有什么意思？她不是那种需要别人伏低做小来抬高自己社会地位彰显个人价值的人，有这时间，不如去见一面小鲜肉，还能饱饱眼福。

这么一想，她心下微动，睁眼问苏暂："晚上那个饭局，约的几点？"

沈千盏最近在筹备明年开机的献礼剧——一部数十家影视公司抢破头

都没能抢着的指标任务剧。

她今晚要赴的，正是出品方攒的局。双方除了要聊聊项目筹备的进度，更重要的是替沈千盏引荐新加入的投资方。事关项目进度和前景，沈千盏自然无法推辞。

"七点。"苏晳抬腕看了眼时间，"我们现在过去，就算路上堵车也能准时到。"

沈千盏慢吞吞唔了声，又问："你觉得，要不要叫上小一、小二、小三……"

苏晳一听就知道她在打什么鬼主意，一边腹诽三十岁的女人如狼似虎，一边毫不留情地打碎她的幻想："我觉得很不妥，也劝你别动花花心思。今晚一起吃饭的出品方、投资方、平台负责人，都是跟你不一样的正经人。我可是提前打听过了，这次的资方代表最讨厌乌烟瘴气的饭局环境了。所以，今晚除了必要的团队成员，别说闲杂人等了，连只苍蝇都不让进。"

沈千盏闻言，顿觉惋惜："太可惜了，这资方代表怕是不知道什么叫秀色可餐啊。"

苏晳："……"他此刻真的挺想去点赞那些说沈千盏是靠拉皮条才拿到这部献礼剧的朋友圈，太真实了。

沈千盏还沉浸在今晚的饭局没有小一、小二和小三一同进餐的失落里，压根儿没察觉苏晳内心正活动着危险的想法，仍继续试探道："叫上周延总行吧，我们千灯旗下的艺人，勉强能算团队成员？"

苏晳表情古怪地沉默了数秒。他挺想劝劝沈千盏，某些时候别表现得那么急色，话到了嘴边又怕被削，酝酿了好一会儿，才说："盏姐，你说你一个连感情经历都没有的人，怎么总喜欢弄流连草丛、千帆阅尽的风流人设呢？"

沈千盏不服："谁说我没感情经历？我在西安……"

苏晳默默在心里翻了个白眼，行吧，就她那个西安艳遇睡完就走的故事，已经吹了几个月都不带更新的，他听都听腻了，也不知道沈千盏是怎么做到每回提起都宛如初恋的。

他清了清嗓子，不着痕迹地打断她："盏姐，你可能不知道，"苏晳舔了舔上唇，求生欲暂时离家出走，"你每次提到这件事和这个男人，都特别像渣女。"

"……会遭现世报的那种。"

沈千盏会不会遭现世报是不知道，但苏晳口无遮拦的报应眼下就来了。要不是沈千盏还有一丝理智尚存，没忘记苏晳今晚要替她喝酒，估计得揍得他高位截瘫半身不遂满地找牙。再不济，也得是生活不能自理的下场。

渣女？你就是这么想也不能给老娘说出来！

不过显然，暴力输出是发泄情绪的最佳方式之一。沈千盏国内国外攒的几千公里的气，在暴揍完苏晳后，得到了十分良性的释放和纾解。

她神清气爽，连今晚小鲜肉无法陪伴的遗憾也不计较了，抬腕看了眼时间，调低椅背，吩咐道："快到酒店了提前十分钟叫我，我起来补妆。"

北京的下班高峰期从下午四点半开始，如一簇沾了油星的火苗，自二环、三环的主要干道开始蔓延，一路席卷高架、闸口和支道，将四环内的所有主干道堵得水泄不通，一路飘红。

商务车挤在返潮的车流中，磨磨蹭蹭地挪了将近五公里，终于鱼入大海，畅通起来。

沈千盏没等苏晳叫她，自己醒了过来。

她在工作上向来自律，这种自律不只在精神方面，还严苛到了她的个人着装和整体形象。

起码，在沈千盏的狗窝之外，苏晳就没见过她出门在外有过任何不合时宜、不合规矩的行为。她永远精致、得体、光鲜亮丽。沈千盏管这叫职业操守，品质追求。

要不是苏暂见过她光鲜亮丽的背后还不如天桥艺人一个铺盖的生活水准，可能真要被她忽悠得深信不疑。

他轻车熟路地给沈千盏递去一盒高光和粉刷，看她从额头、眉尾、鼻梁、两颊、下巴一路扫下，最后拉低衣领，往锁骨上扫了几笔泛着珠光的高光蜜粉。

向浅浅走红毯都没她这么精致……

沈千盏旁若无人地补完口红，对镜轻抿了抿唇角，左右四顾。确认自己的颜值扛得住每个死亡角度后，她把镜面一压，笑得风情万种："走吧，盏姐带你去颠倒众生。"

季春洱湾酒店。

沈千盏是这家酒店的常客，小到吃饭攒局、宴请贵宾下榻，大到千灯影业每年的年会和交流峰会，全在季春洱湾举办。酒店上下，从大堂经理到客房服务，没一个不认识沈千盏的。

要不是苏暂跟了她两年，知道沈千盏就是单纯喜欢季春洱湾的刷脸赊账服务，就她对这家酒店的钟情程度，他都要怀疑他盏姐是不是在中间大吃回扣，赚取差价了。

一如既往。从沈千盏下车起，门童、安保、大堂经理纷纷上前问候："沈小姐，你很久没来了。最近很忙吧？"

沈千盏笑得如沐春风，一一寒暄。进包间前，还不忘回头跟苏暂感慨："你看，好的酒店就是这样，让顾客有宾至如归的感觉。"

苏暂皮笑肉不笑地敷衍了个笑容，腹诽：你要不是个财神爷，你看还能不能宾至如归。

沈千盏到包间后，留意了眼时间——六点二十。

时间尚早。包间内除了她和苏暂，就是负责服务这个包间的酒店服务员。她招手要了份菜单提前布菜，又花了点心思换了包间内点缀用的鲜花。

等精心调好室温和湿度，闲得打算再换块顺眼的地毯时，这包间总算来人了。

先来的这位，是视悦视频的副总艾艺。

艾艺四十来岁，保养得宜，气质出众。她脸形偏方，眼尾微吊，光看眼睛，长相略显刻薄。好在鼻峰挺直，唇形秀气，生生拔高了五官的高级感，再搭上一头利落短发，一身大牌职业装，女霸总的气势显露无遗。

视悦作为国内视频行业内的翘楚，与千灯一直保持着良好的合作互动。沈千盏和艾艺的组合更是业内收视率保障的黄金搭档。一个负责电视剧的创作生产，一个负责作品上线后的渠道输出和流量曝光。只要两人合体，无论上线作品是青春梦想剧，还是激情抗战片，一旦开始招商，投资者一个比一个积极。

两个女人一坐下，自然满满都是话题。苏暂刚开始还听沈千盏在一本正经地聊着项目进展，宏图展望，一晃神的工夫，她已经和艾艺从时装周最新款的高定聊到了限量款的包包，又从限量款的包包聊到了艾艺备孕的注意事项。

等两人的话题跟脱缰的野马一般奔向分娩去哪家医院、月嫂哪家更好、孩子的幼儿园去哪儿上时，出品方终于踩着准七点的时间线，来了。

献礼剧的出品方是具有唯一授权，且拥有总局颁发的甲等电视剧制作资质，专门制作发行主旋律影视剧的柏宣影视。

今晚出席饭局的正是柏宣影视的二把手蒋业呈。

苏暂下意识地先看向了沈千盏。

通常，沈千盏面对出品方的笑容灿烂程度是与项目收益的火爆程度挂钩的。她的笑容越灿烂，说明项目质量越高，公司的投资收益也就越大。

单看沈千盏现在的殷勤态度，显然，今年筹备明年开机的这部献礼剧，在她心目中是稳如老狗一般的存在。毕竟与数十家影视公司厮杀啃下的大饼，到谁那儿都得是香饽饽。

全员落座，客套寒暄后，沈千盏看向蒋业呈身侧的空位，似不经意般问了一句："这个时间刚好撞上下班高峰期，路况不好，蒋总的朋友是还在路上吧？"

蒋业呈年逾五十，从业也近三十年，怎会听不出沈千盏的言下之意是问他：今晚说好要引荐的投资方是迟到了还是放鸽子了？

他含笑解释道："小季还堵在机场高速上，不用管他，我们先吃。"

迟到啊。能理解能理解。只要资方不放鸽子，她还能继续叫"爸爸"。

缺了个人，沈千盏之前准备的开场白也就没派上用场。

好在蒋业呈和艾艺也不算完全陌生，几人光聊影视行业明年的流行趋势和总局的新指标就聊了半个多小时。

柏宣影视因在圈内的特殊地位，一向被奉为座上宾。起初沈千盏还担心蒋业呈作为大佬，气场会过于迫人。不料，他为人亲和，不仅没端一点架子，反而非常善于倾听圈内小辈对行业发展的看法和建议。

要不是中途蒋业呈带来的助理接了个电话起身离席，沈千盏险些忘了今晚还有一位重要人物没登场。她侧目望向助理离开的方向，抬腿用脚尖踢了踢还没反应过来的苏暂。趁蒋业呈和艾艺在低声说话，压着声提醒道："去。跟蒋总的助理一块儿出去接人。"

话落，她微笑颔首，不露半点痕迹地重新加入两人的话题中。

苏暂恍然，低调离席。

没过多久，沈千盏掌下压着的手机嗡声振动，有新消息提醒。她垂眸，上滑解锁。微信列表内，苏暂的消息一跃蹿上了榜首："盏姐，你绝对猜不到投资方是谁！"

没等她回复，嗡的一声，又一条微信消息。

"给你个关键性提示。"

"就我最近很崇拜的！"

看到这儿，沈千盏微微挑眉。

苏暂这狗腿子，只要遇上比他更有钱的富二代，他就能五体跪拜，谁知道他现在说的是名册上的哪一位？

——"前阵子，对你三顾茅庐还能坚持不屑一顾的那位泰斗大佬。"

沈千盏蹙眉，努力回忆了片刻。

像她这样的，大多是上辈子抢过银行守过牢房干过拆迁的，这辈子才会风水欠佳，做了制片。早年她刚入行时，流年不利，运势不佳，实力不济，四处求人那是常有的事。即使是如今，有爆款剧傍身，遇上个恃才傲物的导演或自视甚高的艺人，也照样要黀出脸去谈合作。是以，苏暂这寥寥数字的描述，压根儿没能成功唤醒她向来月抛的记忆。

——"他曾孙说你跟盘丝洞蜘蛛精一样缠人，还让他叔快点回来收了你！"

——"季庆振季老爷子啊！"

——"小爷这嘴就是藏不住话。"

沈千盏先是一愣，等反应过来后，脸上那副"大家好才是真的好"的表情险些崩裂。她咬牙，心中暗记了一笔苏暂口无遮拦的小笔记，面上若无其事地举杯与众人遥遥相敬。

季庆振，国内顶级的钟表修复师。

这位国宝级的钟表修复师早年无偿修复了一件海外归来的木梵钟，因木梵钟归国的意义重大，柏宣影视专门策划出品了三集《木梵钟修复实录》。也是因为这个纪录片给她提供的灵感，沈千盏才拿下了柏宣影视以工匠传承为主题精神的献礼片。

为此，她出国前特意抽空跑了趟西安，就为了请季老爷子出山当献礼剧的特聘顾问。

人是见到了，收到的答复却是："我老头子忙碌了一辈子，已经退休养老了。"

沈千盏心存遗憾，并未彻底放弃，陆续又去了两趟。

第二次去时留下了项目策划案，原以为季老多少会有所动摇，不料第三次沈千盏做最后争取时，回回能遇到的季老曾孙口吐芬芳，说她跟盘丝洞的蜘蛛精一样缠人，还让她以后别再来了，省得他太爷晚节不保。

虽说是童言无忌，但季老爷子的态度显而易见——不感兴趣。

蒋业呈日理万机，非项目之事根本请不动他，今晚主动攒局出面引资已令沈千盏惊讶不已，座上宾怎么可能会是对项目一事毫无兴趣的季老爷子？

沈千盏百思不得其解，难得回了一条："季老？老爷子不是退休养老了？"

季庆振虽是钟表修复师，但背靠世界级奢侈品牌——不终岁。为旗下钟表品牌打造过"岁暮"系列的腕表及十分具有收藏价值的三大藏钟。

季老爷子对项目没兴趣，不代表不终岁没兴趣啊！苏暂没想沈千盏这种时候竟转不过弯来，对她在自己如此激动的时刻所表现出的不同频的愚钝非常不满，愤愤然撂下一句："愚蠢！太愚蠢！"

沈千盏一哂，那笑意刚漫上眼角，包间大门往里侧一开，苏暂这条狗腿子的声音极其富有穿透力："……我们制片刚还说您不懂什么叫秀色可餐呢。"

沈千盏的眉心狠狠一跳，循声望去。

年轻男人眼中的清冽笑意还未彻底收起，似笑非笑间，第一时间捕捉到了她的目光。那是她曾熟悉的，欲潮退去后总显得过分冷静的眼神。

一如既往，遇风则啸，遇火则焚。

沈千盏的笑容在瞬间，凉在了唇边。

满脑子都是——

真遭现世报了。

和沈千盏恍若被雷劈了的反应不同，蒋业呈和艾艺几乎是同一时间停止交流，转头看向门口。

巨大的垂帘水晶灯下，年轻男人西装笔挺，修长挺拔。他鼻梁上架了副窄边的金丝框眼镜，框棱在鼻梁两侧落下半寸暗影，眉峰凌厉，眉骨线条却意外柔和。镜框之下的双眼轮廓深邃，眼尾微垂时，锋芒尽敛。

明明是极具压迫感和侵略性的英气长相，他来时，先卸了三分锐利清冷，剩余的几分疏离淡漠，模糊了他过于清俊的五官，竟衬出几分雅痞禁欲之感。

艾艺有些意外。在她想来，蒋业呈如此重视的资方代表，虽不至于是沉浮名利场、千帆阅尽的老狐狸，也不会是眼前这位看着像是忘年交的年轻男人。

但想归想，实话是打死不能说出口的。她搁下酒杯，笑意盈盈地率先打破包间内近乎诡异的静默："我瞧来的这位贵宾有些眼生，应该是头一回见。蒋总，今晚可得劳您主持大局，为我和千盏引见引见了。"

话落，她似不经意般，视线停留在沈千盏脸上数秒。随即，勾起唇角露出个非常微妙的笑容。瞧沈千盏见着好看男人那没出息的样儿，跟魂都被勾没了似的。要是她没记错，沈千盏喜欢的，就是这款男人。

然而眼下，无论是艾艺意味深长看热闹的眼神，还是苏暂眨眼眨得抽筋了的疯狂暗示，沈千盏都无暇顾及。

她一眼不错，以一种如同扫描般的视线，近乎苛刻地从对方眼角的淡痣开始，和几个月前她在西安遇见的男人做着差异对比。

可惜报应这东西，既然来了，必定是精准打击。沈千盏无比绝望地确认，眼前这个男人，无论是面部特征还是身高体形，都与她记忆中的艳遇完美契合。

睡过一晚的男人和她高攀不起的资方身份重合，这打击太大，沈千盏一时难以消化。以至于蒋业呈起身做介绍时，她的意识还有些恍惚，仿佛周身的所有声音远去，她眼前是用鱼眼镜头播放的放缓了十倍不止的画面，一幕幕剪辑零碎，光影层叠。

一会儿是这男人衣冠楚楚、矜贵冷淡的正经模样，一会儿是这男人被勾动情欲情难自控的不正经模样。

两幕交错之际，沈千盏可耻地……有了欲望。

但眼下这种敌我不明的境况，沈千盏十分唾弃自己这时候还能满脑子的黄色废料。她咬牙切齿，暗骂自己色令智昏，但更多是心中不忿，觉得自己时运不济、太过点背……谁能想到千里之外睡个男人还能遇上东风包邮？

可转念一想，大家都是成年人，睡的时候真情实感，睡完拍屁股走人也是人间现实。都是有头有脸的人物，如今意外重逢，她怕牌坊立不住砸了自己苦心经营多年的招牌，对方估计更怕她缠上门来惹得一身腥。

拜当年向浅浅恋爱门的公关处理经验所赐，沈千盏几乎是立刻分析完了利弊得失以及最佳处理方案。要不是时间有限，她甚至还能写篇洗白的小作文，慷慨激昂、声情并茂地为自己的一夜风流合理辩护。

她深吸一口气，强行压下内心尚未完全平息的惊涛骇浪，没事人一样站起来排在艾艺身后，等着与资方代表握手手。

蒋业呈的介绍演讲也终于趋近尾声，沈千盏堪堪捕捉到一句"不终岁中国区执行董事"。她挑了挑眉，回忆起这狗男人当初说自己专职啃老，家里有间什么都卖的杂货铺时，不禁内心连连冷嘲：他家这杂货铺上到高定轻奢，下到珠宝腕表，可真够杂的。

最先捧场的是艾艺，她掩唇轻笑，目带欣赏，连平常总显得强硬冷厉的嗓音此刻都轻柔得如同和风细雨："季总真是年轻有为。"

苏皙紧随其后，马屁不停："季总真是我辈青年的杰出榜样啊，我一直以为我够努力了，现在看来我的眼界还是太过狭隘。"话落，生怕沈千盏的彩虹屁落于人后，目光灼灼地将下一个发言机会无声地传递过去。

沈千盏："……"

怎么有种无实物表演话筒接力的错觉。

万众瞩目之下，她稍稍抬眼，看向从进包间后就未置一词的季清和。后者正抬手松解西装外套的纽扣，肘部的西装布料因折叠拉伸，露出他腕部一小截缝有暗纹的白色衬衫。

那只修长且骨节分明的手在灰白分割的冷色系衬衫下衬得肤色如玉，从腕骨线条到手指骨节处处透出养尊处优的艺术感。

沈千盏啧了声。

往常这种迎宾热场环节，她向来一枝独秀，让人拍马不及。偏偏今天主宾的身份特殊，她既不想太热情让人误以为自己是现实人间里没有感情的舔狗，也不想为了自己主观情绪上的别扭显得业务能力不及格。

思来想去，最合适的好像还是夸一夸发际线："季总天赋异禀，既聪明又不绝顶。"

话落，满座寂静。

唯有季清和，冷淡又不失礼貌地终于给了她一个正眼。

眼看着就要冷场，出于自己人不得不出手相助的苏暂适时救场："季总一路舟车劳顿，不如都先坐下说话吧。"

站着跟聚众听领导训话似的，领导不累，他心累。

工作之事，脱离了办公环境后总少了那么几分全力以赴的氛围。更遑论，脱离办公环境的同时还摆了一桌山珍海味美食珍馐。沈千盏自认今晚无法投入工作热情，也无法辜负满桌美食，索性让出舞台。没了她的参与，话题很快进展顺利，用餐氛围也渐入佳境。

不过沈千盏也没闲着，出于职业病的原因，她即使在优雅扫荡美食菜肴时也能分出耳朵去分析谈话内容。

这个习惯起初是因为圈内大佬喜欢于酒局饭桌上谈笑风生，推杯交盏之际交换无伤大雅的小八卦开始养成。就跟圈外年轻人喜欢刷微博逸事，八卦营销下饭的道理一样，通常沈千盏夹完一圈菜，大佬已经从某艺人新做的线雕后遗症聊到了某小花与小鲜肉的恋情。

后来，沈千盏步步高升，有了一席之地，也就渐渐升级成了产粮阵营中的主力干将。她不仅要及时为自家艺人洗白澄清，还要抛出些优质鱼饵打听一手消息。

真是制片人不好做，上辈子得罪过银河系。

艾艺和蒋业呈就今年总局的审核标准讨论了半小时后，忽觉今晚的饭局有些索然无味。细想下来，沈千盏从落座后除了配合举杯敬酒，竟安静如鸡，毫无存在感。既不像往常一样八面玲珑地热场子，也不似私人聚会时的轻松随和。

连她都看出来了蒋业呈十分巴结季清和，要不是碍于自己的长辈身份，估计能做得跟苏暂一样，完全放下身段马屁不断。

反而沈千盏这个急需得到资方青睐的制片，老老实实安安稳稳地吃了半小时？

这饭吃得太平顺，可就没味道了。

艾艺收回视线，借着给蒋业呈斟酒，似不经意般提起沈千盏："我突然想起来，千盏出国之前，去过西安好几趟？"

沈千盏瞥她一眼，没否认："是去过几趟。"

"陕博的钟表展难得一遇，既然要做钟表修复题材，无论古今，都该了解了解。"她避重就轻，甚至还趁机刷了一下敬业人设。

艾艺单手托腮，余光扫了眼似漫不经心单手转杯的季清和，接话道："我听苏暂说，你有意请季老爷子当特聘顾问，进展如何？"

好一个利益至上的塑料姐妹情，拆起黄金搭档的CP真是又快又狠，毫不留情。

沈千盏心里一阵后悔刚才一时嘴快白白漏给她学区房的资源，一边狠狠剜了眼嘴上没把门的苏暂，一边迅速扬起职业假笑，笑眯眯地回应："季老爷子是钟表修复界的泰斗，我虽有意请他出山当特聘顾问，那也得看季老爷子自己的意愿。"

艾艺了然地噢了声，转头把话题抛向仿佛始终游离在外的季清和："季总是西安人？"

季清和把玩杯盏的动作一顿，微微颔首："祖籍西安。"

饭桌文化其实充满了艺术感、行为感和仪式感，聪明人知道怎么把握时机又何时把握才能促成合作，达到目的。

所以首先，得善于观察。

打个比方：假如她需要和沈千盏达成合作，那就得摸清她想要什么，是年轻的肉体、无上的体面与权力，还是足够收买虚荣的金钱。

想要获知对方的需要，前提就是挑拣她感兴趣的话题，起码不能和一个浑身上下散发着女性魅力的风流女人聊育儿经、婚姻观以及婆媳相处之道。

且这个过程，并非一蹴而就，须不断探索。

艾艺从季清和出现起就在观察他，不终岁中国区执行董事的身份在她眼里基本上与顶级商务资源和人民币挂钩。不只蒋业呈想和他拉近关系，她更迫切地想要抱上这条大腿。

然而，刚才她与蒋业呈聊圈内投资趋势、影视剧审核标准甚至娱乐八卦时，季清和都无动于衷。只有涉及沈千盏，他才从漠视状态分心一二。

秉承着有利可图就要合理利用的准则，艾艺毫无障碍地把沈千盏拱手送到了季清和面前："千盏很重视这次见面，刚才和我聊起项目筹备，也有意将拍摄地定为西安。不如千盏给季总讲讲？"

沈千盏早在艾艺突然提及她那会儿就有所防备，耐着性子听完她拐弯抹角的意图后，险些在桌下把苏暂掐到心肌梗死、肌肉坏死。

她笑了笑，拿起温毛巾拭了拭唇角："我对西安了解甚少，季总从小在西安长大，我与季总的差距怕是一个露水情，一个怀乡情，哪能相提并论。"话落，沈千盏假意嗔怒，又补充了一句，"我明明是让艾姐在西安和北京当中提个建议，你倒好，直接帮我定了西安。"

季清和原本在看苏暂。

包间内有室温调节器，温度适宜。空气净化器和加湿器的工作效率也恰到好处地保证了室内空气的湿润和畅通。可偏偏只有苏暂，大汗淋漓，满脸涨红。实在太过碍眼。

直到季清和听见沈千盏说了句"露水情"，他的视线终于从沈千盏伸入桌下的手上移开，似笑非笑地重复了一遍："露水情？"

他眉眼深邃，眸光渐沉，光看那张表情寡淡的脸实在分辨不出喜怒。唯沈千盏像是接收到了某种危险讯号，眼神落在他含着哂笑的唇痕中，整片后颈都麻了。

完了。要翻车。

沈千盏本意是想表述自己对西安了解未深，虽有感情，但相比祖籍在西安的季清和而言，她不过是这座城市的匆匆过客，能奉献的只是朝露般向阳而生的欣赏。

通常情况下，沈千盏遣词造句的水平在一众"喝一个，感情全在酒里""我先干为敬，酒有多烈我的诚意就有多真"中，几乎是语文组巅峰大师级别的存在。

想要语境优美，她能来一串不带重字的比喻，从春夏秋冬夸到海枯石烂；想要内涵深厚语境高深，她能立刻将中华上下五千年经典古诗词的典藏版倒背如流；就算想要日常极简的轻奢语境，她也能从香奈儿夸到路易威登。知识储备量与文化欣赏水准能满足各行各业、各年龄阶层不同的需要，堪称中华文库收割机。

相比"游客情""过客情"，"露水情"的精准运用简直浑然天成，字字夸在了刀刃上。

可问题也出在这刀刃上……

　　她太得意忘形，以至于完全忽略了和她有过露水情的本尊就在饭桌的另一侧。

　　好在沈千盏的临场应变能力和心理承受能力都坚如磐石，稳如泰山。短暂的情绪管理失控后，她无比自然地往耳后钩了一缕头发，端起酒杯遥遥敬向季清和："相比季总，我对西安的了解的确太过浅薄。哪怕我全力以赴，也不过是十三朝古都历史中，最不起眼的那滴朝露。"

　　季清和看她片刻，忽然笑了。他抬手扯住领结松了松，身子往后靠坐，换了个较显随意的坐姿："我们今天不谈西安十三朝的历史。"

　　"就谈沈制片的露水情。"

　　沈千盏："……"

　　敢情她刚才那一波强行挽尊他是一个字都没听进去，非要计较？

　　狗男人是真的小气。

　　"说起来，西安我真的考察过。最初的策划案里，主人公是二十世纪八十年代出生，正赶上时代高速发展，陷入新旧时代交替的人设。可惜西安没有特别合适的摄制场景，也没有经济适用的摄影棚区，自己搭景很容易超出经费预算。"沈千盏假装不经意地转换了话题，语带可惜，"现在项目主创团队已经倾向于在北京取景，正在修改人物的成长背景。"

　　可惜，招是好招，季清和却并不买账："沈制片说没合适的摄制场景？"

　　他没拿酒杯，目光垂落在一侧只倒了清水的玻璃杯上，指尖在桌面上叩了叩，似在思考要不要将就着喝口已经凉掉的水。

　　沈千盏额角微跳，隐隐觉出几分头疼。

　　明知季清和在当众给她挖坑，偏一时也想不出完美的解决方式，只能硬着头皮嗯了声，等他后话。

　　季清和终是端起玻璃杯喝了口清水，不徐不疾地问她："清河三巷也不合适，嗯？"

"半开放的古园林区，环境私密，历史可查。西安最具盛名的网红景点，艳遇圣地。"他语速很慢，像是怕沈千盏听不清楚，咬字格外清晰，"沈制片，不会没去过吧？"

沈千盏脸上的笑容瞬间消失。

与清河三巷有关的记忆瞬间跃然纸上。有那么一刻，她特别想回到那张床上，一脚把这个狗男人踹下床去感受下什么叫六月"春"风似剪刀。

本就是逢场作戏来表演职业假笑看谁最敬业，她高兴时笑容还有几分真心，不高兴了连假装都懒得，直接拉下脸来。

"去过。"她搁下酒杯，嗓音冷清，"看季总对我们的项目挺感兴趣的，要不等散局了，您给我留个工作邮箱或联系方式，我把策划案发您一份？"

她撂脸子撂得明显，满屋微笑倾听两人"相谈甚欢"的都有些猝不及防。

苏暂更是蒙，他那十面玲珑、八面盘场的盏姐哪儿去了？这个恨不得往季总身上扎刀子的女人是谁啊啊啊啊啊！投资想不想要了？项目想不想开了？奖金想不想拿了？

他干笑着，悄悄扯了扯沈千盏，咬牙低问："盏姐，你要不要去上个卫生间冷静下？"

沈千盏觉得自己挺冷静的。

从季清和出现起，她就暗暗打过算盘，这次合作多半是要夭折。她从业多年，除了"奶"自家艺人置换合作资源外，从未在任何项目里牵扯上过私人感情。她只期望季清和清高自傲不屑与她相认，今晚散局后，桥归桥路归路，就当再没遇到过。

一夜情能有几分真心？她要不是贪图美色，鬼迷心窍，也不至于栽这么大一个跟头。

这个圈子，想要维护清名太不容易。她沈千盏兢兢业业数年才树立起的口碑，一点也不想因为和投资方的花边新闻毁于一旦。所以最好的办法——不合作，不越雷池，不重蹈覆辙。

一晚相安无事。

眼看着饭局接近尾声，沈千盏借口去卫生间，顺便结账。回来时，不出意外地看到艾艺守在洗手台前，边补口红边等她。

艾艺："今晚火气这么大？"

沈千盏旋开水龙头，潦草地冲了冲手背，没接话。

艾艺从镜子里瞥了她一眼，旋回口红，放回随身的小包里："你不至于看不出来蒋业呈有意和季总达成合作吧？"

"拉投资不是我的事吗，蒋总操心什么？"沈千盏转身抽了纸巾擦干手，不以为意地把额前的碎发一缕缕整理妥帖。

艾艺轻笑一声，摇了摇头："千盏，柏宣是和千灯签的合同。作为甲方，他有权让千灯换个制片。"

"而且我听说，你当时为了拿下这部献礼剧，接受了柏宣的霸王条款。"她倚墙而立，笑容不咸不淡，明明不食人间烟火却偏偏操起了心，"这部剧对平台的重要性我就不多说了，我先给你提个醒，万一你得罪人被换了，我可没法为了你做违约的决定。"

沈千盏把最后一缕碎发整理服帖，看着镜中光鲜亮丽美貌逼人的自己，心情终于好了不少。苏皙一直以为她喜欢季春洱湾是因为酒店的刷脸赊账服务，其实这只是其中一个原因，还有个原因她不好直接宣之于口——瞧这镜子，跟自带美颜滤镜似的，多讨人喜欢。

她颔首收起下巴，压低视线，眼看着这个角度下巴掌大的小脸又小了一圈，终于满意："还行吧。"

沈千盏这一句轻飘飘的，完全没有着落点。艾艺一时没能分辨出她这句"还行"是在说自己，还是在回应她。

"用不着你违约，"沈千盏皮笑肉不笑，连马虎眼都没打，直接道，"利益场上没真情，我俩这塑料情只能共赢，经不起考验。"

她转身欲走，门开了一半，想起什么，回过身又补充了一句："换制片这事你放心，我不让位，看谁敢换。"

话是这么说，等回了包间，沈千盏还是端正了下态度，拿出对待甲方该有的热情陪到散局。

今晚氛围不佳，直接导致没人多喝。散场时，气氛也颇显冷清理智。

虽然客观条件不够发挥，但沈千盏仍旧抓住时机，不遗余力地展现自己作为贴心小棉袄的优良品德。她让苏暂先替蒋业呈叫司机去酒店门口等着，以防蒋总喝了酒吹风受凉。

这番体贴令蒋业呈难看了一晚的脸色缓和不少，顺势发表了一下和不终岁合作的热切，叮嘱她线下再多多与季清和联系。

沈千盏满口应了，转头又去安排艾艺。艾艺的公司就在附近，来时自己开的车，沈千盏替她叫了代驾。

等安排完所有人，她像是终于想起自己忽略了季清和，脸上带着歉意，语气却没几分诚意地问道："季总在北京有下榻的酒店吗？"

季清和从始至终旁观着沈千盏的故意怠慢，闻言，与她对视一眼，回答："我前不久刚在北京定居。"话落，指尖在桌面上轻轻叩了一下。

他的手指修长有力，线条锐利明晰，对于资深手控而言，完美得像是件毫无瑕疵的艺术品，天生适合供人观赏。

沈千盏看了一眼，又一眼，那种被扼住后颈的窒息感又来了。仿佛他并不是在叩击桌面排解无聊，而是别有意图地在记着她的账。沈千盏力图保持镇静："不然我帮您叫个司机？"

季清和抬眼，表情显得不是那么满意。

沈千盏又问："那我让苏暂送您？"

季清和依旧不接话，脸上倒是明明白白地表示：苏暂哪位？

沈千盏挺想装作自己不明白的，奈何智商不允许。她犹豫着，那句"如果您不着急，稍后我送您"卡在嘴边，怎么都说不出口。

季清和并未打算让沈千盏在合作方面前下不来台，他维持着风度，意味深长地道："不急，我醒个酒。"

刚挪了屁股打算走人的蒋业呈和艾艺对视了一眼，从彼此眼中看到了同样的疑问：他今晚有喝酒？

不过喝没喝酒不重要。季清和说要醒酒，那他就是醉了。强者定律无论何时何地，一样适用。

沈千盏的行程仓促，除了行李箱上有几个轮子，手边无一可乘的代步工具。她寻思着季清和这个级别的执行董事怎么也不会是靠11路公交堵在机场高速上的，索性支开苏暂去取车，她独自杀回包间。

饭局散后，包间内人走茶凉，冷冷清清。

季清和独坐在单人沙发上，闭眼小憩。顶灯的弧光恍若实质，洋洋洒洒，落了他满身。

沈千盏进来时的动静不小，不知是懒得搭理她，还是有意给她下马威，直到她坐下，季清和才睁开眼，与她对视。

没了闲杂人等，季清和的神情不似饭局上所表现得那么散漫淡漠。他摘下眼镜，微闭上眼，轻捏了捏眉骨。

那双触碰过禁忌之地的手，再次不可避免地吸引了沈千盏全部的注意力。要不怎么说女人是最擅长联想的动物。沈千盏光看着他的手，就忍不住在脑子里画出一套十八禁绘本。

为了掩饰尴尬，她轻咳了一声，尽量使自己表现得稳重又世故："我去叫壶茶，我们边喝边聊？"

季清和揉着眉骨的手一顿，再睁开眼时，眼底清明冷冽。

他抬腕看了眼腕表，语速缓慢，语气冷淡又刻板："你让我等了三十分钟。"

怀柔政策对季清和显然无用。不过她本来就没打算和解。

"既然时间宝贵，那就直奔主题吧。"沈千盏摸出烟盒，点了根烟。

她烟瘾不大，只有逢场作戏时才抽两根助助兴。一口烟含在嘴里，才在舌尖打了个转就被她徐徐吐出："季总出现在这儿，不是偶然吧？"

季清和轻晒，目光在她左手边的烟灰缸上点了点，不容拒绝地命令道："灭了。"

沈千盏眯了眯眼，一步没让。别说把烟灭了，她甚至故意当着他的面，弹了弹烟灰。

她这种跟叛逆期小女孩似的低级反抗根本没引起季清和任何不适，他俯身，连烟带打火机一并扫入身侧的纸篓："这么不听话，那就最后一根。"

沈千盏一僵，紧接着是不敢置信："你有病？"

季清和看着她，慢条斯理道："合理建议。"可那眼神，分明有了几分压迫之意。

这个男人远没有他表面看起来的温和斯文，沈千盏深刻知道这一点。

她抿唇不语，试图用沉默表示抗议。那根烟夹在指间，烟丝细细的一缕，轻悄悄地往上飘着，但到底是没再抽了。

正僵持间，沈千盏的手机铃声响起。

她从口袋里摸出来看了眼，见是苏晢，随手挂断扔在了面前的桌子上："季总要是没什么吩咐，我就先回去了，公司的司机还等着把我送回去了好下班。"

季清和不置可否："我以为我们之间最等不及的应该是你。"

瞧瞧这说的什么虎狼之词。沈千盏险些被气笑："六月，我休假去西安看钟表展，不算往返路程，一共停留了三天。和你在清河三巷过的是最后一晚，天亮后我回酒店退房，回了北京。西安离北京这么远，我没想到有一天还会再见到你。"

这段话的言下之意是，如果他不出现在北京，出现在她面前，一切早已快乐结束。

这点，季清和赞同。

凡事开了头，接下来就顺畅不少。

沈千盏思忖数秒，开始反问："千灯在风险承担方面一直守旧谨慎，选的投资方大多是圈内传媒业。我向来不喜欢和外行人谈生意，不终岁的合作意向是谁牵的头？"

这个问题季清和目前有些难回答。他捏了捏眉心，示意："换一个问题。"

沈千盏笑了一声，抛出个更犀利的问题："我和不终岁八竿子打不着，以前也没听说过不终岁有投资影视业的说法。季总从西安追到这儿，是睡完要嫖资的意思？"话落，包间内寂静得如同时间都静止了一般，连呼吸声都轻不可闻。

季清和抬眼。

他鼻梁上有被镜框压出的浅痕，流转的灯光之下，那痕迹像一片暗影将他的鼻梁衬得越发挺直。

沈千盏看见他很浅地笑了一下，那漫不经心，似没把一切放在心里的睥睨和漠视，铺天盖地汹涌而来。这一瞬间，她就像盲枪哑炮，枪管里塞了棉絮，再发不出一点声音。

"沈千盏，你脑子呢？"他目光平静，跟看个花瓶似的，上下打量了她一圈，"真要算嫖资，你怕是今晚就要原地破产了。"

时间像是忽然有了刻度和重量，这句话里的每一个字都像枷锁一样，重重地敲击在沈千盏的灰色地带。

女人不服输的叛逆心上来，她险些脱口而出"我也不便宜"，好在理智尚未完全丧失，被他冷冰冰的一瞥彻底清醒。

直到此刻，季清和终于意识到，沈千盏与他的思考方式不同，思考维度更是不在一个频道上。

嫖资？他轻哂，笑容要多嘲讽有多嘲讽。

"我做了一件荒唐的事，良心不安，想要承担责任。"他起身，似不愿再和她多说一个字，"目前看来，反而给你造成困扰了。"

彻底离开前，季清和声音压得极低，恍若贴在她耳边："我对沈制片用情颇深，嫖资不必了，希望沈制片日后没有需要上门的时候。"

沈千盏呆若木鸡。她转头，眼睁睁看着狗男人信步离开，扬手摔过去个抱枕。

老娘真是瞎了眼了。

苏暂在酒店的地下停车场等了将近二十分钟，才等到沈千盏出现。

见她独自一人下来，没忍住往她身后探了探："盏姐，季总没跟你一起下来？"

沈千盏瞥他一眼，没搭理，暗里掏出小笔记又记了苏暂"哪壶不开提哪壶"一笔。她此时已累极，无心和苏暂周旋，上车后就闭目休息，禁言态度十分鲜明。

苏暂见她脸色不好，也没敢招她不痛快。一路把她送到小区，正要搬行李送佛送到西，沈千盏摆摆手，示意东西放下就好："我坐电梯上去就行，你也早点回去。"

苏暂习惯了沈千盏的说一不二，没再坚持："那你早点休息，明天早会给你延迟到下午，你休息够了再上班。"

沈千盏点点头，转身把行李箱搬进电梯时，想起什么，又叫住苏暂："你给艾艺透了多少底了？"

苏暂早猜到沈千盏要秋后算账，一晚上提心吊胆，食之无味。

他其实挺无辜的。艾艺这人心眼多，还善于伪装，旁敲侧击打听消息时，自然得像是老友间的真切关怀。

沈千盏出国出差那段时间，艾艺来过公司，谈向浅浅新剧的独家授权。

视悦和千灯合作多年，艾艺和沈千盏的关系也是尽人皆知。只要是沈千盏制片出品的电视剧，向来和视悦优先合作。平台独家授权这事苏暂听沈千盏提过，知道艾艺只是刚提了一个合作概念并未深入，也就没多作主张。

本来，艾艺这趟亲自过来就是心血来潮，意不在此。沈千盏不在公司，也就苏暂这种职位分量适合招待。

女人嘛，天生具有社交优势。艾艺感怀伤秋，说想浪费时间偷点闲，央他作陪。苏暂想着维系 VIP 贵宾客户也是工作内容之一，也就脑子一热客户至上，和艾艺去了公司楼下的咖啡厅喝咖啡吃蛋糕。

艾艺那社交水平，说话艺术，圈内出了名的。他一个只会花钱的富二代哪招架得住，还不是分分钟被人拆到本垒，溃不成军。而且他原先也没想透露沈千盏去西安的事，是艾艺不知道从哪儿听来的消息，借口询问项目进度，实则颇有心机地跟他打听，他盏姐专程去西安是不是踩献礼剧的拍摄场地了。

献礼剧是块大蛋糕，整个影视行业上到公司决策者，下到艺人经纪，全盯着。沈千盏拿到制片不容易，项目所有筹备都是秘密进行，生怕树大招风，错上一步都会满盘皆输。

苏暂想着大家合作了这么久，便有一说一。更何况沈千盏是为了更好地呈现优质电视剧作品，还原钟表修复师这个职业的专业水平，这多值得圈内一众急功近利就想捞钱的制片人和出品方学习。只是谁能料到沈千盏会在季老爷子那儿碰壁啊……不过眼下事情还有转机，也不算坏事。

苏暂一琢磨，觉得这事宜早不宜迟，得早点汇报："盏姐，我刚送蒋总回去的时候，蒋总跟我八卦你和季总之间的关系来着。"

"他问我，你们是不是早就认识……"

沈千盏正要推箱子的手一顿，她隐约觉得苏暂那一脸机灵样是有什么重要的消息，等着听她大力表扬。

她掀了掀眼皮，不甚感兴趣地问："你怎么回的？"

"不认识啊。"苏暂瞥了眼电梯间的摄像头，神秘兮兮地凑过去，压低声音道，"他还以为你和季总在西安的时候就认识了。"

沈千盏眼皮一抖，心虚得没吱声。

苏皙心眼粗得跟太平洋一样，压根儿没察觉沈千盏的异样，尤自得意道："然后他就说漏嘴了。"

"声音挺小的，要不是我耳聪目明，一般人可真听不到。"他舔了舔唇，拇指和食指指腹搓了搓，疯狂暗示要好处。

沈千盏瞥了他一眼，一巴掌扇向他后脑勺，结结实实赏了一记响："千灯是不是你家开的？我给你家赚钱，你好意思问我要红包？有屁快放。"

苏皙典型的欠揍型人格，被削一顿反而老实，他揉着后脑勺，小声嘟囔："蒋总以为你是在季老爷子家见到季总那时候认识的。"

沈千盏眯眼。

等等？为什么她要在季老家见到季清和？

苏皙见她还没明白，深叹了一口气，解释："我本来就觉得季老爷子和季总一个姓氏太过于巧合，盏姐，你的人生已经枯燥到不会思考了吗？"

沈千盏脸都绿了。她满脑子回想的都是季清和离开前那句"我对沈制片用情颇深，嫖资不必了，希望沈制片日后没有需要求上门的时候"。

这狗男人！算计好了是不是！

第二章

荒唐念头

沈千盏被人摆了一道，气急攻心，一晚上没睡好。

第二天一早，她从还未收拾的行李箱里找出一套没拆封的彩妆，在镜前化了整整一小时的妆。

什么遮瑕、提亮、高光，一步没省，化了个完美无瑕的空气裸妆。

到公司时还没过饭点，沈千盏在楼下的咖啡厅买了杯美式，刷卡进楼。

千灯影业是家非常人性化的公司，员工出差大多都有假期补助。只是这项福利对沈千盏而言，就如一纸空谈，除了她人人有份。

沈千盏踏出电梯的那一刻，助理乔昕已拿着日程表在门口等候。她今天除了有个会议，下午三点还约了编剧试稿。

沈千盏听完最近两天的工作安排，微微颔首，转头扫向办公间："苏暂呢？"

乔昕一怔，想起苏暂刚才听到前台示警慌忙逃窜的场景，眼观鼻鼻观心，选择出卖："他听到你来了，躲楼上去了。"

沈千盏顺着助理悄悄往上指的小手势瞥了眼天花板，面无表情道："他要是不想天花板被我拆了，就赶紧给我滚下来。"

乔昕应了声是，目送着沈千盏进了办公室，摸出手机给苏暂发微信："小苏总，您又怎么得罪盏姐了？"

苏暂的消息回得很快："她更年期，易躁易怒，关我屁事？"

乔昕抱着手机咬手指，无奈哀叹：神仙打架，凡人遭殃。

她想了想，委婉传达指令："盏姐急着见你，要不你带上周延赶紧去一趟？"

苏暂："……"

他觉得光周延一个，可能……不够。

闹归闹，沈千盏的指令苏暂压根儿不敢违抗。他磨蹭了半小时，抱着一沓刚打印的百度百科，宛如上坟般心情沉重地迈入沈千盏的办公室。

后者正在吃沙拉，吃得不情不愿，满目嫌弃。苏暂胸腔内的那颗小心脏往下坠了坠，又沉重了几分。他磨蹭上前，拉开椅子坐下。

沈千盏看他供祭品似的把文件交上来，挑了挑眉，打趣："怎么，我办公室这么烫脚，让你一刻都不想待。"

苏暂笑也不是不笑也不是，最后扯出个比哭还尴尬的笑容来："我昨晚回去找了一宿，别说有人认识季总了，身边都没人知道不终岁还有他们的中国区执行董事。"他委屈巴巴，"盏姐，我们不是遇上什么灵异事件了吧？"

沈千盏瞥了眼她手边厚厚的那沓文件："既然查无此人，你是怎么整理出这么厚的一沓资料？"

"我把不终岁的品牌历史，相关产品，背后故事都给你打印了一份。"苏暂献宝似的翻到他折过一角的第五十七张资料上，"你看这儿，这是季老爷子的专访。"

沈千盏扔下叉子，抽了张纸巾优雅地拭了拭唇角，低头去看。

季老爷子的专访屈指可数，苏暂整理的这一篇是"岁暮"系列钟表发布当天刊登在某时尚杂志上的。

说是专访，但这一段文字在满篇钟表图文里只占了可怜兮兮的一小格。讲的是"岁暮"系列钟表的设计灵感和理念，以及记者提问季老对世人惋惜他制表、修复技能后继无人的看法。

季庆振回答得很含糊，既没提到季清和，也没正面回答，只表达了希望所有传统工匠手艺都能继续传承下去，不终岁旗下的"岁暮"系列也将保持他的个人风格，并不断发扬传统工艺的精致与睿智。

沈千盏来回扫了数遍，抬眼："就这样？"

苏晢啊了声："就这样啊。"

沈千盏的声音瞬间扬高几度："没了？"

苏晢："……没了。"

沈千盏头痛地捏了捏眉心："我让你找和季清和有关的信息，不是让你给我看中华民族的良好美德。"她摊手，退而求其次道，"联系方式呢，总查到了吧？"

苏晢扭扭捏捏，半天才放出一个屁来："不终岁官方的工作联系邮箱算吗……"

沈千盏抬手指了指门口："滚。"

苏晢靠不住，沈千盏只能挽起袖子自己来。

季清和的个人信息被保护得非常好，无论是不终岁的官方网站还是百科的介绍结果都是查无此人。

唯一一条与季清和相关的搜索，是一部言情小说。沈千盏扫了一眼，面无表情地合上电脑。

想要季清和的联系方式，其实很简单，找蒋业呈，但免不了会被盘问。艾艺说得没错，蒋业呈想和季清和合作的心迫切又热忱。他不会去体谅沈千盏是出于什么原因不愿意和不终岁合作，只会不断施压来达到目的。

眼下没到山穷水尽的地步，她觉得……她还能再挣扎挣扎。

开完会，同步了千灯最近的项目进度后，沈千盏马不停蹄地面见了试稿的编剧。

编剧林翘，二十六岁，北京土著。二环有套四合院，吃喝不愁，日子滋润。

几年前，沈千盏刚跳槽到千灯影业，做的第一个项目就是林翘原创的剧本。后来千灯发展起来，有合作基础的林翘几乎成了千灯御用的编剧，但凡是沈千盏制片的项目，十有八九都能看见林翘的署名。

献礼剧这块蛋糕太大太难啃，沈千盏原先没考虑林翘，想约个经验丰富的老编剧组个编剧班子。但架不住林翘自荐争取，沈千盏琢磨着编剧班子也不能全启用没合作过的编剧，就给了个试稿的机会。

小姑娘门儿清自己做不了主编剧，临走前，对沈千盏说了这么一番话："盏姐，我这段时间都有空，你要是开剧本策划会可以叫上我，我指不定能给你们提点新鲜的意见。我正好也跟大编剧学习学习。你要是不放心，我把保密协议签了，保准把嘴缝得严严实实。"

沈千盏正在看她的剧本大纲，闻言，头也没抬："你朋友圈不是说计划着近期去日本吗？"

"嘻。"林翘实话实说，"去日本哪有这个机会重要。"

"对了。"她想起什么，又重新坐下来，"你上次不是问我取材都上哪取的吗？我给你安利个APP，很冷门小众，但对我们这种特别需要别人生活经历和工作经验的码字工作者特别管用。"

她重新坐下来，献宝似的给她推了个APP——行家。

"就这个，任何职业、任何领域都可以约行家一对一面谈。"

沈千盏有些稀奇地看了一眼，面露怀疑。

林翘见她不信，翻出自己的约聊订单："你看，上个剧本写的《律政女魔头》吧，我找的就是这位军师。还有上上次，心理咨询师、金融上市企业HR、某东和某宝的大数据产品高级市场经理……"

"苏暂也注册过账号，我还截屏保存了。"她切换至相册，把图片翻给她看。

沈千盏这一瞥，差点没呕血。

苏皙——影业经纪人，资深富二代。擅长话题：网红的打造与管理、如何挥霍家产、富二代的日常生活、如何成为一位专业花钱的富二代。

林翘难得找到一个可以吐槽的人，眨眨眼睛，示意她看底下的约聊数据："六百元一次的约聊，还真有二十多个人约聊过。"

沈千盏笑了笑，笑得礼貌又不失尴尬："苏皙脑子不好，你以后离他远点。"

林翘走后，沈千盏注册了个游客账号。

"行家"里各类职业纷呈，就算是钟表修复师这么冷门的职业也有零星三个。

沈千盏筛选了下地区，坐标在北京的只有一位时间堂的创办人，认证为北京钟表收藏协会副主任。她谨慎地参考了下评价，犹豫再三，预约了一对一的通话约聊。

想着对方的回馈不会太快，她暂且搁下这事，准备下班。

不料，沈千盏刚开着她那辆二手的小宝马上高架，行家的电话就打了过来。

她支付费用，连上车载蓝牙，开始接听。

对方的声音听上去跟她差不多年纪，明朗又清越，先是自我介绍，再询问沈千盏需要咨询钟表哪方面的问题。

沈千盏说："钟表修复。"

对方迟疑了一下，问："你是有钟表坏了需要了解修复的内容，还是希望我给你提供钟表修复方面的建议或注意事项？"

沈千盏大脑空白了一瞬。

她的目的很简单，想找个贯通此领域的专家可以为项目提供专业的帮助和指导。对方细化了问她的具体问题，她反而一时想不到有什么要问的。

就在她迟疑的这会儿工夫，对方肉疼地催促："三十分钟四百块呢，你浪费的不只是时间还有金钱啊……"

沈千盏平日里挥霍惯了，半点没心疼，她堵在下班高峰期的车流里，不紧不慢地道："那跟我聊聊钟表大多会出现的问题吧。"

对方笃定她是来浪费时间金钱的，叹了口气，答："那原因有很多，进水的、电池没电的或者钟表走动无力、摆轮片即停的。这种机械的东西，最大的问题无非是时间不走了，每次故障还需要拆表检查零件才能确定如何修复。"

他嘟囔着，说："我不是修复方面的行家，你要是问我怎么鉴赏钟表，哪种手表有收藏价值，可能这三十分钟还能值回票价。"

沈千盏没接话。她此刻正在深度反省自己为什么要花那么多时间去做一件明显没有效率的事情，既没有工作回报，也没有灵感启发。的确，浪费时间浪费金钱。

她意兴阑珊，正打着结束语的腹稿准备挂断电话时，对方忽然说了句："你等下。"

堵着车，也走不了，沈千盏无所谓等不等。她听着音响内拖鞋鞋底从地面上拖过的拉杂声，一道木门被推开后，电话被交到了另一个人的手里："我顾客，想聊聊钟表修复方面的事，帮我招待下？"

短暂的寂静里，沈千盏不知是感应到了什么还是出于女人的第六感。她一颗心，跟被人攥在了手心里一般，忽地悬了起来。

直到电话那头，年轻男人的声音带点懒散，不耐，没什么情绪地响起时，沈千盏那颗心才堪堪落下，坠入了另一片深不见底的深渊里。

季清和问："聊什么？"

也不知道在问谁，他明显没什么耐心："不说话挂了。"

真是人生无处不相逢。

沈千盏此刻内心活动无比复杂烦冗，非要打个比喻，就是满地"羊驼"

开"趴体（party 聚会）"的那种心情……

正默认等着对方挂电话，季清和那儿一静，空音了三秒后，问："沈千盏？"

什么？她没说话也能听出来她是沈千盏？

像是知道她此刻在想什么，那端低低笑了声，说："喘息声有点耳熟。"

开往时间堂的路上，沈千盏不止一次懊悔当时怎么就大脑一片空白，连句反驳的话都掏不出来，生生被这狗男人占了口头便宜！她这随缘发挥的水平，还能当制片界的中华小文库吗！

沈千盏咬唇，瞥了眼正在叭叭叭提示前方右转的导航，心中涌上一股挫败的无力感。

二十分钟前，季清和低笑着说完"喘息声有点耳熟"后，很快问了句："你在找钟表修复师？"

沈千盏怀疑他是在粉饰太平，试图掩盖刚才对一位成熟貌美女性的性骚扰行为。但诡异的是，她并未觉得被冒犯，反而耳朵一烫，后颈至耳根泛起一片潮红。

半个脑子感性地想着那晚他含着她耳垂吹气时半魂升天的失重感，另外半个脑子则理性地思考着捅他什么话能令他的男性尊严扫地。

没等她思考出个所以然来，季清和跟先知似的，先发制人："小朋友才疾恶如仇感情用事，成年人只会理智思考怎样对自己最有利。"

小朋友沈千盏顿觉智商被侮辱，气得三魂升天六魄出窍："你才小朋友。"说完发现……妈呀，又进圈套了。

季清和对她的反应并不意外，他换了只手接手机，语气还是懒懒散散的，细听还能发现语调中微微上扬的愉悦："怎么样，我们现在可以继续上次不欢而散的谈话了吗？"

沈千盏有些犹豫。昨晚她杀伐果断无差别攻击的时候可没想着和季清和还有再见之日，现在是骑虎难下，这现成的台阶下还是不下都挺尴尬的。

她对着后视镜摸了摸自己精致的小脸，内心矛盾得跟烧开水一样，咕嘟咕嘟地冒着小气泡。

接着谈吧，还是老问题——她不想把私人感情搅和到工作中来。一夜情这事在娱乐圈是件稀松平常的事，上升不到个人品德的高度上。可她心里门儿清，这睡没睡过的肉体关系，终究是不一样的。

想要得到就必须要有付出。

理智上沈千盏不认为季清和会抓着这个把柄威胁她，但眼下季清和的身份存疑，她对这个男人的情况一无所知。感情上，她习惯走一步看十步，尚未落脚时便将所有不稳定因素都考虑了一遍。

万一，季清和以两人暧昧不清的关系索要资源、财产或任何不道德的行为诉求；又万一，季清和别有目的地接近她，贪图她的美色，想再续前缘……

沈千盏越想越觉得后者的可能性更大。毕竟季清和那晚的眼神，她看得特别清楚，像燎原的野火，三分清醒，七分沉溺。有风则啸，遇火则焚。

有那么一瞬间，她甚至觉得，哪怕让他死在那一刻，他都心甘情愿甘之如饴。

唉。长得好，可太烦恼了。

她思考的时间太过漫长，季清和看了眼通话时间，抛出最后的杀手锏："我这边正好在修复一只手表，过来看看？"

沈千盏立刻："地址给我。"

一路挣扎于鬼迷心窍的自责恼恨及反复不断做心理建设的沈制片，在即将精神分裂的最后一分钟抵达了时间堂。

时间堂的坐标位于北京二环的古建筑保护区内，毗邻故宫后墙的小胡同里。

门面很窄，在一众房屋紧密的住宅区中存在感颇低。要不是沈千盏按着导航摸过来，根本发现不了这里有家钟表店。

她停好车，信步入内。

迎面是扇四面锦屏风，底子是黑白调，绘着一幅鹤归鹊鸣的水墨山水画。顶压得低，悬挂着一盏中式吊灯，灯光柔和，恰好将屋内那套四角回合的桌椅笼在光下。长桌上放置着茶海，青瓷茶具，最中央围拢着透明的鱼缸，有三尾金鱼正悠闲摆尾浮动。

茶器旁有个颇具艺术感的倒流香摆件，应该刚点上不久，檀香的香味很淡，白烟丝丝缕缕从山石顺流而下，将悬崖上的麋鹿笼罩在一片不知晨起还是暮归的轻烟中。

一切雅致得像是个私人会友的小茶室。要不是角落里摆着盆富贵竹、小青松以及某宝随处可见的招财猫摆件……真看不出这是个开门做生意的地方。

沈千盏正琢磨着要不要打个电话刷下存在感，就听见门后一阵风铃轻响。

一个三十来岁的年轻男人风风火火地推门进来，见到站在最中央的沈千盏时，愣了一下，才招呼道："你好，沈千盏沈小姐吧？"他回头看了眼，有些局促地伸出手来，"我是孟忘舟，你在行家里联系的就是我，时间堂的创始人。"

沈千盏矜傲地点点头，捏住孟忘舟的指尖轻轻一握："季清和呢？"

孟忘舟显然已经在刚才的一小时内片面地了解到沈千盏和季清和是旧交，转身替她引路："你跟我来。"

他推开来时那道暗门，侧身让沈千盏先进："门口是待客大厅，一般不熟的客人会在这里招待。"

他颇热情地领她过回廊，迈入四合院："这间是北京钟表收藏协会的根据地。"

沈千盏顺着他手指的方向看去，廊柱下搁了几个木质四角凳，凳角后头挂着一块白底黑字的竖牌匾，行云流水地写着"北京钟表收藏协会"。

她问："工作室？还是非营利组织？"

孟忘舟瞥了她一眼，嘀咕："你这一上来问得够犀利啊，我这是二级机构，有认证的。一年到头还有不少采风、培训的交流活动呢，有组织有纪律有信仰。"

他迈过石槛，指了指隔壁敞开的那间屋子："清和在那儿，你先进去吧，我去给你沏壶茶。你爱喝铁观音还是普洱？"

"普洱吧，多谢。"

孟忘舟挥挥手，转身走了。

沈千盏目送着他离开，壮了壮胆子，提步进屋。

季清和坐在靠窗的工作台前，微低着头，只留了一个背影。

屋内光线不算太好，明暗交错，他所在的地方像是天然的舞台，有从窗沿打进来的光，吸纳了全部的光源。

听见脚步声，他微微侧过头，仅用余光扫了一眼。

刚还大言不惭推理季清和是馋她身子和美貌，想再续前缘的沈制片："……"

她摸了摸鼻子，放轻了脚步靠近。

季清和在修一只腕表。

手表的表带和后表盖刚被拆开，露出表芯交错繁杂的机械盘。他正用拿子夹取柄轴，修长的手指掌控着颇显袖珍的修表工具，轻巧灵活。

沈千盏是门外汉。他桌上那副修表工具，除了螺丝刀别的她一个都没认出来，更不知它们的功能。眼看着季清和专注地拆卸着手表零件，表芯内盘杂繁复的零件被他一个个快速地清理，她识趣地没在这时候打扰他。

孟忘舟中途过来送了趟普洱，见沈千盏站着，边吐槽季清和不知道怜香惜玉，连基础的待客之道都没有，边咧嘴笑着让沈千盏不要介意："清和一修起钟表就跟超然脱俗、了却红尘了一样，从小到大都这样。"

沈千盏挑眉，一下抓到了重点："从小到大？"

"他没跟你说吗？"孟忘舟说，"我和季清和是表兄弟。"

沈千盏："……"他们还没熟到说这个的程度。

季清和适时地轻嗤了一声，打断："我听得见。"

他松手放下螺丝刀，转而握住沈千盏的椅子往他所在的方向一拉，将她连人带椅拉至工作台前。

"这是表带支撑座，很常见。"他将固定表带的支撑座递到她面前，"固定表带，拆解调节表带长度就是用它。每个钟表专柜都有，没什么稀奇的。"

"这是拆底盖刀，开瓢用的。"季清和点了点放在皮革垫上的后表盖，丝毫不觉得这个形容有多么血腥暴力，"抗磁镊子和磨石。夹取零件避免受磁，型号不等，通常需要备个三五支。"

"启针器、压针器、机心油、自动油笔。"他一顿，抬手指了指夹在镜片上的放大镜，"还有目镜，根据需要装卸三到十二倍不同倍率的放大镜，低倍数拆装零件，高倍数用来调整游丝、检查摆轴榫。"话落，季清和的目光从工作台转到她的脸上略停留了几秒，补充，"打个比方，它能放大你脸上的每一个瑕疵。"

沈千盏原本全神贯注听他讲解，冷不丁听到这么一句，额角一跳，冷冰冰地掀了掀唇角露出个讽笑："我不接受任何强加的瑕疵，你要是不会聊天就别说话了。"

"也不是不行。"季清和很轻地笑了一下，意有所指，"嘴除了说话也能做别的事。"

沈千盏顺着他这句话做了某些简短的回忆，可耻地在他一本正经的语气里想歪了。

这下是新仇加旧恨，统统秋后算账："季总，性骚扰可不仅限于肢体触碰，暗示性的语言骚扰也算其中一种。"

季清和的表情向来匮乏，闻言，也只是敷衍地勾勾唇角，反问："那沈制片昨晚对我的人格侮辱算什么？"

不是，等等？

怎么就人格侮辱了？

两人本就挨得近，他的手还搭在椅子扶手上，倾身说话时居高临下，以一种半拥的暧昧姿态，与她对视了一眼："按沈制片对我的厌恶程度，如果未满十八，我们应该法庭见了？"

沈千盏："……"

呵，你可闭嘴吧。

她深刻怀疑季清和剑走偏锋、以退为进是试图直捣黄龙，击溃她的防备心。那她能上当吗？不能啊！

沈千盏抿抿唇，将孟忘舟端来的普洱给他递了一杯："说什么厌恶啊，小朋友才在意喜不喜欢、讨不讨厌，成年人只思考有没有用、有什么用。"

她的笑容灿烂真实，要不是脚尖蹬地滑着椅子往后退了几步，真看不出来她是违心应酬。

她端起茶盘上另一杯普洱，装着欣赏工作间的样子，小步遛弯。好在孟忘舟有眼力见儿，及时撤退，否则她的个人形象保不齐要受到多大的抹黑。

季清和这小人，太阴险。沈千盏边腹诽边溜达，等回过神时，脚步已驻足在占了整整一面墙、与顶同高的玻璃柜前。

柜子用原木框架的长柜做底，三层压边玻璃做托。柜角与玻璃的交界处切割分明，落有镶嵌工艺的镂丝线条。那线条颜色偏淡，细细一缕，勾出个表盘。表盘上时针分针秒针俱全，指向了某天的一个时间刻度。

柜子应该是做展示收藏之用，摆件里层的设计非常精巧。每格的尺寸并不一致，量身定做，细致地摆放着不同类型的钟表。

沈千盏对钟表的研究尚浅，只分辨出几个类似陕博钟表展展出过的藏钟。一个是清代乾隆年间的彩漆嵌铜盘钟，一个是黑漆镏金花木楼更钟，还有一个是英国十八世纪的英国钟。

她难掩心中震惊，转身问季清和："真品？"

后者应是遇到过很多次相似的场景，语气波澜不惊："有些是。"

目镜尚未取下，他轻易地顺着她手指的方向看清了柜中陈列的那座钟表："那个是模型，爷爷修复过的钟表都会打磨出相似的模具，再教我制表。"

"山寨的零件很多不全，质量太差，怕碰坏了就放进柜子里。"他索性拆下目镜，走过来，"不关心哪些是真的？"

她是把"肤浅"两个字刻在脸上了吗？都不知道委婉些。

沈千盏低头抿了口茶，微抬下巴指了指角落那个看着有些年头了的英国钟："这个，真的。"

季清和轻哂："看破损程度判定的？"

"也不是。"沈千盏往茶面吹了一小口气，说，"你忘了我们在陕博的钟表展看到过类似的钟表？清代乾隆年的基本全做了博物馆的藏钟，我是觉得你有钱也搞不起。"话一转，她语气轻了几度，颇有些得志，"我研究过季老的履历，他年轻时是钟表博物馆馆长，后来辞职了也依旧无偿做着钟表修复，这么有匠心的人应该见不得藏钟被不肖子孙祸害。"

季清和对沈千盏拐弯抹角内涵他的小伎俩心知肚明，不屑计较，只压了声，低笑问道："还记得陕博的钟表展？"

他忽然降了调，又摆出那副似笑非笑的神情，一下将一句原本再正常不过的询问渲染得暧昧起来。

沈千盏当然记得。那会儿她刚拿下和柏宣影视合作的献礼剧，本着临时抱佛脚的心态，把原定的休假地点从斐济改成了西安，就为了陕博这场盛大的钟表展。

除陕博钟表馆的藏钟外，参加展览的还有各地知名的国宝级钟表。

她和季清和就是在那儿遇到的。

不瞒您说，满屋珍宝都不及季清和一人耀眼。沈千盏浸淫娱乐圈数年，是千帆阅尽的老油条，什么鲜肉月饼没见过，可愣是当场被季清和惊艳到只想做他的裙下之臣。

他不只长得好看，身上更有一种神秘的气质，像楼兰，像大漠风沙里铅华洗尽的菩提，有从古至今历经漂泊而今终于尘埃落定的厚重感。

不见沧桑，只余阅历。

当然，现在知道他与时间、钟表打交道后，沈千盏也不意外他会有这种气质了。但当时季清和给沈千盏带去的惊艳感，即使此刻回忆起来也依旧是回味无穷，心痒难耐。

不过女人嘛，最擅长无情嘴硬了。沈千盏面无表情道："只记得钟，不记得婊。"

孟忘舟在院子的天井旁抽烟。

老房子的隔音不算太好，季清和跟沈千盏说话的声音断断续续时有响起，除了听不清，这墙脚扒得毫无技术难度。

他抽完一根，拿了饲料去前堂喂鱼。

回来时，故意经过门口往里瞥了眼——季清和在给姑娘展示他那面功勋显著的钟表墙。

他不屑地嗤了声，腹诽：当初他有个藏友想见见世面，话刚起了个头，那男人冷漠无情地用一个滚字就打断了他准备了一天的演讲稿。结果遇到个漂亮姑娘，什么底线都没了，双标狗！

孟忘舟把鱼饲料往窗台角落一丢，拎起洒水壶去浇水。他的富贵竹嗷嗷待哺，说要喝点水水。

于是，浇完水、擦完茶海、打扫完协会根据地后无事可做的孟忘舟看着长桌上的电火锅，眼睛一亮，快乐地提出邀请："沈小姐，时间不早了，今晚留下来一起吃火锅吧？"

正琢磨着以告辞为由顺便索要联系方式的沈千盏瞥了旁边倚墙而立、难以攻略的季清和一眼，盛情难却地答应了下来。

火锅料是孟忘舟提前准备的，他原计划这两天邀请数位钟表藏友来协会根据地聚餐，顺便吹吹牛皮谈谈人生，一醉解千愁。

可世事难料。季清和一声不响地来了北京，瞧那架势，似乎打算长住。他喜静不喜闹，最烦孟忘舟往四合院里带狐朋狗友。当他面，孟忘舟向来不敢造次，遑论突破底线了。

正好今天遇上沈千盏，他麻利地用微波解冻后，摆了满满一长桌的火锅料，热情招呼："沈小姐，别客气啊，多吃点。"

沈千盏摸了摸肚子上的小肉肉，内心深深叹了一口气……她中午那顿沙拉算是白吃了。

三个人都不太熟，即使是火锅这类能迅速升温友情的人间神器也没能发挥出太大的作用。

孟忘舟瞧瞧这个，又瞧瞧那个，憋了一晚的话撕开道口子就往外倒："沈小姐是北京人？"

"北漂。"沈千盏尝了口蟹子包，说，"已经是吃过火锅的交情了，叫我千盏就好。"

孟忘舟扬起眉梢，边涮上牛肉边问："北漂？介意问下在哪儿工作吗？"

"千灯。"沈千盏又吃了块虾滑，忙得没嘴说话，"做制片的。"

这个职业离孟忘舟的生活有些远，他一时惊奇，絮絮叨叨问了不少听上去就不太聪明的问题，最后话题一转，瞥向他那塑料表兄弟："那你在行家找钟表师，是为了给项目找顾问？你跟清和认识，怎么不直接找他？"甚至还大费周章，电话约聊他这样只站在钟表边缘地带搞搞收藏的人。

沈千盏停下筷子思考了几秒，说："我俩聊不到一起。"

孟忘舟见怪不怪，甚至非常能理解。只是当着季清和的面，他是不敢明确附和的，也就点点头，表示了下支持的态度。

安静了几分钟后，沈千盏吃饱了。她小口吹着普洱，打量了眼从吃饭起就一直没再说过话的季清和。

这男人外表看着绅士斯文，透着股由内而外的矜贵之气。也就是吃火锅时，能被那烟雾缭绕的人间烟火拉下神坛。

她想了想，问："你是从季老那儿找到我的？"

沈千盏昨晚睡不着，翻来覆去想了很久。季清和的态度明显知道她迫切需要寻找一位有修复藏钟能力的钟表修复师做项目顾问，要说他没看过项目策划，沈千盏能把头拧下来给这狗男人当球踢。

"应该。"季清和颔首，回答得较为保守，"记得季麟吧？"

他提醒："说你是盘丝洞蜘蛛精的小孩。"

沈千盏飞快地看了眼脸憋红的孟忘舟，啐了声，敷衍道："我知道，你知我知的东西能说得含蓄点吗？"

季清和挑眉，明摆出一副那得看你表现的表情："他把你的策划案藏起来后，拿给我看了。"

沈千盏一口普洱差点烫到嘴："你是说，季老并没有看到我的策划案？"

季清和问："这个很重要吗？他和孟女士定好了欧洲游的行程，已经出发了。"

沈千盏哽塞。一时不知道内心算何种感受。季清和的意思她明白，无论季老看不看策划案都不会取消欧洲游的行程。但如果是这个原因，她愿意适当挪后时间为季老爷子改期啊。

"孟女士你可能不知道是谁。"季清和慢条斯理地吃下一片牛肉，说，"孟琼枝，不终岁的创始人。"

"两人相隔两地太久，就指望退休后游山玩水，享受生活。即使被你的策划案打动，也只会让我代替。既然结果都是同一个，何必在意过程。"

沈千盏嫌弃："你和季老的影响力能是一个级别吗？瞎贴金。"

季清和淡淡瞥了眼已经管理不住嘲笑表情的孟忘舟，筷子在清汤中搅了搅，说："其实我觉得季麟这小孩说话不够中肯。"

沈千盏隐隐觉得不妙。

果然，锱铢必较的狗男人下一秒就反击了："盘丝洞的蜘蛛精不够贴切，你觉得女儿国国王怎么样？"

沈千盏："？"

这是在内涵她那晚跟没见过男人一样？

孟忘舟听得一知半解。他从升腾的火锅热气中抬起自己天真烂漫又迷茫无知的双眼："你俩是《西游记》剧迷？"

迷个锤子，黑子还差不多。

沈千盏狠狠剜了季清和一眼——狗男人，就知道话里有话地恶心她。

偏偏她的三寸不烂之舌在谁那儿都挺好使的，可碰上季清和跟哑巴了一样，总找不到合适的词回撑。

有那么一刻，沈千盏挺想把手里的普洱茶一股脑泼到季清和的脸上。

但也就那么一刻。因为理智让她下一秒就看到了这个行为衍生出的三大后果——不终岁将她永久封杀、季老爷子和她不共戴天、季清和与她老死不相往来。

沈千盏一想到这三个连锁效应，肠子都纠结出了一个蝴蝶结。手里的普洱茶忽然就变得烫手起来，她赶紧搁下杯子，掩饰般清了清嗓子，换了个话题："那你看完策划案，什么感受？"

季清和看了她一眼，语气平静得有些莫测："要不是我确定老爷子没雇枪手，晚年生活也不想过得万众瞩目，估计会误会这是他找人写的季庆振个人传记。"

这句评价令沈千盏有些难堪。哪怕季清和全程没用一个激烈负面的词汇，语气也是一贯的平稳寡淡，可她就是听出了这句话言下之意的讥讽。

"沈制片和年轻时候的孟女士很相似，是个目标明确且将企图心写在脸上，不达目的誓不罢休的野心家。"季清和搁下筷子，目光极淡地瞥了眼沈千盏，"你查阅老爷子生平资料时，不好奇他对配偶关系为何只字不提吗？"

"他和孟女士离婚后，至今没有复婚。"季清和的语气平和，根本不像是在讲与自己有关的家族秘辛，而像在潦草地概述旁人的一生般，从表情到语气都透着股事不关己的冷淡，"你以老爷子为原型的这份策划案，强加了自己想要的艺术效果，有失客观。"

孟忘舟在捕捉到"孟女士"三个字时，不自觉竖起了耳朵。等听完整段话，搞明白了沈千盏和季清和的甲方乙方关系后，惊得一个丸子没夹住，溅起的汤汁沾了他一身。他边抽纸巾边消化，挺想劝劝沈千盏的……季清和这人独裁专制，满身的心眼，专治密集恐惧症。她和谁合作不好，偏找上季清和。

沈千盏圈着茶杯，思考了好一会儿。

策划案里关于主人公的主线剧情无疑是按着季老爷子为原型发展的，有关感情线的描述虽只言片语潦草带过，但光看为了推动剧情加的那些配角人物，不难推测出主人公在感情方面所遭遇的坎坷。说难听点，编剧一个控制不住没准个人传记就改编成了风月传记。

沈千盏换位思考，是挺难接受的。尤其是她当时并未料到，季老爷子的感情经历居然会和不终岁牵扯上。

那季清和的顾虑和行为全都有了合理的解释。

她顺着时间线，将整个项目从投标、签约、筹备串联成几个清晰的时间块——

今年四月影视峰会，柏宣发布了献礼剧首个概念片，正式招商；

五月，沈千盏代替千灯影业以钟表修复的匠心主题拿下了和柏宣的首次合作；

六月，沈千盏赴西安看陕博钟表展，她遇到了季清和；

十月及十一月，沈千盏再赴西安请季老爷子出山当项目的特聘顾问；

十二月，她意外重逢了代表不终岁有意投资项目的季清和。

抛开两个人私下的那笔糊涂账，季清和的出现合情合理。

按季清和的逻辑，他是因为看到了策划案，对策划案以老爷子为原型这种博噱头的行为不满，出于对老爷子一身清名的保护以及谋求沈千盏尚未得知的双赢目的，带资进组，控制走向。

没毛病。沈千盏想清楚其中的关键后，一针见血道："所以季总对项目很感兴趣，唯一的顾虑是担心我方会为收视率爆点做出不符合实际的艺术加工，从而影响季老爷子的口碑？"

季清和并未对沈千盏表现出的机敏睿智有任何反应，他摩挲着青瓷茶杯的杯耳，深色的瞳孔在灯光下泛出几缕很浅的水纹。

他勾了勾唇角，微哂："我以为沈制片还需要多绕几个弯才能明白我的苦心。"

沈千盏呵了声，险些翻起白眼："季总其实可以明说的，生意场上，只要有共赢的目标，就没解不开的仇。"

季清和微微挑眉，拆起台来半点没因为她是个女人而手下留情："是吗？"

"看沈制片昨晚的态度，我还以为下次见面应该会在丧礼上，不是你躺着就是我躺着。"

沈千盏："……"她觉得，她也可以不用任何情况下都躺着。

孟忘舟眼观鼻鼻观心，含着泪，埋头苦吃。他到底是有什么想不开的要留沈制片一起吃晚饭，现在好了，半只脚都快吃进棺材里了。

饭后，考虑到孟忘舟一直埋头苦吃对身体不好，沈千盏要求季清和借一步说话。

方才话题深入的程度已打消了沈千盏对两人合作的大半抗拒，但还有一小半，趁现在彼此还能和平相处得赶紧商量解决。

"既然季总有合作意愿，千灯也希望双方能够早点达成合作意向，我明天让苏暂过来一趟，把合同拿给您过过目？"沈千盏拿出对甲方才有的温柔体贴，小声试探，"或者您给我法务的联系方式，两家法务部门直接对接？"

"合同？"季清和问，"什么合同？"

两人这会儿正在时间堂的前堂大厅。

灯光疏淡，他的唇角半隐在青瓷杯下，看不清弧度。

但隐约，是笑着的。沈千盏看着他在两人独处时才露出的算计嘴脸，一时头大："季总不如明示？"

"我说过，"季清和微微倾身，隐藏在镜后的双眼微抬，恰到好处地释放出三分压迫，"希望沈制片日后没有需要求上门的那一天。"

沈千盏撕开面子，毫无耐心地回掼："这不就是日前？"

孟忘舟收拾完长桌已经是半小时之后的事了。他站在院子中央，假借消食，打了一套山寨太极。从洗牌、堆长城到摸牌、推和，孟忘舟花了将近十分钟，才从院中央的天井旁一路打至前堂的廊檐下。

安静。太安静了。孟忘舟听了半天的墙脚，终于发现事有诡异。他原地转了一圈，忽地灵感一现，从天井打了桶水，拎着就去前堂给鱼缸换水。

时间堂的前堂一向用来待客，来往的客人特殊，不是钟表收藏的藏友就是买卖二手钟表的水客。是以，前堂的环境在设计之初就是半封闭式的私密茶座格局。

孟忘舟拎着水桶进来时，茶座的主灯未开，只有数盏顶灯目标明确，直落在屏风上。

季清和坐在靠近屏风那侧的太师椅上，正等着水开。

尚未适应昏暗光线的孟忘舟险些一脚踏空，他稳了稳手里拎着的木桶，四下望了眼，明知故问道："沈制片走了啊？"

季清和抬头，没应声。他手边是不知何时摘下的金框细边眼镜，青瓷杯里还有浅浅的一盏棕茶，瞅着像是一个人喝了很久的闷茶。

孟忘舟没忘记自己是来给鱼缸换水的，从茶座底下找出细丝网，动作熟练地将缸里的金鱼一锅端后，搁在茶海边。

"不说是故友吗？"他斜睨着季清和，麻利地换水清洗鱼缸，"瞧着也就一面之缘的交情。"

水壶里的水终于开了，泛腾起数声煮沸的咕噜声。

季清和垂眸看向渔网里摆尾挣扎的金鱼，对孟忘舟说的话恍若未闻。

见他不搭理，孟忘舟索性换个话题："你俩是准备一起合作给老爷子出个电视剧？"

这问题他憋了一晚上，痒得都快抓心挠肝了："你最近让我把隔壁的四合院给你收拾出来，应该是打算在北京长住了。如果不是沈制片和你合作这事，我想不出你有什么理由突然回北京。"

孟忘舟把徒劳挣扎的金鱼放回鱼缸，自言自语道："那你不情愿故意摆谱，是对沈制片欲擒故纵呗？"

自认找到正确答案的男人喷喷了两声，吐槽："沈制片是被你气跑的吧，季清和我跟你说啊，追女孩不能这么追，容易变成火葬场。"

季清和的目光透过青瓷杯盏与孟忘舟在半空中对视了一眼，他寡淡的表情难得出现了一丝堪称诧异的波澜："我表现得很明显？"

孟忘舟一怔，随即反口："也不是。"

"我是跟你相处时间长，知道你现在的行为违背本性，事出反常必有妖。"他颤颤巍巍地端起茶盏抿了口水，问，"不过你不是常年醉心修复钟表，以战胜时间取乐吗，上哪儿认识的沈制片？"

见季清和不答，孟忘舟很习惯地又自言自语起来："我算是瞎了眼，

我一直以为你这辈子能结婚，不是家里安排，就是被哪个姑娘堪破先机，
攻身为上，生米煮成了熟饭……"

　　话没说完，季清和起身就走。

　　孟忘舟目瞪口呆："……"

　　咋的了，被说中了？

第三章

三分清醒

这厢，沈千盏被气走，直接开车从四合院的小巷内驶出。

北京的晚高峰已经结束，城市的热闹繁华却丝毫不减。眼下她一人独处，在灯河汇聚的人间繁景中逆流赶路，不免心生几分凄凉孤独。

她拧开电台，调至交通频道，在无数个信号灯的指示下停停走走，四十分钟后抵达小区的地下车库。

停好车，沈千盏拎起大衣、背包一股脑抱进怀里，甩上车门。车门刚关上，一份文件从背包和大衣的空隙中滑落，碰瓷样地躺在了她脚边。她低头一看，是苏暂整理的不终岁编年史。

沈千盏想起今晚季清和提起的有关季老和不终岁创始人的感情纠葛，蹲下身，把资料捡起来，一并带回公寓。

刚出电梯，她就被眼前堆积如山的快递震惊了。迟钝的大脑在几秒钟后才回忆起——今天白天她接到过物业的电话，说帮她把快递全部送到了门口。

沈千盏这些年在北京奋斗，攒了不少家底。名下除了一辆二手的宝马X5，还有一处二百平方米的公寓。除了公寓尚在贷款以外，她可谓是一人吃饱全家不饿。

她开锁进屋，先把快递码进玄关安放。

当初买下这套房子时，沈千盏冲着住到死的养老念头，一咬牙一口气置办了满足她活动空间的两百平方米大套房。一梯一户，智能安居。

眼下整理好快递，她坐在玄关地毯上，喘得跟狗一样。

没等她把气喘匀，苏暂的语音电话就发了过来。沈千盏看了眼屏幕，接起外放。

苏暂问："盏姐你怎么才到家？"

沈千盏的公寓门口装了摄像，因经常出差，设备除了绑定沈千盏外还绑在了苏暂的手机端。门口一有风吹草动，设备就会立刻汇报情况。

她没直接回答，反问："有事？"

"也不算正事。"苏暂说，"我今晚带浅浅赴了个饭局，遇上艾姐了。"

沈千盏挑眉，隐约猜到有艾艺这个搅屎棍在，苏暂今晚应该过得挺不好。

果不其然，苏暂的语气一变，委屈得不行："我们浅浅最近过得已经很不容易了，艾姐也不知道吃错什么药了，明捧暗损，内涵了一晚。最后还造谣，说浅浅翻红的机会也就最近，说千灯最近和不终岁搭上了关系，浅浅的时尚资源终于可以一飞冲天了。"

她当什么事呢……沈千盏边暴力拆箱，边问："那你没趁机帮向浅浅多撕几个合同过来？"

千灯在圈内是出了名的护短，沈千盏带向浅浅那会儿，逢酒局饭场都亲自上阵，一杯一句彩虹屁，灌得那些想趁机揩油的金主连举都举不起来。

苏暂有样学样，但凡不是重要场合，都不会轻易带上向浅浅。今晚能让苏暂带着向浅浅赴局，又有艾艺在场，这桌上起码坐着三条金大腿。

"现在的投资方又不傻。"苏暂叹了口气，"用污点艺人有风险，我看除非浅浅真能拿到不终岁的时尚资源，才能解这困局。"话落，他又自言自语地絮叨，"不终岁中国区的品牌大使是褚丝丝，就老跟我们浅浅比美较劲的那位。品牌代言通常一年一换，我这掐指一算，褚丝丝的代言应该快到期了。"

"哎，盏姐。你说我们朝季总那儿使使劲，有没有可能争取下啊？"苏暂说完，又自我否定，"可我连季总的联系方式都没有……"

沈千盏拆塑封的手一顿，随即心花怒放："这简单啊，浅浅最近没通告吧。你让她明天来公司一趟，我带她去买个表。"

第二天一早。

苏暂拎着冰美式早早地守在了沈千盏的办公室，只等人一来，详细询问"买表计划"的战斗目标。

可惜一直等到冰美式都被暖气焐热了，也没见到沈千盏的人影。

沈千盏一大早去了趟密云。她最近在找编剧改写剧本的消息在圈内根本不是秘密，昨晚睡前，有位早前和沈千盏合作过的导演给她推荐了位大编剧。

对方的口碑沈千盏早有耳闻，是以昨晚简单沟通一番后，获知对方就在密云跟组，一大早便驱车前去面聊。

等回来时，刚好临近下班。

沈千盏办公室的椅子还没坐热，就领着向浅浅直奔时间堂，直到路上才有时间给苏暂科普了她在行家 APP 里的奇遇。

苏暂听完，一脸吃了屎的表情："盏姐，你直接告诉我你跟季总暗度陈仓了我也不会怪你的，但你编这些故事就很没意思了。"

沈千盏正欣赏着自己在密云刚做的美甲，闻言，头也没抬："爱信不信。"

只有智商在线的向浅浅有些忐忑："盏姐，我看季总应该只对项目有投资意愿，你带我去谈代言资源，会不会弄巧成拙？"

沈千盏这才挪了挪自己痴迷的目光，瞥了眼向浅浅，说："谁说我带你去谈代言资源了，我又不是你的经纪人，撕资源的事不归我管。"

向浅浅一怔，求助般看向苏暂。

深知沈千盏德行的苏暂，努了努嘴，答："她就是单纯带你去买表，好有个名正言顺的理由去见季总。"

至于代言……苏暂安慰自己，只要项目投资能到位，代言资源没准也能掉进碗里。

没想到这么快就能再见到沈千盏的孟忘舟，足足愣了三秒才招呼几人坐下。

相比孟忘舟的局促，沈千盏的态度自然不少，她指了指戴着墨镜正在打量四周环境的向浅浅，说："我朋友来买表，我来修表。"

孟忘舟没说，一般的钟表问题是他在修。

他挠挠头，有些为难："清和不接活儿，要不你直接去找他？你朋友我来招待。"

沈千盏正有此意，拎着包，轻车熟路地推开暗门，往季清和的工作室走。

正是日暮西斜，薄雾冥冥的傍晚时分。

季清和坐在工作台前，正侧耳倾听齿轮调试后的运转声音。耳畔一阵风铃轻响，随即便是半点不知低调是何物的高跟鞋轻踏声，他拧眉，转身看去，沈千盏正迈过中院空地，信步朝他走来。原本侵扰他的嗒嗒声，此刻像钟表的分轴，每一步都恰好地踏在了时间刻度上。

沈千盏笑眯眯地，像昨晚的不欢而散并未发生过一样，语气自然又熟稔："季先生，又见面了。"

季清和摘下眼镜，那双眸色漆黑的眼睛定定地看了她几秒，露出几分微不可察的轻笑："我不是那么的意外。"

沈千盏选择性地忽略掉他这句话，眨眨眼，看向他面前拆成零件后分辨不出本来模样的钟盘："季总在修表？"

季清和这回干脆没接话，他往后一倚，姿态轻松随意地等着继续看她发挥。

他不接茬儿，沈千盏只能跳过进度条，从包里拿出三款完全不同的手表："我来修表，季总你看哪个你感兴趣？"

季清和垂眸。他面前摆着的三个表依次从儿童电子表、自动机械表到石英表。他眉心隐约开始作痛。他看了眼那款有些年代的儿童电子表，无声抬眸。

明明没有说话，那个眼神却像在询问："你是在羞辱我？"

沈千盏扯了扯唇角，单手支着下巴，十分恶意地冲他眨了下眼睛："季总贵人多忘事，那晚恨不得把心掏给我，现在连修个表都不乐意？"

她往前寸进一步，钩钩手指头，补充："我这人特别现实，也特别功利。做不成合作伙伴，就只能做冤家了。"

沈千盏的脑回路简单又粗暴。季清和重复过两遍"希望沈制片日后没有需要求上门的时候"，这话第一次说的时候，沈千盏姑且当他是男人自尊心作祟，为了挽回颜面放的狠话。

老实说，她第一次听到那句话的时候，的确没当一回事。毕竟上到资方，下到艺人经纪，平均每个月都会如期说一次，风雨无阻，从不缺席。

投资方有为了坚持艺术审美的，有为了后宫佳丽的，还有为了满足自己掌控欲的，理由千奇百怪，应有尽有。通常放完狠话最常见的操作就是撤资。

沈千盏也很干脆，违反合同的，告；塞了后宫的，踢；想掌控剧组架空她的，干。

她对待金主尚还游刃有余，艺人经纪就更别提了。前两天刚放完狠话，双方都默契地决定老死不相往来了。过两天，等沈千盏画完饼，对方跟失忆了一样，巴巴地带着艺人履历又来了。她能怎么办呢，只能假装重归于好啊。

季清和的情况与上面两例稍有不同，他第二次提起这句话时，沈千盏认真了。

这狗男人，皮相好，功夫深，行动力也非一般的果决。一句话能让他重复两遍，显然是入魔了。这可能跟气喘多深人有多爽一个道理？

沈千盏琢磨着，季清和八成是记了她"嫖资"梗的仇，又笃定符合她要求的钟表修复师除他以外再没合适人选，无论她怎么翻筋斗云始终翻不出他掌心的两座大山。

季清和猜得没错。投资方可以再找，符合她条件的钟表修复师眼下的确只有他一人。

可真让她放下身段去求季清和，她做不到。女人该软的地方从来不是尊严和底线。这也是她为何这么抵触和季清和合作的原因之一，鬼知道真合作了，她会不会又鬼迷心窍馋他身子。

而且朝夕对着个有过露水情缘的男人假装无事，还要对对方的美色视若无睹，做坐怀不乱"盏上惠"……要不是迫于前势无可心的人选，看她沈千盏做不做这么亏本的生意。

季清和抬眸，目光略带审视地落在沈千盏的脸上。

从他认识沈千盏的那天起，这个女人就像一个时刻保持精致的花瓶，二十四小时都在维持她三百六十度无死角的观赏性。

今天显然更甚。季清和从她深邃大地落日余晖的眼妆往下，留意到她特意显摆的新指甲，最后停留在她的唇上。

她微笑着，三分挑衅，七分看戏。明显，是来砸场闹事的。

他一哂，眸色深深地看了她一眼，不置可否地拿起了那块儿童手表。

手表盘是银边圆形的普通材质，框底印着米妮，两根指针一长一短全停留在了十二点。季清和翻转手表，打量了眼底盖："难为你去找这么有年代感的手表了。"他问，"二十年前的？"

沈千盏点了点下巴："上一年级，我妈给我的礼物。"

季清和了然，他拉过一张皮革垫，随手一裹，直接扔进工作台的柜子里，表情冷漠，声音冷淡："修不了，你随便去孟忘舟那儿重新拿一块。"

他笑，一字一句掷地有声："我赔你。"

沈千盏："……"这是个狠人啊，还带这么耍赖的？

她正欲争辩，只听他"嘘"了声，神情不耐，摆明了一副"你再胡闹我就收拾你了"的妖孽表情。

沈千盏安静了片刻。拿修表恶心季清和的计划……幼稚得像是苏暂这种幼儿园级别的对手出的馊主意。她突觉荆州已失，战事已败，她根本不是季清和的对手。

季清和解开袖扣，漫不经心问她："今天是修表，明天呢，修钟？"

"或者你什么计划都没有，走一步看一步，只要能针对我就行？"他挽好袖子，鼻梁上的金框眼镜在窗外的余晖下闪过几缕冷厉的暗光。

他神情倦懒地推开镜框，捏了捏鼻梁，眼眸微闭："我看过沈制片的履历，本以为沈制片的商业手腕颇具雷霆，现在看来……"他睁眼，似笑非笑，"不过尔尔。"

"还行吧。"沈千盏跟没听见他后半句话一样，沉着淡定，"这不是没想到季总这么狗？"

兜里手机轻振。

沈千盏猜是苏暂坐不住了，来问情况，边看微信边随口问季清和："吃饭吗？今晚我请。"

季清和拒绝之前，她施施然，又补充一句："不是好奇我有什么商业手腕吗，给个机会？"

御前宴。

一家做满汉全席出名，酒香不怕巷子深的京帮菜。沈千盏上午十点电话预约，下午才排上包厢。

入座后，苏暂包揽点菜，沈千盏负责酒水。等开胃凉菜一盘盘端上来后，十分有仪式感的沈制片这才正式开场，为季清和介绍向浅浅。

季清和没碰她刚斟的酒，转而端起清茶，润了润嗓子。自然，也无视了向浅浅刚举起酒杯试图敬酒的行为。他喝完茶，瞥了眼沈千盏，一句话意味不明夹枪带棒："商业手腕？是挺商业的。"

向浅浅尴尬。她转头看了眼苏暂，见后者神情自若，见怪不怪，这才稍被安抚。

苏暂，挺习惯季总和他盏姐这互撑的模式相处。毕竟这两人在大佬面前都不带收敛的，他们只是一群萝卜，更无足轻重了。

沈千盏笑笑，没直接正面交锋："季总前两天不是说，刚在北京定居吗，我这也是好心啊。北京这么大，来往都需人情——"

季清和打断她："不终岁的顶级客户有成千上万。"

沈千盏微笑。狗男人，一句不撑就不舒坦是吧？她一手提刀，一手拿酒，直接敬孟忘舟："孟老板这些年挺不容易的吧？"

突然被点到的孟忘舟放下在微信群的八卦直播，端起酒杯回敬了一浅杯："清和可能和沈制片平时打交道的生意人不太一样，他醉心钟表修复，有些迂腐。人虽腹黑，但不怎么记仇……"

孟忘舟越说越觉得自己在偏离本意，他立刻咬舌止损，生硬地强行圆了一波："等认识久了，沈制片自然知道。"

迂腐？恐怕不见得。她瞧季清和挺新潮的，总不能是无师自通吧。

沈千盏喷了声，拉回思绪。目前她连编剧班子都还没拉起来，项目筹备状态除了百分之一的剧本创意，一切都还没开始。孟忘舟那番话给她提了醒，和季清和这么杠着不只没用，可能还会适得其反。

她这是睡了一觉，连情商都睡没了。以前哄金主的手段一个都没往外掏，就想摁头季清和合作，凭啥啊？

沈千盏转过弯来，计从心起。她起身，端起酒杯，大丈夫能屈能伸，给季清和赔了杯酒："季总别跟我一般计较，我今天请这顿饭，一是为了忘舟兄弟昨晚的款待，二是想给季总道个歉。"

她再斟一杯，手都不见抖一下，稳如老狗："怪我仗着季总和我的几分……交情，言语间多有冒犯。"

沈千盏仰头，面不改色地一杯喝尽。她眼里有水光，唇角酒渍晶莹，瞧着已经有几分醉态了。

满屋寂静，谁也不敢出声。

苏暂更是目瞪口呆，这是哪一出？出发之前不是还一口一句狗男人，甚至大放虎狼之词，说不想被季清和顶撞，只想顶撞季清和的吗？

这，现实魔幻啊。

沈千盏斟上第三杯酒时，季清和的表情终于变了变。

他眼神依旧冷静，只有眼底涌进灯光时，才能看清那偶然现进的一丝清明和克制。他微微抿唇，似想看她还能再说些什么，漫不经心里还有几分随心所欲。

沈千盏在自己的中华文库里挖了挖，说："季总喜静，我数次打扰，行为不端，多有抱歉。"她酒杯碰到唇，见季清和似坐直了些，又补充了句，"罚完三杯，一笑泯恩仇？"

不等季清和回答。她扬手举杯，嘴唇刚启，还未嗅到酒香，她被一只修长的手扣住手腕，没用多大劲就牢牢地桎梏住。

季清和声音低沉，语气无奈："沈千盏，在我这儿不兴灌人喝酒，议论对错。"

沈千盏空腹喝了两杯，面上微醺："那我白喝了？"

她问得直接，言辞间还有几分错愕，这下意识的反应意外地比世故清醒时的沈千盏招人多了。

季清和勾了勾唇，说："对，白喝了。"

沈千盏："……"

取悦季清和简直比"睡服"他还难。

好在沈千盏的本意也并非为了取悦季清和，见他油盐不进，软硬不吃，沈千盏也没再勉强，转而招呼起孟忘舟。

吃完饭，沈千盏借着去洗手间，到收银台结账开单。离开前，还不忘用眼神暗示了下苏暂，让他抓紧把握机会。

苏暂和沈千盏狼狈为奸了两年，早就培养出了默契。沈千盏一个眼神，他立刻会意，借着敬酒，提了壶茶坐到了季清和的右手边。

他刚一坐下，季清和就抬眸看来，眼神清冷。要不是苏暂确定得罪他的人不是自己，真觉得季清和这眼神跟看个死人一样，毫无温度。

他轻咳了一声，微提嗓音，试图缓解尴尬："季总对我应该还有印象吧？我们前两天刚见过面，在季春洱湾。"

这回，季清和干脆眼皮也没抬，完全漠视。

苏暂丈二和尚摸不着头脑，见场面仍旧尴尬的，只能硬着头皮继续往下说："那我重新自我介绍下？"

"我白天是千灯影业向浅浅的经纪人，晚上是沈制片的兼职助理，我叫苏暂。"

话落，不知是不是苏暂的错觉，他觉得过分冷淡矜贵的季总似乎终于给了他一个正眼。

"兼职助理，"季清和松了松领口，有了点兴趣，"还分白天晚上？"

"盏姐的团队有策划助理，我的工作性质更像生活助理，专业陪酒。"苏暂傻笑两声，问，"季总和我盏姐认识很久了？看上去像是很熟的朋友。"

季清和在指间把玩着杯盏，未置一词。

他面容本就清冷，不说话时更甚。苏暂察觉到他的冷淡，有些没招。难搞是真的难搞，难怪沈千盏到现在也没要到大佬的手机号。

苏晢抿着酒，余光瞄见被晾了一晚上的向浅浅，经纪人本能的职业反应立时活跃起来，他转了转眼珠，直接开门见山道："季总方便给我留个联系方式吗？"

他拿出手机晃了晃："微信和手机号码都行。"

季清和稍稍侧目，说："我没微信。"

苏晢正要点开扫一扫，闻言，手上一顿，页面就停留在了刚才浏览的朋友圈。

大概三分钟前，沈千盏更新了一条朋友圈。

"属不属狗不知道，但真挺狗的。"配图是虚化的高脚杯，而酒杯之后被聚焦的，是季清和把玩杯子的右手。

季清和轻哂，瞬间改了主意："不过稍等，马上就有了。"

结过账，小坐片刻后。

沈千盏体贴地以季清和看着有些疲倦，需要早点回去休息做结尾，正式散局。

沈千盏令司机把季清和与孟忘舟送至时间堂门口，两人下车时，她跟下车送了两步。

孟忘舟见她如此客气，想起昨天沈千盏离开得匆忙，都没能热情告别，颇为惋惜地感慨了两句："沈制片对钟表收藏这么感兴趣，等协会近期组织好活动，我告诉你一声，你有空就一起来。"

沈千盏一晚上没少在孟忘舟那儿下功夫，几乎把北京钟表收藏协会的组织情况摸了个透彻，当下笑笑，答应了下来。她正愁没合理的正当借口到季清和面前刷存在感呢。

和孟忘舟唠完嗑，沈千盏将目光投向季清和，完成她整个欲擒故纵计划中最重要的一环："季总。"

她深吸一口气，跟下了什么艰难的决定般，语气郑重："既然我们无缘合作，近期我就不会再来打扰你了。"

孟忘舟插嘴："你俩昨天不是还谈得好好的。"

沈千盏跟朵绝世白莲花一样，目露委屈，欲言又止："季总对我不太认可，我也觉得合作是两相情愿的事，不能强求。"

孟忘舟今晚和沈千盏相谈甚欢，对她不拘小节的潇洒个性更是欣赏有加。闻言，十分谴责地看了眼季清和。

沈千盏点到即止，拍了拍孟忘舟的肩，说："你放心，不影响我们把酒言欢。"话落，她重又看向季清和，挥挥手，"季总早点休息，保重身体。"

季清和从头到尾都没表现出任何情绪，只有在听到保重身体时，才终于有了反应："放心，毕竟我的心愿是牡丹花下死。"

他的眼神落在沈千盏脸上，停留半晌后，说："牡丹花浇灌起来费心费肾，我会好好保重的。"

沈千盏的笑容一僵，险些没挂住。

她假装听不懂，面上言笑晏晏友好道别，内心早已："快给老娘滚。"

接下来几日，沈千盏说到做到，再没去时间堂刷存在感。只让苏暂每天不定时地更新朋友圈，务必可见人员——季清和。

有时是发工作状态——无休止的晨会、工作汇报、坐满人的会议室。

有时是发下班状态——酒局、饭场、KTV。

还有时，更变态，发沈千盏高清无码的工作照。

苏暂朋友圈的评论从一开始的"富二代经济危机了？""狗子你变了"到"苏暂你醒醒啊！你是个只会花天酒地的富二代"后，他生无可恋地将朋友圈设置了仅季清和可见。

沈千盏也很忙，她忙着见编剧，不停地看作品，筛选合适的编剧人选。

朋友圈从咖啡牛奶到保温杯里泡枸杞，孟忘舟每日坚持点赞。

这么忙碌了一周后，沈千盏出差了。

先松一口气的是苏皙，他几乎是立刻让手下的助理去爆竹店给他买了一捆最响的蹿天炮，以示庆祝。

沈千盏在机场得知这个消息时，皮笑肉不笑地拖出苏皙的微信，亲切致电。

苏皙正在陪向浅浅试戏，接到沈千盏电话时，小心肝一抖，忙捂着手机躲进保姆车里："盏姐？"

沈千盏问："忙什么呢？"

"陪浅浅试戏，雷导的新电影不是正在选角吗，前两天喝养生茶的时候碰到了，就要了个机会来试试。你怎么样啊，飞机没延误吧？"

"没。"沈千盏排在检票的队伍中，叮嘱，"朋友圈别忘发了。"

提起这个，苏皙就浑身乏力，他无奈地叹了口气，问："盏姐，这能有用吗？朋友圈发了一星期了，季总连个赞都没点。"估摸着人家压根儿不看朋友圈，没准见着他们千灯的人还绕着走。

沈千盏反问："那不然呢？向浅浅最近刚闲点你就愁她没曝光率，愁粉丝忘性大。不抓紧在季清和那儿刷存在感，他直接忘记合作这回事了怎么办？"

苏皙皱着眉，满脸的不赞同："我当初就觉得你这招以退为进会伤敌一千自损八千，回头别把自己给玩死了。"

而且，有句话他没说。

他总觉得盏姐用他朋友圈塑造努力工作积极生活的人设，特别像被渣男甩了，故意营造没有你她也生活得很好的形象，试图打击没有眼光的狗男人，让他迷途知返。

他敲了敲扶手，忽然福至心灵，问了句："盏姐，我有个特别大胆的想法。"

沈千盏刚检完票上飞机，闻言，边寻找座位号边漫不经心问道："什么想法？"

苏暂说："你在西安那段艳遇，别是季总吧？"

沈千盏："……"你嘴开过光吧？快停止你危险的想法。

苏暂本来只是随口问问，按他预想，他盏姐听完应该是嘎嘎笑着，或斥骂他不切实际；或笑得风流又多情，半点不害臊地说她倒是想但没这个艳福。

可眼下，他耳边一片寂静，没有任何回应，只隐约能听到空姐在舱门前温柔的提示声。完了完了。他好像一不小心又触发了"乌鸦嘴"的天赋技能。

苏暂脑子嗡嗡响了一阵，不敢置信："真的？"

沈千盏似才回过神般："假的。"

苏暂太了解沈千盏了，他压根儿没信这两个字，哆哆嗦嗦语不成句地来一句："你一晚睡了七八遍的男人是季总？"

沈千盏无奈地揪眉心："七八遍有点夸张了……"

苏暂顿时不知该先表示对季清和强劲实力的佩服和敬仰，还是先替他盏姐打个气，难怪最近沈千盏都不提小一、小二、小三、小四了，旧情重燃的魅力显然更大啊。

他搓搓手，紧张又兴奋："那你们俩现在，谁比谁更渣啊？"

沈千盏啪的一声，挂了电话。

沈千盏这趟出差只带了乔昕，去的杭州。

一个月前乔昕递上来的一个原创剧本大纲在内部评估后过了审，双方电话联系一周后，沈千盏觉得效率不高，决定亲自飞一趟杭州与主创面谈。

她做事向来雷厉风行，当天中午到杭州，下午就大致敲定了合作意向，晚上甚至还有闲心和乔昕一起逛西湖。

可惜沈千盏天生不是个能享受的命，她坐在星巴克二楼阳台摆造型自拍时，手机自动推送了一条娱乐新闻——当红小花向浅浅与金主当街夜游。沈千盏顿时也无心自拍了，她顺手点开消息，浏览爆料。

爆料称，有热心网友遛狗时偶遇向浅浅与男友当街夜游，亲密牵手互动。

这条爆料底下，是模糊夜景中并肩同行的向浅浅与季清和。一共三张，第一张是向浅浅侧目浅笑，与季清和保持了一拳头距离并肩而行；第二张是向浅浅低头看路，配图上附了羞涩低头四字；第三张是……

沈千盏戳开大图，放大了两人疑似相握的双手——细节过于高糊，根本看不清。

理智上，她确认季清和与向浅浅之间应该不会有超过三次见面的熟悉度。但感情上，以自己为例，她认识一天就把季清和睡了，两人要是想发生点什么，按他俩认识了一周的时间长度来算，一切皆有可能。

沈千盏真切地酸了。

她愤愤地拖出孟忘舟的微信账号，一口气，拉黑删除。

一小时后。

苏暂的微信罕见地收到了两条季清和的消息。

一句是："等着收律师函。"

另一句是："把沈千盏推给我。"

第四章

后院养了朵牡丹

时下正值深夜，还未迈至凌晨。苏暂难得在家开养生趴，看到微信消息时差点一脚蹬烂泡脚桶。他推开怀里睡得正慵懒的猫，正欲措辞回复，电话一响，千灯公关部来电了。

大半夜接到公关部的电话跟凌晨三点听见敲门声一样，准没好事。联想到季清和的微信内容，苏暂的小心肝狠狠地咯噔了一声，几乎是抱着被抄家冻卡的心态接起电话。

公关部简明扼要地汇报情况。苏暂越听，脸色越沉。等挂断电话，他的脸已经黑如锅底。

在沈千盏拼命促成合作的这个节骨眼上，爆出向浅浅和季清和的不实绯闻，可想而知此举带来的负面影响会有多不可估量。向浅浅无缘不终岁的时尚资源还都是小事，坏了沈千盏的筹谋才要命。

苏澜漪半倚在贵妃榻上，看自家弟弟自打接了电话后就跟虱子似的上蹿下跳，不免心烦："出什么事了？"

苏暂心里窝着一把火，苏澜漪不问还好，一问就跟挑了杆爆竹架在火上烤一样，噼里啪啦一通乱炸。

苏澜漪沉默着听完跟单口相声似的事件简述，懒洋洋地掀了掀眼皮子："热搜不是撤了？消息也往下压了，你还有什么好担心的？"

"你不懂！"苏晢又一通报弹幕似的输出，总算让苏澜漪明白了这件事的棘手性。

后者压根儿不觉得这是什么棘手到无法解决的事，她瞥了眼地上一片狼藉的泡脚桶和湿漉漉的水渍，事不关己道："做事情永远不要你觉得，你怀疑是向浅浅瞒着你私下接触季清和，那你就去问。真有这么一回事，再做打算不迟。"

她闭上眼，声线懒洋洋的："千盏那儿你更不用担心了，她什么能力你心里没数？当初拿下柏宣这部献礼剧时我就跟你们说过，圈子里眼红的人不少，要早做准备。"

话落，她十分嫌弃地轻哼了一声："你跟着千盏两年，她的沉稳你是一点也没学到。"

远在杭州城的沉稳盏，骂狗男人骂了一路。直到回了酒店与乔昕各自分开，她才停下来歇口气。

咖啡是白喝了，半点不解渴。

她踢飞小皮靴，连拖鞋也没换，赤着脚去拿矿泉水。咕咚咕咚喝了半瓶后，心头燥火终于被抚平，她拿出手机看了眼。

过去了一小时，无论是苏晢还是孟忘舟，都毫无动静。孟忘舟也就算了，无辜被迁怒，想有点动静也挺难的。苏晢这臭小子是怎么回事，现在还不来请安？

这事说大不大说小不小，全看具体情况。假设季清和看上了向浅浅，有意和她培养感情，那被网友曝光这件事，他只能自认倒霉。但假设季清和是被设计了，眼下这情况，大概率沈千盏是最有嫌疑的主犯。不只合作要黄，连曾经一起睡觉的情谊也没了。

沈千盏琢磨着苏晢应该不会出这种馊主意，可事情未定，旁枝末节她也一概不知，就如耳目闭塞的废人，起不到半点用处。冷静下来后，沈千盏的神志终于恢复清明，她最后瞄了眼手机，拎起睡衣先去洗漱。

洗完澡，已过凌晨。

被热水冲淋过的身体终于感受到了迟来的疲倦。原计划的敷面膜、全身SPA，在踏出浴室的那一刻就被无情取消。沈千盏坐在镜前，一丝不苟地涂着水乳。

镜子里的女人素颜精致，五官姣好，刚沐浴过的皮肤白里透着粉，如上好的凝脂玉，清透轻盈。

沈千盏迷恋地照了会儿镜子，嘴里啧啧有声——酒店的镜子和季春洱湾的比还是差了点，人家可是连卫生间都配置了无敌滤镜。这些酒店管理者难道不知道，一面能把女人照得煦色韶光美艳多姿的镜子能吸引多少女性客户光顾吗？

基础保养完，沈千盏慢吞吞地移步床榻。被她放置在床头故意忽略了一晚上的手机此刻屏幕暗锁，仍安详地躺在床头。

她瞥完一眼，先去整理床铺。

再瞥一眼，磨磨蹭蹭地去烧了壶水。

直到沈千盏无事可做，闲到开始数头发丝时，房间内门铃声轻响，乔昕略显困顿的声音在门外响起："盏姐，你睡了吗？"

沈千盏趿拉着酒店的布艺拖鞋，前去开门。

门外，顶着俩黑眼圈的乔昕，看着临睡前还光鲜亮丽美艳动人的沈千盏，精神一振。忽地想起大约一年前的某个传闻。

乔昕毕业后入职千灯，一直跟着沈千盏做策划助理。千灯有项目投资时，沈千盏作为制片，长期驻在组内。乔昕作为助理，几乎形影不离。因剧组的工作性质，沈千盏白天做账目计算和资金统筹，晚上等导演收工，还要拉组开会。

某日，电影的男主演生日，导演给放了半天假，难得清闲。剧组其余演员和工作人员收工回来时，正好撞上这位男主演被沈千盏从房间里一脚端出来，献身未遂。本来这件事就挺尴尬的。沈千盏为了不耽误剧组进度，没追究，强行将此事压下了。电影后来也的确如期杀青，可就在杀青宴不久后，有关这位男主演献身未遂的事不知被谁宣扬了出去。

娱乐圈嘛，本来就真真假假各有爆料。

沈千盏长得好，众所周知。这些年，靠献身潜规则上位的不论男女，人皆有之。虽然沈千盏一概拒绝，从未接受，但架不住颜值在榜，常常被拿出来调侃。

那位男主演许是被谁踩着了尾巴，公然嘲讽沈千盏不知检点。说自己当日是为了分生日蛋糕，结果沈制片开门时，一身暴露的睡衣，衣衫不整，也不知道在勾引谁。又明讽暗嘲，暗指她的房间每到深夜，出入的男人不知道有多少，谁比谁清白。

沈千盏那会儿把名声看得比命还重，根本不容人挑衅。将手里早就保留好的视频证据往平台上一发，直接引爆了有关圈内某些黑暗规则的关注。

乔昕这会儿想到的，就是那位已经把自己作死的男艺人讲的那句话。

他说："沈制片这样的女人，身段像是用手一点一点捏出来的。每个尺寸光用眼睛丈量都恰到好处，真握进手里，人间极品。哪个男人受得了？"

她是个女人，她都受不了。

但眼下，她有更重要的事情。乔昕回过神，艰难地移开目光，试图让自己看起来不那么的狗腿垂涎："盏姐。"

刚开了个头，沈千盏侧了侧身，示意她进来再说。

乔昕连忙摆手："没什么要紧事，我几句话就能说完，不打扰你休息。"她晃了晃手机，"苏暂好像有什么急事找你，结果联系不上。我刚给你打了电话，见你关机，就过来看看。"

关机？沈千盏内心大乱，面上淡定依旧，甚至还矜持地点点头："刚洗完澡没留意，我知道了。"

乔昕点点头，关切地看了她一眼："那你先忙，我回去了。"

目送乔昕回房后，沈千盏火速把门一关，一个纵跃扑向床头，拿起她的小手机。自拍太耗电量，她又骂了季清和一路，压根儿没留意手机电量已经告急。沈千盏边给手机充上电，边在床边晃着脚丫等开机。

几分钟后，开机成功的手机一下子涌出数条微信提示。没等她细看，苏暂的电话，瞬间到达。她施施然接起，声音冷得跟雾一样，毫无情绪地"喂"了声。

电话那头的苏暂跟濒临窒息重回水面的鱼一样，夸张地深喘了口气："盏姐，你终于理我了，嘤嘤嘤。"

沈千盏力求语气高贵冷艳，轻声问："什么事？"

"我先拣重要的说。"苏暂在心里给事情排了排序，斟酌道，"第一件事你应该知道了，向浅浅靠绯闻又上热搜了。第二件事是，事发之后季总那边的律师向千灯发出警告。第三件事是季总主动跟我要你微信了。"

沈千盏原本听得漫不经心，直到苏暂最后一个字落下，她喷了声，说："你这是拣重要的说？"

苏暂迟钝："不然？"

"显然是季清和主动要我微信最重要。"沈千盏轻嗤了一声，毫不掩饰自己的鄙视之情，"这代表阶段性的进步，堪比里程碑的胜利。"

苏暂："……"您确定？

但此刻，他是万万不敢拔母老虎背毛的，只能小心翼翼地顺着问："季总在要你微信前，还说了一句让我等着律师函，你确定这是阶段性的进步，里程碑式的胜利？"

沈千盏瞬间清醒过来。

等等，她好像忽略了一些事情。

"向浅浅这事你查了没有？"她问。

　　她肯定是没干的，但听苏暂话里话外的意思，季清和也是被设计了。那作为头号嫌疑犯，季清和怀疑她差使向浅浅接近他，拍下这组照片，强行捆绑不终岁逼他就范的逻辑很合理。这狗男人，完全敢这么想。

　　"查了。"苏暂长话短说，"我给浅浅打过电话，她私下的确接触过季总，但说窥伺季总她还真的不敢。"

　　那端呼吸声一沉，苏暂立刻想起沈千盏和季清和之间的皮肉关系，连忙补救了一句："当然，她绝对不无辜。目前能确定的是，她私下接触过季总，但照片不是她找人拍的，这件事也不是她干的。"

　　许是觉得这段话缺少说服力，苏暂想了想，又加了一句："我之前跟你提过，浅浅好像谈恋爱了。现在看，她应该不是谈恋爱，而是私下找了个靠山。"

　　苏暂想起挂断电话前，向浅浅压着声说的那句"我现在不方便接电话，明天再联系，好吗"，心情顿时有些复杂。

　　"我把你的名片推给季总前，跟他解释了一遍。但季总信不信，我就不知道了。"苏暂深深地叹了口气，"我姐说我们是被眼红的人盯上了，我也不知道这个事会不会影响你和季总。"

　　这，沈千盏也不好说。季清和这人高深莫测，难以捉摸，不同地点解锁的季清和完全不一样。她摸了摸下巴，也跟着叹了口气："到时候看吧，要是季清和对我深恶痛绝，完全没法合作，我们也只能想别的办法了。"

　　苏暂惋惜："如果不能和季总合作，献礼剧现在的创意是不是要重新推翻? 蒋总那边要是不满意，是有保护条款可以单方面解约的。"

　　"我知道，先挂了。"

　　沈千盏挂了电话，去看微信的好友申请。

　　申请列表里，躺着一个白色头像，昵称一个单字"季"的最新申请。底下的申请备注，清新又脱俗——

　　不属狗，但咬过你。

咬过你。

咬过你……

咬过你？

怎么咬的……沈千盏心知肚明。一股异样的羞耻感，从她的脚底直蹿向天灵盖。沈千盏触电般缩回原本已经通过验证的手指，跟怕沾上传染病毒似的，远远地，把手机甩了出去。

上天让她遇见季清和，难不成是为了让她深刻领悟中华汉字到底有多博大精深、海纳百川？

她骂咧咧地掀开被角躺进去，准备睡觉。

时下凌晨一点，她的美容觉时间已严重缩水了三分之一。闭上眼的那刻，床头灯昏昧如萤火，星光点点，烫得眼皮微热。

走廊传来深夜归来的旅客毫不自觉的起哄声，沈千盏烦躁睁眼，她正对着的落地窗外，一轮半弯的月亮悬在当空，与星同辉。

她看了一会儿，手肘撑着枕头半支起身，伸手去捞卡在床缝里的手机，边切换微信边自我安慰：没事没事，这不是对黑势力的低头和妥协，只是为了生存和吃饭。

沈千盏一口气通过季清和的好友申请，拉分组备注。

备注简单，她深以为季清和连"男人"这两个字都不配有，直接在系统自带的输入法内挑了个狗头贴上去。

做完这些，她终于解气，对月长舒一口气后，撤灭房间内所有的光源，闭目睡觉。

沈千盏这一觉睡到日上三竿，身乏体困。她揉着酸软的腰，先去够床头的手机。

乔昕早上八点时向她发起过共进早餐的邀请，奈何她那会儿睡在温柔乡里，无知无觉，更别提回应了。

她瞄了眼手机屏幕正上方的时间。还好，她醒得不算晚，正好赶上吃午餐。

她边起身，边浏览消息。等把朋友圈和消息列表都清了一遍，仍是没看见季清和时，她挑了下眉，微微抿唇。

狗男人不好意思主动还是自视清高等着她先打招呼的猜测在脑内翻来覆去轮转数遍后，她刷完牙，换了套衣服，叫上乔昕一起出去吃饭。

这趟出差的主要任务已经完成，沈千盏让乔昕饭后看看机票，准备返程。

"二十号要见编剧，二十二号晚上跟导演吃饭，"乔昕边吃饭边划着手机，问，"盏姐那我们明天中午的飞机回北京吧？明天一整天都没有安排，就后天需要见下编剧，既然不着急赶回去，时间上可以安排得轻松些。"

沈千盏最不爱操心琐事，乔昕说的话，她左耳进右耳出，完全没过脑子："你看着安排就行。"

乔昕嘀嘀咕咕地开始算酒店到机场的时间，餐厅内背景音乐由明快的旋律切换至暗调时，有短暂数秒的安静。

沈千盏就听她的小策划碎碎念着"盏姐十点前都醒不过来，监督盏姐收拾行李一小时，帮忙检查有无遗漏需十分钟，搬行李约十分钟。乐观点，假设十二点退房前能出发……"

沈千盏："……"

她搁下筷子，正欲为自己辩解，桌上的手机轻振，进来一条消息。她似有预感，姿态优雅自如地抽了张纸巾拭了拭唇角，这才慢吞吞地滑开微信消息。

是苏暂的。

——盏姐，你什么时候回来？

沈千盏翻了个白眼，平时也没见他问候得这么勤快，不想看见的时候怎么尽来妖魔鬼怪。她刚要放下手机，铃声一响，进来个陌生来电。

沈千盏顺手接起，清冷冷地"喂"了声，不爽的情绪明显得就像北京十二月的寒风，看似温煦，只有迎面而来时，才知它是笑里藏刀，削皮又削骨。

那端一顿，延迟了两秒才问："谁招你了？"

沈千盏搅和着咖啡的指尖一顿，愣住了。

她看了眼手机屏幕上那串陌生的电话号码，回想着刚才入耳的熟悉嗓音，心脏似忽地跳漏了一拍。

"季清和？"

沈千盏挑眉："你哪儿来的我号码？"

"苏暂给的。"电话那端的嗓音清冷温和，"什么时候回来？"

沈千盏看了眼还在算出发时间的乔昕，起身避去回廊接电话："还没定，有事？"

她冷静，季清和比她更镇定："孟忘舟的钟表收藏协会周五有活动，想邀你一块参加。"

沈千盏的表情瞬间有些龟裂，她挺想问季清和，远隔千里给她打的第一个电话就是为了这种芝麻绿豆大的事？

但理智告诉她，得憋住。谁知道是不是季清和挖下的另一个陷阱。

她掐指算了算时间，明天就是周五。按乔昕的打算，她们明天中午的飞机回北京，铁定来不及。

沈千盏揉着隐隐作痛的眉心，问："什么活动？"

季清和："去故宫钟表馆。"

沈千盏不屑："故宫的钟表馆，我已经去过四回了。"

季清和不动声色加码："我会从旁做讲解，明天还会有一个清代乾隆年间的藏钟，是南京博物院出借巡展，刚从西安到北京，只展示一周。"

沈千盏不为所动："那我后天回去也来得及。"

那端沉默数秒，忽然转了话题："贵公司艺人对我造成的名誉侵犯，沈制片知情？"

来了来了，打击报复秋后算账的终于来了。

沈千盏打起精神，回答："隐约听说过，但我只是小小的一个制片，季总若是想知道公司是如何处理的，建议直接致电公关部或者艺人经纪。"

季清和不咸不淡地嗯了声，又问："那沈制片个人方面，对于此次危机事件造成双方合作破裂，有补救措施吗？"

沈千盏被问了个措手不及，她握着手机，整个背脊都不自觉挺直了些："我们什么时候合作……"了？

最后一字还未落地，沈千盏忽然反应过来，及时阻断。

她将季清和最后那句话反复咀嚼数遍，确认自己没有会错意后，不敢置信地双眸圆睁："季总？"

季清和轻"嗯"了声，低沉的尾音似放飞的风筝，被声线牵着在沈千盏心湖曳出一池春水，而后飘飘荡荡，一路摇曳生姿。

幸福来得有点突然。沈千盏清了清嗓子，正欲祭出她拍马屁的满级功力对季清和进行全方位的歌颂洗礼。话刚到嘴边，常年摸爬滚打攒下的经验忽地令她满潮澎湃的心湖静如一汪死水。

不对劲。事情应该没有那么简单。

沈千盏看着窗外潮涨潮落退出的水线，瞬间清醒，她斟酌着，小声问："你跟向浅浅真在一起了？"

季清和沉默。

沈千盏等了几秒，幽幽补充："不然你一副急着补偿我的样子，我良心很不安啊。"

季清和似笑了声。

隔着手机，虽看不见表情，但季清和这声夹杂着不屑和嘲讽的冷笑声如有实质，迎头浇下。饶是隔着千里，王不见王，沈千盏依然透过手机感受到了极具压迫感的低气压。她摸着凉凉的后颈，隐约觉得……季清和好不容易松口的合作又要告吹了。

千钧一发之际，出于制片敏锐的危机反应，沈千盏立刻反口："我觉得事关重大，必须面聊。你等我，我今晚就回来。"

回应她的，是手机那端冷冰冰的挂断声。沈千盏眨眼，这是答应了还是没答应？

晚上回北京的机票售罄，乔昕只能苦哈哈地订下晚上七点的高铁。

原本宽松闲散，还能逛逛景点的时间一下不够用，两人急匆匆地返回酒店开始收拾行李。好在这趟出差的时间不算久，沈千盏的行李不多。

等退完房出发，时间尚且充裕。

苏暂从乔昕那儿得知沈千盏突然动身返京，很是诧异，掐算着时间给已经上车的沈千盏发来慰问："盏姐，聊个五毛钱的？"

沈千盏回："不行，最低消费五块。"

下一秒，沈千盏收到苏暂发的两百面额的红包："那就聊它个四十来回。"

既然对方如此诚意，沈千盏也没藏着掖着："我接到了季清和的电话，他问我对这次危机事件造成双方合作破裂有没有补救措施……"

苏暂的震惊之色溢于言表："！！！"

他问："我睁大了我镶钻的钛合金狗眼仔仔细细审了三遍题，季总松口愿意合作了？"

沈千盏敲了敲扶手，回："嗯。"

苏暂："那你是赶着回来签合同的？"

他正欲再补个"恭喜恭喜，小爷明年又能躺着分红了"，字刚打了一半，沈千盏那边回复了句："不是，赶去请罪的。"

苏暂："？？？"

人生为什么一定要这么大起大落。

相比之下，沈千盏淡定多了，她说："我问他是不是跟向浅浅在一起了，为了补偿才决定合作。"

苏暂有点绝望，他戳着键盘一顿输出："季总补偿个锤子？别说他和浅浅什么关系都没有，就算要补偿，也是你补偿他啊！"

沈千盏不解，缓缓打了个问号。

"骗人的是你吧？"

"把人翻来覆去睡了七八遍的是你吧？"

"睡醒拍拍屁股走人的是你吧？"

"你说你渣不渣？"

"季总为了你这么个渣女，又是投资又是当顾问的，人家图啥啊？"

沈千盏挺想回"可能图我好睡"，但太直白了，她有点害羞。

她琢磨着回点什么振振士气，对话框内"对方正在输入"的字样消失，苏暂回了句："不过你俩现在这情况，特别像售后纠纷。"

"卖家是货物既出概不负责，买家想延长使用保质期年限。"

"季总是买家，你，是卖家。"

沈千盏回了个"我刀呢"的血腥表情。

苏暂支着下巴，非常忧虑地总结了一句："出于男人的直觉，我觉得季总对你别有所图。我盏姐的风流史，可能要终结在这个伟大男人的身下了。"

沈千盏将苏暂这句话来回看了两遍。

她对苏暂句中用的"身下"一词十分不满："为什么是我在身下？"

苏暂："不是，你们这么劲爆的吗？"

到北京已是深夜。

沈千盏常年跟组熬大夜，时间对她而言，不到凌晨都不算晚。她婉拒了苏暂派车来接的提议，出站后与乔昕一人打了一辆出租，先回家休整。

到家后，沈千盏才想起自己忘记问季清和明天协会活动的时间。她滑着手机屏幕，坐在卧室地板上沉思了数秒。自季清和发起好友申请后，对话框里除了"不属狗，但咬过你"这条骚断腿的备注以外，只有一条"你已添加了季，现在可以开始聊天了"的对话模板。

季清和与她唯一的一次联系还是中午的那通电话，既不聊天也不联络，也不知道他跟苏暂要微信是出于什么考虑。

她捏了捏眉心，手机一甩，洗澡睡觉。

翌日清晨。

乔昕口中没十点起不来的沈千盏，凭借着顽强的意志与床殊死肉搏半小时后，拖着毫不听使唤的肉体，起床洗漱。

为了今日能光彩照人艳压全场，沈千盏早起先敷了张面膜，又细细地化了个妆。打开衣柜挑选战袍时，非常严谨地依照皇历的指示，选了今日的幸运色——白色。

女人最好的战斗状态可能就是照着镜子觉得自己美到赛过沉鱼落雁一切虚无时所呈现的自信。

沈千盏在镜前迷恋自己数秒后，拎起包，精神饱满斗志昂扬地准备出发。

沈千盏先到时间堂碰运气。

她是这么想的，钟表收藏协会的根据地在时间堂，既然是协会活动，肯定是集体一起行动。否则藏友三五相约，直接故官门口见不省事吗？再者孟忘舟对协会是二级认证机构非常自得，对自己副主任的身份更是视如珠宝。难得组织一场活动，铁定想使用职权，自娱自乐一番。

所以，沈千盏从一开始就锁定了两个地方。一是时间堂，二是钟表馆。

事实证明，沈千盏的智商除了在对上季清和时会惯性失常以外，基本还是在线的。她到时，跟掐时掐秒出现的一般。于万众瞩目之下，降下她的小车窗，美貌又不失风情地朝孟忘舟挥了挥手。

孟忘舟起初没太看清，等把头顶的鸭舌帽往上抬了抬，才看清坐在车内美得一塌糊涂的是刚把他拉黑不久的沈千盏。

他惊喜到双眼倏然一亮，赶紧上前招呼："沈制片你来了，清和说你在出差，我还以为你这次来不了了。"

沈千盏就近停好车，态度亲和到仿佛完全没有迁怒季清和而拉黑孟忘舟这回事："本来今天下午的飞机回北京，听说有活动昨晚连夜赶了高铁回来的。"

她笑眯眯的，巡视了全场，尽量以很自然的语气打探："季总说他今天会担任讲解，他人呢？"

孟忘舟是成年人，还是拿着剧本大纲阅览无数韩剧和小毛片的成年人。他怎会不知道沈千盏压根儿不是为了他协会的活动，而是奔着攻略季清和而来。但十八岁成年后的世界百无禁忌，成年人不只爱玩心跳，还善于布置逢场作戏的伪装。

"隔壁。"孟忘舟指了指时间堂隔壁，墙垣森森的另一栋四合院，"等出发了估计才舍得出来。"

确认季清和人就在这儿，沈千盏心下微定。她抬腕看了眼时间，嗯，时间尚早。

故宫博物院八点开馆。将近十点时，孟忘舟召集的藏友全部到齐。他边登记点名，边发印有"北京钟表收藏协会"标志的小徽章。就连沈千盏这个不在协会会员之列，单纯占个名额的游客也分到了一枚。

季清和就是这个时候出现的。

他臂弯上搭着一件纯色的长款大衣，上衣是冷烟色的毛衣，内搭纯白的斜纹衬衫，显得儒雅又绅士。玄色的牛仔裤脚随意又松散地做了个卷边，衬得身高腿长，长身玉立。

沈千盏第一下没能移开眼。

季清和大多时候沉稳精干练，西装革履。他的气质清冷，但凡穿冷色系质感的衬衫外套，总能伪装得人畜无害。

她欣赏第二眼时，季清和似有所觉，微一侧目，与她对视。那眼神，波澜不惊，似是毫不意外会在这里看见沈千盏。

沈千盏抓紧看了第三眼。这一眼颇有讲究，她重点扫描了季清和细窄精瘦的腰身和恰到好处的翘臀。

也不知道季家从小给季清和喂的什么饲料，这腰臀比，简直跟用尺子丈量出来的般，完美到无可挑剔。

她内心颇有些留恋地啧啧了两声，回想起季清和这几处地方的触感，目光里不免含了几分无法掩饰的色气。

季清和恍若未觉。他虽出现得悄无声息，颇为低调，可实力不允许。几乎是他出现的那一刻，无论是聚众闲聊的还是低头捣鼓手机的，所有人都跟安装了雷达似的，精准地对他行以注目。

孟忘舟也是一怔，等回过神，便招呼着，领队拔营。

时间堂离故宫博物院不远，众人步行前往。

孟忘舟热情高涨，一路又是鼓舞藏友绿色出行，又是带头做讲解，那架势瞅着像是本职是为爱发电的免费导游。

沈千盏没想到会有步行这种残酷的刑罚，一双高跟鞋，行动不便，走得异常缓慢。

她本还担心季清和会记着两人之间那不知道什么时候越结越深的仇，故意晾她。不料狗男人今天换了造型的同时还顺便换了颗良心，意外地放缓了脚步与她并肩同行。

不知是否受了隐形的长得好看走得慢，长得丑走得快的规律影响，孟忘舟带的这支队伍，稀稀拉拉，占了半条街。

到钟表馆时，已是中午。

孟忘舟兴致勃勃，入内便开始整顿队形，开始讲解。

发现现实和说的不太一样的沈千盏转身，目不转睛地看向从进来后，浑身气质沉淀得无比温柔纯粹的季清和："你不是说，你讲解？"

季清和收回落在硬木雕花楼式自鸣钟上的眼神，低头看她："是。"

沈千盏微抬下巴指了指前方唾沫横飞的孟忘舟："那他在干什么？"她一脸被骗了的痛心疾首。

季清和微哂，不紧不慢地看了眼周围零星的游客，用眼神示意她去看刚才他驻足凝视的大钟。

"硬木雕花楼式自鸣钟，宫中存留的最大自鸣钟。上报刻，下报时，钟表分走时、打刻、打时三套互相联动的铜制齿轮传动系统制成，是清代乾隆年间，清宫造办处制造。不只制作技术复杂，使用材料更是奢侈。"他侧目时见沈千盏一副一知半解的模样，微微一顿，说，"需要更详细地给你讲解制表工序或这座钟三处系统的运作原理吗？"

沈千盏转头看他。

他表情不显，语气却很明显地暗示"我觉得你听不懂"。

沈千盏比较肤浅，她对钟表的喜爱一是其昂贵的价值，二是足够狙击少女心的颜值。至于钟表制作的原理和制表、修复的艺术，还不如她对钟表品牌的研究来得更透彻。

见她不搭话，季清和站在自鸣钟的围栏前，微俯身，与她平视："和之前一样，我今天也只为你讲解。"

沈千盏挺想感动下的，但联想到初见时讲解到床上去的画面，委实感动不起来。

其实苏暂对她一直存在着些许误解。当初和季清和那一次，你情我愿，并不存在什么骗人行为，也没有他后来脑补的谁更渣的虐心虐肾戏码。

只是她这人向来喜欢口嗨，喜欢在不歪曲事实的情况下占点口头便宜。如今细想起来，她虽有勾引的嫌疑，但占主导地位的绝对是季清和这个狗男人。

她沉默了一瞬，妥协："行吧，那您今天受累些。"

怕他言下之意另有暗示，沈千盏想了想，又补充了一句："你赶紧讲完，我们去聊正事。"

大家都是成年人，彼此心知肚明。钟表协会的这个活动不过是个合理见面的踏板，让双方都不用直面赤裸裸的现实。要不说这个社会人与兽并存呢，有了遮羞布，谁也不知道对面是人是狗。

逛完钟表馆，孟忘舟原地解散队伍。对藏友是选择继续逛珍宝馆还是军机处还是离开回家，都不干预。

沈千盏一年都没一次性走过那么多路，她看向季清和，征求他的意见："出去聊，还是随便找个地方？"

季清和看了眼她磨得发红的脚背，不紧不慢道："前面有茶座，喝杯咖啡吧。"

沈千盏没意见。

午后阳光正好，露天茶座搭了顶太阳伞，衬着满园的绿意依稀有几分回到夏天的感觉。沈千盏在走廊前犹豫了三秒，也就三秒。她瞅着从伞间缝隙透下的阳光，想了想紫外线对皮肤的巨大损伤，义正词严道："里面吧，安静。"

季清和似知道她在想什么，勾了勾唇角，从善如流。

进屋后，沈千盏挑了个安静的角落，点了杯咖啡。

季清和没看菜单，随便要了盏茶。

沈千盏见状，忍不住又伸出不安分的小爪子，轻搔："季总年纪轻轻的就开始养生了？"

季清和对沈千盏这种仿佛他是她天敌，见面就口蜜腹剑的行为和态度见怪不怪，甚至还因此生出几分自然。他无比顺口道："后院养了朵牡丹，不养生怕以后浇不起。"

自寻不快的沈千盏："……"

　　她清了清嗓子，很快调整好状态，问："那现在我们可以开始谈合作了？"

　　季清和本想说"看你诚意"，话到嘴边，他换了种方式问："如果合作的前提是让沈制片做那朵牡丹，你愿意吗？"

第五章

人间绝色，宜食之

沈千盏仰头。

季清和清晰地看到了她全部的表情，除眼里有稍许迷茫外，她似乎对听到这句话并不意外。甚至，在消化完他整句话的意思后，唇角轻勾，露出个似笑非笑的神情。

无论是哪种反应，都与他想象得不太一样。

沈千盏往后倚住椅背，正襟危坐的谈判坐姿被她调整成略显轻松随意的姿态。

她拨了拨肩后的长发，余光扫向斜对面原本用来在视觉上加深空间感的落地镜。确认此刻自己依旧姿态优雅，仪容完美，足以用颜值碾碎季清和那颗扑通扑通跳着的小芳心后，含笑确认："季总的意思是，想包我？"

季清和没接话，以一种模棱两可的默认姿态，等她回答。

沈千盏与他目光相对，片刻后，轻嗤了一声。

模棱两可这种战术在谈判中属于无底气的弱势一方，通常手中筹码不足，才会等着强势方划分楚河汉界。

她微抬下巴，再次确认："我如果拒绝，我们之间就彻底没有合作的可能了？"

季清和这次的态度明显多了，满脸写着"我这儿没有答案可抄"。

沈千盏没能从他脸上看出什么，没再试图套话。

恰好，店员将咖啡送上，小声问她是否需要加糖加奶。

沈千盏在人间小甜甜和苦味小黄连中纠结数秒，瞥了眼对面气定神闲正打量花圃间过路游客的季清和，咬了咬牙，选择了小黄连。

往前十载的那段人生，沈千盏走得并不顺畅。

寂寂无名时，成功并非踏实勤奋刻苦便能换来。她从策划做起，写过大纲，做过剧本，策划过项目。曾为谈下合适的编剧跨越过半片国土，也曾为了投资陪酒卖笑。

季清和不是第一个想要包她的人，穷困潦倒看不到任何希望时，沈千盏都没有过动摇，更何况如今功成名就，对她说过这些话的人早已高攀不起她。

她抬眼，眸色深邃，语气颇有些惋惜道："挺心动的，但抱歉，比起做您后院的牡丹更想做个生命不息赚钱不止的印钞机。"话落，她端起咖啡轻抿一口，眼神真如她语气那般，三分痛惜，七分扼腕。

季清和也不勉强，他略略点头，不再细想："那谈谈合作吧。"

嗯？她听见什么了？

沈千盏原本都做好了准备，他说"那抱歉，我只和我的小牡丹合作"后，她就用带着看狗男人那种鄙视厌恶的眼神招来店员埋单。而后，潇洒起身，颔首微笑，连告辞都不必，抬脚就走，不能回头的那种。

结果，她戏都排好了，他说什么？

谈谈合作吧？逗她玩呢？

许是她惊愕的表情过于直接，季清和微哂，唇角上翘，露出个浅浅的唇窝："不谈？"

沈千盏立刻微笑，她看见斜对面落地镜里自己秒速切换成了狗腿子，又是斟茶又是递纸巾的，生怕怠慢了金主："谈，谈谈谈。"

季清和低头喝水，沈千盏生怕他烫着，小声提醒："您慢点喝，烫着呢。"

季清和眉头一皱，沈千盏生怕他苦着，低声询问："不合胃口？我给您再换壶吧？"

季清和抬眸看她，沈千盏生怕他辣着，整理了下仪表，就差拿出粉饼再补补粉，定个妆，保持自己外表靓丽精致，能给金主提供良好的谈判感受。

"苏暂是你的助理？"季清和略清了下嗓子，意味深长道，"你教得特别有个人特色。"

沈千盏忍住翻白眼的冲动，嘀咕："活跃下气氛而已。"想了想，她忍不住为自己辩解，"苏暂大部分还是自己学的，而且学坏不学好，一点没继承我的高风亮节也就算了，还专挑歪风邪气继承。"

她抬腕看了眼时间，显然不想将时间再浪费在无关紧要的事情上，双眸微亮，灼灼地盯着他："季总是想先谈特聘顾问的合作还是先谈投资的？"

季清和与她对视两秒，提醒她："补救措施呢？"

沈千盏毫无遗忘的愧疚，反问："季总的条件呢？"

他不是拖泥带水的人，沈千盏亦是。两人在达成合作这件事上的磨叽，都能磨出一袋豆浆了。起初还能当情趣，可时间久了，只会引来厌恶。见好就收的道理，彼此皆是心知肚明。

季清和没卖关子，指尖在杯耳上轻轻一落，说："一是贵公司旗下艺人对我以及不终岁造成的名誉侵害，你是否该给我个交代？"

沈千盏挑眉，暗自腹诽：那您天天嘴上挂着要浇灌小牡丹就不怕形象受损了？狗男人狗起来连双重标准都不放过。

腹诽归腹诽，沈千盏面上表现出一副虚心受教甚至无比惭愧的神情，语气低落地回答："那肯定的，我已经在调查了，必定查清楚给季总一个交代。以后，也不会容许这种事情再发生的。那二呢？"

季清和很难得再见她乖巧记笔记的模样，视线微淡，在自己还不知情的时候眉梢眼角就已悄然染上了几分笑意："二是，与我有关之事，沈制片不许假借他人之手，必须亲力亲为。"

沈制片签过无数个难搞的艺人，并未觉得季清和这条要求有什么特殊，她审思数秒，一本正经地与他敲定细节："包括出行方式、饮食和住宿方面？"

特聘顾问前期会参与剧本会，提出专业性的指导和建议，后期剧组筹建起来，美工组构造人物角色时，也须参考他的意见。甚至拍摄现场的布景及动作指导都少不了季清和亲自指导。

这么一想，沈千盏更加迫切，她问："不然你给我个你助理的联系方式？我尽快跟他敲定下合同细节。"

她举例："只有合同才能有效地互相约束，维护双方的利益。我得确定能签你多少天，你的档期决定了我前期筹备工作的效率。"见季清和似没听懂，沈千盏决定说得直白点，"你太贵了，经费目前有限，我得把签你花的钱，榨到没汁可出为止。"

季清和不语。他的表情看上去有些一言难尽。

沈千盏对自己成功震慑了季清和表示欣慰，慢吞吞道："当然，如果季总不想被这么高频高压地使用，可以多拨点经费。"话落，她扬唇一笑，笑得狡猾又邪魅。

你以为我是在讲荤段子吗？不，我只是在要经费。

初步达成合作意向后，沈千盏马不停蹄地赶回公司，让乔昕与对方助理联系，尽快敲定合同，以防季清和后悔。

流程要走，答应的事也要做。沈千盏人脉广，资源多，手下保持良好合作关系的营销号无数，很快查到当日爆料向浅浅"夜会金主"的匿名网友是谁。但眼下要想知道匿名网友的真实身份，还须一步步提起诉讼。

沈千盏等不起，她暂且放弃这条途径，给苏暂施压。

自打她将向浅浅交给苏暂后，她再未直接插手过向浅浅的经纪事务。只有苏暂无力处理时，她才会适当参与。

苏暂这两天为调查这件事焦头烂额。

向浅浅的绯闻一出，千灯虽第一时间撤下热搜压了消息，但架不住对家带节奏，一波波黑料一股脑往网上炸，生怕踩不死她。

好在最初网友爆料的那组照片画质过于高糊，季清和平时又过于低调，并未引起大震荡。此后扔出的金主黑料，也大多是媒体捕风捉影，与季清和无关。

线索要断不断，想有所突破又难上加难。以至于苏暂这两日，一旦看见沈千盏来电，就得先抓秃一把头发。他无精打采地半瘫在沈千盏办公室里的沙发上，可怜弱小又无助："我真的查不出来，这次全网发通稿，根本看不出来谁家的手更黑。"

沈千盏正在看季清和助理返回来的第三版合同。

季清和身份特殊，乔昕出第一版合同时，沈千盏就亲自做了调整。不料，季清和他家助理和他一样难搞，对她提出的乙方义务苛刻到令人发指。

沈千盏拧眉，边批注修改意见边敷衍苏暂："你之前不是跟我说浅浅私下找了个靠山吗？没从这儿下手？"

苏暂哀怨地瞥了她一眼，诉苦："她不愿意说，我逼问得紧了，就搬出合同来，说没义务告知私人隐私。"

沈千盏敲键盘的手一顿，不敢置信地瞥他一眼："你就这么被她糊弄过去了？"

苏暂深深地叹了口气，口吐芬芳："我果然只适合当一无是处只会花钱的富二代。"

沈千盏调整完最终版，上下滑动着看了看，悄咪咪往甲方义务里加了条——合作期间，甲方不得以任何利益相关为要挟，违背双方合作初衷，违反甲方义务强迫乙方违反行规守则，牵涉私人感情。

随即，保存，发送。

忙完这些，沈千盏终于闲下来，她呷了口苏暂最近日日上供的瑰夏咖啡，良心发现地安慰了几句："你也不算一无是处，会投胎这本事一般人真的学不会。"

苏暂欲哭无泪，继续躺尸："雷导那儿试戏结果本来挺好的，忙前忙后付出这么多努力，最后黑料一爆，只捞到一句，有机会再合作。"

沈千盏不屑："我是不是教过你，和艺人之间保持合适的距离，给她留些私人空间的前提是她足够信任你，足够听话？"

千灯从不迷信把控艺人这招，一向主张自由民主，和气生财。偏偏向浅浅从她这里出去后，就跟脱缰的野马似的，拉都拉不回来。

千灯愧对她了？没有。

苏暂对不起她了？也没有。苏暂手里只带了向浅浅一个艺人，担任经纪事务又是富公子头一份正经职业，他对待向浅浅如珠似宝，每月工资一半倒贴进帮她拉资源的支出上。加上苏暂千灯太子爷的身份，千灯在资源方面，完全是倾斜状态。也不知道，她到底有什么不满足的，幺蛾子频出。

沈千盏的视线落在碰壁碰到生无可恋的苏暂脸上，无奈地给他提了个醒："你去查查向浅浅这段时间的合作方向不就有眉目了？她找了靠山，就不可能一味付出，一定会有所索取和赠予，谁家也不是开善堂的啊。"

苏暂眼睛一亮，像拨开迷雾见到光般，一下弹起来，风风火火地蹿出了她的办公室。

同一时间。沈千盏微信一声轻响。她解锁查看。

自打进入好友列表后就没发过消息的季清和的微信号，诈尸了。

他问：" '合作期间，甲方不得以任何利益相关为要挟，违背双方合作初衷，违反甲方义务强迫乙方违反行规守则，牵涉私人感情' 这条，'私人感情'具体指的哪方面？"

电脑还没关，沈千盏滑着鼠标去看隐藏在合同第四页，最不起眼角落里的新增条款。

季清和那双眼睛是狗眼吧，这么贼。她咬着手指，想了大约三分钟后，回："'私人感情'的满足条件应该是封闭空间内人数不得低于三，距离不得为负。"发完，沈千盏审阅数遍后，补充，"如果这条条款需要我方详细备注的话，季总可以将调整意见反馈给我的助理。"

沈千盏严谨地打上标点，仔细看了看，忍不住为自己竖起大拇指。

隐晦又不低级，委婉又不失强硬，她这段回应完全可以载入"如何快速指导富二代学会礼貌拒绝潜规则"的文案详例，专供苏晢学习使用。

不过，她视线落在季清和的微信对话框里，轻嗤了一声——季清和这明知故问的毛病一时半会儿真的不见好。

以前是明知她的敏感点在哪儿，仍要边挑火边听她语不成句，溃不成军。现在是明知她忌讳谈情，还要时不时地帮她加深印象。

不属狗真的太可惜了。

沈千盏等了片刻，见季清和似不打算再回复了，干脆合上电脑，等待下班。

晚上有个饭局，原是安排在二十二日晚上的。因导演临时有事，行程推延，直至今早对方才通过微信，确定了时间。

沈千盏对饭局总遇临时调整已见怪不怪，公司之前有个项目，为了协调原著和编剧的时间，调整了整整两个月，才将主创团队凑齐。一顿饭三小时，就为了这三小时，她和乔昕等了两个月。

眼看着约定的时间越来越近，沈千盏起身，去补妆。

她对自己的仪表向来注重，精致起来连头发丝都要求一丝不苟，规格堪比艺人走红毯拍杂志。

苏晢看过她补妆，从小在女孩堆里长大，他不若一般完全不懂化妆的直男。有时候沈千盏刚拿起腮红或眼影，他就能立刻分辨出适用的化妆刷递过去。更别说对时下热门口红色号的了解，与沈千盏相比，不相上下。即使如此，他也曾发出过疑问："如果按化妆步骤和上妆功能区分，这张脸是不是得被大卸八块了？"

沈千盏起先没懂，略带疑惑地看向他，等待苏暂的惊人之语。

也的确不负她所望，苏暂凌空比画了下她的五官，举例："就拿高光举例，额心、眉尾、颧骨、鼻梁、唇珠、下巴都要提亮。腮红呢，又不只用于两颊，还有鼻尖。眼影又分眼角、上眼睑，下眼睑和眼尾，从打底、晕染到叠加，技术操作是层层递进。这要是每个部位不同步骤拆分教学……"他咦了声，抖了抖身子。

沈千盏顺着他的话脑补了下五官被拆分的画面，面不改色继续画眼线："你错了。"

苏暂疑惑："嗯？"

沈千盏手稳得很，将眼线扫出个标志鱼尾。她左右打量了一眼，相当满意："你还是不够了解女人对美貌的追求，比如我，天赋异禀，压根儿不需要什么拆分教学，再复杂的化妆步骤，看一眼就会了。"

这个苏暂承认，他一直觉得沈千盏即使失业了，也能靠着这一手化妆技术当个化妆师。

补妆完毕，沈千盏抬腕看了眼时间，刚好可以出发。

不是特别重要或正式的场合，沈千盏并不占用公司资源，她和苏暂约好在停车场见，与乔昕一同下楼，开车赴约。

今晚要见的导演是被沈千盏列入献礼剧合作列表的人选之一，姓邵，叫邵愁歇。

听闻当年身处少年时期，原名还是邵一刚的邵愁歇，因人如其名，深刻贯彻了爹妈取名的深意，今天杠老师明天杠领导。

某次被学校处分后，被迫退学。父母迷信风水，顺手给如今大名鼎鼎的邵导改了名，期盼邵一刚今后能够继续人如其名，让倒了八辈子霉才摊上他这个儿子的爹妈能够少愁些。

也不知是邵一刚五行里的哪一行被改服帖了，此后顺风顺水，发挥了其在艺术上的天赋，顺顺利利地考上了上戏，又顺顺利利地毕业当上了导演。一部胆大心细又挑战广电审核标准的文艺片以一种完美擦边的呈现方式，一举拿下了当年的年度最佳影片。

本来介绍到这儿，邵愁歇的个人经历已非常丰富，人物也已饱满，但沈千盏看中的除了他的工作能力，还有邵愁歇自带流量的热搜体质。

邵愁歇成名经历里最浓墨重彩且被网友津津乐道的正是他的改名史。

沈千盏行事作风向来大胆，在不涉及道德法规的范围内，喜猎奇。她对邵愁歇的兴趣由来已久，正想试试脱离圈内早已区划好的规则和模板，能否碰撞出不一样的火花。

季春洱湾酒店。

熟悉的问好，熟悉的寒暄。

沈千盏一路慰问至包间时，已等了她近半小时的邵愁歇并未在房内。

她疑惑眨眼，看向苏暂："人呢？别走错包间了。"

苏暂也纳闷："我给他发了包间号，特意叮嘱酒店亲自把人带过来的。"他指了指桌几前已凉透的那杯茶，"估计去洗手间了？"

沈千盏未置一词，她挑挑眉，示意他赶紧去找人。

三分钟后，苏暂回来，一脸的古怪表情。

不等沈千盏开口询问，他拧眉汇报："人是找到了，可是叫不回来……"

苏暂轻咳一声，解释："简芯简制片，把人扣下了。"

沈千盏把玩着手机，没吭声，只眉头轻皱起。

就在苏暂觑着她脸色，小心措辞时，沈千盏默念着"别皱别皱，皱纹会长"，她强压下手痒的冲动，手动抚开拧住的眉心。

苏晳见状，继续补充："除了简芯，蒋总和雷导也在。"

"蒋业呈？"沈千盏问。

苏晳期期艾艾的，半天才点了下头："听说季总稍后就到。"

这回她的眉毛再也没能听使唤，她拧眉沉思片刻，冷笑一声："我说蒋业呈的助理这两天一直拐着弯地跟乔昕打听个什么劲呢，原来是以为我搞不定季清和，未雨绸缪，开始找下家了。"

沈千盏做事向来谨慎，合同没入库前，一切皆有变数。季清和的危险系数又尤其高，在他没签字画押前，她特意交代乔昕，此事在公司不能让除她俩以外的任何一人知道。

即使是苏晳，也因嘴上没个把门的被沈千盏拉入黑名单内。

是以蒋业呈的助理和乔昕打了无数场太极后，只当沈千盏这方的含糊其词是与季清和谈判破裂，因心虚才无法正面回应。

她啧了声："真让人太寒心了。"

苏晳眼观鼻鼻观心，不敢接话。他盏姐那磨刀霍霍的表情，实在是半点都看不出被寒了心的样子……

乔昕怯怯地问："盏姐，那我们怎么办？"

不如原地放假？

不过显然，原地放假是不可能的。只有加班，才是永恒的。

沈千盏想了想，说："能怎么办？一起吃个饭吧，正好人多热闹。"

简芯正为了成功抢走邵愁歇，硌硬到沈千盏扬扬得意。对蒋业呈也是温柔小意，极为吹捧。

她与沈千盏的竞争关系，在圈内无人不知。当初竞争献礼剧失败，简芯面上不显，内心早已将沈千盏骂了七八百遍。奈何技不如人，柏宣与千灯的合同一签，她只能甘拜下风。

不过影视圈里，项目变动是常有之事。简芯并没有彻底放弃，这段时间她一直在暗暗使劲，试图从蒋业呈这儿突破。可惜大半年下来，柏宣不为所动。直到最近，她的示好才得到回应。有盼头的事做起来才有动力。

简芯圈内人脉不少，边讨好柏宣高层边暗中调查情况。圈子里人多嘴杂，最不缺八卦谈资。虽有些消息并不准确，且没头没尾没有合理的逻辑，但并不妨碍她从中嗅出柏宣想更换合作人选的讯息。

沈千盏要是知道自己费尽心机挣来的资源即将轻而易举地落入她手里，不知那张漂亮的脸会不会气到变形。

然而，这个疑问很快就被正主亲自解惑了。

沈千盏踏着高跟鞋，迈出了时装周走秀的气场，施然登场。她恍然未觉自己是不速之客，特别不要脸地拿出了主宾的架势，先与蒋业呈和两位导演寒暄。

等打过招呼，瞄好了待会儿入座的席位，她这才假惺惺地掩着唇，一副十分惊喜的表情走向简芯，伸手拥抱："简芯，你怎么在这儿，好久不见。"

简芯呵呵冷笑数声，表面功夫做得比沈千盏还好，起身与沈千盏回抱后，笑盈盈地拉开身侧服务生上菜布菜的下座，邀请她入席："来，坐下一块吃点。"

沈千盏是老狐狸，不动声色地退开两步，嘴上说着"会不会打扰啊"，一边指着明显为季清和留的上座，说："暂暂说你们等会儿还有客人，我坐那儿吧，不耽误你们谈事。"

在座的都是人精，哪看不出沈千盏是故意的，但大家都是有头有脸的人物，压根儿不会掺和进女人间的战斗里。

沈千盏态度又强势，摆明了不想让简芯如愿，根本不会考虑她的想法，心安理得地领着苏暂和乔昕落座。

乔昕忐忑，悄悄给苏暂发微信："盏姐好可怕。"

苏暂安抚她："更年期的女人都可怕。"

乔昕："你看见没有，简芯的眼神跟容嬷嬷手里的针一样，简直想扎穿盏姐。"

　　苏暂憋着笑，回："盏姐是充气娃娃，顶多扎漏。"

　　乔昕："……你这么黑盏姐，我会打小报告的。"

　　苏暂没回。他给沈千盏斟上酒，先陪了一圈大佬。

　　雷导是无酒不欢，苏暂前段时间为了替向浅浅争取到试镜机会，没少陪他喝酒。以至于现在看见他那张黑黢黢的脸，手就忍不住颤抖。

　　沈千盏见他抖得跟帕金森一样，主动举杯替苏暂回敬："我听暂暂说，前阵子受您照拂，浅浅的收获不少。我这弟弟嘴笨心大，心里感激，但不善言辞。我今日正巧和雷导遇见，定要替他谢谢您。"

　　她满杯灌下，一滴不剩。

　　雷导不喜性格扭捏的人，见沈千盏这么上道，瞬间开怀："沈制片爽气，浅浅塑造性强，又踏实好学，日后前途一片光明。正好今天经纪人也在这儿，改天带浅浅来试妆，如果合适，以后少不了能和沈制片喝酒啊。"

　　沈千盏微微诧异，但她表情管理得当，并没露出丝毫不妥。

　　她笑着让苏暂去斟酒感谢雷导赏识，眼神落在不言不语品酒的蒋业呈身上，轻轻一定——她可能知道向浅浅的靠山是谁了。

　　酒过三巡，蒋业呈催助理给季清和去个电话，口称再不来饭菜就凉了，实际是生怕再晚些季清和该找借口不来了。

　　沈千盏目睹了这一幕，心知季清和怕是并未答应赴约，忽然心头一松，生出几分愉悦。

　　她没错过去打电话的助理回来时那副欲言又止的神情，她看了眼面色不豫的蒋业呈，放下轻晃着的酒杯，声音慵懒道："季总这人不好请，每回都须三催四请的，麻烦得很。"

　　她支着下巴，装着有三分醉意般，笑眯眯道："不过季总和我们家暂暂的关系不错。"她转头，指尖在下巴上随意敲了两下，示意他："拿我手机给季总打个电话，他若是不忙，可不能让长辈在这儿等着。"

　　她一句话，进退有度，既表现得和季清和关系亲近，又不经意地抬高了蒋业呈，一箭双雕。拍马屁就得这样不动声色又宾主尽欢才对嘛，简芯那把妖精音黏黏糊糊的，也不嫌自己聒噪。

　　沈千盏记下小笔记，决定回头拿简芯当反面教材好好指导指导苏暂，好让他明白拍大佬马屁时，马屁的艺术感取决于他用不用脑子，别一天天跟简芯似的，只知道投机取巧。

　　她这厢刚为苏暂量身定制了一套速成补习计划，余光一扫，包间的门被苏暂从外面推开，他侧身站着，脸上挂着沈千盏无比熟悉的狗腿表情。

　　她心中隐隐有所猜测，未等这些猜测落到实处，季清和如清松冷竹，带着扑面的寒意，信步入内。

　　眼前的画面与意外重逢那夜太过相似，沈千盏心跳忽地漏了一拍，像过多饮用咖啡，引来了心悸。有那么一刻，呼吸紧促，所有空气仿佛都被他掠夺一般，恍若身处梦境。

　　而她，醉在梦里，流连忘返。

　　但很快，她的意识就清醒了过来。

　　季清和眉目微蹙，似不经意般，目光先掷向她所在的方向。而后，若无其事地移开视线，扫视全场。

　　他身后跟着位特助，比他稍矮些许，眉目端方，初看时平平无奇，待他睁眼时，眼里锐光与季清和冷厉时如出一辙的杀伤力惊人。

　　沈千盏托着腮，默默想：难怪一样难搞，季清和是按着自己的标准搞了批发吧?

　　简芯恼她搅和了她的正事，一晚上别的没干，光撺掇着沈千盏喝酒。苏暂虽替她拦了不少，可到底有限。眼下后劲起来了，她看人三分朦胧，自带滤镜，就连简芯那副骨头架子也看着顺眼不少。思维一迟钝，就没跟上众人节奏，别说没赶上季清和进门时表现亲近的最好时机，连打招呼都没有她的份。

　　沈千盏默默闭嘴，眼睁睁看着简芯笑靥如花地让出自己的位置，方便季清和与蒋业呈相邻而坐。

　　似是察觉到她的眼神，季清和稍一侧目，向她看来。

　　随即，他极淡地笑了下，径直向她走来。

　　要不是众目睽睽，沈千盏差点想捂住自己超速的小心脏。

　　她一眼不落地看着季清和向她走来，在距离她一步之遥时，提着一把清冷的嗓音，道："我坐这儿。"

　　苏皙怔了一下，根本不用季清和跟她确认这个位置是否可让，麻利地端着酒杯餐具换到了空座上，甚至不忘让门口杵着的服务生再换一副干净的餐具上来。

　　季清和也理所当然，毫无压力地在她身侧坐下。

　　沈千盏一僵，僵硬地转头与他对视了数秒。

　　季清和看上去心情不太好，唇角轻抿着，连唇色较之寻常时候也偏淡了几分。

　　恰好服务生来上餐具，沈千盏见她没给季清和拿玻璃茶盏，提醒道："他不喝酒，再给他拿个杯子，烫壶茶来。"

　　季清和原本正不豫地用指尖敲着膝盖，闻言，指尖那点小动作一顿，似笑了笑，那清冷的面色忽地冰霜散去，柔和了几分。

　　压根儿不知自己的惯常操作刷到了金主的好感度，沈千盏这才注意到他与特助皆是西装革履，像是刚从某个正式场合赶过来，想了想，问："你就在这附近？"

　　苏皙电话打了很久，从出去后就没回来。沈千盏记得很清楚，简芯那小蹄子还嘲讽过一句："苏皙这电话打了这么久，该不是季总贵人事忙来不了，他怕不好交差不敢进来吧？"

　　瞧瞧，这下打脸了吧。

　　"嗯，就在楼上。"他声音并未压着，静得能听见中央控风的包间里，他说的话在座所有人都听得一清二楚，"苏暂说你喝多了，我下来看看。"

沈千盏沉默了一瞬。她心里麻麻的，总觉得狗男人又准备搞事。她胆战心惊地看了眼季清和，问："没耽误你正事吧？"

季清和看了她一眼，松了松领结，反问："你不就是正事？"要不是他表情自然，姿态随意，沈千盏差点以为他在一本正经地撩她。

见她不说话。季清和瞧她一眼，微抬了抬下巴，说："听说你团队人来齐了，我带了助理，等会儿把合同签了再走。"

沈千盏一副果然如此的表情："季总如此热切，求之不得。"

季清和微哂，眼底逗弄她的愉悦转瞬即逝。他侧目，看了眼此时装鹌鹑的苏暂，想起刚才电话里，他问"我盏姐喝多了特别好欺负，你要不要来看看"时那叛变得毫不迟疑的样子，微微勾唇，把玩着杯盏看向餐桌上看似其乐融融实则泾渭分明的两拨人。

蒋业呈对季清和与沈千盏的关系这般亲近有些错愕，试探着问道："千盏你和季总是合作了？"

沈千盏虽然理解蒋业呈私下做备选的行为，但对对方如此没有合约精神的恶心也是一点没少。她留了点心眼，说半句留半句："季总是唯一继承季老衣钵的，您说我舍得放过他吗？"

蒋业呈眼神微闪，颇为赞许。

沈千盏看不透蒋业呈的真实想法，单纯当他在夸自己，笑眯眯地举杯敬了敬季清和："还得感谢季总对我的信任，喝一个？"

季清和没动，他连眼神都没分给其余人一眼，只顾着敲打沈千盏："又忘了？我这儿不兴……"

没等他说完，沈千盏立刻放下酒杯，另倒了杯茶："我是俗人。"

她抿了一小口，微苦回甘的茶水有点烫嘴，她沾了一口就顺势放下，补完后半句："只会喝酒吟诗，喝茶……吟不出来。"

她这句话不知戳中了邵愁歇哪个笑点，他抚掌大笑，说："早就听闻沈制片是个有趣的人，可惜一直没有机会深谈。日后若是有机会合作，希望能了解了解沈制片有趣的灵魂。"

沈千盏谦虚地笑笑，打蛇随棍上，聊起今晚本欲与对方切磋的话题。

季清和抬眸，似不经意般扫了眼邵愁歇，没再多说。

将近十点时，沈千盏借口不胜酒力，为了不耽误与季清和的正事，决定先行一步。

简芯哪看不出她是今晚目的达到准备撤了，她怄气都快怄死了，想冷嘲热讽落落她的面子。话刚到嘴边，忽觉有道视线落于脸上。等她抬目去寻时，那道目光一转，消失得悄无声息。

她一肚子的酸言酸语卡在嘴边还没来得及说，就见蒋业呈与两位导演，相继提出告辞。简芯憋着火，丹田都快炸了，一句话没忍住，直接脱口而出："沈制片天天表现得爱岗敬业，改天也教教我，怎么靠着爱岗敬业招惹得东城西城那些富家子弟回回伸手跟父母要钱来投资你的剧啊。"

沈千盏正等着和平散局，闻言，笑容一淡，回应时声音冷冽，兜头倒了一盆的玻璃碴："教不了，交流经验可以，心眼不好我可教不了。简制片再不改改这坏心眼的毛病，怕是还要做一个项目扑一个。"

她落字轻飘飘的，浑不在意简芯话里话外的恶意内涵。

一瞬间，包间内寂静无声。谁也没料到即将散局时，简制片会突然撕破脸。

就在众人尴尬到起身就要逃离之际，季清和似无意般提起："沈制片爱岗敬业这个评价，倒不止一次听说了。除了正面的，还有些标签似乎……"他目光疏淡，似笑非笑，"挺有趣的？"

沈千盏没敢接话。她原本以为季清和是替她解围的，结果这狗男人是来下套的。

他并不在意沈千盏拒绝交流的态度，唇角笑意微深："虽风流，但从不来带私人感情？"

一桌子正费尽心思找借口离开的八卦群众立刻十分自然地坐回去，不着痕迹地打探："季总怎么说？"

沈千盏风流名声在外，在座诸位都有所耳闻。就像聊艺人八卦，无论是谁谈论起，都津津乐道。

季清和不动声色，只有苏暂心知肚明地咬着手指在角落里暗暗大笑。沈千盏，你也有今天！

他乐不思蜀，眼看着沈千盏今日就要栽，季清和却没打算往下细说，笑容温和道："我就是确认一下。"

蒋业呈深知季清和对合作方的人品、工作态度等要求非常严苛，不疑有他。

唯被调侃的沈千盏，无声撂下一句狠话："狗男人，你等着。"

沈千盏被季清和最后那波骚操作将了个措手不及，撑简芯时所营造出的"不屑与尔等废物为伍"的冷艳高贵也在一众大佬神秘暧昧的微笑里荡然无存。

她强行撑住自己的人设，娇嗔道："八卦这种事，私下传传无伤大雅，这一搬上台面，怪难做人的。"

她支着下巴，风情多姿地转头与季清和对视。

沈千盏的原计划是晃着她的红酒杯，与季清和的轻轻一碰，不管他喝不喝，力求表演出"季总你真调皮"的视觉效果。

第一步成功后，第二步她就皮卡皮卡地眨个眼，电得季清和神魂颠倒了，她就能顺势抛出一句"季总和我之间就清清白白的，也不知道传谣的人什么心态，拿我玷污季总这样的正人君子"。

但当她将目光与季清和一对，对方眼里的清冷就如山顶雾凇般，将她从头到脚凉了个透心。

酒喝多了，真的容易影响智商。她差点忘了，她和季清和之间一点也不清白。那句台词说出口，先不考虑违不违心，光季清和这个狗男人就不会乖乖配合，不拆台都是她往日求神拜佛攒了福德，喜从天降了。

想通彻这些，沈千盏翻脸比翻书还快，笑容一个秒收，摆出一副冷漠无情的渣女脸，光速扭头，只做无事发生。

全程目睹一切的苏晳，险些笑疯。要不是他始终牢记沈千盏这几年殷切教导的恩情，这会儿估计要笑到打鸣。

他之前说过什么来着？沈千盏这渣女迟早要遭现世报，这不，现世报就坐在她手边等着挥舞金枪开始收割。

好一出人间现实魔幻。

不过，看好戏归看好戏，关起门来怎么看都行。遇事时，苏晳还是懂得枪口一致对外的重要性，他清了清嗓子，看向简芯的眼神丝毫不掩饰谴责和厌恶："损人风评的恶意竞争挺上不得台面的，简制片今天在这里说的话，在座的可都听见了。以后我要是在外面听到任何相关的风言风语，就当是简制片说的了。"

苏晳一贯嬉皮笑脸，冷不丁地严肃起来，意外地有几分震慑效果。

话点到即止，多说无益。苏晳自觉效果不错，适当收手。正好邵愁歇假意接了个电话准备离开，他热情起身，亲自相送，将自己择了个干干净净。

苏晳对自己的认知无比准确，他就是个工具人。

不适合沈千盏身份说的话他要负责说出口，不符合沈千盏人设的行为他要负责展现。他就是个提枪拿盾的士兵，该冲锋陷阵时，身先士卒；该回防高地时，就得驻守水晶。

他，就是一颗有钱有闲的人间好棋子，人见人爱的小甜甜。

沈千盏有话要借一步和蒋业呈私聊，叮嘱乔昕先送季清和到她车里坐一会儿后，后脚跟上蒋业呈，送他出去。

经过走廊，坐上电梯后，沈千盏借着按楼层的动作往蒋业呈身侧一站，语带感激，真情实意感谢道："蒋总，特别谢谢您。我前两天听晳晳说，浅浅在雷导那儿试戏，结果不佳。也是怪我们公关部，个个捧着饭碗不好好吃饭，浅浅这段时间被误解抹黑，风评是有些不好。您能为浅浅斡旋，真是感激不尽。"

蒋业呈疑惑："什么时候的事？"

他这太极打得妙，沈千盏一口气说了这么多件事，压根儿不知道他问的是哪一句。

她不耻下问，继续试探："啊？您说哪件？"

蒋业呈看她一眼，慈眉善目："浅浅太年轻了，身居高位，难免心气浮躁。你们千灯不只要注意培养艺人的品性，也要关注她们心理上的问题。越是当红艺人，越要规范她们的行为。"

他扯了句看似相关实则压根儿没对题的题外话后，跟关爱后辈殷切盼望人才的前辈一般，放缓语气："我前几日受邀去评选电影协会重点扶持的电视剧，你们千灯潜力无穷啊。我看你的心思啊，得定一定，尽快推进献礼剧的立项事宜。年初可以报选国家重点扶持项目，获选的话……"他没说完，只意味深长地看了眼沈千盏。

两人都是圈里的老狐狸，嗅着肉味就知道鲜不鲜嫩。短短数句交锋，彼此心里已经跟明镜似的，漆光锃亮。

沈千盏笑笑，识趣地没再继续试探向浅浅的话题。

电梯叮的一声后抵达大堂。沈千盏陪在蒋业呈身侧，说了些无关紧要的项目进度。大多类似于她最近见了哪些比较适合的编剧，筛选了多少滥竽充数的，又做了多少前期准备，工作量有多巨大。

无话可说时，又适当地转换成虚心求教的后辈身份，向他请教，比如："蒋总您见多识广，有没有比较认可的编剧人选可以推荐推荐？"

"蒋总您觉得邵导能力如何，适不适合来导我们的戏？现在一线的导演捧了大奖的大部分没有档期，我们这项目也等不起。"

"拍摄选址我也在考量之中，蒋总您觉得哪块风水比较好？毕竟您眼光准，随便说一句都够我受益无穷了。"

"演员我觉得现在定还太早，不过不少演员冲着这个项目是蒋总您出品的，那简历都快把我邮箱塞爆了。"

她明则询问听取意见，暗则溜须拍马，把蒋业呈哄得眉开眼笑，直到上车后才想起忘记问沈千盏她与季清和合作之事。

沈千盏自然是故意的，蒋业呈的太极一招一式都压着她打，口风紧得撬都撬不开，还想从她这儿问出东西？休想。

沈千盏的八卦嗅觉异常敏锐，早知向浅浅"夜会金主"是被人陷害时，就把目标往几位大佬身上锁定。

蒋业呈致力于和季清和合作分一杯羹，向浅浅又在这个敏感时间私下接触季清和，让她不把主意打到蒋业呈身上也难。

只是蒋业呈圈内风评一向正面，沈千盏不敢贸然怀疑。今晚饭局上，雷导忽然松口让苏暂带向浅浅去试妆，她才不信雷导只是为了合作后方便找她喝酒。那指向性很简单，向浅浅不想丢了这个资源，央背后的靠山替她拿下来。

这个靠山是谁，一目了然。

后来她的故意试探，蒋业呈的反应也很明显。避而不答，避重就轻，还让她把心思定一定，这是在警告她，不要多管闲事，无论她知道什么，知道了多少，识趣的话就乖乖把嘴闭上。

否则，她是在拖累整个千灯为她的鲁莽陪葬。

她专注地想事，压根儿没留意自己已经下到地下二层。电梯到时，停止运行的晕眩感令她有短暂的身体不适。

她倚住电梯内的扶手，待缓过那一阵头晕目眩，定了定神，刚要出去。在电梯口守株待兔的季清和先一步，迈了进来，将她堵在了地下车库的电梯里。

他肩上披着大衣，眉目清冷深邃。

不知是西装主色太暗衬得他肤色太白，还是他本就清松冷峻，整个人站在她面前，就像一堵冰墙，从头到脚释放着冷意。

这男人穿西装是真的好看，瞧瞧他鼻梁上架着的金丝框眼镜，整个斯文败类，人间禽兽啊。沈千盏双眼迷离，刚缓过来的头晕目眩在美色的冲击下又一阵翻江倒海，席卷而来。

她抬手，冰凉的手背贴住脸，无辜地看着眼前这位不速之客："等急了？"

沈千盏难得自我反省，好像刚才是和蒋业呈聊得太久了。这么晾着季清和这种人间绝色，委实太不应该了。

得罚得罚！她决定罚自己多看两眼！

季清和见她连站都站不稳，伸手托扶住她的小臂，皱眉不满："今晚是喝了多少酒？"

"不多。"沈千盏盯着他纤白修长的手指看了一会儿，数了数，说，"四两白的？还喝了几杯掺啤的洋酒。"

她低叹一声，抱怨："可真难喝。"

季清和垂眸，目光落在她嫣红的嘴唇上，仿佛那张喋喋不休抱怨着的小嘴吸引了他莫大的兴趣，看得目不转睛。

沈千盏心里清楚自己是起了后劲，她一向这样，精神放松后，明知自己在做什么，却完全没法控制。她打了个嗝，深深叹了口气。

这一声叹息实在过于哀怨，季清和微微挑眉，问："难喝到叹气？"

"不是。"沈千盏看他一眼，压低了声音嘀咕，"我喝多了会变成话痨，我清醒地看见自己在变身又无力阻止。"

她欲言又止，但失去身体控制权后，想什么说什么，她完全无力控制："我喝了三小时的酒，妆都掉了一半。本来想下来前去补个妆的，结果想事情太专注，直接下来了。"

季清和忍俊不禁，身上那股冷冽化掉了一半尚不自知："见我需要补妆？"

沈千盏摇头："没有，路上哪怕可能会遇到一条狗，我也会为它整理下仪容。"话落，怕被季清和看出她是假借自己话多故意骂他，掩饰了下，"季总对不起啊，我这人酒品不好，酒后吐真言，特别得罪人。"

季清和没打算计较。毕竟沈千盏骂他狗男人也不是一天两天的事了。他俯身，与她平视："酒后吐真言？"

他眼里微光闪烁，像所有的光都涌进了他的眼底，倏然发亮。沈千盏后知后觉地发现她又给自己挖了个坑，险些要给自己竖个坟碑，她终于确定季清和是来意不善，下意识往后退了一步。

季清和托在她手臂上的手顺势往后一捞，揽在她的腰后："跑什么？"

沈千盏吓都快吓死了，眼睛往电梯出口瞄了眼。想也知道，这么久不出去，电梯早就关上了，她只看见那个自带美颜滤镜的电梯镜面里，她面若桃绯，一脸春色。

要老命了。她闭了闭眼，再睁开时，努力让自己看起来不那么的少女怀春："季总。"

沈千盏微抬了抬下巴，用目光示意他去看左上角的监控镜头："这里发生的，可能不止我们自己知道。"

季清和顺着她的视线不疾不徐地扫了一眼，表现得相当淡然："如果是你的话，我不是很在意。"

沈千盏被他一句话噎回来，沉默了。

季清和问："合同上新加那条条款什么意思？"

沈千盏眼神暗了暗，决定稳住自己"酒后吐真言"的人设，答："不想和你再有感情方面的牵扯。"顿了顿，她补充，"今晚你也看见了，我的生存环境有多险恶。跟我牵扯上，对你而言可能只是风流谈资，对我可就不那么友好了。"

季清和颔首，不知是肯定了她说的哪一部分。

沈千盏再接再厉："季总可能对我也有误会，我对被包养没有任何兴趣，你当时提这个条件时，挺侮辱人的。"她瞟了季清和一眼，见他面色冷淡，但并没有被抹了面子恼羞成怒后，说："当然，条款只是态度问题，白纸黑字也是为了互相约束。有良好公平目标一致的基础，后期我们才能亲密无间互相信任地合作，您说……是吧？"

她越说声气越弱，最后险些在季清和越来越冷的眼神里败下阵来。

季清和连眼神都没变动一下，他略眯了眯眼，声线像被揉碎后又重新扯平的纸："我从没想过包养你，是你曲解了。"

沈千盏点头，是是是，她不配。

她的表情之敷衍，完全没把他的话当一回事。一夜情而已，能有多少感情，总不能是季清和见她一大把年纪了才有性生活，一时怜悯想要负责吧，这多扯淡啊。就连她这么念念不忘，也只是因为感受太好，食之入髓。顶多回味回味，馋馋他的身子，真要她投入多少感情，不可能的。

成年人的世界还是现实点比较好，追求爱情对于沈千盏而言，太奢侈了。

季清和看不透她在想什么，但眼下她渣穿地心的表情太过碍眼，他揽在沈千盏腰后的手微微收紧，强势地逼迫她与自己对视。

沈千盏本就站不稳，腰后被他一托一送，几乎是投怀送抱般撞进他怀里。本就岌岌可危的一线距离，顷刻间荡然无存。

她怀疑季清和是故意曲解她说的"亲密无间互相信任"。

沈千盏小心地伸出手，抵在他胸前。她的掌心太烫，碰到他冷冰冰的西装外套，忍不住一个激灵。

她抬眸，伸手替他整了整领结："季总，我在外风评不好。女人一个人在外打拼，无论有多出色，总有闲言碎语。嫉妒的、眼红的、单纯看我不顺眼的。我倒不是真的有多么在意别人怎么看我，更多是对这份职业的尊重。"

"给你打个比方，像简芯，她科班出身，学校的学长学姐，班里的同学，同一派系的师姐师妹全是她的人脉资源。可即使这样，她稍与谁走得近些，仍有人恶意揣测去抹杀她付出的努力。当然……"她撇嘴，较真地补充一句，"我说话坦诚中肯，不代表我原谅她恶意抹黑啊，再见面还是要拼刺刀的敌我阵营。"

她将领结端正理好，往下压了压，收回手时，盯着季清和，无比清醒道："我在意别人的评价，更在意他们对作品的抹杀。那不是我一个人的成就，我无权因自己的关系令所有剧组人员的努力付之东流。"

她冷静，季清和比她更冷静。

他似窥探至她灵魂的间谍，与她静默对视数秒后，季清和唇角微勾，似笑非笑："你从不夹带私人感情？"

"那我呢，我算什么？"

第六章

季清和，狗男人

话赶话时，容易顺口。沈千盏为了说服他，满脑子运转的全是站在道德制高点的情怀和理念，那句"与我心怀大海和梦想相比，你什么都不算"在嘴边徘徊了一圈，因后续极有可能会被季清和合理反驳，被她强行咽了回去。

她是惯性思维患者，每次落子，都会精心计算往后三步的棋盘走向。

她不控棋，只布棋。

唯有遇见季清和，第一次破戒，第二次乱了方寸，第三次割地赔款，回回惨败。

沈千盏扪心自问，平日里吃素不吃肉，不杀生不放养，除了口业杀伐过重，应该没做什么伤天害理的事。怎么就栽他手里，一回两回三四回的，有完没完？

她怕太过激烈极端的措辞会适得其反，激起季清和的逆反心理，想了想，把问题抛了回去："这得看你是想当爸爸，还是想当弟弟了。"

她举例："爸爸就是现在这种，只要你有需要我就可以端茶送水出卖灵魂为您鞍前马后。当弟弟就是苏暂那种，只要我有需要他就必须端茶送水出卖灵魂为我鞍前马后。"

沈千盏伸出手指，小心地在他胸口戳了戳，仍未死心地想要拉开两人目前过于暧昧的距离："您要是觉得今晚不能立刻做出选择，也可以先回去考虑一下。我还是那句话，合作要心甘情愿，目标一致。"

她在前方冲锋陷阵拼刺刀，带他赚得钵满盆满的，结果他在后方馋她身子，这像话吗？

季清和从她某些情绪中得到信号，意外地没再如沈千盏猜测的那般穷追不舍。他顺着她轻轻一戳的力度松开她，克制地往后退了一步。

明明还是眉目清冷的一株冷松，沈千盏却在那一刻感受到了两人之间从未有过的遥远距离。

他低头，似不经意般用手套拍了拍掌心："沈千盏，我没你那么变态。"

他眼中幽深的瞳仁在电梯的灯光下偏显出几分淡色，抬眸看她时，隐隐有簇光亮起又转瞬熄灭。就像篝火熄灭后扑腾的火种，隐在草堆里，时不时顺风跃动。

沈千盏下意识觉得危险，那股冷意从脚底蹿向眉心，她打了个哆嗦，刚想说些什么补救下，季清和撤下电梯开门键，转身踏出前，掀了掀眼皮，很不讲究地瞥了她一眼："相比之下，我还是比较喜欢看你借酒助兴。"

那眼神太嫌弃，以至于沈千盏怔了好一会儿才反应过来他在说什么。她抬起肘部，使劲嗅了嗅身上的酒味。

这个动作无意间唤醒了她某些即将遗忘的记忆，那些深藏的零星碎片，如拼图一般在她眼前合成一幕幕香艳的成人电影。

最后，成功定格在酒柜前的某场羞耻秀上。

狗男人。又搞黄色。

电梯门开了又关。沈千盏的脸色也跟着阴了又晴，反复数次后，她深吸了一口气，抬步迈出电梯。

苏暂在车前等她。他指尖夹了根烟，刚狠抽一口，还未吐出，就见沈千盏步伐稳健从容地从电梯间走出，他看了两眼，偏了偏头示意乔昕去扶一把。

他跟沈千盏久了，知道怎么分辨她醉未醉酒。通常，她走路姿势标准，疾步如风，要看她眼神落点在哪儿。如果始终盯着地面，那就是外强中干，硬撑的。她意识清醒时，眼神只会目视前方，行走如风，满脸写着"老娘千杯不醉，不服来战"。

苏暂估了估。按沈千盏现在这走秀气场，应该没全醉，将近五分左右的中度水平。他把烟掷向地面，抬脚碾熄。等人走近了，他清了清嗓子，告知："盏姐，季总先走了。"

沈千盏原本还在和乔昕小声争辩自己没醉，压根儿不需要扶，闻言，扭头看了眼车后："走了？"

苏暂点点头："走了。"

乔昕接话道："刚才你让我先送季总下来，到停车场后，他就让我先过去，他在电梯旁等你一会儿。然后刚刚，他助理来了一趟，说有急事先走了。"

吃饭那会儿，在座的都听见季清和说饭后签完合同再走。乔昕生怕自己没留住人会被沈千盏责备，心虚得连头都没敢抬。

作为当事人的沈千盏反而没太意外。她把话说到了这个份儿上，要是季清和还能泰然处之，留下来和她磨合同，反而魔幻。

她转头看苏暂："没留别的话？"

"留了。"苏暂后退一步替她拉开副驾车门，"季总让你明天直接去时间堂的工作室找他，过期不候。"

沈千盏松了口气。不用再求人就好，否则季清和这么能作，她的小命迟早要没掉半条。她挥挥手，有种心定后力竭虚弱的无力感："那先回吧，明天的选题会我不参加了。"想了想，沈千盏又补充："乔昕你跟我一起去。"

上车后，沈千盏头一歪进入昏睡模式。

苏皙原先还想与她交流下他努力了一下午的发现，见她累得不行，索性闭上嘴，沉默地看向窗外。

沈千盏起初只是装睡。今晚斗智斗勇，斗完小婊子斗狗男人，她累得够呛。但渐渐地，意识渐深，不知不觉就睡了过去。

车在车流中穿梭，开得并不平稳。她像是凌驾在这层潜意识之上，哪怕闭着眼，也能清晰地看到苏皙在低声为乔昕指路。他的声线低沉，透着佯装沉稳的青涩，语气里带笑，和季清和是完全两种类型的男人。

沈千盏"看"了会儿，觉得有些索然无味。脑中记忆翻腾，又回到了片刻前季清和把她困在怀里，问她"那我呢，我算什么"时的画面。

她知道她在梦里。她无所顾忌地用指尖轻轻挂住他的领结，往下一拉。近到彼此鼻尖相对，视野最大的清晰范围内后，她眼神落在他棱角分明的唇窝上，辗转停留。

"这是什么傻问题？"

"你当然是我的小宝贝啊。"

沈千盏用指腹蹭了蹭他的脸颊，视线流连在季清和迷得她魂都没了的脸上，爱怜又慈祥地拍了拍："这品相，起码高赛级别。"

她把自己往季清和怀里又塞了塞，挨得他极近。

许是现实与梦境相隔不远，他的体温和触感都无比真实，沈千盏的那双手，无比色气地挑开他外披的大衣，隔着那套高定西装从他胸膛一路往下，扶在他的腰上："瞧瞧这腰……"

她啧啧两声，回忆着当时被顶撞时那要命的速度和力量感，忍不住拍了拍："是不是有个词叫公狗腰来着？虽然没试过别的，但你这，得叫公牛了吧。"

她嗤的一笑，许是觉得自己臆想得太过分了，有失她金牌制片的身份。那双手不情不愿地收回来，戳着他胸膛一把推开时，眼神下意识地往下瞄了眼，又是感慨又是叹息地嘀咕了一句："可惜太金贵了，镶钻的谁用得起？"

她兀自沉浸在梦中，百无禁忌。殊不知在画外，她一嘴的梦话，喋喋不休。

车内静得连根针掉进地毯里都能听见。乔昕尴尬到双颊赤红，耳后与脖颈那一片局部发热，烫得她几乎烧起来。

然而，沈千盏还在继续——

"瞧瞧这腰……"

"是不是有个词叫公狗腰来着？虽然没试过别的，但你这，得叫公牛了吧。"

"可惜太金贵了，镶钻的谁用得起？"

攀着副驾靠背，手里还拿着一瓶矿泉水的苏皙，强行镇定："试试叫醒？"

乔昕耳朵烧红，语无伦次："不知道，别问我，我什么都没听见。"

苏皙也是一脸的一言难尽。把脸这么丢到属下面前的高管，沈千盏应该是千灯独一份了吧？

她最初呓语之际，苏皙以为她口渴，满车找水要喂她。甚至心生怜惜，觉得盏姐一个女人，为事业拼到这份上实在不容易。结果瓶口还没挨着她嘴呢，就听见一串污言秽语。

苏皙试图为沈千盏做些补救，他看了眼乔昕，说："估计最近没小一、小二、小三能过眼瘾，馋了。"

他话音刚落，沈千盏梦中一脚踹向仪表台："季清和，狗男人。"

苏皙："……"

乔昕识趣地保持沉默。

他一脸麻木地拧回瓶盖，说："这事天知地知你知我知，明白了？"

乔昕立刻小鸡啄米样点头："明白明白。"要想工资不被扣，领导私事不讲漏！

第二天一早。

沈千盏开车上班前，往只有三人的小群里发了张照片："这谁踩的？"

照片的视角是驾驶位方向的副驾仪表台，仪表台下方的储物格被踩吐了一地的车辆相关文件，还张着嘴的储物格上一个灰色的脚印横贯东西，无比清晰。

乔昕眼观鼻鼻观心，不吭声。她很忙的，忙着给领导买咖啡，准备早餐，打印合同，整理行程。

苏皙看了眼，回："这鞋印挺像高跟鞋的，盏姐你不觉得很眼熟？"

沈千盏趁等红灯的空隙，拿鞋底和脚印比了比。

还真是她自己踢的……她没脸问责，只能虚心请教："我昨晚醉成那样劲还这么大？"

苏皙脸有点绿。他想了想，善意地保持了沉默。

沈千盏等了片刻没等到任何回复，直觉不对，她在停止线前踩停车，直接问苏皙："想不想要解决向浅浅公关危机的小抄？"

下一秒，苏皙叛军投敌："您昨晚做了一个梦，做了一个您这把年纪普遍会做的一种春梦。"

"您还记得您梦里说什么了吗？小宝贝，高赛品相，公狗腰。"

"如果听到这儿，您的肺还没有气炸，甚至还想继续听下去的话，请call：保护我方苏皙小可爱。"

沈千盏深吸一口气，回："说！"

苏皙脑补完沈千盏此刻的表情，吓得屁滚尿流："您还说可惜太金贵了，镶钻的谁用得起，然后气得边骂季清和狗男人边踹了仪表台一脚。"

"我说完了，我觉得小抄就算了，盏姐您免我一死就行。"

沈千盏差点晕过去。她眼前一阵发黑，口干舌燥。

苏暂说的每个字她都陌生，但组合在一起……的确挺熟悉的。

她拧开一瓶矿泉水压了压惊。深冬的北京，在车厢里冰了不知道多少个日夜的矿泉水就如一道冰泉，那凉意直冲她天灵盖。她一个激灵，彻底清醒。踹过仪表台的脚底板后知后觉地发麻。

沈千盏在短暂的"我怎么会干这种蠢事""老娘今天还怎么面对季清和"以及"灭富二代的口劫富济贫是否能宽大处理"的主观情绪后，十分冷静地回了三个字："你死了。"

沈千盏的上班时间一向比较自由。

中途经过高架出口时，她心念一转，提前从闸道驶出，先去洗车。洗车店离千灯影业不远，在商务新区一家商场的地下车库。商场刚开业时，洗车停车的活动力度大，她一口气充值了小几千，至今没用完。

下车后，她将车钥匙递给洗车小哥，特意叮嘱："副驾仪表台上的脚印给我擦一下，有消毒水的话最好再消下毒。"最近实在太晦气了。

小哥透过敞开的车窗往副驾看了眼："没问题。"

他拿笔记下车主的需求，目送沈千盏一路摇曳进了电梯间，招呼小弟赶紧洗车。

沈千盏先去新开的粤式茶餐厅吃了顿早午饭，结完账，目标明确地顺着电梯一路往下直奔奢侈品专柜，逛她的美妆和衣帽间。

乔昕发来微信消息时，她正在摆弄古驰的新款流浪包。

乔昕问她："盏姐路上堵车了吗？"

"没。"沈千盏单手划键盘，快速回了一句，"公司有事？"

乔昕："季总特助给我返了最终版合同，里面有条条款我想跟您确认一下？"

小助理小心翼翼地打了个问号试探。

沈千盏一猜就知道是哪条，她厚着脸皮，若无其事道："我洗完车就过来，合同先放我桌上。"

乔昕答应了一声，继续补充："季总那边通知我，说可以准备下投资合同，下午一并带过去。我按上次跟视悦的合作合同，先扒一份下来？"

沈千盏觉得可行。她正想动动小手指夸夸她工作能力卓越的小助理，话到了嘴边，不可避免地想起昨晚颜面扫地的尴尬，顿时什么心思都歇了。

她转头看了眼还被她抱在怀里的流浪小包包，心情沉重地松开手。算了，今天的妈妈不配被你奖励。

见公司有事等着她处理，沈千盏没再逗留，熟门熟路地找向直梯，准备取车离开。

回头路刚走了一半，沈千盏看着不终岁钟表专柜的巨大 logo，鬼使神差地换了路线，迈进店内。

店内主打的腕表是"岁暮"系列，海报和硬签上全是钟表代言的地推。她驻足在女式腕表的专柜前，打量着玻璃橱柜内被灯光映照得极具低调奢华的几块腕表。

蓝色丝绒背垫下，银色的机械表盘，钻光星碎，光彩夺目。有时尚简约款的碎钻系列，也有低奢贵气的中国风系列，从鹤归到鹊鸣，有立体浮雕的设计也有工艺环绕技术的点缀。

挺……惊艳的？

她以前怎么不觉得不终岁的钟表有这么好看？

见沈千盏停留许久，柜台服务员留意了眼她的视线，为她讲解："这款鹊鸣是季庆振季老先生设计的，采用了烫金拉丝的手工工艺，以镶嵌的艺术手法呈现了宫廷表盘的艺术……"

柜台小姐见她听得入神，微微笑了笑，说："季庆振老爷子是宫廷钟表修复师，对钟表的艺术有非常深的研究。"

"她知道。"身后一道微冷的嗓音响起，几许低沉，几许深敛。

沈千盏还未回过神，柜台后的数位服务员已先颔首，低声打了个招呼：

"季总，明特助。"

沈千盏转身。

季清和站在她身后两步远的位置，一身严谨低调的深灰色西装，身后除了昨晚有过一面之缘的助理外，浩浩荡荡跟了数位高管。

这么意外的见面令沈千盏有些不甚自在，她僵着后颈，皮笑肉不笑地扯开个震惊有余十分客气的微笑："好巧啊，季总。"

季清和没接话。但那个眼神明明白白地透出："我来我品牌的专柜店，哪里巧了？"

他信步走近柜台，看了眼她面前的腕表，又侧目看她："感兴趣？"

他一身清冷，像是下了车迎着凛冽寒风一路奔袭而来，从里到外透着冷意。这样的季清和看上去有些陌生。

不过也能理解。她工作状态时和私下喝酒猜拳时，也是人前人后两副样子。

沈千盏很快淡定下来，解释："在楼下洗车，顺道来逛逛。"顿了顿，她问："你来巡店？"

季清和一哂，似笑了笑："算是吧。"

后面的明决与一众高管，忍不住摸了摸鼻子。

沈千盏意识到自己应该没猜对，但见季清和本人都没什么意见，心下坦然，那句"我公司还有事，先不打扰了"刚到嘴边，季清和微俯下身，扫了眼橱柜内的所有女式腕表。

似没有他满意的，他目光落在她手腕上停留了几秒，曲指叩了叩柜台，视线微抬，指向专柜主海报后只做展示用的镇店之宝："取过来。"

沈千盏眨眼，见柜台小姐转身，用垂挂在腕上的钥匙打开橱柜上的锁扣，小心翼翼地取了一块手表过来。

沈千盏第一眼，先看的下方标价。

没等她把后面密集的零数个明白，季清和已接过明决递来的手套，一丝不苟地将那块女式腕表取了下来："试试？"

沈千盏没好意思问"是不是戴了就要买"，周围数道看热闹的视线如芒在背，她绷着背脊站得笔直，抬腕伸出手去。

季清和抬眸，看了她一眼。镜框后的那双眼睛含了几分淡笑，似对她此刻的处境抱有三分恶劣的嘲笑。

"这款女式表，是'时光之钥'系列首款面世的手表。只有一串序列号，还未命名。"隔着一层素白手套的修长手指轻握住她的手腕抬起，他放宽菱格的棕色表带，将手表正面戴上。而后翻转过她的手腕，准确地调整好长度，替她扣上。

她的手腕白皙纤细，"时光之钥"的女式腕表从表盘到表带长度都无比适合地圈在她的腕上。

沈千盏直觉这款手表对季清和意义非凡，欣赏了两眼，丝毫不吝啬地大放彩虹屁。

手表外形简约，她就夸有设计感，符合时下流行的高级轻奢。手表技艺瞧着有些普通，她就夸材质好，从18K金夸到鳄鱼表带。实在找不到可夸之处了，她就瞎攒艺术情怀和佩戴的舒适度。

季清和对她流水线式批发的彩虹屁仅仅是翘了翘唇角，只等她口干舌燥，灵感枯竭了，才适当打断："你夸得这么真情实感，我会以为你想买这块手表。"

他敲了敲价格表，开了个亦真亦假的玩笑："以我们的关系，我会纠结该给你打几折好。"

沈千盏忍住翻白眼的冲动，抖了抖手腕，示意他取下来："还是别打了，再少两个零我也买不起。"

季清和替她取下手表，递回柜台。手套半摘，环顾了眼专柜，问："觉得怎么样？"

他问得语焉不详，也没个明确的主语。沈千盏却听懂了，她点了点下巴，难得严谨地评价一番："挺好的，不终岁的手表价值并不只是品牌加持，而是难得用心的匠意。"

中国上下五千年的历史，钟表制造虽是清代才开始的，但宫廷技艺不只是一种匠心传承，还是一个时代的缩影。

沈千盏这个献礼剧所要展现的和不终岁钟表品牌背后的故事有不谋而合的默契。

许是精神放松下来，她的胆又肥了起来："不过季总，你当初说你专职啃老，家里有间什么都卖的杂货铺时，不觉得违心吗？"

沈千盏点了点玻璃橱柜里那一排价格不低于五位数的手表，啧了两声。

季清和表情如常，十分淡然地回问一句："你确定要在这里和我翻旧账？我是不怎么介意。"

不，她不确定。沈千盏立刻闭嘴。

第七章

心生悸动

回公司后，沈千盏先找法务对合同。

千灯的工作效率向来很高，尤其赶上饭点，急着吃饭的法务不到半小时就给出了反馈："甲方的要求合理，这份合同有三点争议，一是我方针对甲方提出不牵涉私人感情的约束，这条其实不那么规范。"

法务是位年轻小伙，反馈时，眼神落在沈千盏那张五官全长在男人审美上的脸，非常理解地点点头："不过我觉得对方无异议的情况下，无伤大雅。"

"二是酬金问题，它和第三点争议可以合并讨论。"法务点了点他用红笔圈出来的合同条款，"乔昕跟我说这位甲方比较特殊，是个技术型的资方。对方不要酬金，要优先控制权，这对我方而言，是条陷阱条款。"

沈千盏也是觉得季清和方加的这则条款有种说不清道不明的诡异，条款的文字与优先享有合作权的意思相似，但细品仿佛又不是那么一回事。

法务见她意会，抬腕看了眼时间，语速直接加快了两倍："这份合同要结合资方的投资条款一起看，我隐隐约约觉得这位金主财大气粗，占有欲和控制欲都非比常人。他可能是想包了整个项目的所有费用，将我方与他联合出品的概念置换成独家投资，你反而成了他甲方雇佣的制片人，受聘于甲方。"

沈千盏闻言，啧了声，暗忖季清和阴险。

这是影视公司与资方常规的合作方式之一，资方投资影视公司，制片人隶属的影视公司受其雇佣，开发项目，属于联合出品。

沈千盏与蒋业呈的合作就属于，沈千盏出内容创意，蒋业呈授权官方配置和后期宣发渠道，有一定的话语权，与千灯的合作关系属联合出品的合作性质。

蒋业呈尚未给沈千盏引见季清和时，沈千盏原计划项目开发阶段由千灯拨款，等出了剧本，再去引资。所寻求的投资方大部分会是业内有雄厚资金的影视公司，与其共同开发，分散风险。

要是千灯影业实力足够强大，沈千盏甚至没想和别人分蛋糕。可惜千灯的资金不足，根本无法承担一部投资巨大的献礼剧从开发、拍摄到后期宣传的所有费用。

至于季清和打什么主意呢，简单说就是——只出钱，不出力，独家投资，靠嘴哗哗坐享其成。算盘打得又精又细，也不知哪来的底气。还说她是野心家，真大言不惭站在金字塔顶端不知人间疾苦的资方。

法务见她表情阴晴不定，生怕这位祖宗心血来潮扣押他去现场谈判，搓了搓手，试探："盏姐，我能先去吃饭了吗？"

"去去去去去。"沈千盏不耐烦地挥挥手，转身去了顶楼苏澜漪的办公室。

这位姐通常不吃饭只喝露水，这会儿应该还能逮着人。

密谈一小时后，沈千盏回办公室收拾了必要的文件封装，带乔昕去时间堂。

一回生二回熟，沈千盏第四回上门时，膨胀到连导航都没开，一路风驰电掣踩着测速的高压线奔至北京二环。

孟忘舟正在店门口等她。

沈千盏上次随口抱怨了句时间堂停车难后，每回她过来，孟忘舟都会主动替她泊车。

这么热情纯真、善解人意的人，跟季清和那个阴险狡诈满肚子坏水的男人怎么会是表兄弟呢？这世界太令人费解了。

沈千盏花了三分钟的时间与孟忘舟寒暄近况，前一分钟关心时间堂近期生意如何，后两分钟全用来打探季清和今天是否心情愉快比较好说话。

孟忘舟天天闲得都快长毛了，沈千盏愿意跟他聊天，哪怕是聊季清和他都愿意，当下滔滔不绝，生生将说话时间拉长至五分钟，才总结："季清和情绪好不好一般没什么规律可循，也就每回你来，瞧着心情不错。"

沈千盏听着这话觉得哪里怪怪的。季清和被孟忘舟形容得跟含着铁窗泪的劳改犯似的，那她算探监的？她被自己这个诡异想法逗笑，脚步瞬间轻盈不少。

到后院时，季清和正坐在钟表收藏协会的活动室里煮茶。明决拘谨地坐在左手边，似就等着她俩过来。

沈千盏迈过门槛，先打量了眼季清和。

和上午见到的西装革履气质矜贵的季总不同，坐在长桌前的季清和只穿着一件单薄的深灰色毛衣，袖口挽起，露出骨节分明的手腕。腕上佩戴着一块白金配色的手表，衬得他骨节线条匀称，手腕形状极具欣赏性。

嗐？这剧主钟表修复和制造，手部细节的慢镜头应该不少，季清和这手剁去做手替，再后期一剪辑往宣传片里放……

啧！不知道有多少姑娘会哭着喊着想把这只手往自己胸口放。

她脑子里尽瞎转悠着些不良思想，表面一派正经，十分正人君子地与乔昕找了个靠近门口的座位坐下。

沈千盏刚坐下，季清和就抬眸，投以淡淡的一瞥："陋室简陋，沈制片将就就。"

沈千盏打量了眼这间"陋室",心有余悸:"二环的四合院季总跟我说陋室简陋?乔昕。"她转头,手指微曲,在长桌上敲了敲,"电子版的合同赶紧改一改,那点投资金额简直是在侮辱季总的身价。"

突然被点到的乔昕被"身价"一词忽地点中某段记忆开关,满脑子都是昨晚余音犹存的"可惜太金贵了,镶钻的谁用得起",她悄悄用凉凉的手背捂了捂脸,识趣地没出声。

由于今早苏暂这个叛军投敌卖国,她面对沈千盏时始终提着一口气。饶是这样竭力表现得事不关己,盏姐还是看她哪哪都不顺眼,挑刺挑了一中午。

最后汇报工作的时候,还托着腮眼也不眨含情脉脉地看着她,偏嗓音压得阴阴的,捏着把烟嗓问她:"昨晚我说的梦话,你是不是都听到了,嗯?小昕昕。"

于是这口气就这么一直提着,一路到了时间堂,见到了沈千盏春梦里的男主角。

乔昕强行管住自己不去探究季总哪里镶了钻,她抱出电脑,开机,安静如鸡地开始输入会议记录。

特聘顾问的雇佣合同,沈千盏按来时备案好的台词,直接挑出问题关键。

她没说千灯法务觉得这个条款就是投资合同的附属条款,是甲方给我方挖下的陷阱,她委婉表示优先合作权的措辞不够严谨,将后来她从苏澜漪办公室出来后找法务修改的条款用红笔圈了圈,推到季清和面前。

沈千盏刚和明决过了两招,瞧着这特助一声不吭话很少,往季清和身后一站时存在感也微不可察,可真涉及公司业务,那双眼睛跟季清和盯人时一模一样,只剩下"生吞活剥"四个大字。

她顿时觉得亏了,就应该把法务部牙尖嘴利的那帮小姑娘给捎上。

当事人不紧不慢地煮着茶,见她抿唇看过来,甚至还有闲心问她喜欢喝哪种茶："你来过几次后，孟忘舟特意去买了些花茶，你们女孩更喜欢玫瑰、洛神还是？"

沈千盏回："白莲花。"

季清和一止，意味深长地看了她一眼，仍不徐不疾道："谈生意是双方争取利益最大化的过程，想心平气和，那要看谁先找到平衡点。"

他从茶罐里用茶匙舀了些玫瑰，闲情逸致地点拨她："迁怒和没必要的负面情绪最无效。"

沈千盏干脆也不拐弯抹角了："你想独家投资，从项目开发、拍摄到宣传所有费用都搞定？"

季清和反问："省得你等项目开发后再去找投资方，不好吗，嗯？"

制片人手上只有一个创意、概念就想寻求资方合作，十分考验合作方的信任度。

沈千盏背靠千灯，前期项目开发有千灯投资，相比独立制片人而言，难度小了很多。加上她这些年在圈内攒下的人脉，想要拉到影视公司联合出品的确不算难事。但这与季清和的出发点相反，他对联合出品没兴趣，他只要独家。

沈千盏有些头疼。她在法务点醒这条条款的存在意义时就清楚季清和的意图。资本市场本就是谁给钱谁是大爷，季清和独家出投，基本等于独裁，她就成了不需要感情的打工机器。

许是她绝望的表情太明显，明决看了眼季清和，见他不阻止，提醒道："沈制片，我昨天提醒过乔策划先出合同。可能是我暗示得不够明显，我方信任沈制片在专业方面的能力，在不损害我方利益的前提下，充分尊重制片意愿。"

沈千盏眨了眨眼，瞬间死而复生："不干预项目具体事项，单纯当个撒钱的金主？"

明决又看了眼季清和，见他眼尾那抹淡不可察的笑意，一边叹息季总要搁古代也是烽火戏诸侯的潜力股一边补充:"也不能这么乐观,沈制片对这个项目的基本预估是三亿吧?三亿换成现金撒着玩,那也得撒好几天呢。"

这句话的言下之意是:三亿的投资,倒不会什么都不管不问,不终岁是开门做生意的,不是开善堂扶贫的。

沈千盏这会儿看季清和跟看爸爸差不多了,眼角眉梢都是狗腿的笑意:"成功人士果然都是架海擎天,却知人善用,深谙放权之道。"

季清和品了一盏茶,逗她:"架海擎天,你见过?"

沈千盏笑眯眯的,荤话说来就来:"别人没见过,但季总的雄韬伟略正好有幸见过。"

她这会儿心情极好,看季清和也是从未有过的顺眼。啊,来送钱的金主谁不喜欢啊!

一旁做会议输入的乔昕面无表情,指尖颤抖:我怀疑你们在开车,但我没证据。

孟忘舟抱着扫帚第三次在活动室门口徘徊时,沈千盏刚喝完一壶玫瑰花茶。

她一边惋惜下午茶缺了榛子巧克力曲奇太过苍白,一边打量了眼仿若游魂般在门口游荡的孟忘舟,问:"孟老板每天都这么……精力充沛时间充裕?"

季清和顺着她的视线往窗外一直默默刷存在感的 NPC 孟忘舟看去,指尖在笔记本的点触屏上轻轻一滑:"这家店一年到头也没几个顾客上门,他这样算常态。"

沈千盏哦了声,纵然好奇孟忘舟平时靠什么吃饭,也没再多问。

故事得当事人亲口说了才叫故事,她未经同意擅问季清和,那叫八卦。作为一个职业制片人,沈千盏不容许自己在合作初期就给投资方留下八卦多事的坏印象。这既是职业操守，也是道德修养！

她这方尚在自我高光，精神升华。季清和却对她内心戏如此丰富一无所知，他瞥了眼咬着笔帽出神的沈千盏，说："孟忘舟也不是一直待在北京，他和我一起跟着老爷子学过钟表修复。"

这段历史有些出人意料。沈千盏下意识问道："那我上次在行家联系他时，他说对钟表修复并不在行？"

"也没说错。"季清和轻哂，"他在入门学理论知识时，就放弃了。"

沈千盏难得找不出话来接，她挠了挠头，问："你们几岁开始跟着季老爷子学修复的？"

她记得季庆振修复木梵钟扬名国内时，已人到中年，不算年轻。

"不记得。"季清和将文档划至最后签字盖章处，目光轻移开，看向她，"可能你还在叼奶嘴的时候，我就在拿螺丝刀了。"

沈千盏觉得自己被黑了："我明年才三十岁，你给我放尊重点？"

季清和反唇相讥："三十了啊，沈制片的年龄是按月份长的？明明六月的时候，二十四。"

沈千盏顿时气笑了，她撸起袖子，暗骂了一句狗男人："季总说自己专职啃老，家里有间什么都卖的杂货铺时也没见多坦诚啊。"

乔昕脸都青了。她悄悄拽了拽沈千盏，试图提醒她眼下还在甲方的谈判桌上。

"还好，"季清和目光坦然，姿态惬意，"我是挺啃老的。"

跟着季清和替不终岁扩张了至少两倍版图的明决有些一言难尽，按季总对啃老的定义，没点本事的可能都不配说自己啃老。

他默默接过季清和推来的电脑，抱去隔壁打印。

等打印机的吐纸声传来时，沈千盏被气到魂飞天外的理智终于稍稍回来了些，她抿唇，不满地嘀咕："季总这口才，不去辩论可惜了。"

季清和见逗得差不多了，见好就收："不可惜，毕竟有更重要的事情可以做。"

沈千盏压根儿不想理他。她听着隔壁打印机传来嗒嗒的打印声，想象着不久后一沓沓飞进银行账户里的人民币，瞬间心平气和。

啧，她现在怎么跟苏暂一个德行，真是光长年龄不长脑子。和金主置什么气呢，是钱不好数，还是金主不够香？

她笑眯眯的，给季清和斟了杯半温的清茶："等会儿就要签合同了，您快喝杯清茶润润嗓子。"

全程围观沈千盏光速变脸的乔昕："……"

她觉得她可能一辈子都当不了制片了。

下午的进展神速，除了顺利签订季清和的雇佣合同，双方就投资金额及合作条件，草拟了份协议大纲。

沈千盏作为制片人，虽有苏澜漪放权，可自行决定不少重大决策，但此次事关千灯利益，她只负责代表千灯与季清和谈判，最后的决议仍需苏澜漪拍板决定。

投资合同一时半会儿肯定签不下来。不过目前这种进度，沈千盏已十分满意。眼看着时间接近饭点，来时的任务也已完成，沈千盏十分大度地提议要请客吃饭。

明决抬腕看了眼时间，替季清和婉拒："非常抱歉，沈制片。季总今晚十点的飞机去纽约，恐怕无法一同用餐了。"

沈千盏收文件的手一顿，看了眼正在喝水的季清和，问："季总这趟出差要多久？"

"一周。"季清和与她对视两眼，那双眸色在灯光下深深浅浅，变幻不定，"合同继续让明决对接，不耽误你的事。"

沈千盏原本只是顺口关心下，见他误解，张了张唇，没再解释。

临走之前，沈千盏特意问了问已经抱着扫帚扫到前堂的孟忘舟要不要一起吃饭。

孟忘舟本来还挺开心，抱了一下午的扫帚刚放下，准备回屋换套衣服。瞥见季清和并没有跟着沈千盏一块出来后，突然想到什么，犹豫着说了句："我想起来，清和晚上要赶飞机，我等会儿看看有没有要帮忙的，还是不去了。"

沈千盏也不勉强，她本就出于客套，顺口问问。孟忘舟的反应完全在她意料之中。她笑了笑，说："那下回吧，等季总出差回来了，我再请大家一起吃饭。"

等回到车上，沈千盏从微信黑名单里将可怜弱小又无辜的孟忘舟重新拉回好友列表。

接下来的工作，日渐走上轨道。沈千盏专心地盯着法务和明决磨合同。通常每天一上班，沈千盏就揣上保温杯，在法务部主管的办公室扎根发芽。

苏晢躲她躲了几天，等圣诞节限定的彩妆套装礼盒终于到手后，他才发现……沈千盏这几天忙着盯合同，压根儿没空理他。

又一次扑空后，苏晢问乔昕："盏姐呢？又迷恋上法务部哪个小帅哥了？"

乔昕这段时间在沈千盏的高压工作氛围下，忙得脚不沾地，双眼浮肿。闻言，连喘气声都疲惫嘶哑："你没重要的事还是别找她了，她最近把法务部都快逼疯了。"

苏晢摸了摸下巴，也不知道是信了还是没信："这么棘手？"

一提到这个，乔昕顿时面目扭曲："不终岁太难搞了，季总那个特助，事多人精，合同改了三版，还是不断地出现新分歧。"

苏晢最近忙着处理向浅浅的负面消息，不是在公关部就是在出外勤。在公司时，生怕被沈千盏逮住一顿打击报复，别说来凑热闹了，避着走都来不及，自然对千灯与不终岁的合作一无所知。

眼下见沈千盏不在，他干脆拉了把椅子在乔昕身旁坐下，边吃着她的小零嘴边问："盏姐跟不终岁怎么谈的，瞧她天天住在法务部的架势，跟占了便宜怕对方反应过来后悔似的。"

"可以这么说吧。"乔昕回忆了下那天下午沈千盏和季清和的谈话内容，拣能说的给苏皙科普，"盏姐对项目的预估资金是三亿，季总问都没问就答应了。"

往常沈千盏去谈投资，哪怕再熟悉再信任的投资方对投入资金多久能够拍摄出来，回款预计在何时，以及对项目收益的风险预估都是打破砂锅问到底，恨不得揪着制片的脑袋逼她写个保证书。就是没见过季清和这样，只简单了解就全盘接受的。

苏皙倒是见怪不怪："有钱人不在乎这点小钱，三亿给盏姐撒着玩都无所谓。"

乔昕听到三亿只是"这点小钱"时，面目扭曲到完全失去表情管理："苏总您别这样，我怕我仇起富来，连您一块迁怒。"

苏皙扯了扯唇角，没笑："我这算富？我都快去天桥乞讨了。"

乔昕幽幽补充："您这是千金散尽的富有，就没见过比您还能拿钱打水漂的男人。"

苏皙咝了声，刚想反驳季清和那三亿怎么就不打水漂了，话到嘴边，觉得不够严谨。他盏姐那实力，估计这三亿还真的打不了水漂……

他虽然没什么经商头脑，但长期耳濡目染下，也没那么天真。

季清和这笔投资大概率是为了给不终岁的腕表打响名声，长长咖位，等于花钱买个广告位。如果三亿投资能够彻底开拓不终岁腕表在国内的市场，成为国民度最高的奢侈品牌，怎么看都是不终岁赚了。

这么一想，苏皙隐约嗅到了季清和斯文表面下的精准算计，他突然有些同情沈千盏。要是季总真看上他盏姐，就这阴谋阳谋层出不穷的，指不定哪天沈千盏就被算计到季清和的西装裤下了。

他把牛肉干扔进嘴里，起身时拍了拍乔昕的肩膀，鼓励道："好好干啊，干好了就等着季总给你发红包吧。"

乔昕缓缓打出个问号："季总为什么要给我发红包？"

苏暂神秘高深地笑了笑，拿着他的圣诞礼盒径直走入沈千盏的办公室。

沈千盏收到苏暂的微信时，刚快乐地挥完小皮鞭。确认下午就能将终版合同反馈给不终岁，她终于挪了挪尊臀，从法务部离开。

北京的冬天，阳光和煦干燥。天气好时，能看到风吹散万里烟尘，天空碧蓝如洗。

沈千盏路过回廊走回办公室时，迎接她的正是午后这一路阳光。

大厦将冬风挡在窗外，她远眺时，正好能看见不远处商场门口人流如织。巨幕显示屏上是元旦跨年的短视频预告，她被耀眼的阳光刺得微微眯眼，像是突然发现又一个新年逼近。

她停下脚步，正想给季清和发条微信。

手机轻振，先一步进来孟忘舟恍若打开新世界的消息："我被放出来了？"

没等沈千盏回复，紧跟着又追上一条微信。

孟忘舟问她："沈制片三十一号晚上有空吗？"

沈千盏想了想，回："有空。"

那会儿正值元旦假期，除了娱乐局，基本没正事。

孟忘舟邀请她："我们协会组织了单身男女相亲会。"

沈千盏："……"啊？你怕不是想看我被季清和搞死。

更令沈千盏不解的是，她看上去像是需要靠相亲来解决婚姻问题的人？感觉自己被冒犯的沈千盏，低头盯了会儿屏幕，一言不发。

就在她思考着要不要把孟忘舟重新关回小黑屋自省时，仿佛嗅到危险的孟忘舟及时补充了一句，顷刻间将危机化于无形。

"你上次不是来参加协会活动了吗，有几位藏友对你印象特别好。我说你有主了，他们也不死心，撺掇着我来邀请你……们，一块聚聚，热闹下。"

沈千盏的脑袋上缓缓打出一个问号："我有主了？"

她不傻，孟忘舟这人虽说不上虚荣，但本性爱吹，有混江湖的匪气和死要面子的劣根性。这些本也无伤大雅，可一旦牵涉到自己，体验就不是很美妙了。

孟忘舟本就心虚，眼下更是隔着屏幕都能感受到沈千盏的冷嘲，他试探性地问了句："虽然现在还不是，但很快差不离了吧？"

沈千盏与孟忘舟的交集不多，两人之间唯一的联系也就季清和。她没装傻，收起手机前，直截了当地回了句："我和季总只是合作关系，为了今后合作顺利，孟老板还是别说这些容易引起误会的话了，怪尴尬的。"

点完发送，沈千盏原地反省了一番最近的所作所为。

她与季清和的关系，几人中也就苏暂这个小机灵鬼知道。她平时自认磊落，但言辞举止落在旁人眼中的确不够讲究。

友善些的，例如孟忘舟，顶多觉得他俩在打情骂俏。要遇上心怀恶意的，指不定要传出什么乱七八糟的谣言。如今想做个垂涎美色的风流女人可真难。

苏暂在沈千盏办公室的沙发上换了一百零八式瘫法后，终于等到了沈千盏。他立刻一个鲤鱼打挺站起来，规规矩矩地负手而立，恭迎领导检阅。谁想，沈千盏看都没看苏暂一眼，拎着她的保温杯去泡茶。

潺潺水声里，苏暂蓦然感受到一阵被打入冷宫的萧瑟感。他小碎步地挪到桌案前，在沈千盏打量的余光中，把圣诞礼盒轻悄悄地放在桌案的最中央。

这一招果然有效。沈千盏怡然转身，瞥了一眼："圣诞限量版？"

苏暂点头如捣蒜。

沈千盏仔细打量了两眼，觉得勉强合心意："费了不少心吧？"

苏暂哪敢说是，一双眼睛闪闪发光，无比狗腿："给您办事怎么能叫费心，也就托了无数个酒肉朋友，从日本辗转了多个商场才从专柜抢到一份。"他故意压着声，神秘兮兮道，"我姐想要我都没给，只孝敬了您。"

女人嘛，大多都是感官至上，沈千盏也不例外。她明知苏暂话里起码有七分夸大，仍非常受用。

她点了点办公桌前的接待椅，大发慈悲："行了，这嘴天天跟抹了蜜似的，正事不干，就知道到处哄小女孩。"

她拉开椅子坐下，边开了电脑等法务部的文件，边问："敢来我这儿请罪了，是向浅浅那事有进展了？"

苏暂咧嘴一笑，眉梢起舞："盏姐，你肯定猜不到她背后的靠山是谁。"

沈千盏输完密码解锁，抬眼看他："你说蒋业呈？"

被啪啪打脸的苏暂："……"

"你早知道了？"苏暂一声长叹，刚端正起来的态度一下跟盘漏了口的沙子似的，撒了一地："那你也不给我个方向，我也能少瞎使劲啊。"

"这几天，我见到过你的人没？"沈千盏冷嘲，"别说人影了，鸟毛都没看见一根，怎么给你方向？"

苏暂自知理亏，自闭数秒后，老实汇报："我查了浅浅近三个月的资源，主动争取的和送上门的，要不是留心去查了，还真看不出背后有蒋业呈的手笔。"

沈千盏双手抱胸，倚着椅背，冷冷地掀了掀唇角："直接说结论。"

"蒋业呈允诺浅浅，她要是能跟季清和把'时间之钥'的手表借过来，保她上献礼剧当女一。"苏暂心情有些差，连带着语气都有些消沉，"献礼剧是千灯的，她又是公司一姐，自家的剧还能少了她不成，你说她图啥呢？"

"苏暂。"沈千盏难得严肃，"你真的不适合当艺人经纪。"

苏暂哑然，没吭声。

"通常艺人比经纪人看得还远时，你已经没有资格带她了。"沈千盏拧开保温杯，吹了口凉气，小心地用上唇沾了沾。

有些烫。她放下茶杯，低声道："向浅浅心气高，目标明确，野心也不小。我刚拿下柏宣的项目时，她主动跟我一起和柏宣的高层吃过饭。我估计她和蒋业呈，应该是那会儿在一起的。"

沈千盏原先以为向浅浅耍大牌惹出负面风评是苏暂指使的，现在结合时间线来看，可能是向浅浅觉得跟住蒋业呈这个圈内大佬就能飞升在即，结果失了自我定位，被对家狠狠摆了一道。

苏暂来前和向浅浅谈过，对沈千盏仅凭推测就揣摩出真相的能力无言以对："你猜到这次是谁下的绊子了？"

"蒋夫人吧。"沈千盏瞄了眼苏暂灰败的脸色，基本确认，"平时让你多听点八卦秘辛吧，你听我的了吗？"

蒋业呈是圈内标准软饭男，早年靠着蒋夫人得道升天，一路扶摇直上坐到了柏宣二把手的位置。人到中年后，家庭地位发生了质的改变，不只敢在外头偷摸采花，还胆肥到在正室眼皮子底下金屋藏娇。

蒋夫人何种心态，沈千盏无法猜透。但后来，蒋夫人撤换了蒋业呈的秘书，随时追查行踪，查岗之严，就差贴身陪同出席。

向浅浅和蒋业呈搅和在一起，被报复是迟早的事。

她抿了口温烫的清茶，敷衍地安慰苏暂："向浅浅现在这境遇多半是她自找的，你也不用因为自己的无能太过自责。耍大牌造成的负面风评估计也有蒋夫人的手笔，她摸准了向浅浅心高气傲，承受不了坠入低谷的打击。瞧吧，她一下神坛就病急乱投医，把希望全寄于她这位所谓的靠山。你去劝劝，她要是能把这事处理干净，让蒋夫人满意了，千灯可能还会给她一救之力。要一直这么执迷不悟……"

沈千盏掐指一算，冷静道："最多到明年年底，她铁定得凉。"

苏暂有些心累："再说吧。"

话落，他眼珠子一转，问："你不奇怪浅浅为什么放着自家公司不求，反而信任蒋总能给她个女一号当？"

"这很难？"沈千盏嫌弃地瞥他一眼，"蒋业呈这老狐狸打着把我换了的主意，又是给简芯抛橄榄枝，又是诱骗无知少女去接近季清和。以他和向浅浅的关系，透露点和千灯合作破裂的消息，那傻姑娘能不信？她是觉得千灯没法满足她的野心了，想另攀高枝。借手表多扯啊，蒋业呈只是包装了一下把向浅浅送给季清和的下流手段，看季总愿不愿意接受。反正季清和不接受，于他毫无损失。"

沈千盏看人看事太过清醒，有时候总有种参透红尘的孤寂感。向浅浅的行为她能理解，只是可惜了这些年在这女孩身上投付的心血。

眼下苏暂还能和向浅浅平和交流，是因为她尚没有和千灯撕破脸的底气。若是不能迷途知返，接下去不是向浅浅违约被反噬就是千灯将她冷藏封杀，无论哪种结果，都是两败俱伤。

不过沈千盏对向浅浅接下来的人生拐点到底是哪种并不好奇，能一眼见底的选择没劲透了，她好奇的是，蒋业呈为什么那么执着于跟季清和合作？

她这谜一样的季总手里，是捏着什么底牌，能让蒋业呈这般……如蝇逐臭？

嗯……这比喻要是被那狗男人知道，估计得百遍千遍地让她好好认识认识这个词。

想到这儿，沈千盏狠狠打了个冷战，赶紧停止自己可怕的想法。

在沈千盏明确表示不掺和向浅浅一事后，苏暂心里有了数，怏怏不乐地离开了她的办公室。

一小时后，法务部传来的合同如约发至她的邮箱。

沈千盏慎重审阅完毕，重新发了份附件给季清和。

同一时间，她点开季清和的微信，长篇大论地替偷拍热搜事件做了数百字的总结汇报。

几分钟后，和她隔着数倍时差的季总，冷艳高贵地回了一个字："嗯。"

沈千盏挑眉。这就没了？她不甘心，措辞一番后，委婉地问道："季总还没睡？"

季清和正坐在机场头等舱的休息室里，听明决汇报工作日程。

他一心两用，回她："在机场。"

沈千盏翻了下日历，距离季清和出差也就过去了五天，她诧异："这么快？"

季清和眉梢一动，面无表情地回道："我快？"

秒懂季总重点在哪儿的沈千盏："……"

她不是这个意思。她揉了揉眉心，解释："我没有质疑您能力的意思。"

季清和："谅你也不敢。"

他补充："你是最没资格说这句话的人。"

沈千盏翻了个白眼，想扔手机。但考虑到季清和也是实话实说，她轻咳一声，重新投入热情与金主在线热聊："季总是今晚回北京的航班？"

季清和没回。

他懒洋洋地掀了掀眼皮，看了眼声音低下去的明决："继续。"

私以为照顾到老板三心二意的明特助，精神一振，继续汇报。

季清和垂眸，看了眼始终在输入、投递状态的对话框，眼底的光在顶灯的折射下，流转出几分潋滟的光泽。

——"合同刚给您发邮箱，您有空看一眼。没问题的话，等您回来后就可以签约了。"

——"您让我给您的交代，我已整理汇总，若季总觉得缺点仪式感，我可以整理排版成公文发到您的邮箱。"

——"要是您没空审阅那么多文字，我也可以声情并茂地为您朗诵。"

——"季总？"

——"理一下？"

季清和低笑一声，连日来的疲倦似倏然缓解了几分。

他抬手，轻捏了捏眉心，回："这份交代对我没那么重要。"

沈千盏打了个问号：那您当时一副气到升天的样子，义正词严地把这份交代当成合作条件之一？

季清和说："只是清白不能被诋毁。"

"劳你费心。"

等等？什么意思？她这么劳心费力地破案，就为了季清和一句清白不能被诋毁？

他自己清楚，向浅浅就是来找他借表，那表前阵子还短暂地被她沈千盏戴在手上，显然是没有出借成功。

所以季清和这狗男人绕了这么一大圈，就为了让她查清真相，明白他和向浅浅没什么？

有病吧？她怒到揭竿，为防失控，她把手机扔得远远的，心里疯狂暗示自己：合同还没签，合同还没签，要冷静！要冷静！继续狗下去！

沈千盏深吸一口气，回了三个微笑的表情，无情结束在线热聊服务。

由于交付合同当天的交谈导致了些许不愉快，沈千盏重新捡回乙方的矜傲，整整一天没搭理她的甲方。但作为卑微乙方，再矜傲也无法超过二十四小时。

合同最终版终于拍板签约那天，沈千盏与苏澜漪一同前往不终岁北京分部公司。

双方签字，盖公章。

等所有流程结束，双方各持一份协议，友好握手。

眼看着一桩大事尘埃落定，沈千盏摸着合同，险些老泪纵横。

等排队握到金主的修长指尖时，季清和微微勾唇，露出抹算计人时的似笑非笑："沈制片，日后多指教了。"

沈千盏笑容微僵，隐约觉得……她的日后可能会不太美妙了。

　　回公司的路上有些堵。地面遇交通管制，商务车上高架桥没多久就嵌入车流中，动弹不得。几位长居北京，早已习惯了这里令人窒息的交通。继续各玩各的手机，半点不见焦躁。

　　渐渐地，随着堵车时间稳步增加，车流挤得严丝合缝。高架桥上不时有被堵的车主焦躁不耐地鸣笛示意，吵得人心嗡嗡。司机见状，熄停车辆，下车去探问原因。

　　车一熄火，车内空气滞闷，沈千盏把车窗略开了道缝隙透气。

　　苏澜漪顺着她开的那道车窗往外看去，正对着一抹斜阳，余光四溢，将整座北京笼在暖暖余晖之下，透出几分钢铁森林的金属质感。

　　她放下手机，肘部支着车窗看向沈千盏："盏盏。"

　　沈千盏应声回头。

　　苏澜漪似笑了笑，唇角拉开一个平滑的弧度："你今年辛苦了。"

　　沈千盏挑眉，半点没有对着老板时诚惶诚恐的恭敬，反而笑得三分邪气："你多给我发点奖金比说这些漂亮话实在。"

　　苏澜漪从包里摸出个精致的烟盒，自己叼一根，给沈千盏也递了一支："哪年红包薄了？奖金也是一分没少你。外头传言我苛待你，都敢当着我的面挖你了。"

　　她点上火，将打火机抛给沈千盏。

　　看沈千盏低头拢着烟用打火机轻撩烟头，移开眼，软声和她商量："向浅浅的事苏暂给我汇报了，在我处理之前你再找她谈谈？"

　　沈千盏脸上没几分表情，只眼皮跳了跳，问："你打算怎么处理？"

　　"这小姑娘招人，我手里已经收到好几份她私下和别家公司接触的照片了。这么不听话的艺人，留着也就只能当摆设，你说我怎么处理？"苏澜漪点了点烟头，眼神冷淡地看着烟灰飘进车垫地毯里。

　　沈千盏清晰地看见她眼里那一瞬如碾死蝼蚁般的不屑和睥睨，苏澜漪说："可惜我那个傻弟弟舍不得，觉得向浅浅是折在了他手里，我想来想去这件事也就你能插手了。"

沈千盏没作声，思考数秒后，蹙眉看了眼卷着烟纸的那簇火星，说："我试试吧，人听不听我的我也没数。"

有风卷着灰尘飘进来，车内的谈话声一静，等风停下来，苏澜漪说："苏暂以后还是留在你身边吧，他那点工作能力，也就适合给你打下手。"

沈千盏这回没接话。她垂眸，狠狠抽了口烟，转头看向窗外。

接下来的几天，沈千盏终于闲了下来。虽说影视这一行业，没个明确的淡旺季，节假日除了小职员也没人多在意，但临近元旦，她还是适当地给完成了任务指标的自家部门松了松。

乔昕还在盯合同。

前阵子和沈千盏在杭州谈的剧本已经磨完了合同在走签约流程，她最近天天盯着对方经纪的微信等快递单号。年底盘账，流程走慢了怪麻烦的。

正盯着微信，沉寂了一个午休时间的工作群忽然热闹起来。有运营部的同事艾特乔昕，问她最近有没有见过小苏总。

苏暂的办公室和向浅浅工作室在同一楼层，原是为了方便苏暂处理向浅浅的工作事宜。但苏暂是个天生坐不住的人，办公室空间大了他嫌冷清，范围小了嫌不够伸展。

苏澜漪惯他，又是迁址又是换设计的，但就是留不住人。

他闲着没事就往沈千盏的部门跑，千灯内部找他处理公事的同事几次扑空后，也学聪明了，不是微信先通报就是直接去乔昕那儿逮人。

乔昕起初还抓狂，对着苏暂明示暗示无效后，也就逆来顺受了。但今天运营部的同事一问，她忽然发现，她已经好几天没见到苏暂了。

得到乔昕这个回答的运营部，七嘴八舌地交流起来。

同事A说："刚看见向浅浅带着律师来公司了，我给小苏总打了电话，他也没说现在在哪儿，只说马上来，就把电话挂了。"

同事B："前阵子公关部不是一直在压热搜，处理黑料吗，那时候有个帖子爆料，说浅浅在找下家，我还没当回事，今天看来好像是真的？"

同事C："合约不是还有好几年吗，这是打算违约？"

同事A接话："不知道啊，我前阵子就觉得我的小仙女变了。结果，变故来得如此猝不及防。小苏总刚才接电话时的那个声音，憔悴又沧桑，一时也不知道该心疼哪个好。"

同事B看热闹不嫌事大地再次艾特乔昕："盏姐跟小苏总关系那么好，你有听到什么风声没？"

乔昕隐约觉得事情有些脱离掌控，她圆滑地敷衍了几句，借口去打印文件，暂时脱身，向沈千盏汇报。

沈千盏正巧接完苏暂的电话，见乔昕进来，她招招手："你找明决核实下，不终岁明年的中国区品牌大使是不是给向浅浅了。"

乔昕傻眼："明特助应该不管这个吧？"

沈千盏跟没听见似的，又补了一个任务："顺便再问问是哪家替向浅浅谈的。"

乔昕抱着手机哦了声，出去前，小心翼翼地问了句："浅浅是真的来解约的？"

沈千盏拎起咖啡杯准备出门："先别问了，那边回复了直接弹我微信。"

沈千盏到时，苏暂还没来，会议室里除了临时接管向浅浅经纪事务的艺人经纪外，只剩向浅浅和她的律师。

她拎着咖啡杯，随意找了个位置坐下，姿态闲适地跟公园遛鸟的大爷没什么两样："苏暂和法务一会儿就到，两位先坐。"

她瞥了眼两人面前空无一物的长桌，敲敲桌子，提醒："自家人也不能这么怠慢啊，前台接待呢？"

她一句话，既释放了善意，又掌握了主动权，令事发突然尚有些茫然的临时经纪瞬间清醒。

向浅浅看着沈千盏好一会儿，低头摘下墨镜，恭敬客气地叫了她一声：

"盏姐。"

沈千盏含笑，并未因她领律师来就给什么脸色，边喝拿铁边问："怎么了？跟苏暂相处不愉快？"

向浅浅瞥了眼千灯给她换的临时经纪，抿唇不语。

沈千盏意会，这是不服千灯的安排，觉得受了不公平的冷落。

她想了想，说："这事如果还有余地，这人怎么带来的，你今天就怎么带回去。如果没有，就当我这句话没说过。"

向浅浅脸色不太好，苍白得像是许久没有休息，脸颊透出些许病态的憔悴："你不问问我的诉求吗？"

"老实说，这不归我管。"沈千盏笑了笑，声音很浅，"我出现在这儿，全凭我们之前的情谊。趁我在，还好说话，惊动苏总……就没转圜余地了。"

她曲指轻弹了下面前的杯盖，声音又冷又沉："你和千灯的合约还有几年，千灯如果要跟你耗，一场官司打个三年两载的，公司耗得起你耗不起。当然，你有另外的机缘，我肯定不拦你飞升。"

沈千盏心里想的是，苏暂应当与她聊过，只是结局并未能皆大欢喜。这也是她迟迟没找向浅浅的原因，一人去意已决，挽留只是在做无用之功。

她掌下手机轻振，沈千盏解锁去看。乔昕在微信里给她发了条消息："明特助说，文件递到季总那儿后，被扔了。"

扔了？

乔昕小嘴叭叭的，又发来一条："就今早的事，明助理说文件能递到季总那儿，基本内部已经评估过，就差季总签个字了。"

沈千盏偷瞄了眼坐在对面的向浅浅，内心格外复杂。她清了清嗓子，说了句稍等，稍稍侧身，回乔昕："有说原因吗？"

她怀疑是向浅浅上次那波拉着他上热搜的操作惹恼了季清和，这男人有多记仇沈千盏深有体会。

瞧瞧她每回对战，哪次不是被季清和攻击得无力反驳。虽说这事不能怪向浅浅，她也纯属被报复了，但向浅浅心术不正也是板上钉钉。

乔昕回："原因好像是……季总不喜欢？"

"明助理可能还不知道这个资源不是干灯在争取，跟我说抱歉。还建议了一句……"

建议？

建议千灯签艺人不要只看脸不看品德吗？

乔昕瑟瑟发抖地回道："建议千灯可以照你这样多签几个，季总应该看着能徇私。"

沈千盏："？？？"

哦，那她真是多谢季总赏识了。

放下手机后，沈千盏往后倚住椅背，没事人一样对向浅浅笑得和煦又温暖："不终岁的代言和献礼剧的女一资源对你来说，这么重要？"

向浅浅脸色微变："你调查我？"

"还真不是。"沈千盏双手交十，声线冷清，"你和别家接触的照片，一直有人往苏总那儿寄，公司想不知道也难。"

沈千盏唔了声，问："你得罪人了，知道吗？"

苏暂到公司时，向浅浅已经被沈千盏先打发走了。

她回想起一小时前，苏暂在电话里声音艰涩地求她帮忙，千万不能让苏澜漪直接插手时的狼狈样，微抬了抬下巴，示意他先进来坐。她从桌肚里掏出面小镜子，左右照了照。

苏暂本来心情恶劣到快遗世独立了，冷不丁瞧见这一幕，一口郁气卡在胸间，险些噎屁。他敲敲桌子，提醒："自恋能不能注意下场合？"

沈千盏不以为意："挺注意的啊，这里又没别人。"

她旋出口红往唇上补了补色："季清和没批向浅浅的那份文件，还建议千灯可以照我这样的多签几个艺人。"她抿了抿唇,看着镜中完美驾驭住烈焰红唇的自己,支着下巴冲苏暂眨了眨眼,"我难得和季清和看法一致。"

苏暂翻了个白眼,他觉得天大的事到了沈千盏这儿,都跟一缕青烟一样,压根儿没机会让他变得深沉稳重。

他往椅子上一瘫,嘲讽:"盏姐,你知道照你这个标准签有多难吗?"

苏暂上下打量了她一眼,说:"脸长得像的好找,这身材可能不太好捏。光前期投资估计就挺高昂的,而且你的风情不在皮相骨相,就那颗阅尽千帆不改初衷的色心一般人就很难有。"

他似压根儿没感受到沈千盏磨刀霍霍的杀气,继续补充:"一个女人的质感、层次和阅历,来源于她遇见过什么品质的男人。就跟一般奶牛在圈里嚼着没劲的干草,头顶棚,地顶草,普通饲养。有品质的奶牛在新西兰的大草原,听着音乐被人按摩的道理一样。你这种精心饲养的女人,找不出第二个。"

沈千盏一丝犹豫都没有,直接将手里的小镜子扔过去。似嫌这样还不够解气,手边能逮到的除了口红,能扔都扔了。

你才精心饲养,你全家都精心饲养。

苏暂被打得鼻青脸肿,既不敢告状也不敢反抗,还要乖乖收拾满地残局。

他将所有东西各归各位,又是端茶又是倒水的,讨好沈千盏:"盏姐,你看你骂也骂了,气也撒了,能不能帮我约一下季总,我了解下浅浅是跟哪家公司达成协议了。"

沈千盏冷哼:"还不死心,想留她?平时也没见你这么有责任心啊。"

苏暂惆怅:"好歹是我带的第一个艺人,我为她喝过酒,买过醉,动过拳头,付出的情谊岂是你能懂的?事情闹成这样,她留下来意义也不大,我就是想知道她下家能不能对她好。"

沈千盏嫌弃撇嘴，嘴上骂他不争气，但到底心软，给季清和发了条微信。

合作后的初次联系，她力求可爱无害令狗男人无力抵抗："季总，在不在？有事相求呀！"发完文字，她挑了挑表情包，发了个超萌的狗子拜托动图。

仿佛住在微信的狗男人秒回道："上次你可不是这么求的。"

这能相提并论？

沈千盏："……"中指。

沈千盏丢开手机，正骂骂咧咧要细数一遍狗男人季清和的十大罪状。一抬眼，苏暂眼巴巴地看着她。

僵持数秒后，她认命地捞回手机，直接开门见山："不知季总今晚是否有空？想请您到鲲山小筑吃顿晚饭。"

季清和没回。

沈千盏揣摩着季清和刚才的秒回，猜测他现下应当不在忙碌的状态。想了想，补充来意："下午我助理向您询问过向浅浅代言一事，实不相瞒，我司遇到了点小问题。若您没有时间，我也可以直接阐述问题，不耽误您时间。"

发完前半句，她勤勤恳恳地继续补充后半句："主要签完合同后，一直没有机会当面感谢季总。正好这次有事相求，与您小聚，聊表诚意。"

身处高位者，时间大多揉成碎片用。季清和也不例外。他批完明决递来的文件，抽空扫了眼微信，回："很急？"

沈千盏寻思着他这是答应了，眉梢一挑，心情愉悦："看您时间。"

季清和说："明晚六点。"

放下手机，他握笔的指尖一转，钢笔在他两指之间头尾置换，笔帽落在文件上，发出闷钝的轻响。

他抬眸看了眼明决，镜片后的那双眼眸色深深，透出股难以捉摸的深沉："你去了解了解代言的事，顺便把明晚的饭局推迟两小时，有人插队了。"

明决眼观鼻鼻观心，假装不知道插队的人是沈千盏，十分正经地颔首应是。

第二天下午，刚到四点，盼星星盼月亮盼提前下班的沈千盏拎着苏暂，光明正大地早退了。

鲲山小筑日料店距离不终岁北京分部公司较近，是独门独院，装修精致的两层小院落。

院子里栽种了两株樱花树，虽不逢花时，但树下仍铺了满地的假花瓣，专供食客拍照发朋友圈。

沈千盏到时，正好有租借了和服的年轻女孩在树下踮脚摆拍。

斜阳余晖落进旁侧的小池塘，将整个院子映得暖意融融，像时至午后，时针停摆，时间节奏瞬间走慢。

沈千盏只看了一眼，先关心起池塘里那些聚宝招财的小宝贝们："老板，你家这锦鲤给我捞两条带走呗，看着挺来钱的。"

引路的老板满脸菜色："回回来都不忘打我锦鲤的主意，还有没有人性了？今天不给打折了。"

沈千盏笑眯眯的，半点不以为意。今天又不是她花钱，爱打不打，别人口袋里的钱她一向不心疼。

上到二楼包厢，离约好的时间还有半小时。

老板亲自端了几小盘零嘴给她解闷。沈千盏是鲲山小筑的熟客，每回来只要老板在店里都会亲自接待的那种级别。

鲲山小筑刚开业那会儿冷冷清清的，不只因宣传没到位，店面选址也太偏僻，纵然用餐环境好，也敌不过巷子深，食客闻不到酒味。

沈千盏在剧组那年，生活制片订过老板的快餐盒饭。由于价格实惠、用料良心、味道也不错，久而久之就签订了长期合作协议。

后来老板开了鲲山小筑做日料，沈千盏还带过一部门的人去捧场。

可惜这间餐厅经营不善，日渐流失客源。濒临倒闭那会儿，沈千盏三不五时领着向浅浅和圈内好友来用餐，一手软文不只盘活了餐厅，顺带着将鲲山小筑推成了网红打卡店。

真行走的活财神。

暮色将尽。

院内光线渐渐昏暗，盘在树枝围墙上的星星灯，逐一亮起。

沈千盏盘膝坐在落地窗前，肘部撑在腿上，一头长发随着她微倾的身体，随意倾落，露出一侧修长白皙的天鹅颈。

似等得有些无聊，她食指抵在窗上，一盏一盏地数着树下的氛围灯。神情落寞，像与这个世界格格不入。

季清和来时，见到的就是这样的沈千盏。他站在门口，周围恍若噤声，安静到几乎有些沉寂。

沈千盏久未听到动静，转头去看。那头长发随着她转身的动作旋起一弯弧度，她侧脸半露，明眸皓齿被灯光点缀得如同画中仙，眉目如画，顾盼生辉。

季清和眸光一深，心中恸动。

他深邃的目光在沈千盏脸上停留数秒，与她对视时，才稍稍克制地沉敛约束。

他抬步，脱鞋踩上榻榻米，神态从容得仿若无事发生。披了一身清冷寒气的大衣被明决挂上衣架，他仅着一身深黑色的西装，在她对面坐下。

刚落座，就见她脸色为难，似有难言之隐。季清和微微挑眉，无声地用眼神询问。

他剑眉星目得实在好看，沈千盏多看了两眼，才瓮声说："腿麻了。"

　　季清和视线稍垂。隔着桌子，他其实看不清桌下的情况。但沈千盏的那双腿他印象深刻，仅凭想象也能描绘一二。他不动声色地解着西装外套的纽扣，问："要帮忙吗？"

　　沈千盏瞥他一眼，没回答。但表情无比鲜明，鲜明到一眼就能看出她毫不掩饰的无声嫌弃。

　　季清和微哂，扯松了领结，又解了几粒衬衫扣子后，终于觉得心口没那么躁了。他抬眼，见沈千盏如入定般纠结着的眉眼，抬手提壶，给她倒了杯温茶："等很久了？"说话间，他扫了两眼桌上吃得零零散散的几盘小零嘴，并不在意她怎么回答。

　　"等你那不叫等。"沈千盏缓过劲来，端起茶杯喝了口金主亲手斟的茶，笑眯眯道，"叫修行。"

　　季清和侧目，勾了勾唇角，难得没出口和她对戗。

　　他让步，沈千盏也知趣，按铃让服务员先上菜。

　　季清和这一身正装，看也知道等会儿还有局要赴，她稍改了几样菜，低声问他："给你点些热的垫下？要知道你晚点还有事，我也不约这儿，让你吃这些生冷日料。"

　　插不了嘴的苏晢和明决对视一眼，明智地保持安静。

　　很快，有服务员陆续来上菜。

　　沈千盏边指挥着布菜，边问："季总大概几点走？"

　　"不急。"季清和晃了晃茶杯，语气温和，"给你留的时间很足。"

　　沈千盏开黄腔开惯了，下意识就想接一句"季总别低估了自己的持久度"，视线一抬，余光扫到他身侧坐着的明决，脑瓜子嗡的一声，及时阻断。

　　她内心腹诽着自己最近飘得没边了，边狠狠敲打锤炼了自己一番，满脑子盘算着改天抽空去寺里找大师学点清心咒，色令智昏太耽误事了。

　　话茬一断，她重新找了一个："今天跨年，季总还有应酬？"

　　不过这个话题开得不是很高明，季清和几乎是立刻递了个"你明知故问"的眼神过来，暗示："你给我增加的工作量，你不清楚？"

沈千盏讪笑两声，撺掇苏暂："季总在这儿了，你还不问？"

苏暂委屈。你俩一来一往，在线热聊。哪有他插嘴的份？

苏暂和季清和吃过几次饭，知道他不碰酒。眼下也不知道该不该以茶代酒先敬一杯，没等他想明白，明决接收到自家老板的授意，低声问："贵公司艺人代言一事，是找了星海经纪代理？"

他委婉点出向浅浅背后的势力，见苏暂否认，毫不意外："不终岁形象代言人更换在即，最近几个相关部门的高管都挺忙的。"

明决言下之意是，季清和作为管理层，不管这点鸡毛蒜皮的小事。如果苏暂意在争取代言，除非季清和纡尊降贵愿意插手，否则这点事就别搬上台面招人嫌了。

沈千盏合理怀疑季清和这种满身心眼的男人会以为她是来替向浅浅争取资源的，干脆一声不吭，安静旁听。

苏暂的本意就是打听下向浅浅背后是哪股势力，再深些的消息也指望不上明决这个总裁特助。是以，只简单问了问情况，便没再继续。

季清和对娱乐圈沾之甚少，并不清楚千灯最近发生了什么。见沈千盏做撒手掌柜，苏暂也只是打听星海经纪，略一琢磨，便猜了个大概："千灯打算放弃这个艺人？"

"不是千灯放弃她。"沈千盏斟酌了下用词，说，"是她先背弃了千灯。"

她挑了一叉子的面装进盘子里，说："当然，如果季总觉得向浅浅非常适合代言不终岁的话，完全可以不用顾及千灯的立场。"

季清和没怎么动那碗面，见她吃得香，也夹了些："我什么时候说过她适合？"

面条奶香味有些偏甜，他尝了一口，有些不适应这个口味，停了筷子，端起茶盏抿了口水："明决应该转告过你，我不喜欢。"

苏暂和明决的说话声陡然低了几度。

沈千盏跟没察觉这两个八卦男人在偷听一样，笑了笑，问："那去年的褚丝丝是怎么定下的？"

季清和放下杯盏，拿起手机，作势要打电话："这么想知道？"

"我帮你问问。"

"别别别。"沈千盏秒怂，"你们家代言人是谁跟我没关系，怎么八卦都不让八卦，上纲上线的。"

季清和轻哂，包厢内暖气充足，映得他那双眼睛眸光清冽，像漾着一井井水，初看冰凉彻骨，深探又深不见底，捉摸不透。

他说："不认真点，容易被你质疑品味。"

沈千盏自私自恋，平时就容易浮想联翩，白日梦里天天是老娘全宇宙最美。当季清和看着她，意味深长地说这句话时，她心思一偏，想得更多了。

她这朵小雏菊，向来只会纸上谈兵，一到实操就怂，虽然不至于像条美丽的咸鱼毫无回应，但思想有多黄，现实就有多弱。

结果这样还能让人念念不忘，回味良久？

沈千盏觉得这事好像没什么好骄傲的，但能让季清和这打桩机器这么惦记，时时回护，居然还挺有那么点成就感的。

待到七点一刻，明决委婉地提醒季清和该离开了。

彼时，沈千盏正和苏暂比试谁更能吃芥末。转眼瞥见明决附耳与季清和低声说话，后者又下意识抬腕看了眼时间。

这套组合招式在沈千盏不胜酒力欲脱身时，没少和苏暂互相配合。她立刻领悟，一口沾了半管芥末的北螺肉潦草嚼了两口，火速咽下。

季清和正欲开口告辞，一抬眼，见她一双眼睛湿漉漉的，像刚被欺负过，看着他时欲语还休，可怜至极。

他不是不知道这两个幼稚鬼在比试打赌，但瞧见沈千盏这副模样，他血气上涌，眸色一深，开口时语气已带上了几分轻佻："舍不得我走？"

沈千盏被芥末呛得半魂出窍，足足灌了一盏水，才勉强压下那股令她灵魂都为之颤抖的辛辣。

她顾左右而言他，避重就轻道："财神爷谁舍得放他走？"话落，她撑着桌角起身，亲自送他，"季总贵人事忙，我和苏暂已太占用您的时间了。"

季清和省了口舌，怡然起身，披上大衣，与她一同下楼。

晚七点，正是用餐高峰。鲲山小筑的大堂座无虚席，服务员不时穿梭其中，点餐送菜。

沈千盏领路走在最前，见木质楼梯狭窄，只容一人通过，干脆快走两步下到楼梯口。在此停留，等季清和下来。

她走得快，未曾留意假花盆景后收了餐具正低头往后厨赶的服务员。

浮躁嘈杂的人声里，有惊呼声夹杂着提醒响起。

沈千盏听不真切，但本能去寻找声源。等她目光锁定对眼前"障碍物"仍一无所知的服务员时，留给她躲避的时间已不多。

眼看着两厢就要撞上，无法避免，沈千盏的腰上一紧，刚还单手扣着西装扣子，眼神不知落在何处的男人反应极快地将她抱进怀中，堪堪躲过了一场灾难。

沈千盏被吓了一跳，抬头去看时，正对上季清和微抿着唇，漆黑又清冷的眼神。

他没立刻松手，目光在楼梯口那圈洒出的水渍上停留了几秒，长腿一跨，直接抱着她跨过狭隘的走道，这才将她放开。

终于意识到自己差点闯祸的服务员吓得不停道歉。

沈千盏一时脑子空白，神情复杂地向季清和道谢。

"不必。"季清和偏头，语气不算和煦地指示对方先在楼梯口放个小心地滑的标志，尽快处理。

他眉目清俊，即使在暖色的灯光下也是一身散不开的冷雾，像身携深渊，终年寒意不散，深不可测。

见她怔着，季清和正要说话，留意到角落情况的老板已疾步过来，有条不紊地指挥着服务员善后。

他道完歉，见沈千盏似要走了，低声问："今天店里刚进了一批新鲜的鱼片，你稍等下，我给你打包点带走？"

"茶包也给你留了一罐，按你喜欢的口味配的……"老板似才留意到沈千盏身后的季清和，抿唇笑了笑，没敢耽误她的正事，只低低留了句，"我给你放收银台，你等会儿过来拿。"

又来……

沈千盏头都大了，想婉拒，又顾忌着季清和还在，跟了两步去追老板。

苏皙就站在季清和身后，见状，低声叹了口气，语气幽幽的，也不知道说给谁听的："我盏姐每次来，都是连吃带拿。上回是桃花酿和桂花酒，这回是生鱼片和茶包……全是老板亲手做的，只限量送给熟客，千金难求啊。"

季清和回头看了他一眼，问："每回？"

苏皙就猜季清和会接茬，笑得一脸猥琐："对，每回。不过我盏姐身边最不缺献殷勤的，光献吃的，没用。"

季清和勾了勾唇角，没说话。

他就站在那儿，身形和表情都没任何变化，可苏皙却分明感受到大佬周身气场陡变，如果原先顶多算疏离清冷，生人勿近，那现下就是身处修罗场，刀光剑影。他瑟瑟一抖，忽然意识到自己仿佛押错题，抖错了机灵。

就在苏皙试图缩入墙脚变蘑菇时，季清和侧目，眼神在他脸上一瞥，问："不终岁撤诉的人情，小苏总还记得？"

苏皙点头如捣蒜："记得记得，不敢忘。"

上回向浅浅上热搜，季清和态度强硬，二话不说要上律师函。苏皙当时生怕娄子捅大了没法收拾，好说歹说才以欠人情的方式让季清和打消了上诉的念头。

季清和轻哂，低声道："那就现在开始还吧。"

沈千盏目送季清和上车离开后，转身盯了眼从刚才起就有些古怪的苏皙："你有事瞒我？"

苏皙摇头。不敢说不敢说。

沈千盏问："那你一副背着我偷情的心虚表情？"

苏皙脸都绿了："我用得着背着你偷情？"他一副被冒犯到的表情，直勾勾盯了她几秒，无比生硬地转移话题，"接下来干吗去？"

见他抵触，沈千盏虽心有狐疑，也没再打破砂锅问到底。她晃了晃手机，颇有些无奈道："陪我去趟时间堂？待半小时就好。"

苏皙纳闷："你去时间堂干吗？"

他努努嘴，指了指季清和离开的方向："季总今晚不是有应酬吗？"

"又不是去找他。"沈千盏有些不耐烦，"上车了再给你解释。"

孟忘舟前阵子邀请她三十一号去参加他们钟表协会的相亲会，在沈千盏无情婉拒后，孟忘舟看似放弃了，实则这几日一直暗戳戳地坚持游说。又是允诺当她免费的剧务劳工，又是发毒誓可以无偿借出她剧里所需的所有手表道具。只要她露个面，哪怕待个十分钟。

沈千盏觉得这笔生意有点划算："你看孟忘舟那个身板，不去扛摄影机搭外景做苦力，太暴殄天物了。"

苏皙想翻白眼："钱是这么省的？"

沈千盏趁着红灯补口红，灯光太暗，她怕下手重了，来来回回补了两三次："我有这么肤浅？"

她抿唇，指腹抹掉多余的口红，声音含糊："我要的，是他向季老爷子借的藏钟，真金白银，碰一下倾家荡产的那种。"

苏皙没理解："这你去跟季总借，不是也一样？"

沈千盏跟看傻子一样看了眼苏皙："白嫖和花钱的能一样？"

苏暂：“……”

好有道理，简直无懈可击。

以孟忘舟的性格，做出令她骑虎难下的事，沈千盏一点也不意外。

协会活动在时间堂后巷的一个文化馆举行，孟忘舟租了个厅，不只拉了横幅，还无比正式地在门口摆了个活动立牌。

当然，他还没蠢到直接写钟表协会单身男女相亲会，组织拨款的活动向来会包装成高大上的活动立意和活动精神。

他将相亲会粉饰成钟表协会藏友交流会，只限年轻人士参加。活动主旨更是打着传承经典，探讨时间奥秘的旗号，吸引了一批年轻男女。

苏暂甩着车钥匙吊儿郎当进会场时，评价了一句：“孟忘舟挺能搞事的啊？这会场布置得像模像样。”

他话音刚落，孟忘舟不知从哪个角落钻出来的，边抹着汗边附和：“那自然。”

他给沈千盏指了指舞台中央的立幕：“我还做了PPT，详细介绍今晚参会的协会成员。说是相亲会，其实就是个正规正经的交流会，主要吸纳志同道合的新成员加入协会。相亲不是主要目的，就是帮大家交个朋友。”

沈千盏听他说过协会每年有吸纳新成员的指标，对他到底是人才交流会还是相亲宴没什么兴趣，她只在意一件事：“我来了，约就算成了。孟老板回头要是翻脸不认账……”她点到即止，笑眯眯地找了个空座坐下。

孟忘舟被她激得一身冷汗，忙找了个借口遁了。

苏暂陪她坐下，左顾右盼地打量着会场和来宾。

八点整，活动正式开始。

孟忘舟作为活动发起人，拿着稿子声情并茂地念了段不知哪儿抄的晚会开场白。发言结束后，盛情邀请了钟表协会的主任上台发言。

主任是在场唯一一位头发鬓白的老者，比起孟忘舟这不着调的，主任的脱稿发言无比熟练官方。先是肯定了这次活动的意义，再是表扬了孟忘舟为钟表协会吸纳新成员做出的努力，顺带着鼓励赞许了一番协会年轻一辈积极为协会做出的贡献。最后描述钟表协会成立至今诸多不易，祝愿今晚活动顺利进行，所有参会成员能有所收获。

流程结束，孟忘舟开始主持播放 PPT。从钟表协会的成立历史，协会成立至今举办的所有重要活动和花絮照，到协会成员个人介绍。

苏皙边看边啧啧有声的评价，末了提出疑问："他们协会互相交流，叫你这个滥竽充数的来干吗？"

沈千盏递去一个警告的眼神："你才滥竽充数，我顶多是浑水摸鱼。"

苏皙一脸的"随便你怎么说，反正我说不过你也不敢顶嘴"。

等所有环节结束，自由交流后，苏皙才明白孟忘舟死活要请到沈千盏的目的何在……

他不过出去排了排体内多余的水分，回来就看见以沈千盏为圆心，里三层外三层的青年才俊。他目瞪口呆的同时，不忘掏出手机给季清和发了张惊险刺激的现场照。

远在另一场饭局的季清和，正听对方聊明年的国际形势与发展前景。

手机微振。他漫不经心地解锁审阅。待看见苏皙传来的照片时，他毫无波澜的表情微微地出现了一丝裂缝。

他垂眸，不动声色地收起手机，抬手招来明决。

片刻后，季清和提前离席。

满座金融圈大佬诧异地等他给句话。季清和姿态谦逊，语气却没几分歉意道："抱歉，后院起火了，我先去收拾下。"

第八章

只对你这样

在不太熟悉的陌生人面前，沈千盏会下意识伪装一二。她惜字如金，能嗯啊哦就嗯啊哦，尽量用同样的单字和不重复的充沛语境，将天聊得风生水起。

例如眼前这位长相斯文，充分将爱马仕大地香水填充至浑身上下每个细胞的年轻男人。

他一连三问——

"我入会三年，还是第一次见到你，以前没参加过协会组织的活动吧？"

"你加入钟表协会了吗？"

"我算资深的钟表藏友了，如果有兴趣，可以随时和我讨论，要加个微信吗？"

沈千盏屏住呼吸，尽量屏蔽这位哥身上浓烈到能将人冲晕的香水味。她忽然有些怀念季清和身上的冷香，浓时如墨，淡时如竹，有种岁月沉淀后的取之不尽的沉稳。就是苏暂这条小狗腿的骚香，也从不过量。

她敷衍地嗯了声，既没打算加微信也没打算继续聊下去。态度之冷淡，姿态之高冷，十分明确地传达出一条讯息——不想聊不想加更不想搭理。但越是冷感的美人越招人垂青，里三层外三层的青年才俊在短暂的受挫后越战越勇。

公开场合，男人大多不好意思当众表露意图，一是沈千盏先前不冷不淡晾了一位，没人想重复这样的尴尬；二是太直接显得没有内涵，不够高级。于是，个个拐着弯地借着钟表话题来引起她的注意。

苏晢在圈外听得忍俊不禁。

瞎搞。他盏姐看着像学识渊博能与他们深入探讨的人？没见她跟不上话题的深度开始装哑巴了吗？

他把玩着打火机，眯眼看向窗外。这个角度绝佳，能一眼看到文化馆外的停车场。

藏在深巷里的露天停车场面积较小，门口岗亭的停车杆数次起落。

苏晢揿着打火机，蓝色火焰从明到暗，又从暗到明，反复数次后，一束霸道的车灯从院内打至院墙。他抬眼看去，一辆商务 SUV 不偏不倚，停在了文化馆的入口。

来了来了。捉奸的来了！

苏晢揿灭打火机，眼神雀跃地转头看向沈千盏。

里三层外三层的青年才俊在与沈千盏聊了半天后发现连她名字都没能问全，终于意识到自己踢到了一块铁板，火熔不透，刀削不入。于是外围渐渐开始解体，只剩下孟忘舟和数位坚持不懈努力支撑的男士围坐一旁。

再次察觉到苏晢催促的目光，沈千盏抬腕看了眼时间，觑着空，向孟忘舟提出告辞："今晚受益匪浅，时间不早了，不耽误大家时间，我先走了。"

孟忘舟刚想留人，余光瞥见道熟悉的身影，没等他确认，感应到危险的身体已两股战战，浑身虚浮。

沈千盏左肩一沉，有人虚揽住她的肩膀在身侧空位坐下。那只手明明没用多大力气，她却恍若有巨石压下，瞬间动弹不得。

后颈熟悉地一麻，季清和松手，以一个相当亲密的距离，将手搭上她的椅背："我刚来就要走，嗯？"

沈千盏齿缝发冷，莫名地做贼心虚。她哆嗦着看了季清和一眼："你……怎么过来了？"

季清和笑容温和："怕我？"

他一手搭在交叠的膝上，姿态慵懒又随意："坏你好事了？"

沈千盏感受到了季清和的危险。他和孟忘舟生活在一个屋檐下，不会不知道他在组织交流会。听他的言下之意，应当对这个活动的意义了如指掌。

沈千盏之前婉拒孟忘舟的原因之一就是在他眼皮子底下去参加这种类似相亲含义的活动太掉价，不管季清和会不会有想法，她本身也非常抵触。

但眼下被抓了个正着，她尴尬的同时阴恻恻地扫了眼从季清和出现起就试图减少存在感的苏皙。

这个小叛徒。

她搓了搓冰凉的指腹，试图转移战场："我正准备告辞，季总是留下来继续玩还是？"

季清和冷笑一声，目光凉凉地瞥了眼头也不敢抬的孟忘舟，轻拢了拢大衣："我替他送你。"

季清和说送，是真满怀诚意地送。出口停着他的商务车，明决替她开了后座车门，正守在车旁。

见这阵势，沈千盏脚步一停，直接杵在了门口。

季清和见她没跟上，微微侧目，那双眼清冷明亮，视线锁住她时，根本不容拒绝。

沈千盏不懂就问："季总要送我？"

"是。"他眉心微蹙，有几分不耐，"不敢上车？"

老实说，不敢。

沈千盏站着没动，目光四巡，找了找苏皙："我跟苏皙来的，坐他车回去就好，不劳烦季总了。"

季清和似笑了笑，那笑容不算太友善，像撕下了伪装，他隐藏起来的恶劣在黑夜之下无所遁形："这么怕我？"

沈千盏没敢接话，内心想：你现在什么样自己没点数吗，能不怕？

眼看着气氛僵持，明决看了眼身后越聚越多的车辆，提醒："沈制片先上车吧？后面堵上了。"他话音刚落，鸣笛声跟配合好似的高高低低响了几声。

有车辆的灯光打向沈千盏面前的几寸之地，影重重的，全是季清和身后的树影。

沈千盏抬眼看他。

他领结微松，衬衫领口尚还规整。刺眼的远光灯下，他逆光而站，五官的锐利模糊了三分，犹剩下那双比夜色还浓郁的眼睛，如深渊般，含着凛冬霜雪。

被美色刺激得膝盖一软，沈千盏认命上车。

SUV 的后座宽敞，车厢内弥漫着淡淡的冷烟味，又涩又甜。沈千盏嗅了嗅，见季清和绕过车尾从另一侧上来，继续维持她今晚安静如鸡冷艳高贵的人设。

明决低声问她地址，调整完导航，车从停车场出口驶出，很快汇入车流。

夜色已深，路上车辆明显变少。停停走走过了数个路口后，明决瞥了眼后视镜，语气有几分怪异地提醒后座两人："后面好像有车跟着。"

沈千盏回头，扒着椅背辨认车标和车牌。等看清车牌号，边腹诽苏皙还算有点良心边吐槽："要不是知道我没钱，苏暂估计要误会季总绑架勒索了。"

季清和神情沉静，压根儿不为所动。既不在意身后有未知车辆的跟踪，也不在乎她话里的嘲讽之意。车里气氛之诡异，跟滴滴打车拼到陌生人一般，充斥着泾渭分明的冰冷感。沈千盏干脆将说话的心思一歇，开始装哑巴。

四十分钟后，车到小区车库，沈千盏下车。

她推开车门后，试探性地先伸出一只脚。余光瞥见季清和稳如泰山，半点下车的打算也没有，终于安心地脚踏实地，关上车门。

车就停在单元楼口，沈千盏转身，正欲感谢季总和明特助送孤寡独居少女回家的善举时，季清和下了车，吩咐明决原地等他。

他双手插兜，披着一身夜色先走进了楼道里。

沈千盏傻眼。她难得大脑宕机，原地站了数秒，等反应过来，赶紧步伐匆忙地转身追上。

她所在的楼层面积大，一梯一户的设计令负一楼的地形也非常复杂。

她辨听着季清和的脚步声，刚追至安全通道的侧门，手腕上一紧，一阵措手不及的天旋地转后，被季清和扣着手腕逼至墙角。

而这个男人，唇角微勾，笑容恶劣，端的是清风朗月的斯文样，却将她牢牢桎梏在他与墙之间。

沈千盏只来得及感受到背脊抵上墙时片刻的凉意和痛感，等回过神，他扣住她手腕的手一松，握上来，俯身低头。她视野内目之所及的光线顷刻间被他遮挡掉一半，季清和在离她仅一息之隔的距离时停下。

沈千盏呼吸一窒，他靠近引起的酥麻从心到身，软了个彻底。她悄悄屏息，一动不敢动，像被天敌扼住命运无奈装死的猎物般，只敢小声喘息。

季清和鼻尖轻嗅，问："谁的香水味，嗯？"

他声音低沉，像沉入天井的清泉，泠泠回响。

沈千盏被他磁性的嗓音一杀，耳尖一烫，一股邪火奔蹿而出。

她抖着嗓子，竭力保持冷静："我劝你，离我远点。"

季清和看她，这一眼似笑非笑，跟勾魂似的，彻底引爆她蠢蠢欲动的色欲。

她威胁："小心睡到你腿软，回不了家。"

季清和眼也不眨地盯着她，问："认真的？"

放完狠话的沈千盏光速心虚："假的。"她转转手腕，示意他先松开，"有话好好说，这样被人看见，我房贷还没还完就得先卖房了。"

季清和垂眸，目光落在她的唇上，那炽热的眼神犹如实质，她瞬间老实闭嘴。虽然心里跟明镜似的，知道季清和不过是吓唬她，但不能仗着无所畏惧就挑战他的底线，这狗男人急了是真的会咬人。

"隔壁住人了？"他问。

沈千盏生怕他心生邪念，赶紧点头："住了。"

季清和低笑一声，故意逗她："不是隔壁也可以，这小区楼盘交房应该还没两年，空房估计不少。"

沈千盏见他表情不像在开玩笑，顿时炸毛："季清和，我劝你想都不要想。"

季清和目光上移，从她嘴唇落到眼睛，与她对视："害怕？"他低笑一声，嗓音低低沉沉的，像笼了层冷雾，"我今晚，也是心惊胆战。"

他这句话意有所指，毫无道理地将她那根神经挑怒，她眯眼，语气瞬间如坠入冰窟，冷飕飕地往外冒着寒意："你几个意思？"

沈千盏这人，除非自愿，否则自御模式一开，真万箭齐发，箭箭淬毒。

季清和却丝毫不在意她浑身炸立的戒备，他低头，那双眼又深又暗。

他压着声，警告她："想跟我撇清关系，就别在我眼皮子底下犯戒。我这人占有欲强，你再敢沾上其他男人的味试试？"

沈千盏忘记自己是怎么上的电梯回的家，暂停的记忆再度重启时，地点已从楼梯间切换至客厅沙发。

她孤身一人，坐在客厅，耳边是一声一声压过夜色唱到白头的来电铃声。她脊背还有些凉凉的，不像是靠着墙壁太久的物理感受，反而像惊悸过度引发的心理反应。

惊悸过度？

沈千盏不甘地咬住手指，她当时怎么就一声不吭由着那狗男人大放厥词？

占有欲？

他以为自己是谁呀？无论是名义上还是法律上，她和季清和都没有任何关系！

本来赴约这事，沈千盏挺亏心的。这刚和季清和睡过，虽然双方达成一致不再续前缘了，但转头去他表兄弟那儿参加交流会相亲宴的确有些缺心眼。这不明摆着把季清和的男性尊严往脚底下踩吗？

但再理亏，在季清和那句意有所指的猜测污蔑下也荡然无存。这狗男人在心里就这么想她的？她当时就该屈膝一顶让他和自己的子孙后代说拜拜。沈千盏懊恼得不行，当场没能反驳捶死季清和，现在说什么都晚了。

她边气自己嘴笨，边后知后觉地补充能够驳得季清和七窍生烟六体投地的知识弹药。但碍于已错失良机，只能自己气到原地跳脚。

洗完澡，她终于神志清明，理智回归。雷打不动地护肤完，沈千盏躺上床，才想起来要垂怜被她一气之下顺带迁怒的苏皙。

苏皙从文化馆一路跟车至高架，被明决发现后，沈千盏给他发了微信让他先回家。

等沈千盏到家，门口的监控推送了监测视频。当时，苏皙给她打电话确认，被她毫不留情地挂了五六次。后来干脆静音，直到这会儿，才矜持高冷地赏赐了个表情包。

苏晢不敢明说自己和季清和私下的交易，拐着弯地试图为自己脱罪。

沈千盏倒不在意这些，她攥着苏晢那句"季总对你是有些过分关注"想了很久，连什么时候睡着的也不知道。

半夜时，沈千盏醒了一回。睡得毫无预兆，醒得也莫名其妙。睁眼时，窗外天色鸦羽般漆黑。

她在枕下摸索一番，长时间没被握过的手机机身冰凉，她抬了抬手腕，看时间——凌晨三点二十四。

沈千盏把手缩回被窝里。

闭上眼时，眼前浮现的全是季清和昨晚把她堵在楼梯间威胁警告的模样。腕上的触感仿佛还在，遒劲、有力、不可抗拒。连指尖都似留有余温，像有把锁链将她的心神牢牢铐住。许多清醒时不敢回味的情绪在夜深人静时，终于澎湃汹涌。

沈千盏不是没察觉季清和对她很特殊。起初她以为季清和单纯觉得她使用感良好，既然有过一次，那第二次第三次水到渠成，只需他稍稍勾引。后来，季清和问她愿不愿意做他后院的牡丹，老实说，那个语境下，正常人都会理解成包养。

那她挺不屑的。她的三观和教养，都不容许她接受男人的包养。

她屈膝，将自己蜷起来，闷闷地吐出一口气。

但现在看来，季清和对她是余情未了，无论他是想当她情人还是金主，对沈千盏而言，都不是一个好消息。她没有接受一段恋爱的打算，甚至连结婚的念头都稀薄到无，更遑论对方是季清和。

未解锁的手机屏幕上有几十条消息提醒和短信推送。不用看也知道，全是零点跨年时的新年祝福。

时间，已经在时针翻篇儿的刹那跨越了一整个年度。

她今年，三十了。三十岁的年纪，事业小有起色。独立的经济能力，独立的自我空间，独立的生存本领。独立令她对任何依附依赖都失去了兴趣，而成长则褪去了她多余的仁慈和纯真，她看未来，不是迷雾般的茫然和无知，而是无比坚定的海晏绿洲。

她这个年纪，已经不适合再谈无疾而终的恋爱。而感情，从来不是投入多少就能回报多少的善业，年轻时尚能摔得头破血流爬起来再奔跑。长大后，学会的是规避不利于自身的危险，少引火烧身。

她看季清和时，像遥望深渊。像她这种已经盘算着颐养天年的女人，馋馋身子无碍，搞搞黄色无碍，真刀真枪拼感情……怪不养生的。

不过，被开拓过的身体，像沉眠苏醒的魔盒。沈千盏回味着季清和临走前那双幽暗深邃的眼睛，骂了声，继续蒙被大睡。

第二天放假。

沈千盏一觉睡到中午，醒来时，手机已经低电量自动关机。她洗漱完嚼着全麦，去给手机开机。开机的刹那，消息蜂拥而至，从合作艺人到公司同事，新年祝福跟不要流量似的疯狂塞了她几千条。

沈千盏无比淡定地审阅、同乐、删除。等把微信列表全部清了一遍，她也吃完早午饭，开始了短暂又快乐的假期模式。

沈千盏的假期模式向来无聊，不是刷电影就是睡觉。碍于今年年龄凑了整数，她忽然有了点人生过半的仪式感，下午刷完一场电影后，认真地抽了张 A4 纸，做了个去年总结和新年计划。

去年总结比较敷衍，沈千盏例行公事般做了个工作小结，草草概括了她整年的所有工作。

许是能光明正大拍沈千盏马屁的机会太难得，"去年总结"发到朋友圈后，屁友们倾巢出动，不出片刻就占领了朋友圈的评论区。

——"盏姐好敬业。"

——"我一直以为自己够努力了，看到盏姐的去年总结后，羞愧难当。"

——"灯姐完美诠释了什么叫生命不息工作不止，我要是有灯姐一半的工作热情，我现在应该也能在北京定居了。"

——"什么叫优秀的人比你还努力，看看。"

——"盏姐好棒，柏宣圈内出了名的大佬，有合作机会带带小弟。"

——"制片难做，像千盏这样踏实，每年都能拉起一个组顺利开工的太少见了，向你学习。"

但一众彩虹屁下，总有那么几个老鼠屎。

苏暂疑问："我合理怀疑圈主的报道不符实，去年六月明明去西安休了好几天的年假。"

乔昕反驳："盏姐休假也在工作啊，喷子别黑我女神。"

苏暂："休假也在工作这句不服，明明还干了别的坏事。"

和苏暂加了好友能互相看见评论的孟忘舟问："六月西安有钟表展，沈制片没错过吧？"

苏暂回："没有没有，不只没错过，还收获颇丰。"

对评论一无所知的沈千盏勤勤恳恳做着新年计划，与其说是新年计划，看着倒跟许愿差不多。

比如：项目进展顺利、每月买一款心爱的包包、天降横财……

深刻反省到这个计划与自己精明干练的形象不符，沈千盏发朋友圈时还稍稍分了分组。

苏暂："盏姐，你摸着自己的良心说，你这新年计划和我这个伪富二代躺着花钱的咸鱼梦想有什么差别？"

沈千盏回："差别在你躺着实现了，我没有。"

苏暂被噎得心服口服，鸣金收兵。

第二天一早。

结束假期，新年第一天上班。

沈千盏刚到办公室，就看见办公桌上摆着一个印有不终岁标志的礼盒。礼盒上摆了张贺卡，黑底烫金，透着股神秘深沉的高奢质感。

沈千盏满脸疑惑地打开贺卡一看，贺卡空白处只落款了"新年快乐"四个字。

她狐疑地拆开礼盒，精致的礼盒里，一大一小两件宝贝——不终岁最新款链条包及不终岁"十二月"系列的女式腕表。

她挑眉。季清和送的？沈千盏正欲拨内线呼唤乔昕，后者似有感应般，先抱着礼盒敲门而入。

两厢一对视，皆看到了彼此眼中的迷茫。但这份疑惑很快因苏暂、苏澜漪都收到了礼盒而消散，不终岁给千灯影业所有合作相关的工作人员送了新年礼物。

唯一的区别可能是沈千盏收到的……格外走心。

等关起门来，苏暂掏出自己礼盒上那封贺卡和沈千盏的做对比："季总真心机，我的贺卡不配他亲手写祝福吗？居然是打印的！"

他继续对比手表，心情沉痛："我和我姐就一块不终岁的热销表，只给你送了'十二月'系列的四月槐序。"

"心机，太心机了！"

沈千盏提醒："乔昕也是'十二月'系列，她是九月暮秋女式腕表。"

她把玩着手机，琢磨着要不要给季清和发条微信。于情于理，似乎都该晒晒照，感谢下金主的恩赐？

苏暂打断她："乔昕拿九月暮秋是她九月生日，你个二月二十九生日的……凭啥送你四月槐序？"

"重点不是在'槐序'的序上，就是在四月，农历四月的别称就是清和。"苏暂啧啧两声，满脸透着酸气，"盏姐，季总是不是开始正式追求你了？"

沈千盏心烦着呢，她指指门口，无声又强硬地给他指了条路："滚。"

沈千盏到底没单独感谢季清和，她随大流拍了张不终岁礼盒，往朋友圈一晒，十足官方地感谢合作方大气疏财。

几日后，由柏宣与多家影业合办的慈善晚会递来邀请函。沈千盏前脚刚晒完邀请函，第二天就收到了不终岁送来的高定礼服。被季清和这番迷惑行为秀到的沈千盏不信邪，隔天又秀了视悦晚会的活动行程。季清和这条老狗压根儿不在乎自己会暴露，按时按点地送了套不终岁的首饰。沈千盏这回终于坐不住了，她拖出季清和的微信，质问："你视奸我朋友圈？"

季清和避重就轻："我只承认做过第三个字。"

被季清和的坦诚所震慑的沈千盏，半晌没接上话。

乔昕来通知她开会，见她盯着桌上的礼盒发呆，小声提醒了句："盏姐，我们部门最近收礼物是不是有点太频繁了？"

严格来说，也没一个部门。

季清和大方归大方，送礼却是点兵点将，只有在他那儿有名有姓留有印象的，才能收获空投。礼盒大部分是彩妆、护肤品、香水和不终岁旗下周边产品，价值非常可观。起初是元旦刚过的新年礼物，上到苏澜漪，下到跑腿对接的几位生活助理人人有份。后来是单单送沈千盏的部门，一连数次，高调到隔壁部门都有所耳闻，天天酸溜溜地来找她打听内幕。刚开始乔昕还会搪塞是因为合作关系，投资方比较大方。可接二连三地，别说同事们不信，她也无法说服自己这种一掷千金的行为单纯只是为了维护合作利益。

她委婉转达了一番近日来令她深受其扰的行为："我现在去卫生间不只要小心女同事，还要防着男同事。大家对我们和不终岁的合作挺好奇的……"当然，主要是您的个人八卦。

但后半句话她没敢说。

沈千盏这人特别的"只许州官放火不许百姓点灯"，八卦到她头上，无伤大雅的她若是心情好能"正主在线热聊"实时加料，触犯底线恶心到她的，通通宁可错杀一个不留。

沈千盏点点头，没在意："先去开会。"

今天的会议由苏澜漪主持，有点类似于年度汇报。但因汇报内容过于公平透明，苏澜漪骂起人来也是众生平等，被戏称为"年度公开处刑大会"。

沈千盏到时，公司各部门主管、经理已将会议室占了个七七八八。

她今年实绩优异，等会儿嘉奖表扬必不可少，为避免引起众怒，非常低调地找了个不起眼的位置坐下。

下午两点，会议正式开始。

苏暂代表艺人经纪部发言，当谈及年后将起诉向浅浅违约时，整个会议室安静得如同时间静止了般，鸦雀无声。

有一半的目光悄无声息地落在了正转着笔玩的沈千盏身上。

众所周知，千灯开拓艺人经纪版图时，是沈千盏临危受命，不遗余力捧红了向浅浅。除了向浅浅的经纪事务，沈千盏还要兼顾制片人的工作，她如今的地位几乎是完全靠着自己的拼劲挣来的。

在千灯，有人不服苏暂都不会不服沈千盏。

去年沈千盏卸任经纪事务，公司甚至还有传言她是因功高盖主被苏澜漪撤职做回制片。眼下这才过去大半年，向浅浅出走，经纪部除了一个周延，再没出色的艺人，俨然一盘无将之军的散沙。

苏暂也意识到了气氛的沉默，他顿了顿，若无其事地继续往下汇报。

沈千盏慢悠悠转着钢笔，从头到尾，连眉毛都没挑过一下。

向浅浅坚持出走的结局，她几乎是一开始就预料到了。她始终没去找向浅浅私聊，就是因为知道始末，不想当初殚精竭虑的恩情挟报。

有件事，苏澜漪没告诉她，但沈千盏心知肚明。她当年卸任经纪人，一是因工作量太大不堪负荷，二是苏澜漪对她精力分散有所不满。外界对她的赞誉越高，苏澜漪对她就越有意见。

沈千盏是个心思通透的人，饶是苏澜漪这点无心的埋怨跟女孩撒娇一样，她还是在第一时间主动提出要卸任。

千灯在艺人经纪领域是和向浅浅一起从无到有，渐渐成长的。沈千盏对向浅浅的用心比众人表面所看见的要多得多，她其实不忍放弃向浅浅。但苏澜漪于她人生最低谷时伸出手，更无法辜负。

几番衡量之下，沈千盏选择了放弃向浅浅。

向浅浅重情重义，她固执地认为沈千盏是因苏澜漪弄权，为平衡公司其余部门主管才会被撤职，哭过闹过后秘密与苏澜漪置换条件来挽回。

谈判最终结果不得而知，但看向浅浅随后半年的放纵和消沉，显然是无疾而终。她性格偏执，估计对沈千盏放弃她耿耿于怀，心生怨恨，才会以背叛千灯的方式报复回来。

成年人的世界感情向来寡淡浅薄，尤其在这座城市，大多人无所依附，为了生存有的是人选择嗜血吃肉，择利益而生。

那她算什么呢？

会议结束后，沈千盏收拾东西走人。临走前，她转身看了眼苏暂，打了个手势示意等会儿办公室见。

今晚有柏宣主办的慈善晚会，苏澜漪今晚有事，让苏暂代为出席。

沈千盏代表千灯，自然要与他同行。

慈善晚会每年举办，声势日渐浩大。

会场呈半开放，有艺人红毯签名环节，现场更有多家媒体直播转录。除艺人以外，圈内大佬云集，无论是出于增加曝光考虑还是结识权贵，都是不可多得的机会。

苏暂找来时，沈千盏刚换好礼服在化妆。

他难得看见沈千盏老老实实坐着被造型师妆点，忍不住调侃："之前不是嫌弃化妆师还没你自己化得好，非要自己动手？今天怎么就屈服了？"

沈千盏瞥他一眼，边指挥化妆师将她眼妆晕染开，边撑他："嘴上积点德吧，天天帮我得罪人。我上辈子是欠你几百万了，你这辈子这么穷追不舍的？"

苏晢也没个正形地在她手边坐下，嘀咕："那你这辈子还我，我勉强可以不计较。"

沈千盏险些呸他，但余光看见镜子里美艳端庄风情万种的自己，实在不忍口出恶言破坏这副美丽的皮囊，强行稳住，只意思意思翻了个白眼。

但有些人吧，就是不知道识趣二字怎么写。

苏晢见她熄火，主动挑衅："今晚打扮得这么好看，有预谋？"

——老娘天生丽质，稍微收拾打扮下就能光鲜亮丽，死直男知道自己这番言论多招人打吗？

苏晢继续："有新目标了？扩充后宫？"

忍不了的沈千盏终于开喷："我就有过一个男人，哪来的后宫？"

她扫开化妆师的手，转身去拎苏晢的狗耳朵："女人化妆，跟男人屁点关系都没有。"

被收拾了的苏晢，瞬间安静如鸡。

沈千盏不用走红毯，直接进会场。

千灯的座位在第五排，与一众影视公司同僚同坐。她来得较早，坐下后先不动声色地扫视全场，寻找季清和的位置。

直至出发前，沈千盏才留意到季清和下午给她发过一条微信，寥寥四字："今晚面聊。"

看时间，她当时正在开会，手机静音。散会后，又赶时间化妆换礼服，直到上了车才有空看手机。

距离上次见面，已过去整一周。沈千盏从起初的下次见面一定给他好看到现在心如止水、看破红尘，深深觉得自己离中年出家不远了。

可直到晚会开始，蒋业呈上台致辞开幕，沈千盏也没见到季清和的身影。

晚会分前半场和后半场，后半场才是重头戏，须从会场移步另一个展厅。这时，也没了对号入座的要求，众人皆可随意。

沈千盏被塑料姐妹艾艺挽着入场时，意外地看到了在门口等候的明决。后者似乎就在等她，见她出现，穿过三三两两到达现场的美丽皮囊们，径直走到她面前："沈制片，季总这边请。"

艾艺意外地扫了沈千盏一眼，但这种情绪只短暂地出现了一瞬，她很识趣地松开手，借口见到熟人，先一步离开。

沈千盏也没扭捏，微微颔首，与苏暂一前一后往最前排走去。

季清和坐在首排角落的位置，有花艺和装饰挡住两侧舞台的灯光，形成了相对封闭的空间。

他的身后纷纷扰扰，似水滴入滚油，充满了人间烟火气。他却不受这烟火干扰，像独立于时间维度之外，与世隔绝。

似察觉到她出现，一直背对着她的季清和毫无预兆地转头，向她看来。

他的侧脸线条冷冽，鼻梁直挺，下颚的轮廓被展台的光影柔化，透出几分动人心魄的禁欲感。当目光触及沈千盏时，明显看到他眼底有光骤亮，像萤火铺天，星辰斗明，那色惊艳像像天幕星河，一闪而逝。

被美色杀到的沈千盏，很没出息的腿一软。要不是要脸，爸爸老公哥哥她能不重样地叫上十分钟。不过沈千盏丰富的心理活动在那张五官精致的脸上找不到一点痕迹，她优雅入座，一丝不苟地摆正裙摆后，才矜持地用正眼打量季清和。

后者姿态慵懒，长腿交叠，坐姿并不端正。他的目光从沈千盏的眉眼落到唇上，又从修长的天鹅颈落至一层薄纱遮掩的直角肩，最后若有若无地落在她的胸口，几分打量几分克制道："胸围估小了？"

沈千盏今晚穿的正是季清和前两天送来的高定礼服。

他这么一问，她原先打好的草稿瞬间被粉碎，她抬眼，一字一句恼怒道："是我长大了。"

季清和不置可否，眼神却有些意味深长。他显然知道玩笑适当即可，没再逗她，转而问道："今晚有收获？"

类似这样的社交场，是结交搭线的好时候，既不会太刻意，也不至于太尴尬。

"没有。"她的语气有些沉闷。

季清和垂眸看她："下午不还想质问我？"

沈千盏一想到那段对话，脸瞬间黑了，她转头瞪他："季总的说话方式是不是太不讲究了？"

场内灯光转暗，主持人上台。

季清和的眼神也随着灯光的变幻逐渐转深："也就对你这样。"

沈千盏没听清，下意识侧身，附耳过去。

季清和慢慢道："我说你今天特别好看。"

他微低头，鼻息近在咫尺。似有冷香，如烟般蹿入她的四肢百骸。

沈千盏下意识抬眼。

季清和并未看她，他的视线落在巨幕显示屏上，深色的眼瞳被炫亮的灯光照亮，像幽幽燃起的一簇引路火，完美点缀了他满身的清冷和矜贵。

她脑子里突然冒出一个词——活色生香。这狗男人，真的不是妖魔鬼怪派来勾她魂的？要不然，她怎么回回见他，都神魂颠倒，腰酥腿软。

沈千盏琢磨着要说些什么扳回一局，未等她开口，灯光效果由明转暗，渐变成流光，将展厅拖入旧时年代。

展台上，司仪全方位展示着第一件慈善拍品。

身后渐渐响起故意压低的交流声，有人猜测这是谁的手笔，也有单纯讨论展品价值与来历，声音嘈杂交错，显然已不宜再聊些闲话。

沈千盏将闲余心思暂敛，打起精神。

慈善晚宴的重头戏就是拍品。

沈千盏来之前，收到过一份拍品名单。

苏澜漪对着单子挑拣了几天，为难到眉头打结。她感兴趣的，拍价大多高昂难以承担，价格合适的她又觉得不合眼缘，什么都不拍单纯捐款做慈善又无比肉痛。这年头，既要顾全面子又要保全里子，太难了。

在如何选择这件事上，沈千盏没掺和。

苏暂第一次举牌时，展品是条项链。他跟了两次价，见对方紧追不舍，兴致寥寥没再继续。第二次举牌，展品是个成色极高的猫眼绿玉镯，苏暂直接叫出他能给的最高底价，下一位竞争对手出价后，他直接吊儿郎当地把号码牌倒插进后颈，弃拍了。

沈千盏见他无视场合的没正形，在镜头带不到的地方狠狠拧了他一把："牌子拿下来，坐好。"

苏暂敢怒不敢言，搓着被她拧疼的大腿肉嘶嘶地直抽冷气。

深觉苏暂不怎么靠谱的沈千盏，到底没忍住，问："你姐怎么交代你的？"

"她划了两百万给我，让我看有喜欢的随便拍，就当提前攒老婆本了。"苏暂疼得龇牙咧嘴，边抱怨她下手重边说："我身边连个正经女人都没有，还攒老婆本，你说我姐这不是瞎操心吗？"

沈千盏没接话，眼神幽幽地扫了眼季清和。

后者十分自然地接收讯息，趁着司仪定锤落下前，低声道："我成年，到法定婚龄后，户口本就自己保管了。"他没回头，视线始终落在展台上，为了方便她听清，他侧身微倾，稍稍低了下颌，照顾她的身高，"季家婚配自由，上了户口本还能享受年薪低保。"

沈千盏八卦之魂顿燃，她瞥了眼季清和，假正经道："你跟我说这个干吗？"

季清和终于转头，他唇角噙着三分笑，嗓音低低沉沉，像捏着一把磁沙，微微荡漾："明知故问。"

膝盖中箭的沈千盏："……"

耳鬓痒痒的，不知是因为季清和靠得太近还是散落了一缕碎发。沈千盏若无其事地将那缕头发钩至耳后，说："季总结个婚跟招聘总裁夫人一样。"

又是年薪，又是低保的，是不是生孩子还按业绩算？

季清和没接。有些话他当情趣，沈千盏未必。这女人心眼比针小，轻易得罪不起。好在沈千盏也没继续深入，她的注意力很快被新上台的展品吸引。

要说沈千盏有什么爱好，第一数钱，第二花钱，第三看别人花钱。她就好掉进钱堆里打滚这一口。

晚宴结束，苏暂拍了支冠玉簪，勉勉强强完成苏澜漪交给他的花钱重任。

他是典型的得了便宜还卖乖型人格，拿到簪子后，第一时间拍照，发定位。文案更是透着一股救都救不起来的咸鱼富二代味——代替亲爱的姐姐来参加慈善晚会献爱心，又是千辛万苦努力散尽家财的一天。

全程围观苏暂发朋友圈的沈千盏第一个受不了，去评论区发了三个狗头。

正值散场，展厅内三三两两，皆抓着倒计时的尾巴努力建交。其中更以季清和为中心，形成了中度拥挤的重灾区。

沈千盏原计划借用季清和十分钟，场地不限。可眼下这情况，别说十分钟了，一分钟也不现实。

不终岁今晚捐赠的慈善筹品最具诚意，是季庆振季老爷子私藏数十年的清代乾隆年间机械自鸣钟。该钟表的收藏价值之高，成功拍出了今晚的最高价。

沈千盏常年在这个圈子里打转，深谙法则。季清和这番出手，是商人借机逐利，借用这番慈善之举敲响不终岁进军中国市场的大门。也并非说他不够慈悲，此次慈善也是用了实打实的真金白银。

只是慈善晚会的初衷，本就不那么纯粹。她识趣地起身，准备悄然离场。

不料，才刚站起，手腕一沉，季清和握住她重重一捏："稍等。"

他打断得太过突兀，这句"稍等"也不知是对谁说的。但有效即可。周围围着他的人一听，自觉往后散了两步。

季清和松开她，问："等会儿一起？"

这样的问法太容易引人误会，众人的目光一致落向她。沈千盏稍怔了片刻，拜多年见人说人话见鬼说鬼话的丰富经历所赐，她几乎是立刻做出了合理反应："不急，季总事忙，我还是不现在打扰了。季总如果不放心，项目推进进度我让苏暂时时给您或明特助汇报。"

审视她的目光一散，变得柔和且善意。

沈千盏几乎能听见那些对季清和别有用心的女人的心声：不是来抢饭碗的，本官安心了。

她微微一笑，不待季清和再出招，拎起裙摆，礼仪周全地道谢告辞。

苏暂于人海中被她拎出来，还没缓过神，被迫火烧屁股似的拔腿就跑。

一路到了停车场，上了车，他才得空提问："盏姐，你没事跑什么？我这微信号刚要上，都没来得及扫。"

沈千盏敷衍："下次给你拉一车来慢慢扫。"

苏暂撇嘴，满眼写着不信。

他宝贝似的将冠玉簪收好，吩咐司机开车，先送沈千盏回家："别人巴不得跟季总沾上点关系，你倒好，撇清都来不及。"

车上有些冷，沈千盏倾身从后座拎过外套，边穿边反问："一个漂亮女人和一个男人扯上花边谈资，你觉得这是好事？"

苏晢将她这句话在脑子里复了一遍盘，怀疑："我觉得你的重点在漂亮女人上。"

"知道就好。"沈千盏笑眯眯地摸了摸苏晢的猪脑袋，"明天你就要搬来我的部门当小弟了，你学乖点，夹着尾巴做人，别闲着没事老得罪你的漂亮上司。女人都是蛇蝎心肠的，尤其长得漂亮的女人。"

苏晢面无表情道："你天天这么吓唬我，不举了你负责？"好不容易逃脱童年阴影苏澜漪，又遇中年危机沈千盏。

算命的说他命里犯女人，真是诚不我欺也。

不过，造化弄人。

苏晢第一天回去给沈千盏当小弟，就犯了她花边谈资的忌讳。

事情的起因是苏晢昨晚发的朋友圈配图。

除了冠玉簪的高清无码 C 位照外，他还拍了两张现场照，证明他所言非虚。问题出就出在现场照的背景板上。苏晢拍照时为了对光，背对着沈千盏，顺带着将她与季清和低声说话的实时情况也抓拍了进去。

即使沦为背景板，季总的气质依然出色不已。直接碾压了苏晢放大了五官后的阳光俊逸，以高糊的清冷之姿，吸引了苏晢朋友圈大部分人的围观。

起先还有人问，和沈千盏说话的男人是不是千灯新签的艺人。熟人到场后，开始调侃沈千盏又无差别释放魅力，不知这回上钩的又是哪家弟弟。

同是一个圈子一个行业的，苏晢吃顿饭的工夫能扫到影视圈的半壁江山。这半壁江山一联动，直接在苏晢的评论区开了个研讨会。结果就是，大家愉快地脑补出了一本言情小说。

不终岁最近在圈内的大动作频繁，又遇上中国区代言人换届，各家都铆足了劲争取上位，喜提代言。自然有不少人认出和沈千盏亲密咬耳朵的人就是不终岁中国区代理执行总裁，季清和。

身份定位了，故事自然就有了。

先有热心八卦网民提到季清和与千灯艺人向浅浅上过热搜，抛砖引玉之下，众人纷纷联了向浅浅违约跳槽一事，暗中阴谋论道：这是千灯摇钱树和聚宝盆之间两女争一男的决斗。

这个阴谋论起初还被严谨的大龄卦友质疑合理性，但联想到千灯与不终岁近期联手，联合出品献礼剧，纷纷夸沈千盏好手段，顺利刷掉向浅浅，近水楼台先得月。

就目前猪队友苏晢无意暴露的照片来看，沈千盏与季清和发展良好，上位已是指日可待。

当然以上故事流传于没有沈千盏和苏晢存在的半壁江山圈，直到津津乐道了数日，才被千灯公司内部发酵的流言彻底引爆。

这段花边新闻传进千灯，千灯各部门结合不久前不终岁频繁送往沈千盏部门的礼物，终于顿悟。

作为在流言高速传播后才后知后觉的当事人，沈千盏面沉如水地坐在办公室里，掰折了第三支口红。她阴冷的目光看向已缩成一团的苏晢，没好气地将手中文件一股脑扔向他："成事不足败事有余。"

主动请罪的苏晢，格外委屈："我哪知道一个个这么闲得慌，就差写篇小黄文立项了。"

沈千盏继续扔他："人那是闲得慌？那是恶意都满出来了，针对我。你最近给我把嘴闭严实点，再惹事我把你从顶楼扔下去。"

苏晢瑟瑟发抖："那你和季总这绯闻，怎么办？"

沈千盏在线抓狂。难不成她又要去和那条阴险狡诈的老狗做交易？

第九章

这一笑，明艳如光

这日，苏澜漪难得来公司。

这位祖宗待了一上午，处理完文件，捎沈千盏苏暂一起，为她好友新开的西餐厅捧场。西餐厅离千灯不远，与一家四星酒店合作，将顶层空间布置成旋转餐厅。苏澜漪送完开业花篮坐下时，老板闻风而至，殷勤周到地推荐了数道招牌菜，又吩咐服务员给这桌免单，这才姗姗告辞而去。

人一走，卡座瞬间安静。苏澜漪笑了笑，简单介绍了两句："这儿的老板是我们那个圈的，婚后当金丝雀当腻了，出来开餐厅说要找回人生价值。"

她优雅地切开牛排，刀叉接触碗盘时没发出一点声音："餐厅能开多久不知道，开业热情倒是可以打满分。"她促狭地眨眼，轻笑道，"快尝尝，这厨师是她花大价钱请的。她说要开餐厅那会儿，我就馋着这一口了。"

苏澜漪从小含着金汤匙长大，性格极为挑剔。能让她馋的，沈千盏估摸着自己待会儿得扶墙而出。

安静地用了会儿餐后，苏澜漪状似不经意般，开口问道："你和不终岁的季总，怎么回事啊？外头传疯了，朋友见我就问。"

沈千盏挖了勺布丁，反问："什么怎么回事？"她淡定得不像是被八卦的当事人，"不终岁和千灯除了合作，还能有什么事？"

苏澜漪看了她两眼："向浅浅背信弃主跟千灯打官司的事，最近已经闹得满城风雨了，你跟季总那点花边新闻正好给星海传媒可乘之机。"

这话不算好听，甚至有些苛责之意。

苏暂见势不对，赶紧打圆场："这事怪我，要不是我朋友圈那组照片，压根儿不会有这些事。"

沈千盏放下勺子，视线挪到苏澜漪脸上，开门见山："你想我怎么做？"

意识到自己措辞不当的苏澜漪微微蹙眉，解释："我不清楚事情始末，只是担心你和千灯会被有心人利用。"她叹了口气，有些头疼地捏了捏眉心，"千盏，不出意外，过不了几天向浅浅方就会发通稿卖惨，引导舆论。"

傻白甜苏暂傻眼："……有这么严重？"

苏澜漪问："你以为这阵邪风怎么刮起来的？千盏前年捏小鲜肉屁股都没出事，怎么这次和季总靠得近点就被传得这么不堪。"

一直面无表情的沈千盏顿时炸了："有一说一，捏屁股的黑历史求求别提了。"

说到捏屁股，沈千盏就忍不住扶额。

前年她陪向浅浅录综艺，最后一期杀青后，综艺制片方组织了场杀青宴，当晚正逢这部综艺第三期收视爆点，大家喝得比较开心。

也不知是哪位鬼才提议的真心话大冒险，向浅浅中招了大冒险，对方指定让她去摸当时已是顶流的小鲜肉翘臀。

当时身为经纪人的沈千盏一听，这哪行？这分明是挖了个坑逼向浅浅跳，这坑要是跳了，指不定得扎出多少个血窟窿。向浅浅轻则被撕成碎片，重则星途半残。

沈千盏直觉这是个阴谋，可在那个当下，对方摆明了要捉弄一番。拒绝势必要得罪人，但若顺从，她与向浅浅今晚之后势必要迎来一场腥风血雨。

她唯一能想到的折中法子就是她代替向浅浅把顶流屁股捏了，这事最大的后果无非是她引咎辞职。

事后也的确证实了沈千盏当时很有远见，那段捏屁股被制作成短视频、照片、动图，屠得沈千盏删博退圈。要不是那顶流心善，替她解释，沈千盏难免真的伤筋动骨。

一想到这事，沈千盏顿时胃口全无："我心里有数，你不用操心。"

苏澜漪的担心不是没有道理，沈千盏回公司后就联系公关部开了个紧急会议。一是了解向浅浅解约的进度；二是了解网络舆论；三是防止自己被星海传媒拿去当靶子。

当年捏屁股门，为了能将向浅浅择干净，沈千盏严令禁止她发声。防她义气过头，公司甚至收回她的微博账号保管了一周之久。

事发之后，除了当事人替她解释过，网友大部分不明真相。连带着她的身份在向浅浅的粉圈都是个异常尴尬甚至至今不能提起的透明人。

若是此次沈千盏不择手段逼走向浅浅的假料被利用，后果可想而知。真一个人扛起了所有。

做完千灯的公关预案，沈千盏整整考虑了一天，无比谨慎地通过明决预约季清和。

近年关，季清和公务繁忙，连四合院都许久未去。听到明决转达沈千盏预约见面的请求时，他笔尖一顿，险些力透纸背。

瞬间察觉到季总心情恶劣的明助理内心忐忑，硬着头皮把话补充完整："沈制片说最好面谈，她给您交代下事情始末。如果您没时间，她让助理跟我对接。"

季清和捏着钢笔的手腕一沉，将文件签好，转手递给明决："她想见我，为什么不直接找我？"

明决眼观鼻鼻观心，无情回复："沈制片说事情涉及两家公司的口碑，不得不打扰。因为是公事，所以走对公流程。"

后半句是明决自己加的，沈千盏虽没明说，但意思非常明显，她不想和不终岁有公事之外的牵扯，以期避免加深误会。

季清和抿唇不语，他行程紧张，很难再匀出时间来。

见他沉思，明决试探道："去机场正好路过千灯，如果事态紧急，不介意沈制片占用您的碎片时间，我现在去通知她一声。"

季清和颔首："告诉她，今天不见，下次见面就是千灯年会了。"

季清和最后一句太具威胁性，沈千盏没犹豫多久，答应下来。

明决怕她耽误季清和行程，不是很放心地反复与沈千盏确认约定的时间和地点。

下午五点。

季清和的座驾准时出现在路口。

沈千盏拎着两杯咖啡上了车。今日北京大风，她在风口等了不过十分钟，便全身凉透。

上了车，被暖气包围后，她打了个冷战，将捂在大衣里的咖啡递给季清和："请你喝咖啡。"

季清和不动声色地蹙眉，接过咖啡的同时拨了拨空调的出风口："不知道找个避风的地方等着？"

"怕耽误你的时间。"沈千盏边喝咖啡暖冻僵的身体，边打量他，"季总又出差？"

季清和拿着咖啡的手指修长，白色衬衫袖口下露出半截腕表，将他的腕骨线条勾勒得明晰又流畅，像量身定制般，透着低调矜冷的气质。

车从路面驶过，切入近道，直上机场高速。

不堵车的情况下，沈千盏只有半小时。

"事情经过我已经了解了。"他眉间难掩倦色，声线较平时都低沉不少，"你找我是想走什么对公流程？"

前座决压低了声音和司机交流着路况信息，沈千盏分了分神，等回过神来，回答："千灯已经做了公关预案，我知道不终岁在扩张市场，这件事不处理好，对两家公司的口碑都有影响。"

季清和笑了笑，笑容玩味："你希望我怎么配合你？"

沈千盏瞬间哑火。她本意是希望季清和了解情况后，明白事情轻重，两家公司统一口径。没遇到事最好，万一星海传媒利用这些最没法澄清的绯闻引导舆论，对项目的影响不好。

打了一下午的腹稿，他一句"你希望我怎么配合你"，全省了。

"一小时前，不终岁压下了一批通稿。"季清和摘下眼镜，揉了揉眉心，"没想到沈制片过往历史这么丰富多彩。"

沈千盏："？"

见她不解，季清和拿过一份封口文件递给她，示意她自己看。

星海传媒的确有意看图说故事，替向浅浅增加谈判砝码。这份通稿最先发给了柏宣和不终岁这两家与千灯有合作的公司，试图以此来给千灯施加压力。

季清和给她的这份文件，正是有理有据有图有故事的，细数她风流韵事的通稿。

沈千盏在看见标红加粗的"捏屁股门"时，脸都绿了。

她忽然意识到，刚才季清和那句话，并非是开门见山的干脆，而是秋后算账的预告。

沈千盏突然有些头疼，她将文件塞回封口："这些东西，够我引咎辞职来保全项目了。"

她兴致不高，一双眼落在窗外，看着人流如织，低声道："公关部会压下这些通稿，加快解决向浅浅解约一事。目前这些流言对不终岁不会构成实质性影响，千灯官博也会出声明澄清，事情全在我可控范围内。"

季清和听出她的言下之意，侧目看她："你考虑到的最坏结果是什么？"

沈千盏微怔。

等等，这狗男人该不会以为她要终结自己的职业生涯吧？怎么可能？

她正欲解释，转念一想，眼下这个理由名正言顺，再没有比现在更好的机会可以与他撇清关系。这种念头一冒出泡，就咕噜咕噜地往水面上浮。

她泫然欲泣，伪装得委屈巴巴："最坏，就是以身祭阵，牺牲自我吧。"

季清和微哂。他脚尖一踢，升起挡板。等彻底隔绝前座的视线后，他压低声音，轻飘飘问："以身祭阵？祭谁的阵？"

他侧身，目光锁住她，分析道："你觉得我会放任你不管？"他视线下移，落在她手边的文件上，轻笑，"不过你倒是提醒了我，你有牺牲自己的觉悟，祭谁也不如祭给我。一回生二回熟，总比断送职业生涯好。"

沈千盏："……"又主动跳了季清和挖好的坑。

她清了清嗓子，看面前的挡板："这个隔音效果好不好？我怕待会儿下手太重，季总的求饶声传出去，在下属面前就颜面扫地了。"

求饶？

这个词仿佛触动了季清和某根敏感的神经，他搭在咖啡杯上的指尖一顿，意味深长地看了沈千盏一眼："你喜欢在这里？"

他抬腕看了眼时间。

不知是他常年与时间打交道的原因，还是季清和本身就对时间心存敬畏。每回他抬腕看表时，眉心至眼尾的线条都犹如放慢的镜头，眼神由浅入深，专注而认真。

沈千盏见过他眉心隐蹙，似深陷欲潮，从心酥麻到身时的模样。那是与面前这个男人完全相反的存在，他像有两个对立的灵魂，一人立于清洲河畔，一人立于悬崖深渊。

她悄悄换了口气，平复心跳。

真的，这男人是对照着她的审美标准长的吧？处处都在点上。

对沈千盏短短瞬息千回百转的心思一无所觉的季清和，微垂手腕，将咖啡顺手放进车门储物格里："时间不够。"

沉迷敌军美色，时时在缴械边缘的沈千盏忽然醒过神来："什么时间不够？"

她警惕地将封口文件摆在两人中间的距离，像画了一道三八线，毫无威慑力地企图划清楚河汉界。

车内本就是个封闭空间，呼吸不过寸许就能交缠。沈千盏这番徒劳的行为引得季清和忍不住发笑，他垂眸，目光深邃明亮，迎着夕阳余晖，眼瞳似有一道金色的弧线，透出三色琉璃光泽："主动点，坐过来！"

沈千盏满脸写着抗拒，嘴上仍嘴硬地放着彩虹屁："坐这儿挺好的，能将季总的丰神俊朗尽收眼底。"

季清和将她的心思窥得一清二楚，指尖落在身侧，点了点："别让我说第二遍。"

上位者常年发号施令，自有一股让人无法抗拒的威严。沈千盏几乎是本能地抖了下，想要顺从。

初遇时，她怎么会认为季清和是匹温驯的暮狼，能任由她摆布呢？兵戎相接，却接二连三地败北，几乎给她留下了难以磨灭的心理阴影。

见她较劲，季清和提醒："第一笔投资还没到位，随时可以叫停。"

沈千盏最不怵的就是威胁："都是签了合同互相绑定的合作方，你吓唬谁啊。"

季清和的视线落在她无意识握紧手机的手指上，无声笑了笑，给她台阶："后座隔音不太好，你确定想让明决跟着听些私密的谈话？"

不确定。

沈千盏借驴下坡，顺着台阶就坐了过去。她将分寸把握得极好，与季清和维持着一掌的距离，进可攻退可守，不怕季老狗突然出手非礼。

季清和对她那点算计了如指掌，没多为难，只推了推鼻梁："千灯内部纠纷，不终岁无权过问。只要不影响双方合作，不损害不终岁的利益，与我无关。"

"看在你的分儿上，文件我已经压下去了。但公司资源有限，不会一而再，再而三无限救助千灯。"他薄唇轻抿，唇上血色由淡转浓，忽生几分妖冶，"不终岁不仅不会配合千灯，必要之时还会采取特殊手段及时解绑，谁也不想深陷泥沼。这个道理，沈制片懂吧？"

沈千盏当然明白。

商人重利，商海沉浮之际你永远不知道自己会败于哪一场风暴。明哲保身，留得青山，向来是趋利避害的首要准则。

处理事情上，季清和比沈千盏要干脆得多，他没给她说话的机会，定了终语："如果你今天找我只是为了说明情况，下个路口你就可以下车了。"

沈千盏被噎得说不出话，面上一阵青白交错。

不终岁压下这篇通稿的确仁至义尽，对公而言，季清和已经很卖她面子了。于私，她始终致力于撇清两人之间的关系，双方在达成一致后，没有事到临头她反手撕毁协议要求他配合的道理。

何况，季清和能怎么配合？出面澄清他俩没关系？做过的事，这男人绝对不会矢口否认。

沈千盏竖指发誓，如果她敢这么要求，季清和绝对敢重新再来一遍帮她回忆回忆。这狗男人，就是一丛遇火就焚的火种。还是别澄清了，越澄清越黑。她心念急转，终于醒悟自己这招是狗急跳墙，昏头了。

见她沉默，季清和眉梢微挑，不动声色间抛出一个深水鱼雷："我还有条思路。"

沈千盏循声看去，他眉眼被余光镀亮，透出少见的柔和："沈制片可以考虑下答应我的追求，只要你愿意，不终岁所有的资源都可以为你所用。"

沈千盏在前面的路口下了车。

正值下班高峰，无论是出租车还是打车软件，都爆满到无人接单。她在路口站了许久，行人换了一拨又一拨，仍旧没能等到车辆接单。

北京太冷了，冷到北风拂面犹如凌迟的刀片，能冻结思维凝固时间。也不知跳转了几个红灯，就在沈千盏犹豫要不要换种交通方式时，一辆车停下来，前座车窗缓缓降下，苏暂朝她招手："盏姐，上车。"

充盈着暖气的车厢仿佛温暖的庇护所，沈千盏搓着冻僵的手，边调广播边问："你怎么在这儿？"

"季总给我发了个定位。"苏暂察觉她脸色不好，说话也带了几分小心，"说这个时间打不到车，让我去接你。"

沈千盏抿了抿唇，她嘴唇干燥，口红掉了一半，透出些许斑驳。

不过相比刚才受到的冲击，仪容不精致已经算不了什么了。季清和就像统筹战局的上帝，从她提出见面起，就一步一步埋着伏笔，做着华丽的铺垫。他什么都说一半留一半时，沈千盏尚能应付。以他老谋深算、谨慎下局的性格，她没料到他会这么坦荡，毫不掩饰趁火打劫的意图。甚至连她下意识的拒绝都被计算在内，一句"你考虑考虑，过几日给我答复"堵得她哑口无言。

季清和很喜欢她吗？不见得。成年人之间，向来是情色比爱情来得直接。

她揉着被风吹得隐隐作痛的眉心，声音疲惫："年会是几号？"

苏暂趁着红灯，翻了翻日历，答："周五，还有两天。"

她嗯了声，闭上眼，没再说话。

沈千盏一向觉得自己身娇体弱，前一天这么吹风，第二天没个头疼脑热也得喷嚏咳嗽。她睡前甚至叮嘱乔昕明天上班时给她捎些感冒药，不料第二天睡醒后，她容光焕发，人比花娇，半点没饱经锤炼的虚弱感。

制片当久了，她的体质都快赶上金刚芭比了。虽然没能病弱一回有些失望，但沈千盏很快调整状态，投入工作。

编剧一事最近有了眉目，邵愁歇前两日给她推荐了一位神隐已久的大编剧江倦山。巧合的是，江倦山在沈千盏当初拟邀的编剧名单里位列第一，要不是对方退圈已久，她一开始的心仪人选就是这位深受电视台认可的大编剧。

她约了对方下午见面，午休结束，她提前出发，去约定的茶馆候面。

与有作品和有经验的大编剧谈合作，无比省心。沈千盏确认对方有合作意愿后，以江倦山过往代表作开题，聊了聊对方对剧本故事的思维看法。意外地发现江倦山虽然神隐多年，但神格依旧很稳，对如今的电视剧、电影、网剧等都颇有研究。

她悄悄翻了翻百度百科上江倦山的资料。江倦山年少成名，三十岁移民海外，隐退至今。这趟回国似乎只是度假，顺便重操旧业。

沈千盏对他能投入的精力有些不放心："这部剧是今年的重点项目，从剧本到拍摄，不会少于五个月。"

江倦山握着茶盏喝了口水，对她的顾虑十分理解："不瞒你说，我这次回国是为了处理一些家事。我与妻子感情破裂，正在办理离婚。"

沈千盏更担忧了。这种不安稳的工作状态，能创作出拍手叫绝的剧本？但之前的交谈太过愉快，江倦山完全符合她寻找的有趣的灵魂和沉稳的阅历的要求，她挣扎了一下："如果能荣幸合作，过年就要开始筹备剧本了。时间比较紧张，给你的创作压力会很大。"

江倦山将手中茶盏放入茶海，那双英俊的眉眼含笑，温和道："沈制片对我的合约精神完全可以放心，我的私事也很干净，不会拖累进度。"

再具体的，江倦山没说。

沈千盏对人家的私事也没兴趣八卦，她向来相信自己看人的眼光，谈过报价后，心里有了数。

江倦山谦逊随和，并未漫天要价，加上实力能打，口碑炸裂，苏澜漪那儿几乎没什么过审难度，签合同也就最近几天的事。

沈千盏将他划为团队主创后，态度瞬间亲和不少："你有团队吗，还是一直独立创作？"

"曾经有。"江倦山替她空了的茶杯斟上热茶，抬眼看她，"毕竟文字工作者的琐事太多，容易影响创作情绪。但我隐退五年，之前的团队已经解散了。"

沈千盏表示理解，毕竟合作细则还要苏澜漪拍板后才能继续深入，干脆保留。

了却了一桩心事，即将看到曙光的沈千盏心情甚好。开车回公司的路上，她哼着不着调的儿歌，一路保持着高昂的情绪回到部门，叫乔昕准备工作流。

仍旧执行着间谍使命的苏皙好奇到抓耳挠腮，直等乔昕从沈千盏办公室出来了才凑上去打听："盏姐遇到什么事了这么开心？"

乔昕边拉开椅子坐下，边打开文档："找到万里挑一的编剧了，能不开心吗？"

事先完全没听到风声的苏皙一脸迷茫："万里挑一，谁啊？"

乔昕答："江倦山。"见苏皙不认识，她满脸雀跃，压低了声道，"年少成名，功成身退，低调神隐。这次回来，简直是成熟大叔在线索命，嘤嘤嘤。"

苏皙：没听懂。

不过隐约觉得季总的情敌出现了?

千灯影业的年会在季春洱湾举办。

与去年不同,今年的年会除了本公司的员工以外,苏澜漪还邀请了不少圈内艺人与合作方共同参与。

千灯综合实力的提升在业内是有目共睹,苏澜漪一直属意借年会这个机会宣传下千灯近几年的实绩。提升公司咖位的同时也能展现展现她在圈内的影响力。

这么重要的场合,作为千灯开国将领之一的沈千盏,自然不能独善其身。

她在一个星期前选定了年会当天的穿搭与妆容,与以往总是风情万种的小女人风格不同,沈千盏这次选定了迪奥秋季高定款西装,干练潇飒,从头到脚都宣示出"老娘很能干"的精英气场。

沈千盏平时没少穿小西装,色彩之丰富几乎集齐了一道七色彩虹。但纯暗色,量身体裁,将她身材凸显得像撕开黑夜而出的地火,纯中带媚,媚中带飒,委实不多见。

妆容上,推陈出新的复古妆极具优势地将她五官绘刻得立体又深邃。那双眼,像是勾魂的镰钩,眼波流转间,如坠了星辉萤河,山河皆在她睥睨之间。

在踏入会场的那刻起,四面八方汇聚的或惊艳,或惊羡的眼神让沈千盏立刻明白,她今晚,稳了。

季清和来得较早,近年关,需要他处理的公事繁冗陈杂,总频繁往返于不终岁总部与北京这两地之间。

会场灯光倏然黯淡失色那会儿,他正敷衍着苏澜漪不知从哪儿请来的杂志总编。于是,沈千盏那不知低调为何物的登场方式,他尽收眼底。

季清和对沈千盏的欣赏,始于皮相。能让他觉得赏心悦目的女人实在不多，沈千盏是唯一一个无论什么形态都令他心痒不已的存在。他看着沈千盏一步一摇曳，游刃有余地与公司艺人和资方代表打招呼，眸色深了深，露出个无可奈何的哂笑。

明决已打发走了不识趣的杂志总编，转头见季清和出神，顺着他的目光看去——沈千盏如一朵盛开的交际花，里三层外三层围满了狂蜂与浪蝶。

他忽然想起这两天发生的某件事。当日沈千盏在路口下车后，季清和降下挡板，说的第一句话是："这个顶流，在代言候选列表内？"

没等他核实完毕，季清和将那份文件一扔，面无表情道："撤了，不合作。"

明决站在自己的立场上，对被沈制片捏了屁股还因此丢了代言的小鲜肉深表同情。但考虑到自己的身份和职位，他只能与季清和同流合污。

他惋惜地看了眼围着沈千盏的无知"狂浪"们，上上个孟忘舟被赶出四合院，至今还在天桥打地铺呢……

沈千盏的座位紧靠主讲台，与苏澜漪相邻。

年会有各部门高管发言的环节，沈千盏作为制片，在公司又有一定的决策权，仅位居苏澜漪之后出场。

巨幕上从千灯影业创立开始，沿着公司发展的时间线，剪辑了影片播放。沈千盏出现在千灯成立后的第二年，此后凡是千灯投资出品的电视剧、电影，都有沈千盏的身影。她像是千灯发展史上一盏前行照明的明灯，以一己之力，牵起了一座崛起中的山脉。

她的眼睛里倒映着影片变幻的光影，那些或尘封或深埋的记忆在影片一帧帧的放映回首中，渐渐启封。

千灯创立的第二年，她正处在人生低谷。梦想破碎，信仰崩塌，无家财傍身，无屋檐避雨，已入绝境。当初一步步走得艰辛，行差踏错就会万劫不复。如今汇总成影片，不过人生短短的几分钟。那些辗转反侧，崩溃绝望的时刻像被一块橡皮轻轻擦去，除了当事人始终铭记，刻骨入髓，于世人眼中，就是一段留白，无人关心。

掌声响起。

有与千灯共同成长至今感慨万千的老员工，也有新来公司单纯被影片励志感动的新员工。那些掌声，像隔着一个平行空间，从四面八方涌来。

起初还不够真切，渐渐像潮水涨落，阵阵清晰。沈千盏立于这阵潮边，被水汽湿润，终于回过神来。

苏澜漪已上台致辞，她毫不吝啬地夸奖着身为大功臣的沈千盏，巨幕上，镜头十分配合地落在沈千盏精致的脸上。她如大梦初醒般，短暂的怔然之后，目视镜头，落落大方地微笑示意。

这一笑，明艳如光，顾盼生辉。

年会热烈和谐的气氛一直持续到各部门领导发言完毕，进入抽奖环节。

沈千盏手气太旺，这种环节一向被勒令不许参加。正百无聊赖，余光看见季清和起身离场，摸了摸下巴，低调跟上。

苏澜漪行事妥帖，邀请重要嘉宾参加年会的同时，备了几间酒店客房供各位祖宗落脚。

沈千盏前脚刚跟出来，明决后脚就守在必经之路上给她递房卡。

她垂眸瞥着那张房卡，为难到眉头都打结了……这桥段怎么看怎么像小黄文里悄悄溜出会场偷情的分镜。

明决忍笑，一本正经催促道："季总只是为了与沈制片有个不被打扰的私密环境聊聊天而已，沈制片可以放心。"

放心个锤子。沈千盏腹诽：你又没见过他如狼似虎的样子。想归想，沈千盏认命地接过房卡，和明决一起上楼。

随着楼层越来越高，沈千盏终于觉得不对，她蹙眉："我记得三十六层是专属套房，不对外开放。"更不可能是苏澜漪为资方安排的客房。

明决颔首，没否认也没解释。

这位明助理半棍子打不出一个屁来的闷葫芦性格沈千盏早有领教，见他不搭话，她也没再自讨没趣。

电梯抵达，明决伸手拦住电梯门，给她指路："沈制片左转步行二十米就到了。"

为了避免加深暧昧感，明决想了想将后半句"季总已经在房间里等您"咽了回去。

即使如此，当明决看到沈千盏临走前投来的那一眼时，仍觉得自己像拐骗良家少女误入青楼……的老鸨。他摸了摸鼻子，默默背诵起社会主义核心价值观。

沈千盏刷卡进屋时，房间内只有玄关亮着一盏顶灯。整个室内的所有光线全来源于落地窗前一望无际的城市夜景。

季清和倚着酒柜，半坐在桌前，转头看了她一眼。

无声又致命。沈千盏脚步一轻，走到落地窗前。脚下灯火像规整的棋盘，将区域街道完美划分，她像立于棋盘之上，覆手便是半座城市的烟火与热闹。这种感觉并不陌生，她喜欢高层，就是喜欢俯视时一切皆在眼中的画面。北京这座城市她生活着，奋斗着，归属感却零星得只靠深夜站在窗边才能找到。

她环胸而立，吸了口气，给自己壮胆："我想了两天，还是觉得保持现状比较好。"

沈千盏稍稍偏头，注意他的反应。

适应昏暗光线后，他的五官渐渐在视野中变得清晰。沈千盏看见他皱了皱眉，似乎并不意外："理由呢？"

沈千盏原本的草稿是——季总很优秀，对于季总的垂怜她不知原因，万分惶恐。但他俩差距太大，她年龄也不小了，不想再给人生添段风流韵事。对保持肉体关系也没多大兴趣，做这一行的怕翻车，而且她并不觉得和她睡觉的价值可以抵用不终岁的所有资源。

她目光短浅，并不想靠着男人发家致富。

但这些话到了嘴边，她犹豫再三，还是咽了回去。

这些理由对于季清和而言，只是糊弄。而糊弄的下场……沈千盏瞥了眼远处那张大床，立刻挺直了背脊。

"我有过很喜欢的人。"沈千盏抬眼看他，"他是导演，我第一次独立制片的导演。"

"季总对我们这行的了解应该不深，我以前是项目策划，类似于乔昕目前的处境。认识他以前，我一直熬着资历，不知哪年才能够筹备自己的项目。

"他支持我做独立制片，并给了我一笔启动资金。我辞职，凭借着做策划时学习积攒的经验开始筹备项目。独立制片人没有公司作为靠山，没有可靠的人脉支撑，更没有钱，项目在筹备初期就被迫搁浅。

"没有钱，他就带我去饭局认识投资方，没有合适的主创团队，他替我引见，所有难题在他面前都轻飘飘得像张纸片，挥挥手就迎刃而解。"沈千盏垂眸，目光落在远处的广告牌上，"我学习能力很强，他教会我的我很快融会贯通。项目落实后，编剧有了，剧本有了，投资方有了，摄制组也有了，一切都很顺利。"

"我一直记得开机那天，"她有短暂的停顿，再开口时，声音平稳，像描述一个与自己无关的故事，"和寻常的一天没什么不一样，阳光特别好。他穿着浅蓝色的衬衫，摸着我的头恭喜我，说要出差两天，问我有没有想要的礼物。然后走了以后，再没回来。"

沈千盏启唇，语气冷得刺骨："他卷走了钱，践踏着我的尊严，一走了之。那以后，我仿佛死了一次，沉入低谷，走投无路。"

没有资金，没有导演，项目黄了，她无力负担剧组接下来的巨额开支，只能遣散剧组。

她背着一身违约的巨额赔偿，被推出来承受一切不被理解的恶意。

如今她功成名就，再没人不识趣地提起那段过去。只有她清醒地记得，当年热爱已死，信仰已碎的惨痛。

"季总可以理解成我受过情伤不愿意再接受下一段感情。"沈千盏撩了撩头发，无所谓道，"反正大家都觉得我是那种换男人如衣服的渣女，睡觉可以，谈感情就算了。"

季清和微哂，表情里七分矜贵，三分清傲，既没对她这番遭遇表现出同情，也没对她看人眼光的差劲表现出怜悯。

只在她停下来时，抬眸看过去。他眼神清醒，未染半分醉意，唇角微微勾起，似带了点笑："你不是这样的人。"

他这一句概括，笼统得有些不负责。

沈千盏追问："这样是哪样？"

"你不像是走投无路就不继续往前走的人。"他起身，将西装外套脱下，随手扔进沙发里，"也不是受过一次情伤就不愿意接受别人的女人。"

他微低头，侧过脸来看她，单手解掉袖扣："至于换男人如换衣服，这个话题我们可以深入探讨下。"

季清和挽起袖口，那双眼在黑暗里依然明亮有光，一眼不错地盯着她："既然沈制片觉得睡觉可以，那我们换个地方说话？"

沈千盏从他一言不合开始解纽扣那会儿就觉得心慌气短，眼下听他如此不要脸的邀请，简直目瞪口呆。

狗男人！不要脸！她盛怒。

但理亏在话是自己说出口的，眼下半句苛责也无法理直气壮，只能眼睁睁看着他微仰下巴抬手松开领结，几步走到身前。

季清和俯身，鼻尖近到几乎与她相触："沈千盏。"

"你在我这儿摔了这么多次，怎么还学不乖？"他伸手揽住她的后腰，把她困进怀里。一手带着她，就这么悬悬地将她抵在了毫无安全感可言的落地窗上。

沈千盏心跳一落，呼吸陡然一屏："季清和！"

"在。"他声线压得低，脸微侧，微凉的下唇含住她的耳垂，那声音如鬼魅般，轻飘飘地问她，"说一句不喜欢不想在一起这么难？"

他齿间轻咬，如附蚁啃噬："还是抛出段惨痛的曾经，想试探我的反应？"

沈千盏的耳朵最是敏感，他的鼻息刚一靠近，她就心口发软，麻得心颤："你以为我编的？"

"不至于。"他松开耳垂，目光与她对视，"你那些我来不及参与的过去，我不做点评。"

以沈千盏对季清和的了解，他这番话应该是嘴下留情了。但心里指不定在嘲讽她识人不清，愚蠢可笑。

她抿唇，固执辩解："像你这样把别人的曾经当作笑谈，谁敢把真心交给你？"

"你也没打算交。"季清和揽住她后腰的手收紧，低声道，"不想去床上，这里也可以，反正也不是没做过。"话落，他低笑了声，嗓音低低沉沉的，像初醒时的慵懒，极为放松。

沈千盏还没缓过刚才那阵软劲儿。

她双手抵在他的胸前，原本掌心还微微带着凉意。他又是撩拨又是调戏，明明没有任何实际动作，她已血液奔腾，身体温热。

像沈千盏这种带点标签，自身又格外注重形象的人，常年不要温度要风度。没有暖气的地方，手脚冰凉，总像刚从冰河里打捞出来的。一年四季，数年数季，始终焐不暖。

唯有去年六月在西安，他似笑非笑地问她："你怎么这么烫，嗯？"

哪里烫？

哪里都挺烫。这些羞于启口的记忆在某个瞬间，令沈千盏忽地心软。某些公众号可能也没瞎说，建立了亲密关系的男女，在某种意义上是打破了防卫壁垒，身连心，交托共鸣。

她叹了口气，终于不再装傻："季总，你到底想要什么呢？"

沈千盏没编故事，早年跌入低谷，她如身在人间熔炉，看尽了人情冷暖。也的确一蹶不振，狠狠蜕了一层皮。从此以后，她始终清醒，丈量感情从来只用脑子不用心。

季清和没法用行动说明他有几分真心实意，她也不想再错付感情。而且，明眼可见的差距与矛盾，她何必找这不痛快？三十岁了，每多添条皱纹，她五十岁做医美拉皮时都要多花一笔钱，这买卖多不划算。

季清和问："就是不信我是真心的？"

沈千盏笑了笑："我家境一般，没爹可靠，工作后一直靠自己打拼，跟季总这样一出生就含着金汤匙的不同。工作会遇到上司甩锅，遇到同事给穿小鞋。也不是没有被善待过，唯一一次动心还被抽筋扒骨。那时候才知道人这一生不是做个好人就能平安顺遂，即使我善良也会遭遇无缘无故的恶意和一群想当我爹的臭男人。"

她抬手解他衬衫上的纽扣，那双纤长的素手在昏暗的灯光下如打了一层釉光。她慢条斯理，不慌不忙："我其实觉得挺冤的，西安离北京多远啊，不过就是一夜情，怎么就没完没了了呢？"

沈千盏解开三粒纽扣后，指尖微顿，伸手从他腰身两侧环去，轻轻抱住他，以唇吻他的锁骨："我们这样算什么？"

"不真诚的关系没必要。"沈千盏伸手将他的衣摆拽出来，仰头看他时，眼神清醒，半点不见沉沦，"季总你能明白吗？"

她没那么多规规矩矩的观念，这个圈子露水情缘，剧组夫妻，买卖交易总是寻常。沈千盏洁身自好，不愿沾染，但为寻求平衡，她总表现得痴迷男色，别人安一个风流的名声给她，她也浑不在意。

太纯净的人，不适合游走在规则的边缘。但真要维持这样的关系，她并不愿意。

"季总前两天的提议，我其实很心动。"沈千盏长发微乱，散于身后，她慵懒着眉目，跟撒娇般看着他，"我擅长让你尽兴，但不擅长处理感情问题。所以接受一段毫无基础的感情对我而言，有点困难。"

她指尖在他胸口画着圈，声音柔柔的，似沁了水："你想委屈我当只金丝雀，我更不乐意。我不想凭借自己能力走出低谷攒下的一切又因为一个男人毁于一旦，我沈千盏不是那种愿意仰望男人的人，对我没好处的事，我不干。"

何况，如今千灯和不终岁是合作关系。谁试图破坏这样的平衡她都不会手软，哪怕是她自己也一样。

从再遇到季清和起，他们始终兜转在这个话题里。很多话，说一遍两遍尚有耐心，再有第三遍第四遍就实在乏味。

她收回手，虚揽住季清和的后颈，双眼微眨，含情脉脉："季总真有心，不如放尊重点？把我放在一个和你平等的位置上，我这人心善，予取予求，说不准哪天就追夫火葬场了？"

她笑得并不真诚，只那带点小得意小骄傲的表情该死地馋人。

季清和眸色微深，问她："今晚说的话，当真？"

沈千盏点头："当真。"

季清和勾唇，轻笑："还记得修复木梵钟花了多久吗？"

沈千盏不解其意，眼神里微微露出几分茫然。

季清和捏住她的下巴微抬，说："和时间打交道的人，最不缺耐心。"

安然无恙地从房间里走出来，沈千盏先找了个楼梯间缓缓扑通扑通过速的小心脏。

清醒着面对季清和，太考验定力和人性了。这狗男人到底知不知道自己有多诱人？再晚一步放她走，她估计已经忍不住把他这样那样了。

那她之前冠冕堂皇说的那些话得有多可笑……

她不愿意跟季清和扯上关系，一是觉得这段关系里，季清和压根儿不真诚，提出交往更像是将肉体关系合理化，她难道非图他那具身子不可？

二是因千灯与不终岁的合约关系，影视项目斥资巨大，人力物力损耗更无法数计。她和季清和和平相处就算谢天谢地了，真搅和在一起算什么事啊？万一出点事，保不齐会将项目的口碑风评毁于一旦。

三是……馋归馋，喜欢归喜欢，两码事。

森林是不绿还是不香，她非要吊死在季清和这一棵树上？

她哆着手想去摸烟，手碰着口袋才想起今天是什么场合，别说烟了，她溜出来时连包都没拿。也不知道刚才亲季清和锁骨那会儿，口红掉了多少……

噫。她忍不住闭眼。

沈千盏，你不许想了！

沈千盏再回到年会时，年会已近尾声。

苏澜漪正在致辞，为千灯今晚的年会画上一个完美的句号。

她回到座位，问苏暂："有人找过我吗？"

苏暂今晚手气不佳，连安慰奖也没摸到，整个人看上去丧丧的，一点也没平时的机灵劲："我姐中途找过你，本来想让乔昕去卫生间看看的，看到季总的座位同样空着，就把乔昕叫回来了。"

沈千盏："……哦。"她想了想，努力补救了下，"也不止季总不在。"

苏暂瞥她，毫不留情地拆穿："盏姐，你耳朵……挺明显的。"

沈千盏："？？？"

这句话直接导致了沈千盏后半场坐立不安，神思游离。年会一结束，她就心虚得跟什么一样，落荒而逃。

年会的结束就像年终仪式落幕，沈千盏沉浸在数年终奖的快乐里，乔昕则数着春节放假度日。

委托江倦山进行剧本创作的合同在春节放假前一星期终于签字归档。

按与季清和的协议，剧本创作需他在场一起开会讨论。因年会的事，沈千盏莫名有些心虚，想着最近他应该忙到身影模糊，的确不宜见面，便暂时按捺住事业心，安心地当了几天咸鱼。

有关向浅浅解约一事，原预计会在近日引爆的卖惨舆论始终没有出现，风平浪静到让千灯的公关部整日惶惶不安，天天焚香沐浴祈祷对方团队能好好做个人，千万别挑大过年的假期逼人回公司加班。

苏暂是沈千盏部门里最闲的闲人，成天游手好闲，招猫逗狗。

这日实在无聊，他抱着从苏澜漪那儿打劫来的投影仪，拎着包瓜子来沈千盏办公室串门。两人头凑头，光挑影片就花了半小时，等看上电影已经是一小时后的事了。

办公室内难得没有工作，气氛和谐得只有此起彼伏的嗑瓜子声。

苏暂嗑着嗑着，问："盏姐，你今年过年回老家吗？"

"回吧。"沈千盏瞥他一眼，"怎么着，想跟我回家？"

沈千盏并不恋家，每年假期不是在加班就是蹲剧组。听她聊一句父母，都稀罕到要看看今早的太阳是从哪边升起的。

苏暂以前一直以为沈千盏的家庭情况复杂，不是父母感情不好就是家庭关系破裂。于是一直体贴地不问不关心，给足她体面。

等后来借酒壮胆问出口，沈千盏轻飘飘一句"回去被催婚当靶子吗"，瞬间觉得自己不去当编剧可惜了……

今年过年难得没有项目，他也是忽然想到，随口一问。

　　"我跟你回去干吗？"苏皙又往手心抓了一把瓜子，笑得贼兮兮，"今年不怕被催婚了？"

　　沈千盏优雅地剥着壳，将瓜子肉码得整整齐齐："再不回去，家里那俩祖宗要杀上北京看看我到底被哪只男狐狸精勾住魂了。"

第十章

可以对我许愿

可惜，计划赶不上变化。

三天后，沈千盏接到沈母的电话："灯灯，我跟老沈来北京了。"

被老沈夫妇先斩后奏杀了个措手不及的沈千盏，当即傻眼。彼时沈千盏正在小会议室里部署工作计划，短暂失语后，问清状况，得知老两口已经到了北京，立刻终止会议去机场接人。

苏暂乐不可支，本着看热闹不嫌事大的心态，主动请缨："盏姐，我一起去吧？"

沈千盏穿上大衣，斜眼睨他："瞎凑什么热闹？"

苏暂替她拎上包："什么凑热闹？我还欠着伯父一顿饭呢。"

前年过年，千灯有部上星的青春竞技项目赶进度。全剧组上至制片导演，下至场务灯光统一加班，苏暂也不例外。

那年赶巧，拍摄地在江苏，离沈千盏老家不远。老沈夫妇开车来剧组给所有工作人员包饺子，苏暂当时算半个生活制片，主要负责剧组人员的三餐伙食。也因此和老沈同志结缘，搭伙做饭，结下了短暂又深刻的一周友谊。

想到这儿，沈千盏也不再阻止，默认苏晢随从。

一小时后，沈千盏抵达机场，在国内到达出口接到了老沈夫妇。

老沈夫妇原先还有点忐忑，见沈千盏虽表情生硬，但语气温和，只是埋怨他们先斩后奏并未不喜他们的突然到访后，终于放下心来。

"这不是看你最近电话来得少，以为你忙着吗？问你过年回不回来，也不给个准信。"沈母说，"以前放假我和你爸要来看你，你不是嫌订票麻烦就是说自己没时间，我还不是怕你不乐意我过来？"

沈千盏被堵得哑口无言。她在北京漂了太久，一门心思扎在事业上。北漂前几年，还会时常想家，后来度过低谷忙碌到正常三餐都成奢望后，与家里的联系渐少，经常半个月才想起问候一声。

的确理亏。

苏晢瞥了眼后座表情吃瘪的沈千盏，内心偷乐，表面正经："伯母你也别怪盏姐，做我们这行的，项目周期长，不确定因素多。她又是整个项目的主心骨，事事都要她操心。忙是真的忙，你和伯父再不理解她，她估计要冤死了。"

话落，他不动声色转移话题："伯母这趟来是专程陪盏姐过年的吧？"

"算是。"沈母笑笑，"灯灯有个姥爷，去年年底来北京治病。我想着时间凑巧，就和老沈一起过来了。"

这事苏晢有印象，他接话："盏姐你去年出差前托我找医院联系病床，就是因为姥爷？"

沈千盏早将这事忘得差不多了，那是去年十一月月底，她出差考察前发生的事。姥爷也不亲，隔了一代，算表亲。

当时沈母问她能不能帮忙在北京联系医院，她将这事交给苏晢后，得知办妥了就抛之脑后先出差了。眼下旧事重提，她终于良心发现觉得理亏，主动提道："那等你跟我爸安顿下来，我跟你们一起去。"

苏晢将人领至沈千盏小区边的京菜私房馆。

这家店他们私下聚会经常光顾，环境清幽，口味正宗，更难得的是能一口气吃到羊蝎子老火锅和片烤鸭。

苏晢在讨长辈喜欢这点上极有天赋，哄得老沈眉开眼笑，就差拍着苏晢的肩膀和他称兄道弟了。

后者也不当自己是外人，和老沈约好明天带他去垂钓逛博物院后，终于尽兴而归。

回家后，站在电梯间准备开门的沈千盏提前给沈母打了剂预防针："老沈夫人，待会儿进屋后，不管看到什么都要保持镇定、保持仪态，明白吗？"

沈母有点慌张："你养男人了？"

沈千盏短暂沉默了数秒，利落开门，为沈母展示了一下苏晢损她时常常挂在嘴边的"还不如天桥艺人一个铺盖的生活水准"。

三秒后，对于眼前所见过于震惊的沈母发出一声惨绝人寰的惊叫。

接收到视频系统推送消息的苏晢在查看详情时，紧跟着沈母那声惨叫笑到猪叫。

沈千盏两百平方米的大套房在装修时花费了近百万，但这个装修价值在她入住三个月后就变得一文不值。

成堆且没有规划的快递；散落各处的杂物衣服；凌乱摆放的物件，整个房间除了沈千盏是精致的以外，犹如奢侈品的坟墓。

起初沈千盏还会请小时工来收拾整理，但有几次找不到东西后，她破罐子破摔干脆一直这么乱着。

有一年聚会，尚还无知的向浅浅提出想去沈千盏家聚会，被苏晢与乔昕态度强硬地一致驳回。甚至当年沈千盏决议在电梯口装摄像监控时，苏晢还嘴欠地说过："就你家这构造，小偷进去得迷路吧？"

由此可见，沈千盏光鲜亮丽的外表下，的确有个不可深究的灵魂。

沈母在收拾一晚后，勉强入住。由于精疲力尽，沈母连她最关心的感情问题都未来得及询问，就沉沉睡去。

苏晳请假。知道苏晳陪老沈钓鱼去了的沈千盏睁一只眼闭一只眼，继续昨天没开完的会议。

临近春节，员工的工作热情大减。沈千盏没再额外给他们安排工作，在制订好年后返工的工作计划后，她接手了提前返家的乔昕的工作，与明决确认季清和年后何时开工。

等明决反馈的这段时间里，沈千盏给林翘发去了一份项目保密协议。

为了剧本进度，沈千盏思前想后，决定签下林翘搭档江倦山共同创作剧本。但要真的实施，还得看江倦山是否同意。

沈千盏懒得两边递话，干脆让林翘签下保密协议，等第一次剧本会的时间定下，直接面聊。

下午下班前，明决回复她："季总说可以配合你的时间。"

沈千盏怕自己会错意，谨慎地又问了一遍："什么时间都可以？"

明决抽空回答："沈制片确定时间后提前告知我，我会替季总安排。"

不近人情痴迷工作的沈制片当即综合了三方的时间，定下了大年初三开第一次剧本会。

陪忘年交钓鱼去的苏晳错过了第一时间反对的机会，心如死灰。

年前最后一个周末，沈千盏陪老沈夫妇去医院看望姥爷。

临出发前，苏晳给她发了条微信消息："盏姐，我找朋友帮姥爷联系了位心脏搭桥方面的专家，你记得善待我朋友。"

沈千盏从老沈那儿听到苏晳帮忙介绍了位心外权威，不疑有他："多谢啊。"

按往常，苏晳这种给点颜色就开染坊的性格早就打蛇随棍上了。今天却反常得安静如鸡，显得颇为沉稳。

于是，去病房时，沈千盏试探着问老沈："你知道苏暂给姥爷介绍的医生是谁吗？"

"姓斐。"老沈回忆，"好像不是北京的。"

沈千盏皱了皱眉，确认没什么印象后，问："苏暂怎么想到给姥爷介绍医生了？"

老沈怕她误会是自己多嘴，解释："那天钓鱼不尽兴，小苏跟我约周末再来。我说周末要去医院看姥爷，小苏当初帮你联系医院安排病房，知道姥爷心脏不好，就问我具体情况。我就说姥爷一家等着年后做心脏搭桥的手术，隔天他就说有个朋友的老爷子也做过这个手术，还挺成功的，就介绍给我了。"

沈千盏闻言，心踏实了一半。老沈不是不知进退、爱麻烦朋友的人，看样子就是苏暂纯粹热心。

就在沈千盏刚对自己误会苏暂，生出几分惭愧时，她抬眼，看见了站在走廊尽头正在与一位中年男子交谈的季清和。

他眉目疏淡，迎着光，侧脸轮廓柔和，此时正微低着头，专注地倾听对方说话。

沈千盏脚步一顿，隐约觉得……苏暂又给她欠人情了。

这个猜测在季清和与中年男子出现在姥爷病房的那一刻，彻底被证实。沈千盏连杀了苏暂埋尸乱葬岗的心都有了，她皮笑肉不笑地冲站在门口的季清和打了个招呼，意外道："季总，您怎么在这儿？"

在长辈面前，季清和收敛不少。

他做了个噤声的手势，示意她先听医生怎么说。

姥爷的主治医生与斐医生正在讨论病情，当着病人的面，两位医生聊得并不深，只简单磨合了一下观点。

等家属和医生撤出病房，沈千盏跟老沈打了个招呼，送季清和出去。

医院住院部比门诊部稍显冷清，沈千盏走在季清和身旁，直到下了楼梯走出大堂，才斟酌着开口："又给您添麻烦了，我不知道苏暂——"

季清和打断她："不麻烦。"

日光有些清冷，北京的风一如既往地冷削如刀。

"老爷子前几年做过心脏搭桥，恢复得挺好。"季清和看了她一眼，语气散漫间带了点漫不经心，"斐医生是心外科专家，手术由他主刀可以放心。"

沈千盏面上有些臊，饶是有颗玲珑心此时也不知说些什么才合适。前脚刚拒绝他，择得一清二楚干干净净。后脚又麻烦上他，虽然这不是她本意，人情却欠得实实在在，怎么看都婊得跟绿茶一样。

沈绿茶在严谨思考数秒后，提出："季总什么时候有空，我和苏暂一起请您吃饭吧？"

她回了下头，表示："我姥爷一家很感谢您。"

季清和并非不解风情的人，虽说做这些仅是举手之劳并不费心，但沈千盏非要认为他费心了，他也不置可否："近期没空。"

住院部门口人来人往，他伸手，虚揽住她左肩，将她让至花坛里侧："为了腾出大年初三的时间，明决把我的工作全压缩在了年前。"

沈千盏有些意外："你过年不回西安？"

季清和深看了她一眼："很希望我两地奔波？"

他这个问法，她无论点头还是摇头都挺不合适的？

沈千盏灰溜溜的，有些不敢与他对视："你要是工作太忙了，可以让明决告诉我一声，我调下时间。"

季清和问："怕累着我？"

这句话的语气有些飘，沈千盏还未尝出味来，他不太正经地将悬于心口的后半句补充完整："不做别的，累不着。"

沈千盏呵了声，没接话。

她听得懂。季清和在这点上，绝对算不上正人君子，他尤其喜欢占她的口头便宜。只不过他的玩笑向来隐晦高级，并不下流。

再加上那具皮相，说荤话跟调情似的。

人前只见他斯文疏离，清幽似松林冷竹。也只有沈千盏知道，将季清和点燃后，会出现怎样一只里外透着骚气的男狐狸。

沈千盏将季清和送到住院部门口，把他送上车后，敲了敲副驾的车门。

明决应声降下车窗。

沈千盏往车里抛了包烟，微眯着眼，有商有量："给你老板多排点活，年前少放他出来，过年我给你包大红包啊。"说完，她退后一步，挑衅地冲后座隔着一扇车窗只隐约可窥人影的季清和挑了挑眉。

瞧，你开老娘玩笑，老娘也能开你的。

送走季清和，沈千盏回病房，向老沈了解情况。

她走后，斐医生与姥爷的家属聊了聊手术风险和注意事项。

沈千盏没做过功课，对老沈的转述听得有些费劲。转头见沈母在安慰姥爷，整颗心沉如井水，连风都吹不起半点涟漪。

回家的路上，她难得沉默。车内高高低低的旋律与伴奏，或轻盈或动感，越发衬得三人间的气氛冷漠僵凝。

老沈以为她在介意苏暂帮忙一事，酝酿了一路，终于在快到家前打破沉默："小苏那儿爸爸会谢谢他的。"

沈千盏回神，眼神透过后视镜看了老沈一眼，说："我没惦记这个事。"

她嫌音乐声太吵，旋低了音量："你和我妈年前的体检结果怎么样？"

老沈答："你妈血压有点高，别的都正常。"

沈千盏嗯了声，问："你之前是哪里有囊肿，听医嘱半年复检了没有？"

"盯着呢，我跟你妈身体好着呢，你别去趟医院就胡思乱想的。"老沈嘴上嫌弃，目光却透出几许笑意，"你爸年轻时不顾家，老了幡然醒悟，别的方面没法给你助力太多，但管家这事这些年一直挺有成效的。你安心在北京，我肯定照顾好你妈，三餐都不短着她。"

沈母呸了声，立刻反驳："三餐不短着我？你才管了我几天的三餐？"

老沈也犟："我怎么没管？是你嫌我做得不好吃。"

沈母："顿顿吃鱼，谁受得了？"

沈千盏笑笑，没出声调和。

车从岗亭经过，驶入地下停车场时，视野内片刻变暗。

笔直的一束暖姜色的车灯，将年前最后的一段时光，映照得五彩斑斓。

除夕前三天，千灯正式放假。

沈千盏没班可上，赋闲在家。上午陪沈母逛超市，下午扒电影。晚上不是逛商场，就是被老沈逼着斗地主，输了一座小金库。一连数日，直到除夕。

这日午后，沈千盏朦胧醒来，惯性地刷了刷微博——国泰民安，风调雨顺，隔壁家的小花还在砸钱上热搜。

她不感兴趣地打了个哈欠，切换至朋友圈。相比微博，朋友圈的年味更重。圈内的花花草草不是在兢兢业业地准备跨年晚会，就是在勤勤恳恳地抠脚准备过年。

苏澜漪今年仍旧选择出国度假，边晒了张无边泳池的比基尼照边怀念在北京吹着暖气喝冰啤。

向浅浅官司缠身，无缘跨年晚会，发了张和狗狗等开饭的照片，和谐又温暖。

林翘的朋友圈除了吃喝玩乐就没离开过电脑，她晒了张摆在飘窗上正在营业状态的电脑图，苦兮兮地表示自己除夕夜还在啃资料。

苏暂……

等等？苏暂在干什么？

沈千盏下意识坐起身，放大了他刚发的朋友圈照片。

苏暂抱着一条有他小臂长的鱼，笑得花枝乱颤。但这不是重点，重点是照片里和她家厨房一模一样的背景。

老沈前两天说的感谢苏暂就是这么感谢的？

她一骨碌从床上爬上来，起身去餐厅。

餐厅内苏暂夹在老沈夫妇中间，正其乐融融地包着饺子。见到沈千盏，半点没有心慌气短，擦干净手，去给她拿礼物。

沈千盏质问的眼神看向老沈，无声地询问：怎么回事？

老沈意会，老神在在地边包着饺子，边指挥她去厨房拿蒸屉："你瞪什么瞪，年初三安排小苏加班，害得他今年独自留在北京，除夕夜还在点外卖。"

对苏暂年初三要加班一事完全不知情的沈千盏："……"

就苏暂千灯太子爷的身份，他要想出国度假，她敢给他安排加班？

百口莫辩的沈千盏怒瞪试图拿礼物贿赂她的苏暂，后者瑟瑟发抖，边催她拆开看看喜不喜欢，边哆哆嗦嗦补充了一句："季总待会儿也来。"

沈千盏："……你死了，你个小叛徒。"

老沈见她没礼貌，斥道："怎么说话的？我平时这么教你的？"

"小苏是我叫来的，季总也是我请来的，有气冲我撒。"老沈面上一层薄怒，似真动了气，"这脾气谁给惯的？"

冤死的沈千盏一言不发，转身回房。

苏暂面露担忧："怪我，我来之前应该先问问盏姐的，看样子真生气了。"

十分了解女儿的沈母，淡淡地道："她就一虚张声势的纸老虎，她气没气我还能不知道？估计回去化妆了，天天说脸乃生命之本，遇到镜子就走不动道。"

苏暂："……"也是。

被料个正着的沈千盏正在往脸上涂粉底液，她今早起来，敷了一张水光面膜，又放纵自己中午补眠养了养精神，为的就是漂漂亮亮过年，美丽永驻。

她化了个淡妆，从眉眼修饰到轮廓，点缀得五官温柔又明媚。

想着等会儿季清和要来，沈千盏心里别扭，在睡衣和换装间犹豫了近十分钟，最后臭着张脸换了套毛衣和长裙。

她这形象包袱，背得那叫一个人间真实。

沈千盏再出去时，沈母已经蒸上了饺子，苏暂正在玄关换鞋准备下楼。

她问："季清和到了？"

苏暂刚蹬上鞋，点点头："我去接下季总。"

来者是客。沈千盏没拿捏架子，捞了件大衣，默不作声地换上小皮靴："我也去。"

进了电梯，苏暂按下楼层，见她心情还算不错，主动解释："伯父热情邀请我来的。"

沈千盏瞥他："我不知道你今年一个人留在北京。"要是知道，她会和老沈一个做法。沈千盏会有刚才那个反应，还不是因为苏暂最近给她带来的意外太多，潜意识里看见苏暂等于没好事。

"季总也是伯父热切让我邀请来的。"苏暂竖指发誓，"骗你一个字，我明年交不到女朋友！"

沈千盏吐槽："你今年也没交到女朋友。"

说话间电梯抵达负一，季清和站在门口，在电梯门向两侧推开的刹那，他抬眼，眸光深深地看向沈千盏。

他双手拎着礼物，头微微偏着，夹着手机在听电话。对方不知说了什么，他眼里晕开笑意，温柔的，像羽毛一般轻扫过她的心口。

苏晢赶紧上前帮忙分担。

季清和腾出手来，接过电话，嗓音低低沉沉的："那先这样？"

沈千盏对他点点头，算打过招呼。

电梯呼啸而上，他不时含笑，温和对话。直到电梯到了二十七层，他才出声打断："我要先挂电话了。"

沈千盏没管住眼睛，好奇地瞥了他一眼，察觉到她的视线，季清和不慌不忙，补充了一句："季麟，要不要跟盘丝洞的姐姐打个招呼？"

沈千盏的好奇心立刻粉碎，她满脸抗拒地看向季清和，只差在脑门上刻上"不，我不想"四个字。季家那个小孩简直是她的人生噩梦。

她开门，侧身让苏晢先进屋。她则落后一步，等着季清和挂完电话，给他拿拖鞋。

屋内已准备好迎接客人的饭菜香顺着门缝飘出来，沈千盏等着季清和换好鞋，同他一起进屋。

老沈夫妇放下餐具先欢迎客人，季清和在医院时与两人打过照面，再见也不陌生，短暂寒暄后，沈千盏负责招待客人，老沈夫妇回厨房继续准备大餐。

沈千盏这小狗窝多年没有除她以外的人踏足过，她回忆了下流程，敷衍地领着季清和熟悉了下屋型构造。可能是招呼的姿势不够到位，季清和路过阳台时，握住了她要去摁亮顶灯的手腕："不用开灯了，本来也不是来看房子的。"

他的掌心温热，握住她手腕时压住了表带锁扣，硌得她腕骨一阵抽疼。

她龇牙，从他掌心挣脱，走远了两步去关窗。

今天天气不算太好，高层的楼层间互相灌风，阴冷逼仄。

"没往家里带过人，不太擅长招待。"她掩上窗，示意他回客厅，"去沙发上坐会儿？"

季清和不置可否，跟她回客厅。

苏暂搬出了茶海在煮茶，见沈千盏领着季清和回来，识趣地往单人沙发上让了让："季总应该没怎么在外面过过除夕吧？"

"相反。"季清和最近看苏暂顺眼，连带着对他的态度都和善不少，"季家年味淡，在哪儿过都一样。"他似找到合适的机会，非常场面地寒暄了一句，"应该没太打扰你吧？"

"没有。"沈千盏似笑非笑地递去一个眼神，"第一笔经费还没到呢，我敢说打扰？"

茶壶水开，她半跪在软枕上，泡茶斟茶："上次你替我姥爷介绍医生的事还没谢谢你呢，今天正好把人情还了，省得我一直惦记。"

她耳鬓有缕散发垂落，她随手钩至耳后。手中茶盏推至他面前时，她顺势抬眼，问："那小孩后来跟你说什么了？"

沈千盏的话题跳跃太快，季清和还是从"那小孩"三个字里琢磨出她问的是季麟。

他摩挲着杯耳，眸光落在她不点而红的唇上片刻，说："我代季麟给你道个歉。"

沈千盏虽对季麟印象不好，但事出有因，她也从未怪过季麟，压根儿不明白他这句代人道歉从何而来："童言无忌，我没放在心上。你这句抱歉，反而显得我没度量，跟个小孩似的斤斤计较。"

季清和眼眸微垂，视线落在她脸上，微哂："他最后是这么说的。"

沈千盏莫名其妙："说什么了？"

季清和："季麟说他当初识人不清，冒犯小婶婶了，让我替他道个歉，以后有机会无论你是要他的变形金刚还是漫威英雄，他都愿意赔给你。"

沈千盏觉得自己又开始头疼了："这又是谁那儿的空穴来风？"

季清和修长的手指摸了摸下巴，含糊问道："空穴？我明明记得，占满了。"

沈千盏嗔他一眼。

她这一眼，眼尾微沉，水光潋滟。看着是警告，但瞧着更像是"你也真敢说"？

苏晢本来没觉得有什么，他平时接触到的人，开黄腔的，讲荤段的，当他的面就揉掐女孩的，什么样的没有？

哪怕沈千盏黄河水倒灌，撑得那就爱占人便宜的资方哑口无言，恨不得就地把男人让给她做的名场面他也见过。

偏偏这个眼神，令他有种窥探的窘迫，十分纯情地一路从脖子红到了耳根。

他讷讷地往角落里缩了缩，试图挪入墙角，减少存在感。

隔着一扇门，厨房里油泼滋响的烟火声混着鱼香味徐徐飘来。

老沈推开移门，探出头来提醒："去洗个手，准备开饭了。"

苏晢如蒙大赦，三两步冲至厨房："伯父我来帮你。"

沈千盏倒掉茶渣，手心支着地面从软枕上起身，示意季清和先请。她则留下来，将所有杯盏在滚水里烫了一遍，一只只码好。

厨房移门推开，热气涌出，老沈端着菜出来，见她磨蹭，催促道："快去洗了手来帮忙。"

沈千盏答应了声，松手放下茶杯，过去布菜。

老沈做菜没多少讲究，全看食材。一袋面粉除了蒸了一屉饺子，还捏了圆子做酒酿。沈母更心灵手巧，忙着一桌硬菜还有闲暇做木瓜炖雪蛤。

沈千盏嗅着那盅养生甜品，终于有了丝天上宫阙不如人间烟火的真实感。

她给季清和倒了一小碗，搁在手边："虽然这是饭后甜品，但允许你先尝一口。"

季清和看她一眼，没拒绝。

他眉目清冷，话少时，显得有些疏离高冷，不易接触。

苏暂是一开始就怵他，有季清和在的场合他连热场都规规矩矩，低眉顺眼。打刚才上桌起，季清和不动他不动，就连碗筷摆动都没发出半点的声音。

连苏暂这么自来熟的人都克制拘谨，可想而知饭桌气氛有多僵硬。

季清和显然也意识到氛围有些冷硬，他没辜负沈千盏的解围，尝过一勺雪蛤后，很自然地接过话："伯母特意学过粤菜？甜度和香味保持很好，比广州酒家做得更略胜一筹。"

"倒没特意去学。"沈母含笑，"看千盏小姨做了几次就学会了，千盏挑食，也就这道甜品我做多少她吃多少。"

季清和略略一瞥，说："的确很不错，要不是怕唐突，我倒想让家里的厨师来跟伯母学学。"

沈母被他哄得眉开眼笑："有什么唐突不唐突的，你喜欢就好。"

沈千盏以前从未关心过雪蛤背后的故事，纯粹担心季清和这狗男人不要脸起来真的会让厨师再三登门，忙岔开话题："我小姨？哪个小姨？"

"靓靓小姨不记得了？"沈母丝毫没察觉，顺着她的话，说，"跟妈妈一起长大，你出生那会儿还是她陪产的。后来出嫁，跟着夫家人去了广州，前几年才回来。本来想让你认她做干妈的，你奶奶生前说干妈不能随意认，就作罢了。你小的时候，每年过年最盼着她回来，结果等长大了，什么都不记得了。"

为转移话题一脚踩进雷区的沈千盏默默地喝了口木瓜炖雪蛤，没吱声。

沈母却不依不饶："我还想你今年要是回家，带你去小姨家串门的。她家姑娘年初刚生了宝宝，你俩也算手帕交，理当去看看的。"

被数落的沈千盏，愤愤地踢了季清和一脚。

她原是迁怒撒气，后者却将她的行为理解成了请求支援，短暂反应后，搭了句话："伯母应该是为了千盏姥爷来北京的？预计停留多久？"

沈母语气稍缓，对着季清和颜悦色："过完元宵吧，家里就千盏一个女孩，这次来了想多陪陪她。我听小苏说，你们有项目上的合作？"

季清和微微颔首："我的职业正好和千盏的新项目对口。"

敏锐捕捉到"千盏"这个称呼的沈母，精神微振，表情更加和蔼："看着这么年轻，已经事业有为了。"

沈千盏心中的警铃顿时拉响，以防沈母问出"你多大了""是否婚配""有没有女朋友""我们千盏怎么样"这类话题，她赶紧挨个往大家碗里夹饺子："边吃边聊，凉了不好吃了。"

沈母并非不看场合瞎聊的人，原先沈千盏不打断，她也不会仗着自己是长辈问这么失礼的问题。这会儿见她心虚，心里顿时横了一杆秤。

她深看了沉稳内敛的季清和一眼，笑眯眯地招呼几个年轻人多吃点。

酒过三巡，菜过五味，找回脱缰感觉的苏暂没再绷着，拎着酒瓶和老沈对喝："我小时候不爱吃鱼，得我家阿姨把鱼刺挑干净了我才吃。长大后懂事了，不好让别人这么伺候，就没吃过鱼。"

他打了个酒嗝，说："人生里也就两回，觉得鱼真好吃。一次是在密云，我刚和盏姐跟组做项目，杀青那天，盏姐带一剧组的人去吃鱼。大铁锅里炖着条比今天还大的鱼，鱼肉嫩到嘴一抿就化了，我都吃哭了。"

老沈有点上头，忘了季清和不喝酒，又转头问他要不要来点。

沈千盏拦在中间，边专心致志挖着她的小木瓜，边替季清和挡酒："说了不能喝，你跟苏暂吹去。"

老沈从善如流，又往苏暂的杯子里加了小半两："你这鱼吃的不单单是鱼啊，是血汗和梦想。"

苏暂呜呜哭："可不是，我从来不知道我花的钱，挣起来这么辛苦。回家抱着我妈哭了一晚上，保证以后不乱花钱了，再乱花我就打一辈子的光棍。"

沈千盏从旁讲解："苏暂的保证向来没什么可信度，别看他身边莺莺燕燕的不少，靠谱的恋爱一段没谈过。"

她今晚吃得有些多，塞下最后一口雪蛤，她摸着肚子，深叹了一口气——说好的只吃七分饱呢。

季清和关注的重点却不是这个："跟组很辛苦？"

沈千盏眯了眯眼，答："还好，我是习惯了，像做影视项目，最主要的工作量一半在前期准备，一半在后期拍摄。做项目跟雕琢艺术品一样，谁不苦呢？"

"编剧不停改剧本，苦；演员背台词顶着烈日一条条拍摄，苦；场务布景布轨道，也苦。但这些都是分内之事。"沈千盏拎着茶杯跟他随意碰了碰，"不过季总放心，合同签得明明白白的，我会尽可能让你在剧组也感受到宾至如归的待遇。"

季清和轻笑："我问的是你。"

沈千盏怔了下，等理解过来，才哦了声，敷衍："我最辛苦的工作内容应该是伺候你们这些金主。"

季清和不知是听懂了还是没听懂，似是而非地附和了句："伺候我是挺辛苦的。"

正在聊第二条鱼哪里最好吃的苏暂不小心听了一耳朵，插嘴道："季总，你绝对算好说话的。我盏姐就遇到过逼着我们主创团队听他讲故事的资方，还非让我们把男主照着他改。你是不知道，那个奇葩那天晚上都逼编剧把电脑掏出来现场改了。这要真改了还能拍？"

他嘴一张一合，半点没耽误跟老沈喝酒："盏姐上去把编剧电脑合了，让我先把人带走。我把编剧送上车，再回来，盏姐已经把事情摆平了。"

沈千盏笑笑，没解释，倒是补充了个结局："后来投资黄了，我有一个月天天接到骂我的电话。"这个圈子什么人都有，什么匪夷所思的事都不叫事。

她顺势压下老沈的酒瓶，皱眉道："爸，苏暂喝多了，你别跟他喝了，待会儿赖我这儿你就去打地铺。”

老沈试图夺回酒瓶的掌控权：“这还没醉呢。”

沈千盏不让。

正僵持着，苏晢又一声酒嗝，问老沈：“老沈，你说你这么能喝，你以后的女婿可扛不住啊。”他醉眼蒙眬，看向季清和的方向，“像我季总，一滴酒都不沾。”

老沈嘻了声，笑眯眯的：“小季又不给我做女婿，不喝酒不碍事。”

苏晢怪笑两声，双手托腮，大着舌头嘀咕：“这你得问我季总，你说了不算。”

沈千盏越听越心惊肉跳，生怕苏晢喝大了把事都抖出来，没得商量地强行赶人：“时间不早了，我先把苏晢送回去。”

“不行。”苏晢抗拒，“我跟伯父说好了一起守岁。”

沈千盏呵呵冷笑两声：“你说不行就不行？起来，回家了。”

苏晢见要横不行，立刻换了招数耍赖：“我黏在椅子上了。”

沈千盏：“……”

沈母听见动静，从厨房出来：“我去收拾下客房，让小苏今晚住下吧？”

不等沈千盏反对，季清和眯了一下眼，说：“千盏睡眠浅，苏晢酒品不好，后半夜闹起来她估计要睡不好，我带他走吧。”

沈母一听也是，她煮了解酒汤，让沈千盏装在保温杯里给苏晢带上。

将人送到门口时，苏晢怏怏地看着她，可怜巴巴道：“伯母，我再也不是你心爱的小苏苏了。”

沈母忍不住笑：“这孩子醉了怎么这副样子。”

沈千盏穿上大衣，拿上车钥匙，见季清和稳稳架住了苏晢，先去按电梯：“妈你进去吧，我送完苏晢回来。”

沈母答应了一声，叮嘱三人路上小心，等目送着他们进了电梯，关上门。一回头，老沈站在玄关灯下，一脸的深思：“小季怎么知道灯灯睡眠浅？"

把苏晢扔到后座，沈千盏正要绕去驾驶座，季清和拉开副驾车门，示意她先上车："钥匙给我，我来开。"

沈千盏心安理得地将车钥匙抛给他，去了副驾。

除夕夜，北京街道上的车辆骤少，与以往任何时候都不太一样。她支着窗户看了会儿夜景，忽然想起个不可忽视的问题："你真要把苏晢带去你那儿？"

季清和专注开车，连眼神都没分过来一眼："不然呢，留他在你家？"

沈千盏语塞。她转头看了眼闭目小憩、鼾声渐起的苏晢："我怕你照顾不来。"

季清和没立刻接话，他转头，随意看了她一眼："你我不也照顾得挺好？"

沈千盏满脸疑问："我什么时候劳你照顾了？"话落，反应过来他指的是西安那晚的照顾，她忍不住挑了挑眉，"公主抱，鸳鸯浴？你口味够重的。"

"有孟忘舟。"季清和握着方向盘的手微松，调了调空调出风口，"你平常开车风口都对着吹的？"

沈千盏："有问题？"

季清和没介意她颇具攻击性的语气，说："那晚空调吹着背，都娇滴滴地哼半天。"

沈千盏哑火。她转头看窗外倒驰而过的建筑物，远处有栋写字楼，外围景观灯拉成了巨幕，写着某集团恭祝北京市民新年快乐。

这座城市灯光不减，仍旧璀璨。

"不知道第几年了。"她感慨，"从有一份稳定的工作到一败涂地，再从一无所有走到现在。忘记还清债务花了多久，债务清空的第一年买了车，为了一个停车位，我搬过两次家。在北京房价攀升那年，我买了套房。我已经很久很久没有好好过个年了。"

季清和没做过安慰人的事，听她语气，像是触景而发，并未接话。

"我刚来北京时，没遇到要租地下室，一天只有一顿饭的窘境。可以独居单身公寓那会儿也没想到以后会穷困潦倒走投无路，以为熬不过去的时候又峰回路转走到了现在。去年预见不了会遇到你，也不知道明年的这个时候我在哪里。"沈千盏拉着袖口蹭了蹭车窗，她隐约看到了有东西掠过，还未定神，杳无所踪。

车窗外夜色深浓，季清和放缓了车速。

那些掠过窗外的白色沫影终于被看清，路灯的灯光下，大片雪花纷杳而至，密密绵绵。

季清和在红灯前停下。

街道空荡，只有一辆车远远停在左转车道。

车灯闪烁，窗外纷飞的大雪背景下，他转头看着她，眸色深如这夜色："你可以对我许愿，每年的这一天都有效。"

第十一章

一旦热爱，跟着魔了一样

新年的第一场雪从除夕下到了大年初一。

沈千盏醒来时，窗外的世界已白茫茫得分不清尽头和边界。

为了透气，她房间的窗户开了道缝，风吹得雪纱窗帘微微浮动。沈千盏拿起手机，看了眼时间——早上八点，是她工作日的起床时间。她搂着手机，盯着天花板上的吊灯出神。

昨晚将苏皙和季清和送到四合院后，她没停留，返程回家。到家十点，老沈夫妇在客厅边聊天边等她。

客厅久未开机的电视正在直播春节联欢晚会，笑闹声里，是沈母带着点期盼的眼神。

沈千盏很自觉地回房间抱了条毛毯，陪二老看晚会。

沈母对传统节目兴致颇高，沈千盏边听她和老沈讨论那些登台春晚数十年的老艺人，边漫不经心地剥着橘子想事情。

她放空了去思考时，手上总会翻来覆去地玩些东西。那个不幸被选中的橘子从橘皮到橘络被她清理得干干净净，连喂进嘴里时，都机械地规定好要咬成几口。

沈母连着叫了她三声，她才回过神来："什么？"

"给你压岁钱。"沈母将红包递给她，又拍了拍老沈，"你的呢？"

老沈不紧不慢地将压在烟灰缸下的红包递过去："着什么急，还能缺了我闺女的？"

晚会激昂的背景音乐下，老沈含笑看着她，说："早几年我跟你妈觉得你的状态不太对，一直想劝你回来。这次我们来北京，除了看你姥爷，也是想了解了解你的生活。"

沈千盏笑了笑，问："这点时间，估计不够你俩了解的。"

"我俩可无意窥探你的生活，知道你工作顺利，生活充实，心态乐观就足够了。"老沈叹了口气，语气幽幽的，"自打你来了北京，我跟你妈就觉得你离我们越来越远。我很高兴我的女儿有一片广阔的天地可以施展拳脚，也欣慰你有如今的眼界和处事能力。"

这么多年来，老沈夫妇除了在终身大事上对她晓之以理动之以情，试图感化她以外，很少这么推心置腹。

沈千盏非常配合地摆出一副受用的表情："很高兴能从你这儿得到这样的评价。"她眼神瞟向沈母，暗暗告状，"我以为你们更希望我能沉浸在儿女情长里。"

老沈应该是和沈母达成了某种默契，全程由他代为发言："这你不能误会你妈，她不支持你的事业吗？她最支持。逢人就要骄傲她女儿有自己的想法，独立勇敢，跟迪士尼公主一样。她催你催得紧，完全是出于爱护你。我们的生活圈子和你的不同，你天天嚷着经济独立，人生独立，空间独立，我跟你妈也不敢太过参与你的生活，偶尔问两句又怕招你烦。"

他说着说着还有些委屈："见过谁家父母来北京看女儿，吓得飞机落地了才敢电话通知的？"

沈千盏诚恳道歉："我错了，是我疏忽对您二老的关心了。"

老沈挥挥手，表示他意不在此："过了今年，你也三十了，三十而立。"

"生活工作上你已经可以凭借自己的本事立足，那人生目标和发展方面呢，今年有没有新的感悟？"

沈千盏琢磨着老沈还得绕多少弯才能点题呢，她翘了翘唇角，装傻："你指哪方面的人生目标啊？我可刚立了一个亿的小目标呢。"

她性格鲜明，一眼分喜怒。通常话不投机就爱带刺，不分亲疏。

老沈被她的刺扎了也没缩手，捧着茶杯慢悠悠地喝了口茶："随便聊聊，你紧张什么？"

沈千盏想了想，说："我说认真的，我刚立了赚一个亿的目标。等赚够钱了，后半生只做自己想做的事。我无所谓后半生有没有人可以陪着我，我不孤独，也不追求女人要不要圆满，那些规范女人必须要结婚生孩子的眼光束缚不住我。"

这些话，不是她第一次说。但以前，她说得委婉动听，半哄半劝，尽量避免与沈母正面发生冲突。

眼见着沈母脸色涨红，隐隐泛起薄怒。沈千盏语气缓和了些，表态道："如果有合适的人，我不会抗拒。我工作太忙了，你让我现在停下来，我可能无法将两者平衡好。暂时放下工作更不可能，工作、经济独立是我的立身之本，我的理智不容许我为了个虚无缥缈的东西放弃事业。"

不在其位，根本不知道她为了重新爬起来付出过多少努力。

最艰难的那段日子，沈千盏知道老沈夫妇无力为她承担巨额债务，始终咬牙自己承受。她这九年，人生起伏，大风大浪，说是熬尽心血也不为过。她决不容许她的事业，有任何差错；也决不容许任何人，将她的大厦倾毁。

沈母旁听良久，极力压抑自己的情绪，心平气和道："那你说说你觉得合适的人，是哪一种？"

那一刻，沈千盏的脑子里十分诡异地浮现出一个人影——冷如松竹，暗藏坏心，步步算计的斯文败类季清和。

他那句"你可以对我许愿，每年的这一天都有效"跟魔咒一样，在她脑海中一遍遍回响。这句话像车外的雪花一样，无声却存在感极强地叩响了她的心门。

她记不清自己当时的表情了，应当是意外且觉得他在开玩笑，她记得自己笑了下，问："什么愿望都可以？"

他重复："什么愿望都可以。"

那一刻，雪落进她的世界里，簌簌作响。

天知道，她当时有多克制才没脱口而出一句："那给我送很多很多钱吧，天降横财的那种。"

沈千盏的生活不是童话世界，她知道这样的许愿是要付出代价的。所以她咽下所有话，以一句玩笑结束了话题。

她说："谢谢季总，让我三十岁了还有白日做梦的机会。"

过道上，沈母的声音压得极低，似怕吵醒她："这雪是下了一整夜吧？"

老沈唔了声，声音飘忽："这么厚的雪应该是吧，南方下雪跟着玩似的，多少年没见过人在雪地里扔雪球了？"

沈千盏懒洋洋的，不想起。

昨晚和沈母不欢而散，她需要做个心理建设才能正常面对老沈夫妇。

沈千盏的心理建设比较简单粗暴，她盘膝坐在床头，将压在枕头底下压岁的红包摸出来，一张张数。

老沈一向信奉"爱有多深红包有多厚"，给她的红包又大又鼓。

她数得美滋滋，笑容藏也藏不住。大年初一睁眼就数钱，好兆头啊！

日上三竿时，沈千盏估摸着苏暂这小叛徒也该酒醒了，亲自致电问候。

小叛徒鼻音浓浓的，有些丧："我睡醒的时候看到雕花大床，都快吓死了。"他边吸鼻子边埋怨，"我俩这么多年的交情，我醉成这样，你居然把我扔给季总。沈千盏，你的良心是被狗吃了？"

沈千盏给绿萝浇着水，重点偏了偏："雕花大床？"

"嗯。"苏暂瓮声，"孟忘舟这么个大男人，居然喜欢轻纱幔帐，你说可不可怕？"

沈千盏回："我觉得你可以打听打听这张床的造价，问完估计可以扭转你对孟忘舟的印象。"

苏暂还是认识她那么久头一次发现她心都偏没了："你怎么老帮别人说话？"

"就事论事而已。"沈千盏开窗呼吸了口窗外冷冽的空气，"你现在回家了？昨晚跟季总共度春宵的感觉是否良好？"

"我呸。"苏暂恨恨道，"也就你跟季总共度春宵才会欲仙欲死，他把我扔给孟老板管都没管我。"

沈千盏听他对答如流，逻辑清晰，也不再担心："初三开剧本会，别忘了。"

苏暂嘟哝了一声，先挂了电话。

大年初三下午，沈千盏包了个茶座。

她到得最早，往昨晚临时拉的微信群里发了个定位。

最先到的是林翘，她对剧本会的热情最高，凡事都是第一时间响应。让沈千盏等？不存在的。她与沈千盏合作了不少项目，除了实力在线，符合沈千盏的审美外，性格讨喜占了很大一部分原因。

苏暂酸她时，常常说林翘是沈千盏失散多年的异姓姐妹。

她来时带了包小酸梅，一口一个，看得沈千盏酸到齿缝发冷。出于女人第六感的反应，沈千盏小心试探了句："你有情况了？"

林翘一怔，赶紧摇头："没有！"

她紧张的反应令沈千盏作恶心状："你知道我问的哪个情况吗？就说没有。"

林翘被她摆了一道，皱着小脸，问："金主妈妈你明示下？我知无不言言无不尽。"

沈千盏很少打听合作伙伴的私人生活，对林翘的了解止步于业务能力和工作范畴。不知是否受沈母这两天明示暗示想再和她掏心掏肺聊聊人生的影响，她好奇地问了句："你今年二十七了？"

林翘乖巧点头，佯装玩笑："别跟我说项目有年龄限制啊，我会翻脸的。"

"新项目还真有。"沈千盏摸了摸下巴，一本正经道，"想突破下审核限度，挑战下未成年慎入的剧本。"

林翘一颗酸梅差点滑进喉咙里，她被呛到面色通红，一脸震惊："认真的？"

"假的。"沈千盏叹了口气，"别说献礼剧审查严格，资方也不会允许。"

林翘捧着茶杯润嗓，见四下无人，压低了声神秘兮兮道："微信群里昵称一个单字'季'的那位，是不是就是这次的金主啊？"

沈千盏隐约觉得哪里不对："你叫我金主妈妈，叫他金主爸爸？"

她挑眉，戏谑："季清和估计不知道他外头有这么大一个女儿吧。"

她话音刚落，门口的垂帘被一只修长的手指挑开。季清和的声音低沉中带着点微哑："现在知道了。"

茶座的隔音效果很好，季清和掀帘而入时，像掀开了这间屋子的一角，放入些许堂外的评弹吟唱。

明决落后他一步，合着伞，伞面湿漉，伞柄接触的地面晕开了一小片水渍。

随着他进来，身后的帘子闭合，堂外的热闹也随之被隔绝在外。

沈千盏顺着那柄伞看向季清和的肩头，他一侧肩膀被雪花打湿，浸润着水汽，透着削骨寒意。

他却似毫无所觉，脱下毛呢大衣递给明决，格外自然地在她身侧空位坐下。

沈千盏倒了两杯水，一杯递给季清和，一杯递给明决，说："外面下雪了？"

"刚下一会儿。"季清和接过茶杯，润了润嗓子，"挺会挑地方的？"

他尾音微扬，似在笑："茶苑只有露天停车场，停了车走过来，又是廊桥又是曲溪，走了将近十分钟。"

沈千盏来得早，除了天色略有些阴沉外，没出别的状况。她权当季清和是在夸她，照单全收："哪里哪里，季总对环境的要求较高，我也是在家找了很久才相中这间茶苑。环境高雅清净，隔音效果又好，想热闹堂外茶厅有评弹，想要农家乐，茶苑有茶山。可惜下雪了，不然季总就是想体验曲水流觞，我也能办到。"

季清和与往常无二，揪住她这段话里的重点："是满足了我对隔音的要求。"

话没有问题，每个字拆开来读也很健康环保，无不良颜色。但搭配上他意味深长的玩味表情，沈千盏不自觉就想偏了。

她突然开始怀疑自己的思想是否有问题，那么多种颜色，尽挑黄的。

沈千盏假装没听懂，清了清嗓子，问明决："明特助这么早就回岗复工了？"

明决坐在季清和左手边，十分主动地接手了煮茶的工作："嗯，我比较热爱工作。"

这句话不管是虚情假意还是真情实感，都无比迅速地结束了话题。

很快，苏暂和江倦山也到了。两人一前一后走了一路，直到进了同一间茶座才互相知道身份。

人全部到齐，沈千盏主持，一一介绍。等介绍到林翘时，她多加了两句："林翘有很扎实的基本功，剧本经验丰富，我合作过许多编剧，林翘是唯一一个细节处理和分镜风格与江老师相似，高度追求完美的编剧。我个人觉得她的参与应该会给江老师带去新鲜的创作灵感。"

江倦山含笑，他摩挲着杯耳，低声道："林翘是我的学生。"

"沈制片不用顾虑我会对林翘参与剧本创作有不满意。"

沈千盏有些意外地打量了两人一眼："以前没听你们二位说过。"

林翘从刚才背后说人被抓包后，就始终乖巧沉默，闻言，小声替江倦山解释："我没出师，愧于提起这件事。"

沈千盏对内情没多少八卦欲望，但她对林翘与江倦山有这层关系基础乐见其成。

团队能够融洽合作，向来事半功倍。

剧本会从落实项目名字开始，到剧本大纲结束。苏暂充当临时记录员，既录了音，又开了文档将会议重点码得整整齐齐，散会前人手一份电子稿。

沈千盏见时间不早，不好再留人，见大家都没什么聚餐意向，一并离开。

临近傍晚，堂外的评弹已经散场多时。沈千盏陡一踏出室内，就被傍晚昏昧的天色吓了一跳。天际灰沉，暮暮霭霭，茶苑内已有路灯亮起。天幕像一脚踏进了黑夜，连丝朦胧的光影都捕捉不到。雪越下越大，积雪铺了厚厚一层。庭院廊檐下，所有绿植披裹了一层厚厚的雪衣，满目银白。

林翘被冻得跺脚："今年天象有点异常，是不是哪里有雪灾？"

苏暂来时被雪浸透的棉鞋鞋尖还湿漉着，他边抖凉透了的脚边嘀咕："估计是憋急了，这雪跟拿盆往下倒似的。再冷几摄氏度，没准能赶上和冰城一起开个冰雕展，还省了笔去哈尔滨的路费钱。"

沈千盏在前台等开发票，她手里捏了把瓜子，不疾不徐嗑着。

人接二连三走了，她等着开票机器吐完纸，收了发票出门时，季清和撑伞立在廊下，在等她。

她有些意外："大家都走了？"

季清和嗯了声："雪下大了，苏暂没有带伞，我让明决先送他去停车场了。"

沈千盏看了眼簌簌往下落的大雪，自觉走入他伞下："多谢季总关照。"

季清和没接话，伞面往她那侧倾了倾。

风有些大，沈千盏边走边嗑瓜子的想法被天气无情粉碎。她缩了缩脖子，目光落在季清和灯光下的侧影上。

影子纤细，只有轮廓，看不清细节。

只有那把伞，伞面微倾，替她挡去了不少穿堂而来的妖风。

这样的安静令她有些胡思乱想，她抬眼，在竹林恻恻风声中，没话找话："季总对这种剧本会还适应吗？"

季清和垂眸看她："你管讨论半天，讨论不出实质东西的茶话会叫剧本会？"

他损得毫不留情，沈千盏觉得膝盖一痛，解释："大纲没落实，编剧对故事要写什么都只有个模糊的概念，你指望开一次会就能讨论出实质结果？"

季清和不置可否，他对自己不了解的领域还是存了几分敬畏，并未凭自己的主观看法去随意评论："定下大纲要多久？"

"看编剧。"沈千盏打了个比方，"就跟不终岁要开发新系列新产品一样，前期的准备可能要三年五年甚至更久。编剧能理解我们想什么，进度就会很快。有时候是我和编剧的思维在同一条维度上，但光我的认可还不够。资方会介入，提供修改意见。这也是我为什么让你参与的原因，接下来等大纲出来前，季总都可以不用参与，由我和编剧沟通。"

聊到工作，她的话不自觉就变多："你可能觉得每次讨论并非那么有意义，但剧本创作就是在一次次讨论中修改完善的。可能某一次突然有了很好的创意，又会全部推翻重来。如果你和我的目标一致，编剧要受的罪还轻点。要是你跟我站在两个极端，比如我要丰沛的情感线让人物更加饱满，你希望戏份偏重于专业方向，我们就会有分歧。"

季清和问："这种分歧，通常怎么解决？"

"看我能不能说服资方或平台，以前人微言轻，经常做违背自己意愿的事。制片人虽一力撑起剧组，但并不完全随心所欲做自己想做的项目。"沈千盏解释，"我很少连大纲都没有就去拉投资，你是例外。通常我会和编剧做好大纲和前五集或者十集的剧本再去找平台找资方，尽量减少项目前期的摩擦，但这种情况通常是有原著或者成品剧本的前提下。做原创就会和我们现在的情况相似，什么都没有，从无到有，一点点去完善。

"和资方意见不合的情况有很多种，比如我这场戏想沿海岸线放烟花，放个几万块钱。资方不同意，觉得没必要把这么多钱投入在放一放就没了的烟花上，要求编剧改戏，改成天台看流星。"

季清和莞尔："那我不会，你想放烟花，多少都可以。"

沈千盏有片刻的语塞。

她和季清和聊的是放烟花的事吗？她正想叹息一声，总结个"话不投机不聊了，你大方给钱就好"时，他笑起来，嗓音低低沉沉的，在这冰天雪地里格外招耳。

"我的意思是，你对项目的创作发挥，我愿意无条件支持。"天色越走越深，他伸手虚揽她的右肩，低声道，"不终岁内部有一套评估系统，在我决定投资前，评估小组递了份客观的评估报告，并不盲目。"

沈千盏对自己的业绩有多能打十分了然，她骄傲地扬了扬脖颈："我从没觉得季总是出于私人原因才投资的千灯。"

季清和沉吟数秒，说："那你还是可以这么觉得的。"

沈千盏："？？？"

季清和调情向来点到为止，既让你觉得他有那么点意思，又不直白露骨。

沈千盏觉得自己有些吃亏，要不是不敢撩季清和，她能给季清和来套"骚浪一百零八式"，要多浪有多浪。

小野猫、学生妹，职场白领，所有人设应有尽有，海量供应。

不过为避免造成不必要的误会，引起更大的麻烦，沈千盏只能干笑两声，夸金主真幽默。

季清和将她送到车前。

积雪已将车窗覆盖了一层，他垂眸打量了眼车轮，蹙眉："车先扔这儿，我送你回去。"

停车场里有保安在清雪，主路上两道清晰可见的车辙印。

沈千盏见雪不深，婉拒："只是下雪，车速慢点不会有危险。"路面结冰了才会打滑，北京虽然降温，但还没冷到化冰的程度。

季清和见她态度坚决，也不再勉强。目送着沈千盏上车，启动，他撑伞往后退了两步，等她先走。

宝马车的车轮往前滚了小半圈，车身一抖，停了下来。季清和微微挑眉，上前两步，叩了叩车窗。

隔着一层模糊的窗影，沈千盏将车窗降下，给他递了个崭新的保温桶："我妈让我给你带的。"

天色已黑，停车场内只有零星的几辆车，停得零零散散。他撑伞立在车前，身形挺拔如雪松，散发着冷冷冷意。

沈千盏看见他眼里的光由暗转亮，像一簇幽火，摇曳跃动。那是她无比熟悉的悸动，像山火遇风，不到疲累，永无止境。

季清和伸手接过，唇边的笑意温和又清朗："替我转达谢意，改日登门拜访。"

沈千盏那张脸瞬间酱若菜色："……登门大可不必。"

大年初四，工作暂告一段落的沈千盏为哄沈母高兴，领她去泡温泉做SPA。皮肤光泽了一个度后，母女俩冰释前嫌，重归于好。

大年初五，坚决不将生命浪费在赚钱与维持美貌以外的沈千盏约上艾艺去做头发。艾艺做烫染，她做头发护理。

沈千盏结束得比艾艺早，毫无坐相地歪在沙发上玩自拍。

造型师替艾艺上完颜色，低调地退出房间，只留塑料姐妹花二人相处。

房间内暖气充足，温度适宜，艾艺枯坐了几小时，困得频冒眼泪。扭头瞧见沈千盏光鲜亮丽地在那儿自拍，再一对比自己升级改造中的狼狈，她揉了揉两侧额角，找话聊："你那项目进展得怎么样了？"

沈千盏微微噘嘴，性感红唇在线索命。

等拍摄倒计时结束，她边欣赏自己的无边美貌边回答："前两天刚开完第一次剧本会，主创团队都没码齐。"

艾艺微笑："剧本会都开了，也算有进展。"

沈千盏敷衍："你这个'也算'是不是太不走心了，百分百的进度条刚拉了零点零一的进展，这能算？"

艾艺透过镜子看沈千盏搔首弄姿地找角度，觉得有些辣眼："还算不错了。"她移开目光，打量自己，"和季总的合作怎么样？"

沈千盏一听到季清和的名字，自拍的热情都冷却了不少。她看了眼艾艺，皮笑肉不笑："艾姐故意的？我都说了项目才开第一次剧本会，能和季总有什么合作呀。"

沈千盏的骨相皮相俱佳，长相是否有攻击性全看那手妆怎么化。今天出门见艾艺，她没刻意化浓妆，淡淡一扫，五官精致面容柔和，纯良又无辜："你是不是也信了年前那些乱七八糟的传闻了？"

先发制人的一句话将艾艺蠢蠢欲动的试探直接堵了回去，后者面色无异，语气真挚："我还能信这些空穴来风的小道消息？"

沈千盏现在对"空穴来风"这个词过敏，她皱了皱鼻尖，未置一词。

艾艺见她表情不太对，没再深问。当然，她绝对猜不到令沈千盏不适的不是她的语气和态度，而是她精准踩中了某个狗男人调戏沈千盏时用的虎狼之词。

眼看气氛渐冷，艾艺随口换了话题："简芯你好久没遇着了吧？"

沈千盏忽然觉得今天出门没看皇历，犯了忌。否则艾艺这七窍玲珑心怎么一下午光踩雷炸她了？

"我没事遇见她干什么？"

讨厌都来不及了，还上赶着找不痛快？

艾艺听出她语气里的散漫，笑了笑，提醒："我也就跟你随便聊聊，这话今天出了门我就不认了。"

沈千盏的好奇心被勾起，她坐正了些，笑眯眯地看着她："规矩都懂，你说你的，我肯定不是从你这儿听来的。"

艾艺说："你们公司的向浅浅不简单啊，捞到个贵人赏识。你等着瞧，年后你家苏总不只要和向浅浅和平解约，还要恭恭敬敬把人送走。你说你当时费心费力把这小白眼狼捧红，她不感恩不记情，甩手走了。以后无论是飞黄腾达还是富贵在天，都没你什么功劳了。"

这说法沈千盏还真没听到过，她与向浅浅的情分并非外界猜测的那样。不过这些话没必要跟艾艺说，她低头把玩着手指，情绪低了一度："跟我无关了，她能顺利解约也是好事。"

沈千盏想起艾艺起头提的简芯，略一思考，心里就有了数："她俩最近在接触？"

艾艺嗯了声，懒洋洋道："简芯给了向浅浅一个古装权谋剧，就等着她跟千灯解约后签合同。简芯能力也不弱，就是心眼小，你跟她也算和平竞争，她记你仇记得都快恨上你祖宗十八代了。前阵子逢人就散播你截她和的谣言，你跟季总那点风流韵事，她没少添油加醋。"话落，她透过镜子瞟了眼沈千盏的脸色，见她面无表情的，不免扫兴，"这俩女人凑在一起，你要当心了。"

沈千盏心不在焉地答应了一声，没往心里去。

要不说利益场没有永久的朋友也没有永久的敌人呢？向浅浅在千灯时，简芯对她不屑一顾，恶意全摆在台面上。等向浅浅一解约，简芯立刻将叛逃千灯的向浅浅划入自己的阵营，当作对付千灯恶心她的利器。

沈千盏也不知道该不该夸简芯一句猪脑子。

向浅浅能与千灯和平解约，她还挺替她高兴的。简芯这猪脑子的做法也算是给了向浅浅一个前程，以后前路如何就真的与她沈千盏无关了。

不过贵人是哪位贵人？

蒋业呈的可能性不大，他连蒋夫人都搞不定，不可能敢这么明目张胆地搅进向浅浅这池浑水里。就算是他，苏澜漪这从不正眼看人的女人，也未必会卖他这么大个面子。

沈千盏脑中隐隐浮现出一个人选，她不敢确认，更不敢深想，只能蹙着眉打消了自己的胡思乱想。

但等回了家，沈千盏还是没能按捺住，给苏暂发了条微信："你姐回国了没？"

苏暂回："没。她初七晚上的飞机到北京，初八要赶早会。"

沈千盏说："哦，那没事了。"

莫名其妙被骚扰了一通的苏暂："我打游戏呢，切出来回你的，结果你就跟我聊这个？说，是不是想引起小爷的注意？"

沈千盏："滚。"

苏暂："嘤嘤嘤，好凶。"

大年初六，大雪封城。

沈千盏醒来在窗前站了半刻钟，果断取消了今日的全部计划，家里蹲。

她最近找到了和沈母相处的诀窍，只要让沈母有事做，她绝对能少唠叨一半。于是，她这几天一一解锁了厨房里的烤箱蒸箱设备，一颗一颗点亮了烘焙做甜品等与赚钱无关却能感受美好生活的压箱底技能。

大年初七，乔昕和她确认工作行程。

上一次的对话还停留在大年初一沈千盏给她发的红包以及乔昕的领取提示上，她默默吐槽自己表面功夫做得不够漂亮，便补上了迟到的"新年快乐"。

沈千盏正捻着粒车厘子往奶油上放，看见乔昕的微信消息，随手抓了把车厘子，进书房回消息："你回北京了？"

乔昕说："在路上。盏姐，北京的雪下得大不大？我老家大雪封道，高铁都差点取消，我改签了两趟才赶上去北京的最后一趟车。"

北京这段时间的天气一直不好，不是连绵暴雪就是阴风阵阵。空气里的冰碴子像要捅碎你鼻腔内的所有毛细血管，割人得刺骨。

沈千盏塞了颗车厘子，回了条语音："你隔壁县城不是都雪灾了？我还想着你初八不知道能不能回来复工，准备另招个助理了。"

乔昕知道她在逗自己，但还是跺了跺脚，撒娇："盏姐你怎么这样。"

沈千盏就喜欢逗得小姑娘娇嗔发怒："你能回来就明天复工，除了早会，林翘的合同要做一份，尽快跟她签了。大纲最迟周五能交，你到时候负责跟江老师对接下，催催进度。"想了想，她补充了一句："今年雪这么下的话，迟早会造成大面积雪灾。虽然跟我们部门没多大关系，但其他部门会运转起来，你记得留意。"

大年初八，千灯陆续开始复工。

沈千盏的办公地点也从家里的沙发、飘窗、大床转移到了办公室内。

低温和恶劣天气令部门内一片怨声载道，甚至有不少员工因大雪被困或交通受阻，没能按时到岗。

早会结束后，苏澜漪让秘书办发布了一份雪灾预案。

沈千盏正百无聊赖地浏览着网上有关雪灾的报道，乔昕叩了叩门，进办公室找她："盏姐。"

被点名的人懒洋洋地抬了下眼睛，无声地发了道指令：说。

乔昕措辞："林翘这边问我们单集剧本价能不能再给她涨点稿费。"

这些年，林翘感恩沈千盏的提携，给千灯的剧本报价低于她的市场身价。她一直不提，沈千盏也没好主动替她申请，闻言，她十分理解地敲敲桌子："她报价多少？"

乔昕答："每集多提了两万。"

沈千盏颔首："你把这个报价去跟苏总提一下，她批了就行。"

乔昕哎了声，快快乐乐地去了。

沈千盏目送着乔昕去找苏澜漪，继续浏览她的微博，了解世界。

十分钟后，手机微振，乔昕给她发了条微信："咦，盏姐，我在苏总的办公室看见季总了。我们今天有行程约了季总吗？【惊恐.GIF】"

沈千盏极轻地挑了下眉。

搅和进千灯和向浅浅解约事件里的那位贵人，果然是季清和。

她放下手机又拿起，反复数次后，她眯了眯眼，回："他要走了提前跟我说。"

乔昕乖巧应了声。

二十分钟后，乔昕的提醒消息到位，沈千盏穿上外套先一步下了电梯去写字楼负一层属于千灯影业的停车场。

季清和的座驾正对着电梯间的出口，十分醒目。

季清和被苏澜漪一路送至电梯间，电梯门即将关上前，他远看了眼靠墙而立的乔昕，微不可察地勾了勾唇。

明决见状，提醒："季总，刚才那位是沈制片的策划助理乔昕。"

季清和低头整理着袖口，语气漫不经心："我知道。"

明决再点："乔助理负责对接我们和千灯的对公行程，我们今天没有这个行程。"

季清和抬眼，看了眼比往常迟钝不少的助理："你想说什么？"

明决硬着头皮说："乔助理如果告知沈制片您出现在这儿……"

季清和打断他："我还怕查岗？"他声音低低沉沉的含着笑，"就怕她不查。"

电梯抵达。

季清和率先走出电梯间。

停车场与电梯的通道口有道推拉的玻璃门，明决推开门的瞬间，停车场内嘈杂的气流混杂着轮胎摩擦地面的声音一股脑涌入。

他撑着玻璃门，微微侧身，让季清和先走。

这一抬眼，明决终于明白季清和刚才在和他打什么哑谜。

沈千盏一身浅米色的职业装，细高跟一脚踩着车牌一脚蹬着保险杠，四平八稳地坐在引擎盖上。那架势，跟上门催交保护费似的，从里到外透着"来算账"的气质。

明决瞧这两人似有话要说，连借口都没找，转身回了电梯间去一楼等候。

停车场四通八达，到处蹿着冷气。

季清和上下打量了她一眼，视线落在她露出半截的脚踝时，停留了几秒："不冷？"

冷！

沈千盏缩了缩脚脖子，强撑住气场："我在等你。"

季清和的唇角浮起丝极淡的笑意："我知道。"他伸手，示意她下来说话。

沈千盏占据高地本就是想压压季清和身高方面的优势，此时干脆无视他递来的友谊之手，居高临下地看着他："有件事想和季总确认下。"

季清和进门看见乔昕就知道他来千灯这事瞒不住沈千盏，在停车场见到她也没觉意外，对她口中想确认的事更是一清二楚。

他目光垂落在她露着的脚踝上，顺势收回手贴了贴她的脚踝。

这个动作他做得干脆，像是只为确认她冷不冷，仅虚虚一握很快松开："医学上有个说法，脚部是人的第二心脏。"他视线微垂，示意，"脚踝是脚部血液流动的重要关口。"

话落，他没的商量地一手托住她的后腰，一手穿过她的腿弯，将她从引擎盖上抱下来："怕冷的是你，要风度的也是你。"

季清和解锁车门，态度强势："上车说。"

沈千盏张嘴辩解："我什么时候怕冷了？"去年千灯投拍的公路悬疑片，又是西北高原，又是雪山金顶的。摄制组为了取景，在雪山上住了小半个月，苏暂都没能扛住，她一套户外防风的羽绒服穿了半个月，活蹦乱跳得压根儿不像来吃苦而是来野外探险的。

季清和在和她意见不一致时，从不吝啬他的不屑："不怕冷？"

他的语气太强硬，压根儿不是和她有商有量来的。

沈千盏原先是抱着算账的心态来的，结果从他站到面前的那刻开始，她这收保护费的节节败退逐渐沦落到了被收保护费的地位。

她压下内心烦躁，低声道："我就确认一件事，不必这么麻烦。"

季清和挡在她面前，深看了她几眼，接话道："向浅浅？"

他这么坦然，沈千盏一时也不知该不该继续问。她绾了下长发，斟酌着用词："季总帮她是受蒋总之托还是因为我？"

沈千盏明显是聪明人。她善用逻辑思考，能在一开始就剔除浅薄的答案。

季清和有时也不知道她这份理性是好还是不好，反正对他，是不够友好。

他没直接回答："你期望从我这儿得到什么答案？"

季清和眉目冷峻，压迫感无形地将她困入彼此的呼吸间："没做好承受的准备就别多问了，嗯？"

他这段话的指意很明显，与她有关。沈千盏一下想到了当初被不终岁公关部压下的那些不堪通稿，咬了咬唇。

千灯公关部做好了迎战的准备，结果年前风平浪静，没掀起一点波澜。这个年过得太安逸，她几乎快忘记了这件事。

沈千盏抬眼，与他对视三秒后，妥协："是我欠你的。"她不欲多说，转身就走。走了没两步，想起一件事，"季总家大业大，不是连我家保温盒都要私吞吧？"

季清和的重点显然和她不一样："伯母还想给我做吃的？"

沈千盏唇角抽了抽，这回是真的毫无留恋地甩袖就走。

等进了电梯间，公司的暖气扑面而来。沈千盏挺直背脊，跟只骄傲的小孔雀似的，下巴微扬，等着电梯下来。

直到迈进电梯，再也感受不到季清和的视线，她才一下蹲下去，揉搓已经冻得通红的脚踝。

冷死妈妈了！

在外形上，沈千盏对自己的要求简直严苛。出门但凡会见到人，就要从头武装到脚，再不想修容也会抹个阿玛尼的素颜霜提提气色。

衣着方面，别说秋衣秋裤了，冬天穿条毛呢裙她都嫌过于臃肿。衣柜里除了两件常年压箱底的羽绒服，清一色飘逸飒气的长款大衣，更别提不同场合有不同的着装要求。

她这番严以律己时刻要求自己完美精致的自律，经常被不少经纪人当作正面教材开班授课，称她为形象管理的模范。以至于沈千盏偶尔和某些艺人同台或偶遇时，对方总要对她顶礼膜拜。

挨冻，那是为了风度牺牲的产物，不值一提。

没过多久，如艾艺先前所说的，千灯与向浅浅和平解约。

公司声明公开了还没一小时，简芯制片的古装权谋剧就迫不及待地官宣了向浅浅的定妆照。

这操作，沈千盏能理解。

向浅浅的粉丝正在心疼她在千灯受的那些窝囊气，对千灯如此大度和平解约虽不感谢也及时停战表明态度。此时，正好是粉丝"我要陪姐姐继续走下去，走到天荒地老海枯石烂"的热血期，简芯抓住了粉丝的这一心理，极强势地刷了一波存在感。

苏晢把那部未播先火的古装权谋《凤还朝》的热度往沈千盏面前一放，不满道："虽然向浅浅离开千灯能有好资源我挺欣慰的，但怎么看着就那么来气呢？"

"正常。"沈千盏眯着眼修指甲，"我这么大度的人也来气，何况你这修炼没到家的。"

苏晢上面有个苏澜漪，消息灵通，闻言跟嗅着味的苍蝇似的，凑上来："你来气应该不止为了简芯吧？"

沈千盏睨他一眼，不接茬："你又听到什么风言风语了，说来听听？"

"我就知道向浅浅能和千灯和平解约全因为季总，我问我姐，她说我是小孩让我别掺和，一字没透露。"苏晢心里藏不住事，话一多，就什么都往外抖，"前两天，我姐和季总他们一起吃了个饭。向浅浅也来了，把我姐硌硬得饭吃了一半就走了。"

沈千盏手里的小锉刀一深，指甲磨平了一半。

她盯着看了会儿，越看越碍眼，干脆拿指甲剪把修坏的指甲一口气剪了个干净。

等剪完，沈千盏的理智才回来。

她看着秃了一只破坏队形的指甲，欲哭无泪。邪了门了，季清和和谁吃饭关她屁事，她瞎激动个什么劲？

话是这么说，晚上沈千盏修完指甲回家，在停车场看见季清和时，她的小心肝无比诚实地颤抖了一下。

既有些意外，又有些她也说不上来的情绪在发酵。

沈千盏停好车，走到他面前的那几步内，将他的来意都估测了一遍。但所有猜测在看到他季清和从车里拎出保温盒的刹那，全都碎成灰烬。

她脸上的表情裂了裂，语气没能掩饰好，透出几分错愕："来还保温盒的？"

季清和抽出插在西裤兜里的手，轻抬了抬镜梁："很意外？"

是有点。不过实话肯定是不能直接说的，沈千盏稍做修饰："我那天也是开玩笑的，而且你亲自送回来……"她点到即止，很恰到好处地露出个窘迫的笑容。完全不像是那天质问季清和家大业大却连个保温盒都要私吞的人。

可等沈千盏拎过保温杯的刹那，那沉甸甸的分量让她忍不住狐疑地瞥了他一眼："里面有东西？"

"佛跳墙。"季清和抬腕看了眼时间，对她的下班时间似有质疑，"今天加班了？"

沈千盏没好意思说自己下班去美甲店修指甲了，嗓音微淡："没，回来迟了。"

季清和没查她岗的道理，微微颔首："替我转达对伯母的谢意。"

他这么客气，沈千盏有些不适应，她试探着问道："你吃饭了吗？要不上我家一起吃点？"

季清和犹豫了一瞬。

他犹豫的时间把握得恰到好处，像提线木偶的那根弦，将沈千盏的心悬在半空惴惴不安，既不让她放下，也不让她踏实。

眼看着她耐心耗尽即将变卦，他才不疾不徐婉拒道："今天还是不打扰了。"

沈千盏一口气松了松，也不知道被自己悬于一线的那块石头是沉了还是仍堵在胸口，她点点头，等他先提告辞。

季清和在短暂停顿后，似不经意般，提道："我听斐医生说手术安排在明天。"

"是。"保温盒单手拎着有些沉，沈千盏用另一只手托底，说，"我妈想去陪着，我明天还要送她过去。"

"心脏外科手术比较精细，手术时间会比较久。"季清和语气寻常，闲闲道，"术后修复漫长，出院后得精心养着。"

沈千盏对这方面没了解，只作点头："多谢季总提醒。"一句话将刚缓和拉近的氛围一下又推远了。

季清和微不可察地蹙了蹙眉，说："私下不用叫我季总。"

来了来了。

言情桥段内以改称呼拉近关系桥段来了！

沈千盏内心汹涌，表面平静："好，听您的。"

这句话表面看着是同意妥协，其实跟长刺的根茎一样，谁碰扎谁。

偏偏这刺又是软的，只扎疼人，不扎出血。

季清和轻挑了挑眉，也没勉强："随便你。"

他抬腕，又看了眼时间："晚点还有事，先走了？"

后半句他带了点尾音，听着像在询问她的意思。

"好。"

沈千盏看了眼他脚边，车轮上的积雪化了水，湿漉漉地汇聚成一摊。

不知道季清和在这里等了她多久。

她恻隐心起，手先于脑子反应，上前叩了叩车窗："季清和。"

驾驶座那侧的车窗降下，季清和曲肘挎在车窗上，似笑非笑："我刚还在想，你会什么时候叫住我。"

沈千盏叫住季清和时，并不知道自己要和他说些什么。

她沉默了片刻，想起刚才的那瞬心软，抿了抿唇，说："既然遇到了，想问问你周四有没有空。大纲初稿定了，你有空的话可以来千灯一起听听。"

"好。"季清和答应了一声，仍旧看着她。

沈千盏也觉得自己叫住他就为了说这么一件无足轻重的事，好像是有点说不过去。她想了想，说："月中我想去你工作室拍几组图，江老师和林翘对钟表修复方面了解不多，写剧集会有技术上的困难……"

季清和打断她："拍图是为了方便他们了解？"

沈千盏没觉得哪里有问题："是啊。"

"四合院的工作室可以长期对他们开放，孟忘舟在那儿，他虽然不精通修复，但如果只是讲解基础的理论知识，他没有问题。"季清和清了清嗓子，说，"我以为你拍照是为了提供给美工组。"

沈千盏没想到他考虑得这么远："以后肯定也需要，我没接触过除你以外更专业的宫廷钟表修复师。剧组的道具和场地布置估计很大一部分会按照你的工作室做创意。"

季清和点头，对她的安排没意见。

聊到这儿，话题终止。

沈千盏松了口气，退后两步："行，那……先聊到这儿，下回见面再细谈。"

停车场内有不知是警报器还是监测器的声音尖锐又低促地响了一声。

季清和循声看了眼，忽然问："小区物业会安排保安夜间巡逻？"

沈千盏顺着他的目光看去，他视线停留的地方是一处暗门，紧邻楼道及储藏室。以前用来囤积装修废料，什么板材钉子油漆桶都统一丢弃在这儿，由物业安排清洁车处理。

后来入住的业主越来越多，投诉和意见也越来越大。物业清理了这一片的废料垃圾后，这道暗门始终空着。

"可以建议物业在这一片装个监控。"他收回挂在车窗上的手，示意，"你先上去。"

沈千盏被他这一句提醒说得后颈有些凉，没推诿，留了句"那你路上小心"，先一步穿过楼道口进了电梯。

老沈夫妇在等她开饭。

沈千盏将保温盒里的佛跳墙盛出来，分了三碗，人手一份。

自打沈千盏年后复工，她时常往家里捎带些酱牛肉小竹笋等配菜加餐。所以沈母起初没往季清和那儿想，直到尝到了佛跳墙里的鱼翅，她才疑惑地嗯了声："这不是粉丝啊，鱼翅吧？"

老沈附和："是鱼翅，这盅佛跳墙用料高级，不像是灯灯在路边摊打包的，尝着像上次在广州宾馆花五百多吃的那碗。"

广州两个字触到沈母的反跳神经，她脸上忽然浮现一副心知肚明的神情："小季送过来的吧？"也不用沈千盏确认，沈母接着道，"我看那孩子有礼有节，行事大度，蛮好的。"

她用手肘碰了碰光吃不说话的沈千盏："小季性格怎么样？"

沈千盏一听这熟悉的开场白就头疼："他是项目的投资方，总共也没说过几句话，我哪知道他性格怎么样？"

原先老沈没打算掺和进母女俩的对话，一看沈千盏撇得干干净净的态度，他骨子里的较真，叛逆了："我瞧你和小季不像是说不上几句话的关系。"

"你妈说的话你听一半就行，爸爸相信你有判断力。但小季进退有度，行为举止谦逊礼貌，又懂投其所好，你无论是什么想法，都要慎重思考，别互相耽误。"

老沈说话中肯，沈千盏把这话往心里过了过，点点头："我知道了，明天姥爷手术怎么说？"

见她不愿意深聊，老沈也没强求，顺着她的话就转移了话题。

等饭毕，老沈借口扔垃圾，在小区里走了一圈，顺便给苏暂发消息："苏小友，伯父有一事想跟你打听打听。"

苏暂对论人长短无比感兴趣，秒回："伯父你问。"

老沈说："我家灯灯和小季的关系有点紧张，他们之前发生过矛盾？"

苏暂的脑子直通天路，他想了想，回："没有的事，伯父您跟伯母别操心他俩，迟早的事。"

老沈："！！！"他原先没想知道这个！

第二天一早，沈千盏请了半天假，将老沈夫妇送到医院。

她帮着跑了一上午的缴费和取报告单，午饭后，先回公司上班。

下午两点左右，江倦山如约交了剧本大纲。沈千盏特意占了间小会议室，叫上苏暂和乔昕，三人围读。

献礼剧的剧名由江倦山暂定为《时间》，他主写大纲，林翘分写人设及小结。

沈千盏对这份初版大纲十分满意，批注了少许意见后，当天做了修改反馈。做完这些，她提前下班，去医院看看情况。

心脏搭桥手术要三五个小时，按理说下午四点手术就能结束，但整个下午，沈千盏的手机安安静静，既没有工作联系也没有老沈夫妻发来的任何消息。

她赶在下班高峰期前到了医院，提前通知了老沈夫妇后，先去停车。

医院的地下停车场有三层之深，车位紧张，靠着电梯间楼梯口的热门车位始终被占据。沈千盏在偌大的停车场转了一圈又一圈，才在地下二层的偏远角落找到车位。

她的方向感不算太好，遇到没有指示牌的偌大空间，迷失方向是常有的事。更遑论，医院每个部门通道交错，她在地下迷宫穿梭了将近半小时才从地面一层的急诊室出口走出来。

信号仿佛石沉大海的手机终于有了声音，嗡嗡的振动声里，她边掀开帘子边接起电话。

意外地，是一道低沉熟悉的男声："迷路了？"

她耳边是嘈杂得分不清声源的急诊室背景，季清和的声音有些模糊，像框裱过的油画，被镀了一层蜡影。

她下意识看了眼来电显示："季清和？"

"是我。"季清和站在走廊尽头的窗口，俯视广场，"我听伯母说你半小时前就过来了。"

"我没找到出口。"沈千盏疾步走出急诊室，迈入回廊。

回廊两侧空旷，没有指示牌也没有经过的医生护士，她声音不免有些急切："我不知道自己在哪儿。"

季清和回忆着刚才听到的背景声，边转身下楼边问："你在门诊还是急诊室？"

"急诊室。"沈千盏终于看到了急诊科室旁的发热门诊与犬伤门诊："我该往哪个方向走？"

她听见电话那端，他似笑了笑，几分无奈："你完全走反了。"

沈千盏顿觉喉咙微哽。

走反了……？

"你站那儿别动，我来找你。"季清和说完，挂了电话。

沈千盏看了眼手机屏幕，通话结束后屏幕由亮转暗，光线渐沉。

她忽地心漏跳了一拍，那些没问出口的"你怎么在这里""你怎么对医院这么熟悉"全都散了在了飘着小雪的空气里。

沈千盏刚来北京那两年，对下雪总有特别的情怀。初雪会去故宫赏雪，游客扛着长枪短炮一通拍照，她就坐在钟表馆对面的椅子上，缩着脖子揣着手，坐半天。

风大雪凉，鼻子冻得通红也不觉得冷。

后来遇见连前任都不算的渣男，他开车带她驰骋京郊。那么冷的天，车窗全开，她伸手就能兜住雪花，又冷又觉得自己傻得可笑。

后来生活被磨灭了热情，下雪也再引不起她的悸动。她只会抱怨雪下得太大影响拍摄进度，偶尔生活有热情时，在雪天热壶酒，坐在临时搭的摄影棚里看拍摄。

已经很久很久，没像今天这样，觉得雪有温度了。

沈千盏等了十分钟。

这十分钟内，发热门诊进来一对母女，女孩还小，身高刚及母亲腰部。一张脸烧得通红，被母亲牢牢牵着手，一步一步踏着积雪，走得头重脚轻又认真专注。

她看着这对母女进了发热门诊，量了体温后出门缴费。

发热门诊与急诊室相邻，缴费在急诊室的挂号柜台。

沈千盏看着这对母女穿过回廊，左转停留了一瞬，她视线跟着看过去，这时才看见墙角有个立柱指示牌，墙面上挂了铝制的位置示意图，从急诊、门诊到住院部等一个个地标都做了红星标注。

全因她刚才接电话时一直背着墙面，忽略了。

沈千盏不免有些脸热，她四下看了看，见左右无人，便沿着屋檐踱步过去。

急诊室位于医院的西北角，另开了一道侧门，方便救护车进出。

沈千盏在地下车库时，横穿了半个医院。停车那会儿就已偏离了正确出口，这才导致她迷失方向，越走越远。

她仰着头研究了会儿，刚弄明白自己要穿过花坛才能找到门诊部时，脚步声由远及近，渐渐清晰。

她转头看去。季清和撑伞而来。

他一手收在大衣兜里，一手撑着伞，步伐迈得又沉又稳，不疾不徐。

那把伞有些眼熟，大年初三的那天下午，季清和也是这样撑着伞，将她从茶苑包厢送至停车场。

漆黑的伞面上，有三两雪花堆在伞顶。随着他的走动，雪水渐渐融化，沿着伞骨一滴滴地往下坠。

许是察觉到她的目光，他微抬伞柄，那双漆黑深邃的双眼毫无预兆地与她对视个正着。

不知是不是沈千盏的错觉，她仿佛看到他眉目间的冷冽微融，双眉舒展，有不同平时的清冷，带了点暖意，有松冷淡香弥漫在空气中微醺的触感。

沈千盏默默咽了咽口水。又是为了美色上头的一天！

不等季清和走近，她主动迎上几步，避入他的伞下，刚才来不及问出口的问题此刻恰到好处地掩饰了她的心虚："季总怎么在这儿？"

"陪老爷子来的。"季清和伸手，示意她跟着自己走，"老爷子和孟女士昨晚到了北京，听闻斐医生今天有手术，顺便过来复检。"

沈千盏了然，客气地询问了一下季老爷子的身体状况。

"他很好。"季清和看了她一眼，问，"不想亲自见他一面？"

他语气认真，问得真情实感，沈千盏一时没能分辨他是真心为了圆她之前百般强求的愿望，还是在开玩笑奚落她当初为见季老一面，跋山涉水的辛苦。

犹豫之际，季清和似根本不在意她的回答，很快进入了下一个话题："我比你晚到一会儿，听伯母说你半小时前就到医院了，结果一直没见人影。我就猜，你是迷路了。"

沈千盏没好意思承认，问："斐医生还没下手术台？"

"嗯。"他换了只手撑伞，将她虚揽至身侧，"应该快了，不用担心。"

地面有半敞的通道直通门诊部，季清和落后沈千盏半步，等她进去，他立在廊下，合了伞与她并肩。

走道上钉了公告栏和专家照片，像一面荣誉展示墙一般，沿途不是各种峰会展示图就是各类荣誉奖杯。

沈千盏挂念姥爷情况，没细看。

等迈入电梯，季清和按下楼层，电梯门由左至右关闭后，他才慢悠悠道："老爷子挺想见你，你考虑下？"

沈千盏第一遍没听清。

季清和重复："老爷子想见你。"他的声线偏低，音色成熟，是成年男人特有的磁性。

沈千盏先是回味了一下这把嗓音，等反应过来他话里的内容时，有片刻的意外："季老爷子？"

"很惊讶？"

电梯上至二楼，短暂停靠。

季清和换了只手拿伞，在电梯开门前，往她身侧靠了靠。

电梯门口挤了一拨人，或拿着病历本或拿着报告单，全是去楼上门诊专科看病的病人或家属。有护士轻声叫着让一让，推了位坐在轮椅上还挂着吊水的老人。

沈千盏脚下的地面随着人流一个个走进，微微下沉，她似能感受到电梯的承载量在一点点接近饱和。

她往角落避了避，腿刚贴上湿漉漉的雨伞，季清和先她一步察觉，把伞递过去："拿着。"

沈千盏刚接过，他转身，用后背隔绝了所有接触，将她护在电梯壁角与他的身前。

她一下忘了自己刚才想说什么，眼前是他被雨雪打湿的碎发，少了几分严谨与一丝不苟，他的面容看上去柔和不少。只那双眼，仍幽邃如悬崖，半点不具安全性。

沈千盏咽了咽口水，目光不受控制地从他的眉眼落向嘴唇。

季清和的嘴唇不算薄削，下唇比上唇微丰，线条犹如用 3D 打印的，精致得如同模板。

他不抽烟，不喝酒，身上少有世俗的味道。淡时如冷烟，浓时如松雾，就连翻云覆雨的事后香都透着冷松薄雾的清洌香气。

沈千盏有不止一次的冲动，想在他颈间嗅嗅那股若有若无却令她魂牵梦萦的香味。此刻不算宽敞的密闭电梯里，心愿得偿所遂，她悄悄地吸了两口仙气，压着声问："你们不终岁的香水，是不是好闻点的啊？"

电梯上行，嗡嗡的运转声里，渐渐有交流声响起。

季清和迁就地低下头，那缕淬着冷意的碎发擦着她的鼻尖扫过，他附耳过去，示意她再说一遍。

沈千盏内心在骂娘。要不是在电梯里，她这会儿铁定不把持。

她深吸一口气，一边腹诽"季清和到底是哪儿来的妖精"一边镇定道："没事，出去说。"

季清和勾了下唇，佯作不知，得寸进尺地附唇道："没听清。"

他说话时，鼻息掠过她的耳朵，扰得她敏感的耳朵微微的痒，有熟悉的战栗从天灵盖一路传至脚底，心脏过电般地酥麻。

沈千盏二十九岁初尝肉味，今年三十，本就对欲仙欲死的灵魂碰撞向往不已。他这么故意地撩拨她，顿时血气上涌，她怒目而视："你老实点。"

季清和闷笑了两声，颇有些算计得逞的愉悦。

沈千盏的三大命门，季清和知道得一清二楚。

一是右耳，二是后腰，三……不可言说。就像蛇有七寸，人有软肋，沈千盏这三处被控制，几乎只能任予任求。

他们的动静小，又在角落，压低的交流声并未引起注意。

沈千盏这张上山下海压根儿不知道脸红为何物的老树皮今天却意外地皮薄，总觉得四周的窃窃私语和打量的目光是针对她的。

电梯一层一停靠，到七楼时，乘客清空了一半。沈千盏也到了目的地。

季清和先她一步迈出电梯，穿过走廊，隐约可见尽头的手术室时，他脚步微顿，十分绅士地停在了原地："手术应该快结束了，接下来的场合我不太适合出现，就送你到这儿。"

沈千盏对他一贯的克制守礼有深刻的认识，点点头，感激道："谢谢季总。"

她是真心诚意还是浮于表面，季清和一眼就能看出来："不用假客气。"

沈千盏习惯了他拆招，笑容反而真诚了些："你不用过去等斐医生？"

"提前约好了在办公室见。"季清和抬腕看了眼时间，解释，"刚才过去是听说斐医生还没下手术台，过来看看情况。"

沈千盏闻言，稍稍挑了挑眉。

她的五官趋向于柔和，挑眉的动作由她做来少了几分气势，多了几分风情。

"季老爷子等到现在？"

"嗯。"季清和说，"下午过来做了几项检查。"

他听出沈千盏是想问什么，与她对视一眼，说："不是今天，如果你愿意，我会另外安排时间，正式见面。"

后半句的分量有些重，她揣摩着这个"正式"的意思，难得有些心虚。

之前不知道季清和跟季老爷子的关系时，她脸比城墙还厚，一次次去请，压根儿不知道什么叫难为情。现在大好的机会摆在面前，她满脑子都是"对不起睡了你孙子"。

沈千盏有个特别的属性——趋利性。在考虑到最坏的结果也就是被季老爷子打断腿后，她屈服于与宫廷钟表修复泰斗的面聊诱惑，矜持地点了点头："行，等你安排。"

季清和颔首，眼里有一簇难以捕捉的深邃笑意一闪而过。

春节在家放假那会儿，沈千盏闲着没事干，把苏暂当初调查季清和时误打误撞整理出来的《不终岁编年史》从头到尾翻了一遍。网上收集来的资料缺东少西，她看得磕磕绊绊，虽然最终也没能把孟琼枝女士和季庆振先生的关系弄明白，但好歹有些粗浅的了解。

资料上显示孟琼枝女士是位才华横溢的上流名媛，她的人生阅历丰富。相同年纪的女孩尚还在懵懂未来蓝图怎么画时，孟琼枝女士早已眼光精准、目的明确地投身艺术设计事业，在欧洲崭露头角。

季老爷子与孟女士的故事，网上笔墨寥寥，仅有只言片语。随着双方感情破裂，有关孟琼枝女士的访谈里更是连季庆振的影子都找不着。要不是季清和自报家门，沈千盏估计要花不少时间去求证这段关系。

毕竟，谁也想不到一个面向世界的奢侈品牌创始人会跟国粹匠心的钟表修复师有故事。

综上所述，季老爷子想见她的出发点，沈千盏列了三条。

一是当初季麟这小屁孩偷藏策划书一事败露，季老爷子得知季清和与她有合作后，想见个面一解误会。

二是季清和代表不终岁投资了《时间》，季老爷子在听说《时间》的灵感来源后决定与她见面聊聊。

三是季老知道季清和被她睡了，作为大家长来兴师问罪了。

有了心理准备那就凡事好计划。沈千盏心态乐观，转瞬将此事暂抛脑后。

姥爷的心脏架桥手术很成功，术后斐医生先行离开，将近半小时后，姥爷被麻醉医生推出手术室，在家属的陪同中送往病房继续观察。

老沈夫妇陪同了一下午，到此刻才彻底放松下来。陪着看护了一会儿，见实在没他们能帮上忙的地方，也不占地方添麻烦，先跟沈千盏回家，等明天再来探望。

姥爷有护工看护，有儿女陪床，依沈千盏看，这个医护条件压根儿不需要沈母去帮忙。但架不住沈母情深义重，她作为小辈也不好开这个口，第二天只能绕远路将沈母先送去医院，再去公司上班。

接近中午时，季清和给她发了条微信："今晚有时间？老爷子明天的飞机回西安。"

沈千盏琢磨了一下自己今天的行程……她怀疑季清和私下跟乔昕打听过她的工作安排，否则能这么笃定她今晚一定有时间？

想归想，她回复："有，具体时间和地点发我一个。"

季清和回："时间堂隔壁的四合院。"

沈千盏的眼皮跳了跳。

她有点明白季清和昨天说的"正式见面"到底有多正式了——正式到往家里带？

不过老人家嘛，都不爱住酒店。既然北京有落脚的地方，不至于为了见一个小辈特意去酒店。更何况，她在北京见编剧见大导演见艺人，还经常往人家里跑呢，没什么大不了。

节约时间，节约成本！

想开这一点，沈千盏又重振旗鼓，将接沈母的重任交给老沈同志后，她提前下班去准备见面礼。

拜去年三顾茅庐请季老出山的经验所赐，沈千盏的摸底工作完成得格外出色。她买了两坛包装精致的古酒，入手了一方砚台后，又替孟琼枝女士打包了一条手工丝巾，做完这些，沈千盏终于觉得心里踏实不少。

眼见着约定的时间将近，沈千盏掐着点往四合院赶。

为了显得礼仪周全，她在经过最后一个路口前给季清和发了条预到的微信。

季清和的回复很快："路上小心。"

沈千盏心下稍安。

刚过三秒，仍在导航的手机又一下微振。

季清和又发了一条："我等你。"

明明是冷冰冰的三个字，沈千盏莫名看出了几分和往常不一样的暧昧。

她抬眼，看回路况。后半截路因公交车停靠，有些堵塞。她心不在焉地看着缓慢通行的路人，忍不住，轻咬了咬手指。

到时间堂已是十分钟后，沈千盏许久没和孟忘舟联系，也不知这位哥是不是还等在老位置替她停车。抱着试探的心理开过去一瞧，时间堂门口唯一的停车位上停了辆黑色的古式自行车。

后座上坐了一个年轻男人。

不是往常那身时时散发着冷冽气场的西装，他穿了件纯色的毛衣，外披一件深色大衣，柔软的家居裤松松垮垮遮到脚背，衬得他眉目慵懒，清俊温和。

唯那副不变的金丝框眼镜，将他五官衬得如寻常一样，斯文又沉稳。

沈千盏那颗从来也不受她控制的小心肝又是漏跳一拍，像被狙中一般，血液逆流。

狗男人今天怎么一点也不狗了？天天这么逆生长，谁受得了？

北京二环的四合院，景深道浅，沈千盏这辆宝马十分显眼。

她在路口虚线处掉头，转向灯跳动的提示声里，车辆完美转向，稳稳地停在了时间堂的门口。

季清和等待已久，见人到了，不着痕迹地勾了勾唇角，起身叩了叩沈千盏的车窗。

后者应声露面。

季清和问："我停你停？"

沈千盏瞄了眼有些难以容纳车身的车位，尚在计算怎么停车会更优雅些时，季清和伸手解开车门锁控，拉开车门，示意她："下来。"

他并未站直，一手撑着车门，一手搭在车顶，微微俯身，探身看她："我来停车。"

沈千盏从善如流，拎了包，把车让给他。

季清和平日里养尊处优，除了钟表，沈千盏就没见过他对其他事物表现出喜欢或兴趣。但所有东西到了他的手上，就像玩具，他总能把玩得游刃有余。

宝马车的车身偏长，他目测了车头、车距及入库角度，单手握住方向盘，另一手控制挡位，仅一个来回，就将沈千盏的座驾优雅地塞进了停车线内。

停好车，季清和将车钥匙递给沈千盏，问："昨天找车还算顺利？"

他不提就算了，一提沈千盏的脸色顿时黑如锅底："也就找了半小时吧。"

季清和微哂，自然地从她手里拎过颇有些分量的上门礼："过来没堵车？"

"最后一个路口过来时堵了会儿。"沈千盏收好车钥匙，也没觉得手上轻飘飘的有哪里不对，客气地寒暄道，"季老爷子的复诊结果怎么样？"

"挺好。"季清和推开门，侧身让她先进，"要不是季麟发烧没人照顾，他和孟女士还想在北京多留一段时间。"这番话算是解释了为什么约见她约得这么仓促。

说话间，季清和已带她穿过宅门，进了院子。

这间四合院占地面积比时间堂起码大了一倍。与时间堂略显朴素的装饰不同，过了宅门，迎面有道影壁，台阶上讲究地摆着数盆绿植，许是因为过年，枝蔓藤条上挂着几盏精致的琉璃小灯笼。看上去有几分突兀，又有几分可爱。

季清和顺着她的视线看去，说："除夕那晚，苏暂后半夜发酒疯，要孟忘舟陪他挂灯笼。"

沈千盏难掩震惊："苏暂发酒疯这么别致？"这兔崽子在她面前顶多就敢要管口红画王八。

季清和没立刻回答，他领沈千盏过垂花门。

垂花门两侧是过年新贴的对联，顶上两盏灯笼坠下的流苏似绸缎般迎风招展。

不用季清和讲解，沈千盏也明白了——估摸着苏暂被带进去时，看见灯笼，印象深刻。毕竟人发起酒疯来，没道理可讲。

沈千盏莫名有些愧疚："苏暂给你添麻烦了。"

季清和并不在意："孟忘舟跟哄季麟一样哄了他一晚，我没这个耐心。"他侧目，意有所指地看了她一眼，"换个人，倒是可以。"

沈千盏光注意着脚下门槛，压根儿没留意这句话是对她说的。

天色擦黑，院内亮起了灯。灯光印着逐渐稀薄的日光，颇有几分日暮将尽的惨淡。

沈千盏的"仇富心理"也快在这走不到尽头的四合院里一点点破茧而出。

穿过庭院，三步外就是主屋。

主屋房门半掩，隐约有说话声传来，带着点片音，略听时听不出是哪儿的方言。倒是那把嗓音，沈千盏越听越耳熟。

她刚在猜测里头的人是孟忘舟和季老爷子，下一秒孟忘舟就从半开的门扉后探出个脑袋，惊喜道："沈制片来啦！"

他一眼扫向季清和手里拎着的上门礼，客气地埋怨沈千盏把自己当外人，上门吃个饭还带礼物。

沈千盏笑笑，终于察觉她一路走来两手轻松是因为季清和替她拎了一路的上门礼。

换了鞋进屋，刚绕过屏风，沈千盏就见到了坐在书桌前挥毫泼墨的季庆振季老爷子。

她抬眼看去的刹那，季老爷子也正好侧目看来，与前几次在西安见面时不同，老爷子颇温和地对她笑了笑，示意她不要拘束。

他则收了笔，从书桌一侧绕出来，坐在了茶桌后。

茶桌上温着一壶热茶，茶海干涸，隐约沾着水渍。

孟忘舟留了句他去端茶点后，开门出去了，屋内只留下季老爷子和季清和。

这架势，饶是见惯了大场面的沈千盏也不免有几分紧张。

她清了清嗓子，先开口："季老先生，许久不见，今天给您问好。"这番开场白过于官方，引得季清和侧目看来。

他将手中茶滤顺手搁在漏杯上，给她斟了一杯铁观音，缓和气氛："不终岁和千灯合作后，爷爷就一直想见你一面。"

"沈制片盛名已久，用不着这么紧张。"

季庆振似觉得这幕有趣，打趣地看了眼季清和，说："我倒不知道你现在待人接物有这么贴心了。"他抿了口茶，手背轻托了托镜框，转向沈千盏，"是好久不见了，我到北京后，清和给我讲了讲你们的合作内容。"

话落，他沉吟数秒："我年纪大了，安于享乐，没精力完成这么大一个项目。清和感兴趣，和你又投缘，倒是和你互相成全了。"

沈千盏在德高望重的前辈面前，始终谦逊收敛，不敢有任何造次。

闻言，满口奉承："是啊，真是天赐良机。季总年纪轻轻，才华横溢，更难得的是与我兴趣相投，目标一致，令我对《时间》这个项目非常有信心。但最大的惋惜仍是没能请到季老先生参与项目，这不只是我和《时间》的损失，我觉得这也是广大钟表爱好者的损失。"

完全清楚事实始末的季清和勾了勾唇角，安静地看她满嘴跑火车。

沈千盏这人，一旦调整好状态，切换好模式，一张小嘴叭叭地不带停："促成不终岁和《时间》合作，说起来既在意料之外又在情理之中。季总年轻秀泽，对钟表修复的匠心理念是我望尘莫及的。要不是柏宣影视的蒋总引荐，我也认识不了季总……"

季庆振疑惑地噢了声，看向一直没说话的季清和："我怎么听清和说，你们早就认识了？"

沈千盏傻眼。她下意识看向正把玩着杯盏的季清和，无声地用眼神询问：哪种早就认识了？见家长前不知道先串个词？

季清和难得见她有这种眼神，欣赏了一会儿，才不疾不徐道："是很早就认识，但她不知道。"

他一指压住杯盖一手握住茶壶，微微倾身给季老爷子续茶："她说话你就好好听着，别问着问着把我老底都掀了。"

季庆振摸了摸胡楂，笑得意味深长："又是我的不是了，丫头你继续说。"

沈千盏这会儿才觉得季清和的腹黑估计是家族遗传，季老爷子那眼神那笑容，跟什么都心知肚明偏演得毫不知情一样。他这么一打岔，沈千盏刚才吹彩虹屁的状态一下没了，满腹猜测着季老爷子到底知道多少事。

好在，中途孟忘舟端了份茶点来打过一次岔："沈制片你尝尝，我家老太太的手艺。"

孟忘舟好吹牛爱显摆，从茶点聊到孟女士祖上有专供御膳房做茶点的御厨，话题一路十八拐，最后转到"白瞎我祖上那么多能人异士，我孟忘舟却只坚持了一无是处一件事"。

沈千盏对孟忘舟的遭遇深表同情："人贵在一生有所坚持，你也不容易。"

有孟忘舟在，气氛不用刻意经营就很融洽。

茶过三旬，孟忘舟终于想起来，他还要给孟女士打下手，连带着将季清和也捎走帮忙。

两个人一走，屋里一空，只剩下沈千盏和季老爷子大眼瞪小眼。

幸好沈千盏过来前，准备了不少问题向老爷子提问，从钟表修复到季老爷子人生几个关键节点的选择一直聊到了木梵钟，并未冷场。

"修复木梵钟的纪录片才短短几集，但实际修复花了很多年。"聊到这个国宝级的钟表，季老爷子难免感慨，"木梵钟也是我与琼枝感情生变的导火索，那几年我在北京，就住在这里。人生的全部意义仿佛就是修复这个钟表，让它重新走起来。"

季老爷子看了她一眼，含笑道："这些事你问清和，他也知道。当年修复木梵钟时，他还替我打过下手。他手艺不错，祖上赏饭吃，一点就通。后来在故宫博物院的钟表馆待过两年，他奶奶不想他死守这门手艺，就将不终岁的钟表交给他。"

沈千盏对季清和的这段过去有些意外："季总在钟表馆待过两年？"

"清和对钟表如数家珍，不论古今，不论中外。他精通制表修表，是天生和时间打交道的一块精材。"季老爷子的声音沉穆，有很重的质感，"当年清和和忘舟一起跟着我学钟表修复，忘舟是不感兴趣也没天赋，学了个皮毛。其实我能教的，也就一些修表的技艺，没有多高深，很多表我没见过也没修过。

"你做项目，肯定了解过宫廷钟表的起源。到乾隆时期，清宫钟表的规模已经很可观了。做来收藏的钟表，黄金、珠玉、宝石不要钱一样往上堆砌，造型上从中式建筑的亭台楼阁到西式建筑的西洋教堂多不胜数，加上自动敲钟自动报时的小玩意，坏了以后修复起来难上加难。清和他就是喜欢，就是热爱，一门心思雕琢。当年和我一起修复钟表的同僚对他十分看重，就留了他两年。"

　　季庆振回忆起往事，脸上皆是怀念的神色："你对他了解不深，才难以体会。清和像我，喜欢的事、喜欢的人，一旦热爱，跟着魔了一样。"

第十二章

山火又遇风

隔壁厢房里有硬菜下锅时油爆的刺啦声，浓浓的香味从一头飘至另一头。处处透着高级感的中式主院像一下沉入人间烟火，将距离感顷刻抹尽。

季老对过往的怀念是真的，对钟表的情怀是真的，对匠意的期许也是真的。

沈千盏从未有那么一刻，这么理解眼前这位老人。

她做项目，投入真心，放入真情，尽心尽力。但很多时候，项目犹如商品，她为了贴合市场需求，迎合观众喜爱，满足投资方的审美，做着不得不妥协的改变。

沈千盏唯一的优势，可能就是如今说话有声音，多了人倾听，有权力，能在一众商业题材内选择自己喜欢的，想要的，热爱的。

钟表修复不同。它肩负着历史，无论是表面的玉石珠宝还是内部的发条齿轮，都刻着其一生的历程。修复这些历程，恢复那些历史，繁杂庞大。如果不是热爱，谁能忍受枯燥孤独的修复工作？

即使修复木梵钟的纪录片早已淡出人们的视野，沈千盏仍旧记得纪录片里，季庆振拎着一只铁罐的保温壶在院巷内一家早餐店打上豆浆，一路骑车进了修复院。

清晨的瓦墙上还有冰霜和露水，他搬了把椅子坐在廊下，喝完了豆浆，在暖阳初生的暖意里换上工作服，进屋修钟表。

蒙尘的国宝，被尘刷一点点扫尽尘灰。每个结扣被细心拆下，编号，封存。钟表盘从清理到修复，是日复一日年复一年不知尽头的事。

他在不同季节不同天气的每天早上，准时穿巷而过，将那副犹如钟表心脏的机芯从锈迹斑斑逐渐清洗如新，不断补全缺损的零部件，修复机槽，重焕生机。

钟表修复从始至终只有一个目标：重回时间轨道。

纯粹又明确。

"我记得我第一回找您时，您问我对钟表修复的了解有多少？电视剧一集一个冲突，三集一个事件，钟表修复遇到的难题通常要花很久才能解决。按您的节奏，估计我的项目会做成第二个钟表修复的纪录片，让我赶紧换个题材，考虑点实际。"沈千盏仍记得当时季老爷子捏着镜腿打量她时的眼神，仿佛她只是出于猎奇心理博取观众关注的江湖骗子。

季庆振显然也想起来了，他含笑抿唇，与季清和对不想承认的事选择无视的态度如出一辙。

"我没有别的意思。"沈千盏笑得十分谦虚，"与您这番交谈，让我认识到我在自己非专业的领域仍旧认知浅薄，有空还要与季总多学习学习。不瞒您说，来之前，我一直在思考怎么回答这个问题，显得比较专业高深，让您刮目一看。"

她抿唇，轻笑，眼神里有细碎的光星星点点，斑驳如星河："现在看来，我的思想觉悟还是没及格。有些问题根本不需要用语言来回答，行动才是最好的答案。剧本创作的难点之一就是您曾经质疑过的，实际问题与剧集固定冲突的矛盾，我不会选择逃避这个现状问题。

"今天来这儿，也是想表个态。《时间》我会尽我所能做到最好，不辜负老匠人的匠心，不为收视率曲意迎合，不神化钟表修复的现实意义，踏实地拍个好剧。"

季庆振早前对沈千盏的印象并不算太好。

她虽知礼识礼，但目的性太强，极具侵略性。

季清和第一次提起沈千盏是在和孟琼枝及几位高层的视频会议里，季庆振作为旁听生，听他这个孙子用公事公办的语气以权谋私，那场会议最终公事特办批准投资。

第二次听季清和提起沈千盏是刚从国外回来的那个晚上，在孟女士精致地品尝着烧烤时，他提起斐医生近日就在北京，暗示他正好复检。话聊深后，他假装不经意提起斐医生在北京的原因是为沈千盏的姥爷做搭桥手术。

季清和迂回战术的破绽太明显，孟女士好奇心起，立刻表现出了对沈千盏的浓厚兴趣，提出有机会见一见。

季庆振在那一刻，是感受到了些什么的。这种迂回铺垫刷存在感的行为，不正是他早年玩剩下的？

于是当晚，季老爷子借口老年失眠，差孟忘舟去温了壶桂花酒，和季清和窗下对影共酌。

沈千盏在他心目中是个商业化的人，她对利益和目的非常明确，这也是当初沈千盏的概念策划案被季麟藏起来后，他并未重视的原因。

但当那份策划案由季清和之手转交给他时，他才对《时间》这个项目多了几分兴趣。

等撇开了主观偏见，无论是策划案还是做项目策划的这个人，季老爷子都待见不少。

他把玩着茶宠，眼神在屋内的灯光下泛着昏黄的暖光："你有心是好事，我老头子对你们年轻人最大的期许就是保重身体健康，积极实现自己的人生价值。你和清和不用有压力，尽力做。"话说到这儿，老爷子的思绪一偏，想到了另外一件事："我听忘舟说，他欠你一份人情？"

季庆振与孟琼枝到北京的当晚，孟忘舟这兔崽子顶着一张受了天大委屈的脸，跟孟琼枝告状。称季清和将他赶出四合院，他身无分文在天桥桥洞游荡了小半月。

季清和和孟忘舟一起长大，年纪相当，一个性子沉稳，一个活泼调皮，没少惹出矛盾来。每回冷战打架了都是孟女士出面调解。

她驾轻就熟，先问告御状的孟忘舟怎么回事。

孟忘舟支支吾吾，说："我就请朋友参加了个交流会，交流会上优秀男青年比较多……我那个朋友又比较受欢迎，他来了之后就拉着个脸，这让我面子往哪儿搁？"五大三粗的汉子满脸写着可怜，"人跟他只是合作关系，又不是女朋友，回回见面水火不容的，还管起她交友来了……"

孟琼枝再细问，听是沈千盏，一巴掌抽在了孟忘舟的后颈，笑骂："你说你傻不傻？"

这件事自然没有了后续。孟忘舟告完状不只没人伸张正义，还换了一下打，这几天变着法地和季清和作对。

"藏钟我有不少，部分出借给你当道具也没问题，"季老爷子将凉透了的茶泼在茶宠上，一锤定音，"过段时间你得空了，亲自跟清和一起来趟西安。"

借藏钟当道具这事……当面谈起来显得她怪脸大的。

她腆了腆，清了清嗓子，正欲说些什么，抬眼见季老爷子负手起身，跟着站起来。

一墙之隔的厨房内，香味浓郁。

沈千盏望出去时，窗外灯光明亮，夜幕已至。

房间一安静，隔壁孟忘舟的咋呼声渐渐变得清晰。

季老爷子眉眼和蔼，笑眯眯道："走吧，尝尝清和奶奶的厨艺。"他背着手，领先沈千盏两步，"我听清和说，除夕是你家招待了他？"这句话虽是问句，但季老爷子的语气明显很确定。

"家里阿姨说他回来后，对木瓜炖雪蛤念念不忘，你家是广州的？"

"不是。"沈千盏回答得认真，"祖籍江苏，我小姨嫁到广州，会不少粤菜。"

季老爷子点点头，又问："独生子女？"

"对。"

季老爷子摸了摸胡楂："一个人在北京打拼？"

"是。"沈千盏笑起来，"不过工作久了，朋友和工作圈都固定在北京，也不算孤军奋战。"

季老爷子掀开帘子，领她进屋。

厨房的空间很大，和沈千盏想象中的大锅灶不同，厨具内饰的装修极具现代化，像精心设计的样板房，设计感偏重极简轻奢。

灶台前忙碌的女性闻声看来，表情和煦："是千盏吧？这边快好了，等等就能开饭了。"话落，她埋怨季庆振，"领人小姑娘来厨房干什么，油烟重，别熏着了。"

油烟机的运作声里，倚着流理台监督孟忘舟洗菜的季清和转身看来。隔着一扇推移门，他的眼神不掩讶异。

很快，他端起杯子走出来。

目光与她对视时，季清和很自然地握住她手腕，带她去餐厅："聊完了？"

餐厅里摆着一扇与时间堂明显是同一个系列的四扇屏风，将餐厅与餐边柜完美分隔开。

沈千盏尚未来得及回答，季清和又把手里的咖啡杯递给她："帮我拿着。"

沈千盏不疑有他，刚接过杯耳，季清和就带她绕过屏风，将她堵在了柜前。

柜子的高度刚好到沈千盏的腰部，退无可退，避无可避。

沈千盏在短暂的蒙圈后，稍稍挑眉，打量了两眼彼此间的距离："说话用不着靠这么近吧？"

季清和俯身，轻嗅："确认下你有没有被老头子的迂腐熏坏。"

他靠得近，长腿微曲，挨着她时，侧过脸在她发间和颈边闻了闻。

主屋有燃熏香。

老爷子喜欢檀木沉香，她在那儿待久了身上也沾了些木质香味，不同于香水的攻击性，染上的熏香偏冷，淡如烟雾，不细闻根本闻不到。

季清和对香味向来敏感，尤其是她身上的淡香，与任何香味都不同。

他对自己眼下犹如瘾君子般的行为觉得好笑，刚想松开她取酒器，她眉梢一挑，微抬下巴露出半截修长的脖颈："熏是熏不坏的，季总不如闻闻我被你教坏了没有？"

她靠近，小腿蹭到他，微提起鞋尖去碰他的脚踝。

她今天穿了双墨绿色的高跟鞋，鞋尖缀着个毛茸茸的蓬松小球，厮磨时别提有多磨人了。

屏风后是忙碌的重重人影，沈千盏笑眯眯的，把手搭上去环住他脖颈："我觉得我坏掉了。"

她垂手将咖啡杯搁在餐边柜上，看他微眯着眼一副算计的模样，先下手为强，在季清和弹性精瘦的臀上狠狠掐了一把："你再占便宜，我就不止这么对你了。"

沈千盏力求表情纯良无辜，又透出几分藏不住的坏。但和她想象中狗男人会大惊失色，视她如洪水猛兽的剧本不同，季清和连表情都没变一下，反而似笑非笑看了她一眼，问："就这样？"

被嘲讽了的沈千盏眉间一抽，她往下瞄了眼，满怀恶意："那不然，捏前面？"

季清和顺着她的视线往下一扫，失笑："那你试试？"

他的音色本就偏低，有成熟男性特有的低沉，此刻哑着嗓子，声音像从胸腔深处发出的，混着闷闷的低笑声，像极了在调情。

沈千盏被撩得心口发酥，目光透过屏风望了眼人影幢幢厨房，心底莫名升起几分地下偷情的刺激和快感。

她指尖微挑，挂住他的后腰，微凉的指腹仅隔着一层布料有一下没一下地摩挲着他腰侧的线条："认真的？"

说话间，她指尖微移，从他的裤腰处探进去，威胁般轻搔了搔他的人鱼线。

按沈千盏的剧本，季清和这个时候怎么也该识趣认错了，而她大获全胜，摇旗生威，皆大欢喜。

然而，现实总是出人意料，让人反省。

季清和在与沈千盏无声对视数秒后，似笑非笑道："我哪次没和你认真，嗯？"他略一低头，与她平视，"试试放进去？"

后半句话尾音上挑，语调轻佻，半点不见温和，满身的侵略性。

沈千盏的爱好独特，季清和通身矜贵高冷时不见她青睐半分，反而这种不正经的时候她被迷得神魂颠倒。

她心里泛着哆嗦，一时没能琢磨出这狗男人是在激将她，还是真的在鼓励她试试……但无法避免的，她紧接着季清和这句性暗示十足的话，脑补了接下来的场面——真香艳刺激。

在打嘴炮这件事上，沈千盏的自我认知无比准确，她既没有季清和机变灵活，也没季清和山雨来时面不改色的承受能力。

虽不甘心又一次狼狈退兵收场，但眼下季清和的心理战术过于强大，沈千盏又不敢真的罔顾此刻的时间地点，刚准备给自己铺个台阶下，厨房的推移门往一侧推开，孟忘舟嚼着黄瓜踱步而来。

木质地板上的脚步声清脆，由远及近。

沈千盏眼神微变，刚要抽回手，季清和比她更快一步，牢牢按住了她贴在胯部一侧的手："躲什么？"

他声音压得极低，隐含笑意。

沈千盏眼看着他眼神里的笑意由浅转深，渐渐亮成一簇烟火，她咬牙，警告道："差不多行了啊。"

然而深陷被动局面的沈千盏，对季清和的威慑力还不如一只蚂蚁。后者不为所动，甚至还颇有兴致地提醒她："听，他走过来了。"

他话音刚落，孟忘舟嚼黄瓜的声音一止，嘟囔道："那两人哪儿去了？"

沈千盏的目光下意识地越过季清和，看向身后。

屏风后，孟忘舟的身形渐渐清晰。他的剪影左顾右盼，似在四处寻找着。

她条件反射地屏息，试图将手从季清和的掌心里抽出来。但显然，他们两者间力量悬殊，她那点力气连挣扎都算不上，几乎毫无反抗之力。

沈千盏微微吸气，伸手就拧。

她下手重，猝不及防之下，季清和轻哼了声，垂眸看她。那眼神又深又暗，像燃着地狱篝火，危险十足。

屏风后的身形一动。

孟忘舟似听到了什么动静，倏然转身看来。

隔着层屏风，孟晚舟的五官有些模糊，但依稀可辨清他狐疑地往两人所在的方向打量了两眼，犹豫地在原地站了会儿，旋即仍是受好奇心驱使，边咬着黄瓜边抬步，径直往屏风后走来。

沈千盏这下连气都不敢出了，她抬眼，怒视着季清和，无声地用口型示意："他过来了！"

季清和不以为意，他连看都没看屏风一眼，好整以暇地欣赏着她左右为难气急败坏的窘迫——真是难得能从这个女人脸上看到这副表情。

沈千盏大部分时候都是云淡风轻，万事皆不入她眼的大佬范儿。

许是早年的经历太过惨痛，她从低谷重回巅峰后，遇事总能从容冷静，即使突降暴雨她都能在雨中走得犹如身处秀场，不惊不变。

像此刻这样，被困缚在他怀中，双眸湿润，满眼波光潋滟的春光，也就去年那会儿，有幸一见。

季清和心神微动。

从她不安分撩拨他那会儿起，就积攒的酥麻一瞬爆开。那触感，从胯部一路蹿向心口，他望着沈千盏的眸色渐深，似有火烧，那焦灼从心口烧上喉间，有压抑的悸动破茧而出。

他喉结微滚，在孟忘舟逐步逼近的脚步声里，微侧过脸，低声道："亲一口就放过你。"他的语气压抑，像干灼的野花，有很深的挣扎破体而出。

沈千盏没察觉到季清和的变化。

她的目光始终落在一无所知却一心探索真相的孟忘舟上，眼看着他投映在屏风上的剪影渐渐清晰，那脚步声犹如踩在琴键上，由浅入深，越来越深化。她的心跳像擂鼓，一声比一声急促。

嗒，嗒嗒。

一步。两步。

沈千盏微微闭眼，心一横，刚要出卖自己的肉体去换取短暂的世界和平时。"嗒"的一声，脚步声在屏风外停住。

她的身子也是一僵，紧张地看向屏风后。

过分活跃的脑子里不停地脑补着孟忘舟走完最后一步意外撞见她和季清和的亲密画面，由惊讶到震惊，最后直接尖叫出声闹得季老与孟女士人尽皆知，而她努力打造的完美印象也随之破碎粉灭，连渣都不剩。

此后别说踏进时间堂了，她自己都没脸再见相关人员了。

孟忘舟身体本能存在的第六感向他做了警示，他最后一步悬在半空，正纠结着该不该放下时，厨房里孟女士的声音如震海之钟："忘舟。"

孟忘舟急急答应了一声，转身就走："来了。"

他转身的刹那，沈千盏吊着的那口气一松，还未等她摆出胜利者的微笑，季清和扣住她手腕的手一松，转而托住她的后颈，从容不迫地低头压下来。

她下意识抗拒，还未挣扎，季清和像是洞悉了她下一步的反应，彻底逼近，将她抵在柜前。他伸手，微抬起她的下巴，令沈千盏再无处可避。

他的强势在这一吻里显露无疑。

沈千盏在短暂发蒙后，终于意识到自己的处境。

视野里，他闭目轻垂，眉眼轮廓模糊，吻住她的嘴唇却异常柔软。

她无法抗拒的同时，由心底生出一股战栗，那战栗感太过熟悉，是源于身体对他的臣服。那一瞬间像无数个回味过去的夜晚，心底深处那个空瓶被一点点填满，她无措地眨了眨眼。

内心最深处，有道声音违背了她的意愿，轻轻地却饱含满足地叹息了一声。

她犹自挣扎出神之际，他抬手轻覆住她的眼睛，那声音低低的，无风自动："闭眼，听话。"

接下来的事，混乱又毫无记忆点。

沈千盏不记得自己有没有顺从听话地闭上眼，也忘了季清和是什么时候大发慈悲放过的她。

她再有记忆时，已经坐在餐厅里，孟忘舟提着瓶拉菲问她："沈制片，你要不要也来点？"

长桌上，是新出炉的所有菜品，并不拘于中国菜，饭桌上还混搭了沙拉、餐前面包和西式餐品。

孟忘舟刚给孟女士斟完酒，正满脸期待地看着她。见她犹豫，他指了指季庆振手边的古酒："或者你想陪老爷子喝两杯？"

沈千盏熟悉的餐桌礼仪是来者不拒，闻言，她面上意思意思地表现出几分迟疑，正要接着第一幕表演盛情难却时，季清和伸手挡住孟忘舟的试探，不容置喙道："给她果汁就行。"

被打断表演的沈千盏："……？"

她缓缓转头，试图表达下自己的愤怒之情。

刚转头，姿态还未施展开，季清和已先她一步开口道："要是想我送你回去，也可以喝酒。"笃定她不敢当众要酒喝了，他微挑眉梢，不疾不徐补充，"我家没有敬酒的习惯，还要我强调几遍才能记住？"

他的语气并未刻意，偏偏越是自然，越令人浮想联翩。

沈千盏察觉到孟女士的眼神从不知名的某处落到了身上，恍如实质般，压得她心口微微发沉。

她不着痕迹地深呼吸了一口气，没劳烦孟忘舟再给她倒果汁，落落大方地起身，自给自足。

长桌上的鲜花摆件与烛台早已被移至长桌尾端的角落，她倒上果汁，将玻璃瓶搁在手边，从容解释："季总体谅，我差点忘了自己开车来的。"

她举了举杯，礼貌地感谢了孟女士亲自下厨做的这桌饭菜，又表达了与季老相谈甚欢、受益匪浅的感激，这才仪态万千地重新落座。

孟琼枝喜欢有规矩的晚辈，沈千盏这一举动显然拉了不少好感分，她微微含笑，边示意众人举筷开饭，边找话与沈千盏闲聊："家里没什么规矩，你来做客，随意就好。"

"我常年生活在国外，饮食习惯比较随心所欲，没什么讲究，你看看吃不吃得惯。"

沈千盏笑了笑，不动声色地恭维："事事讲究，生活就过得枯燥了。"

孟琼枝抿着唇，撕了口餐前面包："清和的性子无趣，倒遇上个你这么有趣的。"

沈千盏没立刻接话，她筷子轻抖了下，眼前浮现的不是他眼里欲望深浅沉浮的模样就是他压下来吻她前的最后一幕。

她稳了稳手，语气无比冷静："季总跟我不一样，身处高位，沉稳当重。我这一行就得学会变通，太无趣了谁愿意投资。"

季清和慢条斯理地剥着虾，眼皮都没有抬一下："我跟你哪里不一样了？"

他剔除虾脊上的黑线，再开口时，语气里带了三分笑，颇有些玩味："就这么喜欢把关系撇得一干二净？"

狗男人爱撑人这毛病时不时就要发作，沈千盏皮笑肉不笑地转头看了他一眼，不料，正撞上他侧目看来。猝不及防的对视下，她先在季清和那似笑非笑的眼神里败下阵来。

在这之前，沈千盏一直觉得自己的脸皮挺厚的。

她扛得住简芯当面明枪暗箭的贬损埋汰，还能笑眯眯地给她竖个大拇指，以示大度；也能在向浅浅的粉丝翻天时，无视抵制，自得其乐；就连偶尔上节目，被主持人拿捏屁股门来调侃时，也能云淡风轻自嘲解释。

结果如今，狗男人一靠近她就四肢绵软，头晕乏力。狗男人多看她两眼，她就脸红耳热，满脑子都是十八禁。

她最近是不是太缺关爱，过于饥渴了？

得出"身体太饿"这个结论后，沈千盏整个人都有些不太好。

好死不死，孟忘舟间歇性发作的好奇心又将话题引向一个诡异的方向。

孟忘舟问："我刚才出来的时候没看见你俩，你们干吗去了？"

他似乎是真的不知道，眼神里有几分小小的探究，看着便觉得他浑身冒着傻气。

不知为何，沈千盏的脑子里冒出了一个非常危险且不道德的念头——孟忘舟这么蠢，以后被绿了都不知道。

这个问题，沈千盏自然是不会回答的。

她悄悄架起二郎腿，用脚尖踢了踢季清和，暗示他去回答。

季清和偏头，不着痕迹地看了她一眼，唇角微勾，没立即说话。

他那个笑太扎眼，孟忘舟第一个被刺瞎了双眼，不满地嘟囔："现在问你话都直接无视了，半点规矩都没有。"

沈千盏低头不语，装作很认真地品尝着菜肴。

只要没有眼神对视，她就可以假装没听见！

孟忘舟现在是有靠山的人，他带着一身怨气向孟女士告状，直到季老爷子与孟女士纷纷关注这个话题时，季清和才不紧不慢地抛出一句："带她随意逛了逛。"

话落，他目光落在屏风上，微微停留了一瞬，意味深长道："毕竟人多不方便。"

深知他在说什么不方便的沈千盏，面红耳赤："……"

闭嘴吧您。

饭毕，沈千盏适时提出告辞，孟女士周到地与季清和一起将她送到了门口。

孟女士的年纪不小了，一头银发，精神矍铄。她并不掩饰对沈千盏的喜爱，惋惜地表示要不是明天就要回西安，希望沈千盏能经常来做客。

到了寒暄告别的时刻，沈千盏紧绷着的神经一放松，连笑容也多了不少："会有机会的，我向季老先生借了些藏钟，过段时间还要去西安继续叨扰您。"

孟女士对季庆振这一步打算心知肚明，加上她对季老爷子那些宝贝藏钟没多少喜爱，闻言，连眉头都没皱一下，只伸手抱了抱她："欢迎来西安，清和过段时间正好要回西安小住，你跟清和一起回来。不然家里老的老，小的小，要招待不周了。"

沈千盏笑了笑，明白季老先生与孟女士都是看在季清和的面子上才对她这么热情友好，当即答应。

季清和始终没有插话，他倚着门框默不作声地看着她打官腔。很意外，许多在别人身上看不惯的行为和方式，沈千盏做起来，却仿佛有独特的个人魅力。

他抬腕，看了眼时间——八点，北京的交通刚有片刻的喘息。

季清和站直身体。

他的身材修长挺拔，踏在石阶上时，头顶的灯笼流苏几乎要垂到他的头上，在他身侧的孟女士显得尤为娇小。

他轻握了握孟女士的肩膀，不着痕迹地打断这场已经持续了五分钟的告别：“夜里风大，你先进去，我送千盏回家，务必安心。”

孟女士对季清和的图谋一清二楚，目光在两人身上打了个转，识趣地放人：“也好，让清和送你回家，我也比较放心。”

沈千盏微愣，瞧了季清和一眼。

他的心思向来藏得很深，想从他脸上看出点什么比打听娱乐圈里的八卦隐私还要困难。

沈千盏特别识趣，心知自己道行尚浅，不宜与季清和正面交锋，没立刻驳他面子。等走出孟女士的视野范围后，才开口：“没喝酒，不用送。”

季清和转身，对她的拒绝态度很是敷衍：“非得喝了酒才能送？”他偏头，示意她先上车，“下次过来不用开车，我去接你。”

沈千盏满脸问号。

她站的地方，灯光恰好被树荫遮挡了一半，一张脸半明半灭，表情也变得鬼魅离奇。

季清和笑了笑，伸手捏住她的下巴，将她的脸往灯光下侧了侧。

他这一手操作有些突然，沈千盏完全没有防备，等被他转过脸来，含糊着声音问他：“你干什么？”

“想看得更仔细点。”他松手，目光落在她的唇上，停留审视，“亲的时候，没克制，你的唇妆花了。”

他一句话，瞬间踩炸了完美主义的沈千盏，她下意识掩唇，边掏车钥匙边上副驾去开镜前灯。

沈千盏内心觉得季清和这句话过于荒谬，她再对屏风后那一幕没印象，也记得当时他不过浅尝即止。即使如此，她内心仍旧动摇着，非要眼见为实。

唇妆是有些花了，边缘隐隐有糊出界的口红，倒不是被吻的，而是吃完饭被纸巾蹭的。

沈千盏莫名松了口气。

今天一天，她经历得太多，心情忽起忽落，眼下坐在车里，精神放松下来忽然觉得疲惫。她倚着车窗，盯着季清和看了一会儿，终于钩了钩手指，同意了。

回去的路上，并没有沈千盏以为会有的尴尬。

大多数时候，季清和保持着沉默，而她侧望着车窗外，数经过的路灯有几盏。

还是沈千盏先问他："明天要送季老先生和孟女士去机场吧？"

"嗯。"季清和看了她一眼，"能做的事，我尽量亲力亲为。"

沈千盏点头："孟女士和我想象中的不太一样。"

"只是对你这样。"季清和调低了车内的音乐声，方便交谈，"下次带你去秀场见她，应该能颠覆她今天给你的印象。"

沈千盏被后半句触动，转头看着他："季老先生今晚跟我说了很多有关你的事。"

季清和并不意外，他单手握着方向盘转过闸道出口最后一个弯道，眸光被路灯的灯光映得如星海般明亮。

沈千盏看见他好像笑了一下，那笑意一闪而过，快得来不及捕捉。她自动翻译成这是等她继续往下说的讯号，想了想，说："聊了些你对钟表修复的态度，还提起你在钟表馆待过两年，言辞之间全是赞许。不过我还挺赞成老先生说的，有些匠艺，天赋与热爱缺一不可。"

季清和微哂，说："没替我提亲已经是他们的教养了。"

季清和的话接得太顺，沈千盏有片刻的惘然。等琢磨清他的意思，先是挑眉，随即释然一笑，只当他在和自己开玩笑。

可当沈千盏转头，如以往任何一次被开玩笑时那样言笑晏晏地试图敷衍过去时，她发现，季清和似乎是认真的。

他仍旧专注地看着路况，下颌微微绷紧。没笑，甚至没分过来一点余光，表情微凝，侧脸线条如同用画笔勾勒的一般，有浑然天成的艺术感。

他的皮相偏冷，不说话时若非刻意，根本没人会在季清和的脸上看到"平易近人""亲和有度"这两个词。

沈千盏上一次见他这副姿态，还是年前签合同那会儿，他浑身上下写满了公事公办的冷然与严肃。

她一直觉得自己看不透季清和，他心思深，心眼也沉，暗算人时不露痕迹。每次交锋，她不只落于下乘还总落入他不知何时就设好的陷阱里，回回狼狈不堪。

这次不同。

他没做任何伪装，也没流露出任何强烈的讯息，就那么直白直观地告知了她，他的态度——他没有在开玩笑。

下意识地，沈千盏开始在脑海里复盘下午踏入四合院后的每一幕。

从季老先生对她释放友善、孟琼枝女士在灶台前转头与她说话到最后那幕送别。

季老先生对她个人的好奇仅仅表现在从主屋去厨房那段短暂的路程，孟女士更是从未直接问询过她的相关信息，始终保持着对待一位客人的礼貌和距离。

她张了张唇，想说些什么，可车内的气氛已被季清和刚才那句话重新打回了刚上车时的尴尬与沉寂。

一路沉默着到停车场，季清和下车前，将有些闹的音乐调至方便说话的音量："你不用有顾虑，他们至今认为我处于暗恋阶段，不会对你有什么看法。"

这类话题在沈千盏与季清和之间一直是敏感话题。

如果是往常，按沈千盏的性格早就明损暗讽一通硬杠，无论是否言不由衷，在态度上肯定要表现得难以撬动。但今天的情况……有点反常。

屏风后那幕，虽说是季清和情难自禁，但沈千盏骗不了自己……她不只没推开反而有些享受那种悬于心口，又猛然在半空被击中，随即直线下坠的急速失序感。

她本性里仍是接受被倾慕、被渴望、被占有的认同感，尤其那个人还是季清和——攻下她防线，令她愿与之共赴巫山云雨的人。

她飞速想着该怎么接他这句话。

说"我没往心里去"没重量，反问"我为什么要有顾虑"又显得轻浮，沈千盏还是头一次觉得车里的空气这么稀薄。

好在，一通电话来得天时地利，恰好将她从眼下无法脱身的境地里解救出来。

沈千盏说了句"稍等"，去看来电显示。见是苏暂的电话，很快有了借口："苏暂找我应该是为了剧本的事。"

季清和颔首，示意她先接。

沈千盏没接，她任由嗡鸣声响动着，像完全忘记了之前在聊什么，说："今晚多谢季老先生和孟女士的招待，还请季总替我再转达一下我的谢意。"

季清和转脸看着她。

他心平气和，甚至有几分好整以暇。那表情出现在他脸上，颇有几分"我看你还能怎么编"的言下之意。

沈千盏不受干扰，询问他："你什么时候回西安？"

"没定。"季清和停顿片刻，说，"明决会安排，我让他提前通知你。"

话落，他拇指擦了下嘴唇，声线微低："明天周四？"

来电的振动声掐断，沈千盏下意识低头，看了眼屏幕，确认时间："对，周四。"

季清和似思考了几秒，说："明天我临时有事，剧本会不参加了。会议记录的音频和文字文件让苏暂直接发给明决。"

"临时有事"的借口太没诚意，要不是他语气寡淡得不夹带任何情绪，沈千盏都要以为是自己的不识趣惹怒了他。

她心中微愕，脸上却没表现出来，从善如流地答应下来。目送着季清和离开后，她在原地站了会儿，百思不得其解。

这狗男人是不想明天看见她，所以临时有事？

还是再次得到后，顿觉索然无味？

不是？

季清和的目标总不可能亲一下就满足了吧？这么潦草？

狗男人的前后反差太大，沈千盏一晚上都在琢磨他的心理是在哪一刻发生了扭曲。

等她发觉自己在这件无聊的事情上费神那么久后，沈千盏犹如被当头棒喝，惊醒过来。

一晚浅眠的沈千盏第二天醒来时，头疼欲裂。触目所及，天地昏暗，远处高楼笼在灰色的幕布后，虚虚实实，探不出个所谓。

她在床上躺了一会儿，等沈母见她到点了还未起进来催促时，才扶着发沉的脑袋，起床上班。

老沈送她下楼时，忧心忡忡："天气预报说又有寒潮反复，眼看着快要到元宵了，别被困在北京回不去了。"

　　沈千盏按下楼层，打趣道："你这是看我看生厌了，急着回老家？"

　　"瞎说。"老沈笑斥她，"心眼比针小，念叨都不让念叨。我这是担心后院的池塘，养着鱼呢。"

第十三章

想见你

今年春节天气反常，前阵子各地雪灾，赈灾晚会办了一场又一场，也难怪老沈同志会焦虑。沈千盏没当回事，安抚了几句，开车去上班。

剧本会安排在下午，一是体谅江倦山与林翘一个城南一个城北，交通不便。二是顾及季清和的时间，沈千盏和明决对接过几次，知道他早晨最忙，一直协调着午后的时间。

眼下他缺席，沈千盏也没有改期的意思，叮嘱乔昕做好会议记录，下午三点，准时开会。

临时拉起的这支主创团队，无论是江倦山还是林翘，两人都不是毫无经验的编剧新人。林翘与沈千盏更是有着多次合作的默契，上半场仅用了一小时就确定了修改方向。

中场休息时，苏暂去楼下买咖啡，回来时捎带上了苏澜漪旁听完了剧本会的下半场。

等剧本会结束，苏澜漪颇感兴趣，不只要了会议记录，还要求编剧出份策划案，将创作方向与创作冲动做成PPT。

布置完"作业"，见外面雪大，特意调了公司的商务车要送编剧回去。

江倦山来时自己开的车，闻言婉拒，见众人将目光落在林翘身上，勾了勾唇，替她回答："不必麻烦，我正好顺路。"

见这两人不像是在客气，苏澜漪作罢，让苏暂把人送下楼。

小会议室一空，设备运转的声音便格外清晰。

沈千盏边梳理会议记录边录档，乔昕关掉投影仪后过来整理会议文件。

苏澜漪坐了会儿，可能是觉得太安静了，翻着桌上打印出来的几页大纲，问沈千盏下一步的工作安排。

"这个月内定稿大纲和前一集剧本，"沈千盏划着鼠标，飞快浏览着，"江老师和林翘的合作很契合，完成速度比我预计得要快。如果接下去还是这种节奏，开机就能提上议程了。"

沈千盏的工作节奏是出了名的魔鬼，项目难度说是下油锅也不为过。

苏澜漪在这一方面向来不怎么干涉，她姿态优雅地翻完大纲，赞许地点点头："导演你是属意邵愁歇？"

沈千盏没立刻回答，她招招手，从乔昕那儿拿了个U盘："苏暂对镜头艺术有兴趣，前段时间他剪了几段邵导的经典镜头。"她将电脑屏幕转向苏澜漪，打开播放器。

苏澜漪瞧见她电脑桌面有个署名"季清和"的文件，微挑了挑眉："这是什么？"

沈千盏顺着她的目光看去，解释："跟季总有关的文件。"

去年年底和不终岁磨合同时，沈千盏亲自把关改了几版，为了方便调取一直搁在电脑桌面上。后来合作，往来的资料、讯息渐多，她经常直接将文件和图片拖拽到这个文件夹里。

苏澜漪原是随口一问，闻言，多看了两眼，笑道："你和季总两个人还挺有意思，一个桌面有专属文件夹，一个饭桌上只对你的话题感兴趣。"

落在视频文件上的鼠标慢了一拍，沈千盏抬眼，看向苏澜漪。

后者轻轻耸肩，以闲聊八卦的口吻说："向浅浅从千灯解约后，有请我和季总一起吃饭。"

这件事沈千盏听苏暂提起过，她当时还磨秃了自己一块指甲，可谓是记忆深刻："向浅浅在千灯如日中天那会儿也没见你多宝贝她，解约了倒一起吃饭了？"

"早知道是她攒局，我怎么可能去？"

向浅浅跟千灯闹解约要出走，自然将苏澜漪得罪狠了，她本不欲轻易放过向浅浅，先不说向浅浅能不能顺利解约，就这官司她都能拖个一年半载的。要不是季清和出面，这事绝对不会善了。

"蒋业呈那老狐狸替她约的我，我当又有数钱的好事呢，去了光看蒋业呈怎么出油了，把我恶心得够呛。"苏澜漪摇头，语气嫌弃，"我快坐不下去的时候季总才来，他不用给蒋总面子，扫了眼房间，坐都没坐下，就站了会儿，说人没来齐别耽误他时间。"

"蒋总都蒙了，问还有谁没到。"她吮了口吸管，眼神暧昧地看了眼沈千盏。

得。

也不用点名了，苏澜漪这眼神明明白白地指向了她。

沈千盏面不改色，点开视频，气息比苏澜漪还要稳："没想到，我的名字现在能诓到这位大佬了。"

苏澜漪笑："我是不是跟你说过？"她五官明媚，美得极有特点，这么灼灼地盯着人时极具攻击性，"我就喜欢看你死不承认的那个小样，特别招人。"

"你真当季总谁都赏脸？"苏澜漪支着下巴，笑吟吟道，"我瞧你啊，是恃宠而骄。"

苏澜漪比沈千盏大两岁，家中盛宠，从小到大都没吃过什么苦，唯一一次下凡历险应该是初出象牙塔，识人不清惨遭劈腿。

沈千盏认识苏澜漪那年，公司内部分裂重组，她只是影视公司里一个无足轻重的项目策划。坐满了实习期的冷板凳转正后，第一个项目就遇到了当时跟着大编剧韩潇璃来开剧本会的苏澜漪。

项目做了一整年，沈千盏也对接了苏澜漪一整年。最后因公司内部争斗，项目在拍摄初期阶段夭折，不了了之。

苏澜漪生性高傲，是个能力与梦想并进的野心家。

从相识相知到最后项目沉没，沈千盏与她也因公司立场和项目结束的缘故，从相处融洽到失联断交。

直到第二年，项目重启。

沈千盏联络苏澜漪时，她已创了一家版权代理公司，即千灯的前身。

那时沈千盏才知道，苏澜漪并非初出社会一无所有的新人编剧，她与韩潇璃的丈夫苏谦诚是远亲。剧本反复修改推进的烦琐流程折磨得她对编剧此行没有半点热爱，硬撑了一年，项目解散后便在家人的投资下开了公司，自己做版权代理。

最后若不是碍于项目当初就是为了给苏澜漪铺路接下的，她估计还不愿意来善后。

重新进组后，苏澜漪与沈千盏的交情也旧情复燃。

每个催促交稿与和衣共眠的日夜，苏澜漪和她聊梦想、聊追求、聊初恋。五个月的拍摄期，沈千盏看着她从情窦初开，陷入热恋到冷战分手，再度复合。

后来项目杀青，苏澜漪回去继续当她的小富婆，沈千盏无缝进组做另一个项目，主演仍是苏澜漪的小狼狗男友。

起初一切都还在正轨，对方因她与苏澜漪的关系好，和颜悦色。渐渐地，沈千盏看着他躲躲藏藏，在她眼皮子底下偷摘野花。

撞见数次后，怕东窗事发，对方暗地里又是警告又是威胁。沈千盏的内心在经历了无数次挣扎后，终于还是遵从了自己的内心，约苏澜漪来探班。

和每个青春狗血的故事相同，她带着苏澜漪现场捉奸，而她的正义也在往后的日子里遭受着不公正的捉弄与对待。

她与苏澜漪，应该就在那时有一个很短暂的命运交集，而后越走越远。或许是因为她窥到了苏澜漪生命里最惨痛狼狈的那段时光，留下了无法消逝的隔阂。又或许，她从这段经历中醒悟，重新回了她的世界，而那个世界与沈千盏无关。

后来，她跌入谷底，困于深渊。

苏澜漪像是恰好路过，感念曾经彼此有段友情，怜悯地伸出援手。但无论苏澜漪是出于什么样的心态拉了她一把，沈千盏始终感恩。

这么多年，就连苏晢也以为她和苏澜漪之间是不分彼此亲密无间的友情，可只有沈千盏自己知道，她和苏澜漪从未是真正的朋友。

以前没有，现在也不是。

要不是苏澜漪今天提起"我是不是跟你说过，我就喜欢看你死不承认的那个小样，特别招人"这句话，沈千盏已经很久没回忆起这些过往。

她将 U 盘内的几段视频拷贝至电脑，把 U 盘还给乔昕后，微抬了抬下巴，示意乔昕："你先出去。"

乔昕求之不得。

眼看着两位大佬的话题越聊越私密，她早就在夹缝中瑟瑟发抖艰难求生了。就算沈千盏这会儿没让她出去，她也琢磨着尽快找个借口躲出去暂避风头。

当下，她麻利地收拾好自己的东西，犹如脚下生风般离开了会议室。

乔昕一走，会议室内的气压陡然一沉，颇有几分剑拔弩张的紧张之感。

沈千盏没抬眼，她移回电脑屏幕发送完视频后，鼠标一松，继续梳理文件："你上次跟我说这句话时，是问我需不需要帮忙那次？"

她努力回忆了下苏澜漪当时的表情，时间过去太久，记忆有些模糊，只依稀记得她当时连门都没进，就站在门口，第一句话就问："我听说了你的事，需不需要我帮忙？"

第二句是："要多少钱，我看多久能给你凑齐。"

苏澜漪的"欣赏"是源于沈千盏走投无路时还保有理智和清醒婉拒了她的帮忙。她就倚着门框，看了她良久，说："我就喜欢看你死不承认的小样，我当时问你那渣男是不是背地里给你穿小鞋了，你说没有。问你公司是不是有人因为这件事欺负你了，你也说没有。怎么着，那么怕欠我人情？"

话落，她进屋，四下看了看，不甚在意地脱了鞋席地而坐，说："千灯不太行，做不起来。反正你也没有更好的退路了，来千灯吧。"

她对沈千盏就是败于制片责任一事并不太在意，替沈千盏解了燃眉之急后，潇洒放手，也不知是出于信任她的业务能力还是相信她有颗不成功就成仁的赴死之心。

以至于后来沈千盏在短短数年内打了个漂亮的翻身仗，还清了巨额欠债这事也没让她太过惊奇，她只是包了个大红包，笑吟吟地祝福："恭喜新生。"

"应该。"苏澜漪看了她一眼，应是察觉到了沈千盏有些不悦，她稍微收敛了些，"把乔昕支走，就为了跟我回忆往事？"

"往事有什么可回忆的，"沈千盏拎起咖啡抿了口，问，"千灯和向浅浅和平解约这事，他答应了你什么条件？"

这话起得突然，苏澜漪一时没防备，表情有片刻的失管。

她扬了扬眉梢，不解："怎么想起问这个？"

沈千盏答："之前没好意思问。"也怕季清和交换的条件她还不起，掩耳盗铃的鸵鸟心态罢了。

苏澜漪有些意外："你知道季总出面替向浅浅解约是为了你？"

"知道。"

季清和对她的那点心思，在行内已经不算秘密了。

有多少人知道这件事她不清楚，但季清和从一开始就没遮掩过，跟势在必得一样，高调得就差登报说明了。

她这些年早就成了精，别说季清和明里暗里对她这样那样，就是他含蓄内敛得只会暗中奉献，也会假装不经意地把这些默默做过的事公之于众。

他这人惯会算计，怎么甘心满足于默默付出还不为人知。

沈千盏拒绝归拒绝，但该知道的事，一件没少。

"星海经纪出了不少通稿，计划从你这儿突破。"苏澜漪稍稍侧目，与她对视，"与我之前预料的差不多，虽然你提前做了部署，但季总为保你万无一失，还是一力促成了三方合作的结果。"

所以沈千盏这里才风平浪静，安安稳稳。

苏澜漪往耳后钩了钩头发，说："我没太为难季总，出于双方后续合作的考虑，也出于对你的保护，也就要了那么点甜头。"

她不欲多说，没再给沈千盏说话的机会，转移话题道："对了，有个事。去年十一月萧盛的《春江》在横店开机，年后转场到无锡没几天就遇上雪灾被困。公司为了剧组周转，已经贴了一笔钱进去，过两天天气还不能好转，估计要你亲自跑一趟。"

萧盛前年年底入职千灯，苏澜漪有意培养他，分配到沈千盏组下待了一年熟悉流程，积攒经验。去年十一月，萧盛羽翼刚丰，就担任制片，在横店开机了古装项目《春江》，苏澜漪当时还特地飞了趟横店给他庆祝，营销号的通稿将萧盛夸得天上有地下无的，很是风光了一阵。

沈千盏垂睑不语。

半路接手剧组多半是吃力不讨好，功劳与她无关，出事她反而要担一半的责任。

千灯培养的制片人不少，但鲜有沈千盏这么盛名在外的。萧盛自负才名，在她手下待着的那一年，表面虚心好学，内里争强好胜，对她积攒了诸多不满。

每次见面，因是同一公司互为同事，必须维持表面的和平友好。别人不知道，苏澜漪应该是有所耳闻的。

只因公司员工多有猜测，觉得苏澜漪是忌惮制片部只有沈千盏一人独大，有心培植个等同实力的分庭抗礼，所以引起了沈千盏不满。

而萧盛，因沈千盏事事压他一头，也不待见她。在公司，这两位通常是王不见王，鲜少同框。

许是猜到了沈千盏的顾虑，苏澜漪笑笑，起身拍了拍她的肩膀："千灯能主事的也就只有你，公司给《春江》投了那么多钱，再这么下去，拍不拍都要亏本。"

话说到这个份上，沈千盏没有不服从的道理，她蹙了蹙眉，虽未直接表态但也委婉表示："那看情况，希望一切顺利，不用我出征。"

至于苏澜漪和季清要了什么甜头，直到最后也没告知沈千盏。

几天后，不终岁官宣了其在亚洲区的代言人——宋烟。

宋烟获傅徯赏识，年少出道，出道即巅峰。后急流勇退，回归校园，直到去年才强势回归。

去年《春江》选角时，沈千盏和宋烟一起吃过饭，对她印象颇深。后来萧盛钦点宋烟为女主，沈千盏也没多意外，只是她回归得虽强势，能拿下不终岁的代言仍旧令人大跌眼镜。

更戏剧化的是，不终岁当天还公布了一位钟表大使，周延。

沈千盏看到微博官宣时正在收拾行李，连日坏天气，她的焚香祈祷显然没用，苏澜漪下了调令，派她去无锡给萧盛搭把手。

正好老沈夫妇因雪天航班取消，正忧愁要被困在北京等雪化了才能回去，就赶上沈千盏出差去无锡。

沈母絮絮叨叨往行李箱内放整理好的衣物时，沈千盏趴在床沿琢磨周延是否就是苏澜漪跟季清和要的"一点甜头"。

没等她琢磨出个所以然来，明决给她发了张时间表，询问她这几日是否有空，他去安排西安的行程。

沈千盏此刻才脑子嗡的一声，回："我最近出差，西安这趟行程要延后了。"

明决很快给她来了电话，得知沈千盏要去无锡出差，且归期不定后，明特助罕见地哑火了数秒。

沈千盏跟着沉默了几息，主动询问季清和近况："你们季总最近忙不忙？"

明决握着手机，转头看了眼伏案工作的季清和，中肯又留有余地的回答："季总一如既往。"

沈千盏闻言，不知该接什么，干脆安静。

她和季清和自那日在小区停车场分开后，再未见过面。就连乔昕把会议内容发给明决，也是过了两天才收到明决的电话反馈。

沈千盏没琢磨明白季清和忽然疏远的意图，但前有他的妥协，后有他的坚持，她这几日思考的结果除了得出她就是个渣女外，没有任何头绪。

她想了想，决定挂电话。

场面话刚打了个腹稿，手机那端已经换了个人，他声音略带慵懒，轻轻浅浅的："听说有人在想我？"

沈千盏：我不是，我没有，别瞎说。

嘴硬归嘴硬，该有的礼貌却不能少。

沈千盏换了左手接电话，另一只手挑拣着精华水乳面霜眼霜往化妆包里塞："许久未见，的确很想念季总的丰神俊朗。"

季清和勾勾唇角，算是受了她这番恭维："要出差？去多久？"

"去无锡。"沈千盏的语气无奈，"归期未定，全看《春江》剧组什么时候能缓过劲来。"

沈千盏深觉自己这事理亏，明明答应季清和同去西安之行在前，即使是因公被调，无法履约就算失信。后有通知不到位，要不是明决打电话来询问她近期是否有空，估计她得到了无锡才能想起这回事来。

人一心虚就喜欢找认同感，反正不用面对面，沈千盏自在不少："无锡雪灾，剧组停工待业，费了不少资金。萧制片没有处理这方面情况的经验，苏总也是怕继续耽搁下去公司与资方损失惨重，不得已临时外派我去帮忙。"

她语气完全一副"我也不想，只是我区区一个为资本打工无足轻重的小齿轮，将有令不敢不从"的无奈与憋屈。

季清和不是很了解剧组运作的那套机制，闻言，很宽和地令她不要将失约一事放在心上，来日方长。

挂断电话后，沈千盏盯着手机失语良久。

要说之前她仅仅是猜测季清和有些反常，现在根据他的行为和态度，她无比确定是狗男人变了。

按季清和往常的反应，同去西安一事最后虽会暂缓，但少不了讥讽她几句。可反常的是，他捏着一手她说话不算话的把柄，却宽慰她先去忙要紧的事？既没有追究也没有气急败坏……

这哪是她认识的锱铢必较季清和？

分明是家里开善堂，一心向善的慈善家。

沈千盏内心毛毛的，憋了整晚，第二天与苏暂同车前往无锡时，只差在脸上写着"我满腹心事"五个大字。

苏暂看不下去，开解她："不就是一个萧盛，你至于这么如临大敌？这不还有我呢！"他千灯太子爷的身份，除了沈千盏，搁谁那儿都挺好使的，未语三分势。

被曲解的沈千盏眼也没抬，嘟囔："萧盛这事我心里有谱。"

苏皙顺着她的目光看了眼高速路面外层层的积雪，问："不是萧盛还有谁能让你发愁？"他一连压了数道考题，从《时间》的剧本到项目推进进度，从房贷到包包，最后终于蒙到了为情所困上："你说你也没个能说悄悄话的闺密，我委屈点，给你参谋参谋。"

沈千盏对苏皙向来不设防，只稍考虑了几秒，就忍不住提出了自己的质疑："不终岁内部是不是发生了什么不为人知的重大事件？"

苏皙拆了包薯片，嘎吱嘎吱问："有是有，但最近发生的事情挺多，怎么样算重大？"没等沈千盏提出个准确范围内标准，他就自顾自往下说道，"不终岁亚洲区代言这事应该算很大了？我听说，不终岁内部其实内定了一位顶流，方案都做好了，结果明决带着季总的口谕过去直接把人换了。"

沈千盏最近勤于工作，对饭局和八卦一事了解甚少，闻言，感兴趣地凑过去："谁啊？"

戏精苏皙做贼似的左右看了看，见老沈夫妇睡得沉，压低了声，跟沈千盏咬耳朵："就被你捏屁股的那位。"

沈千盏："……"

她脸色由绿转黑，半点不客气地劫走苏皙手里的薯片："什么时候学会尊老爱幼了，什么时候还给你。"

苏皙乐不可支，笑够了才说："没骗你，真人真事。你和不终岁负责这事的高管吃个饭就知道了，她们现在还蒙着呢，完全不知道这位顶流是怎么得罪了季总。也就我，一听就知道这事不简单。"

沈千盏翻了个白眼，也没心情再做情感咨询了，将薯片扔回给苏皙，拉下眼罩补眠。

北京到无锡，全程十四小时。加上区域暴雪，天气恶劣，路况糟糕，沈千盏等人中途被迫到服务站稍做休整。

服务区人满为患，老沈和司机去接热水，沈母上车后身体不适，吃了晕车药还在睡着。

苏暂出去溜达了一趟，回来时拎着两份五香豆腐，示意她下车来透气。

雪停了很久，空气里都是冷冽的味道，像被冰雪涤空一切脏污，只有刺鼻又寒冷的新鲜，令人萎靡的精神都为之一振。

苏暂给她递了两根竹签："看窗口排队的人多，嗅着香味像是用肉汤炖的，就买了两份。好吃等会儿给他们也捎一份垫垫肚子。"

沈千盏鼻子尖，嗅到了汤里的酸辣味："给我加了料？"

苏暂忙着吃，唔了声，一口咬下半块豆腐，被烫得不住哈气："你不是喜欢拌醋吃辣吗？"他又嚼了口肉串，问，"你刚刚，想跟我说什么？"

倾诉这件事向来讲究氛围和心境。

沈千盏早没了刚开始深受困扰想倾诉的心情，摇摇头："没事。"

苏暂不信。

他了解沈千盏，强撬根本撬不开这个女人的嘴。刚认识沈千盏那会儿，他俩沟通全靠他连蒙带猜，押对了，这位祖宗就施舍几个眼神，聊上几句，那段日子别提过得有多辛苦了。

想了想，苏暂在台阶上蹲下来，说："行，那我跟你聊两句。"

他把最后一根肉串嚼碎了咽下去，含糊道："临走的前一天吧，老沈同志约我钓鱼，跟我打听了下季总的为人。"

苏暂瞥了眼沈千盏，见她只是竹签停顿了下，继续说道："我打趣问他，是不是伯母催他来问的。他说不是，就是自己想了解下，从季总的年龄问到家庭情况。我看他边问边琢磨，就问他担心什么。"

"老沈没说，他说私下打听其实不太礼貌，但他和伯母马上就要离开北京了，不问清楚总觉得心里没有底。"苏暂假笑两声，"我挺能理解伯父伯母的心情，这次一起回无锡也算个机会，我觉得你什么打算最好跟二老交代下，省得他们不敢问你又瞎担心。"

沈千盏安静吃着豆腐，恍若未闻。

苏晢对她这种态度早就习以为常，他抬眼看向人来车往的服务区，摸了摸下巴："盏姐，我知道你这一路是吃苦过来的。这几年，你带着我，我参与着你遇到的所有事情，我能理解你走到现在多不容易，我也知道你并不是一开始就像现在这样，谁的示好都不愿意接受。季总对你挺真心实意，我知道我有些事做得挺招人嫌的，但初心也是希望能给你创造些机会。我倒不怕被误解，就是怕你太抗拒错失机会。"他越说越小声，最后语气微转，还有些小羡慕，"我虽然不支持用金钱衡量爱情，但季总家真金白银的，谈恋爱还是结婚都不亏，你信我！真的不亏。"

沈千盏起初还边听边思考，觉得苏晢这句说得有道理，那句也有道理，结果越听越不对劲。她剜了眼见钱眼开的苏晢，面无表情道："亏不亏用你说？"

当然不亏！

睡一次保本，睡两次赚翻。

这道理她能不知道？

不过开玩笑归开玩笑，苏晢说的这番话的确在沈千盏心里掀起了波澜。

再次启程的路上，沈千盏闭上眼睛，满脑子都是苏晢那番立体环绕声，跟念咒一样，搅得她不得安宁。

不知是因为苏晢难得的感性还是因为她本身就已经动摇，有一方天平在高处摇摇欲坠，几欲摧毁。

到无锡已是深夜。

按沈千盏的安排，是将老沈夫妇先送回家中，司机正好在镇上休息一晚，第二天再赶往《春江》剧组。

到镇上后，她先安排司机与苏晢在酒店住下。

等第二天天亮，一众人赶往影视基地。

她来前就做好了应急预案，到剧组下榻的酒店后，连寒暄都免了，雷厉风行地叫来了萧盛在内的一干领导，开紧急会议。

会议持续到当天晚上，她简单有效地列了解决方案交给萧盛执行。

暴雪酿成雪灾属不可抗力，再多的方案也不过是在减少剧组的损耗。

好在，萧盛虽然对她个人有意见，但并未不识相地在此刻闹情绪。等散会后，还颇有几分真情实感地感激她冒着大雪前来援助剧组。

沈千盏扯了扯唇角，表面功夫做得天衣无缝："都是同事，互相帮助本就是应该的。"

她借口赶路太累，要去休息，省了吃晚饭还要推杯交盏地应酬，回房间睡觉。

这一觉睡到第二天中午，醒来时天际灰蒙蒙的，分不清是上午还是下午。

南方的酒店没有暖气，只有空调，此时空气里跟凝着冰一样，连最后一丝暖意都消融无踪。

沈千盏睡得昏昏沉沉，不只没能解乏，反而头轻脚重，沉得像灌了铅般。

她撑着坐起来，看了眼空调——空调出风口系着的红绸带安安静静的，已经停机多时。

她倾身，又去看了眼昨晚没关的壁灯。灯暗着，屋内昏压压的如遮了一片鸦羽。

被子又冷又潮，被冷气浸润得有些坚硬。

沈千盏恍惚意识到是停电了，先去看手机。

信号栏里，手机信号掉至最后一格，微弱得有些可怜。

停电了。

确认这一点的沈千盏，往后一栽，生无可恋地躺了回去。

花了半小时终于接受停电现实的沈千盏，认命地起来洗漱。

苏暂跟着生活制片来敲门时，沈千盏刚洗漱完毕。

生活制片是来送午餐盒饭的，见沈千盏醒了，终于松口气："我早上来送早餐，敲门没人理，怕打扰您休息，没再叫醒您。刚才送午餐见还是没人回应，就和小苏总一起过来了。"

沈千盏笑笑，让她先去忙自己的事。

苏暂昨晚和萧盛聚在一起喝了点小酒，起得晚，没多大胃口，从茶台拧了瓶矿泉水，边进屋边喝水："你屋里怎么那么冷？"话落，他搓了搓手，催促她，"你赶紧吃，今早暴雪停电后，整个剧组跟被霜打了一样，等着你去当他们的主心骨呢。"

沈千盏不慌不忙："我去了又不能供电。"

苏暂被噎，索性闭嘴。

此刻停电对于《春江》剧组而言，无疑是雪上加霜。

剧组本就停工了将近半个月，好几百人天天在酒店闲得抠脚。眼下连这处庇护之所也受暴雪影响罢工停摆，不知道会有多少工作人员心态崩溃。

一想到这儿，沈千盏就头痛欲裂。

许是看她心情不好，苏暂等她吃完饭了才说："季总打不通你的手机，给我来过电话。"

沈千盏有些意外："有说什么事吗？"

苏暂咧嘴一笑，不怀好意："本来没事的，但我说完这个剧组的演员长得都特别对你的胃口后，估计就有事了。"

吃过午饭，沈千盏随苏暂去萧盛的房间，商量下一步的安排。

萧盛所在的房间与沈千盏同在一层，却一南一北，两个尽头。

酒店的空调停止工作后，走廊与过道都冷如冰窖，从墙面到地板都透出噬骨刺人的寒意。

苏暂从小在北方长大，极不适应没有暖气的零下环境，走一路抖一路，到萧盛房门口时，小脸青白，嘴唇唇色都隐隐发紫。

沈千盏解了围巾递给他："戴上。"她指了指他的嘴唇，"冻紫了。"

苏暂摇头。

他两条胳膊将自己抱得死紧，即使如此，也只有布料相叠的部分输送了片刻的暖意。他连手指都不愿露出来，抬了抬下巴指向前方："快到了，进屋跟萧盛讨杯酒喝就好。盏姐你一个女人家，身体单薄，就别好心了。"

他嘀嘀咕咕的，又拢紧了手臂："现在大雪封城，别说断电，出个门都难。这节骨眼上要是病了，连医院都去不了。"

沈千盏懒得跟他争论，拉住苏暂的手臂一扯，不由分说，把人拉到跟前。驼色的毛绒围巾在她手上绕了两绕，她踮脚，草草地将围巾给他套上，抽紧。

苏暂诡异地红了脸，他发蒙地盯着沈千盏看了几眼，脸上刚流露出感动的神情，就被沈千盏一巴掌呼在后脑勺上，瞬间打醒。

沈千盏瞪他："看什么看，姐是你永远得不到的女人。"

苏暂被打后，后脑勺还嗡嗡疼着，他摸了摸脖子上围着的那条蓬松围巾，撇了撇嘴。

苏暂皮相好，个子高挑，加上性子有趣，说话有梗，早年跟沈千盏混饭局时，经常被误认成是沈千盏新签的艺人。

后来得知苏暂只是一个助理，甚至有不少人颇感可惜。

就连苏暂自己，也有过对自己颜值过分自信，格外膨胀的时刻。他问过沈千盏，本身硬件过硬，苏澜漪又是千灯老总，家里有钱有背景，是不是可以换一行去贩卖粉丝梦想。

沈千盏当时回他："苏总同意，自然可以。"

苏暂的条件想入圈当艺人，天时地利，就算是用现在的眼光看，他的条件也是万里挑一，非常优越。当然，这里的"条件"并不指他本身，而是他身后庞大的背景与人脉。

沈千盏这么回答时，已经猜到苏澜漪会否决苏暂的幻想。

苏暂并不是真心热爱幕前的人，新鲜感过去，这位只想着散尽家财的富二代只会觉得拘束乏味。明知如此，还愿意投资这三分钟热度的，铁定不是她认识的苏澜漪。

自然，苏暂深受打击，为此还认真地颓丧了一段时间。就在这段时间里，苏暂许是出于逆反心理又或是幼稚的报复心态，对冷艳高贵仿佛对世人皆可不屑一顾的沈千盏展现出了惊人的热情。

沈千盏至今不愿意将这定义为追求。

苏暂的热情从头到尾只坚持了一个星期，就败于沈千盏的油盐不进。

当时她坐在镜前描眉画唇，冷飕飕地飞了个眼刀给苏暂："就你一个经济不独立，一心啃老的富二代，有资格追我？"

她看都没看苏暂一眼，低声道："要不要给你看看姐姐的微信分组？追求者从 A 到 Z，在百度百科上都能查到身家，你什么时候符合条件了什么时候再进这个分组吧！"

苏暂被她讽得双目赤红，委屈不已："我哪儿不好？我长得好看，家里又有钱，还年轻力壮。"

沈千盏冷笑一声，跟看个弟弟一样，眼神怜爱："看，越是不成熟的男人越喜欢看外在条件。"她旋上口红，起身时揉了揉他的头发，"行了，闹够了回来给我当助理，我既往不咎。再这么糊涂下去给我添乱，趁早滚蛋。"

她脱下大衣，仅着一身华丽的晚礼服，在灯光下盈盈而立，又骄傲又嘲讽道："姐是你永远得不到的女人。"

苏暂始终记得那一幕，那晚的沈千盏犹如画中撑伞走出来的，一颦一笑皆放纵风流。

此后他遇见的女孩，要么淡而寡味，要么浓而艳俗，再没一个能像沈千盏那般，仅一个眼神便颠倒众生。

后来的后来，他记住了沈千盏最后说的那句话，收了心，再未与她开过玩笑。

也正因为此，苏暂对季清和有说不上来的羡慕。他陪她走过一路繁华，陪她沉浮于极易迷失的名利场，连他都有过片刻沉沦，纵情声色的时候，沈千盏却始终清明。

季清和对她而言，肯定是特别的。

否则以她那段数，真想逼退一个男人对她的侵袭与占有，轻而易举。

回忆起往事，苏暂有些许落寞和失意。

他将半张脸埋在围巾里，含糊不清地嘟囔道："也就季总敢迎难而上。"

沈千盏没听清，但估计这狗崽子的狗嘴里吐不出象牙，她也没再问一遍自讨没趣，拢了拢羽绒服的衣领，她毫不客气地踢了苏暂一脚："愣着干什么，带路。"

苏暂嗷了一声，刚冒出来的那点旖旎顿时随着这一脚粉碎成渣。

这女人是长了双金钩铁脚吗？踢人真他妈疼。

越是临近萧盛的房间，越嘈杂。

沈千盏起初以为是聚集的人多，热闹，等嘈杂声渐渐清晰后，才听清是起了争吵。

她拉了把直往前冲的铁憨憨，在拐角的避风口停了停。等听了几分钟墙脚后，她也将前因后果摸了个囫囵。

大声吵嚷的是剧务组的小领导，劝架的是执行导演和财务。

萧盛一声不吭，也不知在没在场。

沈千盏听了个大概，正琢磨着等这伙人吵完再进去时，左手边的安全通道门一开，宋烟在助理的陪同下，正巧与沈千盏打了个照面。

略有些尴尬的沈制片，临场应变，从烟盒里摸了根烟。

宋烟笑而不语，冲她眨眨眼，十分自然地留下攀谈："我昨天听说您过来了很高兴。"她目光掠过苏暂，客气地点了点下颌，"小良说您太累，开完会就去休息了，我就没来打扰。"

沈千盏对宋烟印象颇好，两人虽不算熟悉，但一些场合经常能够碰面，也不算完全陌生。毕竟能躺进沈千盏微信列表里的，都是能够说上几句话的。

寒暄了几句后，两人若无其事地结伴，前去叩门。

听到门铃，屋里的争吵声终于歇了下来。

来开门的是财务，她抬眼看见门口站着的这三位，脸色变了变，有些难堪。

沈千盏侧身进屋。

制片需要经常开会，基本会配置一个小客厅。沈千盏、苏暂以及宋烟和她的助理进来后，空间瞬间变得狭窄逼仄，无处下脚。

坐在沙发上始终默然不语的萧盛此时才抬眼看来，不算热情地招呼几人坐下说话。

酒店停电后，用电的水壶无法正常运作。萧盛面前，是一小炉用火温着的小酒，酒香浓郁，为房间增添了不少暖意。

助理拿了一次性的纸杯，给每人斟了点酒暖身子。

房间内气氛有些僵，他边倒酒边缓和道："上午酒店停电，我就担心很快要停水，就刚刚我去洗茶杯的时候发现……果然。"

沈千盏与苏暂互看了一眼，她起得晚，洗漱时酒店还未停水，不料就出个房间的工夫，水也停了。

"剧务这边和酒店交涉，要求提供日常用水，双方谈得不是很愉快。"助理小心地瞥了眼萧盛的脸色，见他未阻止，才继续说道，"从年初暴雪到今天，剧务为了给剧组供应食物、用水费了不少心力，大家都挺不好做的。结果又遇上停水停电，难免情绪不好。"

沈千盏作为大制片，统筹全局，很少去关心组内一环扣一环的运作生态链。

雪灾，暴雪封路交通不便，唯一留居的居所又停水停电，无论是谁在这里，都是有心无力。

她不欲太过插手《春江》的组内事，把目光投向了萧盛。

后者显然不耐烦处理这些琐事，但碍于苏晢与沈千盏都在场，耐着性子将问题逐件解决后，打发走剧务，关起门来继续聊昨天没聊完的话题。

沈千盏来时，无锡的交通已经不便。昨天的许多计划来不及实施，又遇上停水停电信号中断，寸步难行。别说萧盛了，连她都觉得受到了老天的捉弄。

眼下别说解决危机，剧组被困，回天乏术，谁来都不好使。

但沈千盏临走前，还是给萧盛吃了颗定心丸。先熬过雪灾，让财务做份报表，事后该拉投资拉投资，该请大咖请大咖，算好资金也不是救不回来。

况且，电视尚未播出前，谁也不知道项目到底是盈是亏，心态用不着如此消极。此刻最要紧的，是如何解决剧组被困的粮食紧缺与人心浮动的危机，大灾面前，保全剧组所有人员的人身安全才是最要紧的。

沈千盏内心远没表现得这么淡定，她焦虑手机如同废砖，除了照明和看时间外一无是处。也焦虑没水没电，不能洗脸洗澡，维持一个仙女一天本该做的保养和护理。

好在剧组一般都备有探照灯，苏晢借到一个，叫上宋烟和她助理，四人围坐堆长城。

打到十一点，沈千盏困得不行，先散了局。

等回屋，简单洗漱后，她裹着被子躺在床上，听着窗外呼呼不止的风声与偶尔夹杂着雪粒敲打在窗上的动静，缓缓入睡。

起初梦层较浅，像在回忆今天发生的事。

从遇到宋烟，到傍晚酒店送来日常用水，再到拉起窗帘用探照灯打麻将，每一幕都清晰得犹如实质，触手可及。

渐渐地，梦层渐深。

梦境跳转到中午，苏晢嬉笑了句"本来没事，但我说完这个剧组的演员长得都特别对你的胃口后，估计就有事了"。

梦里的苏晢喋喋不休："你看你平时风流放浪，都给季总留下了什么印象……"

"你要小心了，季总估计得亲自来影视基地盯梢查岗了。"

她叼着筷子，不以为意："他有种，就来。"

苏晢捧腹，乐得在床沿打滚："他有没有种，你不知道？"

"知道。"沈千盏笑得邪气，眼角眉梢都掩不住她的流馋，"就不知道够不够播种。"反正暴雪封路，出不了门的时候最适合给沃土播撒种子了。

她在梦里笑出声，刚要沉入满是颜色的十八禁画面中。门口隐约传来说话声，像是苏晢的，又像是另一个男人的。

沈千盏意识微清，凝神听去。

紧接着，门锁一开，沈千盏心口微跳，下意识睁眼。酸涩蒙眬的视线里，有一束手电的光从外打进来。

门关上的刹那，沈千盏彻底惊醒，浑身睡意散去，拥被坐起，冷声叱问："谁？"

她心跳如擂鼓，第一眼辨清进屋的人影属于男性，身姿挺拔，刚要拔声呼救，对方似察觉她的意图，先她一步开口道："是我。"

沈千盏微怔。

空白的大脑在短暂分析后，仍未解除危机。

她迅速起身，抓过盖在被子上的羽绒服披在肩上。慌乱中未来得及穿鞋，赤脚站在地板上，往后退了数步，将桌上的烟灰缸牢牢地抓在了手中。

季清和距离她仅两步远，见吓到了她，未轻举妄动，将手电的光往脸上一照，微嘲地重复了一遍："是我。"

沈千盏有那么一刻以为自己身在五感格外清晰的梦中，他是入梦人，一步一步提灯照影而来。就在这恍惚间，他已走近，不顾赴着风雪而来的满身寒意，俯身抱紧她。

"是我，季清和。"

第十四章

咬痕

屋内只有一束手电光，斜斜垂落在她身后，将房间里的冰冷分化成一束一束凝结着灰尘和潮湿的光棱。

男人身上熟悉的冷香夹杂着寒意，扑面而来。

沈千盏刚从一个接一个的梦境里苏醒，又重新陷入了眼前新编织起的震惊与茫然里。

季清和为什么出现在这儿？

他又怎么进入她房间的？

按常理而言，他就算不在北京不在西安，也不该出现在这儿。

她赤脚踩在地板上的脚趾冷到微微蜷缩，搭在肩上的羽绒外套仅披肩的部分有一小片暖暖的温度。

沈千盏冷到发抖，她很想怀疑这是个体感无比真实的梦境，可窗外暴风雪肆虐压得广告牌咯吱作响无力负重的声音又格外真实。

她再无法欺骗自己，迟疑地偏了偏脑袋："季清和？"

季清和嗯了声，环在她身后的手往下，卸掉了她仍紧紧抓在手中的烟灰缸："住酒店不锁门？"

他随手将烟灰缸放回桌案，手电的光从她身后绕过来，将沈千盏从上到下扫了一遍，自然熟练得像做过无数遍，半点不避嫌。

沈千盏顺着他的视线打量了眼自己。

她没穿秋衣秋裤的习惯，一是嫌太过笨重束缚，阻挠她在睡梦中摆出妖娆迷人的姿势；二是维持形象，保持飒、美、俊、绝的穿衣风格，就必须得牺牲秋裤；三是北京室内过于温暖，秋衣秋裤就像一张保鲜膜，足以随时将她蒸发。

而像她这样一天精致"二十五"小时的女人，在睡衣上自然有番讲究。

沈千盏行李箱里光睡衣和各类丝袜就占据了五分之一江山，从蕾丝、真丝到蚕丝，再细分到短款分体、中款性感露腿到长款曳地。她今天，好死不死，穿了件无比贴身的系带冰丝款，长度刚及大腿。

仅仅搭肩的羽绒服半遮半掩，仍是挡不住凹凸有致的无限风情。

本来吧，两个人睡也睡过了，再被看两眼也没什么，何况她还穿着衣服，尽管这睡裙过分性感贴身。

但加上深夜闯入这个背景因素后，此情此景颇有那么点犯罪前奏的意思。

不知是因为天气太冷封印了她的智商，还是眼前这幕太过于违反常理，沈千盏震惊之余，脑子一时半会儿没跟上，短短几息内，她考虑的竟只有"凸点了，好色情""现在钻回被窝会不会被误解为上床邀请"……

还未等她整理出一二三点来，季清和的目光落在她的赤足上微微蹙眉："先回床上？"

不等她拒绝，他俯身，压着她睡裙的裙边，将她拦腰抱回床上。

沈千盏吓了一跳，下意识揽住他后颈保持平衡，那声到嘴边的轻呼由于过于矫情，被她生生咽回。她定了定心神，清嗓问道："你怎么进来的？"

季清和瞥她一眼，戏谑："你问哪条腿？"

沈千盏刚要接"就两条腿你说我问哪条"，话到了嘴边，忽从他的语气中察觉不对，等想明白他又在开黄腔，没好气地自己挣扎着先落在了床上。

原先看见陌生男人半夜闯入受到惊吓，随即确认了是熟人"作案"后，沈千盏的心境始终没能平静，但再大的波澜也在凸点尴尬和拦腰抱后消匿无踪。

季清和仿佛对她过山车般惊险又惊魂的三分钟一无所知，他就势坐在床沿，握住她已经冰凉到没有一丝热气的脚丫："吓到了？"

沈千盏闻言，欲要冷笑："你半夜睡得好好的，睁眼看见个陌生男人进屋，你不怕？"

"害怕还不锁门？"季清和握住她欲要缩回的脚，微热的指腹捏了捏她的脚踝，也没用多大的力气，就是不轻不重地在哪儿压了下，她的脚心至小腿这一片瞬间酸麻。

手电竖在床头柜上，那一束光凝散成扇形，洒了半片天花板。虽不算明亮，却将季清和微垂眼睑的温柔映得纤毫毕现。

女人是极易发散思维，自动脑补的动物。

这幕在光线暗格里恍如电影镜头的画面令她立刻列数了他来到这里的不易，心软的同时，连声音都轻缓着软和了不少："酒店停水停电，外面又暴风暴雪。怕睡得太死，半夜发生意外，就没锁门。"不料，意外没来临，先到了位不速之客。

她的脚在季清和的抚触下渐渐回暖，他松手，任她缩回被窝里，视线从她不甚清晰的脸上落在她身侧的空位："不介意的话，我靠一下？"

他说话时，微转过脸，令沈千盏一下看清了他难掩的疲倦。

沈千盏没答应，身体却往床里侧让了让，给他留出位置。

被窝已经有些凉了，她的腿挨着未触及过的被面，忍不住轻哎了声。

季清和似看着好笑，往床内坐了坐，未挨着她，双腿交叠，大半悬空在床侧："本来动身要去的是西安……"他声线微低，轻咳了两声，才继续说："出发前见无锡暴雪不停，猜到天气会恶化，临时变了行程。"

沈千盏问："什么时候来的？"

"昨天。"季清和侧目看她，"到这儿就刚刚。"

"半路迟疑过，怕来了适得其反。"他手指虚握，抵住眉心按了按，自嘲道，"后来你的电话没打通，我就什么都不想地来了。"

他的声音很低，像雨滴从屋檐滚落草间，初时有声，划空而来。落时不着实处，像坠入了她的心湖里，比以往任何一次都要来得动人。

屋外风声猎猎，雪花肆虐，沈千盏却觉得身上这床略潮的被子仿佛一下没那么冷了。

她想起苏暂中午提起的接到他电话的事，心底深处有一角猝不及防就往下陷了陷。

"苏暂告诉你剧组在这家酒店？"

季清和唇角含了浅笑，转过头，说："嗯，雪封了路，我和明决是跟着一辆送物资的铲雪车后面进来的。"

"想进影视基地的车不少，高速封了道，一半劝返一半在排队。"

沈千盏有些意外："明决和你一起来的？"

季清和唇角的笑意更深了，他意味深长地看了她一眼，说："知道你这里困难，总不能空手来。"他略起身，不客气地拎过枕头往颈后垫了垫，"带了点速食品和矿泉水，让苏暂陪明决去存放了。"

他轻描淡写，仿佛将不终岁高级助理当苦力用并算不得什么事。只微微垂额，眉眼轻奋，略显疲态："酒店客房满了。"

季清和抬眼，语气四平八稳："最近的酒店在十公里外。"

沈千盏听出他的言下之意——他想今晚在这儿住下。

影视基地内构建的场地除了摄影棚、拍摄场地以外就是酒店，再繁荣些的街道店铺起码三公里开外。

而这周边的酒店，质量从招待所到四星之间，参差不齐。但因靠近摄影棚与拍摄场地等区域，大部分剧组会一口气包下一家酒店，供剧组使用。

今天中午，沈千盏与苏晢去萧盛的房间商量下一步对策时，曾听剧务在萧制片的房间内与他争吵。其中就提到剧组因资金不足换了一次酒店，有小批剧组人员因不愿意搬离，仍在三公里外的酒店内，不便管理。

前几日雪灾加剧，好不容易说服那小批剧组人员搬来同住，周围的酒店已没有了空余房间。

也就是说，眼下现实存在的问题便是——她不收留季清和，季清和只能去睡大街。

忽然形势逆转掌握了季清和生杀大权的沈千盏："……"为什么并不快乐，反而有点左右为难？

酒店地下车库。

苏晢跟剧务借了两件军大衣，裹得严严实实地去搬运物资。

他凌晨刚睡下不久，就被一阵敲门声惊醒，生活制片领着酒店前台的姑娘站在门口，告知他有人来找。

正是困得要死的时候，他臭着脸，只露出一丝门缝："这个点，找我？"

得到前台姑娘肯定的点头，苏晢扯着一边的唇角，嘲讽："特殊服务？暴雪也不歇业？"

前台有些尴尬，又见对方一副随时关门要走的态度，忙说："对方姓明，就在楼下等你。"

苏晢一句脏话卡在嘴边，愣了几秒后，拉开门："姓明？几个人？"

"两个男人，身高都挺高的……"

不等前台说完，苏晢急忙打断："你等等我啊，我去穿件衣服。"他反手甩上门，再出来时，衣冠整齐，正欲下楼时，见生活制片跟上来，脑子一灵光闪现，急忙拦住人，"你不用去了，让酒店再开两间房就成。"

生活制片一脸为难："没房了……"

"没房了？"苏晳脑瓜子一阵嗡嗡地疼，他不耐烦地抄了两下后脑勺，挥手赶人，"行行行，我有数了。时间不早了，你赶紧回去休息。"

人一赶走，自觉做得十分周到的苏晳满怀惆怅地去酒店大厅迎接大佬。

紧接着发生的一切，苏晳都恍如牵线木偶一般，直到领着季清和站在了沈千盏的房间门口，他那丝良心终于回到身体里："季总，我觉得这不太好。"

季清和侧目，无声询问。

苏晳被他那一眼凛冽看得瑟瑟发抖，硬着头皮说："要不我先叫醒盏姐，你再进去？"

季清和难得温和地一笑，说："你担心什么？"

当着明决的面，以一敌二的苏晳支支吾吾的不好意思戳破大佬的阴谋。但转念一想，季清和会不会对盏姐怎么样可能是未知数，盏姐不对季总做点什么都谢天谢地了，怎么看都不是自家人吃亏。

想到这儿，他身板一挺，大义凛然："行吧，我送你进去。等会儿和明决搬完东西，我再来叫你，给你安排房间休息。"

季清和不置可否地笑了笑。

苏晳起初没觉得哪儿有问题，等察觉到季清和这个笑容有多意味深长后，他脚步一顿，差点一脚踩空。被明决扶住时，他扭头质问："我是不是又被你老板算计了？"

明决忽略他话里的"又"字，笑眯眯道："没有。"

苏晳眉心刚松，就听明决说："他算的，从始至终只有那一位。"言下之意是：你都不配他算计。

苏晳闻言，一时心情复杂，也分辨不清明决这句是贬是损。

此时，两人已走到车前。

地下车库并不宽敞，纵列几排车位停满了剧组租用的商务车与私家车。

明决将手电照向边角处一辆风尘仆仆的大宝马，宝马车轮滚满了冰雪与泥泞，早已失去了它本该有的光鲜亮丽。

苏暂瞧了眼前后化开的雪渍，问："这车跑了不少路啊，你和季总是从哪儿过来的？"

"南京。"明决解锁，打开后备箱，"江苏暴雪，只有南京的机场勉强开放。季总临时改了机票，赶最后一趟航班，延误了六个多小时才到。"

后备箱打开时，车内的照明灯亮起，像一簇昏昧的萤火，在地下车库的一角亮起微光。

明决将手电往西装领口一放，偏了偏头，示意苏暂将折叠的搬运推车架好。

后者手脚麻利地展开推车，咬着手电的挂绳，任劳任怨地往推车上搬物资。

宝马车的后排座椅全部放倒，腾出了大半的空间叠放速食泡面。苏暂前前后后搬了三趟，才将所有食品和饮用水搬至剧务租用的仓库。

封了门，苏暂擦了擦额头热出的汗，有些虚脱："歇会儿，抽根烟。"

明决不置可否，见苏暂一屁股坐在楼梯上，与他空开一臂的距离跟着坐下。

苏暂递去一支烟，明决看了眼，没接："我不抽。"

"变态吧？季总规定的？"他叼住烟屁股，打火机在手上抛了几下，"介不介意我抽一根？"

明决递了个"你随意"的手势，说："季总不烟不酒，应酬也少，更没有让下属挡烟挡酒的习惯，所以我一直不抽。"

苏暂见状，火苗一晃，咬着牙吞吐了一口，问："你跟季总从南京过来花了多久？"

"没算。"从季清和临时决定改道南京，他便负责与南京当地沟通季总的接待、住宿和出行问题。结果航班因暴雪天气延误六个多小时，一切行程在落地后都做了颠覆性的更改。

季清和要了一辆能跑雪地地形的宝马车，装了物资后，便直赴无锡。

高速路面结冰易滑，天黑入夜后的车程全是季清和亲自开的。眼看着目的地还有十几公里就能到，出高速的最后一段路程，又是遇到分流又是遇到封路，进城的车辆从高速一路堵到收费站。

想到这儿，明决忽地记起一件事，说："高速封道，季总动了点关系才提前进来。有辆货车出发得晚，今晚应该堵在高速进不来。等明天高速解封，我跟你去收费站接一下。"

苏暂手上的烟一抖，险些烫着自己："还有一车？"

见他这么惊愕，明决迟疑了一瞬，才答："你不说剧组数百号人都在喝西北风，就刚才的一小车，顶多能支撑一顿吧？"

苏暂下午和沈千盏讨论解决方案时，也提过派剧务去超市采购囤粮。但影视城内的剧组大多是年前就在这儿了，大家牺牲春节全是为了赶项目进度。

起初下大雪时，有不少要拍冬雪场景的剧组乐得不用人工造雪，场地租借、抢拍等异常热闹。

过完年，离开春不远后，外撤的剧组更是少之又少。全等着天气暖和了早点拍完收工，谁也没料到这天灾说来就来，积雪经久不化。年前年后来的剧组全被困在影视基地里，五公里内的超市早被搜刮一空了。

要不然，剧务今天也不会急眼到跟萧盛吵起来。

季清和这一手，显然是雪中送炭，苏暂连把沈千盏送上他床的心都有了。他咬住烟，伸出双手强行握住明决："你跟季总简直是天降神光的救世主。"

明决也坦诚，他费劲地从苏暂的掌心里抽回手，说："要谢就谢沈姐己，沈制片要不是困在这儿，季总压根儿不会跋山涉水地来。"话落，他抬腕，借着稍暗的手电光看了眼时间，"时间不早了，劳烦小苏总安排下睡觉的地方，让我合合眼。"

苏暂这才想起季清和与明决的落脚地还没安排，琢磨了下，问："我房间是标间，两张床，你今晚跟我凑合下？"

明决已累极，他倒不介意和苏暂同一个房间，反正睡哪儿都是睡，棘手的是季清和。

现在酒店客房已满，的的确确腾不出空房。眼下凌晨，昏线已入后半夜，大动干戈地把人叫起来腾房间，显然也不现实。

苏暂心下有了盘算，将烟灰一弹，起身道："走，先回去。"

同一时间，沈千盏房内。

手电的光因长时间发散，渐渐幽暗。

沈千盏握着手机，想发微信。临了摸着冰凉的机身，看着顶部显示的无信号，她忽然有了叫天天不应叫地地不灵的挫败感。

她与苏暂的考虑不谋而合。

现在时间太晚，不好惊动太多人，并且以季清和的身份，他出现在这儿，本身就非常违和。避免谣言四起，季清和的存在感最好能降至最低。

要是就季清和一个人，沈千盏完全不需要考虑，隔壁苏暂的标间正好可以用来金屋藏娇。但算上明决，床位就稍显不够，三个人挤一间房别说季清和不会同意，沈千盏也有些说不出口。

她还在思考，季清和握住她的手，将她掌心贴上自己的额头："帮我看看体温是不是偏高。"

他配合地微低下头，仿佛是她掌下虔诚的信徒。唇角轻抿，眉眼低垂，在暗淡的光线里，脸部棱角的明暗相错，意外地显出几分薄削的少年感。

明明这狗男人，年龄比她还要大两岁。

而掌心下，他的额头微烫，睫毛眨动时刷过她的掌心，微微发痒。

沈千盏抬眸，有些微愕："路上着凉了？"

　　她此时才留意到季清和长款外套下，只穿了单薄的西装衬衣，因西装颜色偏深，她之前并未察觉。

　　酒店停电后，房间内的温度骤降，小太阳、暖炉等一切电器设备都失去了功用，冷如冰窖。与一扇之隔的窗外相比，也就多了朱瓦遮顶，挡风遮雪。除此之外，与外头的冰天雪地并无差别。

　　沈千盏不顾走光的危险，半跪起身，用掌背又贴了贴季清和的额头。

　　他仍旧配合，身体微倾。只那双眼，眼帘微抬，一眨不眨地看向她。

　　许是夜色太深，又许是她今晚被蒙蔽了理智，空剩一腔温柔。季清和镜框后的那双眼深邃如井，初看水光潋滟，她分神瞧来时，他的眼里如实倒映着她的模样；再看井深似海，井底遍布暗礁，深藏潜龙，与她对视时静静凝望，深不见底。

　　她呼吸一窒，有种被吸附进悬崖的失重感。与那天她隔着攒动的人潮，不经意与他对视时的感觉一样，恨不能死在他身下。

　　走神仅在一瞬。

　　沈千盏很快回过神，她收回手，蜷起双腿，半坐在枕前："可能是低烧，得找温度计测量下做确认。剧组有医务组……"她微顿，说："但能力有限，平时只负责一些外伤处理。"

　　她边说边起身，从床尾下来，毫不避忌身后那道目光，从衣柜里取出套头毛衣和长裤，三两下套上："设备不全，也不知道温度计和退烧药有没有。"

　　无锡影视基地这几年刚兴起，为招商，影视城与当地政府都出台了吸引剧组的招商政策。周边设施齐全，从医院到商场，宛如一个新兴环保的现代化城市。

　　往常大剧组都会配备一个两到三人的医疗组用以应对突发状况或基础症状，再严重些的问题，三公里外就有三甲医院，足够应付。但眼前，大雪封路，出门就是冰雪，寸步难行。

医疗组的常备药若缺空，后果可能不可估量。

她边回忆医疗组那位女医生住几层几号房间，边趿上酒店的布艺拖鞋，去床头找手机。

季清和始终目光平静地注视着，终于等到她的冷静露出一丝破绽后，他不动声色地勾了勾唇，握住她的手腕，将她拉下。

沈千盏一时没留意，跟跄着单膝磕上床沿。

两人之间，季清和向来有绝对的优势。

他攥住沈千盏的手腕，更强势地将她拉近。近到伸手就能抱进怀里的距离后，他伸手托起她的下巴，凑近了看她。

距离太近，她眼底的情绪在他的视野里暴露无遗。

季清和张了张唇，嘴唇似要碰上她，可又没碰上，只有鼻息与她暧昧交融，若有若无。

他假装不知这个举动对她而言有多煎熬，另一只手落在她腰侧，轻轻捏了捏。

如他记忆中那般，她腰间一软，支撑身体的力量泄去一半，他们之间那点完全可以忽略不计的距离彻底被打碎。沈千盏撞上来，两唇相触。

季清和再没客气，压着她的后颈，迎上去。

沈千盏被暗算，心中不忿，可身体的反应比她要诚实得多。被季清和吻住的唇微微酥麻，心像空了一块，天塌地陷。

她仅存的理智仍在抗议，山呼海啸般促使着她去推开、去抗拒。她抬手，毫无震慑力地轻捶了一记他的肩膀："又占我便宜。"

沈千盏被吻住双唇，吐字含糊，她微恼，但实力悬殊的情况下，别说反抗，她的挣扎如蝼蚁撼动大树，只是平添情趣而已。

意外地，季清和松开她，微凉的鼻尖与她相抵，说话时嘴唇有一下没一下碰到她："不占你的占谁的？"

他悬在沈千盏腰间的手不着痕迹地轻捏着，将她捏得浑身发软，恍若无骨时，他鼻尖蹭了蹭她的，微微仰头吻她的鼻尖和唇珠："打骂都行，就松开不行。"

沈千盏无声瞪他。

明明脸上端的是怒容，可被他这样注视着，却像一脚踏进深渊，坠得心甘情愿。

她垂眼，问："哪不行？没听清。"

季清和掐她腰，这次用了点力，沈千盏毫无防备之下，唔了声，搭在他左肩的手象征性地推了他一下："恼羞成怒？"

"是快不行了。"他吻上去，含着笑音，低低沉沉的，"沈制片得抓紧体验了。"

沈千盏心里暗呸了一声，腹诽：臭流氓。

完全不想是自己先嘴贱打的嘴炮。

她觉得自己今晚已经过于放纵，良心稍稍有些不安，手腕在他掌心挣了挣，一句话说得断断续续："我去……找温度计，给你量量体温。"

季清和嘴唇稍离："你不正在给我量体温？"

沈千盏剜他，这么一偏侧，季清和看见她耳朵尖至脸颊这一片染得绯红，在手电光下泛着一层薄光。

他眸色渐深，似四月孤火，纵火焚林。

沈千盏没敢动。

这一幕有些像草木皆兵的荒野猎场，猎人藏在树后，又狡狯地从灌丛林里露出一双隐在帽檐下的眼睛。她能察觉到猎人的视线，专注又热烈，像下午两点的沙漠，沙粒烫脚，而她无处可藏，暴露在他的猎枪之下。

要故作不知，才能伪装心中恐瑟。

她觉得自己过于窝囊，又不敢主动挑衅，仍旧保持着单膝半跪床沿的僵硬姿态。

有那么一刻，沈千盏觉得自己在立贞节牌坊，内心饥渴，却要为了维持姿态矜持好看而强行扼杀渴望。

但最深处，有道声音始终警醒戒备，像迷茫时的空灵佛音，阵阵涤荡。

热意稍稍冷却后，沈千盏微垂眼眸，另一条腿也迈上来，跪坐在床沿。她原本就落在季清和左肩的手，沿着他的肩线移到他的衬衣上。

他没打领结，纽扣却一丝不苟，锁至领口。

她顺着心意，手抚过衬衣，停在他的胸前，随即指尖游离到他心口的位置比画了两下，问："这里是空的还是实的？"

"你想要，它就是空的。论分量，它是实的。"他眼尾微扬，唇峰轻抿时，弧线好看得像探颈入水的天鹅，没有一处不是精心测量过的。

沈千盏跟着抿了抿唇，这回她对视着季清和的双眼，视线不躲不避，刀刃般淬着锐利："不打一声招呼就来，不怕我恼？"

"不会有比现在不进不退更坏的情况了。"他握住她不安分的手，按在胸口，"这里没信号，要提前跟你打招呼有点太为难我了。"

"我来是确认你的安全，没你想的那些不干不净的念头。"对视的同时，季清和也在观察她脸上的表情。她的表情管理几乎满分，很难出现纰漏。但很多时候，极细微的眼神躲闪或故作强硬的挑眉仍是将她的心绪暴露得一干二净。

狗男人是真敢说。

半小时前不打招呼刷卡进她屋的也不知道是哪路神仙。

她嗤之以鼻，也懒得遮掩对这番话的强烈不认同。

有脚步声由远及近，沈千盏猜测是苏晢和明决，眼神隔着一道墙往外瞟了眼，没浪费眼下难得的好气氛，问出最后一个问题："走心走肾？"

季清和微怔。

按他设想，沈千盏的第三个问题不是要确认他是否真诚就是对他真实的目的性刨根问底。

　　"走心走肾"实在是超出意料之外的提问，他没考虑太久："都想要。"

　　沈千盏没问他是不是认真的。

　　无论季清和是大情圣也好，会撩妹三十六计也罢，就因为她的手机不通，临时改了去西安的机票来无锡，就足够她将一腔柔情拱手奉上。

　　过二十八岁后，她总将"自己年纪大了"挂在嘴边，也总觉得自己被社会洗礼得现实又理性，她不会再遇到热血澎湃不顾一切的恋情，也不会为一个本质上仅算有点缘分的陌生男人付出金钱、时间和生命里仅剩不多的余光余热。

　　但三十岁的今天，她发现她的生命里还是可以燃起年少轻狂时才有的冲动。

　　她不再怀疑季清和是别有用心，刻在脑海里像戒律清规一样提醒她要时刻保持清醒的警戒线像崩裂的玻璃，碎成一地齑粉。

　　隔壁门卡刷开的嘀嘀声响起，沈千盏回过神。

　　她不好意思直接说"我给你办了张通行证，走不走得进来看你自己"，毕竟气氛虽然到了，但话没说白，女孩的矜持还是要有的。并且，当初拒绝季清和时有多义正词严，现在撕下这层脸皮就有多血流成河。

　　因为他冒雪来了趟无锡，就感动到什么都往外掏，那不是她沈千盏。

　　沈千盏别扭的时候是真的别扭，和自己较劲的时候也毫不客气。可一旦想通，万事皆可抛。

　　她被压在他掌心下的手指微曲，轻轻地，隔着衬衣在他心口撩了两下。

　　季清和没能立刻意会，抬眼时，沈千盏望着他，另一只手在他喉结上不轻不重地轻刮了下："都想要就现在松开。"

　　她话音刚落，门上传来几声叩门的轻响。苏暂的声音像从门缝那边挤过来的，有些变形："盏姐？"

　　"季总？"

　　"你们睡了没？"

沈千盏无言无语默默无声了几秒。

她觉得自己起码一半的花边新闻，都是从苏暂的不当用词里传出来的。

苏暂敲完，耳朵贴着房门听了会儿。

确认没有嗯嗯啊啊和床板吱嘎乱叫那种乱七八糟的声音，胆子大了点，又叫："盏姐，你要是还没睡就给我开开门。"

屋里似传来小声拉锯的争执，随即是脚落地的声音，所有动静在黑暗中像放大了无数倍，一帧帧编织成一幕幕。

苏暂不健康的脑子里立刻发散性地脑补出了一部抠图小黄片，他清了清嗓子，耳朵贴着门缝片刻舍不得离开："我数三声，你再不理我，我就默认你俩要办正事了。"

不知是前奏够长，还是这句威胁奏效，苏暂话落，门就开了。

沈千盏衣衫整齐地握着手电站在门口："让你失望了。"

老实说。

苏暂是有点失望。

他是点背选手，住酒店的运气特别不好，从成年能开房到现在的老黄瓜时期，他一次也没撞上爱情片现场。

原本以为这家酒店隔音如此差劲，他今晚总能听到点现场收音，不料，你妈是你妈，你爸是你爸，青春的遗憾仍是遗憾。

季清和低烧，不算严重。

医务组的姑娘拿了退烧药，说好明天再来测量体温后，打着哈欠回去了。

不算兵荒马乱，但一番折腾下来，所有人都面带疲色。

沈千盏原打算去宋烟那儿挤一挤，一看时间，天都快亮了，显然不好再去打扰。真和季清和一间房，她心理上又过不去。

磨蹭许久，想着不如厚着脸皮跟刚才医务组的姑娘回房算了时，季清和像看穿了她的想法，原本还想逗一逗，余光扫见半点不觉得自己在这里很碍事的苏暂，顿了顿，说："我上来前，跟前台借了折叠床，就放在你房间。"

跑上跑下运动过量的苏暂傻眼："……我怎么不知道？"

季清和这回眼也没抬："你一直待这儿，能知道？"

自以为看了热闹的苏暂：卒。

获知这个喜讯的沈千盏，自然松了口气，这时候她终于不吝啬展现自己的体贴细心与大度，亲自把这两位祖宗送到隔壁，叮嘱苏暂今晚不要睡得太死后，功成身退，回房睡觉。

另一边，三个男人尚还清醒。

屋外的风雪声似乎小了点，只听见雪声扑簌。

苏暂侧躺了一会儿，睡不着，翻身去看折叠床上的季清和。

察觉到他的视线，季清和侧过脸看了他一眼。

这一眼像打开了潘多拉魔盒，苏暂暂时关闭的话匣子一下跳锁，喋喋不休。从高度赞扬季清和背负艰险的决心到传授泡妞之计，一口气说了半刻钟，见季清和始终未出声，正以为他睡着了时。

季清和说："她不一样。"他的嗓音微哑，沙沙的。

对沈千盏，强取豪夺没用，欲擒故纵没用，苦肉计也没用，他一着一棋，走马飞象，耐着性子全试了一遍，结果发现所有招数还没色诱来得更高效。

一想到这儿，季清和的眉心就隐隐作痛。

苏暂不知季清和内心还有一番辩白，只当他对沈千盏一往情深，正要大放彩虹屁吹捧吹捧时，冷不丁听见季清和问："那些男狐狸精呢？"

沈千盏睡醒后，花了点时间描眉画唇、遮黑眼圈。

昨晚折腾太久，饶是她亡羊补牢抓紧时机补了会儿觉，今早起来，仍是气色里缺了点色，差点意思。

沈千盏刚收拾好自己没多久，昨晚被叫来看诊的医务组适时地找上门来。

人不在她房间，沈千盏领她到隔壁给季清和量体温。

门没锁，开着一条缝。

为避免撞见一些不合时宜的画面，沈千盏进门前轻叩了叩门扉，听到里面那声"进"后，才应声而入。

屋内铺了三张床，除标准双床外，后加的折叠床邻靠窗边，被洒入室内的日光映得发白。

季清和和衣躺在床上，半靠着床头，一臂枕在脑后，似还在浅眠。听见动静，似迫不得已般，他睁开眼，侧目看来。

沈千盏见状，往旁边退了一步，让出身后的姑娘："给你量体温，看退烧了没有。"

季清和双目微合，似默许。

女孩放下医药箱，拿出额温枪，边测边询问："你现在感觉怎么样？"

"头疼。"季清和睁眼，目光越过女孩投向她身后的沈千盏。

后者双手负立，跟视察工作般，将他从头扫到尾："苏晳和明决怎么不在房间里？"

"去接车了。"季清和坐起来，"明决担心高速还封着，车进不来，就把苏晳一起叫去了。"

沈千盏纳闷："苏晳肩不能扛手不能提，除了一张嘴能在路上解解闷外，能帮上明决什么忙？"

季清和似笑了声，笑声极浅："不在这儿不就是帮忙了？"

第三次给季清和量体温的姑娘手差点一抖，她默默垂眼，在记录本上记下数据，觑着空，速战速决道："烧还没退，退烧药还是要按时吃。别受凉别吹风，我晚上再来一趟。"

她收起额温枪，合上医疗箱时，想了想，说："其实有条件最好还是去医院挂水，见效快。"但目前这情况，从街头走到街尾都难，还不知道医院有没有人上班。

沈千盏也考虑过这事，见她收拾好医疗箱要走，亲自送了几步。

将人送到门口，沈千盏留步，目送着对方从楼梯间离开，这才转身，走了回去。

季清和的精神状态不太好，他是气色里缺了点气，眼睑下方有青倦色的疲惫，瞧着颇有几分我见犹怜的架势。

沈千盏照顾着他把药吃了，可惜酒店停电停水，矿泉水没法加热，还是凉的。喂一个病人喝冷水，她良心上有些过不去，琢磨着酒店应该有用煤炭烧开的热水，当下便要下楼取水。

不料，话还没说出口，就被季清和截了话头："醒这么早，睡够了？"

"没。"沈千盏算了算自己回房后从躺下到闭眼花费的半个多小时，"勉强闭了会儿眼。"

要不是惦记着他在发烧，她能一觉睡到下午开会才醒。

季清和见她一副随时要走的样子，不动声色地扯开话题："剧组租用酒店的标准是什么？"

沈千盏疑心他在嫌弃这里环境差，想了想，说："那得看人。"

季清和往床侧移了移，拍了拍床沿的空位，示意她过来坐下说。

这举动太自然，沈千盏险些不受控制地坐下去。

为掩饰尴尬，她左右张望了眼，假装刚发现季清和睡了这个房间里最狭窄的折叠床，故意做作地问："苏暂和明决怎么舍得季总睡这张小床？"

"嫌床小？"季清和眸色微深，低笑道，"换张大的也不是不可以。"

狗男人，真是一有机会就努力不正经。

沈千盏没接他的话，也没顺他的意，眼神转了一圈后，没找到昨天发现的那把沙发椅，只能嫌弃地掀开苏暂揉成一团的被子，在床边坐下。

季清和的本意就是多留她一会儿，见状，半点未恼："你刚才说的看人？怎么看？"

"一看资方，资方钱给得多，制片人的手头就宽裕些。二看演员，无论拍电视还是拍电影都有个漫长的拍摄周期，大咖位的演员要求五星级酒店、度假山庄都是常有的事，谈好了就得兑现。但除了演员，其余人从导演制片到剧组工作人员都会另择平价经济的酒店。"她钩了钩鬓角那缕散发，说："像我这样又抠又穷的，挑选的酒店跟这里差不多。"

季清和昨晚和苏暂聊了一宿，什么都聊得不深，又什么都聊到了。无论是对沈千盏还是制片人的职业都多有了解，闻言，顺着她的话，一路往外抛着砖。

沈千盏本就善谈。

尤其自昨晚那番谈话后，她对季清和的态度明显转变不少。

两人都心平气和的状态下，沈千盏意外发现，放下对季清和的戒备和成见，他是个很好的交谈者，既能耐心倾听，又能有效提出意见。

譬如《春江》目前所遇的困境，季清和虽不是从制片人的角度出发，但他站在商业角度上提出的战略性自救方案也非常可循——降低拍摄成本，可以选择与合作方长线发展，以缓和目前资金紧张的困境。

"雪下不了几天了。"季清和把玩着手机，低声道，"这场冷对流过去后，就会升温，灾区恢复是迟早的事。"

临近下午开会前，苏暂终于回来了。

见沈千盏在他房间和季清和说话也不觉得奇怪，边咕咚咕咚喝掉一瓶水，边气喘不匀地分享他今天所遇到的惊魂一刻："雪把广告牌压塌了，那些生了锈的铁架子差点全砸车上。要不是我刹车及时，季总这辆大宝马可就有去无回了。"

明决比苏暂斯文许多，他顾忌着沈千盏也在，颇有几分约束，无论说话还是站位都保持着适当的距离感："没他说的那么惊险，事实上，小苏总不刹车，整辆车可能完好无损。"

季清和这才看了两人一眼，问："车怎么了？"

明决回："小苏总急刹后，车轮打滑，原地转了半圈，撞碎了车灯。"

苏暂一听这叙事口吻明显是将他当成了肇事者，生怕季清和张口让他赔钱，赶紧撇清："这么大一个广告牌砸下来，谁还能淡定地继续往前开啊？没见扬起来的雪快跟雪崩一样厚了，你要是这时候一油门冲进去，就不是碎个车灯这么简单了，那是追尾！"

明决瞥他，罕见地因意见相左，露出个不屑的神情。

苏暂一张小嘴还在叭叭地为自己洗脱嫌疑："物资车可就跟在我们车后，我这边要是追尾了，物资车能幸免？再说了，这么大的广告牌，不知道有多少根钢筋，多少吨的重量。"

沈千盏没耐心听两人吵出个结果来，拍了拍苏暂的肩，打断他的话："谁握方向盘，谁负责。有异议吗？"

苏暂瞬间耷拉下眉眼："灯灯你没心！我们讨论的是谁负责的问题吗？我们讨论的是技术层面的应激反应！"

行，还是她多管闲事了。

沈千盏拍拍屁股，头也不回地走人。

下午开会时，沈千盏将上午与季清和闲聊时商讨出的方案一说，各方反应五花八门。

沈千盏提出与影视城签长约，减少《春江》场地的租金，或以投资入股的形势，让影视基地减免租金，享受分成。

有忌惮苏澜漪的，有质疑策略可行性的，还有嫌弃影视城规模不够满足拍摄需求的。

沈千盏本就只是献策，拿主意的是萧盛不是她。

任这些人吵得天翻地覆，反复商量，她借了宋烟助理的游戏机玩了一下午的贪吃蛇。

散会后，《春江》的导演叫住沈千盏，给她提供了个信息："影视城东南角紧邻民国街的那片空地在搭景，景搭了一半，我听萧制片说你在筹备献礼剧，你改天可以去那里看看，没准适合。"

沈千盏随口应下，等人一走，回头寻了苏暂，一起回去。

当晚八点左右，沈千盏刚就着那点可怜的生活用水洗漱完毕，门就被敲响了。

季清和站在门外，开口就是一句她没法将人拒之门外的告别："我明天回去。"

沈千盏有些意外："车不是坏了？"

"所以提前走。"季清和倚在门口，问，"不让我进去叙叙衷情？"

沈千盏翻了个白眼，转身进屋，留他自便。

不出意料，她前脚刚进，季清和后脚跟上来，关了门。

有了昨天的教训，沈千盏洗漱完仍穿得整整齐齐。酒店停水停电，也没什么好招待的，她将苏暂傍晚送来的水果推过去，自己倚着桌角，臀部半挨着桌面，边拈起水果切片边看他："烧退了？"

"低烧。"他坐在椅子上，握过她的手，将水果送进嘴里。

被迫喂了他一片水果的沈千盏顿时气笑了："你要不要脸啊？"

房间里点了香薰蜡烛，光源昏暗得像随时会熄灭的枯草。

季清和稍稍抬了眼，目光落在她黑暗都挡不住的明艳脸上，笑道："还能更不要脸。"

沈千盏剜他，光眼神杀他还不够，她抬手就拧，从手背拧到手腕，怎么拧比较痛就怎么拧他。

季清和倒不觉得疼,她那点手劲,对他而言和挠痒差不多。每一下的肌肤相触都像篝火堆里爆裂的火星,到处放火生烟。

他起初纵着她闹,渐渐地,心底升起不合时宜的坏念头,反手扣住她的手腕将她掌控得动弹不得。他指尖搭在她的手腕上,指腹下是她一下下跳动的脉搏,季清和牵起她的手腕送到唇边,张嘴一咬。

用力重了,沈千盏嗞了声,他就在嗞声里抬眼,与她对视:"苏暂说剧组里的男演员长得都很合你的胃口,有这回事?"

他问得不紧不慢,每个字都咬字清晰,不像是好奇,更像是审问。从眉眼间的寸步不让到就守在她腕上的森冷齿锋,沈千盏立刻领悟,反口否认:"没有。"

季清和挑眉,似是觉得她的回答太过敷衍,并不满意。

沈千盏哭的心都快有了,狗男人不是来辞行的吗?这他妈是来严刑拷打的吧?

"真没有。"沈千盏说,"我来这儿才几天,除了制片导演财务,一个男的我都没见着。"

季清和笑:"听着好像挺遗憾?"

"哪能啊。"沈千盏悬空的脚尖蹭了蹭他的小腿,说,"这里还有谁能比得上你?"

季清和避开,起身后,握住那罐香薰蜡烛欺身上前。烛光将她的眉眼轮廓晕染得柔和又温婉,失了攻击性的眼神莞莞,从里到外写着"快来欺负我"。

他定了定神,又问:"半夜总有不安分的来敲你的门?"

沈千盏唔了声,思考了几秒:"这题是不是得分两个步骤回答?"

季清和无声地看着她,不发一言。

沈千盏自觉将他这个眼神理解成"你编来听听",说:"半夜来敲门是前半段,开不开门、回不回应是后半段,你不能把两个问题混成一件事……"来问。

话未说完，手腕剧痛，狗男人说咬就咬，没半分留情。

沈千盏疼得眼睛都红了，提脚踹向他的小腿，没踹到，刚一动就被他挤开双腿，压得动弹不得。

季清和没半点怜香惜玉，声音微沉，还有几分喑哑，似在笑又似在忍："老实点。"

"没有，没人敲门。"沈千盏垂眼，望向手腕的眼神委屈极了，"你怎么真咬？"

她话音刚落，热气还没散去，敲门声便响了起来。

沈千盏瞬间傻眼。

不是？

她平时顶多就欺负欺负苏暂，没做什么伤天害理的事啊！

顶着季清和越渐危险的眼神，沈千盏硬着头皮解释："估计是酒店服务员。"

下一秒，一道男声百转千回地响起："沈制片，开开门。"

沈千盏："……"

今晚真的要哭了。

敲门的男人似有些奇怪这个点沈千盏为什么不在房间里，咦了声，转身走了。

沈千盏听见门口的脚步声渐行渐远，她咬着下唇，瞧了眼季清和。

看，她多无辜啊。

季清和也在与她对望，他的眼神更赤裸些，像有一簇藏在壁炉里的火焰，火姿袅曳，烧得通红。

事实上，他漆黑的双眸内的确倒映着烛光。

有苍梨花的幽香顺着火苗，一丝一缕，从烛油中飘散而出。

"人走了。"沈千盏的视线往门口瞟过去，"幸好这几天都没信号，不然全剧组都该知道我既不在自己的房间里，又满世界找不到人。"

她用指尖轻轻推他肩膀："你别听风就是雨的，等你亲自跟组了你就知道，剧组的风气还是很好的。谁会天天闲着没事瞎串门，给人添谈资？"

季清和没动。

他将香薰蜡烛搁至窗台，随着火光移动，他眼里的两簇幽火也如同熄灭了般只剩一片古井般的沉寂："我看上去这么好打发？"

沈千盏摇头，对这个问题否定得真心诚意真情实感："你不止看上去，你就是很难打发。"

季清和作势又要咬，齿锋刚碰上她的手腕，沈千盏立刻改口："没有，我都是瞎说的。"她挣了挣，没挣开，从表情到眼神都透出股灰暗的无奈，"季总，您跟您侄子季麟今年同岁吧？"

"倒是想。"季清和这回终于松开她，那只手回落，撑在她身后的桌面上，"他们敲你门都跟你聊什么了，嗯？"

沈千盏没回答，她垂首侧目，与季清和对视了两秒，问："那你打听这个是想从我这儿知道什么，嗯？"

她鬓角的碎发随着侧头的动作垂落下来几缕，发丝如乌羽般，将沈千盏衬得面色白皙，透如凝脂。

季清和的目光落在她微翘的唇上，她的嘴唇有些干，并不是嫣红的色泽，微微透了点苍白，像褪色的象生花。

他喉结微滚，忽然问了个不相关的话题："《时间》还要多久开机？"

沈千盏被问得一愣，眉头微蹙，心算了一遍进度："最迟两个月。"

剧本大纲一定，剧本就快了。导演和摄制组全是现成的，拉起组来根本费不了时间，又是她合作惯了的，也不需要磨合什么。

她只需要趁这段空当去考察摄制场地，等剧本差不多的时候就能开机。

季清和没说话。

沈千盏以为他是觉得慢了，解释道："剧组最慢的阶段是确定剧本，这个基本是前期筹备最花时间的部分。等剧本一定，后面所有流程集中聚力，拍摄反而是最能看得见进度的。"

而且她也有时限啊，既是献礼剧，错过了献礼的时间再播出那还有什么意思？

沈千盏虽纳闷他突然提起开机这事，但她也没忘记季清和是投资方，有问就答。

正等他回话，季清和却笑起来，离得近，他的五官优势也放大到了极致。沈千盏被这个笑容晃了神，等回过神时，他曲指轻刮了下她鼻尖，说："那等两个月后我半夜去敲你的门，你不用回答，我也知道聊了什么。"

沈千盏起初被冷着了，可盯着季清和看了一阵又觉得好笑，到最后也是真的笑了起来。她伏在他的手臂上，只露出一双眼睛，嘴唇抿着，半笑半气音地问他："明天什么时候走？"

"醒了就走。"季清和低头看着她，连他自己也未察觉他的语气柔和了不少，"确认你安全，物资送到，本来今天就该走了。"

沈千盏眨了眨眼，没接话。

季清和也不欲多说，转了话题，问她："什么时候回北京？"

"再等几天。"沈千盏转头看向窗外，玻璃上凝了雾，她抬手抚开一片，就着湿漉的水汽看向黑洞洞的街道，"我跟苏暂算钦差，来了得把事办好，否则回去会挨骂。"

"但也不能待太久，把自己的事情搁下了。"这两天手机跟废铁一样，没法联系外界，她也难得静下心来，给自己制订了个计划表。

回北京后，要定导演，抓剧本。

邵愁歇有合作意向，想敲定他不难，剧本出大纲和第一集基本就可以确定。其余的，就是考察拍摄场地，拟邀主演。

有季清和在，她都不用担心拉投资的问题。往上递个条，钱款就能立刻到位。

想到这儿，沈千盏忽地记起要去西安的事："季老先生那儿你记得帮我解释解释，等这边忙完，我们再定时间？"

这次来无锡的目的已经超出了季清和预计的收获，西安之行反而变得不那么重要起来。

"随你。"他低声，"你准备好了，告诉我一声。"

沈千盏答应下来："明天让苏暂过来叫我，我和他一起送送……"你们。

她话还没说完，有脚步声去而复返。

酒店的隔音太差，她下意识噤声，警惕地看向门外。

果然，脚步声停在了她的门口。有敲门声规律地响起，这一次门外的人稳重了许多，敲了几下门便自报家门道："沈制片，我是萧盛，有事找你商量。"

萧盛？

沈千盏忍不住挑了挑眉，她看了眼季清和，稍稍坐正了些，扬声问门外的萧盛："我刚睡下，不大方便。是要紧的急事？"

许是听到她刚睡下，萧盛犹豫了几秒，说："是有点急，那我在门外等一会儿。"

沈千盏："？？？"

不是，这是还要进屋密谈的意思？

她倏地望向季清和，满眼写着："奸夫，要不你先躲躲？"

几乎是沈千盏那道目光与他对视的那刻，季清和俯身，修长的手指轻扣住她的脖颈，将她下颌抬起。

他俯身，张嘴咬住她的下巴。他存心要留下痕迹，下了重口，即使被她捶打也没松口。

两人僵持的这片刻，萧盛再度敲门："沈制片？"

沈千盏没敢发出太大的动静，见季清和终于舍得松口，抬手去摸下巴。她的下巴尖上被咬出了两排牙印，不算深，但没个一盏茶的工夫估计消退不了。

她气季清和小心眼，但不敢发作。从桌上下来时，故意狠狠踩了他一脚，低声警告："你别出声。"

香薰蜡烛的烛光在窗台上晃了两下，他背着光，五官轮廓模糊，唯有那双眼在黑暗中仍旧明亮清澈。

沈千盏忍不住盯着他多看了两眼，心里直犯嘀咕：现在她还没点头，这狗男人的醋劲就这么大了，以后在一起了还得了？是不是她见个异性都得一一汇报不得隐瞒？

她整理好领口和衣摆，确认自己没有失仪的地方，捧起蜡烛去开门。

开门前，她握着门把手，回头看了他一眼。

季清和坐在她刚才的位置上，身形与黑暗融为了一体。

沈千盏眼前有光，瞧不清他的模样，只感觉到他的目光一眼不错地落在她身上，像有重量般，压得她肩膀沉甸甸。

她转身，打开房门。

萧盛倚着墙，看她打开了一道仅她身量能通过的缝隙，下意识往里扫了眼："沈制片，这么晚了打扰你，没坏你的事吧？"

沈千盏与萧盛一直不对付，眼下没其他人，她连装都懒得装，一手扶门而立，一手拿着蜡烛，烛光里觑他："知道坏事还打扰，萧制片是存心的吧？"

她嗓音可娇可媚，这么做作地捏嗓说话，一时也分不清她是开玩笑还是真讽刺。

萧盛不欲和她拌嘴起冲突，左右看了看，问："方不方便进去说话？"

屋里藏着个大男人呢，你说方不方便？

不过这话肯定不能照实说，沈千盏笑了笑，打马虎眼："萧制片刚才敲门时喊得整条走廊都听见了，真有事商量，叫上几个相关的人。你一个人半夜进我屋里，回头传出去不像样。"

萧盛蹙眉，解释："与你下午提的事有关，就在门口讲？"

"下午的事？"沈千盏思考数秒后，眼神往隔壁苏晢的房间瞟了眼，"不介意我们的小苏总跟着听听吧？"

萧盛顺着她的目光看去，知道她指的是苏晢，手里一直挂着地面的手电抬起，打在沈千盏身上，随即又若无其事地移向隔壁紧闭着的房门："小苏总住这儿？"

沈千盏怀疑他已经看见了自己下巴上的牙印，心里憋火恼怒，又不好发作，将门一关，径直去隔壁敲门。

苏晢听了半天的墙脚，早就等着开门了。

沈千盏手刚抬起来还没碰着房门，苏晢把门往后一拉，客气地将两人请进去。

萧盛与苏晢关系虽一般，但碍于苏澜漪的面子，对他一向谄媚。沈千盏听着他在后头放炮一样跟苏晢寒暄，将手里的蜡烛一吹，在电视机柜前的椅子上坐下，催萧盛有屁快放。

萧盛拆了包烟，给两人各分了一根，取火给沈千盏点上时，她避了避，将烟夹到了耳后："已经刷过牙了，不抽。"

他也不勉强，目光在房间内扫了一圈，有些意外苏晢这里摆了三张床："剧务怎么给小苏总安排的房间？就是没地方住了，也不能让你跟着挤三张床啊。"

苏晢还没跟萧盛提过物资的事，就连剧务那儿也提前打了招呼，称是他叫了两个朋友送物资进来，雪停了就走，令他们不要声张。

此刻闻言，他看了眼沈千盏，见她没阻拦，解释："剧组不是物资紧缺？我叫了两个朋友给我送了车物资，东西都堆酒店的仓库里了。雪不停，他们没法走，就跟我住一屋了。"

萧盛哑了一会儿，正想继续追问，沈千盏不耐地打断他："什么事，可以说了？"

"是这样……"萧盛提起自己散会后，单独拎了几个能扛事的又开了个小会，众人对与影视基地合作自救的模式很认可。几人商量后，觉得分批行事比较高效，萧盛负责去和影视基地的合作方商谈，看对方是否有合作意向。而沈千盏回北京，替他跟苏澜漪请示，出个具体的合约条款。

"要不是停水停电没信号，请示苏总的事一通电话就可以完成。"萧盛打量了眼苏暂，见他并未不悦，继续说道："按目前这个情况，就算雪停了，化雪还要一段时间。沈制片这次过来，为我解了燃眉之急，我非常感激。小苏总和沈制片是苏总派来帮忙的，我这边困境已解，也没道理扣着二位留在这里吃苦受罪。"

他一番话，情深意切，听着像是为了沈千盏和苏暂考虑，深想下去，其实是找了个名目将他俩这队钦差遣回北京。

沈千盏笑了笑，求之不得："既然萧制片这么言辞恳切地请求我帮忙，我没有推托的道理。萧制片安排我们什么时候走？"

萧盛有些意外沈千盏这么好说话，他忍不住多瞥了她两眼，想起刚才扫见的那排牙印，又瞬间心领神会："剧务明天就能安排车辆送你们出去。"

苏暂皱了皱眉，似有话要说。嘴唇张合数下后，余光瞥了眼沈千盏，见她没意见，这才答应下来。

等把萧盛送走，苏暂嘀咕着把门关上："回去了我得跟我姐参他一本，我才来几天啊，就急着把我们赶走。这下好了，物资白白占走，事你也给他们解决了，我怎么觉得我们这一趟半点不讨好啊。"

"本来就不讨好。"沈千盏对萧盛的做法倒没太多不忿，苏澜漪让她和苏暂过来，说是帮忙解决问题，实际上这个原因只占一半，另一半用来给萧盛增加压力，她是恼萧盛无能，白白花了公司一笔冤枉钱。

苏澜漪的目的都已达到，眼下萧盛又给了她一个名正言顺回北京的理由，沈千盏实在没必要继续留下去，既招人嫌自己也不痛快。况且停电停水没信号，这让她这位要求自己时时精致的少女怎么咬牙忍下去？

这个消息对沈千盏而言，无疑是喜讯。

她钩过桌上的火柴盒，擦了根火柴将蜡烛重新点燃："行了，收拾收拾，明天回北京。"

火烛一亮，苏暂咦了声，凑上前来盯着她下巴上的咬痕仔仔细细看了好几眼："你俩这么激烈？"

第二天一早，季清和与明决先离开，从南京飞往西安。

沈千盏和苏暂盘点完仓库的物资，妥善交托给剧务后，后脚跟上，坐车回北京。

离开无锡地界后，手机信号恢复，沈千盏的手机叮叮叮地飞满了各种消息。

她先给老沈夫妇报了平安，紧接着查看乔昕最新发来的《时间》最终版大纲与第一集剧本。

再向苏澜漪汇报了《春江》剧组的困境与解决方案，想了想，她套了套说辞，将季清和的送温暖粉饰了层她委托其帮忙购买运送物资的伪装，跟苏澜漪报了账。

苏暂作为知情人，沈千盏为避免两边口供对不上引起误会，途经服务区时，请苏暂吃了顿烤肠，互相对口供。

苏暂吃得满嘴流油，边咀嚼边含糊出声："我知道，你不想欠季总的。你放心，我姐问起来我就跟你说的一样。"

"错了。"沈千盏用竹签扎他，"你怎么这么蠢？这是欠不欠的问题？"

如果这些物资是季清和送给她的，她一定照单全收。但这些物资是给

《春江》剧组解燃眉之急用的，平白无故收了，良心过得去？

沈千盏花了点时间让苏暂理解了其中的逻辑关系，她则马不停蹄，飞快地给乔昕下指令，抓紧推进《时间》的进度。

一个项目最易夭折的筹备时期已平稳度过，到剧本阶段，就真的要开始忙碌了。

回京后，沈千盏马不停蹄地将江倦山和林翘抓来开剧本会。

有了第一集剧本，导演阵容很快定下，邵愁歇签约当日，《时间》前五集剧本定稿，沈千盏优先联系了艾艺，敲定平台渠道。

接下来的流程按部就班，有条不紊，项目进度条跟坐了火箭般，节节攀升。

《时间》前十集剧本定稿当天，沈千盏将主创团队集中到会议室，开会讨论。

季清和照例没有出席，仅让明决在线视频会议。

这次的会议内容主要是拟定主演名单，由沈千盏去接洽艺人经纪，签约演员。

沈千盏在剧本交稿之日，就跟乔昕交流过主演人选。

她属意宋烟和傅偊，宋烟是新晋黑马，观众缘与口碑极佳，与傅偊既有师徒之名、提携之恩，又有八卦热度，加上两位演员演技不俗，互相成就，无论是外形、咖位都足以匹配《时间》的主番。

艾艺倾向于褚丝丝，认为形象与女主比较符合，对傅偊出演男主倒是很满意："沈制片看男色的眼光实在不错，和我想到一块去了。"

沈千盏皮笑肉不笑，回撑："毕竟心没老，男色正当春。艾姐有家有室，先生成熟稳重，哪还看得上圈里这些愣头青。"

苏暂险些笑出来，他忍得辛苦，只能将话题抛给编剧："两位编剧有没有觉得合适的人选可以推荐？"

　　林翘和沈千盏的审美一致，她毕生心愿就是傅徯能够演她的剧本，当下毫不顾忌几位资方在场，热情投选："傅徯特别好，男主找他一定能撑得起来。女主选宋烟也行，这两位再组合的话，肯定很有话题度。"话落，她又忽然惆怅，眼巴巴地看着沈千盏，"可是傅徯不好请啊，不只片酬高，对剧本和制作方的要求都很高。"宋烟和他的绯闻又当热，万一为了避嫌婉拒……

　　江倦山没说话，他淡淡瞥了眼林翘，笔尖一转，把发言权传给了下一位。

　　挂在投映幕布上的明决，微微怔了下，他看了眼镜头外的某个地方，得到某种默许后，他清了清嗓子说："季总对沈制片的眼光非常信任。"

　　"沈制片历来的选择都很专业，审美高级，品味高端。"明决笑得意味深长，目光在沈千盏脸上一落，说，"季总说片酬不是问题，您想请谁就请谁。"

　　满座艳羡里，只有沈千盏不为所动。

　　她怀疑狗男人在自夸，又不好揭穿，见众人目光都汇聚而至，轻咳了声，缓解尴尬："倒也不必这么信任我？我会让乔昕把拟邀名单和演员简历整理好发给季总。"

　　拟邀名单一时肯定讨论不出结果，散会后，沈千盏让乔昕把资料发给季清和。

　　资料刚发送至邮箱，她的手机铃声便嗡声而至。

　　季清和来电。

　　沈千盏接起电话："喂？"

　　"演员简历不用看了，按你喜好挑。"他似乎在忙碌，贴耳的声音里有窃窃交流的私语声，不算清晰，又嘈嘈不断。

　　她故意装傻："按我喜好？我什么喜好？"

季清和唔了声，问："不是我这样的？"他笑起来，声音低低沉沉地醉耳，"沈制片不会还不知道我就是按着你喜欢的样子长的？"

那端像受到惊吓，所有声音都不约而同地安静下来。

明决脸如锅灰：季总，您这样，您父母知道吗？

Best Time

白 马 时 光

北倾

著

想把你和时间藏起来 下

百花洲文艺出版社

BAIHUAZHOU LITERATURE AND ART PRESS

目 录
Contents

目 录
Contents

候鸟归巢——相♥守

Hide You and Time

候 鸟 归 巢

相————————守

第十五章
我想

季清和那通电话，沈千盏没当真。

她抽空将投来千灯的艺人简历仔仔细细看了一遍，分拣了一批优质的演员交给邵愁歌安排试戏。

一部电视剧的参演人员，从主演、配角到群众演员，少说也要数十个，更别提像《春江》那样史诗级别的古装剧，光一个宏大的场景就要动用数百人。

这么多演员，通常分三路。

一路是资方心属的艺人，一路是投拍公司的签约艺人，还有一路是投简历扩招进组，无根无茎的职业演员。

《时间》作为一部上头钦点的献礼剧，可想而知其含金量有多高。

几乎是试戏的消息一出来，沈千盏刚清空的邮箱又多了十几页的简历。除了投简历的，不乏平日稍有些交情的经纪人，抽空约见，趁着吃饭喝下午茶的工夫推销自家的门面。

别说沈千盏了，就是苏暂，这阵子也是下了班就要去赴约，接连一周没在晚上十二点之前回过家。

这日。

邵愁歇定了试镜日子，叫沈千盏到现场一起面试。

试镜的地点在北京郊区的一处摄影棚，沈千盏捎上了苏暂，一同前往。

沈千盏这段时间大动静不断，先是《时间》备案公示，后又试镜招选演员，整个组已从当初只有零星几位主创人员逐渐扩大，聘用了摄像、剧务、场记和美工。

她到时，摄影棚外已经停了不少商务车。车流如织，人群往来，场面看着颇为热闹。

沈千盏隔着车窗观察了会儿，等到与邵愁歇约好的时间相近，这才和苏暂一起入内。

摄影棚内拉了白布当幕板，用展板隔出一个封闭的房间用来试镜。展板外排了一条长队，全是今天来试镜的演员。

沈千盏进屋的刹那，队末的女孩纷纷侧目看来，有面露好奇的，也有心里疑惑猜测她是哪家公司的。她目不斜视，领着苏暂一路进了面试的房间。

邵愁歇坐在临时搭的桌案后，正一张张翻看简历。

他的助理半趴在桌上，看见眼熟的就给他科普讲解："这家是艺海经纪的，和我们合作过。演员个个半路出身，眼高于顶，不好伺候。"

"这位演员，陈总给我们打过招呼……"话未说完，他抬眼看见沈千盏进屋，忙起身招呼："沈制片来了。"

沈千盏客气地笑了笑，微低了低下颌算打过招呼。

她与苏暂在桌案后的空座上坐下，很快有人端上茶水。她随手翻了翻手边的那沓简历，问："邵导有没有看好的？"

"有几个。"邵愁歇从简历里挑出几张，"这几个我合作过，今天也叫来试戏了，你等会儿可以看看。"

沈千盏扫了两眼，心里大概有了数。

　　她做事果决，一趟试戏下来，和邵愁歇将简历筛了个七七八八。离开机还有段时间，她不用急着做决定，收工后和邵愁歇约了饭，一并回北京市区。

　　那天拟邀主演名单时，邵愁歇没说话，等现下只有沈千盏和苏暂二人，这才提道："我在想演员全部起用新人是否可能。"

　　沈千盏猜到他可能有这个想法，主演人选才一直悬而未定。邵愁歇无疑是位优秀的导演，但太有才华的人也特立独行，尤其喜欢挑战不可能的事。

　　她面上没显露分毫情绪，给自己盛了碗豆腐汤，待放下公勺，问："你有适宜的人选？"

　　"我说了你可别笑我。"邵愁歇老脸一臊，看她的眼神躲躲闪闪，"我们男主有一半的人设参考了季庆振老先生的经历，眼下不是有个现成的继承人在这儿吗……"他话未说完，沈千盏先喷为敬。

　　她险些被那口豆腐汤呛到，咳了好半晌，才不敢置信地问："你说谁？"

　　"季总季清和啊。"邵愁歇一脸无辜，"我对主演没具象立体的概念，所以前阵子苏暂给我看了一张季总的工作照，让我找找灵感。"

　　他献宝似的将那张打印出来的照片递给她："你看，季总的气质多符合，举手投足的清贵简直浑然天成。重点是，他本身就做钟表修复的，都不需要你再花时间培训。"

　　沈千盏接过照片。

　　照片拍摄的地点在北京，时间堂的工作室里。

　　季清和坐在桌前，正低头修着一只樊梨雕花木钟。窗外的光正好落在他的镜框上，淡淡的镏金弧线将他衬得面若冠玉，他眼睫微垂，目光专注地落在表盘的制动机关上，应该是在笑，眼尾的锋芒温和，静静搭垂着，像含着温润的黑曜玉石，美得惊心动魄。

　　沈颜狗立刻就不行了，她的视线连一秒都舍不得移开，只拿脚踢了踢苏暂："你上哪拍的照片？"她都没有，这兔崽子竟然敢私藏！

"季总工作室啊。"苏暂夹了块樱桃鹅肝，喂进嘴里时满足到双目微眯，"除夕夜你不是把我扔给他了，我第二天醒了找到工作室，就悄悄偷拍了一张。"

沈千盏舔了舔唇："就一张？"

苏暂呵笑了声，用湿毛巾拭了拭唇角，没直接回答，视线越过沈千盏，看向她身旁的邵愁歇，说："邵导，我劝你别想了。季总没这个爱好，我们沈制片也不会同意的。"

"我也知道我挺异想天开的。"邵愁歇拧着两条眉毛，丧丧的，"但我看着季总就特别有创作灵感，还指望沈制片给我使使劲，怎么就不会同意了？"

"我本来以为找傅偰已经很大胆了。"沈千盏的目光终于从照片上移开，"结果这里还有个胆更肥的。"

她把照片扣下，义正词严："没收了。"

接下来数日，沈千盏先接洽了宋烟，确认她的档期。

宋烟和《春江》的合约签到三月底，前几日无锡的雪化后，《春江》已重新投入拍摄。为了追赶之前落下的进度，她六点上工，夜深才收工，与沈千盏的联系也断断续续的，几天才能聊完一件囵囵事。

邵愁歇自那日提了想让季清和做主演的荒唐念头后，连着磨了沈千盏好几天，直到听苏暂打小报告，说沈千盏属意宋烟，正在敲傅偰后，这才死心。

沈千盏签下宋烟和傅偰的过程并非一帆风顺，先是蒋业呈反对，这老狐狸面善心不善，也不明着来，只一个劲地针对她，躲在背后搅弄风云，给她添堵。

艾艺倒没作妖，给沈千盏推荐过几次艺人被婉拒后，干脆不掺和了。

大局将定时，沈千盏给季清和打了个电话，告知正在接触的主演人选："宋烟基本能定了，傅徯还在谈。你要是没意见，我就开始死磕了。"

季清和不置可否："你决定就好。"

"定下主演前，有个插曲。"沈千盏笑了声，说，"邵导跟我提议让你当主演，你怎么看？"

他周身似有人头攒动，背景音嘈杂混乱，他用手挡了挡手机，避入稍微安静的角落里，这才回她："你舍得看我跟别的女人卿卿我我？"

沈千盏想了想，说："这个还好。"察觉到那端气息变了，她立刻补充，"就是露肩露背露脸没法接受。"

季清和低声笑了笑："我也觉得，你独自欣赏就好了。"

沈千盏莫名觉得脸热，顺着他的话就问道："四月开机，你什么时候回来？"话落，发觉自己的口吻颇有些怨念，欲盖弥彰地补充了句："当初签合同时，又是要求亲自审核剧本，要求车接车送的，剧本会开了几十次了，你一回都没来过。"

要不是季清和是免费劳力，她早杀上门要违约赔偿了。

季清和转身，看了眼显示屏上的日期——三月二十日。

他为了不终岁钟表的新品，被困在总部近两月，其间回过北京两次，次次忙到脚不沾地，连约她吃饭的时间也没有，颇有些三过家门而不入的沧桑无奈感。

季清和捏了捏眉心，摘下眼镜。

落地窗前，是半座城市的灯火，他踩在这星罗棋布之上，想念的情绪在瞬间铺天盖地，淹没而下。

"开机宴一定到。"

开机宴定在四月底。

月初时，沈千盏奔赴无锡，与影视基地签下租用拍摄场地的协议。

几日后，她组建美工组，由乔昕监督，布置搭景。

四月中旬，剧本前三十集定稿，江倦山与林翘从北京飞至无锡，一是参加开机宴，二是跟组创作剧本。

沈千盏派了A组的司机去机场接机，临晚核算完账单明细，和乔昕一道在酒店大堂等着给两位编剧接风洗尘。

剧本启动后，沈千盏为了赶进度，给江倦山留的时间除了吃饭睡觉，就是码剧本。剥削之严重，连苏暂这苏扒皮都看不下去，不止一次在她耳边叨叨："沈千盏你赶紧做个人吧，你看看林翘的黑眼圈，都快垂穿地心了。江老师这么风姿卓越的男人，双目猩红，脸色苍白，连个人样都没了。"

沈千盏闻言，连眼皮都没抬一下："我不这样，江老师能在这么短的时间内交三十集剧本？"

她原计划五月中旬开机，自然逼江倦山逼得紧些。不料，江倦山与林翘的组合太让人惊喜，配合之默契，进度之高效，生生给她提前了小半个月。

以至于沈千盏每每忙到夜半时分，都忍不住感慨自己捡到宝了。

先不提这对神仙组合的高效默契，光剧本质量就令沈千盏惊艳不已。即使没有时间限制，寻常也难得有这样高质量的剧本故事。

江倦山为什么能年少成名？

实力天赋缺一不可！

商务车抵达酒店时，沈千盏正在打电话。

乔昕出门接了人，先领着去办入住："盏姐在接工作电话，我们先办入住，等把行李归置一下，我们一起去吃个夜宵。酒店附近有家夜宵摊子，烧烤清粥什么都有。"

林翘顺着乔昕指的方向看了眼，问："盏姐最近挺忙的吧。"

"可不是。"乔昕叹气，"她最近实在辛苦，每一天都有忙不完的事，见不完的人，跑不完的场地。晚上回酒店后不是这儿开会就是那儿开会的，天天忙到凌晨三点。"

按沈千盏自己的话来说，她最近天天忙成狗，忙到性欲都减退，只想两脚一蹬，合会儿眼睛。

乔昕帮着江倦山和林翘办完入住，特意要求两人的房间与沈千盏相邻，方便开会。

隔了几步远的林翘，在听见"开会"这两个字时，小脸一垮，丧出地表。

办完入住，乔昕领两位去房间放行李。

这趟住下，归期不定。什么时候写完最后十集剧本，沈千盏才什么时候放人走。林翘生怕要在这儿住上一整月，足足拎了两个行李箱，从日常家当到被褥床单，整整齐齐带了个囫囵。

乔昕看她归置东西看得目瞪口呆，好不容易等到沈千盏的电话，立刻叫上江倦山一并去吃夜宵。

夜宵摊子离酒店不远，拐个弯就到。

沈千盏轻车熟路地点了一盅艇仔粥，数十串烤串，一盘黄金糕，又拎了几瓶酒这才回来坐下："你们过来辛苦了，路上还顺利吧？"

"顺利的。"林翘羡慕地左右打量了她好几眼，"你都瘦了！昕昕说你每天凌晨三点睡，你怎么做到天天熬夜还把自己养得这么滋润好看的？"

沈千盏将酒瓶往桌角一磕，利落地开了酒："小马屁精，你讨好我也没有假放，剧本该写还是要写。"

她将啤酒推过去："喝点今晚好睡觉。"

林翘认床，每回跟组，都会找沈千盏喝点小酒。有条件就吃着夜宵喝啤酒，没条件就开瓶红酒聊聊圈里新贵的年下奶狼狗，这么多年下来，都快从习惯变成仪式了。

林翘跟她碰了碰杯，问："季总呢，还没来？"

"开机宴才会来。"酒过辛辣，沈千盏缓了口气，才问，"有事找他？"

林翘摇摇头："也不要紧。"

前期筹备时，林翘跟江倦山一同去时间堂的工作室参观过。大多时候，遇到难以下笔的地方，也是与孟忘舟讨教较多。本以为到了剧组，能够省了这些麻烦，不料，还是不见季总人影。

说话间，烤串端了上来。

沈千盏叼着一口肉串，说："你应该说要紧，这样我才有理由催他早点过来。"

她声音太含糊，林翘没听清："盏姐你说什么？"

"我说，"沈千盏把烤肉咽下，云淡风轻道，"顾问吃屎去吧。"

临近月底，剧组场景搭建得差不多了，人员也渐渐到齐。

监制排出了具体的日程拍摄计划，除宋烟外，从傅徯到一干配角全员参与排班，开始上工。

宋烟仍在赶拍《春江》，按她的日程表算，这两日就该杀青了。

沈千盏没等宋烟，令监制先排了傅徯的定妆。

邵愁歇自打上次推荐季清和失败，对男主人选存了偏见，特意在沈千盏旁观一众演员指定妆照时，嘴里喷喷有声地嫌弃道："差点，还是差点。"

沈千盏不动如山，连个眼神都没分过去。

这男人小心眼起来，通常都十分无理取闹，不理他自然消停了。

傅徯长得好，骨相出色，与季清和是同一挂的妖孽。人天生吃娱乐圈这碗饭的，在演戏的专业度上，起码能扛三个季清和。

连傅徯都不满意，他还导个锤子演。

四月三十日，开机宴。

沈千盏前一晚与财务核对账目至黎明，下午一点才醒。

乔昕上午应该来过，怕她睡不醒，窗帘半拉开，有午后的阳光从空隙里漏进来，像洒了一盆金光，明晃晃得刺眼。

她在枕下摸了会儿手机，看到时间时，抓了两把头发，起身洗漱。

开机宴设在无锡的季春洱湾，与影视基地相距十公里。

苏暂上午过去布置场地，给她留了数条微信，全是现场的拍摄图。

她边刷牙边看图，等返回微信列表，目光落在季清和的微信对话里。那里静悄悄的，连只言片语也没更新。

乔昕前两天就在与明决确认行程，昨晚还通了次电话，确认航班，安排接送的车辆。

照理说，季清和这会儿已经下飞机了。顺利的话，他应该坐上了剧组去接他的商务车，正在来影视基地的路上。

她漱完口，目光又一次瞥向手机。

微信嗡声振动着，机身光不溜秋地从洗手台边滑入水中。

沈千盏傻眼。她盯着沉入水中的手机数秒，急忙忙捞起来。

捞得还算及时，手机除了看着不太好，运行照旧。湿漉漉的屏幕上，是剧务提醒她五点要出发去酒店。

沈千盏拎着手机抖了抖水，连擦干的程序都省了，走了几步，将手机扔回卧室的大床上。

狗男人，有本事今晚也别跟她搭话！

下午三点，乔昕来看她起床了没有，见沈千盏坐在化妆镜前描眉画唇，握着手机给她打电话："盏姐，你手机是不是又静音了？我刚才打了两个电话都没打通。"

沈千盏忙着精致，乔昕这么一问她才想起手机扔在了床上。她垂眸，打量了眼还是半成品的眼线，回头说："手机在床上，刷牙的时候掉进水里，捞起来后就没管它。"

乔昕答应了一声，找到手机后，帮忙检查了下。

手机屏幕抬起便亮，她瞧见提示里有季总的未接电话，说："盏姐，你没接到季总的电话，要不要现在回一个？"

沈千盏一双手稳如老狗地描完眼线，她打量着今天过分精致的眼妆，心情极好："不回。"她旋开口红，亚光质感的口脂在唇上推开，她抿了抿唇，低声道："就晾着他。"

等到五点，坐立难安到已经补了两次妆的沈千盏立刻起身。

动作之迅猛，吓了乔昕一跳，她手忙脚乱地收拾着散了一沙发的充电线和电子设备，嘟囔道："盏姐你今天怎么跟报时鸟一样准时……"

沈千盏几步走到了门口："剧组几百个人都要坐车去酒店，你迟到一点我迟到一点，多耽误事。"她边说边开了门，人却没看门口，而是转身对着玄关的全身镜上下审视，"暂暂在酒店了吧？"

"是。"乔昕一股脑将东西扫进包里，"苏暂就没离开过酒店，一直在那儿安排呢。"

沈千盏扭了扭胯，瞧着身体曲线玲珑有致，她满意极了："季总呢，怎么安排的？"她话音刚落，半开了一道缝的门从外侧往里推开，季清和站在门口，好整以暇地欣赏着她："我在这儿，不如亲自问我？"

沈千盏一怔，摆胯的姿势僵在半路，转头去看。

季清和一身低调的休闲装，就站在门口。他垂着眼，将沈千盏从上至下打量了一遍，目光落在她露出一片雪白胸脯的低领时，眉心几不可察地微微一蹙："今天才知道沈制片也是州官。"

这话太耐人寻味，沈千盏挑眉，自己还没察觉前，唇角微勾，已不自觉地露出抹笑："也是州官？"

"不许我露肩露背露脸。"季清和顿了顿，目光落在她白腻的胸前，"自己倒大方。"

沈千盏顺着他的视线低头看了眼，低领的蚕丝绸布下，她胸前是藏也藏也不住的大好春光，一条浅浅的沟壑，欲言还休般藏入衣领之下。

她敷衍地拉了拉领口，回头见乔昕已收拾好，抬步与他一并走向走廊："你怎么知道我房间在哪？"

乔昕见状，识趣地落后一段距离，走在了最后。

走廊至电梯间有段距离，沈千盏拿着手包，将红毯走得跟在戛纳似的，步履优雅，猫步纤纤。

她故作姿态的矜傲落在他眼里便全是可爱，季清和笑了声，缓缓道："想夜探香闺不得提前踩点？"

四月底，天日方长。

走廊一片未尽的余晖，从落地窗外洒入。

今天天气晴朗，皇历亦宜求财开市纳福。好像哪哪都吉祥福瑞，处处皆是好兆头。

沈千盏瞧着那片阳光高兴，没跟季清和那登徒浪子计较。只扶了扶耳后盘起的长发，嗔了他一眼："季总还是太年轻。"

她迈过门廊，走入电梯间，一身长裙，鱼尾裙摆似海浪般，涨退旋移。

这女人撩人起来，一举一动皆成风情。

沈千盏却对自己无处可存的魅力一无所知，等乔昕跟上来，松了电梯开门键，施施然往后退了一步："今晚我可没空招待你。"

季清和不置可否。

他今日特别低调，既没西装革履，也没夺人眼球。一身寻常年纪寻常的休闲，要不是那张脸挡也挡不住的光芒四射，瞧着跟财务一样，端的是斯文，打的却全是算盘。

沈千盏忍不住多瞥了他两眼，问："明决呢？"

"他没来。我在这儿，北京不能没人镇场子。"季清和顿了顿，神情自若地补充，"也怕来了碍事。"

"碍事？能碍什么事？"剧组这么多人也不缺一张嘴，一张床的。

季清和轻笑，透过电梯的落地镜瞧了她一眼。

明明什么也没说，那个眼神却从里到外透着暧昧和纵容。

沈千盏只对视了一眼，就匆匆飘开视线，看电梯顶看监控看扶手，反正看什么都行，就是别看季清和。

很快，电梯抵达大堂。

沈千盏火烧眉毛样，率先踏出电梯。

酒店门口是排成一列的商务车，从 A 组到 B 组，全队在列，等候接客。

剧务与生活制片正在安排已到场的人员上车，沈千盏一到，自然优先。季清和是贵客，与两位编剧一起，并入沈千盏的座驾，先行出发去十公里外的季春洱湾。

季春洱湾酒店临湖而建，是无锡近年来最高档的五星级酒店。

因入住费用昂贵，沈千盏拨资金那会儿，完全没考虑它，只吝啬地将开机宴摆在了季春洱湾的会客厅。

几人到时，听到风声的苏暂已在门口迎接。

他立在酒店悬挂于外侧的《时间》概念海报前，一身花衬衫精神抖擞，满面春风。

门童上前开门，坐在最外侧的季清和先下车，其次是沈千盏。

她穿着长裙，裙摆开口又小，正愁是姿态优雅地跳下车好呢还是姿态难看些地侧身下车时，季清和伸手，一手握住她的手心，一手揽住她的腰，不容她拒绝地直接将她抱下车来。

待她双脚落地，他若无其事地收回手，整套动作行云流水，不见半点扭捏。

沈千盏还有些没能反应过来，苏暂在一旁已经看热闹地鼓了两下掌，那笑声刚溢出喉间，就被季清和一个凝睇，生生憋了回去。

他清了清嗓子，假装什么也没看见地越过沈千盏二人，将手伸向乔昕：
"来来来，哥哥不允许你没人抱。"

乔昕那口狗粮还未消化，见苏暂空投了一盆狗屎，一个扫堂腿就将他
扫得远远的："你你你，你哪儿凉快哪儿待着去。"

酒店廊下人并不多，这段插曲除了当事人，也没人留意。

这种时候，沈千盏也没娇情。等进了厅内，四下无人，她才轻飘飘地
抬眼，看了季清和一眼："季总这么熟练，这几个月没少在外边扶女孩下
车啊？"

季清和收回打量会客厅的视线，稍一垂眸，四目相对时，语气寻常道：
"我让明决给你发了行程表，每天在哪见谁忙什么，这也能闭着眼睛冤
枉我？"

行程表？

沈千盏满目疑虑："明决发哪儿了？"

"邮箱。"季清和淡瞥了她一眼，看她那副明显不知情的表情就知道
她压根儿没留意，"私发微信太刻意，没名没分的，不好这么直接，就稍
稍迂回了些。"

沈千盏的耳环晃了晃，一时不知该摆出什么表情来。

有些想笑。

他这么卑微的小意盘算，小心试探，结果她既没接收到也没留意到。

又有些羞恼。

她最近忙得脸皮都磨薄了不少，动不动就脸红耳热，躁得慌。以前尚
能面不改色和季清和开黄腔，眼下他不带颜色正经说话了，她却开始无力
招架。

她还是那个纵横北京夜场，风流场里赫赫有名的沈不留情吗！

娇嗔不行。

沈千盏光是想想自己扯着季清和的袖口跺脚撒娇，说"谁让你给人家

发行程表了"就浑身直打摆，太恶心了，她做不出来。

冷艳高贵也不行。

万一打击到季总矜贵自傲的小自尊心了也不好，她总不能双眸一睥睨，跟个渣女一样一边冷嘲他婆婆妈妈没点大男子气度给她发行程表，一边热讽他追姑娘也就会这招了。

这绝对伤敌一千自损八百。

想来想去，沈渣渣只能避开与季清和的对视，若无其事道："有人来了，待会儿再聊。"

她话题转得生硬，说完拔腿就想走。刚转过身，左肩就被季清和那狗男人轻轻扣住，他俯身，覆耳："领口拎着点，你露几寸，我就进几寸。"

沈千盏震惊，转头瞪他："臭不要脸。"

骂完又觉得心口颤颤的，被他一句话撩得满脑子都飞起了"进几寸"的美丽画面。

她微一耸肩，甩脱了他的手，又觉不够解气，回头狠狠剜了他一眼："臭流氓。"只那最后一眼，含羞带怯，不仅没半点威慑力，反而瞧着风情妩媚，颇有几分调情戏说的嬉闹感。

等离了大厅，走到门口。

沈千盏抚着胸口，深喘了口气。

满脑子都在回忆她衣柜里的低V礼服有几件，好像有件堪堪遮掩住胸口，深V至下胸围的深墨色流沙裙。早年高定入手想走性感风压压简芯这臭丫头的风头，不料电影节前简芯重感冒，直接缺席。

要不是简芯扫兴，估计她这制片生涯里，又得多个高光时刻。

等回过神察觉自己在想什么的沈千盏，扶额懊恼，差点想一掌拍碎自己的天灵盖。她深呼吸了一口气，扫开满脑子的邪念，挺直背脊，这才抬步走出去。

六点时，包括宋烟在内，所有人员到齐。

开机宴正式开始。

季春洱湾的花厅可容数百人，厅内设有舞台，舞台不算大，主持台、垂幕、灯光音响等设备却非常齐全。

舞台正下方是一桌独秀的二十人座主桌，桌上提前放置了名牌，须对号入座。

沈千盏坐在正中心位，左手边位列季清和，右手边依次是邵愁歇、副导演、傅偡、宋烟等一众主演。江倦山与林翘相邻，落座在季清和下首。

一桌剧组主创人员，极为惹眼。

苏暂是今晚开机宴的主持人，从开幕到热场，他足足背了一天的台词。

沈千盏原先没让乔昕为他准备台本，开机宴说到底只是剧组自己关起门来吃个饭，在正式开机前动动员打打气，讨个好兆头。就苏暂那三寸不烂舌，什么大场面没经历过，只要记住必要的流程，热场子还不是轻而易举。

偏偏苏暂是个极有仪式感的，央着乔昕写了台词台本。今天一大早没事找事地来彩排，调灯光，架势大得犹如要去参加卫视节目的大型晚会。

好在，剧组的工作人员皆人美心善，最起初因苏暂故作正经，与往日嬉皮笑脸的形象完全不符而笑了一阵后，接下来便很是配合地喝彩鼓掌。

苏暂也不露怯，台词念完，便开始自由发挥。轮到介绍《时间》剧组的主创人员时，他忽然深情，眼神示意灯光将光束聚焦到沈千盏身上。

后者左耳进右耳出，正半开小差与邵愁歇聊天开机第一幕的拍摄场景，灯光笼住她时，舞台垂幕上的《时间》概念海报退去，切至她的镜头。

她下意识抬眼去看，那一眼抬眸，眸光璀璨，意外令人惊艳。

沈千盏用了几秒才反应过来，开机宴到了第二个环节。她盈盈一笑，心安理得地听着苏暂用一堆溢美之词为她做介绍。

制作人作为剧组最高权力的决策者，享有至高无上的荣耀与风光。

　　娱乐圈是个很现实的地方，谁有权有钱，谁就是大爷。无论你是一身傲骨、一介清流还是趋炎附势、善于攀附的人精，都要对掌权者客客气气。

　　沈千盏起初并不习惯这样的风气，但遇到的风浪多了，她也明白过来。很多人的尊敬，并不是敬重她沈千盏，而是沈制片。

　　她推诿客气，只会令人觉得她小家子气，难当大任。她大方受了，反而受人敬重，万事好办。人生来平等，可经济实力、工作能力、家境条件自然而然将人分成三六九等，并非彻彻底底的公平。

　　承其位，必有其风光与苦涩，风光时万人仰望，苦涩时唯己可知。

　　她垂首静听，听了有多久，镜头就落在她身上多久。

　　待苏暂话毕，邀请她上台发言时，台下掌声像等候多时，如潮般涌动，闻者沸腾。

　　沈千盏没谦让客气，脸都不曾红一下，镇定自若地起身，从台阶迈上舞台。头顶那束灯光像一幕水帘，将她缀钻的裙摆笼得似烟似雾，美不胜收。

　　自恋臭美的沈制片，欣赏着自己的上台效果，很是满意地接过话筒，勉励剧组全员。

　　她话不多，却句句经典。

　　从促成傅溪、宋烟合作有多艰难荣幸到苏暂如何能干操劳，又从邵愁歇的才华横溢夸赞到所有剧组人员的努力付出，就是一干配角也没落下，一一点明，又不赘述。

　　要不说沈千盏是中华词库成的精呢，用词精准，完美狙击，一句多余的废话也没有，驾轻就熟地就将开机宴的气氛炒至最高点。

　　讲话完毕，她拎着裙摆，优雅下台。

　　灯光已另投在邵愁歇身上，沈千盏低调入席。流程既过，眼下没她什么事，她手执筷子，抓紧吃点东西垫垫肚子，好迎接接下来一轮敬酒。

　　季清和虽与江倦山低声说着话，余光却没错漏她的一举一动。

她眼神落在哪，他便不疾不徐将菜夹入她的碗中。

一次两次的沈千盏也没什么不良反应，次数一多，渐渐地，席面上的目光都悄悄地聚集过来。

她垂首吃着，桌下的手不轻不重地拽了下季清和的衣角。原是暗示他别夹菜了，也不知季清和是会错意了还是故意的，倾身靠近，附耳等她指示。

沈千盏睨他一眼，当众又不好发作，只能凑近了，咬牙切齿道："季总，这里人多，你克制一点。"

季清和泰然自若："乔昕嘱咐我看着你点，多喂些菜。"

他话落，台下忽地爆出一阵笑声，吓了沈千盏一跳。她抬眼看去，只见台上单口相声了半小时还不愿意下去的邵愁歇正将目光投向沈千盏，也不知道上一句提了她什么，剧组全员笑得花枝乱颤，东歪西倒。

果然，开小差要不得。

这句话，无论年纪大小，一样适用。

沈千盏下意识问季清和："他刚说什么了？"

她手里仍拽着季清和的衣角，急切之下，又是一扯，季清和被她的手劲带了一下，肩膀往她那儿侧了侧，身后又是一阵慈祥和蔼的和善笑声，高低错落。

季清和向来是泰山崩于前面不改色的持重和沉稳，可此刻像是被现场感染了一般，无声笑了笑，说："你再不松开，就真的要闹笑话了。"

沈千盏："……"她立刻跟布料烫了手一样，撒手松开。

到此刻，沈千盏要是还看不出来邵愁歇在拿她取乐开涮，她也甭活了。她转头，毫不客气地回怼："邵导跟站桩一样，杵了半小时不下台，别等明天开机了告诉我嘴皮子磨薄了没法再导戏。"

全场哄堂大笑。

沈千盏扳回一局，等着邵愁歇回座位，小心眼地狠狠碾了他一脚："你刚才说我什么坏话了？"

邵愁歊被高跟鞋碾了脚，一张脸从青涨到红。目光越过沈千盏看向季清和，递了个"这女人不好惹，兄弟你自求多福"的怜惜眼神。

赶在沈千盏暴怒前，他先服软，虚敬了一小盏白酒："我哪能当众说你坏话，我就说了句'这里有个女人估计等我下台了也不知道我讲了什么'而已。"

随即他目光投向沈千盏，摄影老师的镜头跟着转过去，抓拍了她的小动作。于是，全剧组的人都知道她耽于男色，不思进取了。

无辜被暗算的沈千盏只能放狠话："……你等着，这事今晚是不能善了了。"

得罪沈千盏的下场无疑是惨痛的。

邵愁歊起初不以为意，直到跟着沈千盏一桌桌去敬酒时，才体会到什么叫后悔莫及。

开机宴向来是剧组全员的狂欢。

按中国的酒桌文化，沈千盏今晚铁定是不醉不归。除了她要一桌桌给剧组工作人员敬酒，还有一桌桌派了代表来敬酒的。

傅徯和宋烟还能小抿几口意思意思，唯独她不能独善其身。

饶是沈千盏拉了邵愁歊这个替罪羔羊替她挡去不少，等剧组全员大合影时，她也已是醉得头晕眼花。

乔昕扶她回来喂解酒药，见她坐不稳，刚想替她撑着腰，季清和先扶住她的肩头，令她靠住椅背："我来。"

乔昕也不推辞，将早就泡好的醒酒汤喂到沈千盏唇边："盏姐，喝点解酒的，等拍完合照我送你回酒店。"

沈千盏头晕得不行，耳边所有的声音都远得像隔着一层膜。她听不太清，歪着身子靠入季清和怀里，摸索着捏住他的耳朵，问："你说什么？"

他耳垂微凉，触手舒适，沈千盏爱不释手，揉捏了两下，一手环住他的后颈，紧紧抱住："我喝晕了，想睡觉。"

她一脑袋拱进来，发丝蹭着他耳鬓，季清和微怔，又舍不得推开，伸手接过乔昕手里的茶杯，将醒酒汤喂到她嘴边。

沈千盏伸出舌尖舔了舔，嫌弃地抬手推开："难喝。"

季清和被她推开的醒酒汤洒了一手，微微蹙眉，抬眸望向乔昕："让苏暂把人召齐，合影拍了，我送她去楼上休息。"

他虽滴酒不沾，却也知道红白参半，最是醉人。

沈千盏目前的状态显然是理智尚存，却无法自控，要是再不送去房间休息，还不知等会儿会怎样失态。

乔昕自然也意识到了。

沈千盏的酒品向来随机，运气好时，醉到不省人事倒头就睡，乖得跟绵羊一样。运气不好起来，也不是没有过缠着人家男演员要抱抱，又是体恤他生存艰难，又是心疼他怀才不遇，要不是苏暂捂她嘴捂得及时，还不知道要抖出多少圈内秘辛。

最后还是乔昕连骗带哄，连拐带拖，才勉强把降智到三岁的沈千盏强行带走。即使如此，沈三岁也把那位男演员吓得够呛，生怕自己要卖屁股，一路躲她躲到杀青为止。

就是最近，沈千盏也喝醉丢脸过。去年蒋业呈蠢蠢欲动，欲用简芯换掉沈千盏。她和苏暂陪沈千盏在季春洱湾见邵愁歇，不料，邵导被简芯扣在她的局里不放人，沈千盏跟两只老狐狸斗了一晚的法，饭局上没醉，回去的路上醉得一路梦话。

什么"公狗腰""镶钻的用不起"，满嘴污言秽语，口吐芬芳。

一想到这儿，乔昕就面臊耳赤，心跳过速，既不敢直视季清和也无法直视沈千盏，烧着一张脸逃也似的奔去找苏暂。

季清和望了眼乔昕落荒而逃的背影，转过沈千盏的下巴若有所思地看了两眼，低声确认："醉了？"

沈千盏嘴硬："没醉。"

季清和勾了勾唇，无声笑道："好，没醉。"

"没醉才好。"

乔昕找来时，苏暂正被摄影组那群五大三粗的摄影老师轮番敬酒。他喝得面红耳赤，耳鸣嗡嗡，又拒绝不了，陡一见到拨开人群向他走来的乔昕时，跟见着普度众生的菩萨一样，险些感激涕零。

他推开凑到他鼻子跟前的酒杯，指指乔昕："盏姐特使来了，估计找我有事，等会儿喝，等会儿再喝。"

众人嘘声一片，但也不好真的耽误事，意思意思地挽留几下，便客气地放了他走。

苏暂劫后余生，一手摸胸一手握着酒瓶，腿软地挂着乔昕避到角落："你再晚来一会儿，小爷千杯不醉的英名就要彻底终结在这群爷爷的手里了。"

乔昕转到苏暂正面，见他没个站相，抬手拍了拍他的脸："你先清醒下，我找你有事。"她这一拍，拍出个酒嗝来。

苏暂连忙掩住嘴，一双眼睛瞪着虚空定了好一会儿，等回了神，酒意稍散，终于挺着背脊站直了。

"清醒着呢，你说。"

"盏姐喝得不行了，满嘴胡话。醒酒汤也灌不下去，现在抱着季总不撒手呢，季总让我来找你，说把大合照拍了，他好带盏姐去楼上醒醒酒。"

苏暂诧异："醉了？"

沈千盏喝醉酒什么德行他自然知道，当下犹如被敲了一记闷棍，再混的酒也醒了大半："我就说她喝得太急了吧，不听我的。"

乔昕怕耽误事，见他还在打嘴炮发牢骚，拧了他一把："这一窝蜂轮着敬，她也得有时间慢慢喝啊。这样，我负责把傅老师和宋烟召去台上当台柱，你也赶紧的吧。"

苏晢转头望了眼人头攒动的会场，一阵绝望油然而生。

叫人还不是最难的，难的是排合照队形。

几百人的大合影，就是清醒时也不见得能井然有序，何况眼下醉了大半，酒兴正浓时。

乔昕回去找人给苏晢递了话筒，有傅傒和宋烟站桩，合影大部队很快从高到矮快速排列。

沈千盏站不稳，就坐在舞台正中央的台沿上，谁挨近她她就抱谁大腿。

她先后搂了邵愁歇、江倦山的，后来不知足，干脆一手一条，抱住季清和后就没撒过手。

乔昕在底下，简直没眼看她。

她一边忙着调度站位，一边解救了一条又一条的腿，眼看着季清和的脸色越来越黑，即将沉如锅底时，歪七扭八没个正形的大合照总算拍完。

乔昕瞬间松了口气，她从天谢到地，又从乔家祖宗谢到沈家祖宗，解释一番后，搀起沈千盏就准备撤退。

剧组闹归闹，分寸还是有的。

见沈千盏醉得不省人事，送关怀的送关怀，送怜惜的送怜惜，纷纷懂事地目送着乔昕将沈千盏从花厅搀走。

直到几人走远，喧闹的场子忽地一静，有人问："盏姐身边那位帅哥是谁，好像没见过？"

化妆组张望了眼各组，凑热闹道："是不是哪位演员？"

服装组否认："不是演员，没量着尺寸啊……"

灯光组："感觉和我们制片关系很好啊，是不是朋友过来探班了？"

道具组说："就知道你们上课没认真听，苏监制介绍的时候带了一句，说是特聘顾问。主桌二十个人，就这位最神秘。"

"特聘顾问？"录音组摸了摸下巴，望着早没影了的花厅门口道，"那应该是苏监制之前提到的钟表修复师了，听说是修复宫廷钟表的，师承钟表界泰斗季老先生，来头可不小。"

现场安静了几秒，一阵唏嘘后紧接着一阵感叹。

良久，又有人问："盏姐醉了离席，他怎么跟着走了……"

"昕姐搀不动吧，搭把手吧。"

"……为什么我想到的却是盏姐过往的风流韵事，什么斩男，什么年下养成……不是，你们这么看着我干什么，俊男靓女在一起，不脑补点风花雪月白瞎了那两位的颜啊。"

众人侧目，纷纷用眼神无声谴责："你脏了。"

"你脏了。"

"你脏了。"

"……"

走出花厅，身后视线消失的刹那，季清和俯身，将沈千盏打横抱起。

忽来的失重感令沈千盏心口一悬，她蹙眉，踢腾着小腿，挣扎着想要下去："我恐高，这几楼啊，摔下去得五马分尸了吧……"

沈千盏身量轻，瘦得跟纸片似的，饶是此刻她踢着腿要"跳楼"，也不过如离水的锦鲤，瞎扑腾而已。

季清和腾不开手，低斥了一声："老实点。"

她睁眼，明眸善睐，微微眯起："你凶我。"话落，她不闹也不"跳楼"了，虚搭在他肩上的手环上他的后颈，张嘴就咬。

幸好沈千盏意识不清，大脑与肢体并不协调。叼住耳垂时，像含上了一颗糖，初时凶狠，齿锋掠阵，咬住后，鼻尖嗅到熟悉的冷香，微微一怔，松了开来。

乔昕在一旁看得忍不住捂耳朵，捂完又觉得自己这个行为不太妥当，讪讪解释："季总您多多包容啊，盏姐每回一喝醉就降智……"

"降智？"季清和冷睨了一眼沈千盏，鼻尖轻嗤。

他看着不像是降智，像色虫上脑。得亏她投的是女儿身，否则一人一口"渣男"，唾沫都能将她淹死。

乔昕不敢应声，生怕季清和说翻脸就翻脸，把沈千盏一扔就走。单凭她这具小身板，根本无法撼动沈千盏。

花厅回廊有条近道直通酒店大堂。

乔昕本来不知道，跟着季清和穿过走廊，远远的就瞧见酒店大堂标志性的水晶灯时，微微诧异："季总，您对酒店的路还挺熟悉的啊？"

她本意想拍拍金主的马屁，话落才觉不合适，可说出去的话犹如泼出去的水，想撤回显然来不及了。她默默咬舌，暗自懊恼。

彩虹屁精真的不是一般人能做的……也就她盏姐，千穿万穿马屁不穿。

好在季清和并未与她计较，眼锋扫了她一眼，没搭理。

眼看着穿过石柱就是酒店大堂，前堂的人声还未传入耳朵，乔昕已经眼尖地瞧见了不寻常之处。

她脚步一顿，慌忙叫住季清和："季总。"

"大堂有记者，盏姐这个样子，没法出去。"

她露出个脑袋张望了两眼，确认对方手里拿着相机，还未注意到这里，往后退了两步躲入石柱后："前两天傅老师到无锡，他们在酒店门口蹲点，我见到过。今天应该也是来拍傅老师和宋烟的……我还得回花厅报个信，让大家都注意点。"

季清和闻言，侧目四顾。

他身后几步远有个洗手间，门口立着正在维修的牌子，颇显冷寂。

十米外，还有个电梯间，应当是方便客人前往餐厅的客梯。

短短数秒，他心下有了计较，吩咐道："你报我的名字，把大堂经理叫来，让他来这儿找我。"他下颌微抬，指了指不远处的洗手间，"千盏一走，开机宴很快就散了，你回花厅报信，我带她去客房醒酒。"

乔昕愣了一下，看了看隐蔽的洗手间又看了看季清和，一时难以决断："这……"不太好吧？

"盏姐喝醉了不好照顾。"乔昕委婉表示，"我怕您照顾不了。"

见说服不了季清和，她轻咳了一声，加了一剂猛料："季总我不是怀疑您的人品，您是真的不知道，盏姐喝醉酒后跟她平时树立的形象大相径庭，您真的都不敢想她下一秒会干出什么事。

"就上次，上次邵导、简制片都在那次。盏姐喝醉了，回去的路上做梦说醉话，对您很是钦慕。我怕盏姐醉了，自己不知道自己在做什么回头冒犯了您。"

乔昕原本是想说"侵犯"的，怕罪名安得太重，沈千盏明天酒醒后要找她算账，只能昧着良心稍稍修饰一二。

不料，季清和听完，不只没半点厌弃之意，反而眉宇一松，笑了起来："我不是第一次给她收拾了，我这里你尽管放心。"

季清和不欲与她多说，眉峰微挑，示意她照做，自己转身抱着沈千盏先避入了洗手间内。

乔昕张了张嘴，没发出声，只能眼睁睁看着季清和走远。

不是……

季总说的话，她怎么一个字都听不懂呢？

她焦躁地看了眼眼前已闭合上的木门，又回望了眼大堂内碍事的记者，最后跺了跺脚，小跑着去搬救兵。

洗手间。

入内就是一张黑曜碎星花纹的大理石台面，应是供女士补妆所用，石壁两侧各置一面化妆镜。

季清和将沈千盏放下，令她倚着石壁靠坐。

手刚一松，她就恍若被抽骨一般无所依撑地倚至他的胸前。

沈千盏对他撒手不管的态度很是不满，揪着他的衣领，仰头看他，愤然道："你得扶着，你一松开我，我会跟个风筝一样，飘走的。"

季清和反问："你哪天不飘？"

沈千盏对答如流："不刮大风就不飘。"

季清和失笑，他单手扣住她的下巴，将她复又埋下去的脸抬起，仔仔细细地审视了个来回："你这样的也是少见。"

沈千盏头晕眼花，也就剩这张嘴还有战斗力，闻言，反唇就问："我哪样了？"语气凶巴巴的，颇有季清和敢说她一句不好她就上手挠人的架势。

"喝成这样，还能口齿清晰的。"他低头，去看她的眼睛。

她眼里湿漉，像清晨林间，雾散遗露，那双眼清澈见底。

他着了迷，喉结上下轻滚，情难自抑，想乘虚而入，又觉不够君子，想了想，说："你那个策划，不怎么聪明。没苏暂教得好，不识时务也不知趣。"

沈千盏又揪他衣领："不许说我坏话。"

季清和笑："我什么时候说你坏话了？"两句话，偏她会抓重点。

沈千盏不答，她嫌仰着头累，额头抵着他的下巴，闭目入睡。

季清和自然不会让她现在睡着，扣住她下巴的手一抬，追她抬起头来，他一掌落在她颈后，替她撑着脑袋，问："听说你上次喝醉了，做梦说醉话，对我很是钦慕？"

"没有吧？"沈千盏有一说一，格外坦诚，"我就馋了馋你的身子。"

季清和挑眉："怎么馋的？"

"做梦馋的。"

季清和捏她后颈，诱哄："梦里怎么馋的？"

沈千盏努力回忆了下，时间太久，她有些忘了。手迟疑着，探到他的腰上，又沿着他的腰线挂住了裤腰。

做到这步，她抬眼，一双眼亮晶晶的，噙着笑，不怀好意道："再问姐姐要脱你裤子了。"

季清和哑火。

他目光越过沈千盏，看向她身后的镜子。

她的后颈至耳垂，绯红一片，像娇涩的小花，明明娇弱不堪非要努力绽放。某一道底线像是突然被挑开破闸，他隐隐而动，声线越来越低："就是不问，你也可以脱的。"

乔昕回花厅时，正赶上傅偰与宋烟相继告辞。

宋烟要回《春江》剧组备戏，傅偰也要回酒店背剧本。

好在她来得及时，告知了酒店大堂有记者蹲守，两人错开时间和路线，一前一后离开酒店。

明天剧组开机，众人玩闹也都有个度。沈千盏离席后，傅偰、宋烟及一干演员、导演也陆续离开，场子一冷清下来，渐渐地一批批拎酒的拎酒，拎下酒菜的拎下酒菜，全跟车回了酒店。

乔昕放心不下沈千盏，特意等人走得差不多了，拽着苏暂去客房接人。

苏暂不傻，季清和上回来无锡时，他就觉得两人有了苗头。今天大好的机会，他才不要自讨没趣，遭人记恨。

"季总都跟盏姐见过家长了，有什么好不放心的？"苏暂苦口婆心，"你知道坏人姻缘是要遭天打雷劈的吧？盏姐要是不乐意，十个季清和也奈何不了她，况且，季总不是那种强人所难的小人。"不然按他支的着儿，季清和早把人摁上床了。

哪用得着这么迂回，这么山路十八弯的。

乔昕犹豫："可是……"

"别可是了。"苏暂钩着乔昕脖子，把人拉到胳肢窝下，说悄悄话："盏姐出差来无锡那次知道吧？"

乔昕点头。

"我们去的时候不知道情况这么紧急，到了剧组第二天就停水停电。你知道那批被萧制片夸上天了的物资是谁带去的吗？"

乔昕摇头。

"是季总。"苏暂曲指弹她脑门，恨铁不成钢道，"你什么时候能有我一半聪明啊。"

乔昕："那不管盏姐了？"

苏暂说："不是有人管着吗？管得舒舒服服，服服帖帖。"

乔昕腹诽：这话怎么听着……那么不正经呢？

同一时间。

季清和抱着沈千盏上了顶层为他预留的商务套房。

进屋后，大堂经理留下餐车，悄声闭门离开。

季清和一步未停，将沈千盏抱入卧室。

卧室内布留了一圈感应灯，他迈入的刹那，温和的灯光倏然亮起，盘亘在床底两侧。

他将沈千盏放在床上，俯身替她除去高跟鞋。手指刚穿过鞋扣，握住她的脚踝，她下意识地一缩，半睡半醒间，睁眼看来。

辨认了一会儿，看清是谁，她半坐起身，眼也不眨地盯着他。

季清和不动声色，握着鞋跟替她脱下鞋，又去解另一只鞋的鞋扣。

卧室内仅有两排感应灯，光线昏暗。沈千盏安静地坐在那儿，不吵也不闹，任由季清和为她脱鞋。

等一双鞋都被脱下，摆在床尾，她静静抬眼，眼尾的弧度像半垂的凤尾，旖旎妩媚。

季清和握着她的脚踝，低头在她脚背上轻轻一吻："醒着还是醉着？"

这记有些要命，有根弦被他这个亲吻所撩动，她一下天塌地陷，心口一酥，又麻又痒。

她缩回脚，跪坐在他面前。

心口悸动的痕迹犹存，她想得要命，也渴得要命。骨子里的风流蠢蠢欲动，就要破茧而出。

她摸到他的耳朵，轻捏了捏，像在摩挲着一块上好的宝玉，爱不释手："原本醒着的。"

沈千盏凑近，如一只小兽，低着头轻轻蹭他颈间："现在，刚醉。"

她的发髻在路上时已松散了一半，这么一垂首，长发披落，柔软的发丝在他颈窝处轻扫着，像有根羽毛，将痒意撩至心底，掀起一阵天干物燥。

季清和捏了捏她长发散开后露出的修长后颈，喉间微紧，嗓音微沉沙哑："有醒酒药。"

"不想喝。"她鼻尖碰了碰他上下滚动的喉结，嘟囔着抱怨，"味道奇奇怪怪的。"

"那睡会儿，睡醒了带你回剧组。"

"不睡。"

季清和停住。

他攥住沈千盏的手，侧目，认真与她对视了数秒："既然都不想，做些别的。"

他应该是笑了，唇角挑起个极细微的弧度，还没等她看清，他已摘了眼镜，低头吻下来。

紧接着，季清和连喘息的时机也吝啬给她，将她压入被中。

她鼻端涌入了大片他身上清淡的冷香，盖过她的酒味，似一簇冷竹，清冽好闻。

这香味与时常萦绕在她梦中的淡香逐一重合，前调淡如轻无，后调厚积薄发，似巫山山顶间隐秘的云雨，积蓄到某种程度，一场暴雨倾盆而下，将她浇淋得湿透。

她被困在这山间，呼吸渐渐困难，本就发晕的脑子，更晕了。

神思迷乱，风雨稍歇之际，他微微松手，指腹抚着她被亲吮得娇艳欲滴的嘴唇，嗓音低哑，像在克制，又像在痴迷，声线低沉，还未清晰便渐渐吞没入唇间："沈千盏，现在叫停还来得及。"

为什么要叫停？

她知道自己也想得要命。

她睁眼。

柔光下，他的眉眼深邃，像立在她脚下的悬崖，就等着她一脚踏空，一并沉沦。

她伸手，手指从他的下颌抚至眼角。有了着力点，她便有了依附，凑到他跟前时，重重叠叠的分影终于定格成眼前的这个人。

"我想。"

她话音刚落，他复又欺上。

沈千盏张着唇，迎着他几度克制后，奔离禁忌有些失控的亲吻。

暴雨没顶，烈阳骄日。

她想起六月的西安，她怦然心动，见色起意。

那一夜荒唐，成了她的夜夜春梦，魂牵梦萦。

她的耳垂湿润，脖颈也被细密亲吻。

季清和尤为喜欢她难耐挣扎的模样，厮磨着，看她呜咽，看她徒劳。

沈千盏被他逼到鼻尖发酸，眼眶酸痛得她连眼睛都睁不开，朦朦胧胧得似隔了层水雾，他的五官渐渐模糊成一道黑影，又渐渐碎成纸片。

她不知道自己在哭，嘴角沉得不自觉下坠，怎么都扯不平。

季清和哭笑不得，心口又因沾了她滚烫的眼泪塌了一半，咬着她的唇，轻声哄着："哭什么？"

沈千盏羞于启齿，张嘴就咬。但没敢咬重，怕他记仇报复，咬完就松口。

他终于快意，一点点地占着她，指腹擦去她脸上泪痕时，低声问她："明天醒了，认不认账？"

他不进不退，逼她回答。

沈千盏委屈得要命："认。"

季清和又问："负不负责？"

沈千盏摇头："不负。"

季清和失笑，握着她的腰，低着头一下下吻她的脸，吻她的鼻尖："我再问一遍，负不负责？"

沈千盏这回是真哭了："就不负。"

她哭得断断续续，一双眼被浸湿，瞧着特别可怜。

他心软得不行，偏头去咬她的耳朵。

咬完算惩罚过，再不逼她，尽数占据。

一直到后半夜，这场雨才雨势方歇。

季清和抱她去洗澡，她浑身没力气，趴在他怀里，任由他摆布。

再回到床上已是一刻钟后，她浑浑噩噩，困得只想睡觉，闭上眼的刹那，昏沉的脑子和倦乏的身体一齐得到解脱。

她蜷起双腿缩在床侧，将睡未睡之际，有勺子喂到嘴边。她的下巴被强行捏开，有汤水灌进来。

意外的，汤水温热，还拌了蜂蜜，入喉甘甜。沈千盏尝到了甜头，乖乖张嘴，顺从地将一碗醒酒汤圆圆喝了个精光。

天将亮时，沈千盏半梦半醒地又醒过一回，醒了就哭。

季清和一夜未睡深，她稍有动静便睁眼醒来，见她闭着眼哭，吻她眉心耐心哄着："醒了？"

"没。"

上一次在西安，她也是这样，一晚不能安枕。空调凉了，风声起了，都能将她惊醒，娇气得不行。他有了经验，一下下亲吻着，耐着性子问："冷了？还是想喝水？"

沈千盏又摇头。

"担心明天开机仪式？"

她身在梦魇，倦意深浓，意识却清醒。

季清和见她没摇头，曲指轻弹了下她的耳垂，无奈道："我记着时间。"

沈千盏静了几秒，呜咽道："不是。"

"你没戴套。"

季清和先是一怔，而后失笑。

他低头，借着渐渐明寐的曦光打量了她一眼。

沈千盏仍闭目睡着，眼角泪痕残存。犹如雨打芭蕉后枝茎低垂的牡丹，虽娇丽如常，却少了几分与月争辉的锐气。

季清和一时没分辨出她是梦中呓语还是清醒后有了意识，想了想，先低头认错："是我疏忽了。"

她不应声，像在生气。

季清和撩开她含在唇角的几根发丝，低头亲她："我没留在里面，不用担心。"

沈千盏的耳尖动了动，虽没说话，闭着的眼睛却转了转，似在回忆。一回忆，又羞恼起来，满脑子全是他握着她的手强迫她伸入结合之处，咬着她耳朵，低笑着。

这画面太过羞耻，偏偏大脑的屏蔽系统失灵，一刻不停歇地轮转播放着。

她张嘴咬他，咬完听他一声闷哼，终于解气，沉沉睡去。

早上八点的开机仪式，沈千盏六点就被季清和叫了起来。

她刚睡沉，正是赖觉的时候。不情不愿地被抱到梳妆台前，一连打了数个哈欠，才堪堪清醒。

不知是不是昨夜被浇灌的缘故，她的脸色红润，并没有酒醉后苍白如纸的憔悴。只眼下有点点乌青，留有昨晚纵情过度，没休息好的痕迹。

洗完澡，沈千盏吹干头发重新坐下。

梳妆台上已整齐地摆了一套她常用的彩妆品牌，从粉底液、定妆粉到高光眼影腮红，从阴影刷、鼻刷到十二支不同功用的眼影刷，整套装备比她自己带来无锡的还要齐全。

她回想起方才在水流间歇时隐约听见的门铃声，下意识扭头，看向倚墙而立的季清和。

屋内温度适宜，他仅在腰间围了条浴巾，浴巾松垮，连人鱼线的曲壑都清晰可见。眼下，他头发半湿不湿，脸上寻不到半点往日的矜贵斯文，只剩下衣冠败类。

沈千盏这一打眼，悄悄地倒吸了一口气，她目不斜视，假装正经地正肃了语气："你准备的？"

季清和稍稍挑眉，仿佛在嫌她说的是废话："这房间里，还有第三个人？"

他用毛巾潦草地擦了擦头发，俯身掬水洗脸："早上回去容易被人撞见，等会儿吃完早饭直接去现场。"

话落，他扬起脸，对着镜子仔细地看了眼下唇的伤口。

伤口太明显，一看就是被咬的。

他用指腹搓了搓，从镜中瞥了眼挺着背脊开始上妆的沈千盏，无声地勾了勾唇。

七点过三分时，乔昕随剧组的商务车来接。

季清和替她开了门，照面时，他轻点下颌算是打过招呼，随即给两人留了空间，去餐厅用饭。

他离开没多久，酒店餐饮部就送来了餐车，早餐中式西式的都有，摆了满满一车。就连面点都按照她的喜好，准备了小菜和配料。

沈千盏画眼线的手一抖，险些将眼线画入发鬓。她一边补救，一边暗自嘀咕：这睡一觉的待遇堪比给帝王侍寝？

乔昕没忍住，嘀嘀呱呱地感慨了一堆"季总好贴心啊""季总太暖了吧""季总的宠爱简直无人能敌"。

"追我的男生如果都跟季总一样懂事，我至于单身至今吗？"

沈千盏画完眼线，斜了她一眼："吃都堵不上你的嘴？"

乔昕立刻噤声。

她吃着造型可人的小蛋糕，眼神滴溜溜地往沈千盏肩后那片吻痕看去——啧，苏智诚不欺我，果然战况激烈。

换好衣服，时针已逼近八点。

沈千盏与季清和一同坐车去参加开机仪式。

《时间》的开机仪式就在今天第一场戏的拍摄场地前，离季春洱湾并不算太远。

沈千盏到时，剧组的工作人员也刚刚到齐。她一身白色西装，在烈日骄阳下醒目得如同一面旗帜，不知是谁先叫了一声"沈制片"，草坪上七七八八站着的所有剧组人员全部侧目看来。

沈千盏做贼心虚，莫名有些无法坦然。她抬手，将车上翻过后顺手带下来的剧本用来遮阳，一路走至摆好了香坛水果等祭品的案台处，剧务主管自觉地上前来汇报情况。

开机仪式来来回回就一个流程一个形式，沈千盏左耳进右耳出，只大略扫了眼现场布置。

最醒目的是案台。案台后方是巨幕概念海报，"时间"二字行云流水般直入幕布底端。案台前侧是两排花店刚送来的花篮，中间铺了条红毯，供摄影师拍摄开机花絮。

她转身，前前后后打量了一遍，点点头："人都到齐了吧？"

剧务四下张望了眼，颔首道："都来了，宋老师刚刚也过来了。"

宋烟的《春江》还未杀青，并未正式进组。原本她的行程与《时间》皆有冲突，巧就巧在《春江》剧组就在无锡，萧盛卖沈千盏的面子，特意给宋烟批了一上午的假，让她来参加开机仪式。

沈千盏见这边没什么事需要操心的，正想去找财务确认下开机红包是否到位。脚还没迈出去，剧务一个迟疑的鼻音，她又站回了原地。

剧务犹疑了下，说："顾问老师好像没看见……"

顾问老师？

季清和？

沈千盏想也没想："他来了。"

她抬手，指了指不远处正和苏暂说话的季清和："跟我一车来的。"

剧务见状，连连应声。

至八点，《时间》的开机仪式正式开始。

执行导演与剧务主管主持仪式，所有机位全员待机，开始拍摄记录。

沈千盏接过点燃的香烛，与苏暂、邵愁歇站在最前排先行鞠躬，两侧一列的主创人员跟随进行仪式，四面鞠躬。

待她起身时，目光不自觉地侧落，瞥向了她左后方的季清和。

他眉眼冷冽，因阳光刺眼，双眸微眯，通身气质竟比隔壁站着的饰演男二的演员还要卓越夺目。

似察觉到了她的眼神，他目光稍移，不偏不倚将她抓了个正着。

沈千盏下意识一躲，等避开他的视线，又觉得自己此地无银三百两，这扭扭捏捏的做派哪有平日里神挡杀神佛挡杀佛的大气？

沈千盏正懊恼着，主持举唱，插香开机。沈千盏抛开一切杂念，挺直了腰，与邵愁歇同时移步至香案前，将香插入香坛。

礼成后，现场提前定点的礼炮由剧组专员点放。纸片样的礼花在"嘭"声后缓缓坠下，满目欢庆中，《时间》的开机仪式正式落下帷幕。

满耳的《时间》开机大吉"的恭贺声中，沈千盏含笑，与邵愁歇、苏暂等人一一将开机红包分发至所有剧组人员手中。

沈千盏歇下来已经是半小时之后的事了。

剧组大部分工作人员在拍摄现场各司其职，沈千盏暂时无事，干脆去监视屏前看傅徯的第一场戏。

《时间》的第一幕戏是傅徯与男配的对手戏，地点就在剧组搭建的钟表修复师工作室内。沈千盏兀一踏入时，以为空间交错，一脚迈入了时间堂。

现场静悄悄的，有倒云香正涓涓倒流出香雾。她从两侧轨道穿过，走至监视屏前。

邵愁歇正在试机位，主机屏上傅徯坐在工作台前，正把玩着仪表工具。

左上角的镜头，一个无人注意的角落里，季清和负手而立，正在打量沈千盏大规模打造的钟表道具。沈千盏瞧着，没出声。

调好机位，邵愁歇示意开镜试一场戏。

短短几分钟的空当内，执行导演请了季清和给傅徯讲解工具用法。

傅徯前期在孟忘舟那儿深入学习过几天，沈千盏看过乔昕发来的现场视频，有模有样。但眼下，亲眼看着季清和下场指导，那感觉又有些不一样。

她见过季清和修复钟表，那种专注痴迷，很难有人能百分百地复刻。即使是她如此属意，觉得整个娱乐圈再也找不出第二个像季清和的傅徯，也很难做到。

反而一开始在原型面前不太满意傅徯的邵愁歇，盯着监视屏啧啧称赞："沈制片，还是你的眼光好啊。傅徯的镜头感太完美了，瞧瞧那眼神，我看着都心动。"

沈千盏分神瞥了他一眼，奚落道："你之前可不是这么说的。"

邵愁歇干笑两声，解释："那不是为了追求极致吗？季总可是连手指都能演出故事的，傅徯还是差点。"

沈千盏懒得跟他分辩，她侧目，视线越过灯光设备，落向季清和。

他已退至镜头外，手里拿着一瓶场务递去的矿泉水。他身侧是一直陪同的苏暂与几位道具组的场工，瞧着跟候场准备走位似的。

沈千盏招招手，叫来乔昕，低声附耳交代了她几句。

乔昕听完，立刻小跑着去传话。

监视屏上是傅徯修复钟表的近景，而画外人，凝神远望，目光清澈，一如既往。

这男人只要长得好看，就是发呆也令人赏心悦目啊。

另一侧，工作室隔出的小卡座内。

策划、美工对坐，正在挑选稍后发官博的照片。在凑齐照片数量后，策划悄悄将电脑移过去："快看快看。"

美工凑过去。

电脑显示屏上，沈千盏执香，目光并未落在镜头上，反而置于左后方。

那里，一人长身而立，执香回望，唇角微勾，似笑非笑。

美工：啊，我死了。

拍摄现场，安静得只有机位在轨道上滑动的轻微移动声。

季清和半倚半靠，垂着眸，专注地看着众多机位环绕下的傅徯。直到手臂被轻拍了下，季清和才稍稍侧目，移开了视线。见来人是乔昕，他下意识先扫向她身后，没瞧见沈千盏，脸上情绪不显，只微微敛眸，等她开口。

乔昕来替沈千盏传话，话未开口，执行导演腰间悬挂的对讲机轻哧了声，冒了丝微弱的电流声。

季清和瞥了对方一眼，似嫌这对讲机不解风情，谦和地微微俯身，配合乔昕的身高："她找我？"

"盏姐让带您过去休息。"乔昕不用踮脚，用手势指了指坐在监视屏后的沈千盏，"剧本一个镜头要多机位拍摄，不知几时能过。盏姐怕您累着……"

季清和顺着她手指的方向看去，恰与盯着这边情况的沈千盏对视了一眼。

沈千盏应该是没想到他会突然投来视线，眼神飘了飘，既想装得若无其事，又因下意识的躲避失了先机，最后恼羞成怒瞪了他一眼，先转去了别处。

季清和勾了勾唇，忽觉她欲盖弥彰的小举动别有妙处，垂眸时见乔昕悄悄打量他的唇角，伸手一搭，摸着了伤口，不禁笑了笑，示意她到前面带路。

沈千盏瞧见他来了，忽然紧张，二郎腿也架不住了，后背倚着椅垫坐得端端正正。觑空还瞥了眼身侧的空位，正琢磨着要不要挪远点，恰好策划抱着电脑来给她看照片。

她没留意沈千盏身侧的空位是留给季清和的，大剌剌地一屁股坐下去，殷勤地将电脑屏幕凑到她跟前："沈制片。"

压根儿不知道自己抢了大佬座位的策划莫名觉得背脊一凉，她摸了摸后颈，狐疑地四下看了看，没发现任何异状，这才稍稍安心："我们这边挑了一批开机仪式的现场图，您看看有没有需要调整的？"

电脑屏幕上，是一张放大的高清合影。

她站在最中心，两侧分别是邵愁歇与苏暂。傅僳与宋烟分立两侧，跟打擂台似的，王不见王。

沈千盏摸了摸鼻梁，握过光标，不断放大了照片看自己的脸部细节："照片修过了？"

策划想起前人殷切交代过的与沈千盏交接的对公态度，立刻真诚地眨了眨眼睛："就打了层光，做了提亮，盏姐您跟傅老师和宋老师的状态这么好，根本不需要修图。"

沈千盏瞥了眼工具栏里没收拾干净的修图软件图标，没作声。

她往下又去看下一张。

一连审阅九张，她意思意思地提了点改进方向，刚要收工，鼠标一滑，瞧见了图库里一张开机图。

那是揭红布开机的一幕。沈千盏与季清和分立摄影机两侧，分执红布的一角。她站位较前，并未留意侧后方的季清和，此时看到图片才发现季清和的眼神聚焦在她身上，所有人都看着镜头笑吟吟的，唯他满脸冷淡格格不入。

策划见沈千盏盯着这张图，生怕她发觉瑕疵要大做文章，赶紧解释："这张开机图季老师没看镜头，而且小苏总的表情也没管理好。"

是啊，他没看镜头。

那道眼神，仿佛隔着屏幕落在了她的身上。沈千盏只觉得耳后微微发烫，像要烧起来般，还未做什么表示，身后有道身影压下来，季清和俯身，握住她控制鼠标的手前后翻了两页："这两张稍后发到我邮箱。"话落，沈千盏肩上一重，他左手压下来，按住了她略有些薄削的肩膀。

沈千盏转头，目光从他脸上扫至乔昕。见后者欲言又止，满脸为难，也不知季清和在她身后站了多久。

策划见势不对，坐着的椅子瞬间变得有些烫屁股起来。她抱起电脑，瑟瑟发抖地起身，退后。

"就刚才那些吧。"沈千盏瞧了眼小策划，又补充，"傅老师和宋烟的经纪人都看过了吧？"

"看过了。"策划悄悄瞥了眼双手搭在椅侧的季清和,声若蚊蝇,"那季老师的……"要求,满不满足?

话刚说了一半,策划就挨了一脚。深知这一脚代表什么的职场小菜鸟立刻闭嘴,低头不语。

沈千盏倒没这么敏感,乔昕和策划的小动作她看在眼里并未发作,挥挥手示意两人先忙。等人一走,她拍了拍椅子扶手,示意季清和先坐:"一幕戏要拍好几个镜头,站那儿看不如坐监视屏前,四个机位,全方位观察。"

季清和不语,视线却在她红透了的耳朵尖停了停。

下一秒,邵愁歇一声"停"喊得空气倒流,整片空间像被按了播放键,从静止到渐渐鲜活,整个世界忽地重新运转。

对讲机内,搬道具的指令,补妆的指令,一道道传下。片场忙碌得像个大型中枢,所有人都围绕着中心转动了起来。

这一忙,忙到中午。

剧组稍歇,生活制片同剧务送来了全组的盒饭。乔昕连带着苏暂的,领了四份。怕季清和吃不习惯,她还多跑了两趟腿,订了几样小菜,掐着点地端上来。

她不敢明目张胆地开小灶,就将盒饭搬进了工作间。

沈千盏没什么胃口,一边看财务递来的预算一边胡乱塞了两口,草草解决了午餐正要离开时,外间一阵杂乱的脚步声混着拖动椅子的动静,听着像是来了不少人。

这下反而不好走了。她抬腕看了眼时间,眼见着离下午开工的时间不久了,稳下心来,坐回了原位。没承想,这一坐,倒坐出了问题来。

外间长桌上三三两两坐了闲聊白话的,以为这里地方偏僻,又一眼能够俯看全局,见四下无人,低低嘈嘈地聊起了八卦。

起初,话题还算正常,不是在花痴傅徯,就是在讨论宋烟的美貌。但聊着聊着，嘴一多，话题就偏了。

"我怎么觉得宋烟也就一般般，还没照片好看？"

"宋烟那个颜值还不好看？你对好看的要求是不是太高了点。我要是长了她这么一张脸，我每天做梦都能笑醒。"

"可能美人看多了要求高吧，我们制片多绝，要身材有身材，要颜值有颜值，我就想不通她这么优越的条件怎么不去幕前拍戏。她要杀进演艺圈，压根儿没向浅浅什么事了。"

偷听墙脚闪到了舌头的乔昕，双目含泪。

姐姐们，话题过于敏感了！正主就在这儿啊！

然而乔昕心中的呐喊并没有什么用，外头的话题从颜值艳压一路跑偏至昨晚的开机宴。

"沈制片昨晚就没回酒店吧？我早上给隔壁送吹风机，瞧见她的策划助理带了司机出去，直到开机仪式前才回来。"

"好像喝醉了就留在季春洱湾了吧……"

"你们记得沈制片身边那位顾问吧？"

"记得记得啊，感觉和沈制片以往的审美不太一样啊，有点高级。"

外头一阵哄笑。乔昕脸都快绿了，她小心打量了眼沈千盏和季清和的脸色，见沈千盏阴沉沉地坐在椅子上一言不发，小心肝狠狠一坠。

完了完了。

"还别说，顾问老师早上和沈制片是同车来的。"

话音刚落，又一阵意味深长的暧昧笑声。

忽地，有人拍桌，声调微扬，似有不悦："夜不归宿也管，你们是她爹妈啊？"

被刨的姑娘一噎，辩解道："你当真干什么啊，大家不就闲聊一下吗？"

"闲聊个屁。"

这阵话落，一阵桌椅挪叠，外间的人三三两两全都散了个干净。

沈千盏坐着没动，除了脸色有点难看，瞧不出反常。

季清和倒是面色如常，仿佛刚才被谈论的并非是他一般，还有心替两人解围："去看看外间的都是谁，记下名字来。"

乔昕跟溺水之人攀住浮木般，立刻响应："我去。"

苏晢得了季清和的眼色，搁下筷子就跟了上去："我我我，我去帮忙。"

工作室内只剩下他和沈千盏后，季清和起身，从纸箱里抽了个纸杯，去饮水机前接了温水递给她。

沈千盏没接。

季清和见她反应，猜测自己是被迁怒了，稍一盘算，问："想听解决办法还是我现在的想法？"

沈千盏抬眼，眼神里的不高兴连遮都没遮，让他瞧得清清楚楚。

她是聪明人，在季清和吩咐乔昕出去查名字时就猜到了他想做什么，解决办法无非是过几天挑个错把人辞了，换一批。手脚干净，也让人拿不住把柄。

她本就握着剧组所有人员的生杀大权，人员去留也就她一句话的事，背后嚼舌根这种事在沈千盏这儿早就不新鲜了，压根儿不需要动脑子去想什么解决办法。沈千盏感兴趣的是季清和听到别人议论他是她裙下之臣的反应。

整个剧组，除了邵愁歌，苏晢和乔昕，没人知道他就是《时间》的投资方，更不知道他是不终岁的执行总裁，只当他是钟表修复师，因颜值出挑被她选中来当顾问。

想到这儿，心里忽然舒坦了点的沈千盏，稍稍挑眉，用不可一世的小表情斜睨了他一眼："裙下之臣。"

季清和没反驳，他曲指轻推了推鼻梁，似默认了般。

沈千盏忽然想起乔昕去找他时，他下意识看向乔昕身后寻她的那一幕。

女人容易心软，沈千盏觉得自己在这一点上特别女人，气来得急，去得也快，甚至还能无私地反省一番自己的喜怒无常。

她迁怒季清和的确有些不讲道理。

人是她睡的，质量她也很满意，售后服务更是挑不出错来。要是……

她悄咪咪觑了眼季清和，有个念头跟野草般疯狂滋长。

要是发展成长期稳定的肉体关系，好像也……挺好的？

第十六章

唯有赤诚而已

想归想，说是万万不能说的。

虽然沈千盏经常因美色误事，但大局始终拿得稳。这心里一旦接受了季清和是她裙下之臣的设定，她那股气自然也就消了。

殊不知，她拿人当裙下之臣，这裙下之臣也拿她当囊中之物。两人各怀算计，彼此彼此。

午休结束后，沈千盏在剧组待到三点。

苏暂是《时间》剧组的监制，有他在现场，早没她什么事了，只是沈千盏不放心季清和。这点倒不全出于私人情感。于公，季清和是她的资方，沈千盏本就该供祖宗一样供着他，磕着碰着都不行。于私，两人私下的交情九浅一深，是该多留心照拂。

见他在剧组适应良好，花环翠绕的，沈千盏也没什么不能安心的。临走前，跟苏暂打了声招呼，就先领着乔昕回了酒店。沈千盏昨晚一夜没睡好，勉强撑到酒店，回房间后倒头就睡。

乔昕原本还想将查好的名单递给她过目，去隔壁换身衣服的工夫，回来就见她睡深了。她悄悄调好室温，见时间还早，抱了个充电宝窝在套房外间的客厅打游戏。

中途林翘来过一回，聊剧本。与其说是聊剧本，不如说是来避祸躲债的。半小时的剧本会里，林翘一句与剧本有关的词都没提及，全在控诉江倦山如何可恶恐怖，如何压榨民工血汗。

乔昕听得忍俊不禁，又不好拆江倦山的台，只有出言安慰。

她一路看着《时间》从剧本大纲落定到项目立项开拍，自然知道江倦山与林翘承受了多少重压。见林翘聊着聊着认真了起来，担心她心理的高压线是真的濒临崩溃，忙安抚道："我们小点声，盏姐刚睡下。"

提到沈千盏，林翘下意识一个哆嗦："盏姐刚睡？"

"嗯。"乔昕替她倒了杯水，"整个项目从合同签订的那刻起，她就没松懈过。我就看着她跟拼图一样，一点点将《时间》拼凑成了一幅完成的图画。"

"制片的工作量你也知道。"乔昕小抿了口茶，说，"那么多的碎片一下子摆在她面前，光是要梳理碎片原本的位置就花了大量的时间和工作。你和江老师就像拼图里显眼的旗帜，加速了盏姐拼图的速度。她给江老师施压，你自然也会感觉到压力。

"要是以前，我们作为朋友，我肯定劝你，太累就歇一歇。但《时间》真的没法歇，每一天都是巨额的投资，而且季总就在组里看着，出点差错连个转圜的余地都没有。"

林翘不说话了，她捧着杯子小口小口抿着温水。良久，才吐出几个字来："脑汁都榨干了。"

乔昕忍着笑，拍了拍她的肩膀："剧本的事我没法给你提供什么建议，你和江老师意见不合也好，没法合作下去了也罢，定稿之前自己解决。"

林翘委委屈屈地哦了声。她原地磨蹭了一会儿，直等到江倦山来了电话，才不情不愿地抱着电脑一步三回头地走出房间。

傍晚，暮色刚至时，苏暂来了电话，问要不要一起出去吃饭。乔昕没听见屋里有动静，猜测沈千盏应该还没醒，揉着发酸的后颈，回答："盏姐还睡着呢，叫醒了估计也不愿意出去。"

苏暂那端沉默了几秒，再有人说话时，讲电话的人已经变成了季清和："她睡多久了？"

乔昕看了眼屏幕上的时间，回："三小时了。"

电话那端静了静，说："再过二十分钟，你叫醒她。"

乔昕哦了声。虽不解其意，但仍照着季清和说的，二十分钟后去叫醒沈千盏。

沈千盏刚睡醒时格外娇气，不是觉得空调太冷，就是觉得空气湿度太低。乔昕调了两次室温，她才勉勉强强不再挑刺。只是身体惫懒，腰酸腿痛，从脚趾到腿根都酸麻得像被滚石碾过一样。

乔昕见她不大高兴，知趣地不往她面前凑。在外间点好外卖，把手机送进沈千盏手中进行粮食补给时，门铃一响，有人造访。

乔昕去开门。外间嘀嘀咕咕的不知道说了些什么，房门一关，再次进来的人已经变成了季清和。

沈千盏起初没留意，她看菜品看得专心，挑挑拣拣的，上一秒往车里放一串金针肥牛，下一秒瞧见芝士鱼丸了，又比对着热量表，万分心疼地择二选一。

购物车空了又满，满了又空，反复数次后她才察觉头顶上方笼下来的阴影。

可惜，已经来不及了。季清和抬手抽走她的手机，潦草地扫了眼她的外卖单子——麻辣牛油锅底一份、金针肥牛大份、羊肉卷两份、莴笋一份、笋干一份、香菇鱼丸若干等。

他几不可察地笑了笑，那神情颇有几分坏她好事的得逞之意："今天就不吃这些了。"

他居高临下，似打量着从何下手："我抱你起来，还是自己起来？"

沈千盏有些蒙："乔昕呢？"

"回房间吃饭了。"他侧目，示意了一眼放在桌上的保温盒，"苏晢说你在剧组吃得不健康，我特意从酒店找厨子给你做了晚餐。"

见她表情似有些不乐意，季清和报了道菜名："贝勒烤肉。"

"焖笋。"

"荷叶鸡。"

沈千盏立刻投降："起起起，立刻起。"

沈千盏起床的程序比较简单，本就和衣而眠，起来也不过拖踩上一双拖鞋。

她小跑着进浴室洗漱刷牙，等坐下时，季清和将保温盒一层层揭开摆好，已经备了筷子在等她开饭了。

沈千盏蹭干湿漉的手指，刚执筷夹肉，季清和眉心微蹙了下，抽了张纸巾替她擦手："以前怎么不知你这么小孩脾性？"

沈千盏由他擦干，抿了下嘴，说："你不知道的事情多了去了，就算我一天讲一件，讲十年也讲不完。"

季清和抬眼。他的眼里有笑意，很碎。映着屋顶的灯光，眼瞳像琥珀一般，晶莹剔透。

沈千盏以前觉得季清和的金丝框眼镜是点睛之笔，完美地将这狗男人的斯文败类气质展露无遗。可眼下又觉得这眼镜实在碍事，把他的眼神藏得太好，像明珠蒙尘，情绪总隔了一层。

她打量得太过专注，季清和想忽视也不能，他挑筷夹了笋尖到她碗里，收回手时，筷子轻敲了下碗沿，发出清脆的叮当声："先吃饭。"

沈千盏的花花肠子一起，荤话说来就来："先吃饭？季总这意思是，吃完饭还有别的项目？"

　　季清和没看她，只微微偏头，留了一抹余光："你想要什么项目？"

　　沈千盏看他端着碗舀汤，那汤汁灿黄，油心一圈搭着一圈，瞧着营养又滋补，她话题一跳，先问起汤来："这是什么汤？"

　　季清和牵了牵唇角，这笑容极淡，也不知在戏谑谁："反正不是鹿茸锁阳汤。"他将汤碗递来，推至她面前，"根据实际需要，这汤滋阴补肾。"

　　"还补水。"

　　三言两语之间，沈千盏莫名落了下乘，成了败方。她眼睫一抬，筷子也不好好拿了，指尖隔着一层衣料从他胸口缓缓移到他的腰腹处，仗着他此刻双手都被占，无法无天地戳了他腹肌两下："季总不只这儿硬，嘴也挺硬的。"

　　她指尖并未用力，手指柔软，轻搔着他的痒处。等察觉到他身体本能的细微的躲避，终于明确他的敏感点，指尖故意在原地打转。

　　季清和怕痒。这是她昨天发现的。她哀哀求求半天还不如找准一处死穴来得畅快又干脆，以至于沈千盏当时大脑一片空白，仍记得他腰腹处尤其怕痒。

　　果然。他手腕一沉，汤汁溅洒出一片。

　　下一秒，他搁下汤勺，扣住她的手腕死死地压在了桌上。正悬在他头顶上方的吸顶灯，灯光一跳，有萤虫闯入，扑着双翅执着地冲着灯火瓦斯一下下冲撞。

　　沈千盏的心尖也忽地缺了道口子，有细弦上下弹动，嗡声不绝。

　　他眸光沉沉，并不像以往一般眼神里总带了些纵容。反而，幽暗深邃，像无底洞一般将摄入他眼中的光线齐齐卷入，直至燃起一簇欲火。

　　"小算盘先收起来。"季清和说，"下半夜你要是饿了，喂的就不是这些了。"

　　沈千盏眨眼。再眨眼。半晌，仿佛才找回自己的声音般，咬字生硬地回答："下半夜要开会。"

季清和看着她，慢慢道："我不急，我有的是耐心等你饿。"

沈千盏瞬间哑火。她先举的战旗，结果败得一败涂地。现在是饭也不能好好吃，情也不能好好调，台阶也不能好好地往下走了。

她忽然有些好奇艾艺纵横情场这么多年，都是怎么全身而退的。遇上季清和这种硬茬，能扎得人浑身是血窟窿吧？

她兴致寥寥，也没了和他一决高下的雄心壮志。心底甚至冒出"裙下之臣"全是他用来哄她的假象，季清和一点也没变，他们之间仍是他拿捏她轻而易举，她如案板上鱼肉的关系。

她情绪变化得太明显，季清和向来能看穿她的心思，虽不知她的沮丧和扫兴从何而来，但本能地察觉如果此时没有处理好，日后必定会变得更加棘手。

想到这儿，季清和扣着她手腕的手一松，语气软和了些："你满脑子天天的都在想什么？"

沈千盏顶嘴："黄色废料和红色钞票。"

还挺坦诚。季清和没立刻接话，他短促地笑了声，说："这两个我都有。"

他曲指，轻叩了叩桌面，吸引她的注意："要不要，来个长期关系？领日薪的这种。"

他后半句无比真诚实在，偏有些人满脑子的高糊马赛克，半点想不到好："全年无休，你受得了？"

季清和受不受得了尚未得知，沈千盏很快就遭了口无遮拦的报应——那一桌子菜，她连一口都没机会碰。

和苏暂赶往《春江》剧组的路上，沈千盏不止一次后悔，话这么多干什么？要是她能少说点，贝勒烤肉、焖笋、荷叶鸡哪个不是她的盘中之物？

萧盛的剧组发生了暴力冲突事件。

这原本也不关沈千盏的事，结果中途接到了宋烟经纪人的电话，告知她，宋烟被误伤送医。紧接着，铺天盖地的八卦闲谈、娱乐新闻全跟约好了一样，实时登报。

沈千盏从接到消息，到赶到《春江》剧组，已是晚上八点。

现场打砸的痕迹已被清扫了大半，只零星一些机械设备的残片和破损的道具堆积在角落里，还未丢弃。

拍摄场地内留了位剧务，年初无锡雪灾时，沈千盏与他打过交道，一眼便认了出来。

她发现对方的同时，对方也看见了她，急匆匆地拍了拍裤腿，迎上前来："沈制片。"

沈千盏点点头，先问萧盛："萧制片呢？"

剧务是萧盛特意留在这儿等沈千盏一行人的，闻言，一五一十汇报道："萧制片陪着两位导演去警局做笔录了。"

沈千盏又问："有人伤着没？"

剧务那张脸一下跟吃了黄连一样，苦耷了下来："宋老师被误伤了，已经有人陪着去了医院。眼看着都要杀青了，你说这都什么事啊。"许是憋了很久，这一开口，他喋喋不休地抱怨个不停："《春江》开拍后就没顺利过，年后遇上雪灾，停工了大半个月，损失数以万计。这都准备杀青了，导演和监制居然打了起来，还闹上了新闻……"

沈千盏拍了拍他的肩，安慰："这些都好解决。"

"我是接到宋烟经纪人的电话才知道这边出了事，本来跟我也没什么关系。我们苏总不放心，让过来瞧瞧，看有没有能搭把手的地方。"

剧务领着她到事发点，带她看了看现场。

倒没有沈千盏想象中的血流一地的血腥场面，地面上干干净净的，顶多就是碎个保温水瓶，淌了一地的开水。

"我当时在树底下抽烟，入镜穿帮了，被赶去了那儿。"剧务指了指路边那排行道树，"等我发觉摄制组闹起来时，那几位哥已经打了起来。伤得倒不严重，就是起了点冲突。谁知碰倒了烛台和灯光架，误伤到了宋烟老师。萧制片从酒店过来的时候，宋烟老师已经紧急就医了，听说是伤到脸了……"

他越说越小声，到最后声若蚊蝇，连看都不敢看沈千盏的脸色。

宋烟杀青后会立刻进组拍《时间》，这事《春江》剧组上下全都知道。

监制也给宋烟行了方便，将她剩余的戏份全部集中到一处，几天内拍完。因为这事，其他演员不满，早前就闹过一场风波。

今天的事虽说是导演与监制之间的矛盾，但与宋烟并非完全无关。

只是这里头的弯弯绕绕他说不明白，他就一个剧务，说多了倒像是在搬弄是非，平白惹得一身腥。眼下重中之重的事，就一件：宋烟伤到脸了，不只会耽误《春江》的戏，也会耽误沈千盏的进度。沈千盏自然发现了剧务的搪塞。

萧盛估计对她的插手很不满，所以才留了一个事发之时在三百米外抽烟的剧务来给她解释情况。她倒也理解。毕竟萧盛在她心目中就是个不折不扣小肚鸡肠的伪君子，总分不清轻重缓急。

她心中不悦，面上却不显，借口查问下宋烟那边的情况，转身去外头打电话。

苏晳见她走了，四下看了看，给剧务递了根烟："这事挺棘手的，我们这原本等着宋烟老师周六进组的。"

剧务受宠若惊地接过来，干笑了两声："这种意外谁也想不到。"

苏晳见他点了烟，凑上去跟他借火："你在《春江》的时间比较久，之前就没发现导演和监制哪有不对盘的地方？"

沈千盏出来后，在路边给乔昕打了个电话。

出发前，她安排了乔昕和生活制片去医院看望宋烟，了解伤情。估摸着时间，两人这会儿应该已经到医院了。

可惜，情况并没有沈千盏想象得这么顺利。乔昕并没有见到宋烟，也没瞧见宋烟的经纪人。甚至电话不通，根本无法联系上宋烟的团队。

沈千盏思考了数秒，沉吟道："你们先回来吧，我想想办法。"

挂断电话后，她先联系傅偰的经纪人，得知傅偰已经结束今天的拍摄回了酒店，开门见山道："傅老师现在和宋烟在一起吧？"

那端沉默数秒后，显然是觉得没必要再瞒着沈千盏，利索地报上了一个地址。

沈千盏等苏晳问完情况出来，也不急着知道真相，拉他上了车，先回酒店。

她没直接奔着目的地而去，交代司机绕路，先去街口新开的奶茶店买了两杯奶茶，又去小吃街打包了一份炒面，途中走走停停，不是这家包份糖炒板栗就是那家打包点鸭脖。瞧着跟春游踏青似的，半点没有紧迫感。

苏晳被她这番操作搞得一头雾水，进酒店后仍锲而不舍地追问沈千盏："我们就这样不管了？"

沈千盏按下电梯："你想怎么管？"

苏晳被她若无其事的语调刺激，瞬间拔高了音调："你知道那剧务告诉我什么吗，监制给宋烟排班的时候，有演员不满，在剧组闹过一次。萧盛不管，甚至默许，这才导致今天导演和监制发生冲突，误伤宋烟。宋烟要是真伤了脸，这戏还怎么拍？"

他话音刚落，电梯抵达。

有人迈入电梯，在苏晳倒扣的鸭舌帽帽檐上轻轻一打："你凶谁呢？"

苏晳被这一下拍得脑子嗡声发震，定神一看，见是季清和，浑身气焰瞬间熄灭了大半："季、季总。"

他解释："我没凶盏姐，我俩说事呢……"

季清和下颌微收，仅看了他一眼，并未买账。

直到电梯下行，回到酒店大堂。

苏晢眼看着两人跟约好了似的往外走，一向机灵的小脑瓜子终于转了过来。他急忙跟了两步，追上去："盏姐，你这是玩金蝉脱壳呢？"

"剧组的车太扎眼了，不方便。"沈千盏将路上买的零嘴分了一半递给他，"我去去就来，等我回来再说。"

话落，她走出几步，又回过头来："不准偷吃。"

苏晢拎着她的零食，顿时面若菜色。

谁！偷吃了！谁偷吃了！他愤愤地丢回手里那把板栗，扭头就走。

到了停车场，沈千盏先留意了眼周边有无人盯梢。她生怕被尾随，会泄露傅傒与宋烟的行踪，火上浇油，一路小心谨慎。

到医院后，季清和留在车内，沈千盏独自上楼看望。

宋烟伤得不重，仅被灯架砸伤了肩膀。脸上开的那道小口，只渗了点血珠，休养几日便好。

沈千盏见她无事，悬了一晚的心终于放下。

来的路上，她设想了好几种后果。如果宋烟伤得太重，无法协调档期，势必只能遗憾地更换演员，她再舍不得也不能拖累剧组的拍摄进度。但只要有万分之一的可能，她都不想面对这样的选择。

幸好，宋烟伤势不重，她的备选计划一个也没用上。见宋烟面色疲惫，沈千盏不好再打扰，借口还要回剧组开会，与宋烟经纪人一道走出病房。

宋烟的经纪人对临了要杀青进组，却出了这样的意外很是过意不去，连连赔罪后，表示会尽快和剧组协商，重新敲定日期。

沈千盏奔波了一夜，确认宋烟的情况后心中大定，一下疲惫不堪。让宋烟的经纪人留步后，自行下到地下车库，开门上车。

宝马车的车门有自动感应，她上车后，从车门至操控台，氛围灯倏然亮起，连成一片。

季清和原在闭目小憩，听到动静，睁眼看来。

沈千盏自上车后便呆坐在副驾，一言不发。目光更似落在了挡风玻璃外的某处虚空，静静出神。这表情状态就像被吸干了全部精气，只剩一具艳骨。

季清和见她情绪不对，没立刻开车。他伸手撩亮了车顶的阅读灯，借着这点灯光，仔细打量了她一眼："情况不好？"

沈千盏回神，去系安全带："不严重。"

她把锁扣压入卡槽，转身看他，两人无声对视了片刻，她忽地将刚系上的安全带一解，隔着中控台伸手去抱他："我有点累。"

原本今晚调个小情，喝个小酒，再办点小事，人间美事。

偏中途出个事，她奔波不说，又累又饿，后续还要解决宋烟延迟进组的糟心事。

她莫名有些情绪低落，被他抱着才觉得好些。可自尊心作祟，不想让他看出自己此刻脆弱易折，靠上去时，故意伸出咸猪手捏了捏季清和的胸肌。

然而他却像是能读透她的心，不发一言，伸手撩灭了她头顶那盏阅读灯。

车内的氛围灯一闪，灯光从晰白转为暗紫，他熄了引擎，抬手遮住她的眼睛："给你半小时，这半小时内不必为谁鞍前马后，也不必周全别人。"

沈千盏眨了一下眼，满目黑暗里，从他指间漏进来几缕氛围灯的灯光，幽幽暗紫。她的心一下变得很沉很沉，又一下变得很软很软。她伸手，握住他遮挡住她视线的手掌拉到唇下。

她看着他，似有不解："我这人除了长得好看、吃得少外，没别的优点了。季清和，你到底看上我哪儿了？"

沈千盏也不需要他回答，自顾自地往下说："我脾气不好，招我烦了，说下手就下手，我都怀疑过自己有潜在的家暴倾向。

"我要是个心机绿茶，早就蛊惑你，哄你给我开公司，天天败你家产玩。"

说到最后，她真情实感地惋惜道："可惜啊，我这人就是太有底线。"

沈千盏说话，向来给自己留有余地。三分真，七分假。对方不接茬她也不会觉得尴尬，插科打诨开个玩笑就能顺手揭过。

季清和起初没摸透这一点，误以为沈千盏的果决是真的果决，没的商量。偶尔在她那儿碰壁，总觉得是时间未到，火候不纯。直到最近，他才发现。沈千盏心里住着个小女孩，那女孩娇纵任性，与她平时示于人前的知性独立，优雅精致截然相反。

他抬手，摸了摸她的头发。

埋首在他颈窝的人，瞬间就安静了下来。季清和顺势去捏她的后颈，她的脖颈修长，颈后那寸肌肤胜过白雪，柔软光滑。

"孟女士以前养过一只猫，是只布偶。"他音色微低，像古朴的提琴声，音调透着几分内敛的倦丽，"后来忙于工作，被我爷爷接回家饲养。

"我照看过这只猫，性格温顺，像天生没有脾气一样。"

沈千盏安静听着，并未接话。

"后来相处久了才知道，它并非没有脾气，只是一生辗转，学会了隐藏和示弱。"他掌心微烫，手指从她的后颈移至耳垂，低声道，"你和它相反，你不懂示弱，反而习惯伪装强势。时间久了，连你自己都以为你就该这样，刀枪不入。"

季清和低头。

两人之间的距离本就靠得极近，他这一低头，不知是有意还是无意，嘴唇掠过她的眉心，留下一个浅浅的亲吻。

沈千盏闭了闭眼，开口时，仍旧嘴硬："什么叫我以为，我就是刀枪不入。"

季清和轻笑，指腹捏着她的耳垂摩挲着，问："昨晚不就入了？"

昨晚？沈千盏话到嘴边，忽地想起什么，脸上一烫，不吱声了。

放在往常，她总要骂两句狗男人、臭流氓虚张声势。但今晚，可能是真的累了，她连口舌之争的兴致也没有，安安静静地不发一言。季清和也由着她装哑巴。

过了十来分钟，沈千盏手机振动，有微信消息进来。她闭上眼，没去管。

鼻尖是熟悉的冷香味，木质清冽，由浅转淡。她用鼻子蹭了蹭他的颈窝，环在他后颈的手摸索着去捏他的耳垂。她实在感受不出来季清和爱捏她后颈和耳垂的癖好是出于什么原因，但换位一想，可能就跟她喜欢捏季清和各种肌的道理一样，仅是个人偏好。

她把玩了一会儿，想着回去还要开会，实在不适合在这儿浪费时间温存流连。只能遗憾地坐回副驾，打道回府。

接下来的几天，沈千盏忙着和苏暂制定拍摄日程，协调各方将宋烟进组的日期延后，夜夜开会到凌晨。

这段时期内，唯一能令沈千盏有丝放松的事，当属生理期的如约而至。心头一块大石卸下，她状态颇好，跟行走的春药般，连着几日都是春光明媚。

这日，听说有傅偀修复钟表的重头戏。沈千盏吃过饭就去剧组看现场。邵愁歇对这场戏特别重视，有意将其制作成花絮，剪入他的个人纪录片内。沈千盏到时，现场已经开拍，她站在场外，看重叠包围的现场内傅偀对桌而坐，摆弄钟表。

现场大多是沈千盏让道具组打造的道具，参考了时间堂内季清和工作室里陈列的钟表，按一比一的比例复刻的赝品。

她的西安之行因时间原因，一直未去，此刻看众人拿着故意做旧的道具赶戏，摸了摸下巴，问乔昕能不能在近期安排出短期日程，她得尽快去趟西安，借点设备。

原先要是没出宋烟这档子事，她已将行程安排妥当，就等宋烟进组后，她抽个三五天去西安一趟见见季庆振老爷子。专业的镜头也可由季清和多做指导后，再进行拍摄。可宋烟这一受伤，进组时间推迟，许多戏份重新调整、延期，一切都显得紧张仓促起来。

正出神间。拍摄终止，季清和与邵愁歇协调着拍摄角度。

他戴着手套，重新调整了表带支撑器，一步步拆分，演示动作。

她走近，站在了季清和身后。

鸦雀无声的现场内，只有他的声音清越，在做着步骤讲解。

五月，天气已反常炎热。沈千盏看见他鬓边湿漉，有汗沁出，招招手，借了个小风扇过来。他似察觉了，讲解声一顿，并未转身，仍专注着手头的螺丝刀座，将钟表内一环环细小的齿轮与摆轮一一拆卸。

这几日，沈千盏忙碌，季清和也没闲着。她每晚与导演等人开会时，他就在隔间开班授课，给傅徯恶补基础。课程内容从几日前的拆卸钟表学到了组装、排障。

沈千盏借口送夜宵去打探过，这两人每天睡得比她还晚，刻苦得像要再培养个宫廷匠师，而非临时抱佛脚。

下午有媒体探班。沈千盏在片场待了会儿，自掏腰包让乔昕去订些下午茶来。一来犒劳剧组上下，二来向前来探班的媒体示好。

前阵子《春江》剧组斗殴，宋烟误伤的新闻在网上掀起了不小的风浪。无锡影视城内，迎来了一小波待客高峰。

《时间》剧组外也时常游荡着媒体记者和狗仔，想要刺探一二。

自打那日得知傅徯与宋烟的绯闻是真的后，沈千盏就操碎了老母亲的心，碍于宋烟还在休养，被迫给傅徯打掩护。

近日事态严峻，她既防着对手捕风捉影给她下黑手，又担心《时间》被路透，差点上火到两眼青黑，夜不能寐。

前晚开会时，她提出开放媒体探班的意见获得一众支持后，索性就将此事提上了议程。

眼看着时间将近，沈千盏安排好媒体待客区，吩咐乔昕给提前到来的记者分发饮料和蛋糕。她自己也拿了两份，亲自到片场给季清和与邵愁歇送过去。

她折回片场时，工作室内只有邵愁歇一人坐在监视屏后抽烟。沈千盏将饮料递给他，四下环顾了一圈，没见着季清和，问他："季老师呢？"

邵愁歇曲指轻弹了弹烟卷，说："你看我抽烟就知道他不在这儿了。"他偏头笑了笑，烟头往工作室外的小径上点了点，给她指了个方向："应该洗手去了。"

沈千盏循着他手指的方向看去，门外郁郁葱葱一片树丛，视野内全是灼人的烈阳骄日。

她没打伞，高跟鞋在石板路上踢踏了近两分钟，总算在洗手台前看到了季清和。

这里偏僻，绕过草坪就是湖泊，此刻正有一个古装剧的剧组租场拍戏，唯一一条通道上守了个场务，除此以外，往来人迹寥寥。

沈千盏没出声。她咬着吸管，吸了口咖啡，眯着眼看季清和掬水洗脸。

他未戴眼镜，脸上被水泼得湿漉，连发梢也未能幸免，滴滴答答地往下滴着水。看见她来，他撑着洗手台等水沥干了些，这才擦干手，信步朝她走来。

沈千盏递过去一杯冷饮。

季清和没接。他垂眸看了眼被她咬得扁平的吸管，从她掌心抽走了咖啡，拧开杯盖喝了两口才还给她："喝咖啡，今晚不睡了？"

他抢咖啡的动作太娴熟，直到咖啡重又回到她手里，沈千盏才反应过来。

她目瞪口呆。想指责吧，觉得这么一件小事太过小题大做。不发作吧，又觉得自己白白被欺负了，不上不下地被架了会儿，等找到最佳反应时早过了追诉期。

"我看乔昕在给你安排日程。"季清和替她拿着那杯饮料，跟她往回走，"准备腾时间去西安？"

沈千盏诧异他这么敏锐："我这红头文件刚下发，你就知道了？"

季清和挑眉，提醒她："原本也是准备这几天去西安。"

石板路有些滑，他边留心着她的脚下，边补充："有些道具太新了，破绽大。"他事事追求完美，有时候要求严苛比起邵愁歇也是不相上下。

沈千盏也是这个顾虑，她还想去参观下季老先生的工作室，看能否给《时间》再提供点创作灵感。

眼下剧组刚开机，调整还来得及。再往后，连西安也没必要去了，何谈创作灵感。

"等今晚。"沈千盏抿了口咖啡，说，"今晚应该就知道时间了。"

沈千盏去西安的行程当晚就安排了，一共三天，后天晚上出发。

她出发那日，正好是宋烟回《春江》的时间，萧盛通过乔昕联系她，问有没有时间一起吃个饭，他想为自己管理不当给她造成的麻烦赔个罪。

沈千盏那会儿刚洗完澡，准备歇下。

她要去西安一事，需要尽早安排，哪还有空去陪萧盛吃饭听他赔罪？也不怕折寿。

她对萧盛日渐不满，也对苏澜漪的偏袒生出几分不悦。可惜人在职场，她使性子不会有人觉得她真性情，只会觉得她居功自傲没有礼数。

饶是沈千盏心中再不快，也只能笑吟吟地让乔昕去回复："我最近出差，等回来再吃饭吧。至于赔罪，萧制片太客气了，都是同事，本就该互相扶持互相担当。"

乔昕自然听出了她的口不对心，将这番话稍加润色，转达给了萧盛。

那晚入睡后，沈千盏脑中浮现了这几年一路走来的风风雨雨，像走马观花般，她在梦中将这数年来发生过的事全回顾了一遍。

从成立艺人经纪部，到向浅浅解约离开；从苏暂朋友圈引发的绯闻，到苏澜漪施加的公关压力；从《春江》剧组被困无锡，到今天萧盛带领的剧组误伤宋烟，拖她的后腿。

桩桩件件都像是海上风暴，从风平浪静到瞬息变天。

她半夜惊醒，摸索到手机去看时间时，才发现离她睡下不过才过了短短半小时。

她出了一身虚汗，浑身黏腻不适，刚起身准备去洗澡时，门铃响起。

凌晨一点，哪路男鬼仗着姿色来敲门求欢了？沈千盏正狐疑着。

门外，季清和压低的声音清冽如冷松："是我。"

哦，不是男鬼，是男狐狸精。

酒店的隔音并不好，尤其走廊，即使入夜后也人来人往，冷不丁就会撞上鬼开门。

沈千盏担心被人撞见季清和半夜敲她房门，也怕隔墙有耳，会再替她的风流韵史添上两笔。是以，得知门外是季清和，随手披了件外套，就前去开门。

沈千盏衣衫不算齐整，起先只露了一道门缝，往外查看。

见门外季清和孤身站在廊下，知门口就他一人，胆子大了些，又开了半道。

头顶上有盏壁灯，悬于房顶，他的身影半明半暗，一半笼在光下，一半掩在暗中，神色莫测。

没等她开口，季清和的目光下落，停留在她睡裙下尽露的修长双腿上。

沈千盏循着他的视线看去，话未起头，他先一步移开了目光："看你门下有光，就猜你还没睡着。"

他这一眼收得快，眼神也未带任何情绪，只眉心微蹙，虽短短一瞬，也被沈千盏尽收眼底。

越是这样，她越是坦然，他凌晨半夜来敲门，还不准她穿着睡衣来开门了？

她嘴唇微张，话到了嘴边，视线落在他手里拿着的线香上，微微一顿："这是什么？"

"镏金塔。"

季清和将手里拿着的线香与线香托递给她："猜你今晚会睡不好。"

他手中捏着的塔香座精致小巧，外观是九层镏金塔，塔的顶部有个直径适当的圆孔，用作插香。塔身雕龙画凤，塑了金粉，看着就价值不菲。

沈千盏在圈中常与资方大佬打交道，其中不乏玩香、玩玉、玩古玩珍品的。接触多了，也练就了一双识货的眼睛。

季清和手里的这尊镏金塔，瞧着不起眼，但就凭它一身低调沉敛的镏金着色，绝对不是一个寻常的塔香座。

她张嘴欲言。远远听见走廊里不知哪个房间传来的嬉笑吵闹声，怕万一此刻有人推门而出，撞见这幕。往后退开两步，示意他进屋说话。

等季清和进屋，她关上门，先接过他捏在指腹之间的镏金塔："塔香座？镶金的？"

季清和见她一副想上嘴鉴定材质的模样，眉间掠过一抹淡笑，将手中装有线香的木盒也递过去："纯金做的。"想了想，他又补充："我在西安有个藏室，这趟过去正好带你去看看。镏金塔是季麟挑的，我本意想寻个方便携带的线香托，他见这个小巧便挑了这个。"

这句话的信息量有些大。沈千盏反复消化了两遍才明白他想告诉她什么。

一、他有钱，西安有个藏室。

二、镏金塔不算什么，也就是个线香托。

三、塔香座是季麟挑的，他不知情。

要是换了别人在她面前这么说，沈千盏铁定认为对方是在暗戳戳炫富。但换作季清和就不一样了，这厮是明晃晃地炫富，都不用挑时间的。

"太金贵了。"沈千盏欣赏完，将镏金塔香座递回去，"我一想到线香燃尽后会烫着它，我就于心不忍。"

季清和垂眸，看了她一眼，说："跟你能安枕比起来，不值一提。"

他接过镏金塔香座，迈步入内，寻了烟灰缸。烟灰缸内是还未处理的烟灰，他回头，瞥了沈千盏一眼。

他眼尾微奎，本是随意一扫，沈千盏偏偏看出了他眼神里的审问和谴责之意，轻咳了声，解释："晚上开会，邵愁歇跟苏暂一人一根，抽了半个多小时。"

沈千盏早习惯了周围的男人聚众抽烟，见他眉心隐蹙，似闻不惯烟味，这才迟钝地嗅到了些烟灰灰烬的遗留味道："我房间里还有一个烟灰缸。"

季清和见她要回房间，低头看了眼她赤着的双脚，握了握她的手，拦她："去把拖鞋穿上，我去拿。"

话落，他起身，步入卧室。

沈千盏见状，小碎步着跟上去。见他找到放在窗台上的烟灰缸，将镏金塔香座置于缸中，倚着墙，半开玩笑半当真地打了声趣："季总对我的房间是真熟悉。"

季清和不接她的茬，从木盒里抽了根线香，用打火机燎出烟，插入香座内。

"我不只熟悉你的房间，"他并未看向沈千盏，四下环顾，寻了个空气流通的透风地将烟灰缸置放，"我还熟悉你。"

安放妥当后，季清和将打火机搁在一旁，提醒她："一炷香大约半小时，香味不浓，安神驱蚊。你要是觉得闷呛，就熄了线香，开窗通风。"

沈千盏倚着墙没动。

她夜半虚惊而醒，身体乏力，像被谁抽了骨一般，浑身懒洋洋的，不大有劲。只有思维活泛着，从季清和的前言想到后语，语调软绵绵地问他："担心我下午喝了咖啡今晚会失眠？"

不等他回答，沈千盏自顾帮他肯定了答案，跳着又问："线香和塔香座什么时候准备的？"

线香的烟渐渐凝成一缕，飘散进空气里。

季清和确认这香味不至呛鼻，留下木盒，往回走至她面前。

她眉目慵懒，额侧发丝凌乱，耳垂微红，下颌至侧脸隐约可见压枕的痕迹，他低头仔细看了一眼："我吵醒你了？"

问完，又否认："不应该。"

"傅徯回房前你房间还暗着。"

沈千盏听他说话不像往常那样总说一句留三句地遮掩，眼尖地看见他脖颈处微微泛红，意念一动，凑到他唇边闻了闻。

不出她所料，他身上残余着酒味，那酒香掩盖了他身上原本的冷香，微微浓郁。

她微有些诧异："你喝酒了？"

"喝了点。"他神志清明，的确没喝多。

猜测得到确认，沈千盏更震惊了："你喝酒了？"

同一句话，语境不同。

季清和见她双目圆睁，惊讶万分，不知怎的，觉得她这个样子比刚才慵懒妩媚的模样更招他心痒，低低笑起来："很奇怪？"

奇怪啊！应酬场上也没见他破过例，今晚反倒毫无预兆地起了喝酒的雅兴，这难道还不够奇怪？

"傅老师天资愚钝气到你了，害你借酒浇愁？"

"还是傅老师天资聪颖一不小心出师了，你兴奋过度？"

这些理由实在太过扯淡，连沈千盏自己都说服不了，她踮起脚，双手捧住季清和的脸，仔细地看他，试图从他眼中看出些什么来。

然而，除了满目幽黑深邃外，她只在他的眼中看到了自己。

"大惊小怪。"季清和托了她一把，顺势低头，鼻尖与她相抵，"我考傅徯，看他能否在规定的时间内将腕表恢复如初。"

"这个学生不太好带，不仅不服，还和我约了赌注。"

他低头，似想亲她。

沈千盏知道傅徯每晚收工后都会去季清和房里找他开小灶，抱佛脚。演员愿意下功夫是好事，沈千盏知道此事，也乐见其成。只是不想傅徯和季清和这两个年过三十，怎么看怎么成熟稳重的成年男人，私下授课还玩打赌这一套。

她弯了弯唇："赌什么了？"

"他要赌我最心爱的人。"季清和微顿，指腹摩挲着她的耳鬓，低声道，"我一想，我最心爱的是你，赌不起。"

他亲下来，浅尝即止，又意犹未尽。

"我便换了个赌注，若他能在规定时间完成，我就做一件我最讨厌的事。"

"就喝酒了？"沈千盏问。

季清和不语，只是又吻下来，呡着她的唇，流连忘返。

沈千盏心中一悸，本就绵软的身体越发的酥软。她仰头，去迎他，唇齿纠缠间，她发音含糊，有些口齿不清："喝完又觉得不甘，借机来告诉我，好让我心软？"

季清和没听清，松了唇，轻轻触碰了下她的鼻尖，示意她重说一遍。

"我问你是不是喝完觉得不甘心，借机来告诉我，好让我心软？"

他闷笑了一声，回道："你先问的。"

他今晚实在爱笑，那笑声低沉，实在悦耳。沈千盏听得心猿意马，手臂环住他，指尖在他背后有一下没一下地轻点着："你别不承认。"

明明就是满肚子的黑水，天天算计她。

"你说是就是，我不辩。"他偏头，嘴唇落至她的耳垂，又一路移至她的耳后。

她身上有很淡的香味，不是任何香水，也不分前调后调，就是单属于她的香味，沁人心脾，比他所知的所有香水都要令人神魂颠倒。

沈千盏被他的鼻息搔得直躲，捶了他两下，见他还不知见好就收，就反客为主，踮着脚就要去吹耳边风。

身高优势下，沈千盏并没占到什么便宜。反而被季清和锁在怀里。

沈千盏恼得不行，压着声呵止了数遍。

等他一路顺着锁骨往下亲至胸前，轻抓了一下他的头发，叫他名字："季清和。"

他嗯了声，声音低哑，像是从嗓子深处发出来的："我有数。"

你有什么数！有数！

沈千盏咬唇轻哼了声，也不知是愉悦还是忍耐。

季清和记着她还在生理期，并未太逾距。抱着她平息了片刻，目光落在她踩在地毯上的赤足，哑声问："我今晚能不能留在这儿？"

沈千盏摇头。

下一刻，他托起她，将她盘在他的腰部两侧，几步抱进浴室内。

沈千盏吓了一跳，一声惊呼刚到嘴边，生生压了回去："你干什么？"

季清和不答。他步子迈得又沉又稳，一路将沈千盏抱至盥洗台的台面上才放下。随即，他拧开水，调好水温，湿漉的手指托着她的脚心，小心地浸入蓄满水的洗手台里。

沈千盏一只手的手臂还环在他的肩上，她垂眸，一眨不眨地盯着他的侧脸。

他一手握着她的脚踝，一手替她揉搓脚心，专注得像在对待一件艺术品。事实上，沈千盏于季清和而言，的确是一件无价且难寻的珍品。

她的脚随了她的身量，修长纤细。脚趾圆润，指甲也生得精致，脚踝至脚背这部分的皮肤皙白，像上好的羊脂玉，白里透着光，触手温润。

他洗得认真，直到察觉她的视线从未旁落，这才抬眼，从镜中望向她。

而这一刻的沈千盏，生出了一个近乎挑衅的念头。

她抬起浸在水中的脚，将湿漉漉的，还顺着脚跟不断往下滴着水的脚心踩上了他的袖口。温热的水被衣料吸收的同时，她抬眼，一眼不漏地打量他的神情。

季清和唇角勾起一抹不易察觉的笑容，他曲指轻刮她的鼻尖，由着她将自己的衬衫当作擦脚的布料。

沈千盏提醒他："踩湿了。"

他俯身，去亲她的眉心，那笑意低低沉沉的，半分不见怪："谁弄湿了谁负责。"

"很公平。"

谁弄湿了谁负责？

沈千盏听出他的言下之意，另一只还浸在水中的赤足踏上他的胸膛，轻踢了一脚："要不要脸？"

笑骂完，见他垂眸不语，表情沉静，沈千盏唇边的笑意也渐渐收敛，问道："怎么了？"

她怀疑是自己玩笑开过头了，可回头一想，并未觉得自己有哪里亲疏无度有失分寸的地方，正揣度着，他耐心地擦干了她的双脚，掌心握着她的脚跟，往上寸移，扣住了她的脚腕。

男人属热。他的掌心滚烫，像从未平息过的赤焰之火。仅这么握了片刻，她便感受到蓬勃的热意自他身体，源源不断地传输而来。他靠得太近，这个姿势又十分考验身体的柔软程度。

沈千盏猜他还有话要说，往后一倚，将后背靠向温凉的镜面。

五月的无锡，天气已趋向夏暑。

这几日烈日晴好，天高云轻，又无风无雨。傍晚时都闷热难当，更何况这风雨欲来雷暴将至的夜晚。

"我在想。"季清和低声说，"以后越过了这道门禁，怎么办你。"

他今晚是真的口无遮拦，一字一句全踩在她的弦上，有时重若千钧，有时又缥缈无踪，撩得她一池春水晃晃荡荡的，直想把人就地办了，好教教他孤男寡女同处一室时什么话该说什么话不该说。

可惜，今晚不行。

沈千盏颇感遗憾。

她脚趾踩着他的胸口，睡裙翻卷，堪堪遮住了她的腿根。披在肩上的外套也滑落了一半，露出一侧香肩。沈千盏却对自己此时的模样没有半分察觉，左右今晚季清和奈何不了她，她也奈何不了季清和。

底线的边缘既可以随意模糊，那情欲也可以随意纵火。

她食指微曲，钩住他解开了两粒纽扣的衬衫，将他拉至面前。

她则半坐半靠，双腿屈起，靠得他极近。

"又不是没办过。"沈千盏涂着鲜亮指甲油的手指，旋着他的扣子，三两下又往下解了一颗。她故意用脚尖去搔他的腰侧，又于呼吸将近时，吐气如兰般低语道："哪回没随你的喜好？"

季清和抵着她的额笑，笑声闷沉低悦。

两厢对视间，他又低头去亲她，从眉心一路吻下。

沈千盏胸口本就胀痛，说不上是愉悦还是酷刑。伸手去推，手腕又被他扣住，压在了镜面上。

他抬眼凝视，目光露出些许笑意，似在捉弄又似餍足："还解不解扣子？"

她坐在洗手台上，虽与他身形持平，却处处受制。

偏她神色坦然镇定，全无上次被压在五指山下难以翻天的惊慌。

沈千盏动了动手腕示意他先松开。

等季清和掌心松动，她环上他的后颈，倾身去咬他的耳垂。

边咬边吻，还悄悄吐气，直到他耳根处泛起一阵绯红，她才终于仁慈："你可以回去了。"话里三分笑，七分戏谑。衬着她绯红的耳垂，如晚霞缤纷，铺了整片视野。

季清和没动，只拉下她的手按到某处："这样怎么回去？"

沈千盏憋着笑，那双眼波光潋滟，光是与之对视，便叫人心慌气短，难以自持。

他索性将人抱回卧室。

卧室内线香的香味已褪去初时的烟燎，弥散开了淡淡的清香，香气柔和，初闻是清新的莲香，细闻又多了丝沉檀的香气，微微厚重。

沈千盏深吸了一口，目光落在镏金塔的底座上，忽地想起一件事来："这回去西安，会见到季麟吧？"

"你想不想见？"季清和问。

沈千盏哪好意思当着他的面就说不想？她三十岁的人了，走过的桥比他一小孩吃过的盐还多，不至于真就跟一个小孩计较。

沈千盏会提到季麟，是因她对季麟的印象极深，除了当初被他说成是盘丝洞的蜘蛛精外，还有一个原因是季麟生得极为好看。

她做项目至今，见过不少潜质出众的童星，却从没有一个能长得像季麟这样星眸如皓月，五官如簇拥星海银河般耀眼的长相。

她没直接回答，反倒说："我上回去拜访季老先生，准备仓促，没给季麟准备礼物。"

其实这次也仓促。行程是刚定下的，机票也是刚买的，匆匆忙忙，连备礼的时间都没有。

"他喜欢什么，偏好什么，你直接告诉我，让我走个捷径，哄他开心开心。"

季清和看她一眼，说："季麟长得好，但年纪小，都没正式上学。你现在就把主意打到他身上去，让我情何以堪？"

沈千盏听得满头问号："我打季麟什么主意了？"

"养成？"季清和不太确定是否用词得当，但见她听懂了，顺着话继续往下说，"不是有个说法，叫从小培养，量身定制？"

变态！

沈千盏忍住翻白眼的冲动，说："等季麟长大，我怕是已经一脚踏进了棺材。我是脑子进了水了，才放着现成的艳福不享。"

"你就是编排我想生一个季麟这样长相的孩子都比这个说法靠谱。"

"乔昕还说我喝醉了降智，你才是一醉傻三年。"

季清和将她放下，自己拖了把椅子，坐在她床前："也可以。"

"季家基因好，你既然有想法，趁我耕耘辛勤，日薪支付质量高，抓紧机会。"他微哂，故意逗她，"我们的孩子也能长得和季麟一样，五官周正。"

五官周正？

沈千盏刚想反驳，若是季麟那天资独厚的长相只能叫五官周正，那天下的小孩就没有长得赏心悦目的了。

话到嘴边，她察觉不对。又见季清和似笑非笑，满腹坏水，终于明白过来，自己又在无知无觉中跳了他的坑。

他抛砖引玉，引她激愤，真正的目的是为了逗出她的后半句，好借风引火，占口头便宜。

沈千盏中了招，紧闭着嘴不说话。

遇见季清和前，她连结婚都没想法，何况生孩子。但顺着狗男人这话一脑补，如果能有个长得像季麟那样白雪可爱的孩子，不可谓不心动。

是以，她心里其实没多少埋怨，但面上故作矫情，假装羞恼气愤。

季清和看她一眼，道："季麟是独生子，三岁后才被季家接回。"

沈千盏微讶，完全忘了自己在假装生气。她卷了被角，用双腿压住，双手手肘撑着床，半趴在床头。

听他话里的意思，季麟的身世应当有段故事。

"季麟是季家曾孙辈的第一个孩子，父亲是季岁暮，也是我的长兄，比我大一岁。他与季麟母亲离婚时，不知道季麟的存在，以至于季麟三岁了才被他接回季家，亲自带在身边抚养。"

豪门世家的婚姻，再添上卷了皇太子走人的情节设定，沈千盏立刻嗅到了八点档狗血剧的激情，八卦欲熊熊燃烧："季麟的母亲甘心放弃抚养权？"

季清和倒没避讳与她谈论起堪称"不终岁豪门世家的秘辛"，说："自然不甘心。"

"当年发生了什么，我不太清楚。那会儿我在北京的钟表馆做钟表修复师，与家里联系不多，只知大概。"季清和顿了顿，解释，"我家人际关系并不复杂，我父母尚在，老爷子与孟女士也身体健康。"

他语气平淡，唇角却微微勾起："等你和我在一起了，不必担心我家长辈的养老问题。"

沈千盏无视他，既不接茬也不论辩。

"我还有个妹妹，叫季岁欢，正谈婚论嫁。季家的家风威正，人口简单，岁欢性格好，你能做她的兄嫂，她应该会很高兴。"

"她经济独立，花钱铺张，高兴起来就爱送人东西。这性格，应该与你很合。"

季清和思索了片刻，又补充："我家没重男轻女的风气，也不兴逼生二胎。只是家里长辈喜欢热闹，季麟出生后，为表达喜悦，给我嫂子封过一个大红包。"

"季家的男人往上数三代，都没拈花惹草的恶习，娶妻便是一生终老的事。我兄长虽没做好表率，但婚姻关系破裂并非第三者的缘故，即使是现在，他也一心挽回我的嫂子，没有别人。"

他似有些头疼，闭目轻按了按一侧的太阳穴。等再睁开眼时，又查漏补缺般，补充了好几条。想到哪儿说到哪儿，全无章法。

沈千盏心口柔软，像沁了蜜的糖汁，浇淋而下。

"季清和。"沈千盏打断他，"我三十岁了，不算年轻。以你的条件，无论是世家名媛还是十八岁的少女，都找得到。我虽然事业小成，但积蓄不多。打拼多年，也就勉强买下了一套房子定居北京，还背负着房贷。"

"我表面风光，内里却不上不下，不尴不尬。比我好看的、比我有能力的、比我经济独立的，外面世界有一大把，她们都愿意——"

季清和问："那你怎么不愿意？"

他知道沈千盏想要什么，她跌落过谷底，名利钱财对她而言是身外之物。她踏入过深渊，所以对感情避之如蛇蝎。

她想被很坚定地选择，有一张人生的底牌。这张底牌不需要镀金镶银，也不需身披光环，只要在她的人生里，任她是风吹浪打、披荆斩棘还是登山望海、纵横江河，都不离不弃、比肩共行。

所以季清和知道，在沈千盏的心中，他不占任何优势。无论是谁，想打动她，唯有双手奉上真心，誓死赤诚而已。

他的目光落在她的脸上，又低声重复了一遍："她们都愿意，为什么你不愿意？"

线香已燃尽，屋内幽香袅袅。她身上的淡香仍独特鲜明，似压不住的香脉。他鼻尖嗅到的，全是她。见她似哑口无言，季清和退了一步，说："你想掀开我最后一张底牌，那就得有诚意。"

"我的心就在这儿，你随时来拿。"

第十七章

心底，天塌地陷的声音

季清和走后没多久，天上落下滚雷，雨势疾走，春雷暴雨倏然而至。

空气中的滞闷在惊雷声中如释压后的重泵，一点点挥散无影。

沈千盏睡不着，半爬起，去看窗外。

酒店门口有一盏路灯，灯光下雨势磅礴，倾泻而下，连成了一片密集的雨幕。天地间一片白沼沼的雾气，可见度极低。

她心烦意乱，起身又去点了根线香。

方才那根线香燃至镏金宝塔的顶盖处，便熄灭了。沈千盏将未燃尽的线香收至隔烟垫上，又取了根，用打火机点燃。指腹压掀打火机时，心念微动，想到了季清和。

酒店的每个房间内都配有火柴盒，取火方便。

季清和不抽烟，也没借火的习惯，这打火机显然不是他的。

她垂眸，借着床头的壁灯打量了眼手中的这枚打火机。

打火机机身纯白，釉色光滑，像是打了层钢琴漆。第一眼，她没看出哪里特别，直到指腹碰到底座的浮雕字体时，才留心到，打火机的底部有不终岁的英文缩写和 logo。

沈千盏抿了抿唇，没藏住笑。

时间也没过去多久，上两个月，无锡雪灾。酒店停电停水，生活不便。夜晚的照明除了手电筒、探照灯外，便是蜡烛。

《春江》剧组上下几百号人，手电筒和探照灯的供应有限，最常用的还是蜡烛。入夜后，大部分人都会用酒店提供的火柴取火。剧务担心大家用火不善，每晚跟查寝似的殷切叮嘱，入睡前必须吹熄火烛。

沈千盏用的是香薰蜡烛。有次季清和半夜过来，她重点了香薰蜡烛照明用。火柴棍纤细，她怕烫着手，划了好几次才顺利点上。

季清和那时虽没说什么，倒把她不擅用火柴这件事记在了心里。

沈千盏后半夜难得好眠，一梦酣睡到第二天乔昕来叫她起床。

这趟去西安，沈千盏将一应事务交给了苏皙，又吩咐乔昕协理。时间虽仓促，但乔昕做惯了助理的工作，上手并不难。何况沈千盏就离开三天，有事也能电话微信联系，用不着交接什么。

苏皙亲自将两人送到机场，看着季清和与沈千盏进了安检，这才和乔昕一并返回剧组。

回去的路上，苏皙听着机场内飞机起飞降落的声音，对着窗外深深叹了口气："不知道为什么，我今天有种送女儿出嫁的心酸感。"

乔昕呸他："占谁便宜呢。"

苏皙眼神幽幽，满腹惆怅："谁跟你开玩笑了。"

"你看这几天，盏姐和季总好得跟穿一条裤子一样。在片场一会儿没见着季总，就差人去找。傅老师对戏时，她那双眼睛全在看季总，我就不知道有什么好看的……"

话落，他又一声叹息，忧心忡忡："这趟去西安，别是公费见家长。"

乔昕听着有道理，贪吃蛇也不玩了："不至于吧？盏姐还没恋爱呢，就直接见家长了？"

"难不成她想跳过恋爱的步骤，直接跟季总领证？"一想到这个可能性，她整个人都斯巴达了。

苏晢闻言，分析道："还真没准。"

"无锡雪灾那回，我就觉得盏姐心防松动了。季总和明特助那几天都跟我住一个屋，我们仨，就季总天天夜不归宿，偷香窃玉。我就不信盏姐不留他，他能在隔壁待到那么晚。"

"还有开机宴那晚，怕有搞黄色的嫌疑，我就不细说了。反正你是亲眼瞧见了，这两人都好到一个被窝里了，还有什么不可能的？"

苏晢越想越觉得是这么一回事，他回忆起那两人刚才过安检时，举手投足间的默契，啧啧了两声，越发肯定自己的猜测："我的嘴开过光，你就等着瞧吧。"

"回来肯定如胶似漆，难舍难分，没你立足之地了。"

乔昕："……"

那她好凄惨。

抵达西安已是凌晨三点。

明决来接。

到得太晚，季清和并没有直接回家，而是选择就近回西安市区的别墅，小住一晚。

为了显得自己比较尊重沈千盏，季清和往家里打电话前，还意思意思地问了下她的意思："让明决先送我们去市区，等你休息好了，再去见老爷子？"

沈千盏自然没意见。

季清和颔首，又道："市区的房子是我在住，家里有一位保姆阿姨。你饿不饿，要不要煮点夜宵吃？"

沈千盏摇头："太晚了，到市区该四点了。"

她话音刚落，眸中映入一片红色的灯海。紧接着，明决苦笑一声，说："可能四点还到不了。"

他们的运气实在不好。刚上机场高速就遭遇了事故堵车。

大约几分钟前，机场高速路面发生车祸，几辆车连环追尾，事故伤害不轻。车辆碎片残骸将道路堵了个严严实实，短时间内根本无法通行。

季清和示意明决去打探下情况。

凌晨三点，正是道路压力最小的时候，会发生车辆追尾实在巧合。

没一会儿，明决回来，告诉季清和："机场高速封了两条道修路，可能是司机疲劳驾驶，没留神。"顿了顿，他补充："交警已经到了，在疏通道路。清障车还在路上，估计要再等半小时，路面才能畅通。"

身后的车辆越聚越多，陆续有不明白前方发生了什么的司机下车查看。

遇到这种束手无策的情况，沈千盏反而坦然。她熬夜惯了，即使旅途劳顿，精神状态却没受太多影响。她往车门处移了移，拍了拍自己的大腿："季总要不要靠着我睡会儿？"

季清和抬起眼睛。他那双眼，眼瞳深不见底，看上去柔和深邃："换个地方，我会很乐意。"

车后座的空间不算宽敞，他枕不枕着沈千盏都注定睡不安稳："也就半小时，等等吧。"

明决瞧了眼空着的副驾，想提醒两位前面还有个座位可供调整，睡起来肯定要比后座舒适。话到了嘴边，又觉得自己说了也是自讨没趣，索性闭嘴。

事故处理了近半小时，在交警的指挥下，路面交通渐渐恢复畅通，前方拥堵的车辆也有序地排着队逐一通过。

等过了隧道，道路路况良好，视野内三条主干道一览无遗。

所有车辆在经过隧道内缓慢通行的十分钟后，如鱼得水，分批汇入车道，朝着不同的方向疾驰而去。

这么一耽搁，三人到市区时，已将近凌晨五点。天色熹微发亮，隐有天光。季清和家中的保姆阿姨早已起来，备好了热茶水果与早点，就在客厅等候。

保姆阿姨姓谢，沈千盏听季清和叫她谢姨，就跟着叫了一声。

谢姨还是头一次见季清和带姑娘回家，不好多看，替沈千盏拿了拖鞋后，拘谨地笑了笑，问："洗漱用品都准备好了，单独备在浴室里。姑娘是先吃点东西垫垫，还是先去洗漱？"

沈千盏看了季清和一眼，心里纳闷。这谢姨怎么光顾着招待她，不管季清和？

似是察觉她心中所想，季清和换好鞋，转头看她："你刚来，这里的摆设布局都比较陌生。看你喜好，让谢姨给你安排。"

"是啊。"谢姨接话道，"季先生刚交代了我要以你为先，看姑娘是累了、困了还是饿了。"

沈千盏难得觉得有些不好意思。她讪了讪，想先去睡觉。话还没开口，季清和又跟未卜先知一样，打断她："还是先吃早餐。"

沈千盏幽怨地瞪了他一眼。季清和丝毫不觉，反而握住她的手，牵她到餐厅："吃饱了再睡下，不会被饿醒。"

离开无锡后，季清和的一言一行都自在了许多。想牵她时，不用考虑周围人多眼杂，再三忍耐。说话也不用反复思虑合不合适，妥不妥当。

她此刻的身份定位，就是他正在追求的女孩。

不需要刻意，不需要顾虑，更不需要克制。

吃完早餐，谢姨领着她去客房安顿。

"床铺是前两天刚换的，被子薄不压身。你来之前，我特意抱去院子里晒了晒，连着两天晒到酥软蓬松。"她回头看了眼沈千盏，笑眯眯道，"浴室里的浴巾和洗浴用品全是新的，姑娘看适不适用，缺什么告诉我，我再去置办。"

沈千盏在季春洱湾当财神爷时都没受到过这种待遇，虽不至于不自在，但盛情难却，总觉得有些不好意思："谢谢谢姨，我就小住两天，不用这么麻烦。"

"不麻烦的。"谢姨开门进屋，提醒她留意脚下门槛，"季先生长居北京，西安住得少，我工作清闲，难得忙碌一次，接待娇客。"

她介绍了下客房的几处设备，又引沈千盏到浴室，将浴巾及洗浴用品的摆放详细告知了一遍，确无遗漏了，这才替她关好门，退了出去。

这么一安静下来，沈千盏的精神放松，顿时生出几分倦意来。

因不知这几日是否都要住在这里，沈千盏没立刻收拾行李，她拿了件墨色的睡衣及自己的洗漱包，先去浴室洗澡，卸妆。

等她洗完澡，迈出浴室，寸草不生的床上已经长出了一个沐浴后的男人。

季清和倚着靠枕，正在翻文件。听见动静，他抬眼，目光在她那身黑色蚕丝的蕾丝边睡裙上停留了一瞬，眼中有惊艳之情一闪而过。

她本就肤白胜雪，墨色的蚕丝更是将她的皮肤衬得如同纯色的缎玉，剔白通透。

季清和尚未收起视线，沈千盏先炸了："你怎么在这儿？"

他半个身子掩在缎雪料的薄被下，姿态闲适地望着她："我家，我不在这儿我要在哪儿？"

沈千盏沉默了数秒，抿唇不语。

正僵持间，季清和拍了拍空着的那侧床："上来。"

"总共三天，你睡一觉得占掉我多少时间。"他干脆掀开被子，赤足踩在床下铺着的地毯上，几步走至她身前，将她抱起，"一起睡，谁的工夫都不耽误。"

沈千盏踢腿挣扎："今天睡不了。"

季清和："在我的地盘，你说了不算。"

沈千盏腹诽：狗男人。

这一觉，睡到日暮西斜。

沈千盏醒来时，床侧已经空了。落地窗外，夕阳垂暮，天际卷云携带金雷之势，正奔着地平线匆匆撤去。

沈千盏初醒，身体仍处于惫懒阶段。她盯着窗外发了会儿呆，等意识回笼，她才惊觉时间流逝已近黄昏。

她边起身，边埋怨季清和。

醒来不见人也就算了，他怎么能任由自己一觉睡到现在刚醒？平时没事倒也无所谓，可一早定了要去季家老宅拜访季老先生，眼下也不知赶不赶得及。

她进更衣室换好衣服，边往腕上佩戴手表，边看时间——五点二十。

正是每座城市的下班高峰期。西安的路况不好，尤其鼓楼一带，是著名的旅游景点。

沈千盏第一次来西安时，就住在鼓楼与回民街附近的酒店，深知那条道路在早晚高峰期人流车流峰高不绝。

四条主干道更是以鼓楼为中心，挤得水泄不通。

季清和所在的别墅区虽闹中取静，偏居于老城的中心地段，交通便利。可最要命的也是这交通问题。

饶是沈千盏此刻脂粉不施，清汤挂面地立刻出门，也赶不及在天黑前抵达位于岭山一侧的季家老宅。

她懊恼自己贪睡误事，但事已至此，也没必要生闷气。

以季清和万事周全的性格，不叫她起应该是事先与季老先生打好了招呼，她没赴约也不至于是失信失约。

想到这儿，她抬眼看向窗外渐渐沉入云霭中的夕阳，重新把自己陷回床中。

不赶时间后，沈千盏仔细收拾了一番。

她这两天气色好，不上妆皮肤也剔透如雪，无一瑕疵。出于画龙点睛的心态，她上了一层阿玛尼的素颜霜，又细细画了眼妆及眼线。

她五官立体精致，额头饱满，鼻峰不用鼻影也挺翘笔直。唇不点朱红自艳，一点饱和的润泽就能将唇形线条修饰得当，像盛开在傲雪中的红梅，含苞欲放。

沈千盏坐在镜前，左右端详了两眼。目光不经意从镜中落到刚换下的墨色蕾丝睡衣上，微微一顿，抬指将衣领往下压了压，望向胸前那一片刚种下不久的草莓地。

她的生理期在昨天就已经结束了。

季清和蠢蠢欲动，也不是没探处她的底线。今早同床共枕时，他就数次钩下她的底裤，可最后见她倦极，就没勉强。

沈千盏不记得自己是何时睡着的，睡前最深的印象就是狗男人在她两腿之间印下的那吻。

她羞耻难当，又觉得无比自然，当时也没觉得有哪里无法接受。

可现在清醒了，那些画面纷沓而来，冲击力不可谓不强。

就季清和这会来事的程度，沈千盏觉得……她很快就要在床第之间俯首称臣了。

她收回望向镜中自己的目光，整理好衣领，起身出门。

沈千盏下楼时，一楼的客厅走廊皆已亮起了灯，灯火通明。

她握着楼梯扶手一路往下，至门厅时，隐约听见厨房有交谈声。走近一看，是谢姨正在教季清和煲汤。

"不能太早加盐，煮久了肉质就不鲜嫩了。火候像现在这样就好，文火慢炖。煲汤的营养不在煲煮的时间长短，适度就可，现在就差不多了。"说话间，谢姨舀了一勺汤盛至白瓷碗内，递给他，"季先生，你尝尝。"

季清和接过，尝了一口："咸淡适中，可以关火了。"

他随手将碗搁下，看着谢姨关火善后，说："我去看看她醒了没，饭菜先温着吧。"

话落，他也看见了就站在两人身后的沈千盏，语气微讶："醒了？"

谢姨闻声回头，未语先笑："沈小姐饿不饿，现在开饭还是再稍等一会儿？"

沈千盏瞧了季清和一眼，也跟着笑了笑："现在开饭吧，我晚上想出去逛逛。"

季清和正在洗手，他虽有心想要下厨，但对厨房的环境仍是不太适应。洗净手，同沈千盏一同去餐厅等开饭时，他忽地勾了勾唇，说："我发现自己的缺点了。"

这话说得着实欠扁，但架不住沈千盏有好奇心。

她憋了几秒，见季清和并没有主动透露的意思，睨了他一眼，问："什么缺点？"

"不喜欢下厨。"他在沈千盏身旁坐下，给她递筷，"不过这个缺点也好补足，我多赚些钱，保证这辈子都能请得起阿姨就好。"

"既不用你下厨，也不用你打理家务。"

谢姨正端了老鸭汤出来，恰巧与沈千盏的眼神有对视。她不好插嘴东家说话，就冲沈千盏笑了笑，笑得暧昧又羡慕。

沈千盏最近这段时间脸皮尤其薄，被谢姨一看一笑，就觉得耳朵烫得慌。索性不接季清和的话，转而问起汤来："谢姨，这是什么汤？我刚才在楼上就闻到香味了。"

谢姨悄悄瞥了眼季清和，用汤勺将荔枝干老鸭汤分成两碗，端至两人面前："季先生说你这段时间工作太累，这盅荔枝干老鸭汤提神解乏，缓解疲劳，很滋补。"

"我觉得这盅汤的营养价值还是其次，主要是心意。"她笑了笑，用眼神暗示沈千盏，"汤是季先生煲的，沈小姐快尝尝。"

沈千盏有些意外。她原以为季清和只是兴致到了，想学煲汤，让谢姨从旁指点。未曾想到，这盅汤是他亲自煲的。

她尝了口汤。见季清和看着她，等她反馈，故意卖了会儿关子。

汤的口感自然不用说，食材新鲜，文火慢炖，老鸭的鲜美和荔枝干的清甜全都恰到好处。

她又用筷子挑了口鸭肉，肉质不老不嫩，口齿生香。

不知是饿了的缘故还是真的太好吃，她将一碗汤喝得只剩汤汁，又另盛了一碗。

季清和见状，也没必要等她点评了，低低笑了声，低头品汤。

等菜布齐，沈千盏终于寻到机会，问道："你下午怎么不叫我？"

"叫不醒。"季清和慢悠悠地夹着菜，"叫了半小时。"

沈千盏不信。

她睡眠浅，一有点风吹草动就能惊醒。就算是睡得最深时，在她耳边叫两声，她就能立刻恢复意识，怎么可能存在季清和说的叫她半小时都叫不醒？

季清和见她不信，笑而不语，未再辩解。

隔了一会儿，沈千盏又追问："那季老先生那儿呢？我们今天不过去，他会不会觉得我是个言而无信的人？"

"不会。"

季清和说："我下午提前给他打了电话，说公司有事，来不及带你过去。"

沈千盏顿时放心了。

这理由找得可比"沈千盏水土不服，身体不适，现在还睡着没起"高级多了。

"就是季麟，"季清和顿了顿，说，"有些失望。"

"听爷爷说，他为了迎接你，跟家里阿姨一起烤了罐曲奇饼干送给你。"

沈千盏筷子一停。她觉得季麟向她示好这件事比季清和给她煲汤还要令她意外："季麟之前不太喜欢我。"

"不太喜欢"还是比较委婉的说辞，前一次见面时，季麟对她的厌恶几乎跟她要抢走季老先生一样，恨不得她赶紧原地消失。

"小崽子的地盘意识比较重。"季清和解释，"他的人生总有一半残缺着，所以比较紧张身边的人，生怕被抢走。"

他往沈千盏碗里夹了几片肉片："本性纯善，也不顽劣。知道你是自己人后，就没敌意了，甚至想快点见到你，当面跟你道歉。"

等等？

自己人就算了……

"他什么时候把我划进自己人里的？"沈千盏问。

季清和看了她一眼，慢悠悠道："想知道就明天自己问。"

沈千盏："……"

也不知道是不是她的错觉，总觉得来西安后，某些人忽然气焰大涨，气场两米八。

吃过饭，谢姨切好水果，又为沈千盏煮了壶红枣茶。考虑到她可能会有吃夜宵的需求，特意做了份凉面，放在小灶台上。沈千盏盛情难却，盘腿坐在沙发上努力喝茶养生。

季清和饭后去书房处理公务。至八点，听见关门声，手中钢笔一停，推椅出来倒水喝。

沈千盏正想上楼，听见动静，抬头看去。

季清和站在二楼楼梯口，问她："谢姨回去了？"

她捧着那盏茶，点点头。

季清和稍偏了下头，示意她上来："带你去藏室看看？"

沈千盏眼睛一亮，就跟金银财宝就在眼前一样，闪闪发光。

她扶着楼梯扶手上楼，跟他进书房。

季清和的书房并不算大，两面立体环墙的书架上摆满了书。天花顶上坠下一镏金镶嵌工艺的中式吊灯，正中央是一张紫檀木的书桌。摆设不多，极简典约。

他推开书架后的那道暗门，室内感应灯亮起，铺了一地的灯光。

他先一步入内，开了灯。

等沈千盏进来时，他背手立在门后，问："和你想象中的藏室，有差别吗？"

有还是有的。

沈千盏的小脑瓜子里，季清和的藏室应该是和博物馆一样恢宏的藏品收纳室，眼前这间藏室，明显没有达到这个高度。但相比之下，比起满目珠宝的庸俗，这间更像是季清和个人空间的藏室反而更令她惊艳。

藏室四面全是陈列架，分门别类，互不干涉。

每一块区域都集中摆放着相同物件，比如钟表，又比如他曾用过的修表用具。

除去与钟表相关外，还有各类古玩摆件，小到纸鸢大到书画，五花八门。

沈千盏看得新鲜不已，仿佛一脚踏入了他的世界，有意外的感动和温柔充盈着她的四肢百骸。

"这是我第一次种仙人球的花盆。"季清和抬手取下最高那层陈列架上，手掌大小的花盆，"其貌不扬，却是明朝时期的古董。"

他回忆了一下，说："我拿它来种仙人球时，季老先生差点与我断绝关系。"

明朝时期的花盆拿来种仙人球，别说季老先生了，她都想打人。

"这个风筝是季老先生扎的，粗制滥造。"他微哂，"但我放了两年。"

"这块手表，是我修好的第一块腕表。"

"在北京钟表馆工作的第一年，我买了这台相机。当时是为了拍故宫雪景，红角树梅，结果……"他顿了顿，没继续往下说，却从陈列架中将相机取出，安装电池。

"相机去年坏过一次，显示屏无法显示，只有照片还在。"他将开机的相机递给她，示意她凑近去看。

沈千盏接过来。

视野框内，如他所说，全是故宫一景一物的风景照。有朱红宫墙琉璃碧瓦，有宫灯走廊铜缸石柱，有迎春招展红梅怒放，还有大雪中傻坐在木椅上的……她？

沈千盏已经很多年没去故宫踏雪了。

无锡的冬日虽也降雪，但南北方的雪天，是全然不同的两道风景。

她初到北京的那两年，逢雪天开馆，总要去故宫走走，寻寻古人踏雪寻梅的盎然兴致。后来工作动荡，她为了还债，一年三百六十五天有三百六十六天都在努力工作。

四季的变化在她眼里无非就是天冷加衣，天热纳凉。

渐渐地，跟组、出差，她在北京待的时间越来越少。难得有一两天休息，也只想睡死在家中，一步都不想踏出家门。年轻时逢雪入宫，赏梅赏雪的兴致，早被生活磨砺得一干二净。

照片里的沈千盏，发梢初及锁骨，被风吹得逸动。

她坐在宫道内供游客休息的长椅上，应该是在发呆，双眼定在某处，只露出大半张侧脸。

　　照片的背景是一片朱红色的宫墙，有洁白的梅花被铁栏杆拘禁在墙角，繁茂地开了满满一墙。

　　她那时的长相还有些稚嫩，但胜在五官精致，即使脂粉未施，也依旧容颜倾城。

　　沈千盏一寸一寸看得仔细，连细微之处都没放过。

　　良久，她才抬头去看季清和："很早的照片了，你在北京那两年时拍的？"

　　她记得上回去四合院做客，与季老先生畅聊时，季老先生就曾和她提起过，季清和早年在北京的钟表馆当过两年修复师。

　　按时间线推算，他留京那两年和她喜欢去故宫赏雪的时间恰好吻合。

　　季清和的视线在她脸上停留了数秒。藏室的灯光虽昏暗，但她的情绪却在此刻纤毫毕现。

　　由初时的不敢置信到慢慢接受，沈千盏的心理适应能力比他想象中的快多了。原先以为她会大惊失色抑或是惊喜难抑，但哪一种都不是。

　　与他猜测的所有反应相反，对沈千盏而言，好像接受"他视如珍宝的相机内会有一张近七八年前自己的照片"这件事并不算太困难。

　　她连惊讶与惊喜都控制得恰到好处，只稍稍一现，很快消失。

　　"不觉得意外？"季清和问。

　　"意外。"可比起意外，接受这件事后，沈千盏有一种心理上的安定感。作为一个饱经风雪的成年人，沈千盏看待爱情的视角现实又冷漠，她不相信毫无源起的钟情，也不相信没有原因的偏爱。

　　在此之前，沈千盏一直在揣度季清和的初心。

　　想他喜欢自己什么？

　　美貌？有些太勉强了。

　　契合？就睡了一觉，这么念念不忘，也有些说不过去。

　　能力？他身价比她高出数倍，身边能者繁多，无须窥觊她那点能力。

不是她对自己没有信心，她的阅历、容貌、能力都是她的资本。在同一阶层的择偶市场里，她无疑是马群里那匹遥遥领先的黑马，优秀且耀眼。

可季清和并不属于她的这片草原，两人之间像相隔了两个世界。他突然降临，既突兀又令人措手不及。

但有了照片这个前提，这件事就不能按照沈千盏原先的眼光去看了。

她不至于自恋到觉得季清和七八年前就对自己一见钟情，念念不忘，这不像是一个脑子正常的成年男人能做出来的事。这场她置身其中却一无所知的相遇，更像是两人相识相知的一场契机。

仅与他有缘。

"我在北京那两年，住在四合院。"他取了条干布，将相机精心擦拭干净，"白天去钟表馆修复钟表，晚上回时间堂修复手表，朝九晚五。"

季清和的成长经历和这个世界预定的轨迹有些格格不入，既不像所有家世显赫的孩子出国留学或名校深造，也不像普通家庭的孩子，遵循着学习、高考、毕业工作这条差不离的人生旅程。

他的人生履历里，有平凡人无法拥有的浓墨重彩。是中华数百年传承下，虽从未走入大众视野，却隐于流世的荣耀与匠心。

他所热爱的，是与时间为伴的钟表修复。

机芯齿轮、底盖盘针、表冠环扣、大大小小的机芯配件，钟表零件，枯燥烦冗。他却没日没夜沉浸其中，乐不思蜀。

"《时间》筹备前期，你寻找顾问这么艰难，我在其中花了不少功夫。"季清和将相机电池拆下，带上保护壳，重新置放回陈列架上。

转身见沈千盏稍稍挑眉，好整以暇地等他坦白从宽时，倚桌而坐，就着她的手喝了口红枣茶润嗓。

"博物院有个文物保护科技部，挑选钟表修复师，尤其严谨。除了必要的文凭学历外，选人用人都采取'师承制'。

"故宫大部分藏钟是清朝皇家历年来由各国进献的贡品，清宫办处自行生产或大使在海外采购的钟，每件都历经过战火，流传了百余年，全是独一无二的文物珍宝。"

他微顿，停了一会儿，才说："钟表修复师入馆，维修的就是这批国宝。古时的工匠技艺精细机巧，没有足够的耐心是没法做古钟修复的，所以钟表修复的选人条件苛刻，不是真的热爱，很难在馆里日复一日年复一年地和钟表打交道。

"老爷子修复过木梵钟，闻名天下。我作为他的师承弟子，是破格入内。"

他不知道想起了什么往事，勾唇一笑。握着她的手，将她手中杯盏抽走，顺手搁在书桌一侧。

他俯身，将沈千盏圈入怀内："别看现在的博物院人流如织，我留京那两年，就体会了'一入官门深似海'的心情。和我同期的，还有两位工业大学自动化专业毕业的应届生，招入内拜师。一个三个月后自己走了，另一个留到现在。"

《时间》筹备期间，沈千盏托了好几路人脉，古钟表修复师她也不是没想过，乔昕去接触过几次，不是石沉大海就是委婉拒绝。

在职的钟表修复师，个个都是稳坐如山，天塌了也面不改色的老学究。沈千盏接触一两次后，也怕真的打扰他们工作，索性作罢，另寻他路。

但满世界，除了故宫博物院的文物保护机构，其余的钟表技师无一不是走商业化路线，经由大企业培养，制表修表，与宫廷钟表修复完全是两个不同的学派。

想到这儿，沈千盏忽地醍醐灌顶。她偏头看着他，足足看了半分钟，才咬牙问："乔昕之前去联系博物院，四处碰壁，是你提前打了招呼？"

季清和既不否认，也没承认："人缘好，以前的同事比较愿意成人之美而已。"

沈千盏一时心情复杂。倒没什么气愤恼怒的负面情绪，就是内心五味杂陈。

《时间》从筹备、注资、选角到开机都堪称顺风顺水，偶遇到困境也没费她太多精力。就是谈下季清和，其中虽波折，但她心里明白，搞定他就是时间问题。

谁知，她竟从一开始就踩入了季清和设下的陷阱。光她知道的，就不胜枚举，何况还有她不知道的。要不是他今晚主动坦白，沈千盏到死也不会知道自己的人生里有过那么多人为的磕绊和坎坷。

她与季清和对视良久。想放些狠话，又顾忌这里是他的地盘，太放肆吃亏的还是她，干脆低头不语，以示抗议。

季清和揣摩她的表情，猜她应当不是真的生气，但仍是哄她："错了，嗯？"

"过程虽让你费了点心，但你本意还是希望老爷子能够来担当《时间》的顾问。便宜了我，对你来说，并没有损失。我曾经的同事没我有情趣，也没我有耐心，枯燥无趣，你不会喜欢的。"

他那句"便宜了我，对你来说，并没有损失"勉强还算动听，沈千盏对这件事本就无可谓无不可谓，装装样子自然就过去了。

"那照片呢？"

"我有个同事叫宗辽，在我进馆一年后才进来的。年纪小，不太能坐得住，经常借口去厕所，出去散心透气。那天也巧，他被师傅训斥，罚来帮我做古钟清洁。他接了我的事，我难得得会儿清闲，带了相机去拍景，刚走出门口，就看见你了。"

那一幕记忆深刻，即使是季清和此刻回想起来，也历历在目。

她那时的脸形比现在稍圆，蛾眉蝤首，明眸皓齿，被身后的梅树衬得肤白胜雪，迎风而立，像画中仙，提灯映画，将他枯燥的世界瞬间洒满萤辉，熠然发亮。

沈千盏又问："动心了？"

季清和轻哂，曲指轻弹她的额头："萍水相逢，我哪这么容易动心？"

他说了半句，也藏了半句，这后半句是：

虽是萍水相逢，她却如一抹鲜亮的色彩，惊艳了他寡淡无味的漫长岁月。

季清和在京两年，第三年开春之际，孟女士不愿意他将时间都耗在古钟表修复上。送他去瑞士的钟表学校进修，从最基础的工具使用学起，漫长的两年后，他顺利毕业，进入了不终岁钟表分部，修表、制表。

钟表与古钟不同。前者学习的内容从车床制作钟表内部零件到制作整个摆轮游丝系统，烦琐的工序内还包含了清洗，给摆轴齿轮加油，除了学习制表、维修钟表外还兼顾了各项专业理论考试。

后者针对文物，即使季清和师承季老先生，破格再破格，半年内也不能接触文物。他入行初，和所有学生一样，从使用镊子开始，拆卸组装钟表，练载尖补轮的基础功夫。半年后，他破例可以修复古钟，每一道工序都要经过拍照记录、制订修复方案、拆解钟表检查病灶的顺序，步步维艰。

两者皆为钟表修复，同宗同门，却又不完全相同。

古钟修复往往会对一个零件打磨半天，需要极强的耐心，也需要十足的心静。季清和工作忙碌，以至于后来很漫长的一段时光里很少再有时间沉浸在他所热爱的古钟表修复中。

而当年在京两年，钟表馆修复古钟的照片及手写维修记录全归档在册，能记录他最纯澈时光的，只有这张照片。

热爱难敌岁月漫长。

后来数年，沈千盏的面容在他记忆中渐渐褪色模糊，像是生活要他与过去告别般，她存在的痕迹越来越浅。直到去年，他在西安钟表馆藏馆内毫无预兆地重新遇见了她。

她站在玻璃橱窗前，左顾右盼，不像是行家，也没有多少热爱，走马观花得看且看。

七年的时间，她的眉眼早褪去了当年的初稚，五官更加精致。那双眼顾盼流转间，盈盈而动，依旧是蛾眉蠕首，明眸皓齿，顾盼生辉。

季清和的目光从她踏进馆内的那刻起，再未能挪开。

沈千盏没再追问。

季清和前两天刚说了想知道他的底牌就拿诚意来见，她知道，就算她现在问了，季清和也不会告诉她，既然如此，她又何必自讨没趣。

只是心里，仍是被他这一步步的算计算得毫无遗漏，明知他明着暗着用尽了手段，不但不觉得他人心险恶、阴险狡诈，反而从心底生出了柔情与感动，觉得他的深情不可负。

真是要了命了。怎么会有一个男人，每个魅力点都恰到好处地加在了她的心坎里。

要不是她沈千盏还算不得是商纣王，他季清和必得是祸国殃民的苏妲己。

她忽然口干舌燥。

指尖在他锁骨下方点了点，隔着一层衣料滑至胸口："我考考你。"

他顺从地低头，鼻尖蹭到她耳后，吻她脖颈："你出题。"

"如果当时我就把你迷得神魂颠倒，你一刻看不见我都觉得难以呼吸、无法生存了，你会不会过来找我要联系方式？"

沈千盏认识的季清和，冷静克制，只有欲念起才难以自控，热情似火。主动跟女孩要联系方式的行为，他不会做。

包括西安再遇，她一直以为是一场偶然的艳遇，主动勾引。孰知季清和满肚子坏水，一点没表现出故人重逢的喜悦激动，冷静可怜得像被她骗了色的无知男人……

"难以呼吸，无法生存？"季清和有一下没一下地吻着她，从脖颈流连到耳后，目光下落时瞥见她微露的领口那大片的吻痕，眸色微深，再开口时，声音都哑了几分："那也不敢。"

他揽住沈千盏的腰，将她抱上桌子。

桌子的高度正好方便，他一寸寸不着痕迹地扯松她的衣领，托着她的后颈，吻她锁骨。

沈千盏没听到答案，伸手解他皮带："不说今晚把你绑这儿了。"

他闻声，低低地笑："你在这儿陪我，绑这儿就绑这儿了。"

他覆唇，去吻她又要喋喋不休的嘴，辗转缠绵着，将她撩至兴起，他托起她，将她占了个彻底。

沈千盏唔了声，欲仙欲死。眼眸半睁半睐间，见他喉结滚动，坏心眼地去含。

他倏地扣住她的手腕，停在原地半晌。

沈千盏眼见着他下颌渐渐紧绷，以这些天亲密相处的经验得知，再胡闹下去，今晚不得善终的人只会是她。

她坐得离他近了些，一条大腿被他捏在掌心托在手中，动得并不大方便。等千难万难地靠他更近些了，她环住他的肩颈，微微仰头去吻他的唇角。

季清和凝视她数秒，眼神黑亮幽深，像深不见底的古井。

沈千盏最怕欢爱时他用这样的眼神看着自己，他越是冷静，今晚就越是没有尽头。不等他开口，她自己先软了一半，娇声求饶："你别，你别这样看着我。"

他后背已湿，被她揽着，越发情难自禁："不问问为什么不敢主动要联系方式？"

刚才那番大刀阔斧和小意厮磨，沈千盏早已酥软得将这个问题抛之脑后，见他提起，顺着问道："为什么啊？"

他嗓音喑哑，低低在她耳边道："那会儿年轻，浇灌不起你这朵小牡丹。"

他说着浇灌，眼下又做着这件事，沈千盏某根神经被刺激，狠狠捶了他肩膀一记："你不许说话了。"

季清和闷笑一声，咬她耳朵："不能说，那只能多做点了。"

他话音刚落，沈千盏耳边听见一道关门声。她吓了一跳，警惕地看向门外。

季清和也稍稍停了下来，他放慢动作，凝神听着外间的脚步声，确认是有人来了，不悦地皱了下眉，将沈千盏从桌上抱起，把藏室还开着的暗门关上。

门缝刚合上的刹那，有一记清脆悦耳的童声伴随着书房房门打开的声音响起："小叔叔？"

"你是不是在藏室里啊，我开门进来喽。"

季麟的脚步声由远及近，步调轻快。

几息之间，便嗒嗒嗒地跑近了。

沈千盏听得头皮发紧，紧咬住下唇，不敢发出一点声音。

藏室外，毫不知情的季麟正欲推门："小叔叔，你在不在里面，怎么都不出声？"

仅隔着一道暗门，季麟的声音奶声奶气，似玉环坠地，泠泠作响。

沈千盏真的要吓死了，她攀在季清和颈后的手轻捶了他两下，用眼神示意他：快想办法啊！

她一紧张，手劲失了轻重，指甲划过他的后颈，留下数道烧灼般的痛感。

门外，季麟似乎认定了季清和就在藏室里，仍坚持不懈地拍着门，不愿离去："小叔叔！小叔叔！"

季清和吃痛，手微松，将她抵在门后。

暗门微微震动，这动静令门外季麟的叫门声也随之一停，沈千盏身下紧紧地一咬，自身体深处涌出的愉悦像泄闸的洪流，忽地将她重重抛起再重重放下。

她就像脱线的风筝，一瞬逆风攀上极致。

短暂的酥麻过后，她浑身脱力，趴在他的肩头一动不敢动。

季清和起初一怔，随即失笑。笑声低低的，像含着一口雾，清冽又沙哑。

沈千盏恼急了，又羞又躁。心脏更是像跑了八百米，血液奔腾，又一下被他的笑声狙中，短暂一下停跳后，几欲脱缰。

季清和手臂横揽，支撑住她。见沈千盏鸵鸟般将脸埋入他的颈窝，好心情地抚了抚她的后颈，以示安抚："不笑你，别闷着自己了。"

沈千盏唔了声，没动。

丢死人了。

季麟在门外，隐约听见说话声，不高兴地皱起了小眉头："小叔叔，我要生气了。"

季清和这次终于理他了："去客厅等我。"

他的嗓音仍有几分沙哑，声色微暗，威严十足。

外间的小萝卜头沉默了几秒，委委屈屈地哦了声。

沈千盏听见他在门外又站了会儿，似拿了本书，很快如来时那般嗒嗒嗒地离开了。

轻轻的关门声后，季麟的声音隔着两道门，稚声稚气道："我出来了，小叔叔你快点，别让我久等。"

季清和没应声。他低头，从她发间吻至耳垂，讨赏般，含糊道："赶走了。"

沈千盏刚出了一身汗，长发披落的脖颈间黏黏腻腻的，有些不适。

他一臂托住她，将她更深地抵在门后，腾出空的手握住她的下巴轻抬，他低下头，一路深吻。

这个吻带了几分安抚的性质，极尽温柔。

沈千盏起初惦记着让他快点结束，几次偏头欲躲，都被他不容反抗地侵占着。渐渐地，她噬之欲骨，半推半就地由着他再起颠簸。

季麟虽然走了，她心理阴影却还在，始终不敢出声。

几次哼出声，又很快咬住唇，轻推着他，催促："你快点。"

"快不了。"他声音隐忍，似也难耐，托着她次次用力，似帆逐浪。

藏室封闭，气流微滞。两人相托相叠的部位，因身体的热意交融，渐渐出了不少汗。

沈千盏跟失水的鱼般，几乎脱力。几番博弈，几番进退后，她连声音都锁不住，细碎的呜咽声从唇间溢出。环在季清和颈后的手臂也数次滑脱，濒临窒息。

之前数次，许是得来不易，他总是慢条斯理，变着法地逗弄她。每次箭在弦上，偏偏悬之未悬地折磨着她。

要听她求，要听她说要。不求不说就无限度地欺负她，将她高高架起，撩到至兴。最后又什么都不给，逼她发疯。

沈千盏一直以为那样的难耐已经是极致了。不料，他今晚什么技巧都不用，什么花招都不使，仅是大刀阔斧地直来直往，就将她片片凌迟。

她几度攀峰坠海，摇摇欲坠时，他终于将她从欲海中解救，何处高高捧起何处渐渐落幕。

沈千盏窝在季清和怀中，一声不吭。久久。

季清和偏头吻她的鬓发和耳朵："我抱你回去，你先洗个澡，换身衣服。"

"季麟应该是等不及来看你，才冒失地过来。"

沈千盏精疲力尽，连根手指头都不想抬。闻言，只点了点下巴，表示同意。

季清和先将沈千盏送回房，须臾，自己也回屋洗了个澡，换了身衣服。

怕季麟等久，他头发擦到半干，便信步下楼，招待今晚不请自来的不速之客。

季麟早就等得无聊了。从季清和书房拿的那册绘本翻了许久仍停留在第二页。

他一面听着楼上的动静，一面左顾右盼。正抓耳挠腮间，终于听见了季清和下楼的脚步声。

季麟一激灵，立刻端正坐好，装模作样地翻着书，假装用心。待季清和迈下最后一阶楼梯，他才转头看去，弯着眼睛笑得跟浸了蜜罐一样甜："小叔叔，你办完事了？"

季清和唇角动了动，掌心落在季麟脑袋上揉了揉："谁送你过来的？"

季麟一脑袋细绒黑发被揉得凌乱，瞧着娇憨又傻气。他揪着自己的小脑袋，嘟囔："爸爸送我来的，把我送到门口，看我进屋就走了。"

季清和去厨房拿了两罐旺仔，一罐揭了盖，插了吸管，递给季麟。另一罐就掂在手中，翻来覆去地把玩。

季麟乖乖接过来，小嘴吧唧吧唧地喝着奶："小叔叔，我小婶婶呢？"

季清和没答，捏着他软软的小下巴，揉了揉，问："今晚还回不回家？"

"回的。"季麟丢开吸管，巴巴地解释，"妈妈的车坏在路上了，爸爸去帮忙，过会儿就来接我。"话落，他抬起手腕，有模有样地看了眼时间，"你已经把和我见面的时间耽误了很久了。"

季清和曲指轻刮他鼻尖："我没跟你计较，你倒先告状了。"

季麟仰头要躲，余光扫见二楼楼梯口站着的沈千盏，眼睛一亮，倏然发光。

季清和顺着他的目光看去，沈千盏刚收拾妥当，正扶着楼梯扶手往下走。

她换了身墨蓝翎色的丝绒长裙，肩领恰到好处地将她锁骨下方的春光遮掩得严严实实。盘扣之下，腰身裙线佼佼，将她的小蛮腰修饰得不盈一握。

裙子长度及膝，露出了一双笔直修长的小腿。裙边又镶嵌了星光钻，一点一线，随着她的走动，整条裙子流光溢彩，似有星光涌动，满室生辉。

季麟看呆了。他忽然觉得，用盘丝洞的蜘蛛精来形容他未来的小婶婶实在太不贴切了。他努力搜刮着自己的小脑瓜子，在沈千盏走至面前时，他终于找到了合适的称呼——女儿国国王陛下。

季麟之前口吐芬芳，被季清和教训过。

这次他明显要谨慎多了，笑眯眯地看着沈千盏走到跟前，仰着头，先叫了声："沈小姨。"

这称呼太别致，别说沈千盏，连季清和都怔了下。

他将开好的旺仔插入吸管，递给沈千盏，等她接了，才转头问季麟："沈小姨？"

季麟点头："我爸说了，叫'小婶婶'不礼貌，女孩子会害羞的。"他振振有词，"叫阿姨也不行，妈妈说女孩子都不喜欢被叫阿姨，要叫小姐姐。但是小婶婶以后是要做我婶婶的，姐姐和叔叔又差了一个辈分，我只能折中叫小姨了。"

沈千盏惊异季麟这个年纪口齿却能这么伶俐，笑了笑，说："你叫我阿姨，我也喜欢听的。"

季麟笑眯眯地冲季清和使了个眼色，十分嘴甜地改口叫阿姨。他也不提别的，事无巨细地关心了一番沈千盏旅途是否劳累，又表示自己早就盼望着她来家里做客。

沈千盏原本还担心气氛会冷场，等回神发现季麟不知何时已经挨到她身边坐着，喋喋不休地讲着自己上学的趣事时，哭笑不得："阿姨给你带了乐高，要不要上去玩一会儿？"

季麟的眼睛一亮，随即想起自己马上就要走了，眼中的火苗一熄，噘着嘴摇了摇头："我爸爸就要来接我了。"

沈千盏不忍他失望，让他稍等，自己提了裙摆回房间拿乐高。

取了乐高再下来时，客厅又多了一位陌生的年轻男子。男人背对着沈千盏将季麟抱在怀中，正低声与季清和说着话。

听到动静，季清和与那位年轻男人齐齐转头看来。

这一照面，沈千盏心中的猜测立刻得到了证实，这位抱着季麟的，应该就是季清和口中的季岁暮，季麟的爸爸。

季岁暮的目光在她脸上仅稍稍停顿，随即客气地微微颔首示意。

等她走近，季清和替两人介绍："这位是我哥哥，季岁暮，季麟的爸爸。"视线移到沈千盏时，他微侧了下头，说，"沈千盏，我未来的女朋友。"

季岁暮对季清和与沈千盏的事略知一二，客气地笑了笑："季麟不懂事，之前冒犯你了。等明天你来家里，让季麟好好给你赔罪。"

沈千盏微怔，看了眼被季岁暮抱在怀中冲她俏皮眨眼的季麟，笑道："并没有什么冒犯，季麟年纪虽小，但很懂事。"她把手里的乐高递过去，语气颇温柔，"今晚更是相谈甚欢，相见恨晚。"

季岁暮替季麟接过来，托着他小屁股的手掂了掂，季麟立刻会意："谢谢阿姨。"

季岁暮含笑，又微微颔首后，说："季麟明天还要上学，我先带他回去了。"

季岁暮走后，沈千盏脸上的笑意才渐渐收起。

今晚会见到季清和的这位哥哥，实在是出乎意料。她虽表现得体，但精神仍有几分紧张，并不像平日里应酬饭局那样，游刃有余。

她表情一垮，季清和就察觉了。

"累了？"

沈千盏先是摇头，随即又点了点头。最后干脆环住他的脖颈，踮着脚索抱。

季清和早就看出她支撑得很是勉强，对她的投怀送抱更是求之不得，顺势将人抱入怀中后，解释："季麟在附近上学，家长忙时谢姨会帮忙接送，所以季麟有我家的密码。"

"不过有你以后，不能由着他这么出入自由了。"

沈千盏抬起头，与他对视。

她本想刺他一句"跟我有什么关系"，话到了嘴边，她发现自己不能像以前那样，脱口而出了。

刚才季清和当着季岁暮的面介绍她是"未来的女朋友"，这句话不疏不密，又暧昧不清，并不像是他这种沉稳自持的成年男人能够说出来的。

朋友是朋友，女朋友是女朋友，哪怕只是多了一个字，性质也完全不同了。

可他俩的关系吧，的确哪种都不算。

说朋友，都九浅一深了。

说女朋友，她始终没有点头。

不是缺一分就是满一分。

所以，在沈千盏听到这句话的最初，她其实是很意外的。

季清和与季岁暮的关系看上去极好，既是亲人又是朋友。这句话无论他是有心还是无意，都表明了他的态度——他对沈千盏是认真的，认真到在关系未明时就愿意将她介绍给家人，坦荡又直接。

他也不吝于让季岁暮知道他正在追求沈千盏。也正是这句"沈千盏，我未来的女朋友"，让她知道——

她是不是制片人合作方，不要紧。

她是不是露水红颜，也不要紧。

即使她有那么多重身份，在他眼中，她只是他喜欢的人，仅此而已。无关面子，也无关成就感。

那一刻，沈千盏切实听到了自己心底，天塌地陷的声音。

她知道，她心动了。

无可救药的那一种。

第十八章

一颗糖

第二天下午，明决准时开车来接。

商务车从钟楼右侧的主干道快速并线通过，很快奔着目的地一路往北疾驰。

沈千盏靠着椅背闭目养神。

昨夜，季岁暮抱着季麟离开后，她接到苏皙视频通话的请求，很快回了房间。

她有公事，季清和不便打扰，中途给她送过一次温水和水果。

悄悄放下"爱心速递"后，他在手机视角看不见的位置，倚靠了会儿，给她发信息："还有什么需要的？"

微信一振，沈千盏外切了屏幕去看。见发信人是季清和，抬头看了他一眼，回："没有了。"其实沈千盏完全可以暂时中断会议，可她却没这么做。

手机里，苏皙一板一眼的汇报声仍在继续。

沈千盏咬了口他切的猕猴桃，一心三用。

季清和的手指在屏幕上轻点了数下，没用多久，沈千盏又收到了一条来自季清和的微信："谢姨给你留了夜宵，想吃我给你拿上来。"

她将剩下的半片猕猴桃卷进嘴里，单手回他："不吃，夜深容易长肉。"

季清和的目光一顿，视线从手机屏幕移到她纤盈有度的身材上。

沈千盏对身材管理的严苛，并不亚于演员艺人。

他很识趣地没作声，转而问起："还要多久结束？"

这句话很直接。

沈千盏自然不会认为他只是随口问问，审度了几秒，回："不清楚。"

按下发送后，苏暂那儿的背景音闯入了乔昕的声音，她趁着苏暂咽口水的空当，嘀嘀咕咕报告了一堆剧本进度。

沈千盏适时地耸了耸肩，表示无奈。

季清和原本只是关心，见她似有误会，也没解释，收起手机，离开房间。

他离开时，还不忘顺手关门。

那道关门声清脆响亮，完全没有刚才与她暗度陈仓时的低调。

苏暂那儿果然一顿，安静了几秒。

片刻后，他才清了清嗓子，试探着叫了声："季总，您这么晚还没睡呢？"

沈千盏将屏幕调回视频页，边吃着猕猴桃边回："别叫了，他出去了。"

苏暂啊了声，大为可惜："春宵一刻值千金，盏姐你今晚的损失可不小啊！"

沈千盏没接茬，表情寡淡，仿佛对苏暂开的低级玩笑很是不屑一顾。

荤段子图的就是有声有色，她不捧场，苏暂很快失了兴趣，连承启转折的铺垫都省了，接着方才的断点继续做汇报。

然而，沈千盏仅仅是表面淡定而已，优雅的伪装下，她满脑子呼啸而过的，全是不久前在藏室里发生的香艳一幕——

堪称 4D 声景，立体环绕。仿佛连他身上渐渐浓郁的冷香都似近在鼻端，呼吸可闻。

她今晚哪有损失？她赚大了！

沈千盏对季家并不陌生。

去年，她为了求季老先生出山，先后来这儿拜访过三次。虽不是脚下的每块砖都熟悉，但好歹也算轻车熟路。

季宅的建筑风格与季清和在北京的四合院一样，是中式仿古。只不过老宅子比四合院的发挥空间更大，格局也更为广阔。

正门入口摆放了一面造价极高的石壁，石壁花纹酷似水墨山水画，远看青松远山，近处又有渔人泛舟江上。再佐以流动的水幕，美轮美奂。

沈千盏听着那哗哗的水声，就跟听着支付宝到账声一样……

小心肝一颤一颤的。

绕过石壁屏风，远池近渊，亭台楼阁。季宅的富丽气派扑面而来。

沈千盏忍不住想起自己初次上门时的心情："我当时获知季老先生的地址，以为季老先生隐居世外，性格肯定淡泊，来的路上就觉得此行不会顺利。"

她这开场白，听着便是有一番纠葛的心路历程。

季清和感兴趣，特意放慢了脚步，等她往下说。

"来了之后，还没见到季老先生，心先凉了半截。"沈千盏此刻想起还是有些委屈，"我那会儿考虑了两个方案，一是钱，二是情怀。"结果看见季宅大门时，她的第一个方案就胎死腹中，再无见光之日。

"这里是季家的老宅，祖上传下来，至今已经数百年了。老爷子退休前，这里久未修葺，破败不堪，和现在是完全两个光景。"季清和语气微淡，含笑道，"后来我们这辈渐渐长大，我父亲觉得小辈到了谈婚论嫁的年纪，老宅的门面应该装点重视，否则……"

他微微一顿，卖了个关子。

沈千盏明知他是故意引她去问，还是上钩："否则什么？"

"否则不好娶老婆。"季清和微哂，说，"结果，我还不是被拒之门外？"

他这话内涵得太明显，沈千盏一听，余光见明决已渐渐落后，轻飘飘回了一句："这话就有意思了，哪扇门把你拒之门外了？你这明显是不认账。"

她故意往歪了扯，偷换概念。反倒是季清和，将军不成，反将一棋，没了话接。

口舌之争上大获全胜，沈千盏心情愉悦，连脚步都轻快了不少。

正屋门口已经站了一大一小两道人影。

季老先生牵着季麟，就等在屋檐下。

沈千盏见过季老先生多次，虽仍保持着敬畏之心，但相处时却自在了不少。

在客厅坐下闲聊片刻后，季老先生便领着沈千盏去藏室挑古钟。他当日答应要借给沈千盏古钟后，一直守诺，等着她上门来取。

老爷子的藏品比季清和的要壮观多了，数列古钟，分门别类，从清代到现代，全是价值连城的珍宝。

沈千盏表面淡定，内心风狂浪啸，沸腾不已。

早知季老先生有这么一间钟表阁，她当时就该打道回府。

情怀？对坐拥了成百件古钟藏品的富豪谈情怀？她以前怎么不知道自己这么不知天高地厚呢？

大人一安静，小孩就闲不住。

季麟被季清和牵着，小身子歪歪地靠在他腿侧，嘟囔："里面好多钟，都是我小叔叔修的。小沈阿姨，你能不能找出来？"

沈千盏对自己的称谓能在一天内经历无数次升级变化的事已经看开了，闻言，低头与季麟对视了一眼："我要是找出来了呢？"

季麟歪着小脑袋想了想，圆乎乎的小手推了推季清和："找出来我就把小叔叔送给你。"

见沈千盏似乎并不满意这个奖励，季麟抬起头，看了眼季清和，啧啧了两声，隐隐嫌弃。大有"你瞧，送你都送不出去"的言下之意。

季清和的手掌覆住季麟的小脑袋，两三下将他的头发揉得一团糟。

就在季麟手忙脚乱地整理发型时，沈千盏的目光微微一定，落在了面前那个雕刻了蓬莱仙岛、亭台楼阁及八仙进宝的黑木珐琅雕花古钟上。

她记得，《时间》的剧本上，有个海外复刻版的古钟被调包，追回后严重损坏。主人公费尽心血，才将它还原至最初面貌，后来更是作为贺礼送给了自己妻子的爷爷。

古钟表的名字都相对悠长拗口，沈千盏能对这个钟表这么印象深刻，多亏了它的木雕形象生动，完美地贴合了它的名字——蓬莱八仙进宝黑木珐琅雕花古钟。

这古钟是她此行要跟季老先生借的钟表之一，也是沈千盏所列的钟表名单内，位列榜首的古钟。

沈千盏没急着立刻回答。她忽然猜到，季麟的提问可能是季老先生授意的。难怪机场出发前，季清和给她列了个钟表名单，让她到时候照着名单念。也幸好，她做事有分寸，想着现场掏出一张清单来，姿态实在不够好看，默默背了下来。

想到这儿，她转头，看了季清和一眼。后者正逗着季麟玩，并没回视她的目光。

知道这是道考题了，沈千盏收起几分漫不经心，认真答题。

她眼神四巡，先完整地将每个钟表都看了一遍，差不离时才答题交卷："蓬莱八仙进宝黑木珐琅雕花古钟、铜镀四马金樽珐琅浮雕古钟、硬木金嵌铜镀雕花钟、金升月恒鹊鸣镏金亭式自鸣钟。"

她每报一个钟表，便手指一处。

季庆振见她将钟表都对上了，余光扫了眼身后的季清和，几不可察地摇了摇头，也不知是不是在感叹孙大不中留。

他倒不是质疑沈千盏。

沈千盏对钟表的了解程度，季庆振之前便略知一二。借季麟之口给她出题，也是想考究考究她对清和有几分了解。

见状，季庆振微微沉吟，将话说在前头："这里每件钟表都价值连城，像'蓬莱八仙进宝黑木珐琅雕花古钟'就是清和父亲当年在拍卖行拍下的瑕疵损件。虽是损件，因它自海外归来，本身价值不可估计，价格也异常高昂。要不是清和父亲将它带回季家，这古钟未必能像今天一样，重新行走在时间轨道上。"

沈千盏意会："我提前跟季总讨教过保存古钟的方法，剧组那边也专门设立了保险柜，会有专人日夜看守。钟表到无锡后，我会亲自交接，就是拍摄过程，也会严加约束演员保护古钟，保证完好无缺地给您送回来。"

有季清和在，季庆振并不担心。

他这把年纪了，所有珍爱的物件都是身外之物，生不带来死不带去，看得也没那么重。沈千盏的表态诚恳，又不卑不亢，他心里满意，一锤定音道："这四件，我明天就让人送去无锡。"

沈千盏道过谢，心中却微微发沉。

她开口要借时口气不小，真借到了，反而有些发怵。

这些宝贝，少则百万，多则无价。她借回剧组，少不得小心供着。不说磕着碰着，就是多条划痕，她都得再倾家荡产一回。

万一真磕损了，她就卖身季清和，睡一遍还不上那就睡两遍，反正她也不吃亏。

借完古钟，几人回到主屋客厅。

沈千盏此行最主要的目的如此顺利便达成，心怀感恩。与季庆振闲聊时也收起了对待大佬时一贯的刻意奉承，多了几分真心实意的谦逊。

她心思清明，知道季老先生的慷慨相助完全是看在季清和的面子上，否则她一个小小的制片，哪来这么大的情面，能让季老先生愿意出借四座价值连城的古钟。

季麟不懂大人的事，只凭直观感受判断自己是否可以撒野了。见季老爷子与他未来小婶婶相谈甚欢，他扯了扯季清和的裤腿，趴在他耳边小声地央他陪自己去拿沈千盏昨晚送给他的乐高。

季麟尚小，长得又粉雕玉琢，冰雪可爱。奶声奶气央人时，实在令人无法拒绝。

季清和拎着他的连衫帽，将他提远了些。

小家伙嘟着一张脸，无比期待地望着他："小叔叔。"

他这么一叫，季老先生与沈千盏纷纷停下交谈，看向这对叔侄。

季清和微一沉吟，解释："季麟想玩乐高。"

季老先生闻言，觉得这有什么不好满足的，又不是要摘星星摘月亮，立刻帮着季麟催季清和去拿乐高。

季清和倒无不可，起身前，与沈千盏对视一眼，说："那我去拿乐高，稍后就回。"

沈千盏起初还没反应过来他为何要特意向自己交代一句，等余光瞥见季老先生意味深长的笑容时，才恍然大悟。

要是她没理解错，季清和是担心他走了，沈千盏独自面对季老先生会不自在。特意交代这么一句，是为了宽她心。

这要放以前，季老先生要误会就误会，她脸皮厚，无所谓。

但搁眼下，两人关系暧昧是真的，天天滚一张床单也是真的，季老先生怎么揣度，都算不得误会。

这感觉，特别像在家长的眼皮底下偷吃禁果，又不小心露出了马脚。

就连沈千盏自己也分不清，她是想继续遮掩的心思多一些还是欲盖弥彰的想法更胜一筹。

她一心虚，反应反而机敏。先是若无其事地朝季清和轻轻颔首，随即捏上季麟的小脸蛋，轻声问他："喜欢阿姨给你带的钢铁侠？"

"喜欢呀。"季麟撒娇，"阿姨送我什么都喜欢。"

沈千盏心满意足，又摸了摸季麟的小脑袋，目送着他像只小袋鼠一样跟在季清和身后，一蹦一跳地渐行渐远。

季庆振不动声色地将之收入眼底，等她回过头，俯身替她斟了杯刚煮开的雨前龙井："我夫人很遗憾这次不能亲自招待你，临走之前还叮嘱我，要多留你在西安玩几天，也好让清和尽尽地主之谊。"

沈千盏不懂季老先生的意思，没贸然接话。

"我夫人平时工作较忙，和我也是聚少离多。"季庆振抬眼看着沈千盏，说，"年轻时，我赌一时意气，和她分离两地长达数年。如今老了，岁月不堪回忆，只剩下后悔。"

"后来想弥补，她说什么我听什么，即使把她宠成了小女孩，遗憾始终还是遗憾。"

沈千盏笑了下，说："人的一生太复杂了，从幼儿长成少年，要学着长大，学会生存。好不容易独立了，想着大展宏图，又往往摔得头破血流，被现实教着做人。像您这样，成就非凡，又能觅得真爱，一生平稳顺遂，真的很难得。"

"不瞒您说，我一直很羡慕季总。季总的教养与气度，如果不是季家这样的门庭教不出来。"她顿了顿，双手端起茶杯小抿了一口，润了润嗓子，"我看得出来，季总的性格有很大一部分是受您的影响。他坚持自己所坚持的，热爱自己所热爱的，始终从容有度，沉稳自重。"

"我很受吸引。"

最后这句，沈千盏是再三斟酌之后才决定说的。

季清和对她的态度不言而喻，他坦荡直接，即使是在季老先生与孟女士面前也没做遮掩。上一次见面，孟女士的热情款待已经传递了这个讯息。

只是当时大家关系还比较生疏，出于教养，才闭口不谈。

其次，应当也是考虑到她与季清和的关系并未好到可以谈及感情问题，所以除了了解她家中几口人，籍贯何方外，才并未多话。

但刚才，季老先生以自己与孟女士的感情经历为引，暗示沈千盏不要令自己留有遗憾时，她就明白——她和季清和的关系就像隔着一层纱，那点朦胧，只是她以为别人看不见而已。

季庆振知道沈千盏聪明，见她没揣着明白装糊涂，自恃有季清和死心塌地就故意拿乔，心中喜爱更甚，慈眉善目地望着她，等她继续说下去。

沈千盏得他眼神鼓励，再没顾忌，接着说道："我刚到北京那几年，野心勃勃，想要做番事业。但眼界尚浅，受过骗，差点一蹶不振。得朋友相助，才走出低谷。早年经历让我对感情这件事避如蛇蝎，后来事业小成，意气风发，更坚定自己才是这辈子最大的依靠。"

但季清和的出现，让她不由自主又心甘情愿地一点点粉碎自己这几年建立起的堡垒。

他是沈千盏第一眼就觉得不是池中之物的男人，他像身怀异宝的人间宝藏，引她不自觉想要窥伺与占有。

与季清和在北京的那次重逢，她是真的觉得自己遭了现世报。在西安沾的露水情缘，跨过茫茫人海，追上门来。天雷都不敢这么劈。

她畏惧自己沾上的这个麻烦，也不想平稳的生活被季清和打破，一面想要远离、想要撇个干净，一面又不受控制地被他吸引，言不由衷也就算了，偏偏无法自控，想着再度春宵。

后来季清和一步一算计，她不是不知道，只是假装看不见。

她人生前半场经历的那场风浪，让她死了半颗心。对感情有所顾忌是真，不愿沾染情色是非也是真，唯独不敢再涉风月是假的。

她还有半颗心未死，也舍不得就这样枯萎，于是悄悄盛放在山巅云间，等人采撷。

风浪中捡来的这半条命，她无比珍视也无比自爱，所以总在自己的世界里孤芳自赏。

从他帮向浅浅来解她之危，从他欲擒故纵、搬弄技巧诱她入瓮，从他不顾危险，冒着风雪解她之困起，她无法再置他的深情于不顾，顾影自怜。

季清和如果不够强势、不够坚持，他们不会有今天。无论他少走哪一步都不行。

沈千盏轻轻吸气，缓和了下心情，才道："季总让我知道人生还有第二种活法，我既向往也在努力尝试。只是像我这样人生过半，就已闯过低谷攀过高峰，历尽山河，看过世界的人，生存习惯早已固化，真没年轻时那么敢孤注一掷。"

季庆振对她的观点和格局很是欣赏。

现实世界本就纸醉金迷，更何况沈千盏身处名利丑恶都放大数倍的娱乐圈，仍能保持这份清醒，已经很难得了。

受孟女士的影响，季家在婚姻大事上的传统向来是自由发展。只要不眼瞎到尽捡妖魔鬼怪进门，父母皆不会凭借自己的喜好强行干预。

最初，因顾问一事，季庆振对沈千盏的印象并不算太好。直到上次在四合院，沈千盏谈吐有度，作为小辈知礼谦和，他才重新修改了对沈千盏的印象分。

这回相比在四合院，季庆振更加满意，他余光扫向不远处不知站了多久的季清和，含笑道："你的心境比同龄人成熟不少，倒也不必妄自菲薄。谨慎稳重无论是对自己还是对别人，都有好处。"

沈千盏受教。

她的这些话无人可倾诉，今天说出口，居然是对着季老先生，她意外的同时也悄悄松了口气。

正有些无话可说时，季麟的声音脆脆的，在她身后不远处响起："小叔叔，我们还要在这里站多久？"

沈千盏："……？"

饭毕，夜幕降临。

季老先生边撸着曾孙，边看沈千盏和季麟头凑头地研究怎么拼钢铁侠。

沈千盏在他面前始终维持着优雅端庄，倒是头一回见她不顾形象，与季麟席地而坐，认认真真地玩乐高。

电视上正在播放新闻联播，音响的低音共振，舒适悦耳。

季庆振看两眼电视，再看两眼坐冷板凳的季清和，脸上的笑容藏也藏不住。

下午那一幕太精彩，以至于季老先生每每回想起都无法管理好自己的表情。

再度被嘲笑的季清和，表情冷淡地与季庆振对视了一眼。随即抬腕，看了眼时间，漫不经心道："我走以后，你要按时吃药，复查的数据若有波动我务必告知老太太。"

季庆振顿时笑不出来了，斥道："小兔崽子，威胁我？"

"关心你而已。"季清和垂眸看了眼仍低头钻研乐高的沈千盏，提醒，"沈制片，时间不早了。"

后半句指名道姓，沈千盏不好再装没听见。

她放下手里那块乐高，摸了摸表情瞬间委顿的季麟："时间不早了，阿姨不好再打扰。等下次再见面，阿姨给你再准备个更大更复杂的变形金刚。"

季麟难得找到个玩伴，闻言更舍不得沈千盏走了："我可以用变形金刚换阿姨吗？"

沈千盏还没开口，季清和先替她回答道："不可以。"

他俯身，曲指轻刮了刮小季麟的鼻尖，声音威严："你想换千盏阿姨，问过我的意见没有？"

季麟委屈："叔叔小气，你和千盏阿姨天天见面，还要跟我抢。"

季清和皮笑肉不笑道："当然。"

"有些人就是没法出让的，小孩也不行。"

季麟惊呆。他看了看季清和，又看了看沈千盏，一副倔强忍泪可怜巴巴的受气样。

沈千盏这半天与季麟相处甚欢，见他这张小脸上出现这种表情，赶紧哄道："你不是跟阿姨互加了好友吗？想阿姨的时候，你就给阿姨发视频。"

季麟这才勉强被哄好。他牵着沈千盏又是拉钩钩又是蹭腿的，撒了好一会儿的娇才依依不舍地目送她上车。

回去是季清和开车。

西安的晚高峰刚有所缓解，路面的车流虽多，倒未拥堵。

季清和对西安的道路驾轻就熟，导航也未开，一路疾驰。

沈千盏隐约感觉到他的急迫，数次见他临到测速点才点刹降速，驶过路口又不顾间距继续踩下油门。

连续数次后，她忍不住先打破沉默，问他："急着回去？"

季清和转头看了她一眼，单手过弯，驶入隧道。

穿越隧道的刹那，头顶灯光全灭，只有仪表盘的光线在车厢内微微发亮。引擎共振的背景声里，季清和的声音低沉又肆欲："急着爱你。"

第十九章
春日暖阳

——急着爱你。

一语双关。

沈千盏挺想脸红一下以示娇羞的，可一看见季清和，她眼前就不由自主地浮现出下午万分尴尬的那一幕。

偷听墙脚还想粉饰太平？没门！

她故意不接茬，冷着他。那双冷目，眼尾低垂，像拖曳的凤尾，专注地看着车窗外簌簌急退的行道树。

中途遇红灯时，季清和转头看了她一眼。

沈千盏低着头正在刷手机，她修长的脖颈似天鹅颈般弧线优美，像极了在水畔汲水觅食的火烈鸟，量量踱步，慵懒又不失优雅。

察觉到他的打量，沈千盏稍稍抬头，用余光审度了他一眼，眼神从里到外都透出股漫不经心的慢怠。

事实上，从下午季麟那句无心之失后，她就如同被踩了尾巴参毛的猫。时时警惕，时时防备。再时不时地给他点眼色，让他铭记自己如小人般偷听的行径。

在季宅，季麟时刻黏着她，季清和无机可乘。好不容易将人带出来，她又一副敌对的立场，只差在脸上刻下"禁言"二字来拒绝沟通。

季清和搭在中控挡位上的手指敲了敲，找了个话题："我周末要和明决飞趟香港。"

沈千盏闻言，先瞥了眼手机上显示的日期，今天是周四，也就是明天回无锡后，大后天就要走。

"有个重要峰会在香港分部举办，孟女士行程有变，我临危受命。"

红灯倒计时五秒后，自动跳转。

季清和压在中控挡位上的手指后拉，将挡位挂至 D 挡，轻点油门，环高架桥绕了一圈后，从左侧分流的道路驶去。

"去几天？"沈千盏问。

"算上来回的路程，要两天。"他一手旋着方向盘，轻松地掌控着车辆在车流中穿梭，"要不是时间不允许，我打算当天来回。"

沈千盏拨了拨自己的指甲盖，没作声。

季清和的身份特殊，与剧组的合约也自由度极高。他的行程，无论是身为剧组最高决策者的制片人沈千盏还是分管艺人上工时间的监制苏暂都无权干预。

况且，演员还有轧戏跑通告的，季清和作为不终岁中国区的执行总裁，整日无所事事地待在剧组陪她风花雪月，那才奇了怪了。

季清和见她兴致不高，补充道："钟表明天运送，最迟周六也能到了。我等所有钟表安置妥当，再去香港。"

沈千盏倒没考虑钟表安放的问题，等他提起，才后知后觉这趟回剧组的任务并不轻松，古钟的置放、看管问题将会是她每天都要面对的一大难题。

她没拒绝季清和的好意，识趣地接过他抛来的橄榄枝握进手里："看守钟表的场务我挑了最踏实稳重的一个，他和我合作多年，人品信得过，责任心也强。再加上有你指点，会更稳妥。"

他用鼻音回应了一声，又问："看在我还有利用价值的分儿上，能消消气了？"

这个话题转得突兀，沈千盏怔了一下才反应过来他指的是什么。

他不提还好，一提她的脸色瞬间又红橙黄绿青蓝紫地跑起了马灯。她低头不语，这次干脆盘膝坐在座椅上，背靠着椅背，大力地刷着手机。

屏幕上是刷新到无新消息可再提示的微信朋友圈，她目不转睛，将刚才看过一遍的朋友圈内容，再看了一遍，挨个儿点评。

远在无锡刚吃上剧组盒饭的苏暂，掰好筷子刚要就着朋友圈下饭，指腹一滑，忽然发现他有数十条的朋友圈评论。

他怀着异常丰富的心理活动，欢天喜地地点开一看——

牛气冲天的我盏姐：肤浅。

牛气冲天的我盏姐：艳俗。

牛气冲天的我盏姐：头脑简单。

牛气冲天的我盏姐：人品低下。

牛气冲天的我盏姐：做你的春秋大梦吧。

牛气冲天的我盏姐："沙雕"。

牛气冲天的我盏姐：……

……

苏暂：你有病吧！

回到市区，已经是半小时以后。

车辆经过鼓楼前，沈千盏降下半扇车窗，看远处广场上鼎沸的人群。

鼓楼作为西安标志性建筑之一，向来是游客在夜晚聚集的指标性地点。除鼓楼之外，与鼓楼只相隔一条街道的回民街也是热闹非凡，灯光通达。

见她感兴趣，季清和刻意放缓车速，给她足够的时间考虑。

没出三秒，沈千盏转过身，眼睛亮亮的，问他："你想喝酸奶吗？"

季清和停好车，与沈千盏一前一后顺着人潮往回民街走去。

西安作为十三朝古都，历史底蕴深厚，每年慕名而来的游客络绎不绝。鼓楼及回民街这片区域作为西安著名的旅游景点之一，常年人潮汹涌，除深夜和黎明这段时间，就没见过它有冷清的时候。

沈千盏前后来过西安数次，为交通方便，一直居住在鼓楼附近的酒店，对鼓楼这片区域内的美食珍馐如数家珍。

酸奶作为各地旅游景区皆有的珍肴特产之一，等级品次各不相同。

她轻车熟路地领着季清和往回民街深处的一家酸奶铺走。

天气渐热，两边店铺已陆续摆出了各类冰饮，酸梅汤、西瓜汁等寻常冰饮更是随处可见。

眼见着她越走越快，跟条行江入海的青鱼般，几个摆尾就要混入人群之中，季清和仗着身高优势，揽着她的肩将她半护在怀中："要么牵着，要么抱着，一旦你离开我半步，今晚这酸奶就喝不成了，回家换种给你喝。"

沈千盏听得脑门一热，她好好反省了一番随着年龄阅历增大渐渐死去的纯洁少女情怀，再嗔了他一眼，老老实实地把手递给他牵："我是看见酸奶铺就在前面了。"她顿了顿，又说，"我这么大一个人，又丢不了。"

季清和没作声。

他的眉眼被身后橱窗的灯光映得如春日暖阳，眼瞳深处却似有潮涨潮落，莫名地吸引着沈千盏与他对视。

季清和平日里总是优雅矜贵，通身不沾尘埃的斯文气质。穿上西装，他既是斯文败类也是衣冠禽兽。可脱下西装，他就像褪去了一身世俗与纤尘，眉宇间罕见地糅杂了少年鲜衣怒马的意气与成熟男人的沉稳内敛。

此刻，他这么盯着她看，眼神里稍带几分不许，她立刻忍不住向他示弱投降。

她觉得，她迟早有一天，要溺毙在这个男人的眼神里。

酸奶铺是仅仅几平方米的小铺子，夹在声嚣乐沸的羊肉汤与肉夹馍店中，卑微得不堪一击。

小小的铺子只置放了一个有冷藏作用的透明玻璃橱柜用以展示产品，除此之外仿佛再也容纳不了其余的东西。就连店铺的摊主都坐在狭窄的过道中，摇着把扇子，听古戏。

沈千盏要了两份酸奶，趁店老板在打包，又冲季清和指了指隔壁的羊肉串，什么也不说，就是满眼写着"我都要"。

季清和微哂，没作声，动作却无比自然顺畅，去隔壁排队替她买烤羊肉串。

店老板目睹这对小情侣的无声互动，扬着唇角将酸奶递过去。见她拆了一盒要吃，还体贴地让出了自己的椅子示意她边吃边等。

沈千盏笑了笑，道了谢，倒没真的坐下。她站在路灯下，挑了个优越的地理位置，挖一勺酸奶看一眼季清和，挖两勺酸奶看两眼季清和。

直到一杯酸奶快见底时，那支漫长的队伍终于轮到了季清和。

沈千盏和季清和相隔数米，除了一道渐渐被人群阻隔的背影，并听不见季清和说了些什么。

她漫不经心地挖着小勺子，将酸奶喂到嘴边。从一数到十，再从十数到一，反复三回，他终于转身，大步朝她走来。

"等久了？"季清和打量了她一眼，指腹擦过她沾了些许酸奶的嘴唇，牵她往路灯下避了避。

她周围客流汹涌，路人游客一茬接一茬地从她身边走过，偏偏她自己跟没瞧见一样，站在路口和一个活色生香的人形立牌似的。

"没有。"沈千盏摇头，接过他递来的羊肉串，问："季总，习不习惯这样的环境？"

　　季清和连考虑都没考虑，反问她："这里和商场有什么区别，一样人来人往，为什么我会不习惯？"

　　他察觉沈千盏的状态有些不对，握着她的下巴，抬起她的脸，仔细端详了片刻："等累了，还是为下午的事跟我生气？"

　　他松手，不着痕迹地挡住从四面八方窥伺而来的视线，将她藏入自己身形笼罩的阴影之下："我和季麟前脚回房去拿乐高，后脚阿姨就将乐高送到了季麟的活动室里。我回来听见你说的那些话……"他顿了顿，声线微压，"舍不得打断。"

　　"我从没听你对我说过这些。"

　　他不欲在这人来人往的嘈杂环境里解决私事，见羊肉串的料汁正顺着她手中的竹签滑入她的掌心，季清和微一拧眉，抽了张纸巾将她的掌纹擦得干干净净。

　　抬眼时，见沈千盏盯着自己发呆，曲指轻弹了下她的额头："回家了，嗯？"

　　"季清和。"她用干净的手背轻蹭了下被他弹过的额头，反手牵住他。

　　沈千盏的手指被冰冻过的酸奶盒子镇得冰凉，牵他手时，指尖微颤，有些不自然："睡都睡了好几觉了，牵个手反而纯情上了。"她自嘲完，微抬了抬下巴，指向酸奶铺子，"我去年来西安两次，两次都住在鼓楼附近。"

　　"我每天傍晚都会来这里买酸奶，看隔壁排着长队买限量供应的羊肉串。"

　　"我三十年的人生里，就只有两次想恋爱。一次是在这儿，想有个男朋友替我排队买烤肉串。第二次还是在这儿，就现在。"

　　"立刻。"

　　去年，沈千盏就是站在这个地方，对自己的婚姻观产生了动摇。

　　她想过，三十五岁以后她身边的朋友、同事、工作伙伴都会陆续结婚，组建家庭。无可避免地，她将在这样的环境中独自承受一个人的孤独。

　　成年人的寂寞很多时候并不源于缺少另一半的拥抱、亲吻和亲密关系，而是很多次独自逛超市时，缺少一个帮你提购物袋的人；想去新开的或非常喜欢的餐厅时，缺少一个帮你占座、帮你决定今晚菜单的人；也是出差忙碌时，缺少一个送你去机场或等待你归来的人。

　　无人可以分享你满载而归的喜悦，也无人可以担负起你忙碌生活里始终等在原地的那盏灯光。

　　她会在一个人的孤独中，渐渐后悔，后悔自己选择了独自终老。

　　沈千盏也想过，三十五岁后她可能难敌社会目光对单身女人的偏见轻慢，也难敌沈父沈母不断给她施加的压力，甚至连自己也无法再坚守当初的观念，草草妥协。

　　她能考虑到最坏的情况，就是花期过半，她的心从内而外开始枯萎腐败后，她仍未能等到自己想要终老一生的人。

　　即使如此，沈千盏的骄傲也不允许她在事情没有到来前就先举旗投降。

　　她二十五岁那年，定居北京。沈母不知她背负巨债，见她工作稳定，曾张罗着替她安排过相亲。

　　沈千盏对这种选妃一样罗列条件、挑选色相的相亲宴毫不感兴趣，拂过几次沈母的面子。后来无奈之下赴约，体验感受果然如她所料的那般索然无味。

　　直到去年，她孤身立于人海中，本该六年后才出现的孤独感一下淹没了她。她规划好的所有节奏，全被这么一个小小的，微不足道的，甚至有些可笑的念头打乱了。

　　说来也巧。就在她最耽于男色与陪伴的隔天，她遇到了季清和。

　　她见色起意的同时，也急于验证自己到底是人到中年生理饥渴还是真的心中孤独想要有人慰藉，竟真叫她把人翻来覆去地吃干抹净了。

沈千盏当时与季清和萍水相逢，心里只将他当成西安艳遇的一段露水情，自然不知道季清和的心里还栽种着一片遗世独立的桃花源，对她的默许不过是将计就计，从长计议。她还因此得意了一阵，觉得自己魅力非凡，第一次出手就顺利攻下高地。

但即使是那时，她也未生出就此安定的心。

否则她也不至于第二天还如约返回北京，连只字片语都未曾留给他了。

也不知是故地重游感触太深，还是下午那番露骨剖白被他听到的原因，沈千盏今晚颇有些破罐子破摔，豁出去的决心。

然而，季清和并未如她想象中的那般欣喜若狂。他的表情和寻常一样，丝毫没起任何波澜。

短暂的沉默后远处传来女孩的尖叫，笑声穿透人群，引得周围游客纷纷侧目。

沈千盏下意识想要转头去看。目光刚从季清和身上移开，他便低下头来，捏着她的下巴，狠狠地吻了上来。

这个吻，凶悍强势，容不得她有片刻的躲闪，又狠又深。

周围有人目睹，吹着口哨起哄。渐渐地，驻足停留的游客越来越多，善意的轻笑与看热闹的喝彩声此起彼伏。唯他旁若无人，将她藏在怀里，吻得投入又深情。

良久，周围人散。他鼻尖抵着她的，握着她的手放在心口。掌心下，他那颗心跳得急促又稳健，像燎原般，将她的掌心烫得微微温热。

沈千盏嘴唇轻抿，抬眼看他。不期然撞入了一片深邃的星光中。

他含笑，低头去吻她的指尖，温柔又虔诚："等你松口太不容易了。"

"要知道你这么好哄，我就该早点带你来西安。"他喉结一滚，又想吻她。

方才是情难自禁，眼下是目中无人。他将她压在树下，一遍遍反复亲吻，次次都是浅尝即止，偏唇纹相印，似亲吻珍宝般，爱不释手。

沈千盏这会儿才有些害羞了。

她扯了扯他领口，忍不住低声："别在这儿，先回去吧。"

季清和低笑一声，从容道："好，回去慢慢说。"

后半句的那个"慢慢"他咬得极重，似有暗指般，连声音都透着股低沉的沙哑。

于是，从回民街到季清和市区别墅的这十几分钟像按了慢倍速播放键般，变得尤为漫长。

十分钟后，车驶入地下车库，停入车位。

随着自动帘卷门开合启停，到彻底复位。沈千盏没来由地呼吸一紧，紧张起来。

她对今晚接下来要发生的谈话与事情，心照不宣。

以前的睡，只是睡。放得开，就多几个姿势，不用谈情不用说爱，洒脱自在。今晚的睡，却不只是睡。睡前起码还要交一篇小作文，就跟签买卖合同一样，得有章有戳确定好长期关系，做完这些才能以成年人的仪式快快乐乐地庆祝一下。

想到这些，沈千盏忽然有了压力，连带着进门时的脚步都变得有些沉重起来。

季清和虽走在她前面，余光却始终留意着她。见她故意放缓脚步，也不催。他见过沈千盏的雷霆手段，也见过她为了促成合作达成目的的耍心眼使心机。正因为此，他才觉得她眼下掩耳盗铃般以为不面对就可以逃避的状态难得可爱。

别墅的地下车库离客厅仅一层之隔。

进屋后，沈千盏先换鞋。季清和落后她一步，转身关门，落锁。

防盗门的落锁声太过清脆，在空荡无人的房间内显得尤为突兀。

沈千盏头皮发麻，也顾不得穿鞋了。她此刻就像被架在油锅上煎烤的猎物，心里时时刻刻绷着弦，不知何时会被拨响又何时要下油锅。这种不由得自己掌控的情绪太难受，沈千盏干脆站在玄关，不走了。

季清和瞧得发笑，边换鞋边明知故问："怎么了？"

沈千盏没说话。她踢开左脚已经换好的拖鞋，赤脚踩在入门的毛毯上，伸手索抱："走累了。"

季清和从善如流，将她打横抱起。

她身量轻，在他怀中蜷着，极易激起男人的保护欲。偏偏她不自知，揽着他脖颈的手指不安分地蹭了蹭他耳后的那寸皮肤："老沈的耳根子软，婚后对我妈言听计从。"

她瞥了他一眼，指尖撩了撩他的耳垂，问："你呢？"

玄关的感应灯在两人离开后，噗地暗了下来。

季清和借着投入室内的月光，一步步踏着楼梯，将她抱入主卧。

闻言，他有片刻没说话。直到将沈千盏放到卧室内的书桌上，他才似笑非笑地回答了一句："我该硬的地方硬，该软的地方软，全看你怎么用。"

他双臂撑着桌面，俯下身来，吻她鼻尖："有什么问题和顾虑，趁今晚都问了，过期不候。"

沈千盏挑了挑眉，不太确定道："任何？"

"任何。"

沈千盏问："几个前女友？"

"没有。"

沈千盏不信："没有？"

三十好几，事业有成的男人，居然没有前女友？这要是放娱乐圈，她下一个问题就该问"那有几个男朋友了"。

"是没有。"他拧开书桌上的那盏台灯，目光灼灼地看着她，"性启蒙太早了，对女人没什么兴趣。"话落，见她面色有异，猜她是想到别处去了，慢慢补充了一句："对男人也没有。"

　　沈千盏原先是想趁机听听季清和感情史的，见他的历史一清二白，瞬间没了查问的心情，正要换个话题时，他微一沉吟，补充了一句："你要是问喜欢过几个，我倒是能数给你听听。"

　　沈千盏直觉他没怀好意，不愿意白白上钩："不问。"

　　"没什么好问的。"

　　人都有过去，或年少轻狂，或肆意张扬。吃了人世三十年的饭不可能真的跟白纸一样，什么过去都没有。

　　她也不在乎他曾经是否有喜欢的人，眼下她所看见所了解的季清和，令她无比安心，这就够了。

　　季清和就着灯光细看了她一会儿，问："真没有想问的？"

　　沈千盏摇头。

　　她将垂落眼前的碎发钩至耳后，舔了舔唇，半晌才说："我这人比较谨慎，如果不是确定你喜欢我喜欢得不行，我是不愿意主动的。"况且，现在只是刚确定个恋爱关系，能走多远走多久，都是个未知数，问季清和的感情史已经是她能想到的唯一问题了。

　　"是喜欢你喜欢得不行了。"他又笑，声音低低的，"知道你在北京，跟孟女士要了个中国区执行总裁的头衔，常驻北京。"

　　"知道你需要投资，倾家荡产，耗尽心力。"

　　"为了方便追你，故意把自己送到你的眼皮底下，当免费劳力。"

　　"一个电话打不通，虽知道你一定平安，还是忍不住临时改道，冒雪去找你。"

　　"明决觉得我疯了，只有我知道我自己在做什么。"

　　他一句句，语气低沉，像在控诉。

　　可惜沈千盏早不是刚满十八，懵懂无知，能被甜言蜜语轰炸得晕头转向的小女孩："你休想骗我，不终岁这笔投资不是衡量利弊后出投的，我把头拧下来给你。"

被她毫不留情面地揭穿，季清和也不恼，他把玩着沈千盏的手指，视线良久都没移开："你也知道其余都是真的？"

始终没避开他挖的坑的沈千盏："……"

"耗尽心力是真的，"季清和抬眼，与她对视，"独家投资的风险太大，我不耗尽心力，未必可以做到。"

沈千盏张了张唇，话在嘴边变了几变，仍坚持跟他唱反调："那也只能说明你早有预谋。"

"我没追过女孩，不是你也不会再有别人。"他嗓音忽低，说，"你别污蔑我的真心。"

他这后半句，忽地软了声调，一箭穿心。沈千盏瞬间什么话都说不出口了。

没人比她更清楚，季清和是花了多少心思才软化了她的尖刺，磨平了她的棱角。

这些仅是他说了的，还有许多他没说出口的，例如：解她饭局所遇刁难之危，免她危机公关的腥风血雨之困。每一件，她都记得。

这些年，所有人都看得见她的权势与话语权。"金牌制片人"的光环之下，沈千盏背负的是所有人觉得她无所不能的压力重担。

她不能出错，不能做不到，不能无法解决。弱者可以犯错，可以无能为力，可以随时放弃。他们的失败可以轻易获得谅解，获得怜悯，获得宽容，唯独她不行。

她行差踏错一步，便是万人嘲、万人骂。

与她利益相关的反方，会拿着她所谓的黑历史肆意攻击，牟取好处。

与她同一阵营的，只会可惜她被拿捏了把柄，命令她务必解决，不许危及项目。

她的风光背后，是如蝼蚁般被摆布的命运。有的是人等着她重新跌入谷底，好再来狠狠踩上一脚，看她万劫不复，挣扎求生。

没人知道，她不爱喝酒。

为了应酬，她不得不适应酒桌文化，陪资方尽兴。日积月累，喝酒成了习惯，连她自己都忘了，她曾经是那么的厌恶酒精。

也没人知道，她原先并不是现在这种性格。

她的内心住着个文艺调的小女生，话不多，梦却不少。满嘴的热爱生活，向往世界，可真正拥抱了这个世界，才知人心可畏，并非每个角落都有阳光拂照。

在遇见季清和以前，她过得就像海上浮萍，既要明哲保身还要平衡三方关系。

资方撤资、商业交易、资本倾轧，她在这些身不由己里独自披矛拿盾，不能显露一丝胆怯。

可直到遇见他，沈千盏才知道，她也可以被人保护。她不用特别强大，路再难走，到了悬崖深渊的尽头，她仍有一条退路，能护她从枪林弹雨中全身而退。

沈千盏的心，一下子软得一塌糊涂。她凝视着季清和，眼里的光渐渐明亮，像悬在渡口的灯笼，将万顷池水映得波光潋滟："行吧，自己招惹的，自己负责。"

季清和没接话。

他喉结轻滚，似再难压抑对她的渴望，低头吻她。

这次名正言顺，他有意纵火，不再在意交融的快感，极尽耐心地与她厮磨。

一瞬间，沈千盏像是回到了去年西安的那晚。

从决定发生关系到发生关系的过程其实很短暂，她去酒柜取酒助兴。为了壮胆，沈千盏特意开了瓶烈酒。

连酒盏都没用上，开瓶后，她直接含着瓶口，吹了一口。酒香浓郁，像何处点燃了香薰，弥漫着淡淡的苍梨香。

她将酒瓶递给季清和时，他顺手握住她的手腕，含住了她的嘴唇，从她口中渡了一口酒液。

好像从那刻起，她就醉了。醉得不想梦醒，只想与他共赴云雨。

那晚也像现在一样，他的强势，将她衬得渺小如他掌中之物，任他予取予求。

她的身体仍记得当时的感触——她在他身下发颤。

从亲密相触起，她就难以自抑地浑身发烫。所有的感官在瞬间集中到一处，满室黑暗中，她只看得见他眼中欲来的风暴似要吞噬城池，碾碎尘埃。

他偏偏不急于攻破城门，让她如砧板上的鱼肉，眼睁睁看着刀锋凌驾于头顶，却不知它到底何时才愿意落下。

要是沈千盏对接下来的事一无所知也就罢了，偏偏她知道要发生什么。在刀锋彻底落下前，她一次次描绘着城破之际的销魂欲死。

身体传来的感官，是他置于她双腿的腿根处，一遍遍上阵磨枪。

几次临到关口，他便恶劣撤兵，将她一颗心悬之又悬，吊在半空，始终不给个痛快。

后来她终于如愿，他意外她是第一次。

等她适应后，将她从桌上抱至床上，再不复方才的孟浪，一点点极尽耐心地开疆拓土。

沈千盏从头至尾，都没感受到几分痛苦。只有他眼中压抑的风浪，在她跌宕起伏后，一朝之间爆发，拽着她的脚腕，将她一并拖入深渊，共同沉沦。

今晚的时间，也像被无限拉长。

他吻着她的嘴唇，含吮，轻咬。听她呼吸渐渐急促，他眼中含了深邃的笑意，目不转睛地看她一步步被他引导着，深陷旋涡。

而他，就在那轮旋涡之中，搅弄风云。

一幕戏罢，沈千盏精疲力尽。

刚才在书桌上，她后背被蹭得发麻发痛，这会儿只能跟只软脚虾一样，趴在床上平复剧烈的心跳。

浴室里传来淅淅沥沥的水声。

须臾，水声停了，季清和腰间围了条浴巾，赤脚步出。

卧室内只亮着一盏台灯，床畔昏暗。他在床侧坐下，给她喂了口温水："背还疼不疼？"

沈千盏没脸回答，香肩微耸，露出半片白皙的后背，让他自己看。

他开了灯，顶圈一层照明灯光下，她肩胛至后背整片皮肤都被磨得发红，触目惊心。他看着不忍，低头吻了吻她的蝴蝶骨："我去拿点药。"

沈千盏看不见自己的后背，闻言，半撑起身，扭头去看。这个姿势将她的腰窝弧度尽显，女人特有的身体曲线流畅得像幅远山起伏的艺术品。

季清和眸色一深，不动神色地将被子压回她的肩上，下楼去找药膏。

涂完药，后背的火辣痛感终于缓解。沈千盏趴在他怀里，忽然嘀咕了一句："不说男人二十五岁以后，水平普遍下降，怎么到你这儿，这句话一点也不适用。"

季清和垂眸看她一眼，替她掖好被角："你比较希望我水平下降？"

也没有。她只是捡了便宜还卖乖而已。

她不接话，季清和也没再追问。

谁也没说话。

卧室里，一下安静下去，只余窗外风声呼啸，似正酝酿着一场雷暴。

他钩了一缕她的长发绕在指尖把玩，顺便提起明天回无锡的事："明天下午两点的飞机，到无锡刚好傍晚，明决这趟会和我们同行。"

沈千盏嗯了声，在他颈窝蹭了蹭，寻了个舒适的位置："有个事，跟你商量下。"

季清和猜到她想说什么，先她一步发问："想把我们的关系先藏起来？"

他语气平静，似早猜到她的打算。

沈千盏没从他的话里听出他有情绪，但料想他心里多少会有些意见，想了想，委婉地措辞道："'藏'这个字用得有点过分了，我是想《时间》杀青前，尽可能低调，以免影响剧组工作人员的工作热情。"

"工作热情？"季清和抬起她的下巴，和她对视了一眼，"你那些花名单的工作热情？"

沈千盏："……"

她哪来的花名单？

似看穿了她在想什么，季清和松开她那缕发丝，托着她的腰将她往上抱了抱："听说组里的男演员有一半是你照着自己的喜好挑进组的？"

沈千盏顺势，半撑起身子，居高临下地看着他："怎么，吃醋啊？"

她一句话，以攻为守，将他未出口的话全堵了回去。

季清和挑挑眉，眼神与她交锋数秒后。右手伸入被下，从她肩背滑过，结结实实地拍了一下她的臀。

下手倒不重，只是这一招出乎沈千盏的意料，她愣了几秒，脸一下涨得通红。

"我醋劲大。"他打完又去揉，声音低低的，似警告又似随口说说，"下手容易失了分寸，你眼里心里只有我，才能世界和平，安稳度日。"

"记住了？"

记住个鬼。

沈千盏将手肘支在他胸口，突发奇想："假设哪天你从别人口中听说，我的房间夜夜有男人造访，你会怎么办？"

季清和反问："还需要从别人口中听说，光是我自己就看见过不少回。你房间哪晚是空着的？"

沈千盏笑。她看着季清和，越看越喜欢，喜欢到忍不住低头亲亲他：

"认真点，模拟情景呢，你刚还说，我今晚问什么你都会回答。"

季清和想了想，没考虑太久，说："我不会从别人口中了解你，你说没有，就是没有。"

沈千盏又笑，继续追问："那……剧组有人追我呢，穷追猛打的那种？"

"以我对你的了解，这件事在有苗头时，就被掐灭了。"他答完，又在她臀上一捏，说，"你对我，不就这样？"

沈千盏心虚地干笑了两声，她那不是没想到会有今天嘛。

更何况，要不是经历了这些，她哪能看到他的真心？就算她当初早早答应了下来，感情也未必会一帆风顺。

"你有没有想过，如果当初你以投资为条件，豢养我，反而会弄巧成拙？没准，我们就因为猜忌、不坚定或者我的自尊心，越走越远呢。"

季清和瞥了她一眼，纠正："我没想豢养你，是你自己误会了我的意思。"

他一开始就想以平等的恋爱关系作为开端，只是当时，两人之间除了一夜情，感情寡淡得还不如一杯白开水。他也无从解释，生怕多说多错，索性另寻他法。

"也不会走到这一步。"他翻身，将她压在身下，又重复了一遍，"我不会走到那一步。"

原因他却没说，直到这夜走到了尽头，季清和也再未吐露半字。

沈千盏不是追根究底的人，她深知再亲密的关系都要留有空间，更何况这种本就是假设的问题。

也许是因为他们都是心智成熟的成年男女，早已不在乎"我爱你""我喜欢你"的形式感，甚至连确定关系都不用一字一句说得直白，我知道你喜欢我，你也知道我喜欢我，那就恋爱吧。

心照不宣。

第二天，三人返程无锡。

苏暂派了司机，跟车来接。

远远看见沈千盏与季清和边走边说话，那旁若无人的气场，仿佛多一个第三者都能被无声撕碎。他啧啧了两声，再一次感叹——他那张开光嘴十有八九，是又灵验了。

他大步迎上前，无比熟练地想接行李箱。手伸出去了，瞧见沈千盏的行李箱正被季清和拎着时，又默默地缩回来，挠了挠后脑勺："盏姐，季总，明助理。"

沈千盏比苏暂要自然多了，见面先询问剧组："这几天没出什么岔子吧？"

"哪能啊。"苏暂面露得意，眉飞色舞道，"我可是打起了十二万分的精神，事事亲为。就算真有事，我也早告诉你了，不至于谎报军情，你就放一百二十个心。"

沈千盏本就是随口一问。

乔昕跟着她多年，对制片人的工作了如指掌。就算苏暂粗心大意，乔昕却是靠谱的，料想就这几天的工夫也出不了什么大纰漏。

到车前，她先上了车。

苏暂紧随其后，坐到了后排，把沈千盏隔壁的空座让出来给季清和："盏姐，你这趟应该也挺顺利？"

沈千盏瞥了眼季清和，十分矜持地点了点头。

顺利啊，能不顺利嘛？钟表和人都到手了，她这趟去季家，可是把季老先生的宝贝全占齐了。

"宋烟那边呢？"她问。

苏暂说："宋老师恢复得差不多了，昨天回的剧组，不出意外，这周末能进组了。"

沈千盏有些意外："她那伤口不像是能恢复得这么快的啊。"

苏暂哎了声，叹气："听说是贴了隐形贴遮掉了，要真等她伤口愈合，起码还要半个月，萧盛怎么可能愿意等。"

剧组停工一天损耗都是数以万计，哪个剧组也耽搁不起，更何况本就因雪灾损失惨重的《春江》。

沈千盏皱了皱眉，没说话。

苏暂见她陷入沉思，也识趣地闭上嘴。

到酒店时，已是一小时后。方至黄昏。

车停在酒店正门，沈千盏下车时，乔昕已在门口翘首以盼，等成了一尊"望盏石"。

她匆匆踏着小碎步小跑过来，冲着季清和点点头，语速极快地给她塞了一个消息："萧制片下午就来这里等你了。"

沈千盏没听清："谁？"

"萧盛，萧制片。"乔昕回头张望了眼，确认萧盛没在身后，提醒她："你出差前，萧制片不是想请你吃饭给你赔罪嘛，我说你出差去了，他问了时间，下午就在这儿等着了。搞得像你故意躲着他一样……"

她话音刚落，旋转门内走出一道修长的身影。

萧盛望了眼打小报告的乔昕，含着笑，走到沈千盏面前，给她递了根烟："想见沈制片一面，还真是不容易。"

沈千盏低头望着那根烟，忽觉身后一道灼人的视线盯得她脖颈发热。

她笑容微僵，伸出去的手默默地缩回来，没敢接："我戒烟，很久不抽了。"

这家属就在边上盯着呢，她就是没戒，也不敢接啊。

萧盛递烟的手悬在半空，抬眼看她："戒烟了？"

他咬字轻，语气玩味，似有不信。

沈千盏笑了笑，没接话。

她的笑容温和得体，仿佛并不在意他话里的轻狂。

可一旦细看便能发现，她注视萧盛的目光冷淡疏离，像隔着一层透明的壁垒，将他隔绝在外。

萧盛识趣，没再强求。

他收回手，将烟叼进嘴里，偏了偏头。

他身后跟着的助理见状，很熟练地上前一步，替他点烟。

傍晚风大，几人又站在风口。萧盛这支烟点了好一会儿，才终于抽了芯，燃了。

他深嘬了一口，视线从乔昕、苏暂脸上一一掠过，落向季清和——这男人的风华、气度皆是上乘，不像寻常的工作人员。

萧盛和沈千盏同在一家公司，互为同事，对彼此的阵营了如指掌。

季清和面生，皮相又出色，难免令他想起最近流传得较为火热的一则风流八卦。八卦里说，沈千盏特聘了一位钟表修复师做顾问，顾问年轻英俊，颜如宋玉貌比潘安，整日与沈千盏同进同出，形影不离。《时间》剧组里有不少工作人员都见过这位顾问深夜出入沈千盏的房间，举止暧昧，关系不明。

他原以为这消息是假的。

沈千盏的自律，纵是一百个人间绝色脱光了站她面前，她也决不染指。顶多捧场叫好，逢场作戏，人怎么来的她怎么把人退回去，完完整整，连根头发丝都不会掉。

这位能让她连出差都带着，显然传言不虚。

他不动声色地移开视线，向沈千盏说明来意："我想请你吃个饭。"

"上次你来剧组，酒店停水停电，我都没机会好好招待你。请你吃饭，一是感谢你相助，二是为我的管理不周向你赔罪致歉。不知……"他短暂地停顿了几秒，问："沈制片愿不愿意赏脸？"

"萧制片客气了。"沈千盏职业假笑，"这点小事你何必往心里去。"

"你我都是千灯的员工，又同事多年，说感谢赔罪什么的，太见外了。"

萧盛一静，微眯了眯眼，吐出一口烟："我就知道你会拒绝，所以亲自来请。"他笑了笑，没容她再找借口，说："厅我已经包好了，我开了车来，正好接了你一起过去。"

话落，他看向苏暂，提出组队邀请："小苏总今晚有空的话，也一起吧，我们三个人，正好聚聚。"

沈千盏见他铁了心非要请她吃饭，虽没琢磨透他葫芦里到底装了什么药，但深知今晚是无法推托拒绝了，沉吟数秒后，她松口道："既然萧制片这么客气，我和暂暂也不能不知好歹。这样吧，大家一起去。"

她笑盈盈的，望向萧盛，假装看不懂他脸上瞬间冰冻住的表情："萧制片，不会不欢迎吧？"

萧盛这回是真的笑了。他心知肚明，自己是被反将了一军。这女人的防备心，可真不是一般的重。

他盯着沈千盏看了半晌，将半根烟头掷落地面，抬脚碾熄。

"当然欢迎。"他挥手，示意久候的司机把车开上来，"上车吧。"

饭厅定在季春洱湾。

萧盛一露面，就有服务员领着众人前往包间。

包间的凉菜酒水已经备齐，有餐饮部的服务员正在往醋碟里斟醋。

见客人到了，两位服务员微微欠身，退避至墙角，等着众人先行落座。

萧盛谦让，空出主座留给沈千盏。

沈千盏做乙方做惯了，自然推辞。她照着主座往后数了两个数，边往座位走去边悄悄给季清和使眼色。后者会意，十分自然地坐在了主座下首的位置，将她与主座彻底隔开。

萧盛看得眼皮直跳，又不好说什么，心里不干不净地将两人问候了一遍。等着沈千盏带来的人全部坐下，这才挑了位置，与沈千盏形成对角之势。

客人坐下后，服务员开始依次上刚消完毒的热手巾。等在座所有人的手巾放置完，服务员望着萧盛，小声询问："萧先生，多余的餐具我们就先撤下了？"

"人还没来齐，餐具先放着吧。"萧盛话落，转头看向沈千盏，解释，"《春江》的出品方晚点会过来，沈制片应该不会介意吧？"

沈千盏心里冷笑。她说萧盛今天怎么豁出脸去非要请她吃饭，原来是打着借花献佛的主意。

她心里厌恶，表面工作却做得极好，言笑晏晏地问他："《春江》的出品方，不知是哪位？"

萧盛边叫服务员上菜，边答："你应该也认识，无锡蓬莱辰光影业的赵总。"他将醒好的红酒倒入高脚杯中，用转盘送至沈千盏的面前，"说起来，我和赵总能合作，还得谢谢你。"

他生怕沈千盏记不起来，详尽地提醒道："沈制片还记不记得临走前给我指的那条明路，让《春江》代表千灯影业与无锡影视基地洽谈长期合作？"

"蓬莱辰光影业就是无锡影视基地的控股方，我当时联系的就是赵总的助理。赵总一听说《春江》是千灯出品的，二话不说就答应了合作，还同意出资占股，与千灯联合出品。"

沈千盏没说话。她垂眸，看了眼面前的红酒杯，问："那你应该知道，我跟赵总有过节吧？"

她没说重话，连语气都四平八稳，没泄露一丝主观情绪。偏偏饭厅内气场一凝，整个如坠冰窟。

她在此刻抬眼，眼里的光似有形般，化成了一柄锐利的宝剑。

萧盛一怔，莫名被她这个眼神盯得心头发虚。

他下意识地看了眼她身侧的季清和，从刚才起，他便留意到，季清和在这几人中的地位非同一般，即使是苏暂也对他毕恭毕敬。

他心里忽地一空，有片刻惘然："过节？"什么过节？

影视行业向来分地区分派系，无锡与北京的距离相隔甚远，这边的影视公司大多分属江浙沪区域的派系，与北京合作较少。萧盛混京圈，对江浙沪一系的确了解甚少。

"赵总说你与他是故交，我一想你的祖籍就在无锡，先信了三分。"萧盛人虽狂妄，处事却还算谨慎，尤其涉及沈千盏，他更是花了十二倍的小心，特意找人探了探口风，得到的答案都和赵总所说的相差无几。这才答应替赵总牵线搭桥，组了这个饭局。

他是存了借花献佛之心。

沈千盏金牌制片的名声在外，千灯只闻沈千盏，不闻萧盛。她手里握着京圈的人脉和资源，就连投资方也是信赖她多过于自己。

萧盛在她的阴影下，事事艰难。

蓬莱辰光影业财大气粗，舍得花钱，又好说话。最重要的是，它是江浙沪派系中的领头羊，拉拢了它，萧盛日后就有了江浙沪派系的支撑，不愁没有底气与沈千盏分庭抗礼。

更何况，只是攒个局。他既不用劳心费神，还能坐享渔翁之利。

可眼下的情况，仿佛并不是这么一回事？

似乎是为了证实他心中越扩越大的不安，沈千盏将面前那只盛了酒的高脚杯拿起，凑到唇边一饮而尽。随即手高高拿起，松手任酒杯落下。

服务员的惊呼声中，晶莹剔透的高脚杯猝然坠地，四分五裂。

她随之起身，眼神冷漠地凝视了萧盛数秒，说："道谢也好，致歉也罢，酒我喝了，到此为止，一笔勾销。"

沈千盏将萧盛心里打的什么盘算摸得一清二楚。

他即使不知道内情，也绝对不无辜。

娱乐圈多的是为一己之力拉皮条做捐客的人，若是买卖双方你情我愿，这事顶多涉及道德问题。若是强买强卖故意隐瞒欺骗，那就不只是没有道德底线，而是人品低劣。

他想借自己从辰光那儿获得好处，好有资本与自己平起平坐。野心是不小，手段却不算不得光明磊落。

沈千盏看人一向精准，萧盛初到千灯，在她手底下时便恃才傲物，仗着苏澜漪的看重和提拔，特立独行，一直将她视为竞争对手。他自大轻狂，自私自利也不是一天两天了。

沈千盏顾虑苏澜漪，免她两头为难，对萧盛的态度始终是主动避让，减少见面。

萧盛也识趣，知道自己羽翼未丰，也不与她正面冲突。两人不得已碰面时，也是客客气气，维持着表面和平。

但这些，仅限于萧盛能安分，不对她搞脏手段。

想到这儿，她眸间冷色更甚。

"我带过你一段时间，即使你是被迫听令，我也教过你，任何时候，都要尊重对手，尊重艺人，尊重自己。项目谈不下来无所谓，有钱的资方这么多，你给谁当儿子不行？"

"你自尊自负，至今因为在我的团队给我打过下手觉得矮我一头。我替你周全面子，绝口不提此事。你不接受别人的善意也罢，你要是真的自尊自爱，有本事就别做这种拉皮条下三烂的事。"

萧盛的脸色瞬间阴沉下来。他死死地望着沈千盏，一言不发。

两侧苏暂乔昕之列，早已噤若寒蝉，连大气都不敢出。

苏暂甚至都不知道两位制片大佬是怎么突然吵起来的，他今晚的记忆开始就是沈千盏摔了高脚杯，说了句"到此为止，一笔勾销"。他两股战战，余光先望向了季清和。

季清和倒比任何人的反应都要镇定。连她摔杯子那会儿，他都没眨一下眼睛，仿佛她做什么都理所当然，值得支持。

甚至，只要她需要，他立刻就能点头，让酒店把所有她看不顺眼的杯盏都拿来，一个个摔着玩。

此刻，他正抬眼看着萧盛。那双眼，沉沉如暮霭，有碾碎一切余光的威慑与凛冽。

萧盛瞬间如芒在背，汗如雨下。

来自季清和的压迫感，令他心头惴惴，似压了块岩石，呼吸不畅。他终于发现，自己太过于轻视眼前的这个男人。他的威压与气势，非长期身处高位的领导者不可有，绝非是个特聘顾问这么简单。

他甚至有预感，得罪这个男人，比开罪沈千盏还要恐怖千倍。

那是打从心底滋生出的恐惧，令他后背濡湿，眼皮似有重压，竟不敢抬头与他对视。

这一刻，萧盛忽然后悔起自己的草率。他嘴唇翕合，想开口为自己辩解几句。话到嘴边，舌头却像是冻住了般，怎么都无法发出声音来。

少顷，季清和移开视线，低不可闻地笑了声，问："萧制片与苏总交情不浅吧？"

"恋爱关系？"他眸色幽深，虽是询问，语气却无比笃定。

萧盛心一沉，抿唇看他。

季清和淡淡地瞥了他一眼，不以为意。甚至，他连眼神都吝啬于在他身上停留，低头整理袖扣。

他头顶有一小片水晶灯折射出的弧光，光线璀璨明亮，将壁影的暗纹辉映得纹理毕现。

饭厅的大门轻轻开合数次，有刻意放轻的脚步声缓缓步入传菜间。

须臾，餐饮部来上菜的传菜员压低了声，问："菜怎么都不上？"

"嘘"声后，里头窸窸窣窣一阵拉扯，似一场博弈般，谁占上风便由谁主导战场。

沈千盏意外自己此刻竟然还有心思去揣测传菜间里发生的情况，但内心仍有一片空地，留给了自己发呆。

她忽然觉得，生活之所以是生活，是因为它每分每秒都有各种各样的人在按着自己的剧本出演着这部名为《人生》的舞台剧。

她不在上帝视角，所以看不清自己前路还会遇到多少障碍与麻烦，也无法换位思考对方的思维逻辑与迷惑行为。可一旦人生迈过这个阶段，再回顾——这幕戏里，除了群演和配角，就只剩下满幕的戏剧性与荒诞。

可能年纪大了，考虑事情真的会佛性不少。

今晚这事，如果是几年前的沈千盏遇上，不说喊打喊杀，仗势欺人是必不可少的。萧盛想全须全尾地走出这扇门？

门都没有。

沈千盏垂眸，看向季清和。

她这个角度，居高临下。能清晰看见灯光投落的暗影交汇在他的眼睫与鼻梁处，他的眼窝深邃，眉尾眼角的暗影幽沉，像折戟沉沙的刀斧，将他的轮廓勾勒得立体又清晰。

他似压根儿没察觉四面传来的窥视，慢条斯理地翻折起袖口，露出一截骨节分明的手腕。

那腕上，佩戴着一只深灰色金属质感的机械表，表带环环相扣，表盘微凸，弧面下是不加修饰的精细齿轮，正以机芯为轴，一轮一齿，无缝吻合，按部就班地顺时针旋转着。

季清和虽有佩戴手表的习惯，但经常一天几换。

沈千盏起初还不掩惊艳，一只只欣赏，时间久了以后，渐渐麻木。即使知道他一块表能顶北京一套房，都掀不起什么兴趣把玩了。

但这只极具工业风的硬核手表，她却从未见过。整块表像完全透明立体的机械枢纽，所有的齿轮、螺丝全在这小小的方寸之间运转着，既精巧又似缩小版的时间之轮，极其别致。

　　萧盛的关注点却与沈千盏完全不同，他没去欣赏这只手表巧夺天工的技艺，他所看见的，只有手表弧面上清晰可见的不终岁 logo。

　　他瞳距微缩，盯着那只表凝神看了数秒。

　　不终岁作为世界级的奢侈品，与成熟的一线品牌相比，还是稍显年轻。从站稳脚跟，到打开国内市场，占额比重仍与一线大牌相距甚远。

　　甚至，不终岁最先打入国内市场的，并非它旗下的高定、彩妆与珠宝，而是它的腕表系列。

　　几年前，不终岁的钟表品牌在全球发布了一部概念宣传片。除旗下各大热销腕表外，还展示了极具收藏价值的古典藏钟。但最引人注目的，是这款纯手工的机械表。

　　这款手表，因独特的设计风格与昂贵的造价，瞬间风靡，成为所有男人的 Dream Watch。

　　可惜，不终岁最终并未出售这款手表。

　　它在出征数项设计大赛后，以弧面镶嵌不终岁的浮雕 logo 落幕，退出了世界舞台。此后再有它的报道，全在验证它的佩戴者身份。

　　如今，它的存在仅象征着一个身份——不终岁钟表品牌创始者。

　　顷刻间，有关季清和身份的猜想全部得到了证实。

　　萧盛瞬间唇色发白，后背冷汗不止。

　　去年《春江》开机，他坐镇剧组，辗转于各大影视城拍摄地，鲜少回京。连年终时的电影节、颁奖典礼及千灯年会都没回去参与，只录了段剧组花絮和祝福视频发回北京。

　　《春江》是千灯影业的重点项目，萧盛有心靠它立起门户，与沈千盏打擂台，用了十二万分的心去盯进度。

　　这期间，既有他屏蔽了京圈花边消息，闭门造车的原因，也有他远在南方，消息闭塞的缘故。

与沈千盏有关的动态，不是她拉到了不终岁的独家投资，与不终岁钟表品牌联合制片出品献礼剧，就是她不知道走了什么狗屎运，请到了久未出山的大编剧江倦山，还签约了导演圈新晋的黑马邵愁歇，共同执刀创作。

而剧组的豪华配置，更是让《时间》有望与《春江》共同角逐明年电视节最佳电视剧作品的传言喧嚣尘上。

这桩桩件件，都令萧盛心生不悦，心中阴暗疯涨。

此时《春江》的拍摄先遭瓶颈，再遇雪灾，被沈千盏追赶甚至超越的压力令他无心旁顾，以至于他完全忽略了她和不终岁执行总裁的那段风流韵事。一心期盼着《春江》能够渡过难关，尽快杀青进入后期，好先一步争取到千灯的宣传资源与费用，放手一搏。

然而，急功近利，低估对手的后果，只这一次，便让他坠入深谷万劫不复。

沈千盏身边的这个男人，何止是区区顾问，他身后那一整座镶金砌玉的王国，是寻常人一辈子都难以企及的财富与地位。无论是谁，都要避其锋芒，退让三分。

他倒好，借沈千盏去邀功讨赏，直接将这两位祖宗得罪得一干二净。

正僵持间，萧盛放在桌面上的手机嗡声振动，有来电提醒。

饭厅内瞬间安静得犹如时间停摆，钟表定格，只余手机振动时摩擦玻璃桌面的咻咻声，反复地，不厌其烦地，一遍遍响起。

所有人的目光都不约而同地投向了那只喧嚷的手机。

——会在这个敏感时间内打进来的电话，不用猜都知道是谁的。

沈千盏微扯唇角，露出个极为讽刺的笑容。

她倒没太生气，见惯了这个圈子的阴私与黑暗，萧盛这点手段在她看来，算不了什么。既然他没能得逞，等着他的又何止她那点不痛不痒的奚落与嘲讽。今晚过后，若无贵人相助，萧盛怕是要在这个圈子里查无此人了。

她拎起包，目光自上而下将萧盛审视了一遍："以后我和萧制片还是桥归桥，路归路，各走各的道吧。"

"今晚，就恕难奉陪了。"

沈千盏走后，陆续地，有人相继离席。

乔昕草履虫大的胆子都快吓破了，她看了眼还不打算离开的苏暂，悄悄地，拽了下他的袖子。

见他没反应，她大着胆子，又拽了一下，小声提醒："走啊！"

盏姐都走了，你还留着吃饭呢？

苏暂无动于衷。

他始终看着萧盛，一言不发。

乔昕索性放弃。

她入职千灯后一直跟着沈千盏，立场自不用说。

苏暂却不同，他是千灯的太子爷，说得现实点，沈千盏和萧盛都是为千灯、为苏家工作的。他虽不在高层，也不是领导，但出身早已决定一切，没必要跟她这种底层小民工一起站队搞派系。

道理乔昕都懂，可情绪就是难以控制。她早就猜到萧盛没存好心，但也不想两人今晚会闹成这样，一下将现实的伪装撕了个粉碎。

她跺了跺脚，有些气急："那我先走了。"

话落，她起身要走。

不料，乔昕才刚站起，就被苏暂反手握住手腕，强行扣回座位。

他看都没看错愕的乔昕一眼，开口道："在我姐姐眼里，我就是个扶不起的阿斗。公司里，所有同事客客气气地叫我一声小苏总，但我知道，他们心里谁也瞧不上我，觉得我就是个只会吃喝玩乐的二世祖。

"我以前的确不学无术，整日招猫逗狗，沈制片也是真的嫌弃我。

但这么多年，只有她毫不吝啬地指点教导我，让我渐渐能够抬起头来。我一直不明白你一个大男人怎么心眼小得跟针似的，成天针对一个女人，也不知道你对她怎么就有那么深的敌意。她一没动过你的蛋糕，二没不正当竞争，你却心胸狭隘到要把她推给那些不知道什么底细的男人。你还是个人吗？"

乔昕目瞪口呆。

她望了眼脸色无比灰败的萧盛，又看了看仿佛在高光粉里浸泡了七七四十九天的苏暂，一颗小芳心，扑通扑通地跳个不停。

"今天的事，你自己跟我姐坦白吧。千灯不欢迎心术不正的员工，我家也不会欢迎你这种没有道德底线的男人。不管你跟我姐是什么关系，只要我活着一天，我就不会让我爸妈把她嫁给你。"

既已撕破脸，苏暂也懒得再维持表面的客气友好。如行风带电般，脚下步伐迈得又快又急，很快拎着乔昕走出饭厅。

头也不回地走至拐角后，苏暂握住乔昕手腕的气劲一松，转头问她："怎么样，我发挥得还算出色吧？是不是很有男子气概？"

乔昕一噎。一时半会儿的，竟回答不上来。

她垂下眼，盯着自己的脚尖，默然了半天没说话。

苏暂看了她一会儿，伸手摸了摸她的脑袋："没事，盏姐的心理承受能力再来十个萧盛都没问题。你忘了她当初怎么暴打金主的咸猪手了？"

"你放心，我就给他三天时间，他要是不主动跟我姐坦白，我就去告御状。"

乔昕摇摇头。

她想说"没用的，别说事没发生，就算发生了，苏总也不见得会严惩萧盛"，这些事太司空见惯了，以苏澜漪的立场只会大事化小小事化了，最好别影响到公司的名誉和口碑。最后委屈的妥协的，只会是沈千盏，不会有例外。

所以她什么也没说，只是仰脸露出个笑："我不担心。"

沈千盏走出饭厅后，没立刻离开。

她沿着走廊，一路走至酒店的后花园。

季春洱湾的花园常年提供草坪婚礼或户外发布会的业务，所以一年四季都有专业的园艺师精心打理。

五月，正值春末夏初，季节交汇。花园里各色花朵争奇斗艳，夜灯下虽无法窥其原貌，但凭晚风徐徐送来的沁鼻花香，也足以勾勒出一幅百花怒放的春日宴景。

沈千盏没走太远。她在花坛边站了站，给自己留出空间想事情。

季清和极少干预她的工作，除非他认为她没有能力自行处理，否则他总会留有余地，克制尊重。反之，沈千盏也不会妄加干涉他的决定和自由。

这一点，一直是他们二人之间心照不宣的默契。

但方才，季清和说了两句话。

一句问萧盛："萧制片与苏总交情不浅吧？"

另一句问："恋爱关系？"

季清和很少关心他人私事，对八卦更不热衷。

无缘无故地，他不会当众提起这件事。

沈千盏不傻，稍一琢磨就明白过来，季清和这两句话看似在质问萧盛，其实是说给她听的——他在告诉她，萧盛与苏澜漪有很深的私人关系。

出于她对苏澜漪的了解，这两人的私人关系秘而不宣，很可能不是正经的恋爱关系，而是搬不上台面的潜规则。

这件事，除了让她再一次感叹苏澜漪看男人的眼光不行外，好像也没别的用处。

她在意的，是苏澜漪明知无锡影视城的控股方是蓬莱辰光影业，仍选择继续签约的用意。

她与蓬莱辰光的私仇，苏暂不知道情有可原，但苏澜漪是了解当年事情始末的见证人之一，她不可能不知道。

这几年，她与苏澜漪关系渐差。表面上，苏澜漪仍是事事倚重她的伯乐。而她也是忠心不贰，历经风浪仍坚定选择苏澜漪的良臣忠将。可只有沈千盏自己知道，她们之间的关系并非牢不可破，就像被白蚁筑巢的堤坝，早已出现裂缝，垮堤不过是时间问题。

她不是没想过修复，但两人的友情本就建立在苏澜漪施恩的基础上。她有想法，又不愿意沟通，任沈千盏如何努力也只是单方面的徒劳，根本无计可施。

沈千盏唇干舌燥。无端的焦虑令她心头烦躁，胸腔内似有一把从干柴中挑起的火星，逐渐燎原。

她忽然有些想念萧盛递来她却没接的那根烟。虽解不了渴，但好歹能救救火。

沈千盏在花坛旁站了不过片刻，便小腿酸乏，脚踝微微刺痒。

耳边的蚊虫也随着夜幕的降临逐渐增多。

沈千盏没打算舍身饲蚊，刚准备要走，身后脚步声由远及近，带着它主人惯有的清冷作风，行风踏云。不过片刻，就走到了她的面前。

他一来，温度骤降，夜色朦昧。

迎面的风也捎上了些许冷意，她鼻尖嗅到的和唇上尝到的全是他披在肩上的夜风冷香，淡如松竹，又浓如皎月。

在看见他的同时，沈千盏那颗焦躁不安的心，似被无声抚慰了一般，一下沉回原处。

沈千盏眨了眨眼，与他四目相对。

他的眉眼深邃，目光幽沉，与她此刻有些许茫然的眼神不同，他的眼神坚定，从照面起便从上至下，将她仔细打量了一遍。

沈千盏被他审视得有些不自在，问他："你看什么？"

"看看哭了没。"季清和唇角轻抿，曲指轻弹了下她额头，"不看手机？找了你半天。"

沈千盏后知后觉地从包里翻出手机，屏幕上数个未接来电与微信消息整整齐齐排了一列。

下午从机场回剧组酒店的路上，沈千盏用手机浏览文件，怕打扰季清和与明决，就调成了静音模式。谁料，这一调她就忘了再调整回来。

沈千盏自觉理亏，清了清嗓子，说："一般剧本都这样写，主角一有事就手机没电或静音，反正不会被轻易找到。"

季清和挑眉，显然不接受这套说辞。

她转移话题："明决呢？"

"在后面。"季清和顿了顿，说，"你现在要是比较想见他，我去换他过来。"

沈千盏哪敢。

自打季清和拥有合法合理的睡觉权后，气场之跋扈，动不动睡觉威胁。她身娇体弱的，哪经受得起日日无情鞭挞。

她假装没听见，又问："苏暂和乔昕呢？"

"让明决先送走了。"季清和的手滑下去，牵住她，"陪我走走？"

沈千盏想了想："也好。"

回剧组后人多眼杂，暗中不知道有多少双眼睛跟扫雷一样，时刻盯着她。

两人踏着鹅卵石铺筑的小路，从草坪走入天鹅湖的湖边栈道。

栈道五米一盏路灯，灯光昏暗，仅供照明。

沈千盏被他牵着，一路走至湖心半岛。半岛没有路灯，只有数排缠绕在木桩护栏上的星星灯，一闪一闪，像流星般，接纵划破黑暗。

沈千盏觉得这里氛围挺好，凭栏眺望了一眼漆黑的湖面，刚要转身，季清和已从身后拥上来，将她抱进怀里。

她心口一悬，对这样陌生的感觉有种说不上来的悸动与喜欢。

酝酿了一路的问题，也自然而来的，被她问出口："你什么时候知道萧盛和苏澜漪在恋爱？"

"恋爱？"他嗤之以鼻，"不是恋爱。"

萧盛是她同事，苏澜漪是她老板。席上又有她的下属和苏暂这个关系复杂的，他不好当众说得太直接露骨，这才用"恋爱关系"稍做粉饰，给几人留足了面子。

至于什么时候知道的，说来话长。

季清和斟酌了下用词，说："拿到策划案后。"

策划案？沈千盏一顿，试探道："我给季老先生的那份策划案？"

季清和点头。他下巴摩挲了下她头顶，低声说："我习惯做计划，也习惯了走一步看三步。当时除了考虑怎么顺理成章地融入你生活外，还顺便调查了下你的朋友圈。"

沈千盏语气阴森："顺便调查？你不觉得这个行为会冒犯到我吗？"

"是冒犯了。"他似乎在笑，声音低沉，胸腔微震，"如果你不问，我原本打算让你这辈子都不知道。"

沈千盏："……"

他还挺理直气壮？

"开个玩笑。"季清和收敛笑意，认真道，"我花了点时间找我们生活的交集点，了解你的生活圈和工作圈必不可免。你如果要花不必要的时间生气，我尊重你。"

沈千盏被他噎得答不上话。他都说生气是"花不必要的时间"了，那她到底还能不能生气了？

况且，这是尊重她的态度？

以季清和的谋略和走一步算三步的阴险，他俩这辈子可能都吵不起来，只有她单方面被虐杀反杀翻来覆去杀。

沈千盏平复了下情绪，问："所以你认识我之前，就知道苏澜漪和萧盛有不正当关系了？"

季清和从她这句完全不加掩饰的话里分析得出——好，哄过去了。

他莞尔，声调微扬："算是。"

"确认是在北京，我和明决都见到过苏澜漪喝多了被萧盛接走。当时好奇，多看了两眼。"他一顿，言尽于此，没再继续往下说。

沈千盏意会。又问："你今晚特意当众提起，除了点醒我，还有什么是我忽略的？"

这题季清和就不需要考虑太久："当众比较坦荡，我向来不喜欢背后论人长短。"

沈千盏忍不住挑了挑眉，显然是不信季清和的目的就这么简单。不过她向来公平，季清和解答了她的疑惑，她也不吝于交代今晚任谁看都觉得是她突然发作的冲突。

"我之前跟你说过，我有一段不堪回首的过去。"沈千盏顿了顿，转身看向他，"你听到的是上半部，其实还有下半部。

"萧盛口中的赵总是蓬莱辰光的董事之一，有实权。我被骗的那个项目，他是出品方之一。当年蓬莱辰光谋求转型，搭上了我的老东家。但当时的蓬莱辰光，实力不济，无法负担起巨额的投资费用。正好我辞职单干，渣男以我老东家的名义替我谈下了蓬莱辰光的投资。他把我和赵总都蒙在鼓里，我以为赵总是我的伯乐，看重我的项目与能力。赵总却以为我的工作室是挂靠在老东家名下的子公司，否则当时他是不会同意投资的。"

季清和整理了下思路，问："你在老东家任职时接触过蓬莱辰光，所以，阴差阳错？他没怀疑自己上当了，你也以为他是单纯欣赏你。"

沈千盏苦笑："是。"

"剧本前十集定下终稿后，为了不浪费时间，我同一时间去接触了演员。蓬莱辰光的第一笔投资在签约演员前落实到公账，起初账面简单，收支一目了然。当时除了剧组工作人员的费用和租用拍摄器材的支出，也就租赁场地占了大头。

"公司的财务是随机招聘的，我起先并不知道财务早就和渣男暗中勾结了。剧组开机当天，蓬莱辰光就按之前合同谈好的那样，把剩余的资金一步到位，全打入公账。

"开机后，资金流水庞杂。剧务要钱订盒饭、剧组的车要吃油、演员出行需要报销车马费，剧本也是按集支付酬金，其他服装、宣发等林林总总又要支出数十万。等我发现资金被卷跑后，报警已经来不及了。

"公司的法人代表是我，出账审计也是我自己同意的，除了财务被收监，被卷走的钱很难再追回。"

沈千盏第一次当独立制片人，本就焦头烂额。身边又有个她认为可信的人从旁协助，她便渐渐放低了戒心。

后来剧组顺利开机，她就像看到了曙光，沉浸在自己为自己营造出的虚拟美好中，完全丧失了危机意识。再加上她第一次开公司，经验不足，对财务盲目信任。会跌这么一大跤，也不完全怪别人。

她深吸了口气，继续道："出事后，赵总得知被骗，逼我还钱。"

那个情况下，沈千盏其实很能理解赵总的心情。

公司想转型、想突破、想赚钱，孤注一掷来了北京谋求发展，结果制片人伙同导演在开机当天把钱全部卷走了，无论换作是谁，都很难接受吧？所以，即使沈千盏当时丧得像条犬，也不得不站出来，收拾她面前的烂摊子。

"我用身边仅剩的钱，遣散剧组，打了欠条。租用的拍摄场地不退钱，我就住在摄影棚里。赵总找过来几次，起初我们还能坐下来和平协商，几次后，他发现我是真的还不上钱后，再没耐心和我虚耗。

"他是痞子流氓出身，做事不计后果，什么龌龊手段都会上一点。刚开始还只是带人来恐吓，渐渐地，事态发展开始失控，他查到我父母的地址和联络方式，开始威胁我再不补上窟窿就去骚扰我的父母。"

她打过欠条，报过警，被赵宗晨折磨到神经衰弱，夜不能寐。什么方法都想了，可是无论做什么，她短期内都无法立刻还上这么大一笔资金。

"后来摄影棚的租期到期，我搬回出租屋。赵宗晨可能是发现我其实也可以逃跑，也可能是他的耐心耗尽了，忽然改了主意，威逼利诱，让我去卖身还钱。他说他认识不少上流阶层的大佬，就喜欢走投无路的小白花，我花点心思，没准三年内就能把钱还上了。"

她语气冷静，声音平稳，像在描述一件与自己完全无关的事。

但，怎么可能真的无关？

那段经历于沈千盏而言，就像行走在刀尖上，每一步都是煎熬。

"我没答应。"她抬眼，目光平静，道，"我之前忍受赵宗晨的骚扰和威胁，是因为我相信冤有头债有主，人一定能找回来，我的人生还有希望。但慢慢地，好像也能接受他不会再回来这件事。"

人一旦接受现实后，便会开始谋求出路。

摆在沈千盏面前的，总共两条路。要么自寻死路，自甘堕落；要么尸山火海，涅槃重生。

她没再坐以待毙，赵宗晨再一次寻上门时，她签了份对赌协议。

"我租的房子在三十九楼，对赌协议是我坐在窗口和赵宗晨谈的。我告诉他，要么给我时间，我到期还钱。要么我今天从这儿跳下去，他什么也拿不到。仇，就是那个时候结下的。"

她恶心赵宗晨不把女人当人看的交易行为，也恶心他三番五次的言语逼迫和人身威胁，更不齿他为了达到目的，不择手段。

至于赵宗晨，早在沈千盏的空瓶子剧组卷走他的钱时，就恨她入骨。

她那时拿捏他不敢真的闹出人命，将赵宗晨逼得险些狗急跳墙。他气急败坏的样子，沈千盏至今都还记得。

即使后来沈千盏完成对赌，连本带利地还清了欠债，她与赵宗晨之间的仇怨仍是无解。

蓬莱辰光的老总曾看在苏澜漪的面子上，当和事佬，出面调解。可惜，沈千盏不愿意领情，赵宗晨也不愿意拉下这个脸，最后结果自然是不了了之。

季清和没立刻接话。

他双手托着沈千盏，将她抱坐在栏杆上。

她的脚边是一闪一闪的星星灯，她的眼睛也在忽明忽暗的光线中如点亮的萤火，一明一灭。

他低头吻她眉心："都过去了。"

话落，又去吻她的眼睛。

她眼皮颤抖着，微微发烫。

他停留数秒，顺着她的鼻梁去吻鼻尖，再是嘴唇。

她的嘴唇干燥，被夜风吹得微带凉意。

他吮着她的上唇，辗转着，流连着，将她吻得微微发烫。

季清和的人生，虽说有些枯燥，但顺风顺水，至今未遭遇太多坎坷。他不必为钱财发愁，遇事也有能力解决，比起毕业后就结婚生子、循规蹈矩地领着工资、守着妻子过日子的常人，他甚至更幸运一些。能选择自己想要的生活与事业，取舍随心，从容散漫。

这辈子遇到过最棘手的，也就沈千盏。

他很难想象，沈千盏在那个阅历尚浅的年纪，是怎么孤身挺过永无继日的黑暗，逐光而行。

他所能说的言语都太过单薄，远远不及她经受的万分之一。

沈千盏极少提到过去。

这段过往比起那段无疾而终的感情更令她不齿。就像存在于光与暗交汇的灰色地带，没人知道，她曾到过多深的黑暗之地，又经历过怎样的绝望。也没人知道，她穿过那片黑暗，重新回到人世，又花了多久多久。

没有相同经历的人，永远无法感同身受。

她向季清和坦诚，也是因为她突然有一个猜测："我今晚晾了萧盛，这事可能不会就这么善了。"

无锡影视城是赵宗晨的地盘，只怕今晚过后，她少不得得提防他暗中下黑手。

"也没准。"季清和的脸色有些冷，目光落在湖心的某处虚空，四两拨千斤道，"他未必敢。"

"赵宗晨之前敢这么对你，是看你年纪小，好糊弄。他这种性子，手里肯定有本烂账，我让明决去查了给你。我在这儿，你用不着忌惮别的男人。"

沈千盏一怔，喜笑颜开："季总，您这解决方式，过于熟练了。"

季清和见她笑了，也跟着勾了勾唇角："这世上大多事都能用钱解决，钱不行，那就用权势。"

沈千盏问："那你呢？你吃哪套？"

他似漫不经心地笑了下："倒没那么复杂，你就够了。"

很快，日子眨眼到了周末。

季清和与明决去香港出差。

沈千盏走不开，让苏暂代自己去送一程。

她这几日将从季老先生那儿借来的四座古钟看得跟眼珠子似的，恨不得二十四小时盯梢。负责看守古钟的几个场务被她搞得险些神经衰弱，一个个紧张得不得了。

邵愁歇生怕戏没杀青，剧组先疯了。

季清和尚在剧组的那两天，他将有古钟的戏份全堆到了一起，集中拍摄。

这日，午后小憩。

沈千盏正卧在躺椅上打养生游戏，见邵愁歇背着手走进来，懒洋洋地掀了掀眼皮，踢了条塑料凳过去。

见她没个好脸色，邵愁歇拎过凳子坐下后，快快道："不是来找你要钱的。"

沈千盏这人，就是人间真实。

一听说邵愁歇不是来要钱的，立马换上一张笑脸，嘘寒问暖："这是怎么了，瞧着不太高兴啊，是今天中午的饭菜咸了，还是味道不够可口？"

邵愁歇瞥她一眼，吐槽："你有空打麻将，赶紧去催催宋老师那边吧，女主演到现在还没进组，怎么跟男主培养感情？"

"这你就别操心了。"沈千盏说，"傅老师和宋烟都是专业的，哪用得着提前培养感情啊。你信不信，你一开机，他们立刻进入状态？"

邵愁歇撇了撇嘴，还是不高兴："不管，宋烟再不进组我也不拍了。天天对着一帮大老爷们儿，谁能有创作欲望啊。"

沈千盏打出一张发财，乐不可支地看了他一眼："我怎么不知道你的创作欲望得靠女主发电？"

邵愁歇这会儿是真的没法少愁些了，他嘟囔："不是说这两天就能杀青进组了？"

"是啊，我昨晚没跟你说？"沈千盏摸了一圈牌，见邵愁歇满脸疑惑，故意卖了个关子，"那可能是你最近要经费要得太多，我忘记说了。"

邵愁歇沉默。

他既不敢对着沈千盏拍桌子，也不敢当面掀凳子，只能坐得四平八稳，权当没听见。

"《春江》那边下午杀青，不出意外，宋烟今晚就能进组。我瞧她这段时间有些辛苦，不忍心。就让监制把她的戏排到了明天下午，你没拿到表吗？"话落，她似乎想起什么，故意自言自语了一句："哟，我是故意没让人拿给你来着。"

邵愁歇翻了个大白眼："你也就欺负欺负我们几个，季老师那儿你也敢这么折腾他？"

沈千盏呵地笑了声，没反驳。她怎么折腾季清和的，能让他瞧见？多少儿不宜啊。

邵愁歇见她不搭话，没深究，立刻换了话题："《春江》也是命运多舛，又是遇上雪灾停工，又是组内斗殴误伤主演的，我听说有家影视公司之前已经定了和萧制片合作，就等《春江》杀青。结果一连多事，甲方立刻反悔了。"

沈千盏正可惜自己手误打错了一张牌，闻言，漫不经心地问了句："组内斗殴的消息不是压下去了吗？"

"压是压下去了，但当时动静那么大，周边剧组大多都知道，萧制片再手眼通天也没法一个个封口。"邵愁歇轻叹，"影视圈最灵通的就是消息了，谁去吹个风，一眨眼十里八荒就全知道了。"

沈千盏："应该还有别的原因。"

邵愁歇看了她一眼，说："那倒没说，甲方可能就是觉得连续出事的剧组不吉利。要不是《春江》早就定了平台，估计这会儿连平台都难谈下来。"话落，他忽地想起萧盛与沈千盏的同事关系，顿觉自己失言，赶紧闭了嘴，当作无事发生。

沈千盏碰了对红中，划出白板，打听道："哪家甲方啊？"

邵愁歇想了想，说："无锡本地的一家影视公司，蓬莱辰光影业。"

他话音刚落，沈千盏的对家清一色自摸，游戏背景音效下，她顿觉最近令她很是上头的养生麻将也变得索然无味。

傍晚，宋烟带着助理、经纪入住酒店，正式进组。

正巧沈千盏见不得光的家属出差，她今晚无人管束，便自掏腰包请宋烟一行人吃顿便饭。

饭后，刚回到酒店，季清和的视频通话邀请便如约而至。

她踢掉高跟鞋，赤脚踩着地板，坐入沙发。

视频接通前，她还特意瞧了瞧窗户里自己的倒影，稍稍整理了下头发。

画面接通后，先涌入一片嘈杂的背景音。

季清和似刚察觉视频接通，握着手机，避入休息室内："我以为你还要一会儿才能接起来。"

沈千盏怀疑狗男人是在内涵她过于注重外表，赌气不吭声。

他坐进沙发，终于得空打量她："喝酒了？"

沈千盏晚间就喝了一小盏，被他料中，有些诧异："有这么明显？"

"诈一诈不就知道了？"他低笑数声后，没话找话，"喝了多少？"

沈千盏对着手机比了个指甲盖大小："就这么点，意思下。"

"你开完会了？"

"中场休息十分钟。"他一顿，说，"所以离座就开始给你打电话，生怕浪费一秒。"

沈千盏抿了抿唇，笑起来："这么想我？"

她说这话时，语气微扬，藏了丝她自己也没发觉的撒娇。

季清和受用。

他的目光仿佛透过屏幕看到她盘膝坐在沙发上的模样，让他瞬间回忆起年前在北京时，她在鲲山小筑攒局，请他吃日料。

他来时的动静引得她缩发相望，那一眼侧目，佳人眉目如画，顾盼生辉，恍如昨日。

他微微调整了下姿势，倚着沙发，目不转睛地看着她。

"我挺想你的。"沈千盏唇角轻抿，笑容狡黠，语气一听就很不真诚，"你要不要问问我哪里最想你？"

季清和失笑，无奈道："香港回无锡的航班还有一趟凌晨的。"

"沈千盏，你想好了再说。否则，后果自负。"

季清和说话时，有个习惯——会有偏重音。

平时正常交流不明显，可一旦情绪到位，他哪个字咬字清晰，哪个字又断音如断尾，就很容易被察觉。

无法面对面沟通时，沈千盏通常靠分辨他的偏重音去判断他的情绪。

尾音扬起即满意，尾音暗抑即不悦。

很显然，季清和此刻心情愉悦，宜乘胜追击，摇旗击鼓。她寻了个支靠点，将手机架起。故作不知："什么后果？"

季清和不接茬。

有些话就是要雾里看花隔着一层才有意境，太直白露骨，既不高级还欠缺情趣。

"我的眼睛，它很想你。"沈千盏凑近屏幕，笑盈盈地看着他，"它快二十小时没见到你了。"

"鼻子也想。"

"不闻着你的味道，总觉得缺了点什么。"

"嘴巴倒是还好，它今晚尝了毛肚鹅肠笋尖黄喉牛肉年糕土豆冬瓜板栗，一时半会儿还顾不上想你。"

季清和打断她："今晚吃的火锅？"

沈千盏抿了抿唇，嗯了声："不想听完？还有好多地方也想你呢。"

明知她是故意的，季清和仍是像一尾衔住鱼饵便舍不得松口的鱼，自觉上钩："不用细数，十分钟全给你也不见得你能数完。"顿了顿，他又补充："你哪寸皮肤不想我？"

沈千盏乐不可支："那还是有的，想不想听？"

季清和瞥了她一眼，唇角不自觉勾起："哪儿不想，明晚就重点照顾哪儿。务求政权统一，疆域完整。"

沈千盏一噎。到了嘴边的黄色废料就这么被他一句话全堵了回去。

她轻哼了声，取下皮筋叼在唇边。随即双手一拢，将披散在肩后的长发绾成一束，两指扩开皮筋，利落地扎了个马尾："你等会儿忙完，把航班时间发我一份。明天如果有时间，我去机场接你。"

季清和没说好也没说不好，他目光落在沈千盏含着几丝碎发的嫣红唇间，喉结轻滚，忽然有些不自在。他不动声色地移开视线，转移话题："宋烟进组了？"

见他关心，沈千盏主动汇报："对，今晚带着经纪和助理住进酒店了。我让苏暂把她的戏安排在了明天下午，你的航班要是不晚点，正好能赶上她的第一场戏。"

季清和轻嗯了声，并不是很感兴趣。

片场能看到的，全是一幕幕零碎的戏。剧组租用拍摄场地需付租金，通常会集中在租用期间内将这个场景所需的所有戏份集中拍完，很少连贯地从头演到尾。

可能上一场还是情绪激烈饱满的肢体冲突，下一场就变成了剧情初期刚相遇时的生疏冷淡。

他回忆了下剧本，问："明天需要用到蓬莱八仙进宝黑木珐琅雕花古钟？"

"是啊。"沈千盏手边就有剧本，她翻了翻，拿起给他看，"而且还要拆。"

她幽幽叹了口气，保持着皱眉也要很好看的姿势，说："我压力好大，万一拆坏了，我岂不是要提头见你？"

"不至于。"季清和想了想，说，"要是拆坏了，你就准备好户口本。"

沈千盏没反应过来："户口本？"照本屠？

"嗯。"季清和换了只手，屏幕短暂的轻晃后，他笑了声，说，"拆坏了就结婚，除了你，别的赔偿我都不接受。"

沈千盏心口一缩，像淬了辣一样，瞬间火烧火燎。她鼻息微微急促，一时竟没能吭声。

理智上，沈千盏认为他是在顺口开玩笑。但感情上，结婚这个话题过于正式，即使他是随口一说，沈千盏也难以应答。甚至，她内心还有一小片角落隐隐觉得，季清和没在跟她开玩笑。

如果她敢答应，季清和故意把钟表拆坏了也不是没有可能……

她这么一犹豫，季清和也知道了她的意思，打趣道："这么难回答？"

"那倒不是。"沈千盏皱着眉，一脸认真，"我在分析这算不算求婚，如果算，我有点亏。如果不算，我还是亏了。"

季清和挑眉："哪里亏了？"

沈千盏答："肾亏。"

季清和一怔，起初没想明白她这逻辑思维是怎么运转的。

前者亏，可以理解成这样求婚过于草率，别说钻戒和仪式感，就连求婚态度也没有，缺乏诚意。

后者这肾亏，从何谈起？

他正要问，门外脚步声嘈嘈。

明决在休息室外敲了几下门，轻声提醒："季总，会议要开始了，得尽快入席。"

季清和抬腕看了眼时间，回："知道了。"

沈千盏原先只听见有人说话，并没听清对话内容，见他低头去看手表，才意识到他的休息时间已经结束。

"你先去忙吧。"

季清和颔首，起身后，没立刻挂断视频，边走边道："忙完早点休息，不用等我。"

沈千盏本来也没想等，但说实话太伤人，她十分善良地选择了隐瞒："好。"

话落，她自己也觉得过于冷漠，清了清嗓子，补充一句："你也是，早点休息。"

季清和莞尔。

他在门后停住脚步。一门之隔的地方，西装革履的商界大佬们正三两交谈着回到座位。

他握着手机，对沈千盏说了视频挂断前的最后一句话："你知道我们现在像什么吗？像刚适应恋爱关系，学着相爱的小朋友。"

挂断视频后，沈千盏对着微信对话框发了一会儿呆。

意外地，她竟然很赞同季清和最后那句总结。

明明两人关系匪浅，在亲密关系里也契合得像是严丝合缝定制生产的，但在恋爱关系上，不知是缺乏经验，还是尚在磨合的原因，总觉得少了些什么。

这难不成就是传说中的"妻不如妾，妾不如偷，偷不如偷不着"？

她没这么贱吧！

拜季清和这句话的影响，沈千盏今晚入睡得尤为艰难。

她在床上翻来覆去，覆去翻来，眼睁睁地看着时间一点一点地从指缝中溜走，她仍是半分睡意也无，精神百倍。

时针已过凌晨。窗外风起，吹动满枝树叶簌簌作响。沈千盏抬手遮住眼，卷着被子又往床沿翻了半圈。

混沌到两点，她再也受不了失眠的折磨，握着手机坐起，给季清和打电话。

电话刚拨出，她留意到时间，立刻掐断，改发文字。

"我今晚想了一下，我觉得我可能不适合谈恋爱。"

她断句，发送，继续编写新的："我没法跟小女生一样，看着你的时候满眼小星星，对你奉以十二万分的挚爱。"

"也没法三句一撒娇，不是亲亲老公就是亲亲猪猪。对你的爱称，我拼尽全力也只能想到一个'狗男人'。"

"恋爱还没满一周，我没经验，也不知道我们这样的相处模式是否正常。"

比如，季清和出差，她没有任何类似于失落的感受，也不会有他抱砖不抱她的庸人自扰。

又比如，恋爱关系中该有的行程报备，她压根儿就没有报备这个概念。

而恋爱中，"起码恋爱半年才能发生亲密关系""可以给他无数次机会，但女孩千万不要主动，不要勾引"等禁忌，她在没恋爱前就全踩了……

沈千盏也不清楚自己是怎么从他那句话发散思维到眼下这个局面的，但今晚查阅各类《恋爱教程》《恋爱典籍》后，她突然发现她与季清和的这段关系岌岌可危，每一步都像踏在薄薄的冰面上，稍有不慎，便会跌入冰河，凉彻心扉。

季清和刚下飞机。

深夜的机场，夜风冷峭，灯光凉淡。眼前似笼了一层雾般，触目所及皆是深夜的萧索。

他迈出舱门，边走边开机。手机恢复信号的那刻，很短暂地接通了来自沈千盏的电话。不及他去接听，电话挂断，手机屏幕重新陷入黑暗。

季清和脚步匆匆，很快踏上直梯，往地下停车场行去。

下一秒，微信提示。振动一声接着一声。

季清和蹙了蹙眉，边解锁屏幕边问站在他身后的明决："你告诉她我凌晨回来了？"

明决啊了声，有片刻茫然："我没跟沈制片联系过。"

季清和垂眸，去看微信。

映入眼帘的第一句话便是——"我今晚想了一下，我觉得我可能不适合谈恋爱。"

他眉心一沉，整颗心像坠入了无底黑洞，连下落都没发出一丝动静。

明决还等着他的下一步指示，刚抬眼，便见他脸色阴沉，似酝满了风雨雷暴的云层。他立刻噤声，悄悄地，毫无存在感地，往后退了一步。虽然他不知道发生了什么，但他有预感……沈制片今晚，可能会不太好过了。

沈千盏发完微信后，去了趟洗手间。

浴室的隔音效果奇差无比，像她高中时期的学生宿舍，一到夜深人静，就鼾声四起，四面楚歌。隔着一堵墙，让隔壁床位的床友"去吃屎"都能声传到位，引来一片笑声。

她边洗手，边对着镜子照了照因熬夜而略显憔悴的脸庞。

水流声顺着水管，滴滴漏漏，在夜半时分如山洪溃堤，呼啸而下。

隔壁的低语声仿佛轻了些，隔着墙含糊得像是闷了层棉被的电视机，声音嘈嘈，却始终听不清内容。

沈千盏关上水，仔仔细细地擦干了手指，回到床上。

手机屏幕仍显示着她离开前的页面，一篇发给季清和的，没有重点且不知所云的……小作文。

省电模式下的手机屏，光线暗淡，有些费眼。

她倚着床头，一字一句回顾着自己方才激情澎湃下创作的"恋爱心得"。等意识到自己都说了些什么后，沈千盏险些想给自己来套巨额保险。

她下意识去按撤回，可惜早已过了撤回的时限，来不及了。

沈千盏顿时有些不敢想象季清和第二天一早起来看见这些消息时的脸色。

他会不会误会她想分手？

会不会觉得她事多还矫情？

她轻啐了声，忽然觉得事情有些棘手。正琢磨着如何才能优雅却不失风度地挽救自己这番矫言矫语时，门外脚步声轻响，有人叩门。

沈千盏在毫无心理准备的情况下，被吓得陡然一惊，心脏狂跳。

她看了眼手机屏幕右上方显示的时间——凌晨三点，夜已深。

她没出声，等着门外安静。

片刻后，敲门声停下来，屋外静了一瞬，有道清冷的女声，缓缓道："盏盏，是我。"

苏澜漪会出现在这儿，着实令沈千盏意外。意外到她开门后都忘记了要请她进来说话，就站在门口，与立在走廊灯下披着一身冷肃的苏澜漪四目相对。

苏澜漪倒没介意，她笑了笑，解释道："我今天刚到。"

"想着你和暂暂都忙，就没麻烦。"话落，她格外自然地往她身后看了眼，问，"季总不在？"

沈千盏刚有温度的心瞬间又坠回了冰窟，她忽然想起，萧盛的《春江》刚刚杀青，苏澜漪出现在这儿，未必只是一时兴起。

想到萧盛，她心情微妙，连接话都有些心不在焉："季总出差了，您找他？"

苏澜漪回视着她的目光，半晌才说："没有，我是来找你的。"顿了顿，她说，"出去走走？楼下的夜宵店好像还没关门。"

她声音轻柔，语气却不容拒绝。

沈千盏也没有驳她的意思，点头答应："我去换件衣服，稍等。"

十分钟后。

两人结伴至酒店楼下的烧烤摊。

夜色已深，烧烤摊上空无一人。只有老板正在清点食材，准备收店。

听见动静，他转身看来，连忙招呼："这来得够巧，再晚半小时，我这儿就打烊了。筐在那儿，吃什么自己拿，我给你们烤。"

沈千盏来过几次，轻车熟路——她还记得苏澜漪忌口羊肉和内脏，挑拣好，递给老板。随即又折去冰柜，拿了两瓶雪啤和北冰洋。

千灯创业之初，苏澜漪事事亲力亲为，赴酒局、见资方、签合同。

沈千盏常常和她一起，前脚刚出酒店迪厅，后脚就进养生粥铺烧烤摊头。

这一次再聚首烧烤，已经间隔数年，时间久远到她都想不起上一次是什么时候。

这一刻，仿佛是有心灵感应般——苏澜漪支着下巴，闲闲吐出一句："上一次这么坐着吃烧烤，还是三年前。颁奖典礼一结束，我就拎着小裙子跟你坐在北京的街头吃夜宵。"

沈千盏也回忆了起来："也是五月，那年的北京比往年都热。"

苏澜漪笑起来，她托腮看着沈千盏，眼睛亮晶晶的："是啊，除了烧烤，我记得我还点了龙虾。十三香和麻辣的各点了两盆，吃到我裙子上的纽扣都崩了。"

几十万的礼服，纽扣也金贵得不容闪失。

两人当时连满手汤汁油渍都顾不得擦，急急忙忙地凑着头，满地找纽扣。

明明前一天还在节食减肥就为了能穿上这条裙子，精致地走上几分钟的红毯。结果活动一结束，就在街头夜宵摊上暴饮暴食，绷掉塑身的纽扣。

许是这样的反差太大，不知道是谁先笑起来，跟上了发条一样，引得另一个也笑到浑身脱力。找纽扣的事，也不了了之。

后来的几年，沈千盏的记忆中再没出现过这样的画面。

仿佛随着那粒纽扣的分崩离析，她们之间也从那刻起，分道扬镳，渐行渐远。

她拿起啤酒，举至半空。

苏澜漪含笑，默契地举罐与她轻轻一碰。

嗓子过酒有些刺痛，沈千盏咳了两声，才顺利开口："我本来想等月底回北京，约你吃饭。"

她一顿，开门见山道："萧盛的事，你应该听说了。"

蓬莱辰光撤资，苏澜漪作为千灯的老板，不可能不知道。

沈千盏在听邵愁歇说这件事时，就猜到，她与苏澜漪之间，必有一谈。只是她没想到，会来得这么快，这么猝不及防。

"是，听说了。"苏澜漪唇边的笑意淡了淡，深看了她两秒，"萧盛心术不正，做错了事，是他活该。你没受伤，我觉得很万幸。"

沈千盏不接话，等着她继续往下说。

"和影视城合作的建议是你提的，我一直以为你知情，所以就没拒绝和赵宗晨的合作。"她抿了抿唇，有些无奈，"你也知道，《春江》让千灯亏损严重，我资金周转不济，不得不接受资方递来的橄榄枝，公司才能勉强维系住正常运转，我……"

沈千盏打断她："苏总，我理解。"

"站在公司决策者的位置上，你的做法无可指摘。我也认为，摒弃偏见，达成共赢才是千灯未来发展的最好方式。你若是真的因为我与蓬莱辰光的私人恩怨，而拒绝合作，我反而无法愧受。所以千灯的任何决策，你都不需要向我解释什么。"

苏澜漪一哑，瞬间什么话都说不出来。

沈千盏太冷静了，冷静到整个人出离的冷淡，像触摸不到的雾一样，肉眼可见地存在着却又无法触及。

她原本是抱着安抚她的心态来的，按计划，她会先站在沈千盏的立场，与她同仇敌忾，共同讨伐萧盛。再动之以情晓之以理，袒露她的无奈，沈千盏有千灯的股份，她也是这场合作的受益者，她不会不理解！

可是，以往每一次都十分见效的解决方式，在今天犹如脱缰之马，完全不受她的掌控。

沈千盏要说的话远没有结束，她咬着吸管，似不经意般提起："萧盛那儿你是怎么考虑的？"

苏澜漪静了一瞬，有些不自在地避开她的直视："明天他的辞呈就会递到我面前，我会同意让他离开千灯。"

沈千盏笑了声，笑声发冷。

她应该满足的，她与萧盛的战争可以不费一兵一卒便赢得最终胜利，她该满足的。尤其这一次，连苏澜漪都站在了她这边，维护她的尊严，维护她的权益，给足了尊重和体面。可沈千盏知道，这只是条件，一个完全不对等、不公平的置换条件。

这两年，萧盛与她隔空对擂，苏澜漪并非不知情，这种对立制约的局面甚至是她一手促成的。她就像君王，把权术玩弄在股掌之间。

沈千盏不信她会这么轻易舍弃这枚培养多年终于小有所成的棋子，唯一的解释，就是这枚棋子被舍弃才能换取更大的利益。

什么利益让她愿意牺牲萧盛？

沈千盏想来想去，只有一件："你是想拿萧盛换我去和蓬莱辰光合作？"

她那晚便猜到了，赵宗晨既然找上门来，那就是余恨未消，想给她吃点苦头。她用萧盛落了他这么大一个面子，他这样睚眦必报的小人，必在家里气得吃不好睡不着。怎么可能会就此罢手？

瞧，这不就来了？

苏澜漪无声一笑，她支着下巴，像欣赏什么有趣的物件一样，打量着沈千盏："千盏，你别这么想我。"

她指尖把玩着啤酒罐，声音轻轻的，似安抚般："我知道你和赵宗晨的关系紧张，两家公司要是合作，摆明了是要献祭你。我从没这么打算，也舍不得你我的友情就这么被断送。"

话落，她眉心微蹙，露出少许忧虑，欲言又止道："我这趟来，是想和蓬莱辰光修复下关系。再者就是想和季总商量商量，看有没有办法让千灯先平稳度过这段时间，等《春江》播出，资金回暖，所有问题都不存在了，这不是皆大欢喜？"

她明着出策，实为试探。眼见着沈千盏的表情从惊愕到不掩讥讽，她掌心微凉，渐渐有些发汗。来时的底气就在沈千盏的注视下，一点一点，如沙漏般，倾覆了个干净。

她心头无端有点发慌，笑容也渐渐无法维持。

良久，就在苏澜漪再也无法忍受这诡异的气氛时，沈千盏抚额，竟笑了起来。

她望着苏澜漪的眼神，从不解到释然，再到冷漠，就像凝视一个完全陌生的人一样，不带一丝感情："我们就到这儿吧。"

"这几年就算是还你当初的恩情，我也还得差不多了。"

早在苏澜漪将苏暂安排过来，让她分派些制片任务给苏暂时，沈千盏就有所察觉。苏澜漪对她，恐怕早已起了取代之心。

只是她还是低估了人心，错估了她在苏澜漪心中的位置。

"苏澜漪。"

"我们散伙吧。"

第二十章

想去吻她

这个决定对沈千盏而言，有些冲动。

可当她说出口后，她却感到无比轻松。仿佛内心深处，一直有这样一个隐秘的想法，在静待时机，伺机而动。

苏澜漪错愕。她握着啤酒罐的手指发僵，因过于惊愕，指尖微松，一时竟没拿稳，洒了一桌。

此刻她却顾不上收拾，看向沈千盏的眼神，除了震惊失望，满是不敢置信："你说什么？"

沈千盏："我说散伙。"

她暗吸了一口气，语气平静："我没法接受你一而再，再而三地从我身上榨取利益。"

苏澜漪下意识狡辩："我没有，我什么时候……"

"向浅浅解约那次，"沈千盏抬眸，一双眼冷静又萧肃，"星海传媒试图从我突破，与千灯达成和平解约的那次。你说你没法忍下这口气，也不能开艺人背叛出走还得善终的先河，坚定不接受协商，不愿意和解。"

"星海传媒见和平解约不成，为了替向浅浅的官司预热，将负面舆论引向千灯，营造出我对向浅浅不善，导致她无法忍受千灯不公平的待遇才坚决叛离千灯。"

她扶起苏澜漪打翻的啤酒罐，又抽了几张纸巾堵在桌沿，阻断了沿着桌面淅淅沥沥往地板上流淌的酒液。

"你让我注意提防，尽快解决。"

"站在公司的角度、你的角度，我认为你考虑客观，我也默认了这种应对方式。但你做了什么？"

"你利用季总不舍我深陷舆论风波的心态，在他三方斡旋之下，索要了足够填饱你野心的利益，选择了和解。"

苏澜漪抿唇不语。她看向沈千盏的眼神，再不复刚才那般不以为意，逐渐凝重。

她没见过沈千盏在她面前流露出类似于玩味与讥讽的神情，大多时候，沈千盏都是漫不经心地等她发号施令。

与她不干涉沈千盏的工作业务一样，沈千盏也极少对她的决策指手画脚。她要是觉得公司决策没问题，便默认，再执行。极少数时，才会提出意见，做个修正。

苏澜漪早已习惯了这种相处模式，习惯了沈千盏做她忠心耿耿的臣民，为她冲锋陷阵，呐喊厮杀。

忽然间，天地翻覆，眼前的沈千盏，虽然还是她记忆中熟悉的样子，可又陌生得像是在人群中头一回遇见。

苏澜漪心弦一紧，本能地想说些什么来挽回眼下濒临支离破碎的局面："你是怪我没考虑你的处境，不顾你的意愿，将你置于风口浪尖？"

她扬唇，微笑，语气里带了丝求和的谦卑："我觉得你是误会了。"

"你为向浅浅花了多少心思，才将她捧至如今的高度？我不同意解约，一是考虑到公司对她倾注的心血，不想白白便宜了星海传媒；二是为了你不值。季总舍不得你被针对，难不成我就舍得？在有更周全的方案下，我自然愿意妥协，这样三方都得利，不是吗？"

沈千盏笑了笑，说："我还是头一次发现，苏总这么能言善辩。"顿了顿，她出言纠正，"我看见的并非三方得利。"

"不终岁既要收买星海传媒，又要平衡千灯，说是割地赔款也不为过。论起来，不终岁与千灯仅是合作关系，我区区一个制片，就算深陷丑闻，换了就好，绝不会影响项目进展。他这么做是为了谁，昭然若揭。就算他是心甘情愿做的冤大头，我却被迫承了一份人情。"

"况且。"沈千盏的语气微微一变，似笑非笑道，"星海传媒目前除了能代理向浅浅的工作事务外，所有合约产生的效益都要与千灯三方分成。这件事里，只有千灯是最大赢家。"

其余关联方或多或少做出妥协。

苏澜漪脸上的笑容彻底消失了。她不明白事情为什么会发展成现在这样，但沈千盏字字句句都令她无从反驳。

是。千灯是收了好处才愿意和向浅浅和平解约，她不只剥削星海传媒，还令季清和让步，提供时尚资源给千灯旗下的艺人抬咖。

可这些，不都是常规操作？在商言商，她是开公司的，又不是做慈善的。条件谈得拢，那就万事好商量。没有好处，她凭什么要做这件事？

苏澜漪无法站在沈千盏的角度去关注她的心情，她甚至对她此刻表现出的优柔寡断、感情至上无法理解。

她们在这个行业拼杀多年，怎么还会对利益交换抱有天真的期待？

可是她问不出口。她并不觉得自己做错了，走偏了，是沈千盏不理解她，无法体谅她的处境、她的难处。又凭什么来质问她？

良久，苏澜漪才找回自己的声音，低声问道："你对我不满，为什么不说？"

"我没有不满。"与苏澜漪的这番对话，让沈千盏更觉得夜寒心凉，心底最后那点对她的感激与不舍一点点死去，荡然无存。

"你想做的事，我尽力去帮你完成。这是我的方式。"沈千盏看着她，缓缓道，"可你不珍惜，我总会失望的。"

她并不是感情用事，对待问题时，沈千盏始终清醒理智。所以她才默许苏澜漪在她身上不断索取，不断收割。

只是凡事都有限度，事是这样，人是这样，感情也是这样。

走远的人没法回头，她也精疲力尽，停在了崭新的岔道上。

不强求了。分道扬镳吧。

最后的谈话终止于沈千盏那句"《时间》还是由我负责，杀青后，我会回北京递辞呈。千灯的股份，我愿意转让。您也可以提任何要求，只要在合理范围内，我都答应"。

沈千盏没留恋，苏澜漪也没挽留。

事情好像在凌晨的这番谈话里，尘埃落定。

往回走时，沈千盏一路低着头。

短短一截路程，她愣是花了平时两倍的时间，才从酒店大堂回到她房间所在的楼层。

她没看路。以至于闷头走到房门口了才发觉那里站了一个人，一个此刻本该还在香港的人。

沈千盏出现的那刻，季清和便察觉她的状态不对。

她很少有这种仿佛斗败了的颓丧气场，像从头到脚罩了层隔离保护，周身写满了"生人勿近"四个大字。

从刚下飞机看到她发来的那些微信，到他马不停蹄赶回酒店却扑了空后，他积攒的不满之情在一分一秒的等待中逐渐被推向了最高峰。

他本想见到面后，要好好和她夜谈一次，姿势不论。她不认错，誓不罢休。

可真等见到了，他心中的负面情绪立刻烟消云散。就连当天来回的周转波折，也在顷刻间如烟如云，淡如青雾。

沈千盏停在几步外，目不转睛地看着他。

有些意外，也有些惊喜。

甚至，在看见他的那一刻，她心中莫名涌上一丝委屈，令她鼻酸得有些想哭。这种情绪既陌生又突然，猝不及防间在她心口烙下了一层浅浅的痕迹。

沈千盏深吸一口气，调整好情绪，若无其事地迎上去。

走到跟前，她微微仰头，看向季清和。

柔软的灯光下，他的目光深沉，像泛着月色的湖面，粼光潋滟。

沈千盏险些失神。她伸手环着他的腰，抱住他，低声问："怎么还是回来了？"

她一靠近，馨香扑鼻。季清和单手环过她的肩膀，另一只手抽走她手中捏着的房卡，去开门。

剧组里的夜猫子太多，走廊不是能说话的地方。

进屋后。

季清和松开她，先扯松了领带。

他身上还穿着开会时那套深色的西装，西装的腰线微微收起，将他修长的身材修饰得恰如青松，笔直挺拔。他的五指修长，按在领带结扣上，像一出慢放的电影镜头，充满了禁欲与诱惑。

沈千盏咽口水的同时，忽地，在他略显阴鸷的眼神里回想起一件被苏澜漪打岔后，暂时被她抛之脑后的事……

她刚刚，是不是在微信里，大放厥词来着？

紧接着，她联想起方才季清和站在门口似等了一会儿的样子。混沌的脑子犹如挨了一记闷棍，瞬间神志清明。

眼看着他扯松领带后，开始解西装纽扣，沈千盏慌了慌神，立刻解释：

"我刚才，和苏总去了楼下的烧烤店。"

季清和扯了扯唇角，示意她继续。

他眼神一刻不离地盯着她，手却落在裤腰上，慢条斯理地开始解皮带。

沈千盏口干舌燥，眼神飘了飘，才勉强镇定道："就谈了点公事，谈完就回来了。"

他已经解开了皮带，随即，扬手一抽，握着皮扣将整根皮带抽了出来。

失去了皮带的束缚，季清和的裤腰往下掉了寸许，将将挂在他的胯部，欲掉不掉。

沈千盏被这一幕刺激得差点涌出鼻血，她忙捂住鼻子，后退两步，警惕地看着他。

她退一步，季清和便进一步。她退两步，季清和便再进两步。

直到沈千盏退无可退，他终于凑近，捉住她的双手，用皮带捆住她的双腕，将她抱坐在桌上。

沈千盏早在两人你退我进的战术僵持下臊得满脸通红，此刻被季清和架上刀架，反而有一种解脱之感。

她坐着，与他平视，咬着牙道："你要问要审，都给我个痛快。"

季清和笑了笑。这笑邪佞，不怀好意："你自己说呢？"

我说什么我说？

沈千盏被他的眼神看得肝颤，什么沮丧难过的情绪全没了，一心应对火山爆发边缘的大魔王。她咬了咬唇，被他用皮带束住的双手抬起，从他头顶套入脖颈，环住他。先发制人道："我跟她拍桌子了，我说不干了，散伙。"

她一眼不错地盯住季清和，说："我失业了。"

季清和视线一凝，微微挑了挑眉，说："那挺好。"

"我正缺位太太，你考虑考虑，换个身份？"

那挺好？

沈千盏险些怀疑自己听错了。

她是失业，又不是升职！哪来的"挺好"？

至于季清和的后半句，她左耳进右耳出，压根儿就没往心里去。成年人的世界，情爱与婚姻完全是两码事。这种话在她看来，缺乏诚意，更偏向于玩笑调情，过耳即可，无须认真。

若换作平时，这些玩笑也无伤大雅。以沈千盏的性格，她不只不会不满，反而乐于再给他添些情趣。只是今晚，她身体上的疲惫，牵动着她的情绪也变得敏感脆弱。像高楼崩塌前，摇摇欲坠的城砖与塔尖，本就是绷着一根弦死撑着。

若不遇风浪，过了今晚，她还能修复个七七八八。偏偏事情不如她所愿，让她未能如内心所期许的那般，在季清和这里找到安抚与宽慰。

于是，扑面而来的失落，令她再难维持强撑起的体面与伪装出的优雅。

她眼里的笑意渐渐僵硬凝固，直至消失。

见到他那刻的惊喜与意外，也仿佛烛光遇到风，一点一点，逐渐熄灭。

沈千盏忽然觉得意兴阑珊，没意思透了。

"我以为你会安慰我。"她乌黑的双眸静静地望了他半晌。

季清和是唯一一个知道她详尽过去的旁观者。即使她没过多谈及苏澜漪，但以他的敏锐，一定能猜到苏澜漪在过去的那几年里扮演着一个什么样的角色。

沈千盏以为，就算不为了"失业"这个变故，季清和也会为了她对苏澜漪所付出的感情而安慰她。

可惜，他没有。

她心里高高筑起的那栋危楼，石塌楼毁，瞬间倾覆得一干二净，只留下满地烟尘与残骸，时刻提醒着她这些年近乎愚蠢的自我感动。

气氛忽然间变得有些微妙。只是谁也没去破坏此刻仅仅维持在表面上的平静。

指针渐渐偏向四点。楼下的房间有人起夜，踢踢踏踏的脚步声在黎明时分的静谧里尤显的嘈杂，像坠入人间的一缕烟火，将黑夜退散前的最后那点清冷，烧得一干二净。

季清和垂眸看了她一会儿，扶在她腰侧的双手隔着一层衣料，有一下没一下地摩挲着她的腰窝。

他能感觉到沈千盏在发脾气。只是她压抑着，佯装冷静。光从脸上，看不太出来。他回忆了下过去的十分钟内自己都说了些什么。

女人的思维与男人不同，同一件事在不同的场合下能产生的反应是随机的，完全取决于她的心情。

很显然，沈千盏现在的心情不适合听他讲道理。

他微微正色，先将她从桌上抱下，随着自己坐入皮椅。

沈千盏的双手被皮带束缚着，压根儿没法反抗，任由季清和将她抱坐在腿上。

与苏澜漪的那番交谈，耗尽了她对情绪掌控的所有耐心。她此刻完全无法管理自己的表情，抿着唇，将"不悦"完完整整写在了脸上。

季清和失笑。

他抬手抚了下她发干的嘴唇，问："先发制人？"

沈千盏不理。

她这气生得多少有点迁怒的情绪在，他不问还好，一问，她反而跟他犟上了般，更不愿意好好说话了。

"我是最乐于看见你辞职的人，你能及时醒悟，我为什么要背离本心安慰你？"季清和捏着她的下巴，逼迫她和自己对视，"你跟我生气，是不是太没道理了点？"

沈千盏微抬下巴，避开他的手："谁让你是我男朋友？我不冲你撒气，去找别人，你能同意？"

还真不能同意。虽然是歪理，但沈千盏这理不直气也壮的，再歪的理也成了真理。

季清和被她逗笑，稍稍低头，想去吻她。

还未靠近，沈千盏先偏了偏头，避开了。

季清和也不恼。她愿意说话，就说明没气狠。

沈千盏不是胡搅蛮缠不讲道理的人，他琢磨了下，五指成梳，插入她发间，慢悠悠地梳理着她的长发："我不看好你继续在千灯工作。"

"我和苏澜漪打过几次交道，在我看来，她不是一个好领导。你离开千灯，并不可惜。"他抬眼，看向沈千盏，"只是比我预计得要早。"

沈千盏闻言，立刻明白——他这是心中早有成算，又没告诉她。

似知道她在想什么，季清和五指并着她的发留在掌心把玩着，慢慢道："你和苏澜漪没有矛盾的前提下，我提不提意见无关紧要。我得对我说的话负责，也得对你的未来负责。即使我不看好你继续在千灯工作，我也充分尊重你的选择，并支持你的事业和野心。"话落，他短暂地停顿了几秒，说："你既然提出辞职，想必是被苏澜漪踩了尾巴，生了嫌隙。以你的性格，除非矛盾冲突到了不可调和的地步，否则不会轻易背离自己奋斗了多年的工作。更别提苏澜漪与你有过低谷提携的恩情。

"这也是我虽然觉得苏澜漪不是一棵适合你栖息的大树，却从未对你的选择出手干预，指手画脚的原因。我不想用我的想法，左右你，为难你。"

沈千盏仍没说话，心中却生出了涟漪。

她微微仰脸，看向他。

季清和专注于跟她的长发较劲，并未看她。

"说得通俗些，你和苏澜漪吵架，我为什么要去可惜你们之间那点当事人都不再当回事的感情？站你这边不就好了。"

沈千盏这回，终于稍稍掀了掀眼皮子，问："你为什么不喜欢苏澜漪？"

"谈不上喜不喜欢。"季清和微眯了眯眼看她，"虽然苏澜漪的私人生活并不能代表她就是这样的人，我不置喙，也不评价。但人的行为作风，生活习惯会影响我对她个人印象好坏的判断。"

"苏澜漪对你不算好，这点就足够我看不上她了。"

"苏澜漪对我不够好？"沈千盏诧异，"她给我的待遇，在外人面前，已经算得上优渥了，你从哪看出她对我不好了？"

季清和落在她发间的手一顿，问："真要听？"

沈千盏看着他，没说话。

季清和思索几秒后，说："苏澜漪曾经暗示过我，可以帮我追你，制造相处机会。在这点上，她和萧盛算是一丘之貉，臭味相投。"

她与苏皙虽为姐弟，性格却是迥然不同。

沈千盏只觉得齿冷。

苏澜漪从未在她面前说过这些，倒是经常探听她与季清和的关系进展。没想到，她这么早就已经打上剥削她的主意了。

季清和见她能听进去了，把玩着她的手指，问："所以你离她，也算好事。我说'那挺好'的，难道说错了？"

他这一反问，将沈千盏最后那点气焰也问没了。

她和季清和的思考维度完全不同。即使她再理性，再冷静，仍是想获得情感上的安慰，但季清和的出发点却是事情的利弊与得失。在没有沟通的情况下，谁能想到双方不在一个频道上？

而她今晚会失控，完全是因为心力交瘁。谁能接受人到中年，工作变故，感情不稳的中年危机？

夜晚更是将人的这种情绪波动无限放大，越是在乎的人面前，越难以自控，一点小问题都可以兴风作浪。

但沈千盏到底理亏，见他一副等着秋后算账的样子，清了清嗓子，若无其事地狡辩道："情侣相处，总会有矛盾。"

季清和微哂："情侣？"

他语气忽地低沉下来："谁说自己不适合谈恋爱的？想分手？"

这顶帽子扣得太大，沈千盏接都不敢接。眼看着局面又往方才那种不可控的方向狂奔而去，她眼珠子一转，十分生硬地转移话题："刚才的话还没说完。"

"你就不想知道我为什么突然下决心要辞职？我现在这个年纪，要是离开千灯，无论去哪家公司重新开始，都要重新适应，从头来过。之前的时间不仅虚耗浪费了，工资水平也要降低……"

季清和没拆穿她。

他解开困缚住她手腕的皮带，替她揉了揉被皮质磨蹭得有些发红的腕骨。

这一切做得无声又专注。

等沈千盏发觉时，他停下来，望了她一眼，说："你继续假设你的失业危机。"

沈千盏被他堵得一噎。她原本还想卖下惨，深化下自己现在可怜无助孤立无援的人设……结果，这个男人连半点同情心都不吝于施舍。

她一沉默，季清和便接话道："你是认为，我对你的商业价值一无所知，所以才信口忽悠的？"

"你离开千灯后，有的是影视公司想要聘请你。重新开始是真的，但仅仅是熟悉新公司、新环境而已。根本不存在你说的，从头来过。"

以沈千盏的资历，她离职后有的是选择，只高不低，前途无量。

"至于时间虚耗浪费，工资水平降低……"季清和语气冷淡，毫不留情道，"你心里应该最有数。"

"况且，"他卖了下关子，说，"就算不依靠任何公司，光凭你如今的履历，也足以单干。你想要工作室，我可以做幕后资方。你想要独立制片，更不会有问题。虽然会花更多的时间，但重新走回你曾经想走的路，也算是成就十年前的沈千盏了。"

他倒是看得比她还明白。

她在千灯任职多年，并不是没有人暗里挖墙脚。只是以前，她从未考虑过要离开千灯，自然无一例外地全部拒绝。生怕被谁吹了耳边风，引得苏澜漪对她猜忌不安。

即使沈千盏今晚决定了要辞职，但正式说出口前，她根本没想到她会和苏澜漪走到现在这一步。更别提，给自己找好退路了。

但说出口的话犹如泼出去的水，覆水难收。即便她和苏澜漪最后重修旧好，这件事也会成为两人的心结。事情到这一步，苏澜漪所做的每一件事都不能用无心之失来解释了，沈千盏自问不是个无私奉献的圣母白莲，与苏澜漪的情分，走到今天，也算善始善终。

原本，沈千盏对今后还没有一丝规划，虽不至于彷徨无措，但突如其来的变故仍打了她一个措手不及，心中惘然。

结果，经季清和短短数句描述，她的疆域仿佛就在眼前等着她骑马驰骋，再战沙场。

这一刻，像是重回了走出低谷的那一天，她眼前是劈开迷雾在峡谷中陡然出现的高山，山路不算太平，一山重着又一山，一川连着另一川，正等着她再度启程，重回征途。

她转眼，看向静静注视她的季清和：“就这么相信我？”

“不觉得问晚了吗？”他牵起她的手，牵到唇边啄吻，他的唇柔软温热，触及她的掌心时，像忽地触动了开启她世界的开关，一阵酥麻。

聊完正事，也是时候秋后算账了。

趁着沈千盏的防备正松懈，季清和抱起她就往卧室走去。

沈千盏的掌心还酥着，一时没能反应过来。等被季清和扔到床上，她才体会到什么叫——君子报仇十年不晚。

她心中悸动，忍不住咽了咽口水，眼见着他已脱去西装外套，忙指着窗帘中透出的半厘晨光，提醒道：“天快亮了。”

季清和望着她的眸色微深，不以为然："怕我时间不够，不能尽兴？"

沈千盏："……"她一时没能找到话反驳。

季清和脱去西装外套挂上椅背，浑身松泛后，单膝跪着床沿，将她压在身下："手机呢？"

沈千盏不明所以，但仍是将搁在床头的手机递过去。

他手肘半撑起，一手解锁，打开"最近通话"列表，给她看未接来电——鲜红色的未接来电记录中，季清和的名字以数秒之差，整齐地排列了五行。

沈千盏心虚："我没带手机。"

当时苏澜漪出现得突然，又提出要去楼下的烧烤摊聊聊，她换衣服的工夫全在琢磨她的来意了，压根儿没留意到手机落房间了。

季清和居高临下地与她对视了数秒："这不是第一次了。"

沈千盏："……"

她又不是手机依赖症患者，在剧组，大家有事都喜欢当面交流，用不着手机联系。而且，就这么大点地方，找谁喊一声，保准整栋楼都能听见。

但此刻辩解，是非常不明智的行为。

成年人嘛，有事解决事。

当下，沈千盏效率极高地给出了一个解决办法："那你把我拴裤腰带上，时刻带着。"

季清和失笑："这么无赖，跟谁学的？"

他把手机递给沈千盏："自己拿着。"

沈千盏磨磨蹭蹭的，就是不接。

"不接也行。"季清和将身体重量整个压下来，与她严丝合缝地紧密贴着。

西裤的布料有些轻薄，隔着衬衣，他身上精瘦结实的肌肉与偾张饱满的某处，像拉满弦的弓，无声威胁着。

沈千盏觉得自己就是他身下可怜弱小无辜的小牡丹，深受凌辱，饱受摧残。她枝颤着接过来，无声地用眼神谴责他。

季清和不为所动，他语气低低的，饱含磁性："念出来。"

他靠得太近，声音如自带音效般，有立体环绕的悬浮感。

沈千盏下意识去看手机，屏幕不知何时被他切换至微信，页面上全是她一小时前发的那些微信内容。

她微微窘迫。终于明白季清和今晚窝在心火里的火药味从何而来了。

见她犹豫，季清和微偏了偏头，好整以暇地端详她："有本事发，没本事念？"

那语气，隐含风雨，似夹着雷霆之势。沈千盏抖了一下，抬眼看他。

季清和的衬衣纽扣不知何时松了，领口微敞。以她的视野角度，正好可以从敞开的领口望进去，一览无遗。

她微顿，先解释："我没有想分手。"

季清和被"分手"二字刺激得眼睛微眯，他捏着沈千盏的下巴，仔细地将她审视了一遍："谅你也不敢。"

大多数时候，季清和都是温和的。

和他极具欺骗性的外表一样，他本性疏冷，很少会在某个时刻将自己的情绪暴露无遗。只有私下和她相处时，他的眼神才会泄露几分喜怒，或情动，或欲念丛生，底牌总是亮着，让她不必胡乱猜测。

眼下也是。他语调虽冷，与她对视的眼神却并没有多少凉薄。反而掌心火热，摩挲着她的腰窝，像随时要霍霍而上的火焰。

沈千盏见状，趁热打铁："是你先说我们像刚适应恋爱关系，学着相爱的小朋友。"

季清和牵了牵唇角，等她分辩。

"我以为你是对我有要求，而我又没达到你的期许值，就多想了点。"她扔开手机，先去搂他，"我这些年忙着搞事业，对恋爱这件事嗤之以鼻。遇见你以前，我觉得谈恋爱既耽误工作，又浪费时间。一个人自由自由，做什么不好，为什么要花时间去哄男朋友。"

现在就在花时间"哄"男朋友的沈真香，深深叹了口气："现在搭上了恋爱的末班车，又后悔自己了解得太少，缺乏实战经验。"

她悄悄用余光瞥他，嘟囔："早坦白，好让你对我少点期待。你理解成什么了？"

黎明将至。

她一夜未睡，眼皮微微有点肿，褪去了妆容，她平时过于冷艳的五官趋向于温柔的精致。此时，她微微抬眼，语气软糯，带了点责问，像被藏在深笼里的鸟雀，娇气又美丽。

季清和如受蛊惑，低头去亲她的眼睛。触手可及的所有地方，他都想缠绵缱绻地流连亲近。

他揽着沈千盏翻了个身，倚着她半竖起的枕头，半躺半靠，将她抱在怀中："我听岁欢提过'恋爱适应期'，大概说长期单身的女孩会不适应突然的两性关系，刚恋爱就会因为对方突然介入生活而产生抵触情绪，从而分手。"

沈千盏消化了下，突然觉得扯平了……

她觉得自己不适合恋爱，找不到两人关系转变的平衡点。这位冷静得仿佛天地崩塌都面不改色的也在胡思乱想她会有恋爱适应期障碍，想着闹分手。

她忽然想笑，也的确难掩笑意，笑出了声："我独立惯了，不懂怎么去依赖另一个人，也不知道恋爱期间该做些什么。我怕你对我有期待，又因为我没做到会对我失望。"

只是这些没必要的庸人自扰，在刚才那番与未来有关的对话里消失殆尽。

她和季清和在这个年纪，在这样的人生阅历下，早已不适合年轻男女每分每秒都要腻在一起，互诉衷肠的相处模式。

他们的喜欢，是内敛的、温和的，是能够包容对方所有的温柔和强大。

并不需要像陷入热恋的青年男女，我喜欢你是需要用"你是我微信的唯一置顶""互送定情信物"以及"我为你删除了所有异性朋友的联系方式"来证明。

他们之间太干脆了，干脆到多余的承诺都没有，像一张刚铺开的白纸，什么都没来得及写画。

"想太多。"季清和捏着她的耳垂把玩着，嗓音沙哑道，"有想这些的工夫，不如睡一觉。"

沈千盏转头看他，没明白这个"睡"单单指字面上的意思还是她以为的那个意思。

他的下巴抵上来，抵着她头顶的发旋。修长的指尖仍捏着她的耳朵，跟摸奶猫一样，有一下没一下地轻搔着她的耳垂和耳窝："感情深不深，得看长不长。"

"自己量？"话落，他自己先笑起来，笑声闷闷的，却一下烫红了她的耳朵。

"无赖。"

"不正经。"

沈千盏张嘴就去咬他。

刚凑上前，他转头，恰好张唇吻住了她。她的下巴挨着他一夜未剃有些扎人的胡楂，微微地刺，又微微地痒。

窗帘缝隙透进来的光渐渐明亮，酒店的走廊里也渐渐响起人声。

他翻身将她重新压回床上，吻得又深又狠。沈千盏被迫测量"感情有多深"后，满脑子迷迷糊糊的就一个念头——这算晨练吗？

沈千盏要离开千灯的消息，仅限于那晚与苏澜漪的谈话，并未传开。

无论苏澜漪是担心她出走的消息会动摇军心，还是出于想要挽回的考虑才暂时隐而不发，那晚发生的一切，都未走漏半点风声。

生活一切如常。只有少数敏锐的人，才发觉天色预变，风雨欲来。

这日，剧组大夜。

沈千盏正等着邵愁歇收工后，开个会。

苏暂排完班，拎了把小马扎，悄悄地坐过来。

"盏姐。"

沈千盏侧目，用鼻音轻哼了声，以示回应。

"你跟我姐，是不是吵架了？"

沈千盏的老年麻将刚摸了个底和，闻言，头也没抬："谁跟你说的？"

苏暂搓了搓小手，问："那，你俩怎么回事？"

他瞄了眼她新摸的一手牌，见她今晚手气好，大着胆子提起萧盛："是不是萧盛还留在公司，你不高兴了？"

沈千盏一顿，转头看他。

她的眼神凌厉，看得苏暂心头发虚，不等她问就把自己知道的所有事情倒了个干净："我这不是觉得萧盛太混账了，去告了一状，我姐之前明明答应得好好的，说把萧盛开了给你出出气。结果，第二天没事人一样，绝口不承认这件事了。"

这个消息当时令苏暂颇感意外，暗地里生了苏澜漪好几天的气，到现在两人也没和好。

萧盛没按照苏澜漪那晚所说的离开千灯，沈千盏并不意外。

她既然和苏澜漪决裂，那萧盛离不离开都不重要了。她这么顾全大局，自然不舍得在沈千盏去意已决的情况下，再损失一个萧盛。

而那晚之后，苏澜漪私下也再未给她发过消息。两人多年的好友关系，彻底降至冰点，开启了漫长的冷战。

苏暂对两人之间发生了什么一无所知，但他敏锐地感觉到事情正在渐渐脱轨。这种异常的变化令他夜夜难寐，总觉得会出什么事一样。

按沈千盏的习惯，剧组进度过半，就会着手准备下一个项目。无论是做原创项目还是改编影视，现在都已经开始物色了。可到目前为止，沈千盏一个上会的项目也没有，千灯现阶段的所有项目都似得到了某种默许，一股脑地全安排给了萧盛的团队。

"而且，你现在事事手把手地教我……跟离职前要给公司培养个能接手业务的员工一样。"苏晢眉心微蹙，有些费解，"你该不是对我姐失望透顶，真打算走了吧？"

苏晢该聪明的时候倒也不糊涂，虽然没猜对事情始末，总结得倒是很到位。

沈千盏盯着手机，半点不受影响："给你升官还不好？监制哪有制片权力大。"

苏晢一时看不透她是在开玩笑还是在说真话，一张脸丧成了大苦瓜："我挺喜欢给你跑腿的，不想升官。"话落，他又盲猜，"不是跟我姐闹别扭了，那就是准备跟季总结婚了？"

"季总家世不薄，婚礼准备是挺烦琐的。"他越想越觉得是这么一回事，"结婚了要度蜜月，你俩也老大不小了，是该备孕了。等怀孕了又不宜操劳，当制片太辛苦了，季总肯定不同意你继续在剧组工作。"

沈千盏打出一张牌，照着他的脑门弹了一记："你有这工夫，赶紧去把账单给我核对了。"

苏晢捂着额头不说话，他心里不安，又得不到答案，心神不宁了好几日，眼看着六月将尽，他这心火一天比一天烧得旺。

打发走苏晢，沈千盏也没了打老年养生游戏的兴致。她把屏幕一锁，支着下巴看远处灯火通明的摄影棚。还有一个半月，《时间》就能杀青。

而她，也该好好想想，后路怎么走了。

第二十一章

把时间调快一点

时间过得不紧不慢，像漏勺里的水，无声流动着。

剧组每天周而复始地开工、上工、收工、开会、盘账、验算。眨眼间，《时间》在无锡的拍摄期程过半，接近尾声。

八月，立秋。

正赶上邵愁歇生日。

为庆祝导演生日，也为了犒劳辛苦多月的工作人员，剧组提前收工，聚餐烤肉。

今天正巧在拍摄外景，外景灯与户外用具全是现成的。剧组人员对聚餐的热情又是空前高涨，三两下临湖搭起了烧烤架。串肉的串肉，洗菜的洗菜，没多久，就有模有样地热上炭，开始滋滋地烤起肉来。

沈千盏一向是坐享其成的。她心安理得地窝在小凉椅上，听隔壁两个男人的交谈。

这一个月，季清和除了必要的会议，极少出差。

明决代他回北京坐镇公司，他便安心地留在无锡当个闲散的幕后老板。

剧组的生活枯燥。

除了演员融进角色里，每天都像在体验另一种人生外，对其余的工作人员而言，拍戏的周期漫长，流程反复。要不是还有一部手机能够连通世外，真跟身处原始小社会一样，与世隔绝。

这种抬头不见低头见的和谐工作环境下，免不了的，要滋生些友情、爱情和肉体情欲。

季清和与傅徯就属于第一种。

傅徯对钟表颇有钻研，除此之外，傅徯有位哥哥傅寻就常年与古玩文物打交道，他耳濡目染地，对清代乾隆年间的藏钟也产生了十分浓厚的兴趣。一到拍摄间隙，他便向季清和请教如何判定古钟的收藏价值。

沈千盏对长得好看的男人尤其宽容，傅徯这长相，与季清和并肩而立，哪怕面前不是烟波渺渺的临江湖，而是条"芬芳扑鼻"的臭水沟，她都觉得赏心悦目。

颜狗的世界，就是这么简单又纯粹。

沈千盏吃上烤肉没多久，为了替邵愁歇准备生日惊喜而消失了一下午的苏暂也终于出现了。

除了蛋糕、鲜花外，他还沿江在堤坝上摆了一排烟花。

等着邵愁歇闭目许完愿、吹灭蜡烛的那刻，江对岸礼花齐放，绚烂夺目，一瞬间所有人如坠梦中，头顶大片大片的烟花，似流苏般坠下，闪耀迷人。

河岸边，欢呼惊叫声乍起，一下从白日过渡到黑夜，陷入了喧闹的夏日狂欢。

沈千盏含笑望着眼前的这一切，有那么一刻，她觉得自己的制片生涯就此定格也挺好的，今晚的气氛不比任何一个颁奖舞台逊色。

这念头刚起，她忽地又想起自己还没还完房贷的大平层，以及心心念念想换很久的新款梅赛德斯。

那还是定格在颁奖舞台上更值钱些……

她若真止步于此，谁替她奢侈的追求买单？

正做着梦呢，眼角余光瞥到隔壁的金主，沈千盏立刻正色，撇清乱花经费的嫌疑："蛋糕和花走的公账，烟火是苏暂自费的，我没批条。"

苏暂听到自己的名字，以为沈千盏叫他，衔着串烤肉就小跑着过来了："盏姐，你叫我？"

沈千盏瞧着他跟条小奶狗一样招人得紧，刚想伸出手去撸撸狗头，手才抬起，就被季清和不合时宜的轻咳声打断。

两人在剧组众多双眼睛下谈恋爱，早谈出了一股流诗写意的默契。通常，咳嗽代表不允许，清嗓子代表注意言行尺度，撩头发是需要救场，摸鼻子是准备撤退。除以上这些行为艺术外，还有不少眼神、语言上的小机关。也不是哪方刻意定下的，就自然而然，熟能生巧地打起了天知地知你知我知的小暗号。

沈千盏讪讪的，转头看了他一眼。

这一眉来眼去的，落在苏暂这种毫无情趣的小奶狗眼里，就成了赤裸裸的"畏夫"。

他边咽下烤得半生不熟的牛肉，边酸道："盏姐，你跟我季总在一起后，这地位是直线下降，连跟我多说两句话都要看他的脸色。"

沈千盏和季清和的事，想瞒过苏暂，压根儿不可能。年后无锡大雪，季清和跟明决冒雪前来送物资那会儿，他就单方面认定了这两人有一腿。更别提进组后，他住在沈千盏隔壁被迫听了多少次少儿不宜的墙脚……

这板上钉钉的事实，都不用沈千盏一字一句当面承认。

苏暂刚说完，季清和就不咸不淡地扫了记眼风过去。

他对苏暂的威慑力就如鹰追兔，是强者本能的压制，而苏暂对他的恐惧与敬畏也是源于弱者天生的臣服。都用不着季清和开口，他立刻不敢再造次，老老实实地吃起他的烤肉串。

　　沈千盏也是有了季清和后，开始享受这种被人护着的感觉。见状，怕给苏晢幼小的心灵留下不可磨灭的阴影，随口转移了话题，问起苏晢下午的准备过程顺不顺利。

　　"这哪有什么不顺利的？"苏晢笑笑，"就烟花费了点劲，要不是你那生日四年一过，我铁定每年给你准备得盛大又隆重。邵导这点，才哪到哪啊。"话落，他将手里的烤肉串吃了个干净，拔腿往回走，继续找乔昕要烤串。

　　远处有人点起了仙女棒。一小簇火星四溅着，像从天幕上摘下的星星，闪烁又明亮。

　　沈千盏驻足看了片刻。这里的热闹太真实，反而令她产生了一种脚踩不到实处的虚妄感。

　　她转头，去看季清和，后者正巧也在看她。两人的目光一对视，心有灵犀地，悄悄退出了河滩边的热闹场。

　　临江湖湖畔有个露天的停车场，剧组搬运道具的货车与商务车全停在这儿。原本守在车上的司机也被剧务叫去吃烤肉，分蛋糕。

　　人一走，人气就散了。

　　长滩越是热闹，这里安安静静的，越是显得冷清。两人沿着长滩的栈道走了一段。傍晚起了风，两三盏路灯下，风吹动行道树的树叶，发出簌簌轻响。

　　"再过一周，无锡这边的拍摄就能结束，剧组要转场回北京。"沈千盏走在树荫下，去钩他的尾指，"蓬莱八仙进宝的古钟和铜镀四马金樽珐琅浮雕古钟，我想明天先安排车送回西安。"

　　季清和没异议："那我来安排。"

　　他将她的手牵进掌心："回北京了，也要住剧组？"

　　"你不用。"沈千盏瞧了他两眼，说，"我走不开。"

　　这趟回去，她除了递辞呈，做交接，也要正式为自己谋划后路。

　　虽然这段时间一闲着她就在考虑是转投另一家影视公司，还是做独立制片，但迫于距离太远，无法与对方公司的负责人约聊，所以迟迟没能彻底下决心。

　　"以前剧组能回北京取景，特别开心。"沈千盏仰头望了望夜空。

　　今晚天气不好，透过树叶的缝隙，只能看到乌云蔽月。城市上空像打开了一屉蒸笼，热气凝聚不散，雾蒙蒙的。无锡的夏季，炎热多雨。沈千盏从小在这里长大，倒并未觉得这气候有什么不适。反而每天一场雷雨，下完后天清气爽，无比舒适，十分适合半夜乘凉。

　　话题一聊到回北京，有些问题就无法再忽视。

　　季清和闻言，问："有打算了？"

　　他虽日日在剧组，与她朝夕相处，但属于他们自己的时间很少，通常只有后半夜。他若还未睡下，便夜探香闺，或者沈千盏提前忙完，先来敲他的房门。

　　大部分时间，不是在亲热，就是在温存，夜夜春宵，魂不思蜀。很少谈起她对工作的规划，或者恋爱的下一步进程。

　　"回北京前，想先跟暂暂通个气。"最令沈千盏困扰的，是苏暂。

　　他重情重义，这些年对她也算掏心掏肺。不涉及立场问题，苏暂这辈子都会是她最好的朋友。可若是她要离开千灯，她与苏暂的感情就未必能像今时今日这样，还能保持纯粹。

　　这么一想，沈千盏忽然觉得可惜："后年二月我就能过生日了，可惜暂暂没法兑现他的承诺给我攒个盛大又隆重的三十二岁大寿了。"

　　季清和忽地笑了下，语气危险："当我是死的？"

　　"我女朋友的生日，我能交给另外一个男人去帮她办得盛大又隆重？"

　　有雨点砸下来，冰冰凉凉的。沈千盏起初并未察觉是下雨了，脸上一凉，还以为沾上了被风掀上来的湖水，边抬手抹去边腹诽他小心眼。

"说都不让说，是不是以后做梦也要管？"

季清和眼神散漫地看了她一眼，抛出一句："宋烟也快生日了，邵愁歇的生日都办了，趁剧组杀青前，我单独给她拨笔钱，给她办场生日宴，遍请顶流巨星，你觉得怎么样？"

"不怎么样。"事情落到自己头上，沈千盏比谁反应都大，"你为什么会记得宋烟的生日？宋烟生不生日关你什么事？她是没有男朋友还是没有经纪公司，要你去操心？"

季清和目的达到，双眸含笑，勾着唇角，似笑非笑道："宋烟是不终岁的形象代言人，我作为品牌方的负责人，给她过生日维系双方的合作关系，不可以？"

后半句尾音上扬，语气说不上来的欠揍。沈千盏明知季清和是故意气她的，自然不至于上火。但碍于他话里的逻辑关系缜密，无一漏洞，她一时竟没能找到一丝可以反驳的地方。

她微恼，牵着他的手指绞紧，言不由衷道："自然可以，最好真的遍请名流巨星，让大家都瞧瞧不终岁有多重视自家的代言人。"

季清和不敢逗得太过，怕她真的恼了，他今晚恐怕要独守空房。他垂眸，用指腹擦去落在她眉心的那滴雨珠，又顺着她的脸颊，抬起她的下巴，低头吻她："我知道了，不可以。"

"你想过生日了，"季清和吻她眼睛，在满幕垂垂下坠的雨帘中，低声道，"我就把时间调快一点。"

你想过生日，我就把时间调快一点。

这句话像精灵之手，彻底点亮了她的世界。

去年除夕夜时，季清和对她说过一句"你可以对我许愿，每年的这一天都有效"，那时沈千盏还没和季清和在一起。

她强装镇定的表面下，藏着一片深海，被他轻易一句掀起了巨浪。

然后是今天。入夏后的无锡热得像蒸笼，她每天困在蒸笼里，像浑身冒着热气的夹心包子。这场雨来得突然又寂静，却顷刻间占据了整片大地，下到了她的心里去。

沈千盏自认为，她也算情场老油条了。这些年不怀好意想借她上位或打着讨好她拿下资源的鲜肉、腊肉和鲜花饼不计其数，有高调追求的，也有暗送秋波的，撩人的手段从献殷勤到有意无意的肢体接触，没一个能真的撩动她。全是流于表面，不堪一击的面上功夫。

她通常看了上幕就能对出下幕，兴致好时，还能逢场作戏。兴致不佳时，见招拆招，半点面子都不留。

以至于，她与简芯、萧盛等同一批制片人的口碑中，独独她有"不好伺候"的负面评价。

反而是季清和这样的，社会身份和地位与娱乐圈像划了道楚河汉界的男人，却能轻而易举地，将她的心弦拨得如上九重天，飘飘欲仙。

他和沈千盏所处的浮躁快消的圈子完全无关，既不用学习如何讨好维系身边的社会关系，也不用去应酬交际，提升情商与处事能力。

偏偏他就能端着高高在上的架子说着各种市井骚话，这就像大牌奢侈品改造的蛇皮旅装袋，有种跃然于最尖端时尚的世故地气。

"我以前觉得我要是谈恋爱了，一定很折腾人。"她浑身的倒刺尽敛，整个人柔软得一塌糊涂，"结果没想到，我这么好哄。"

好哄到他一句话，她就可以什么都不计较。

雨渐渐下大，落在栈道的木板上有滴答滴答的敲打声。

远处长滩上的灯光东倒西歪，想来应该是被这场突如其来的大雨打乱了庆典的节奏，仓促地结束了狂欢，准备撤离。

季清和牵着她往回走："这个'以前'是多久以前？十八岁还是三岁？"

两人离湖畔的露天停车场不远，避在树荫下，并未淋湿多少。

隔着一段距离，能清晰地听到河滩上剧务老师嘶吼着先搬离道具的声音。远处兵荒马乱，他俩站在树下，像与此景此地无关一般，不受任何纷扰。

"二十二岁吧。"沈千盏说，"对恋爱还很是憧憬的年纪。"

也是喜欢了就可以飞蛾扑火，不顾一切的时期。

季清和握着她的掌心把玩着："还有呢？"

"那会儿觉得，他穿白衬衫一定很好看，清清爽爽的，像夏天海边的少年。不过后来剧组去海边取景，待了一个月吧，组里男女老少都晒得乌漆嘛黑，跟非洲逃难过来的以后，我对'夏天海边的少年'就彻底没想法了。"说到这儿，她忍不住叹了口气，"现实和梦想的差距太骨感了，经不起实践。"

季清和听得发笑。

他想象着二十多岁还是少女的沈千盏在看到梦想中"夏天海边少年"后深受视觉冲击与现实打击时会流露出的表情，忍不住握拳抵了抵唇，压了压笑意："现在呢？"

"没想过。"沈千盏坦诚道，"顶多夜深人静的时候，可惜可惜那些送到嘴边我都没接受的艳福。年纪大了，看男人的眼光，就一个标准。"她微顿，笑容狡黠，"想不想睡。"

沈千盏举例："比如看见苏暂，毫无胃口毫无兴趣。但看见周延，就恨不得把他的衣服撕几道口子，这也露点那也露点，好大饱……"眼福。

她话没说完，手被重重一捏。沈千盏吃痛，哝了声。她这才发觉身侧那道沉默的目光有多危险，跟被扔入冰河世纪般，周身温度直降，眼看着就快要结冰时，她摸了摸后颈，忙撕掉最外层的得意忘形，清了清嗓子，一本正经地挽救："我就开个玩笑，过过嘴瘾。我除了你的，也没撕过别人的啊……"

季清和对她声名在外的"风流"早有耳闻，此刻也懒得多费口舌："不急，今晚回去就让你撕个痛快。"

沈千盏："……"那倒也不必。

眼见着这场雨越下越连绵，云层中隐有雷声，电光频闪。两人不好再躲在树下，从栈道处的绿化道旁进了停车场。

乔昕正到处找沈千盏，碍着上空开始打雷了又不敢拨电话，正撑了伞准备出去找，转身见沈千盏和季清和一前一后地回来了，忙小跑上前，给两位撑伞。

她边遮着沈千盏，边隔着嘈杂的雨声大声道："邵导和傅老师他们先回酒店了，苏暂让我找到你们，先把你和季老师送回去。他留在这儿，和剧务场工一起把东西装车了一起回去。"

沈千盏看着眼前忙乱成一团的停车场，问："监视屏设备没淋坏吧？"

"没有。"乔欣答，"今天收工后，拍摄设备全部收起来了，就摄影老师拿了两台手持的外拍。"

沈千盏看大家收拾的全是烧烤架和一些剧组道具后，也放下心来："那先回吧。"

回到酒店，沈千盏先洗了一个澡。

今晚沾了邵愁歇的光，剧组上下全部放假，她也跟着清闲清闲。

等吹干头发，沈千盏在睡衣外套了件长外衫，再拿上手机和房卡，去季清和的房间串门。

暗度陈仓的次数多了，也没所谓的矜持不矜持了。

两人刚确定恋爱关系的那段时间，彼此还没适应对方的工作节奏和生活作息，通常都是季清和主动，或微信或电话先确认她房间里没人，这才半夜偷渡。

后来，季清和公事渐渐多了，经常忙到半夜。沈千盏借口送了几次夜宵后，顺理成章地配上了他房间的房卡，自由出入。

慢慢地，两人便养成了一个习惯——谁先忙完谁就先去对方的房间。

通常，只要沈千盏避开走廊的"活动高峰期"后，便畅通无阻。等到了季清和的房门外，直接刷卡进屋，整个过程行云流水，天衣无缝，娴熟得跟上辈子就在偷情一般，简直不能更熟练。

不料，今天有些出师不利。

意外发生在沈千盏刚刷开房门准备进屋时，屋内听见动静来开门的傅偊恰好与沈千盏迎面撞了个正着。

除傅偊以外，房间里坐坐站站的，还有数人。

现场堪比捉奸，不可谓不尴尬。

沈千盏尴到脚趾抓地，面对着满屋子殷切迷惑的目光，僵硬得跟块木头一样，只会与傅偊面面相觑。

后者的视线在她穿着随意的睡衣上克制地停留了一瞬后，转移到她手中的房卡。

毫无疑问，沈千盏手中的这张房卡就是季清和房间的房卡。刚才他也没有眼花，沈千盏确实是在他开门前，先一步刷卡开了房门。

短暂的数秒沉默后，傅偊先一步反应过来，若无其事地给她铺台阶："沈制片是来找季老师的？"

沈千盏这会儿想死的心都有了，她干笑两声，招呼："你们都在这儿呢？"

傅偊含笑："我听说黑木珐琅古钟明天就要送返了，就和副导演一起过来再看两眼。"未免沈千盏太尴尬，他将身后探视的目光挡得严严实实，低声道，"季老师下楼去拿工具了。"

蓬莱八仙进宝黑木珐琅雕花古钟拍摄时曾拆卸过一次，后来杀青，季清和便将这钟搬到了自己房间重新组装。

傅偊几人想来看古钟，的确非到季清和房间不可。

这么聊了两句，沈千盏也镇定了。她正盘算着用哪个借口时，身后有道熟悉的嗓音低低沉沉的，不期然响起："来了？"

沈千盏回头。

季清和手里拿着牛皮制的工具袋，就站在她身后。他那双眸色幽深的，似笑非笑，显然是一眼看穿了她的窘境，正在取笑。

沈千盏撩了撩头发，冲他打暗号。

季清和意会。他目光越过傅僳往屋里看了眼，倒没让她走，只偏了偏头，示意她也进屋说话。

沈千盏心不甘情不愿地，被他虚揽住腰往房间里推了几步。

等进了屋，季清和将工具袋抛给傅僳，示意他自己去拆保护罩："我和沈制片有点事要聊，你们先看。"

他没刻意解释，仅将屋里唯一空着的椅子让给她，自己掀开被褥，坐在床沿，一本正经地和她聊起钟表运送。

他发梢湿漉漉，像是刚洗完澡还没来得及吹干就被迫迎接了这批不速之客。

沈千盏看着看着，有些想笑。她能感觉得到，屋里的这批人，注意力完全不在钟表上。嘴上附和着，实际上个个竖着耳朵偷听他们的谈话内容。

钟表运送的过程并不麻烦。联系好司机与车辆，随车再安排几位配送人员。不出两日便能将钟表安全地送回西安。但这么多人听着，为显得古钟运送着实麻烦，且麻烦到必须要与制片人商量，季清和前前后后出了三种运送方案，由她拍板。

等聊完钟表运送问题，季清和起身送她出去。

到门口时，确认身后的视线看不到了，他握住沈千盏的手腕，将她拉回来，低头亲她。第一下亲在眼皮上，第二下落在唇上，再想亲，她不给了。

沈千盏用掌心挡住脸，只露出一双眼睛，不算友善地与他对视着。

僵持数秒后，怕"送客"送得太久招人怀疑，季清和先一步松了手，无声地用口型示意："等我半小时，我过去找你。"

沈千盏不太高兴。她的一世英名全毁在今晚了。

她都能想到外头的那些谣言怎么传了，一定会说：他们亲眼看见好色的沈制片拿着季老师的房卡直接刷开了房门，要不是他们正好在季老师的房间里，保不齐季老师今晚要遭受什么样的酷刑虐待，清白不保。

更难堪的是，她一想到刚才装模作样地演的那出戏，其实在大家眼里就是心知肚明的遮羞布时就尬到头皮发麻。

她郁闷得不想说话，连今晚欲断腿的季清和都没多看两眼，转身回了房间。

半小时后，准确地说，半小时还没到，他便提前来了。

沈千盏正抱着电脑审验乔昕十几分钟前发来的庆生花絮，听到房卡刷门的机械声，眼皮一抖，险些没抱稳电脑。

她按下暂停键，蜷在椅子里，回头去看他。

门外涌入的光线被他顺手阻隔在外，门关上的那刻，他抬眼，准确地捕捉到了她的视线。

沈千盏还记得自己在不高兴，哼了声，转头继续看花絮。

视频里，邵愁歇戴着金色的皇冠，正闭目许愿。第一个愿望他是悄悄许在心里的，第二个愿望随着他的睁眼，掷地有声道："愿《时间》拍摄顺利，顺顺当当。也愿我们所有的工作人员，健康平安，天天开心。"

他话落，欢呼声四起。

岸边礼花齐鸣，烟火齐放，一瞬陷入了童话世界。

摄影师的镜头从邵愁歇顺时针转向傅傒、宋烟等一干主演，连站在角落里的沈千盏也没被放过，后期特意在有沈千盏出现的镜头里配了段字幕——制片的厂长式微笑。

季清和扫了眼屏幕，看见字幕的同时，将她从椅子上抱起。腾出空位自己坐下后，他把人圈抱在怀里，一手替她稳稳托住电脑，一手转过她的下巴，在她唇上亲了一口："什么时候瞒着我变成女企业家了？"

两人的职业特殊，一个是制片，一个是钟表修复师顾问，平日都不得闲。再加上被困无锡，工作期间不好擅离职守，约会全在酒店。每天不是我去你房间，就是你来我房间，多一项选择都没有。

酒店的房间又玲珑狭小，两人待在一起，除了没羞没臊地培养感情外，也做不了更多。

日子久了，什么亲密举动都自然得像是做过上百次。

沈千盏心安理得地坐在他的大腿上，手里还捻了颗提子喂进他嘴里："乔昕在楼下买的，还挺新鲜。"

季清和咬进嘴里，将视频的进度条拉回起点，从头开始看。

这段花絮视频是今晚要发布在《时间》官方微博上的。

从剪辑到后期，经过了数道审核。等送到她手里，基本是零瑕疵的成品了。

她今晚心不在焉，看了几遍都没记住花絮拍了什么。

季清和来了以后，她漂浮不定的心才沉下来，边吃着提子，边陪他重新再看。

视频的进度条拉至她的镜头特写时，季清和指尖轻点，语气平淡地批注道："这里删了。"

沈千盏侧目，眼神怀疑："不好看？"

季清和沉吟数秒，说："我还没看够，凭什么给别人看？"

他故意逗她开心，效果自然不错。

沈千盏大笑，边给他喂提子边问："我要不是制片人，而是像宋烟那样，走在幕前，我俩是不是一开始就没可能？"

说来也奇怪，在恋爱以前，沈千盏并不是一个喜欢假设的人。

她觉得"假设""如果"这类用词太过概念化，在这个前提下虚化出来的场景、情境毫无意义。

但人嘛，这一生都走在打脸的路上，不是打别人的脸就是打自己的脸。光她自己记得的，她就问了不少曾经被她定义为"毫无意义"的愚蠢问题。

"可能会认识得更早些。"他调了调电脑屏幕的角度，说，"很多事情会发生，都是因为特定的人。如果你不是制片人，那我们就是另外一个故事，不存在'一开始就没可能'这种假设。"

事实上，季清和也想过这个问题。

如果沈千盏不是《时间》的制片人，如果季庆振不是钟表修复界的泰斗，如果她没拿着那份策划案来西安找过季老先生，他们这一生是否会遗憾错过。

理智上，他们的相遇、重逢会比这个时间线要更晚些，甚至真的有可能时间交错，未能相遇，遗憾一生。

但感情上，季清和并不接受这个假设。即使她不是制片人，是某家公司的策划、是咖啡店的店员、是宠物医院的兽医，无论哪一种，他还是会遇见她。只是换一种相遇方式，开启另一段故事而已。

他忽然想到一句话："遇见你发生的故事，才叫爱情。"说完，自己先笑起来，自嘲道："难怪很多人的创作欲望都来源于恋爱。"

沈千盏还在回味，他已经低下头来，轻蹭了蹭她的耳朵："我很少考虑没有发生过的事，遇见了就是遇见了，我甚至觉得理所当然，觉得这个时间就是会发生这件事。你们女孩的想法我不太懂，真要计较起来，我当年第一次见到你，被惊艳，是不是就该踏出那一步找你要联系方式？"

可残忍的是，惊艳并非爱情。

他不确定自己那个年纪是否有承担另一个人人生的冲动，后来他在国外辗转留学，几近失联。两年的时间，谁也说不准会发生什么。

以他的想法，最好的安排就是现在，她出现得不早不晚，他来得也不疾不徐。

同一时间，沈千盏想到的，是《时间》剧本里，男主写给女主的一封信——

"不同的时间，你来得早一秒或晚一秒，故事可能都不会这么写。我仍会一如既往地爱上你，但二十岁的我和三十岁的我，给你的爱情可能就是两种滋味。"

"二十岁我给你轰轰烈烈，惊天动地。三十岁我平静如水，却能给你一个家庭，与一段余生。你想要哪种？"

这封信封入信封后，因突然的生活变故，直到最后也没能寄出去。

虽不是相同的人生，但于感情经历上，却有一样的共鸣。

视频还在播放着。

花絮的最后，是无锡今晚的倾盆大雨。

庆典中止，河滩边的剧组紧急撤离避雨，现场一片兵荒马乱。

剪辑故意将先前烟花齐放的梦幻场景与众人落汤鸡一样的狼狈场景重叠，剪出了一个鲜明对比。

字幕的最后，是后期调皮地发问——"邵导，你许愿时，是召唤了摇欢前来祝寿吗？"

《摇欢》是沈千盏制片的唯一一部古装玄幻轻喜爱情剧，广受欢迎。即使播出多年，有关她的网络热词，仍是经常被提起。后期将它用在这儿，无疑有画龙点睛之效。沈千盏颇为满意，给乔昕回了条批示后，合上电脑，随手扔到沙发上。

她转身，面对面坐在他的大腿上，伸手去解他的衬衣纽扣："门锁了？"

季清和目光含笑，不紧不慢道："不清楚，去看看？"

沈千盏哪能对他一肚子的坏水一无所知。

有一晚，做到一半有人敲门。她才想起自己只是关了门没上锁，吓得兴致都没了，推着他先去锁门。

这万一真让人开门进来了，她还要不要活了。

季清和都已经提枪上阵了，这种时刻怎会愿意妥协，被她咬得紧了，无奈之下，只能抱起她一并去玄关上锁。

房门反锁后，为保险起见，沈千盏还插上了门闩。一转头，便瞧见季清和的视线落在衣柜没关好而露出的落地镜上，眸光跃动。

那晚的战况自然可想而知……

隔天连苏暂都忍不住来打趣："你俩这睡前运动是不是有点太扰民了？酒店的灰都震落两米厚了。"

沈千盏翻了个白眼。胡说八道。

她全程都咬着他肩膀了，哪来的动静大？

想到这儿，她忽地记起那晚战栗到大脑空白的酥麻感，眼神一转，静静看了他一眼，说："走，去看看。"

他低笑，笑声又沙又哑，是属于成熟男人才有的磁性与低沉。不等她褪去衣衫，他的手从裙摆下方钻入，摩挲着她的腰窝："不气了？"

他不提，沈千盏都快忘了自己在生什么气。她半跪在他大腿上，微微仰头，将自己送到他面前，嗓音微软，有些柔："气啊，怎么不气了？那帮臭男人都看见我拿房卡开你门了。"

季清和揉着她的腰，渐渐不满足，沿着她的腰线往下，隔着一层布料去握她的臀。

沈千盏看着不太运动，身材纤细，可只有摸了看了才知道，她的皮肤紧实，不过分瘦，每一寸都匀称得恰到好处。

身体各部位的曲线更是兼顾了柔软与精实，像上帝塑造的艺术品，没有一寸是多余的。

"又不是不正当关系。"他咬住她的唇，辗转亲吻，"知道就知道了，反正《时间》也快杀青了。"

沈千盏浑身的骨头都被他亲软了，她揽着他的肩颈，无力攀附着，低声嘟囔："总不能跟课后留堂一样，一个个叫出来，然后我们手牵手站在他们面前告诉他们，我们是正经的男女朋友关系吧？"

这多傻啊。

想到这儿，她忍不住轻捶了他一下："你怎么不早告诉我，你屋里有人。"不然哪有这些事？

"忘了。"季清和笑着，抱起她。

没去床上，也没去玄关。他关了灯，把人抱去窗台。

窗外雷闪交加，雨声滂沱，雨势之大，连着下了两小时也不见半分颓势。

季清和将沈千盏压在冰凉的窗上，指尖钩下她的吊带，唇压下去吻她的肩膀。一寸一寸，越吻越深。流连至锁骨时，他卷起她的睡裙，手指沿着她的腿根，探进去。

她一下紧张起来，睁眼看他。

窗外正好掠过一道闪电，骤亮的光从他眼前滑过，像有火花滴落在她的身上，引起一簇簇燎原之火。

窗台的位置太狭窄，她只挨着一半，大部分悬空。被他揽着，虽不至于掉下去，但季清和一有动作，她就格外敏感。

她微微仰头，深吸了一口气，再无心分神。

有雷声隆隆，与闪电交错。

沈千盏却宛如濒水之鱼，急于呼吸。

不知过了多久，她双腿发软，脚尖绷得几乎抽筋时，他终于收手，用那只湿漉的指尖摩挲她的唇瓣，恶劣低语："这么想要？"

沈千盏眼睫轻抖，有那么一瞬不敢看他。

他低声笑着，去吻她，从眉骨到鼻尖，让她睁眼是他，闭眼也是他。

他进入得缓慢，一寸寸，像开疆扩土般，极有耐心。

　　沈千盏脚上的拖鞋再也挂不住，掉落在地板上，发出轻轻的"咚"声。正遇雷声，穿透云层。她吓得一哆嗦，被他笑着抱住，整个人几乎悬空。

　　时间尚早，走廊里还有三三两两的人走动着，嬉笑着，交谈着，从门口经过。

　　沈千盏咬着唇不敢出声，身体却随波逐流般随着他的起伏颠覆着。就像外头高空坠下的雨滴，跌宕止停，连绵不绝。

　　不知过了多久，雨势渐小。

　　季清和扬起的战旗也微歇，他抱着沈千盏平复片刻，开口时嗓音沙哑："抱你去洗澡？"

　　沈千盏回搂着他，没作声。

　　屋内有些闷，她身上汗津津的，有些黏腻。但此刻她只想窝在他怀中，一动不动。

　　季清和察觉她的倦怠，一下一下轻拍着她的背，似在哄她。

　　良久，她闷声道："这趟离开无锡前，你陪我回趟家吧。"

　　她短暂地停顿了几秒，说："我想你重新见见我爸妈。"

第二十二章
步步为营

带季清和回去见老沈夫妇一事，沈千盏考虑了很久。

一是觉得，剧组就在无锡，回家方便，用不着以后再特意跑上一趟；二是考虑，她都见过季家半数人口了，怎么也该礼尚往来地带季清和回家一趟，让老沈夫妇认认人；三是认为，季老先生的借钟情谊，得老沈夫妇出面感谢，才显敬重。

并且，她这次回北京，除了离职，还要尽快找到新工作。无论是做独立制片人还是入职新公司，半年的适应期只长不短。

可能到明年年初，也可能到做出一个不失"沈千盏"水准的爆款剧项目，才算彻底安稳。

至于季清和，他上半年的大部分时间都耽搁在剧组，回北京后，不只要立刻回到工作岗位，还要赶在《时间》正式播出前，完成不终岁钟表品牌的新品发布。

时间紧迫。谁也没心思风花雪月。

季清和对"离开无锡前见家长"的提议，十分欣然。不给沈千盏压力是一回事，家长知情是另一回事。即使她今晚不提，季清和也已将双方父母尽早知情一事提上了议程，具体方案有三——

一是在沈千盏与沈母视频时，不着痕迹地露个面，刷存在感。

二是在沈父沈母生日前夕，准备恰当的礼物，交由沈千盏转交。

三是过年拜访。

这三部曲，可谓是循序渐进，步步为营。

当然，再周全的策略也是策略。沈千盏能主动提出见家长，自然再好不过。

第二天，季清和便开始着手准备上门的见面礼，并向季岁暮请教正式见女朋友家长的注意事项。

季岁暮在看到这条完全不像季清和能问得出来的消息时，沉默了数秒，问："正式？还有非正式？"

季清和回："除夕那天在她家吃过饭。"

"那会儿还在追求阶段，情况不太一样。"

不知为何，季岁暮在这短短两句文字里，看出了稍许得意。他沉吟片刻，道："投其所好，表现诚意。"话毕，他难掩好奇，追问了一句："打算结婚了？"

季清和："随时。"

季岁暮看着这两个字琢磨了会儿，总结：看来还没搞定，仅是单方面意向。

蓬莱八仙进宝黑木珐琅雕花古钟和铜镀四马金樽珐琅浮雕古钟运走后，沈千盏肩上的担子瞬间轻了一半。

这日晚，沈千盏与沈母开视频。

沈千盏工作繁忙，应酬又多，沈母很少主动弹去视频通话，大多数时候仅保持微信语音消息的问候。

对话框内，距离上次联络已经过去了三天。

沈母给她发了张冰镇西瓜的图片，告诉她，今年热夏，老沈闲着没事干在院子里打了口水井。这水井的用处除了养鱼，就是给她冰西瓜。

沈千盏当时正在核算摄制经费，只回复了句："你年纪大了，别贪凉吃冰。"

沈母后来发了几个撒娇的表情包，她看后会心一笑，却忘了回复。等待视频接通的数十秒里，沈千盏忽然地心生愧疚。

沈母正坐在院子里的秋千上，视频接通后，她难掩开心，笑眯眯问她："今天怎么想到妈妈了？"

"哪天不想你？"沈千盏调整了下手机角度，回以一笑，"只是今天想到按捺不住，一定要见见你。"

沈母被她哄乐，问："天都黑了，灯灯吃过饭了吧？"

"吃过了，剧组别的不说，饭点特别准时。"

"还在无锡？"

"嗯，这边还没结束。"

沈母顿了下，轻声问："你最近有没有时间，方不方便我跟老沈去看看你？"

"不太方便。"沈千盏说，"剧组最近筹备转场，又忙又乱。"

沈母缓缓哦了声，目光中难掩失望："那你注意身体，别一忙起来饭也不吃，觉也不睡。你家老沈过年那会儿好不容易给你喂胖了几斤，你可不能对不起他为你掉的头发。"

沈千盏看着屏幕，笑容渐深："老沈的发际线是家族遗传，跟我没关系，你别欺负我好说话就随意扣锅让我背。"

老沈夫妇是工薪阶层，这辈子循规蹈矩，勤勤恳恳，按时上班按时下班。除了她上学要花钱那几年，老沈为了红色钞票埋头苦干过，其余时间和事业心完全没什么关系。

沈千盏从事影视行业后，老沈不止一次感慨："我们沈家几辈子加起来也找不出一个和艺术创作沾边的，怎么就灯灯基因突变了？"

沈母的思想观念，传统，守旧。

每回赶上老沈小得意时，都旧账重翻："你还挺高兴？灯灯这一行多辛苦，又要竞争又要应酬，工作压力一大就失眠。女孩子要漂亮，长期内分泌失调，影响健康的。"

她对沈千盏的未来规划与大部分父母一致，最好是端份铁饭碗，朝九晚五，日出而作日落而息。再不济，银行、医院、学校，找份安稳又轻松的工作，固定休假，有空闲的时间享受生活。

最好二十五岁恋爱，二十七岁结婚，三十岁以前生个孩子。至于二胎，随缘，不强求。

可沈千盏与她规划好的道路背道而驰，不只没留在无锡，没陪在她的身旁，还漂去了北京，每天起早贪黑，忙得跟狗一样。甚至很多时候居无定所，跟组住在酒店，没有稳定的生活圈、稳定的恋爱关系，还时时应酬，日夜颠倒。

她不解，心疼。

偶有言语交锋时，沈千盏没法认同她的观点，她也无法说服沈千盏。

工作后的很长一段时间里，沈千盏对亲缘淡薄，对家庭没有归属感。后来年纪渐长，沈母慢慢接受了女儿不能陪在身边的现实，以自己过来者的阅历，催促她去积极建立婚姻关系。

不能说关系交恶，但沈千盏与沈母之间，的确有无法沟通的一段时间。

而那段时间，远隔两地，像阻断亲情的祸水。沈母固执己见，沈千盏又不愿意低头，要不是老沈同志有一天忽然发觉母女关系恶化严重，及时调和，恐怕距离不只没法产生美，还要产生疏离与隔阂。

这也是沈千盏出事后，没有第一时间向老沈夫妇求助的原因。

他们对她的不理解，对她工作的不支持、不看好，以及主观上，她认为老沈夫妇没有能力可以解决这笔几千万的负债。

出于做女儿的愧疚与责任心，沈千盏宁愿扛下所有，也不愿意这种糟心事惊扰到老沈夫妇平顺安稳的退休生活。

苏澜漪说她是属驴的，脾气又臭又倔。认定的事情除非自己想通了、改变了，没人能够左右。

沈千盏起初不觉得，可年龄渐渐增大，待人接物渐趋客观平和后，她发觉很多事情的确是当局者迷旁观者清。

而与季清和的家庭，与季老先生、孟女士的相处也让她由心反省，她与老沈夫妇这些年的僵持、对立是否过于愚蠢。

当然，也有可能是她与沈母之间唯一的矛盾消失了，双方的立场自然不用再锋芒相对。

沈千盏回过神时，沈母仍在喋喋不休："看见你爸牵的葡萄藤了吧，说他是水果杀手真是半点没委屈他。这葡萄藤要能结出葡萄来，他爱钓鱼就钓鱼，我绝对不管着他了。"

夜晚的视野有限，葡萄藤攀腾的角落又没有灯光，沈千盏一眼望去只有黑乎乎的一片。

"老沈呢。"她问。

"和他的钓友海钓去了。"沈母嘀嘀咕咕的，有些不满，"昨天就去了，明天才能回来。要知道你会来电话，估计今晚就回来了。"

她说得无心，沈千盏听着却挺不是滋味："这两天你都一个人在家？"

见她关心，沈母笑了笑，宽慰她："白天我跟你小姨她们打麻将，晚上荡会儿秋千就去睡了。你爸这阵子都在家，养鱼种菜的，今年也是头一回出海。"

沈千盏翻了翻手边的日历，问："你和老沈，后天有空吗？"

沈母一顿，狐疑地看她："不是说我们不方便去探班？"

"探班是不方便。"沈千盏卖了个关子，幽幽道，"可我没说我不能回去啊。"

沈母一怔，随即惊喜。秋千也不荡了，慌慌忙忙往屋里赶："我现在就给你家老沈打电话，他昨晚还跟我说这趟收获不小。"

"唉，我手机呢……"

沈千盏气笑了："你不正拿着跟我通视频？"

沈母像是刚反应过来，被自己蠢得又气又笑，半晌情绪才稍稍平静，笑着说："你人虽在无锡，但自从上次把我和你爸送回来后，就没见过。你在剧组，我跟你爸想去看你，又怕打扰你工作，本来想着过两天再问问你的。现在好，现在好，你想吃什么，妈提前给你准备着……"

"妈。"沈千盏打断她，她目光沉静，看了沈母一会儿，才说，"我带个人回来见你。"

沈母彻底傻了。

他们老沈家的铁树居然开花了？

当晚，夜色稍深时，沈母抖着脚脚给老沈同志打电话。

一个没通，打第二个，两个没通，打第三个。一连数个，仍是无法接通的状态后，她脸上的笑意微恍，不受控制地想起昨晚下了一夜的那场大雨。

她回忆了下老沈与她的最后一通电话。那是雷雨前，她刚吃过晚饭，在打井水，准备浇花。手里有活，手机铃声响了片刻她才匆匆接起。那会儿老沈还嫌她接得慢，报了平安后，语气兴奋，说这趟收获不小。后来下起雨，她担心院子里娇贵的花被淹死，匆匆挂了电话，和老沈再没联系过。

老沈喜欢钓鱼，又有钓友。以前出去海钓，也是一去三四天。刚开始沈母担心海上不安全，让老沈一有信号就立刻报平安。陆续几年，老沈次次平安归来，她也不再那么紧张，只要求老沈出海或上岛时告诉她一声，让她心里有个底，便不再紧迫盯着。

这次出海，和往常一样。老沈出发前和她报过平安，昨晚应该是上岛了，特意挑她晚饭后又打了一通电话。按理说，今天的电话早该打来了，结果迟迟打不通……

她越想越心惊，握着手机的手心一阵阵的出冷汗。

又一次无法接通后，她从通讯录里找出老沈海钓钓友的手机号，继续拨号。

如出一辙。无法接通。

次日清晨。

沈千盏尚在季清和怀中酣睡，枕边的电话一声急促过一声，颇有"你不接我誓不罢休"的嚣张姿态。

沈千盏胡乱探手去摸，摸了几次空后，刚想睁眼。身后修长的手臂越过她，准确地，找到她的手机，递给她。

屏幕上，"母亲大人"四个字在清晨八点的手机时钟下如一道警铃，忽地将她震了个神志清明。

她正欲接起，又一道来自苏暂的来电提示，与敲门声一并，汹涌而来。

一股强烈的不安，在事后清晨的明寐中，步履匆匆，劈头盖下。

"盏姐。"

屋外的敲门声一声急过一声，短暂停歇的间隔里，苏暂的声音像云层之上滚动的闷雷，压抑急迫："出事了。"

短短三个字，仿佛是从门板的缝隙中挤进来，粗哑低沉。沈千盏最后的那点困意，也在这个急躁不讲理的清晨，彻底烟消云散。

她起身去开门。脚刚踩到地面，腰间横上一只手臂，将她重新抱回床上。

季清和视线微垂，暗示了一眼她此刻的穿着。

她没穿内衣，领口过低的开领，将她胸前的吻痕暴露得一干二净。腰侧两处镂空设计，露出她雪缎般白皙的肌肤，将本就纤细的腰身显得越发不盈一握。这身真丝睡衣短且轻薄，过于贴身，不仅视觉效果上格外香艳，还特别激发情欲。

沈千盏后知后觉，无声地看了他一眼。

季清和轻搂了她一下，安抚："不急。我去开门，你去浴室换衣服。"

他越过沈千盏，赤脚踩地，走至门后，回头看了一眼。见她抱着衣服进了浴室，这才微侧了侧身，打开房门。

门外站着苏暂，剧务主任、生活制片以及导演组负责监管服化道具的副导演。

两厢一照面，除了苏暂，其余几人皆是一怔，神色不明地望向出现在沈千盏房间，还赤裸着上身的季顾问。

屋内，手机铃声仍旧固执响着。季清和很快收起打量的视线，看向苏暂："出什么事了？"

苏暂不答反问："盏姐呢？"

他神色急切，眉眼间似乌云密布，笼罩着一层无法驱散的阴霾。

季清和观他脸色，便知剧组出的事只大不小，十分棘手。他心沉了沉，侧身让步，示意几人进来说话。他落在末尾，关上门，拾起挂在沙发上的衬衣，三两下穿好，坐了下来。

苏暂急得快火烧眉毛了，几次张口欲言，都碍着季清和在场，又生生按捺下来，耐心等着。

没过多久，浴室灯光一灭，沈千盏换好衣服，开门出来。

整个过程并没有耽搁多久，只是等她处理的事情太过紧迫，才令苏暂觉得自己等了无数个月升月落，四季轮回，格外漫长。

他一个箭步迎上去，嘴唇抖了两下，似难以启齿般，花了点力气才顺利说出口："昨晚看道具的一个场务，猝死了。"

沈千盏一怔，以为自己听错："猝死？"

她下意识看向屋内跟随苏暂过来的其余几人，众人在接触到她目光的刹那，纷纷沉默低头，回避对视。

"是，猝死。"苏暂艰难地开口，"猝死的场务姓陈，在道具组。昨晚是他值班，守看古钟。今早生活制片去送早餐，敲门没人应，就把早餐挂在了门把手上。等八点换班，换班的场务进去一看，发现老陈已经凉透了。"

沈千盏眼前一阵恍惚，似有大片空白如雪花般遮挡住她的视野。她的脸色一下苍白如纸，难看至极。

扰人的电话铃声在短暂沉默后再度响起。沈千盏忽然转头，死死地盯了眼床头的手机。她此时完全没有工夫去管这通电话。苏暂带来的这个消息太突然，令她有些难以消化。剧组发生意外死亡的情况并非没有，只是沈千盏的剧组向来注重安全，开机前上至导演、各位演员，下至剧组的每一位工作人员，都买了人身保险。

工作时间也宽松有度，不一味追赶进度、无限压榨劳力。

怎么就……发生意外了呢？

她越想越心凉，整个人像登高失足，一下没踩实，悬在了半空，心慌得厉害。她冰凉的手指捂着唇，强迫自己快速冷静下来，思索处理方案。

偏偏越是紧要关头，越掉链子。她脑子跟打了死结一样，恍惚之间，竟不知从哪开始着手。

扰人的铃声不断，她的思绪也仿佛结冰了一样，千里冰封，一片空白。她站在风口，冷得牙齿发颤。五脏六腑也如盘扎纠结在了一处，隐隐作痛。

渐渐地，她有些站立不稳，手指蜷着，扶住墙，才缓过一阵阵如啃咬般的噬痛。

先发觉她异样的是季清和。他不动声色地起身，走至她身旁时，掌心在她肩上轻轻一握，低声提醒："先接电话。"

手机从八点响至现在，一遍一遍毫不停歇，显然是有要紧事才这么执着地拨打。

沈千盏抬眼看他。季清和不着痕迹地轻托了下她的后腰，等她站直了，才松手，去替她拿手机。

他这么一握一托，她身体上的不适稍稍缓解。等接过手机，接通电话后，沈千盏的语气也恢复成了寻常公事公办的冷淡，语速又快又稳："什么事您尽快说。"她省略了主语，微微背过身，低声道，"我这边有公事急着处理，你能一分钟说完吗？"

沈母终于等到电话接通，嗓子哑了哑，开口时，一夜未睡的疲惫扑面而来："灯灯，我昨晚开始就联系不上你爸爸，电话打过去一直是无法接通状态，我是担心……"

她声线一断，隐隐哽咽："我是担心出事了。"

"我给老沈一道出海的钓友也打了电话，都联系不上。我怕虚惊一场，就一直打一直打，熬了一晚上。结果今早八点还是失联，我没办法也没主意了……"

沈千盏握着手机，僵立在原地，一动不动。

空调吹来的风像北极融化的冰川，有着淬骨寒意，即使是晒入屋内的阳光一时之间也难以驱散她心头的寒意。

她张了张唇，想说些什么，话到嘴边却是空的。她发不出声音，也说不出话，耳边听筒传来的热度烫她得耳朵微微刺痛。

她闭了闭眼，再睁开时，眸光涣散，像失去焦距般，茫茫然看不清前路。心脏也像是被撕开了一道口子，有人不断地往里填着石头，然后她的心越来越沉越来越沉，最后坠入冰冻的海水中，又冷又涩。

她想说她现在走不开，剧组有场务意外死亡，要鉴定死因，要通知死者家属，要联系保险公司理赔，有一堆事情要去处理。

可她说不出口。

老沈出海失联，这件事不是切菜割破了手指，走路摔了一跤这样的小事。

她能想象打了一夜电话的沈母是怎样一点点坠入绝望与恐惧的，又是怀着怎样的期望向她提出求助，但两件事一齐并发，她一时难以平衡制片人的责任与做人儿女的责任，就像一艘孤帆，只能靠往一处海岸。

这股无力感，将她一点点逐渐吞没，又顷刻间撕扯得粉碎，扬手撒入大海。她嘴唇颤了颤，一时没说话。

长久的沉默，无论是沈母，还是苏暂，都陷入了更焦灼的等待中。就像困入一场死局，四路封锁，只能等着空气耗尽，渐渐窒息。

沈千盏头疼欲裂。她曲指，用手指关节抵住眉心，用力地按了按。

正僵持间，她掌心的手机被季清和抽走，他深看了沈千盏一眼，眼神沉稳而冷静："我听到了一些，如果放心的话，伯父的事情交给我。"

他微微侧目，虚掩住听筒，示意她别分心，安心去处理剧组的问题。他的眼神幽深明亮，似有力量般，一锤击碎了牢牢禁锢在她四周的透明玻璃罩。

沈千盏仿佛此刻才清醒过来——她早已不是孤身一人。

经历风浪时，自己能够抵挡固然最好。可无能为力分身乏术时，她另有一条通往山顶的捷径，可以放心依靠。

这种奇异的信赖感，是他未置一词，也能令她感到无比安心的信任；是知道他在身后，永远有退路的淡定和从容。

既陌生，又新鲜。

季清和接过电话，先自报家门："伯母好，我是季清和。"

他没过多介绍自己，边说边将身后的房门轻轻掩上，走至走廊尽头的观景台。

沈母早在刚才季清和与沈千盏简短的交谈声里，将有关他的记忆全部捡了回来。实在是季清和给她的印象太深刻了，以至于除夕夜那一面后，仍将这个气度风华皆是上乘的孩子记得清清楚楚。

"季总。"

季清和微顿，开口："伯母叫我清和就好。"他简略带了句沈千盏正忙，声音冷静，不疾不徐道，"您把伯父的情况再跟我说一遍，我看能不能帮上忙。"

沈母哎了声，重复了一遍刚才对沈千盏说的话。

季清和微微思索，又问了几个问题后，安抚她："近海海域的海岛大部分是出租给养殖户养殖海鲜用的，运送海鲜的航路通常比较成熟，伯父出海的路线还是原先那条，应该不会遇到安全问题，可能是暴雨影响信号，才导致联系不上。"

他说话沉稳，有理有据，并不带主观臆测。

"千盏现在走不开，如果您放心的话，记下我的联系方式，再将伯父这趟的出海路线发给我，我尽快联系海上救援队，一起过去。"季清和握着手机，微顿片刻，说，"原本是打算后天和千盏一起去拜访二位的，事出突然，礼数不周了。"

沈母刚才就联想到了这种可能性，眼下听他这么一说，心中大定，连连答应："是我们给你添麻烦了。"

挂断电话后，沈母吸了吸鼻子，悬了一晚的心终于稍稍放下。她很快打起精神，将老沈的出海路线、电话号码以及钓友的联系方式一并发送过去。

同一时间。

捡回职业素养的沈千盏立刻决定去现场一趟。

"报警了没有？救护车呢？"

"现场有没有人看着？"

"剧组还有谁知道这件事？"

她的语速又稳又快，连珠炮似的一连串发问。

"报警了。"回答的是副导演，"现场留了乔助理和一直负责照看古钟的另两位场务。"

沈千盏问："今早去换班的场务呢？"

"那位场务也姓陈，和老陈是同乡，为了区分，我们都叫他小陈，也是道具组的。"经过走廊，副导的声音压低，说，"小陈吓得够呛，我让人带到隔壁房间休息，顺便把有关的工作人员全部看管了起来。"

"做得好。"沈千盏率先迈入电梯，按下楼层，"酒店和老陈的家属都通知过了？"

"家属还没。"剧务主任接话，"'猝死'现在只是我们自己定义的，具体死因还要等警察来了以后才能下定论。"

沈千盏眉心一蹙，说："你了解下老陈的家庭情况，择情尽快通知。"

老陈意外死亡，又是死在工作岗位上。无论出于什么原因，剧组都要赔偿家属。

一条人命，她虽觉得惋惜，但眼下最佳的处理方案还是公事公办，先将负面影响降到最低，后续的赔偿处理再慢慢协商。

她叹了口气，伸手揉了揉隐隐作痛的眉心："邵导和傅老师他们呢？"

"邵导出工早，摄制组那边全不知情。"

沈千盏点点头："有需要配合的时候再通知，消息别走漏。"

她下意识去摸手机，摸了个空才想起手机被季清和拿走了。她一时记挂沈母那边的情况，等迈出电梯，正要叫苏暂去找季清和时，苏暂的手机先一步响起来。

苏暂今早惊吓过度，脸色灰败，现在还没缓过来。听见铃声后，条件反射地一抖。等看清来电显示，他自觉将手机转交给沈千盏："季总的电话。"

沈千盏接过来，还未出声，他先说："伯父这边我已经联系了海上救援队，我现在亲自过去看看情况。按伯母的说法，伯父应该只是信号中断失联，我询问了下救援队队长，那条航线近海，周边有渔船商船来往，经常有海警巡逻，安全问题不大，你可以放心。"

特意腾出来放置古钟的房间就在走廊尽头，沈千盏停下脚步，示意苏暂等人先过去，她稍后就来。

"你要过去？"沈千盏有些不放心。

"不亲自到场，谁都不安心。况且……"季清和停顿，说，"有什么变故，我在现场也好立刻决定。"

他不欲多说，取了车钥匙往停车场走："你那边什么情况？"

"还不是很了解，副导这边报警了，现在在等警察过来。"

"根据法律规定，雇佣的员工在工作时间、工作岗位突发疾病死亡，法律责任一般由影视公司承担。"季清和语气沉稳，低声道，"你要做好面对家属的准备，尽量避免冲突。"

"我知道。"沈千盏心情回落，一股说不上来的酸涩感涌上心头，"你要注意安全。"

季清和轻嗯了声："放心，随时保持联络。"话落，他又补充了一句："我会尽快回来。"

沈千盏："好。"

两人极少这么冷静、这么平和地讲电话。

明明是兵荒马乱极度混乱的一早，她的心却安安稳稳地仍在胸腔内平静跳动着。她知道自己有很多话很多感慨想说，但她和季清和，一个镇守剧组，一个征荡海洋，各自往各自的方向忙碌着。

没有时间，去平复这些急躁的、不安的情绪。

她百感交集，良久，轻声道谢："季清和，谢谢你。"

那端静了几秒，反问："需要这么见外？"

沈千盏转身，背对着走廊。阳光正温柔，从树丫间千丝万缕地渗透入墙角。她看着光束下细小的旋转着的尘埃，小声辩解："不是见外。"

她就是想道谢而已。

手机那端响起车门撞上的声音，紧接着，引擎启动，油表指针轻跳。

季清和问："苏暂呢？把电话给他。"

沈千盏回头看了眼站在房间门口的苏暂，回："他离我有点远，我帮你转达？"

"你转达不了。"车载音响徐徐送歌那刻，他低声道，"麻烦他照看你这种话，得亲自说才有诚意。"

第二十三章

借颗星星

季清和走后，苏暂替沈千盏跑了一趟，去拿回手机。

回来时，经过酒店大堂，正巧碰上前台的工作人员在讨论老陈的死因。

"听说是工作强度太大，猝死的。发现的时候，已经凉了半宿。"

"不至于吧？我看剧组收工的时间挺早，前两天还有两个演员跟我们借球拍，去酒店外面的空地打羽毛球。"

"演员的待遇和场务的能一样？你们没听说啊，他们制片人拍戏用的古钟道具全是真的。为了防人打古钟的主意，除了他们自己剧组夜夜有人值班，连我们酒店都被要求晚上十点以后任何人员出入都要实名登记。"

那边静了一会儿，再开口的女孩声音有些发虚："警察都来了，应该不会有什么内幕吧？想想怪吓人的。"

"姑娘，现在是法治社会啊，哪那么多阴谋论？而且我们酒店上下都被剧组包了，这段时间出入的不是酒店员工就是他们剧组的工作人员，一个眼生的都没有。"

"是啊，古钟运过来之前，剧组就要求我们经理把酒店每处角落都加装了摄像头。放古钟的那个房间，从报警器到防护罩，保护等级都快赶上银行金库了。谁会这么想不开，打那些古钟的主意。"

另一个女孩接话道："古钟好好的，昨晚也没陌生人进出酒店。要是古钟出了事，剧组不会像现在这样风平浪静还拼命压消息的，宁愿消息泄露也会大张旗鼓追回古钟。"

几人纷纷赞同。

过了一会儿，又有女孩问道："唉，那个房间死过人，会不会影响酒店的生意啊？"

"会的吧，我要是顾客，不知道就算了，要是知道这个房间有住客猝死过，肯定不愿意再住了，多瘆人啊。"

"别说顾客还要在里面住，你没听几个打扫阿姨今早在那儿商量，让保洁部的领班再招个新人进来？她们都不敢去打扫。"

"剧组这得赔偿酒店损失吧？没准酒店还要重新整改……"

"死者为大，别讨论了吧。"姑娘声音颤颤的，有些惧怕，"经理不是让我们别讨论吗。"

话落，前台又嘀嘀咕咕地聊了几句，这才彻底安静下去。

苏暂脸色阴沉地听完全部，抬腕看了眼时间，转身离开。

警察来了以后，老陈的遗体很快被验收。

立案后，现场拍照，人员登记，警方对几位当事人以及剧组负责人沈千盏做了简单的调查，例行查问。

沈千盏的工作状态无疑是专业的。她积极配合，不推诿责任，客观而平和。回答问题时，条理清晰，逻辑顺畅，很少有与问题无关的多余废话。

警方取证完毕后，很快离开。

沈千盏与酒店经理一同将警方送至门口，直到目送着警车消失在道路尽头，她才松下一口气，非常抱歉地向酒店经理颔首致意。

酒店经理对沈千盏刚才所表现出来的镇定沉稳，落落大方很是欣赏，安慰了她几句，与她并肩往回走。

刚走到廊下，酒店副经理一脑门汗地匆匆奔来。见上司身边站着沈千盏，话咽了咽，欲言又止道："经理，他们剧组的苏监制把中午要换班的那批员工全部扣下了不让走。"

酒店经理视线一凝，下意识看了眼沈千盏。

沈千盏稍稍扬了扬眉，并未立刻辩解，只是再次确认："苏监制把酒店员工留下了？"

她把"扣下"换成"留下"，用词严谨柔和，并不给对方留下把柄。

酒店副经理自知失言，但此刻也顾不上纠结这一字半句的，告状道："临近下班那会儿，苏监制叫了几个高壮的男人堵在员工休息室外，一个也不让放走。我带保安去查看情况，还险些发生了冲突。"

老实说，沈千盏对酒店副经理说的话，一个字也不信。

苏暂虽莽撞，但遇事也会考虑后果。老陈的意外死亡，已经令剧组的处境举步维艰。相比酒店，剧组此时处于一个被动局面，急需拉拢酒店统一战线，一致对外封锁消息。他不会蠢到毫无因由地与酒店员工发生冲突，激化矛盾。这一点，沈千盏还是信得过的。

但，就目前这个情况而言，沈千盏反而不能做主观论断。更不能以"我认识苏暂多年，我了解他的为人"为由，替他辩解。

到底出了什么事，去看看就知道了。

沈千盏与酒店正副两位经理到员工休息室时，看到的就是双方对峙僵持的这一幕。

休息室内，人声鼎沸，吵吵嚷嚷的全在抗议苏暂堵门的行为。

酒店经理一来，里头的人像是突然有了主心骨，七嘴八舌地控诉起来。

一只鸭子就吵得不行，何况这里有十几只鸭子，一开口，沈千盏便觉得耳朵嗡鸣，似有成群结队的夏日蚊蝇扑扇着翅膀，扇动巨浪。

她皱了皱眉，看了眼酒店经理。后者也被吵得臊眉耷眼的，伸手点了个年轻女孩，示意由她来说。

女孩的长相文静温婉，正是在前台工作的。被经理点名后，她诧异了一下，红着耳朵往人群外站了站，说："我和组长十一点半下班，来休息室打卡。出来的时候，苏监制站在门口，让人堵着门，不让我们走。来换班的同事也被隔在外面，不知道发生了什么事。"

沈千盏闻言，眉眼稍冷，问苏晳："你什么事要在这里堵门？"

苏晳理直气壮地看了眼已经缩到酒店经理身后的副经理，说："我一早就和副经理商量，无论是酒店还是剧组都要做好保密工作。副经理答应得好好的，我也以为他明白这个消息走漏的严重性，结果一上午的工夫，从前台到餐饮部，甚至连酒扫的园艺师傅都知道了。

"我也理解，纸包不住火，有人的地方总会有讨论。我就跟副经理商量，看能不能让酒店知情的员工都签一份保密协议，以此来约束下。

"副经理拒绝了我的提议，告知我，说什么、聊什么、发什么都是员工的自由。他没权约束，也不愿意承担这个责任。让我自己去和员工聊，他们愿不愿意签，全看我的本事了。"

沈千盏听到这儿，大概也猜到了。她目光一转，先看了眼副经理，随即伸手，问苏晳要保密协议的文件。

苏晳准备充分，早早打印了一叠。见状，给经理也递了一份："我也是考虑双方的声誉，希望能够达成共识。我不想为难酒店的工作人员，但我也拿不了主意，承担不了这个后果，只能暂时将大家先留在这儿，等领导过来再裁决。"

保密协议只有短短数段，沈千盏看了两遍，内容并没有问题。苏晳的做法虽然强硬，但情有可原，也算不上太失礼。换作是她，在保密协议未签订以前，也绝不会冒着风险放酒店员工离开这里。

沈千盏略一沉吟，很快便做了决定："经理，借一步说话。"

她与酒店经理往走廊方向走了一段，停在楼梯口。

"苏监制性子急，考虑不周，我先替他向您和您的员工道个歉。"

酒店经理与沈千盏打过几次交道，对她的行事作风多少有些了解。既没为此露怯，也不敢轻慢了她，十分客气地笑了笑："我下属行事不周，也欠考虑，沈制片多担待。"

两人客客气气地打了会儿官腔后，沈千盏直接切入主题："刚才警察来的时候，你也在场。酒店的监控我们也一起看了，老陈是意外死亡。当然，在工作时间工作岗位上猝死，剧组肯定要负责。"

她压低声音，轻声道："我们剧组没苛待员工，上下班的时间安排合理，值班也是四人轮换，不存在压榨员工导致这一意外发生的前提。我向警方阐述时，你就在边上，想必也听见了。"

酒店经理下颌微收，严肃地点点头。

沈千盏见状，语气一缓，温和道："不过人言可畏，我不可能把所有知情者都召集在一起，再做份PPT逐一做讲解吧。就算我这么澄清了，私底下议论的还是不会少，话传着传着就变了。有人信，有人不信。

"你常年接待剧组，对明星艺人的影响力应该也有数。这件事传出去关注度只高不低，剧组只要公开事实，剧照样播出，不会有太大的影响。可酒店贴上了这种标签，多多少少会降低客流量。这个道理，您明白吧？"

她拿出烟盒，给酒店经理递了根烟。

酒店经理摆手婉拒："工作时间，我不能抽烟。"

沈千盏也没勉强，她叼了一根烟到嘴里，没点："那真是可惜了，我们苏监制抽的烟，都是好烟。"

她唇间尝到很淡的烟草味，眯了眯眼，说："我知道你也为难，这样吧。那个房间的整改费用我来出，房费我也再续一年。"

她没提"补偿"这类字眼，只当作单生意。

事实上，沈千盏并没有义务要给酒店提供补偿。这一点想必酒店经理也很清楚。并且，她说的每一句话都恰好踩中了经理的死穴。酒店一旦牵扯上顾客猝死的新闻，面临的几乎都是整改、转卖。甚至，这一片的"风水"都会因为这条新闻的打击，一蹶不振。这个风险，别说剧组，酒店也无法承受。

很快，酒店经理松口，同意员工签署保密协议。

两人目的达成一致后，推进速度飞快。所有滞留员工在签署保密协议后，都能从苏暂那领取一份午餐，当作补偿。

事情落幕，紧张混乱的上午也终于匆匆而过。

沈千盏将所有保密协议交给乔昕整理归档，她坐在桌前，边吃午饭边教育苏暂："做事鲁莽冲动，这几年我给你赔了多少不是？你爸妈都没为你这么到处道歉赔罪过吧？"

苏暂是心虚，但他不理亏。

刚开始碍于她满腹怒火不敢直面迎上，等她气消了，他才从沙子里抬起头来，振振有词："这我也没办法啊，我一开始是好商好量地跟人讲道理，但那个副经理，官不大脾气倒不小。他不同意让酒店的员工签协议，眼看着快下班了，这些人一走出酒店，跟谁说了什么话那就不可控了，我哪敢放他们走？"

反正最坏的结果也就这样了，他干脆破罐子破摔，看看谁的头更铁。

沈千盏刚平息下去的怒气被他一句话又勾得火冒三丈："我是不是教过你，做事要留一手？你态度这么强硬，逼急了就是有人跟你对着干呢，你还真能把别人怎么样？"

饭菜早就凉了，她吃得食不知味，索性搁下筷子："那个副经理不同意，是因为你不上道。他就一个打工的，无锡那么多酒店，他去哪不能领工资？强龙不压地头蛇的道理你还不懂吗？你跟他犟，能犟出什么结果来。"

苏暂语塞。他哪想得到，一个酒店副经理也这么贪婪。

沈千盏看他满脸不服，就知道他心里在想什么。她捏了捏隐隐作痛的眉心，说："有些人就是格局有限，目光短浅。所以我教你要识人、辨人，学着与不同的人打交道。"

苏晢拧开矿泉水瓶狠狠灌了一口水，郁闷道："这不是有你在，你慢慢教，我慢慢学。"

沈千盏一顿，张了张唇，不知该说些什么。良久，她语气淡淡地，声音听上去像是累极了般，低声说："很多事情，不是靠讲道理就能解决的。"

"苏晢，以后你要自己悟了。"

苏晢原先是陷在沙发里的，闻言，不自觉地挺直了腰板，目不转睛地看向她："你这句话是什么意思？"

这段时间，他始终有种感觉，沈千盏在准备离开他，离开千灯。他屡次试探屡次无果，只能安慰自己，这只是庸人自扰的错觉罢了。

甚至，他都替沈千盏找好了借口。可能是她想要结婚了，如果她离开千灯是为了和季清和结婚，那是挺值得高兴的。他不只不会挽留，还会送上祝福。可苏晢心里明白，他内心深处塌陷的一角始终在惶恐不安。

他不傻，苏澜漪的反应和沈千盏的反常，都让他嗅到了即将分道扬镳的味道。

沈千盏的这句话无疑加剧了他的恐惧，隐忧生根发芽般，从包裹住它的沃土中探出了触角。

他喉间一阵反涩，跟被泼了一盆冷水般，坐在那儿，掩不住的颓丧。

"就是字面意思。"沈千盏原本打算在离开无锡前，找个机会跟他通声气。不料，事情接二连三地发生，接下来的几天可能都不会太平，更别说有合适的时机。

她斟酌了下用词，谨慎道："我不年轻了，这几年为了还债，一直在工作，现在想想觉得挺没意思的。正好跟你姐有点意见分歧，就想趁这个机会去追追梦，做独立制片人。"

沈千盏看了眼苏暂，见他的表情像是还能接受，松了口气，开玩笑道："被季总把心喂野了，想出去大干一票。

"而且做独立制片人后，接项目全看我自己的心情和喜好。没人约束，也没有指标任务，我的时间可以自由安排，想休假就休假……"

她后面还准备了一箩筐的美好创想，比如：你季总工作忙，我要是也这么忙，这恋爱就没法谈了。总要有个人牺牲下去配合对方的时间，我正好可以让他养我。

又比如：前半生的日子过得太紧凑了，一年也就那么几天是属于我自己的。我太累了，想歇歇，最好能去陪陪老沈夫妇。

但才列了一个理由，她就说不下去了。

她不是贪图享乐的人，她想傍大款早在几年前就可以撇下千灯的摊子，自顾轻松去了，这个理由显然太假。她也不是一个因为累就会停下来的人，她的野心，她的能力，没人比苏暂更了解。

于是，她干脆安静下来，静静地看着苏暂。

苏暂回视。他那双漆黑的眼睛头一次像蒙上了尘沙，灰暗得毫无光彩："你已经决定了？"

沈千盏答："是，决定了。"

苏暂："所以你是真的在抓紧最后的时间，想教会我怎样去当一个制片人。可惜我不懂你的意思，也没珍惜，到现在也是扶不起的阿斗。"

沈千盏没接话。

苏暂和她不一样，他从小被宠到大，到处有人惯着捧着，没尝过一无所有的滋味。他想要的东西，比如资源、人脉，招招手就有人上赶着送给他。他不是学不会，只是不想努力罢了。

她走后，苏澜漪会另外找人教他，他迟早能够独当一面。

苏暂又问："《时间》是你在千灯的最后一个项目，你做完就走了，是吗？"问完，他自己也觉得这句话太多余。

　　种种迹象都表明了沈千盏离职在即，她什么时候走又有什么紧要？反正是要离开千灯了。

　　但苏晢仍是不愿意接受这个现实，他没想过沈千盏会离开，他也习惯了在她的庇护下打打杂，做个平平无奇只会散尽家财的咸鱼富二代。

　　他嘴唇嗫嚅了数下，磕巴了几次，终于问出口："如果不是不可调和的矛盾，你告诉我，我去帮你跟我姐说。你们关系这么好，可能她就是一时想岔了。她经常脑子一根弦，我帮你去骂醒她，或者你告诉我，你怎么样才能留在千灯，我去做，我都去做。"

　　沈千盏有些头疼地敲了敲眉心。她闭了闭眼，半晌才睁开。

　　"苏晢，我爸爸失联，下落不明。"沈千盏说，"老陈意外死亡，剧务主任刚通知完他的家属，最迟明天，我还要接待他的家属，联络保险公司理赔。"

　　她看了眼时间，声音冷静，语气冷漠："接下来，我要通知苏总，晚上还要和各组组长开会，统一口径。善后的事情还有很多很多，需要一件件安排。"

　　还有一句她没说。

　　前有萧盛的《春江》剧组组内斗殴，后有《时间》的场务意外死亡。虽然这两件事都只是偶然，可巧合一多，就容易被有心人拿去编故事、做文章。剧组正值多事之秋，此时的千灯更容易成为众矢之的。稍有不慎，她怕是要晚节不保。

　　她选择这个时间告诉苏晢，一是为了不让他毫无准备被人利用；二是防着苏澜漪背后放冷箭，用她离职的消息离间苏晢，暗算她。

　　想来也是可笑，曾经并肩作战的战友，有朝一日竟也需要这样未雨绸缪地防备。

　　谁也没说话。屋内陷入一片诡谲的寂静中。

沈千盏收起餐盒，给季清和打电话。

大约半小时前，季清和给她发过一条微信，十分简短："到海渡和救援队会合了，准备出海。"

铃声响了一阵，没人接。沈千盏怀疑是船声或者浪声太大，他没听见，索性作罢。就在此时，门外传来敲门声。沈千盏回头，提醒："门没关，进来吧。"

她安排了几人去做事，为了方便进出，房间门一直虚掩着，并未关实。

生活制片应声而入："盏姐，我联系上老陈的家属了。"话落，瞧见苏晢也在，打了声招呼，继续道："我按剧务主任给的联系方式，联系上老陈的妻子，给她订了明天七点的机票，十点左右就能到了。"

沈千盏皱了皱眉，并不觉得这是一个好消息："老陈家里都有谁？"

"除了陈嫂，老陈还有两个女儿，一个今年刚上高一，另一个还在上小学。听他同乡的小陈说，老陈父母健在，有两个哥哥和一个妹妹。"

沈千盏沉默了几秒，问："陈嫂听到老陈……是什么反应？"

生活制片回忆了下，说："通知陈嫂的是剧务主任，我问她身份信息，说给她买机票的时候，她都挺冷静的。"

"什么都没问？"

"问了。"生活制片顿了顿，说，"就问过去要多久，几点能到无锡。"

沈千盏沉思了片刻，点点头："我知道了，明天你和剧务主任辛苦点，去机场把人接过来。态度谦和些，照顾着点她的情绪。"

生活制片应了声，见她没别的事情要吩咐，冲苏晢微微颔首，先离开了。

下午一点。

沈千盏给苏澜漪打了个电话，告知她剧组有场务意外身亡。

苏澜漪问了问处理方案，见沈千盏都安排妥当，没再过多关心，只交代了一句："要是家属闹起来，尽量降低负面影响。你代表公司抚慰抚慰家属，以平息事情为主要目的，如果赔偿金他们不满意，我这边可以再添十万。"

她应该是在抽烟，短暂停顿了几秒，呼出一口气，问："还有没有别的事？"

沈千盏想了想，公事公办："没有，事情后续我会让乔昕写成报告发到你的邮箱。"

苏澜漪没接话，她笑了声，握着电话既不说话也没挂断。良久，一根烟抽完，她才缓缓说道："怎么一晚的工夫，你就跟我形同陌路了。"

沈千盏无意跟她缅怀过去，更无意再提起旧情，和她争论。她的那颗心早在那天凌晨三点，泡入冰水中，碎成了粉末。她不说话，苏澜漪自然明白了她的态度，自嘲地笑了声，很快挂了电话。

晚上七点时，沈千盏又给季清和打了个电话。

今天的夜晚来得格外缓慢，光是暗下来，便花了很久很久，像是天幕之上有人拉着帘子，迟迟舍不得往下放。

她靠在窗边，听着耳边一声声的忙音，不厌其烦地反复拨打。渐渐心慌气短时，那端"咔"声过后，季清和的声音像浸润了海水般，散发着湿漉的潮气，清澈又松冷："我在。"

沈千盏一怔，一时没反应过来电话接通了。

季清和站在船舱上，倚栏而望。

天色暗下来后，海上的可见度也逐渐降低。远处地平线上有茫茫一线深蓝色，像过渡天与海的交界。但随着船上的探照灯打开，天际所剩无几的光线被彻底吞没，只余船只的照明在大海之中犹如发光的灯球，逐波而荡。

见她不说话，季清和换了只手拿手机，问她："等急了？"

是有点，但她不承认："不太放心你。"

　　"出海一会儿了，"季清和说，"伯父的手机还是联系不上，所以只能按伯母提供的航线慢慢找。晚上看不见，速度会更慢。"

　　不等沈千盏问，他把能想到的都先说了："最迟十一点，能到伯父最后出现过的海岛上。"

　　"除了搜救船，无线电台也通知了周边的渔船帮忙留意。"他声音微低，混着海风的声音，向她保证，"今晚你睡前，不管有没有进展，我都打个电话告诉你。"

　　沈千盏问："那……没信号呢？"

　　她本想说不用这么麻烦，可又抓心挠肝地担心老沈的下落，希望被他反驳。

　　她今天忙了一天，具体在忙什么她又说不上来。时间碎片被琐碎的、繁杂的事情占得满满当当，连片刻都不得闲。只有在很短很短的几秒钟内，她会不由自主地突然想起老沈，想起今早在电话里听到的沈母的颤音。

　　那种压抑的克制的，小心翼翼控制着的颤抖一下一下撕扯着她的心。她一直觉得自己足够冷静，甚至冷静到有那么几秒怀疑自己是不是太过冷情了。

　　但潜意识里，她并不相信老沈会出事。她直觉老沈只是遇到了麻烦，暂时失联了而已。尤其季清和离开后，她心里稳得像有定海神针在支撑着这方天地，有道声音在反复地告诉她："会没事的，季清和一定会把老沈带回来的。"

　　而他也不负所望地对她说："没信号就借颗星星告诉你。"

　　这个瞬间，沈千盏说不上来是什么滋味。

　　心里一下酸一下涩，一下又软得一塌糊涂，麻得她差点想哭出来。

第二十四章

提灯入梦

晚上十一点，救援队抵达北疾岛。

北疾岛位于海渡口正北方向，环岛饲养着不少海鱼。为运输方便，岛上南北方向皆设有码头。

前几年，私人岛屿世外桃源的度假模式兴起，北疾岛也顺时应势开发了高级定制游，定向为钓鱼爱好者提供海钓业务。

可惜没过多久，就因岛上的服务资源跟不上，环境设施不达标，游客渐少。慢慢地，也就只有老沈这样一心喜欢钓鱼，幕天席地也无所谓的发烧友才会租船过来。

救援队的队长对这片海域十分熟悉，远远看见北疾岛，招呼着水手准备停船靠岸。

"北疾岛刚开发旅游业的时候，我带妻子儿子来过。可惜近海海域的海水质量不行，没法像三亚、青岛那样开发海上项目。"救援队队长扶着栏杆眺望着与夜色融为一体的北疾岛，说，"海水不透澈就没法玩浮潜，附近海域暗流多，深一些的地方深潜又不安全，也就适合钓钓鱼。

"我孩子也不喜欢，觉得岛边的腥味大，基本上会来北疾岛的都是被旅游宣传册骗来的，不是钓鱼发烧友，来过一次都不会再来第二次。"他嗤了声，继续道，"后来游客数量减少，来往的船接不到生意，慢慢就不接活了。"

他轻握了握季清和的肩膀，安慰道："你也不用太担心，老同志经常来的话，可能现在就在岛上等着船来接。"

他本意是想告诉季清和，北疾岛曾经也算是旅游景点，四周海域相比其他地方相对稳定安全。

可他嘴笨，说了半天都没说到点子上，索性作罢。

救援队的船只停靠在北疾岛南面的码头上，只留了船长与两名水手，其余人包括季清和在内一并下船，沿海岸线以地毯式搜寻的方式逐渐往岛中心靠拢。

夜晚正是涨潮时分。海水卷上沙滩，拍打岩石礁砾，发出阵阵海浪的潮声，一涌接着一涌。

北疾岛上残留着不少废弃的游乐设施，树底下也堆放着破败的长桌木椅。这还只是刚上岛，渐往里去，沿途还有年久失修的小木屋，没人打理废弃的公共厕所等。

手电筒的灯光下，这些过往繁荣过的设施犹如被丢弃的玩偶，陈旧，腐朽。

再往深处走，渐渐能瞧见岛上的一些房屋，与礁石铺成的阶梯。偶尔还能从林中看到几束就在附近的手电筒光，混着不知名的虫鸣鸟叫声，恻恻作响。

队长忍不住感慨："才短短几年，北疾岛就荒废成这样了。"

季清和稍稍抬眼，目光落在前方一栋木屋上。木屋中有很微弱的烛光，像一簇小小的萤火幽然亮起。

他问："北疾岛上有人住着？"

"有。"队长拨开垂到面前的枝条，边提醒队友小心蚊虫蛇蚁，边说，"岛上一直有个六七旬的大爷看着，他也不是一直住在岛上，禁渔期有休假，会回镇上找人喝酒。"

"现在好像就是禁渔期？"季清和的视线凝在那簇越来越靠近窗户的烛火上，勾了勾唇，将手电光笔直地照向前方那排矮屋，说，"去那儿看看。"

沈千盏开完会，去阳台的藤椅上坐了坐。

屋内逼仄滞闷的空气与烟味令她感到无比厌恶，像困在布满沼泽的玻璃瓶里，瘴气毒雾烟烧火燎的，让她一刻也待不下去。

正夜深人静，微风习习。她躺在藤椅上，仰头看夜空。今晚的夜空并不好看，墨洗了般，色块沉沉，分布不均。远处似有乌云压顶，酝酿着一场即将到来的风暴。

近处，她目之所及，霓虹闪烁，这座城市的灯红酒绿并未受到任何影响。但这些并不妨碍她继续仰望夜空。忙碌了一天，此刻的安静像是偷来的，每分每秒都无比珍贵。

她将脑子腾空了一块，复盘由手机铃声撕开的这混乱的一天。想着想着，她的心不由自主地静下来。渐渐地，她眼皮耷拉，缓缓阖上。不知何时，竟搭着夜晚的小凉风，睡着了。

梦里，沈千盏被手机铃声惊醒。她睁眼时，正一人躺在酒店的大床上。手机屏幕上，"母亲大人"四个字醒目刺眼，一下唤醒了某些不太美好的回忆。

沈千盏接起电话，像早已预知了家里发生了什么，开口就问："老沈呢？还没联系上？"

沈母到嘴边的哭腔一下收了回去，她诧异道："你怎么知道？"

事情如她所预想的那般，在这一刻重新发生了。

沈千盏边换衣服边用耳朵夹着手机，匆匆问道："老沈去哪钓鱼了？"

"北疾岛。"沈母小声啜泣着，低低哀求，"灯灯，你可不能不管你爸啊，你快想想办法。"

沈千盏握着手机迈出房门，她心中急切，并未留意眼前的场景陡然一变，到了渡口。

她面前站着的，是看不清五官的救援队的队长。队长的嗓门大，正握着船帆的缰绳，催促她赶紧上船："你再晚一步，我这船可就走了。"

沈千盏连连道歉，她踏着木板跳上船，跟随救援队出海营救老沈。

从天明到暮昏，触目所及，只有孤舟和烈日。茫茫大海，除了三两海鸥外，连艘经过的渔船都看不见。

她纳闷，倚着船桅问队长："不是说北疾岛附近的海域商船不少？怎么走了半天，都没看见一艘？"

队长咬着烟，斜眼看着她，说："谁跟你说的？"

她忽然想不起名字，就像是有块橡皮擦将他存在的痕迹全部抹去，她明明记得有这么一个人存在过，可有关他的一切都如隔着茫茫大雾，朦胧不清。

她瞬间心惊肉跳，潜意识里总觉得自己遗忘了一个很重要、很珍贵的人。可任她在记忆里如何翻江倒海地寻找，这个人始终如虚无缥缈的晨雾，留给她的只有一道浅到日光一晒便即刻消失的背影。

陡然间，日夜骤转。海上忽起风暴，巨风掀动着海浪将船摇晃得像一片漂入水中的落叶。沈千盏几次站立不稳，扑倒在甲板上，被海浪迎头浇个湿透。

船舱甲板立刻乱成一团。风浪声中，挂在钢丝上的灯盏被巨浪打下，整艘船在浪墙下咯吱作响，几近解体。

就在此时，有水手看见远处海面上一艘被浪推耸着往这靠近的小船，它实在太小了，就像一只简陋的竹筏，在海浪中颠簸起伏。

于是，迎着巨浪，打捞的打捞，营救的营救。软绳，绳梯一股脑地从船舷上抛下。

终于，那只竹筏被海浪推着，推至眼前。直到此时，众人才发现，这只看着随时会解体的竹筏在风雨中巍峨不动。

那人长身玉立，站在帆下，似有操控海浪之力，在动荡的海水中如履平地。

他仰头，目光精准地望向立在船头的沈千盏，从容一笑："我来接你了。"

他伸手，修长的手指似有魔力般，蛊惑着她一步步往前走着。

她站上船舷，低头望着风暴中心，如神祇般能震慑四海的年轻男人。他竹筏之外的方寸之地，海浪滔天，巨浪为墙，正吞噬着海上无边无际的黑暗。

他含笑，目光沉静，向她微微颔首："还不信我？"

有海水扑腾，被风吹散，扬起的水汽扑了她一脸。她被坠入海中的雨声包围着，浑身湿透。她望着他，着了魔般，从船头一跃而下，扑进他的怀里。

急速下坠的失重感中，他伸手，稳稳地将她抱入怀中。她耳边的风浪声瞬间远去，他垂眸，似责怪般，语气微沉："我说了我会把伯父带回来，你怎么还是出海了？"

"我担心爸爸。"她心中记挂老沈，焦虑不安。

有巨鲸跃出海面，鸣叫声如宇宙深笛，空灵幽邃。

她侧目望去，意外瞧见老沈在巨浪中扑腾呼救，她脸上血色尽失，刚要施救，手机铃声穿透迷雾，一阵一阵毫不停歇。

沈千盏忽然惊醒。她睁眼看向街面不远处的路灯，昏黄的灯光下，雨势滂沱，和她梦里遇上的大雨一样，如倾盆而下。她被飘入阳台的水汽沾湿，浑身湿漉。风一吹，更是凉得彻骨。

沈千盏起身，去拿手机。铃声已经停了，屏幕却还亮着，提示有一通未接电话，一串陌生的手机号码。

就在她猜测是谁打来的时，手机一振，进来数条短信——

"岛上没信号，借了颗星星告诉你。"

"伯父找到了，被困在北疾岛。没受伤，一切平安。"

"海上有风暴，今晚无法返程。救援队决定暂留北疾岛一晚，明早再归。"

沈千盏悬着的心终于坠地。她将这三条短信反复看了数遍，指腹在屏幕上轻轻摩挲着，正想回点什么。

手机微振，季清和用这颗"星星"又发了一条——

"提灯入梦。今晚灯不熄，你来梦里吧。"

得知老沈同志平安后，沈千盏放下心，很快睡了过去。

一夜雷雨。

至黎明时，雨势方歇。雨滴淅淅沥沥地，沿着窗沿往下坠，发出阵阵轻响。

早晨八点。

闹铃与敲门声一并响起，沈千盏睁眼醒来，下意识去探身侧。

手摸了个空。她转身去看。床畔除了被她踢开的被子，空空如也。床单也整洁如新，没半分褶皱。她在敲门声中茫然地出了会儿神，渐渐想起——

季清和出海去找老沈了；

她昨晚开完会在阳台睡着后，被大雨惊醒，淋了个湿透；

醒来已经是凌晨一点，她收到季清和的短信，告诉她老沈同志找到了；

还有什么？

哦，海上风暴，为了安全起见，他们留在北疾岛过夜，第二天再回。

沈千盏意识收拢，终于清醒。她拥被坐起，朝门外回了声稍等。边摸过电量只剩下百分之三的手机，翻了下短信。

确认这一切不是在做梦，她心头松快，换了衣服，边洗漱边开门。

生活制片来送早餐。

早餐是一碗小米粥，一个咸鸭蛋，一个葱香花卷和若干拌粥的小菜。

沈千盏接过来，道了谢。

生活制片听她嗓音沙哑，鼻音重重的，关切地问了声："盏姐，你昨晚没睡好？"

"我还好。"沈千盏捏了捏鼻尖。

起来时，她就发现鼻子不通气，像是要感冒。

"你脸色不太好。"生活制片指了指她淡如白纸的唇色，担忧道，"吃过早饭，你再休息会儿吧。或者哪里不舒服，我去给你拿点药。"

沈千盏原想要感冒药，但速效的感冒药无一例外有个缺点，就是嗜睡。考虑到中午还要见老陈的家属，她话到嘴边又咽了回去："没事，可能起早了血糖低，休息会儿就能好。"

吃过早饭，沈千盏与苏皙兵分两路。

她去剧组坐镇，苏皙和生活制片、剧务主任一起去机场接陈嫂。

沈千盏原先并没有考虑让苏皙出面，昨晚开完会后，他特意留到最后，主动请缨要去接陈嫂。

他没说理由，像是笃定沈千盏一定会同意一样。不过事实上，她的确没理由反对苏皙的决定。

沈千盏目送几人离开后，和乔昕一同前往剧组。

老陈意外死亡的消息虽在第一时间压下，但并没能彻底遏住传播的趋势。经过一晚上，剧组上下知道的不知道的，全知道了。

相比酒店员工，沈千盏对剧组工作人员的保密性要放心多了。

　　她带的剧组，虽偶尔也会出现几朵奇葩，但只要是人，性格就不会统一。尤其剧组这类动辄几百个人一起生活三四个月的环境，什么样的人都有。

　　摩擦、争端和冲突，必不可免。但唯一一点，是她组建剧组时除安全以外首要注重的——保密性。进组前每人都会签一份保密协议，这份协议可比苏暂给酒店员工的要严苛多了。一旦发生物料、花絮等任何机密内容的泄露，立刻追责，毫不姑息。

　　剧组的拍摄场地在无锡新搭的民国场景里。

　　沈千盏一下车，便觉得氛围有些奇怪。所有人都仿佛身怀着巨大的秘密，带着点过了头的小心和刻意谨慎，丝毫没前两天准备转场北京时的欢腾与兴奋。

　　沈千盏转了转小拇指上的尾戒，不动声色地与乔昕迈入场内。

　　邵愁歇正在给宋烟讲戏，见她来了，微微颔首，算是招呼。她也不打扰，径直入内，坐在监视屏后，静静观察。

　　她一来，剧组内的风气瞬间变了。窃窃私语的人少了，现场搬道具的搬道具，搭轨道的搭轨道，连化妆组也不三三两两聚成一堆，纷纷提着化妆包为几位稍后要进场的演员整理发型、补妆。

　　她微晒，瞧了眼身后的乔昕。

　　四目相对，彼此都从对方眼中看到了心照不宣的淡笑。

　　午间。

　　沈千盏掐算着时间，给季清和拨了个电话。

　　电话通了将近一分钟后，那端接起，低低地喂了声。

　　随着电话接通，船行时的发动机声震耳欲聋，吵得人耳鸣声嗡嗡不绝。

　　沈千盏有些诧异："你们还在海上？"她以为，清晨出发，到中午怎么也该上岸了。

"出发得比较晚。"季清和避入船舱，噪声少了些，他的声音也清晰了不少。

他背对着门，从舱室的小窗口往外看去。远处碧海蓝天，海天一线，是难得一见的好天气。

"大概还有一小时到渡口。"季清和说，"到渡口后，我先送伯父回去。"

沈千盏嗯了声，指尖绕着发丝把玩着："老沈呢？"

"在休息。"

"他怎么会被困在北疾岛？"

提到这儿，季清和微微一顿，笑起来："据说，是伯父租船的船长记岔了来接的时间。"

"当然，这是伯父单方面的说法。"

他笑声清越，低低沉沉的，格外磁性："但据了解，应该是伯父和他的朋友与租船的船长议价不合。船长把人送到，空船离开了。"

沈千盏哑然。等消化后，又有些咬牙切齿。

隔着电话，他像是能猜到她此刻的表情，又是一笑："北疾岛有个七旬老翁看守，我猜伯父是想搭上岛的渔船回去，就没着急。结果运气不好，遇上风暴，信号中断联络不上。而且禁渔期，老翁休假，岛上除了伯父他们，没有别人了，这才导致失联。"

还兴师动众地出动了海上救援队。

沈千盏顿时无话可说。她捏了捏眉心，语气不善："等今晚我好好给他讲讲荒岛求生的故事。"

"你呢？"沈千盏话锋一转，问，"换了种身份和老沈见面，感受如何？"

"挺好。"季清和尾音微扬，说，"游刃有余。"

沈千盏听出他话里的轻松和散漫，猜他和老沈应该是相处甚欢。虽有些好奇他和老沈这次见面都碰撞出了什么火花，但在手机里讲不清，她也没时间听他娓娓道来，只能暂时按捺下好奇心，又询问了些别的——

"怎么找到老沈的？"

"北疾岛能住人？"

"老沈这两天都吃的什么？他就没想想回来的办法？"

海上的信号不算太好，她的声音时断时续。季清和听着，有些理解困难。他将单词单字重新组合，去猜测她的意思。

于是，两人经常上句不接下句，聊得虎头蛇尾。

沟通障碍并没有打消两人说话的热情，眼看着近饭点了，剧务在临时搭建的遮阳棚下发盒饭。

群演排着队，依序去领午餐。

除了三素两荤一汤配置的盒饭外，隔壁的遮阳棚下还摆着一桶降暑的绿豆汤。食桶下方放着保温用的泡沫箱，箱里盛着冰块，正丝丝地往外冒寒气。

沈千盏转身倚着墙，半坐半靠在窗台上，看剧务用一次性的纸杯装了绿豆汤在小桌上码得整整齐齐，又被接二连三来取绿豆汤的群演渐渐拿空。

这画面，有那么点意思，她看得目不转睛。

这么安静了一会儿，沈千盏忽地想起一件事："我妈看见老沈回去肯定喜极而泣，等她哭完了，下一步就该审问你了。"

"你把老沈送到就借口有急事，赶紧走。要是磨不开面子，或者演技不佳，可以提前给我发个微信。我给你打电话，就假装是我把你叫走的。"

季清和不置可否。迟早要见，他夺路而逃算几个意思？

"沈夫人的嘴很碎，留你吃饭，留你夜宿后就该人口普查了。"沈千盏掰着手指，一条条数，"先问家里几口人，是不是独生子女，兄弟姐妹有几个。一查完户口本，接下来就该问你什么兴趣爱好，和我有什么投机的地方，又是怎么好上的。

"如果你表现得比较配合，她会得寸进尺，继续追问未来的规划，旁敲侧击有没有结婚的打算，家里是不是重男轻女。"

季清和挑眉："你知道得这么清楚，往家里带过人？"

沈千盏跟被拉响的哑炮般，瞬间偃旗息鼓。她努力回忆了下，谨慎地回答："不算带吧，她之前给我张罗过相亲，见我比较抗拒，她直接让朋友领着对方来我家。我就，听了几耳朵。"

季清和忽地笑了下："谅你也不敢隐瞒不报。"

沈千盏的耳朵莫名一热，她捋了捋额前有点翘的小碎发，小声道："开饭了，不聊了。"话落，又立刻补充："等你回来再说。"

季清和轻嗯了声，等她挂断电话，这才拉开舱门，走了出去。

下午，沈千盏见到了陈嫂。

陈嫂四十多岁，个子不高，有些偏瘦。

沈千盏见到她时，她正坐在围椅上盯着公安机关开具的死亡证明发呆。应该是刚哭过，她的眼睛有些红，眼白布满了血丝，眼圈乌青，看上去有些憔悴。

沈千盏坐下后，她才意识到有人来了，微微收拾表情后，她扯了扯唇角，用一口夹着方言的普通话跟她打招呼："沈制片。"

"你好。"沈千盏伸出手与她相握，两厢相视时，她看见陈嫂眼底的悲戚，忽感心酸。

为了见陈嫂，沈千盏脂粉未施，一张脸素净柔和。

她静静注视陈嫂片刻，先出言安慰了几句。

老陈这事发生得突然，以沈千盏的立场，肯定是尽快解决尽快安抚为好。起码，在见到陈嫂之前，她是这么想的。

这事如果发生在以前，沈千盏可能无法感同身受。她像个精密的仪器，始终为她的工作运转着。所有意外都是她前进的阻碍，她只会冷静漠然地寻找最佳解决方式，尽快抹平翻篇。

可遇到季清和后，她的心肠好像变软了。尤其刚经历过老沈失联，尝过亲人遭遇意外的心慌急切后，她发现自己无法罔视陈嫂在老陈意外身亡后所遭受的打击和悲痛。

她再一次向陈嫂解释了老陈意外去世的原因，并让苏暂拿出老陈在剧组的上工时间："剧组在工作时间的安排上松弛有度，每个人都有足够的休息时间。即使晚上值班照看古钟，也是可以正常休息睡觉的，不存在熬夜的情况。"

陈嫂点点头："我知道，苏暂在路上时就跟我解释过了。"她看向沈千盏，神情里有些不确定，"老陈是在剧组猝死的，你们要赔偿损失的吧？"

"老陈属于自身意外死亡，按照流程，是保险公司赔付损失。"沈千盏解释完，怕她不信，低声道，"勘验和判定的都是公安机关，你来之前，应该已经了解过了。"

陈嫂颔首。

她话不多，大多时候都沉默着，听沈千盏说话。只有在有疑问的时候，才开口打断。

见她理解，沈千盏松了口气，继续告知她后续流程。

她并没有给陈嫂施加压力，始终耐心。聊完正事，她想起陈嫂与老陈还有两个还年幼的女儿，问道："你这趟过来，孩子那边都有人照顾吧？"

陈嫂有些意外她会关心到两个孩子，愣了下，抹了下眼泪，说："有的。大女儿高中住校，还不知道爸爸去世了。小女儿还在上小学，家里有爷爷奶奶照看接送，不妨事。"

沈千盏沉默了几秒，让乔昕去找酒店要块热毛巾给陈嫂敷敷眼睛："老陈的事情，我很抱歉。"

陈嫂摇摇头："老陈会走跟你们没什么关系，就是太突然了，我一下子没法接受。"

"他大伯二伯好吃懒做，跟寄生虫一样，他们老陈家全指望着老陈一个人赚钱。孩子她姑嫁出去那么多年，也常常回娘家伸手要钱，老陈没骨气又心软，公婆一示弱他就答应。"

她说着说着，又哽咽起来："我跟老陈年轻时很恩爱，陪他吃苦跑剧组。后来有了孩子，渐渐聚少离多，怨言和误会就多了起来。我就是后悔，早知道他这么早就走了，我就对他好一点。"

她絮絮叨叨的，又说了很多。像是倾诉，但更像是怀念。

她说她和老陈已经吵架分居了几个月，不过分不分居也不重要，老陈一年能休息的时间也就五到七天，可能压根儿不知道她从家里搬了出去。

家里的孩子常年见不到父亲，他对孩子的疼爱，全在满足她们的追星诉求上，前不久老陈就往家里给小女儿寄了傅偊和宋烟的签名照。

她和公婆关系不好，一是因为公婆对老陈半点不心疼，二是无度需索救济其他儿女，导致老陈的工资虽高，这些年女儿还是过着苦日子，连双五六百的球鞋也买不起。

陈嫂给沈千盏的感觉就是隐忍坚强，有自己独特的个性。

她的落落大方和知礼识趣也让沈千盏一改没见面之前对她的一些猜测和揣度。沈千盏觉得心酸的同时，内心深处也升出一股庆幸。

庆幸陈嫂有大是大非的原则，也庆幸她品性正直崇正，贤良方正。

最后，对话结束在陈嫂的苦涩一笑里，她问沈千盏："我该怎么跟两个孩子说？"

沈千盏沉默不语。她看着眼前泣不成声的女人，心头惴惴，并没有事情顺利解决的轻松："你放心，我会尽快让你拿到保险公司的赔偿款。有什么困难，你也尽管找我和苏暂。"

从陈嫂的房间出来后，沈千盏跟苏暂借了根烟，在酒店后门的雨棚下抽烟。

她心头烦躁，一根抽完又抽了一根。

再跟苏晢要第三根时，他不给了。他握着烟盒在台阶上坐下，手里的打火机一抛一落地在掌心里把玩着。

苏晢从昨晚起就很少和她说话，沈千盏这人向来不会迁就，被冷战就更不愿意低头了。

她刚要伸手去抢，苏晢敏捷地避开，小声嘀咕："季总让我照看你，给你两根已经是极限了。再多，他回来非得拧断我脖子。"

沈千盏瞟了他一眼，不以为意："你怕他？"

苏晢摇头："他对你好，我才愿意怕他。"

"他对你好，我才愿意怕他。"

沈千盏听到这句话时，有片刻的恍惚。

苏晢刚来她麾下时就是个冥顽不化的皮猴，看什么都不顺眼，自尊自大自以为是。沈千盏为了磨他的性子，他不愿意做什么就让他做什么，给他指派的全是他平时不喜欢做的事。例如：端茶送水，打扫办公室，接送客户。

她这人，颇有些不达目的誓不罢休的狠劲。

苏晢越跟她对着干，她下手就越狠。好在这傻小孩也不算太笨，在摸透沈千盏的脾气后，他浑身钢刺一敛，乖巧又听话。日积月累地，沈千盏慢慢也会教他一些谈判和应酬上的技巧。

他不算聪明，容易受激。年年都空长年龄和肌肉，就是不长脑子。在沈千盏看来，他的心智还没乔昕成熟稳重，遇事经常感情至上，意气用事。

这么多年下来，没少给沈千盏添麻烦。她教过，训过。也不是没有成效，起码同样的错误他不会再犯第二次。很多时候，沈千盏都觉得苏晢特别像只大型犬，有点傻有点憨，可他情深义重，关键时刻还能护主。就像她习惯了给苏晢收拾烂摊子一样，苏晢也习惯了依赖她、保护她。

他们之间没发生过什么轰轰烈烈感人至深的故事，也没有遭遇过天翻地覆的友情危机，每一天都过着寻常生活，机械式地在公司、片场、饭局里运转。天塌下来的大事也不过是项目黄了，投资飞了，没什么是一顿火锅解决不了的。

可能就是这样无声的陪伴和渗透，日复一日，年复一年，才将友情栽种得根深蒂固，坚不可摧。

沈千盏轻叹一声，挪了挪尊步，揉他脑袋："那就不抽了。"

她把苏晳抹了发胶的发型揉得一塌糊涂，看他短暂错愕后跟只爹毛的鸡一样胡蹦乱跳的，勾了勾唇，笑了。

应该……算和好了吧?

第二十五章

戒

吃过晚饭，沈千盏给老沈同志发了个视频邀请。

老沈似乎已经等了很久，她的视频通话刚发起，便被那端火速接通。他坐在葡萄藤架下，视频视角从下至上，将他那张脸拉得瘦长诡异。

沈千盏定睛看了两眼，问："瘦了？"

"没瘦。"老沈狡辩，"我开了瘦脸美颜。"

"北疾岛的海鲜好吃吗？"

"挺鲜的。"老沈嘿嘿一笑，反问，"你妈说你要领男朋友回来，你男朋友是到了，你什么时候来？"

沈千盏"呵"的一声冷笑，冷睨着他。

老沈被她盯得心虚，清了清嗓子，也不再顾左右而言他，老实认错："这次是我让你和你妈担心了，我保证不会有下次。我这不是也得到教训了，吃了两天海鲜呢……"

沈千盏问："你怎么回事，怎么会租了人家的船出海，价格还没商量好？"

老沈回答："还不是你海叔压价压得太狠，那位船老大又是个脾气古怪的，一声不吭。我还以为他俩谈好了，谁知道那船老大发起火来是闷肚子里的？把人往岸上一扔，二话不说就走了。我上哪讲理去？"

老沈上了年纪后，一怕老婆哭，二怕女儿发火。

今儿下午沈母的梨花带雨已经搓掉了他一层皮，他生怕沈千盏逮着这件事不肯放，毫无义气地将锅一股脑全甩给了他的钓友海叔。

甩完还不够，又声情并茂地卖了会儿惨，等沈千盏半笑半骂地瞪了他一眼，他估摸着她是不气了，才又生龙活虎起来："开心了吧？不计较了？"

沈千盏嘴硬："你都不把自己当回事，我有什么好计较的？"

老沈咧着嘴，笑得没心没肺："我出门有报备，我猜再过一天你妈怎么也该发现我联系不上了，那肯定想办法找我来了，我肯定能得救啊。我又不像你海叔，家里没人管，人丢了都不知道。"

沈千盏看向镜头里的老沈。老沈憔悴了些，精神看着尚好，但脸颊微凹，瞧着有些显老。他笑眯眯地看着沈千盏，眼角的皱纹把他的眼睛挤得又弯又窄，只露出一点黑亮的眼瞳。

眼神里，有那么点讨好，那么点求饶，又有那么点说不上来的欢喜。她忽然想起了老陈，想起了同在这个酒店某个房间的陈嫂。

陈嫂的眼泪和隐忍给了她极大的触动，她的心揪了一晚，此刻微微发酸，又涩又软："我前天给我妈打电话，我说剧组要回北京了，我想带男朋友回家给你们看看。我妈特别高兴，挂了电话就去找你，结果电话没打通，她又慌又怕，一晚上没睡，隔一会儿就联系下你和海叔。好不容易天亮，向我求助，又事赶事，我差点没接。

"我妈凶我的时候你也知道，跟只老虎一样，就差叼着我后颈皮跟我打一架。我听她的声音跟快哭了一样，六神无主地问我怎么办。老沈，你这回真的吓着她了。"

老沈沉默。他脸上的笑容渐渐淡去，嘴唇的线条拉得平直。那双眼睛不笑的时候没有神采，灰蒙蒙地看着她时，流露出几许歉意。

沈千盏想着他和海叔被困在北疾岛求助无门时的心情恐怕并不比她们好受，眼下事过境迁，当时一脚踏在悬崖边的慌乱无措和急切无助感也被老沈平安回来的消息冲淡。

她可能是真的变得柔软了，会共情了。那些准备好的，决定要劈头盖脸招呼老沈的腹语在此刻全部烟消云散，她心一软，说："我没怪你的意思，这种事以后不能再发生了。你要玩、要享受生活，都得先保证自身安全，不要因为自己的无知、自私、愚昧麻烦别人，占用社会资源。你是我爸，我希望你长命百岁健康平安，能陪我和我妈久一点。"

老沈惭愧不已，只是碍着长辈的面子，有点拉不下脸："爸爸知道错了，是不是耽误你工作了？"

"没有。"沈千盏仍是板着脸，"不是有人替我去找你了，我安心坐镇大后方呢。"

老沈摸了摸脑袋，傻笑："你还别说，我看见清和的时候，还以为自己眼花了。我想总不能我天天叨叨着想要个这样的女婿，就想疯了吧。把我给吓得，当时就踢了你海叔一脚。"

提起季清和，沈千盏眉眼一舒，是自己也没察觉的温柔："他怎么跟你自我介绍的？"

老沈顿时眉开眼笑："没顾得上，我跟你海叔带上岸的水都喝光了，忙着讨水喝了。"

"你还别说，这小子挺贴心。水壶和干粮都备着，要什么有什么，等你海叔情绪稳定下来后，先让救援队的随队医生给检查了检查。你妈都没这么细心。"

沈千盏挑眉，摆明了不信海叔会情绪激动到需要稳定。这就跟"我有一个朋友"一样，大家心照不宣就行。

老沈显然也是憋了很久，想要和她倾诉："我是自己猜出来的。起先还没敢往深了想，毕竟你那臭脾气，一般人受不了，就算图你脸好看，也撑不了一个月。"

沈千盏忍无可忍，"喂"了声打断他："有你这么说自己亲闺女的？"

老沈嘿嘿一笑，不受她干扰，继续道："我刚开始猜他是跟你一起来的，结果一问，他说你被剧组的事绊住了。我这脑瓜子转了转，我想你剧组就算缺人也不至于缺成这样啊，自己的老父亲石沉大海了让投资方来找。再怎么着，你身边不还有个苏暂？既跟我投缘你又能支配，他才是不二人选。

"后来吧，我又想到去年那会儿，他上我们家吃饭。他当时说了句你睡眠浅，你没留意，可我听着了。我就旁敲侧击，问他'灯灯工作上的事不要紧吧，她最近睡眠好不好？'"

沈千盏瞧着老沈脸上那藏也藏不住的奸猾得意，默默翻了个白眼。

敢情有个比沈母更难搞的让他先遇着了。

老沈："他可能知道我在试探他，笑了下，有所保留地回了我一句'我来之前有交代她，伯父这里尽管放心，应该不会影响睡眠'。瞧瞧这孩子，多有情商，多会说话。他这么一回答，我还有什么不明白的？我立刻明白了，这叫梦想成真。"

沈千盏比老沈淡定多了："所以您满意到一提起他，就咧嘴笑得跟中了五百万一样？"

"五百万不够，起码一个亿。"老沈目露赞许，叠声夸道，"我看清和做事稳重，性格好，相貌出众，你这狗脾气平时肯定没少欺负他。"

沈千盏："？？？"到底谁欺负谁？

许是她的不满强烈到透出了屏幕，老沈微微收敛，轻咳了声，稳重道："当然，你爸也没那么不靠谱，我昨晚跟他聊了聊，问了些你们的平常相处啊，兴趣爱好啊，又拐弯抹角地给他挖了坑，看看他对你有几分了解。"

沈千盏被勾起兴趣，斜挑着眉，问："你都问什么了？"

"也没什么，怕问得太明显跟刁难人一样，就问了问你最近都在忙什么。"老沈的情绪忽然低落下去，看了她一会儿才说，"可是爸爸自己没答案，不知道他说得对不对。

"清和说你工作有了新方向，想尝试下新领域去当独立制片人。我怕你辛苦，他倒很支持，说你生活稳定，小有存款，就算试错也还有机会从头再来。

"我说你性子要强，他说你其实很娇气，碰伤了、碰痛了能从眼眶红到鼻尖，气鼓鼓的。

"我说你平常光顾着好看，衣服总穿得少，只要风度。他说这是得说你，以后也得管着点，但女孩子都要漂亮，尤其你的工作环境，更是有衣着和外形上的讲究。

"我说你吃饭习惯不好，还挑食。他笑着说挺好的，但是得有人在边上提醒着按时吃饭。至于挑食，得看怎么喂……"老沈的煽情一停，好奇地看她，"所以怎么喂你才不挑食？"

沈千盏面不改色，反问："他人呢？"

"回去了。"老沈看了眼时钟，预估了下，说，"这会儿应该到了。"

他话音刚落，有束远光从窗外打了个旋，驶入停车场。沈千盏趴在窗口往下望，黑色的 SUV 车漆锃亮，正披着一身夜色，停在了车位上。

从车上下来的男人，长身玉立，修长挺拔，正穿过笔直的两束车灯往酒店迈去。他身后的大车发出车门上锁时的轻响声，门把手上的氛围灯随之一暗，车灯跳了两下，由远切近，由明转暗，像一束追光灯般，将他经过的痕迹一路照进了她心里。

沈千盏很少会想"是什么时候喜欢上季清和的"，或者思考"到底看上季清和什么"这类问题，成年人的爱情争分夺秒，每一刻都不容许浪费。

在这段感情里，她始终喜欢得冷静而克制，纵情而清醒。

在给予和交付上，更是有所保留，吝啬又小气。

直到今晚，她站在窗前，看着他穿过夜色赶向自己。

明明是很寻常的一幕，她却心动不已。心满得像被拉射的弓弦，箭已离发，弦却震动不止，余音绕梁。

老沈说了半天也没等到沈千盏的回应，顿觉索然无味："得，心没了，魂也飞了。行吧行吧，你的老父亲比较知趣，就先挂了。"

他说完，自行挂断。

等屏幕一暗，他看着满园的空荡，深叹了口气。未来女婿再讨他欢心，也难敌女儿有心上人后的心酸和不舍啊。

老沈背着手，反复地摩挲着发烫的手机。一想到沈千盏不久之后就会结婚嫁人，他的心口就又酸又麻，跟浸了成年老醋一样，酸不溜秋。

半晌，他才揉揉发涨的眼睛，转身回屋。

同一时间，与老沈结束通话的沈千盏，披了件外套，去门后等着。

她倚着墙，微微垂首，专心地听门外的动静。没一会儿，就有阵熟悉的脚步声由远及近。季清和的脚步声很好辨认。他双腿修长，步子总是迈得又稳又沉。走路时毫不拖泥带水，有固定的节奏，干脆空冽。一路走至门口。

沈千盏算着时间，在他刚要刷卡开门时，握着门把将门打开。

季清和微怔。他还维持着倾身的动作，陡然见门打开，她站在门后时，眼睛微微一眯，往前踏了一步，揽着她的腰，往门内一退，将她抵在墙角。

他视线不移，垂眸打量了她一会儿，反手关上门，低头亲她。

顾忌着剧组刚出过事，他没太肆意，只浅浅地亲了亲她的眉心和嘴唇。

"看到我了？"

沈千盏回抱住他，蹭他颈窝："正跟老沈打电话，他说你回来了，然后我就看见你了。"

她难得有这么小女人的时候，季清和受用，在玄关抱了她一会儿，问：

"事情解决好了？"

他虽没指明，但想也知道问的是老陈。

沈千盏点头，跟汇报工作一样："苏暂领着陈嫂去了趟派出所领死亡证明，下午我俩见了一面，我本以为要花点时间做工作。但陈嫂人还挺好相处的，对我们比较体谅，也平静接受了老陈意外去世这件事。

"至于赔偿，我和她协商时，只谈到老陈是意外猝死，赔偿会由保险公司赔付，她也没异议。但今晚我和苏暂商量了下，打算以千灯的名义再给陈嫂一笔抚恤费，不过现在还没跟她说，等另外找个时间吧。"

见事情解决顺利，季清和领首，随即低头蹭她鼻尖："感冒了？"

沈千盏诧异于他的心细如发，下意识就问："你怎么知道？"

"中午在电话里就听你有鼻音，当时没法确认。"他握着她的下巴微抬，跟逗猫一样，用指腹碰了碰她的鼻尖，"干的，不健康了。"

沈千盏这种满脑子装着黄色废料的女人，对某些词汇异常敏感。

她眼神促狭，不安分的指尖从他的喉结一路往下，行山过桥般沿着衬衣的中线轻轻地，落在了裤腰上。又不轻不重地用手指钩了钩他的腰带，低声道："那你让它湿了不就好了？"

她说话时，稍抬了抬眸，与他四目相对。

沈千盏的风流，是骨子里就刻着的。她惯会一些勾人的小伎俩，时不时地就用眼神撩撩你。说不上多高明，可一举一动，一指一划恰到好处的风情万种，能搔到心尖上，痒到魂魄里。

季清和呼吸声微沉，半撑在墙壁上的手回落，去攥她的手指。他攥得用力，凝视她的那双眼睛似深海般幽邃深沉，遍布深渊。

这令沈千盏想起了她昨晚做的梦。她蜷在季清和掌心里的手指钩了钩，低声道："我昨晚梦见你了，和前天早晨一样的开头，除了没有你。"

梦这种无趣的东西，她向来忘得快也忘得干净，仔细回忆了片刻，沈千盏才接着说："我忘记你了，我梦见自己跟着海上救援队出发，去找老沈。半路遇上风暴，觉得自己就要死在找老沈的路上时，你出现了。我看到你的那刻，觉得好熟悉好珍贵。

"你就站在海里，说来接我了，见我站在船头不动，又问我是不是不信你。我当时一点犹豫都没有，一跃而下，被你接住了。"

季清和轻嗯了声，眼里漫起几分笑意："所以感冒了？"

"因为做梦掉进了海里？"他的关注点完全不在她的梦上，"好像还赖我？"

沈千盏刚酝酿起的情绪一下就散了。她低头狠狠咬了他一口，怒道："我没跟你说感冒的事。"

季清和的注意力全在她泛粉的耳垂上，一阵心猿意马："那你继续说。"

他这句话接得敷衍，沈千盏顿了一会儿，才克制着情绪，说："我看到你的那刻，忽然就觉得……"她停顿了几秒，有些别扭，又有些不好意思，"觉得这个世界上的另一半自己找回来了。"

季清和收回视线，去看她。

她眼神微微闪避了下，许是觉得自己躲得有些莫名其妙，她调整好情绪，又故作漫不经心地，与他对视了一眼。

"另一半自己？"他反复咀嚼了几遍，忽地低低笑起来，笑声低沉，引得胸腔微震。

"这么久了，你总算在感情上有所长进。"他语气愉悦，将她的手牵至唇边，奖励般亲了亲，"等你什么时候准备好结婚了，一定要暗示我，再隐晦我都能听得懂。"

怎么就提到……结婚了。她开窍归开窍，结婚还是有点早。

沈千盏抬眼瞥他，指尖在他胸口戳了戳，转到正事上："有个事想跟你商量下。"

"你说。"

"本来不是说趁剧组离开无锡前带你回趟家吗？"沈千盏视线微低，

落在他的衬衣领口上，只用余光打量他的反应，"然后老沈闹了出失联，剧组也出了点意外，我是想老沈他们也算见过你了，不然我们等下次再一起回去？"

"辞职后也行，只要你有时间。"

季清和猜到她要说这件事，点点头，赞同："我也觉得现在的时间不太合适。"他摸了摸沈千盏的耳垂，问，"我是给了你什么错觉，让你觉得我不是个善解人意的人？"

像是知道她要回答"不是错觉"，不等她开口，他便挑了下眉，补充："我不着急，迟早都是我的，我急什么？"

以沈千盏对他的了解，发生了这些意外，即使她不提，他们也有足够的默契暂时将此事延后。

她要提的，其实是另外一件事。见家长这事充其量只能算开场白。

"第二件事。"她斟酌了数秒，小心试探道，"明决有没有催你回北京？"

季清和把玩她的手一顿，垂眸看她。沈千盏被他盯得后脊发凉，忍不住清了清嗓子："我是考虑到你在这儿，可能会有点不方便了。"

前天早上事出突然，沈千盏也顾不上去考虑避嫌。可现在，剧组被老陈意外死亡的事情一拖，得在无锡多留几日。又是多事之秋的敏感时期，季清和在组里，就跟靶子一样明显。进进出出的，得多少双眼睛盯着。这种时候，无论是传出桃色绯闻还是承认恋情都不是最佳时机。

按沈千盏的计划，回北京后，《时间》大部分戏份已经不需要季清和再从旁指导，这时候也不会有人再关心他们有没有在谈恋爱，是不是潜规则。

等她从千灯离职，脱离项目状态，就更没人可以再说什么。今后她做她的独立制片人，他做他的不终岁的执行总裁，再谈起前缘，只会锦上添花。

她是把算盘打得噼里啪啦响，可关键得看季清和愿不愿意配合。明明是合理合法追求来的女朋友，却天天不给名分，还赶他回北京……这事怎么说，沈千盏都挺心虚的。

季清和眯了眯眼，问："想让我先回北京？"

他呼吸放缓，语气虽平，却细听之下，不难听出他隐藏起来的不悦。

沈千盏硬着头皮嗯了声，解释："不是先回北京。"

"是按时回去。"

这之间的区别可大了。她犹豫数秒，说："怕陈嫂伤心过度，我今天没跟她详细聊老陈的身后事怎么操办。遗体肯定是要带回家安葬的，剧组估计要在无锡耽搁几天。"

"乔昕晚上在改签，我擅作主张，将你的先保留了。"沈千盏生怕解释得不够到位，引起误会，"当然，你觉得这样的安排不合适，我们再商量。"

按沈千盏的行事作风，她能解释得这么清楚，已经算很客气了。

事出有因，行程有所变动也是常事。两人的阅历加起来可以说是千帆阅尽，饱经风霜了，要是连这点细枝末节都要计较，以后还有那么长的路，要怎么继续往下走？

季清和计较的，也不是这个。

他一手撑在她脸侧的墙上，微微俯身，与她平视。玄关的壁灯下，他那双眼犹如淬了光的宝石，漆黑得有些灼人。他的眼神里更是毫不掩饰的占有与掠夺，森然地，向她露出了利爪。

沈千盏看见他笑了笑，那笑一闪而过，三分轻嘲，七分微哂，他嗓音压得极低，一字一句问道："那以后呢？什么时候给我个交代？"

他强势，侵略性十足的时候，五官似乎也跟着变得妖冶起来："你是打算，把我藏起来？"

沈千盏心口一悸，满脑子的——狗男人又杀我。

　　绝大多数时候，沈千盏都很难抵抗季清和以身为引的色诱行为。而后者，似乎也发现了她的这个弱点，渐渐掌握，灵活熟用。沈千盏暗恨自己没出息，可膝盖又软得明明白白，干干脆脆。

　　她故作不解，装傻道："哪种交代？"

　　随即，又不给他说话的机会，自问自答："我当然是以结婚为目的在跟你谈恋爱。"

　　沈千盏与季清和是在《时间》开机后确定的恋爱关系，至今未满三个月。

　　起初，她提出不公开时，季清和的态度是默许、迁就，并为之配合的。在工作期间牵扯上私人感情，宏观上看，的确存在着一定的风险。

　　这个社会，正值感情快速消费阶段。人们因为工作压力和生活所迫，对甜甜的恋爱有着无法抵抗的向往与追求。但当那些被当作精神食粮羡慕着并为之追赶着的亲密关系频繁破裂后，公众对"公费恋爱"产生了无限抵触情绪。

　　它虽不会上升至个人的道德问题，却会无形中影响作品的口碑。这也是沈千盏一直以来坚持不把私人感情与工作混为一谈的原因。可惜啊，人这种生物，一生之中总能遇到那么几个让你为之破戒的人。而季清和，就是沈千盏在色欲上遇到的戒。在剧组生活的数月，两人暗度陈仓，夜夜春宵。如果不是前两天发生了令所有人措手不及的意外，他们也许会继续保持这种和谐的地下情状态，直到《时间》杀青。但事情，很少会依照一个人的意念和期望去发生。

　　在沈千盏坚定拒绝季清和那会儿，她就没想到在不久的将来，她会天天在这个男人的怀里醒来。

　　在她决定低调恋爱，隐藏季清和的存在时，她也没想到有一天她会和苏澜漪闹掰，从千灯离职。

　　在一切事情都在沿着既定的轨道缓缓前行时，她也没有想到，一出意外，会将两人的关系托出水面。

季清和的目光落在她被吻得斑驳的双唇上，用指腹替她擦了擦沾到唇边的口红："你知道我提的不是这个。"

他的手顺势滑至她的耳朵，去捏了捏耳垂："回北京后，我会慢慢带你参与到我的世界里来。你会见到我的合作方，或者也会是你的，还会见到我的一些朋友，比如宗辽。你是打算避而不见呢，还是……"

他眉梢微挑，并未将话彻底说完。反而是这种留有余白让人自行发挥的，更令人压力倍增。

"并不冲突。"沈千盏被他捏得有些痒，想躲又不敢，咬了咬下唇，说，"我也会带你融入我的朋友圈，不过我没有多少交心的朋友，而且大部分你也都见过。"

说到这儿，她有些疑惑："是不是因为我没有朋友，我才不会想着分享啊？"

她这么一句，反将一军，将季清和难住了。

他垂眸，递了个"你是不是差不多了"的眼神："你一直在曲解我的意思。"

沈千盏不自觉笑。她那点小聪明蒙骗别人还行，到季清和这儿，回回行不通。

她环住他的后颈，微微踮脚，去亲他的下巴。见他垂着眼睛，放纵地看着自己还能做些什么哄他时，沈千盏凑上前，又去亲了亲他的嘴唇。

他的下唇干燥，异常柔软。双唇相触间，她心底忽生起一丝不舍，又咬又吮地尝了一遍又一遍。

半晌，她才意犹未尽地舔舔唇，跟吃饱喝足了的妖精一样，就差像只猫儿那样在他面前舔爪了。

"你徒弟跟宋烟不知道算什么关系，我本来以为两人在恋爱。一去问，不只当事人否认，就是严刑拷打经纪人也没问出所以然来。"

她不会无端提起傅徯宋烟，季清和一时没猜透她想说什么，斟酌数秒后，说："他们不是恋爱。"

"是离婚了。"

沈千盏震惊。她惊到脑子空白了一瞬，跟炸烟花一样噼里啪啦闪着光："离婚？"

季清和勾了勾唇，为保全她的面子，他还稍稍克制了下唇边的笑意："嗯，好像有复婚的打算，所以你也不算白用功。"

沈千盏为傅徯、宋烟打马虎眼的时候不少，看到狗仔记者更是第一时间通风报信。

季清和经常被迫充当工具人，夹在这两人中间，早有怨言："我也是最近刚知道，他们的事和我们有关？我既不算公众人物，也极少出现在大众视野中。如果你需要，我可以完全隐在幕后，不再出现。"

瞧瞧。这狗男人又开始先发制人地给她挖坑下套了。

沈千盏缓和了下心情，说："我在防两人恋情曝光，给《时间》增加压力。有时候，项目太受关注，并不是一件好事。重压之下，容易倾覆，也容易被针对。他俩曝光的时机一旦不合适，对《时间》只会起到反作用的反噬。

"不终岁作为一个奢侈品品牌，与它相关的内容消息最好都是正面的、积极的，富有正能量。我风评不好，一旦《时间》成为众矢之的，你也会成为靶子，对不终岁或多或少会造成负面影响。和你恋爱这件事没什么好藏的，我也不会刻意去否认，别人是怎么谈恋爱的，我们也是。"

沈千盏在做每件事以前，都会考虑其后果及影响。她身处娱乐圈，与这个行业密不可分，她比季清和更明白除去现实世界外的二维度是个怎样黑白分明的世界。

一面纯净如水晶，一面阴暗如地狱。不是经历过的人，不会知道这个世界有多少莫名的汹涌恶意。

　　她不知道季清和是否明白她的意思，想了想，比画："具化下，就是……《时间》播出前不公开。出席公众场合，低调，不秀恩爱。私下该怎么恋爱怎么恋爱，和你理解的傅溪、宋烟那种不公开不一样。我还是可以出去见人的。"

　　话落，沈千盏看了他一眼，腹诽：说得那么委屈，好像她不公开他就没辙了一样。这狗男人惯会当面一套，背后给她使绊子。

　　上回她刷卡去他房间，被剧组的几个工作人员撞见这事，说没他的手笔，她才不信。

　　她的所有考虑都是出于对项目的口碑考虑，沈千盏在圈内是出了名的靠实力说话。一不强行炒CP，二不故意制造话题博眼球，每回剧播都清清爽爽，观赏愉快。这也算是一个制片人秉持本心的职业操守吧。

　　季清和算是接受了她的解释，看了她一会儿，深思熟虑道："这么听着，是得快点把你变成季太太。"

　　话落，他拍了拍沈千盏的臀，低声道："行了，故意逗你的，我哪舍得为难你。"

　　他俯身，将她抱入怀里，低头时亲了亲她头顶的发旋，说："为了避嫌，我先回去休息了。昨晚和你爸聊了大半夜，都没怎么睡。"

　　他眼睛看着是有些疲倦。

　　沈千盏拍拍他的背，心疼道："老沈怎么这么不懂事，还不让你睡觉？"

　　提到这个，季清和微微一顿，说："他说，想考核考核我的待机时间有多持久。"他眸色微深，无声笑道，"所以你这性格，现在看来，多半是家族遗传了。"

第二十六章

渡我

季清和回来了，虽然两人之间隔着一条走道，无法相拥而眠，但沈千盏还是觉得无比安心。就像一艘漂浮在海上的孤帆，终于寻到了另一艘船只，终于能够在茫茫大海中相互依偎，逐浪而行。

第二天，沈千盏带上乔昕，去找陈嫂。这是前一天约好的。等陈嫂休息够了，大家再坐下来聊老陈的身后事。

面谈很顺利。陈嫂的情绪相较第一天时更稳定了些，她提了自己的为难之处，希望剧组能尽点绵薄之力，安排殡仪馆的车将老陈的遗体送回家乡。

她孤身一人前来无锡，人生地不熟，剧组于情于理都该将这件事安排妥善。

沈千盏答应下来，让乔昕去确认流程以及最快的动身时间。

聊完这些，沈千盏又向陈嫂告知了保险公司的赔付流程，让陈嫂耐心等待赔偿审批："还有一件事。"

沈千盏笑笑，正斟酌着如何把昨晚与苏暂协商的，以千灯的名义再给她一笔抚恤费的事讲清楚、讲明白时，她双手交互相叠，踌躇着问道：

"沈制片，剧组是不是很快要离开无锡了？"

沈千盏一顿，暂时将刚才的话题放到一边，回答她："对，无锡这边的取景结束，这几天就要转场了。"

陈嫂面色局促，稍稍有些不自然："我还有个请求。"

"您说。"

"我公婆不放心我一个人带老陈回去，想让大伯一家过来帮忙处理。"陈嫂微微垂眼，低声道，"我人微言轻，公婆并不重视我的意见。他们执意要让大伯一家来无锡，我是考虑，与其他们不声不响地来了，不如沈制片你这边给安排一下。"

沈千盏没说话。气氛在不知不觉中忽然变得紧张起来。她双腿交叠，静静看了陈嫂半晌。

陈嫂被她打量得不自在，避开了视线假装去看不远处还在和殡仪馆沟通的乔昕。

良久，沈千盏移开目光，柔声道："安排当然没问题，这也是正常要求。你放心，我下午就让乔昕联系你，尽快办妥。但具体的情况，可能还得等殡仪馆那边彻底落实下来。"

陈嫂见她宽容随和，又好说话，缓缓松了口气。

沈千盏又陪着坐了会儿，见时间差不多，借口剧组还有事忙，领着乔昕先行离开。

等走出陈嫂的房间，沈千盏脸上挂着的亲和温柔，彻底消失不见。她寒着脸，疾步迈入电梯，一言不发地先回了房间。

午饭时，沈千盏特意招了苏暂回来商议。

她先将上午与陈嫂见面时所聊的内容复述了一遍，并未立刻说起自己的猜想。

苏暂在听到老陈大哥一家要过来时，与沈千盏的考虑如出一辙，他微微蹙眉，疑惑道："陈嫂不是和大伯一家不合吗？"

沈千盏抿了口咖啡，淡声道："合不合还是次要的，两家毕竟是亲戚，人死之事最大，什么恩怨都能暂时放放。"况且，陈嫂拿公婆说事，事件逻辑合理，情感上她仍是那个丈夫意外去世，无可奈何的弱者。

苏暂忽然想起一件事："我们打算以公司的名义给她抚恤金这事你没说对吧？"

"正要聊。"沈千盏舔了下嘴唇，说，"她把我打断了。"

沈千盏这些年见识多了牛鬼神蛇、妖魔鬼怪，对人心险恶有很深刻的了解。

她同情陈嫂，对老陈猝死这起意外也抱有一定的愧疚与敬畏，所以想尽自己所能为老陈的家人尽尽心。除了抚恤金以外，她私底下还替陈嫂考虑过怎么最大限度地保留老陈的赔偿款。但说到底，这是人家的家务事，她操的这份心已经过界了。

如果陈嫂看得通透能接受她的好意，当然皆大欢喜。可如果陈嫂觉得她多管闲事，那她就是吃力不讨好，平白惹上一身腥。

所以沈千盏在措辞该如何说明这笔抚恤金时，真是头都抓秃了。如果陈嫂当时没有打断她，沈千盏是打算以给孩子教育资金的名义将这笔钱私下通过公司账户转给陈嫂。

不过此刻，她反而庆幸自己被打断了，能够留以后手。

苏暂沉思片刻，说："陈嫂这个要求并不过分，让乔昕去订机票。有些事如果要发生，光靠躲是躲不过去的，不如走一步看一步。"

沈千盏有心考他，问："那还需要做哪些准备？"

"明天多留几个剧务在酒店守着，讲得通我们就讲道理，讲不通那就只能强硬点了。"

沈千盏与他的想法一致，闻言微微颔首，示意乔昕先按苏暂说的办。

这突然横生的枝节，令沈千盏有些不安。

季清和见她连吃个饭都心不在焉的，边给她布了两筷子东坡肉，边开导："考虑得多不是坏事，你和苏皙既然已经有了对策，现在就好好吃饭。"

沈千盏问他："我是不是把人想得太坏了？也许老陈家就是担心陈嫂会吃亏，所以才让大伯过来帮衬下。"

季清和用筷子敲了敲碗沿，示意她先吃饭："听说老陈在组里有个同乡？"

"是啊。"沈千盏皱着眉咬下一口五花肉，嘀咕，"剧务主任找小陈了解过，陈家的情况基本跟陈嫂说的差不多。大伯二伯两家全跟吸血鬼一样吸老人家的血，老陈看不过去，总想着帮衬父母，挺愚孝的。

"而且，听说他们家在村子里挺浑的，之前村长看不下去出言劝诫，结果被打到住院。后来就没人敢管陈家的闲事了。"

"如果只来大伯一家，掀不起什么风浪。"季清和说，"我看你准备了不少证据？"

沈千盏随口答道："是啊，下午让乔昕打印出来的，还备了好几份。为了以防万一，我让乔昕联系了千灯的法务部，一旦有需求，让律师立刻过来。"

见她准备充分，只是单纯情绪上的不安后，季清和没再多说，盯着她吃完了一碗饭，又摸了摸她鼻尖："感冒好了？"

沈千盏先是一愣，随即抬脚踢他："你真当我是猫了。"

昨晚季清和走后不久，让生活制片给她送了特效药，她安稳地睡了一晚，今早起来就什么症状都没了。

见她嫌弃地皱着鼻尖，季清和倚着靠背，忽然说："我明天中午的飞机，回北京后就有一阵子见不到了。"

他不说，沈千盏差点忘了。按原计划，明天本该是剧组大迁徙的日子。

她自觉地坐过去，挨得他近一些："明决会替我接你吧？"

她这话说得巧妙，几个字偷天换日，全成了她的心意。

季清和曲指刮了刮她的鼻尖，低声道："别让我在北京等你太久。"

隔日。

苏晳去机场接机，顺道送季清和。

商务车前脚刚出发，后脚事就找上门来了。

沈千盏正在房间和导演组开会，酒店的内线电话突兀地响起，吓了众人一跳。

她惊魂未定，眼皮直跳，缓了一下，让乔昕去接电话。

电话是酒店前台打入的，告知沈千盏有客人来访。

乔昕最近跟沈千盏形影不离，要不是季总在，几乎吃住都在一起。自然对沈千盏的行踪了如指掌，她闻言，回头看了眼完全不受影响与导演组继续开会的沈千盏，与酒店确认："剧组这边最近没有访客预约啊，你确定是找我们房间的？"

前台最近得了剧组的吩咐，访客皆要登记。所以并未让访客直接上楼，而是将人暂留在酒店大堂，先通知住户本人。

听乔昕这么说，她轻声说了声"稍等"，转而向访客核实房间号并确认访客个人信息。

"对方是位记者，说要找 8088 房间的沈制片。"

乔昕一听"记者"二字，头瞬间就大了。

这两日也不是没有记者在酒店外徘徊，打听剧组发生了什么。路人语焉不详，酒店的员工又守口如瓶，至于剧组这边，更是跟铁桶一样密不透风。

那些一心想要探知新闻八卦的记者只知道些皮毛，并不了解发生了什么。是以，这段时间网上风平浪静，除了几张警车停在酒店门口的高糊照外，并没有引起大范围的讨论。像这样直接找上门来，还知道沈千盏具体房间号的记者，还是头一次见。

乔昕拿不定主意，半掩住听筒，询问沈千盏的意见。后者的关注点却在这位记者居然能获知确切的房间号上："他知道我住在 8088？"

沈千盏诧异之余，眼皮跳了跳，总感觉有股危机正在悄然靠近。她起身，亲自接过听筒，让酒店把电话递给对方。

对方接过电话后，先自报家门："您好，我是《新娱快报》的记者蒋孟欣，请问是沈制片人吗？"

沈千盏眯了眯眼，问："请问，你是怎么得知我们房间号的？"

蒋孟欣笑了声，说："沈制片，我不只知道你们的房间号，我还得知《时间》剧组发生了一起命案，不知你有没有时间可以和我见面聊一下呢？"

这么底气十足的威胁，沈千盏还是第一次遇见。

她险些冷笑出声，握着电话考虑了两分钟后，道："稍等，我让助理来接你。"挂断电话，她似还沉浸在与蒋孟欣的对话里，脸色尤为难看。

乔昕默然不语，等她指示。

室内鸦雀无声，似有风雨欲来，楼内满盈。

半晌，沈千盏挥挥手："今天先到这儿，散了吧。"

察觉她心情不好，导演组无人敢吭声，有序地收拾好东西，逐一离开。

邵愁歇走在最后。他想安慰安慰沈千盏，但一张口，又觉得词汇空空，苍白无力。

场务猝死这件事，剧组上下封口严实，又严禁私下讨论。邵愁歇还是从沈千盏的口中得知整个事件的经过。从事发到善后，他对沈千盏高效且毫不拖泥带水的处理方式非常欣赏。

越是深入了解，越能感受到她的个人魅力。这不只是职业和专业带来的光环，邵愁歇与沈千盏的这次合作本就建立在"慕名而来"上，他仰慕沈千盏的能力，沈千盏也欣赏他的艺术水准。

合作至今，邵愁歇始终觉得沈千盏无愧于"金牌制片人"的称号，她处事周全，思维缜密，情商又高，既省事省心，还格外可靠。

虽说最打动他的一点，是沈千盏给钱大方……但这对任何一位灵感时时处于迸发状态的导演而言，都是无法抵抗的优势与诱惑。

想到这儿，邵愁歇不由清了清嗓子，说："沈制片，不在其位永远无法感同身受。但剧组遇到难关，不只是你一个人的事，我们全剧组都应该一起承担。你要是有需要，我们所有人都可以赴汤蹈火。"

沈千盏见他不走，正要问他还有什么事，陡然听到这么一番慷慨激昂的发言，她意外之余甚至有那么丝欣慰。

她拍了拍邵愁歇的肩，送他出去："没大事，你不用操心，有事我也能解决。"

邵愁歇听到熟悉的"有事我解决"，笑了笑，说："你可能不知道，我们干导演的都想和你合作，除了给钱大方，就是这句'有事我解决'让人觉得安心又可靠。"走到门口，他止步，示意沈千盏，"你有事先忙。"

沈千盏点点头，目送着他走远后，招了招手，示意乔昕去酒店大堂把那位记者蒋孟欣带到同一楼层的会客室："她要是跟你说话，你注意点，以防被套话。"

乔昕机灵，不用沈千盏直白到把话说明便知道自己该怎么做。离开前，她忽地想起一件事，提醒道："这位记者的名字有点耳熟，不知道在哪听到过，没太大印象了，但能确定应该就是最近发生的事。"

沈千盏皱了皱眉，独自前往会客室时，给苏暂打了个电话，询问他对蒋孟欣有没有印象。

苏暂快到机场了，正在过机场高速的收费站，闻言，回忆了片刻，说："好像是在哪里听到过，我查查，等会儿回你。"

挂断电话后，沈千盏沉眉敛目，在沙发上坐了片刻。许是干等容易让人情绪受到影响，在心窝燃起焦虑情绪的那刻，她起身，去茶水间泡了两杯速溶咖啡。

三分钟后，沈千盏端着咖啡出来时，乔昕也正好领着蒋孟欣进来。

两人的脚步声被厚厚的地毯吸收，只有玻璃门关合时发出一丝轻微的转动声。

沈千盏像是完全不记得方才两人在电话里的剑拔弩张，友善地笑了笑，示意蒋孟欣先坐："我给你泡了杯咖啡，酒店环境比较简陋，你不介意吧？"

当然，她根本不关心蒋孟欣介不介意。沈千盏说完，压根儿没给她开口的机会，让乔昕接过咖啡摆到她面前的桌几上。

这不动声色的下马威，令蒋孟欣笑意微收，面对沈千盏时多了几分小心谨慎。她道过谢，端起咖啡先抿了一口。

沈千盏借机上下打量了她一眼。与她脑中想象的记者不同，蒋孟欣身材高挑，五官柔和，看面相绝对不是电话里咄咄逼人极具攻击性的那类人。

她身前挂着个相机，腰上还挎了个鼓鼓囊囊的腰包，显得本就瘦削的身形更加单薄。

可能是先入为主的原因，沈千盏对她的印象并不好。她虽然笑着，那笑意却不及眼底，只浅浅的一层，公式化得像是在应付。

蒋孟欣笑了笑，开门见山道："我很抱歉为了见您一面，用了不算友善的方式吸引您的注意力。"

沈千盏在嗓子深处发出一声回应，算是接受她的歉意："我很好奇，蒋女士是怎么得知我们房间号的？"

这是无法回避的一个问题，蒋孟欣如果不回答，后续的谈话自然也就没有必要了。她显然也明白这点，镇定自若道："剧组的保密工作做得还是不够严密，我稍微找人打听下就问到了。保密协议里可没说，不能透露制片人的房间号。"

沈千盏并未被她几句挑拨到生气，她大方地一笑，风趣道："多谢提醒，以后一定增加保密协议的约束性。"

蒋孟欣自知在沈千盏面前，她的段数压根儿不够看的，也不再用言语挑衅。她从腰包里拿出一支录音笔，堂而皇之地按下录音键，开始录音："我得知消息，《时间》剧组因工作时间安排不善，导致场务在岗期间猝死，沈制片人，这消息是否属实呢。"

乔昕差点跳起来，她怒目圆睁，狠狠瞪着蒋孟欣，语气不善："蒋女士，你作为记者，我们充分尊重您的职业。但在我们没有答应接受你的采访时，你这样公然录音，是否损害了我们的权益？"

沈千盏也十分不悦。她注视着蒋孟欣那张扬扬得意，甚至有恃无恐的脸，拉回乔昕，示意她少安毋躁。

她握着手机的手指悄悄点了两下，给乔昕传递了个暗号。后者秒懂，立刻打开手机的录音功能，以防蒋孟欣后期拿着录音做文章。

"我不知道蒋女士你这消息是来源于哪里，你又为什么觉得可靠。但有一点，信息中有主观猜测甚至杜撰的成分，我在这儿建议蒋女士接下来的每句话都要深思熟虑。鉴于你现在这种强行采访、录音的行为，一旦你出现损害剧组权益的行为，我一定会起诉维权。"

相比乔昕瞬间炸毛的反应，沈千盏云淡风轻且有理可依的这番话，立刻可见高低。

蒋孟欣次次在她手里吃亏，咬了咬唇，不得已更正道："那请问沈制片，《时间》剧组于两日前有场务意外死亡一事，是否属实。"

沈千盏直视她的双眸，嗓音清冷，承认道："是。"

蒋孟欣眉梢微挑，再次追问："场务在工作期间工作岗位上猝死，是否是剧组时间安排不合理造成的呢？"

"不是。"沈千盏冷静地回答，"场务意外去世后，剧组第一时间报警立案。警方已判定死者意外死亡是自身原因，与剧组无关。"

蒋孟欣："我听说，《时间》剧组为了拍摄，租借了名贵的古钟。而该场务正是负责看守古钟的工作人员，且有值夜班、熬夜的需求？"

沈千盏讥讽："你作为记者，多次使用'听说'一词，你确定你的采访会具有可信度与权威性吗？"

蒋孟欣再次被噎，整张脸瞬间冷了下来："沈制片避而不答是否因为心虚？"

"我只是提出合理的质疑，你连这都接受不了，等新闻写出去了，又要如何面对人民群众的质疑？"沈千盏笑笑，慢条斯理地喝了杯咖啡，邀请她，"别光顾着聊天，喝点咖啡润润嗓子。"

沈千盏处理过的危机公关估计比这小记者走过的桥还要多，想给她下套？她还年轻着呢。

几番你来我往，在沈千盏碾压性的优势下，乔昕已经十分淡定了，甚至还有那么些同情这位记者。她们家沈制片刚起来连甲方都撑，打嘴炮除了输给过季总，从无败绩。这得多想不开啊，要来沈千盏跟前找不痛快。随着沈千盏强行中断，邀请蒋孟欣品咖啡后，会客厅内的气氛一凝，气压骤降。

正僵持间，沈千盏的手机一振，苏暂发来一条消息——

蒋孟欣报道过《春江》剧组斗殴一事，后来公司公关，她出来给萧盛道过歉。

除这条消息外，是苏暂从网上截图的有关蒋孟欣的精彩履历。

作为娱乐报的记者，蒋孟欣因大胆犀利的爆料风格，被网友戏称为娱乐圈内的道德标杆。为博人眼球，蒋孟欣多次虚假报道，被人起诉。但因背后有资本力量支持，"蒋孟欣"这个名字甚至成了一个量级 IP 号，拥有自己的公关团队。

沈千盏垂眸，一目三行地浏览完毕，再看向蒋孟欣时眼神微变，渐渐凝重。但顾忌着她的录音笔，她并未轻举妄动，问出一些不合时宜且会留下把柄的问题。眼下不宜再与对方交锋，得尽快脱身才好。

正思忖间，走廊里脚步声匆匆，一名场务推门而入。他面色急切，额间带汗，显然是遇到了要紧的急事。

就在他不管不顾要开口时，沈千盏面色一凝，轻喝道："没看见我这里有客人，冒冒失失的。"她斥完，见场务将到嘴的话咽回去，一双眼急得赤红时，姿态优雅地起身，对着蒋孟欣笑了笑："我这边有点急事要处理，蒋女士你暂歇，我去去就来。"

话落，她看了眼乔昕，递去一个示警的眼神："你先替我陪着蒋女士。"

蒋孟欣自然不干，她双眸迸出兴奋之色，正要跟上去时，走在前面的沈千盏忽然回头，眼神凌厉地望了她一眼。

这一眼的威严，犹如实质，瞬间将她镇在当场。

待走出会客厅，沈千盏绷着的背脊微松，低声问道："出什么事了？"

场务终于被解禁，匆匆忙忙道："酒店来了一伙自称是老陈家属的人，全都带着棍棒，酒店的保安拦都拦不住。他们进来就直奔放置古钟的房间，我们听见敲门声没想到会是来闹事的，开门后迎头就挨了打。"

沈千盏脸色一白，脚下步伐犹如生风："人没出事吧？"

"除了挨了一棍子的兄弟，其他人有防备后倒没伤到。但对方人多，来了七八个，个个凶神恶煞的，上来就打架。我们不敢还手，就被动自卫。"

沈千盏问："报警了没有？"

"报了。"

她声音冷得如坠冰窟："陈嫂呢，去请了吗？"

"还没。"

"古钟呢？"她咬牙切齿。

"暂时没事，大家都知道古钟贵重，誓死保护着。"

沈千盏倒抽一口气，太阳穴突突直跳。

她用力地按了按眉心，趁着电梯下落的工夫，努力让自己冷静下来："你去叫人，把摄影组还留在酒店的几位师傅全叫来。"

她算着警车预计到达的时间，稳了稳心绪，先给苏暂打电话。

等待电话接通的时间内，她余光扫见电梯镜中的自己后，似不敢确信那颓丧的人就是她，下意识抬眼，重新看向电梯镜。

镜子里，她面色苍白，整个人犹如被抽走了精气神般，微微佝偻着。耳边阵阵忙音里，她听着自己大脑一片空白时如雪花降落的嗡嗡声，似蜂鸣，一圈圈涤荡开来。

她用力抿了抿发抖的唇，用指甲掐了掐掌心，挺直背脊。

她不能怕。还要冷静。更不能露怯。

她是剧组的排面，是指挥官，她的一言一行代表了剧组，也代表了千灯。她垮了，剧组的意志也就散了。她必须跟没事人一样，强硬、镇静、坚定，什么都能解决。

沈千盏在给自己做心理暗示的同时，电话接通，苏暂的声音里带着一丝急躁与不易察觉的不安，轻声响起。

背景音里是机场到达区机械的航班抵达播报。嘈杂的声音一下淹没了她的思维，沈千盏大脑空白了一瞬，险些忘记自己为什么要给苏暂打电话。

她抬眼，看了眼即将到达的电梯，语速飞快地问道："你接到人了没有？"

"没有。"苏暂对沈千盏的情绪变动很敏感，几乎是立刻发觉她的不对劲，迟疑着问道，"怎么了？"

"酒店来了一批自称是老陈家属的人闹事，你赶紧确认下。"

苏暂正束手站在咨询台边，闻言，犹如挨了一记闷棍，骂了一声："这帮孙子。"

他仰头看了眼早已到达的航班号，心口燥得犹如有把火在烧，烧得他理智全无："我现在就回来。"

他这句话无疑证实了酒店正在闹事的这帮人的确是老陈的家属没错。沈千盏心一凉，感觉血液都被抽走了一半。她闭了闭眼，交代："行，路上小心，我这边能稳得住。"

苏皙嗯了声，正要说"季总刚才半道就回去了"，话还没开口，伴随着沈千盏那端电梯到达的声音，她把电话挂得干脆利落，半点没给他留说话的机会。

他空瞪着手机半晌，郁闷收线。

同一时间，沈千盏和场务兵分两路。

远远地，她便听见走廊上喧哗吵闹的争吵声，隐约还伴着女人的哭喊，尖厉嘶哑，难听得像是鸟鹊乱斗时的嘶叫，一片混乱。她眉心不自觉地抽动了下，眼皮直跳。快步走近后，沈千盏逐渐可以听清女人在哭喊什么。

"我们家可怜的三弟啊，你死了还遭罪啊。这群吸血的鬼，不能还你公道也就算了，还扣着你的遗体不给啊……"

"你们什么居心啊，是不是就怕我们家属去尸检，戳穿你们的谎言！"

"没良心的吸血鬼啊，要不是我们来了，你媳妇都要被他们给骗了！"

"这个什么古钟，要了你的命啊，索走了我的三弟啊。"

"杀人偿命，快让你们的老板出来！"

沈千盏的脚步一顿，一阵彻骨寒意从脚底直蹿向头顶。

她隔着一段距离看着房间内纠缠成一团的人群，以及纷乱不堪根本分不清哪方的现场，齿冷得一股邪火蹿上心头。

她转身四顾，目光触及楼道安全消防位的灭火器时，动了下歪心思。很快，在考虑到非法使用的后果时，她很干脆地放弃，转而将视线投向搁在角落的一桶水和拖把上。

应该是清洁工准备打扫拖地，结果遇到两拨人发生纠纷冲突，放下工具便跑了。她拎起水桶，步子迈得又稳又快，几步靠近纠打在一起的人群后，她咬牙提起水桶，径直泼过去。

这波无差别攻击可谓是让所有人措手不及，呆立当场。沈千盏看了眼对方手中的长棍，确认没有利刃后，心里稳了稳。显然，这伙人是借机闹事来索取赔偿，并非真的要你死我亡报复剧组。确认这点后，沈千盏松了口气。

她将手中的水桶往空地上一掷，发出一声闷响。这记声音像是警钟般，将双方震醒。似乎谁也没想到，有人会横空杀出来，以这种方式居中调停。

沈千盏站在门口，不怒自威。她的眼神犀利，凝视人时自有一股长期掌握权势的上位者才有的威压。人群不自觉地向两侧分开，给她让出一条路来。

沈千盏路过坐在门口哭天抢地跟死了老公一样矫情做作的女人，又看了眼拿着棍棒凶神恶煞的所谓的老陈家属。最后，她看向蜷在角落里被打伤后去保护古钟的场务。

要说刚才是为了这未知的武力威胁感到恐惧和无措，眼下真的站在了暴力冲突的现场，她反而生出无限的勇气与怒火。

她转身，眼神冷冽地望向明显是带头者的那位中年人："你是带头的？"

她气场太强，暴怒时像有与生俱来让人臣服的能力，压得人抬不起头来。

中年人结巴了下，才道："是我，你们老板呢，叫你们老板出来。"

沈千盏冷哼一声，问："你哪位？"

"我是老陈的大哥，陈岩。你们剧组害死了我弟，还想打发走他媳妇，想得美，让你老板出来。"

许是发觉沈千盏并没有威慑力，陈岩在短暂的警惕后，复又凶相毕露。

沈千盏环视了眼他身后安静不语的五六个小混混，径直越过陈岩，确认道："你们是当地的？"

陈岩说话带口音，和陈嫂一样，一口塑普，连方言的味道都如出一辙。但他身后的这些人，沈千盏不确定是当地人还是陈岩从老家带来的同乡，只能先出言试探。

不料，结果有些坏。开口的年轻人普通话虽比陈岩标准，可那咬字低仄的口音像陈家批发出来的一样："不是。"

陈岩似怪他擅自开口回答，转头瞪了他一眼，捏了捏手中的短棒，敲向墙壁上的电视机柜，威胁道："你少废话，我就为我弟弟讨个公道，你让你们老板出来，你做不了主。"

"谁说我做不了主？"沈千盏冷眼看去，与他对视数秒后，微微移开视线，下巴微抬指了指他身后那帮年轻人，"想谈事，我们和和气气谈。你和你的这些朋友，把棍子放下，我们换个地方，坐下来好好聊聊。"

"你这样威胁恐吓，除了浪费时间，没有一点用。"沈千盏不欲激化矛盾，再次引起冲突，她看了眼落在人群之后被他用水泼了个湿透的几个人，缓了缓语气，说，"让他们也换身衣服，我们去酒店的餐厅坐下来边吃边聊，你觉得怎么样？"

陈岩狐疑地打量了她一眼，似乎在确认沈千盏是否真的如她所说的那样能够做主。

沈千盏看透了他的想法，适当提出："我虽然不是老板，但我是他们的领导。老陈在剧组工作，你应该听过制片人这个职位。"她抿了抿唇，说，"我就是这里管事的。"

陈岩不知是信了还是没信，那双浑浊的双眼将她从头到脚审视了一遍，虽没同意换个地方，但手中的棍子倒是垂了下来，不再是一副随时要攻击的姿态。

"我弟媳呢？"他问。

沈千盏故作诧异："你们没有联系吗？"

陈岩眉头一皱，似很不情愿回答这个问题："我知道她就住在这儿，你让她也过来。你们欺负一个什么都不懂的女人，诓骗她尽快回乡，这些我全知道。"

他说着说着，又激动起来，往地下啐了口唾沫："我弟死在你们剧组，死在这个房间里，你们什么都不赔偿，一句他是自己意外猝死的就想打发走人？没门！"

越是这种时候沈千盏越冷静，她知道和陈岩摆事实讲道理没用，放低姿态，说："你要见陈嫂，我可以安排。老陈的赔偿款由保险公司赔付，你不能说什么都不赔偿。这样吧，我带你去看看老陈的保险合同吧，你亲自确认下赔偿款，怎么样？"

走廊外，场务带着摄影组的摄影师们不动声色地走进房间内。

她不敢多看，怕吸引陈岩的目光，在他即将转头向后看去时，忽地提高了声音，稳声道："你要是觉得我说了不算，我再安排你跟我们老板视频通话。"

她姿态摆得低，又或许出于天生对女人的轻视，陈岩妥协。他小幅度地挥了挥棍子，正要往后退。

就在此时，原先坐在地上哭的女人不经意往后看了眼，待看见身后忽然出现了几位彪形大汉时，惊慌地大喊了一声。这一声瞬间将沈千盏之前做的所有努力化为乌有。

同一时间，警车呼啸而来的警笛声如撕破乌云的阳光，突兀又急迫。

陈岩立刻醒悟过来，这些不过是沈千盏的缓兵之计。目的就是为了将他们围困在一起好一网打尽，要不是他老婆及时示警，他这会儿估计就上当了。想明白这点，陈岩双眸怒睁，一瞬暴起。他望向沈千盏的眼神凶光毕露，挥棍就来："给我砸。"

沈千盏对陈岩毫无头脑的暴力行为简直无语。但眼下再阻止已经来不及了，这场混战在警笛声中如爆炸的春雷，一触即发。沈千盏身侧的场务忙护着她避到一侧。

混乱之中，男人的怒骂与挥斥声交杂在一起，沈千盏眼睁睁看着古钟数次被危及，又被几名场务拼死将人推开时，睚眦欲裂。

走廊里，有一阵脚步声集中、一致地踏步跑来。

沈千盏抬眼看到门口晃动的警徽与警帽，心口一松。得救了的感觉还未维持几秒，她余光扫见陈岩推开拦在他腰间的场务，正要挥棒砸向古钟时，心神俱裂。

窝在嗓子眼里的那股火将她喉咙烧得一阵干哑，她发不出一丝声音，手指更是瞬间发软，使不上劲般，酸涩得厉害。等她大脑发出指令前，她先一步扑身而上，死死地挡在古钟的保护罩前。

肩后至颈部被短棍击中，沈千盏起初没感觉到痛，那阵麻从她后颈一路蔓延至腰侧。她的身体像是才反应过来，剧痛山呼海啸般席卷了她的痛觉神经。

她痛得蜷成一团，余光扫至陈岩发疯似的再度挥棍击来时，那个本该在飞往北京航班上的男人像是从天而降般，挡在了她身后，稳稳地替她拦下了这一击。

沈千盏站立不稳滑落至地板的前一刻，他转身，揽住她的腰，单手将她抱进怀里。

扑鼻的冷香中，他一手护着她的后颈与脑袋，一手抱着她，一字一句咬牙切齿道："不要命了？"

急促的哨声里，现场飞快被警方控制。

沈千盏头晕目眩，视野里人影憧憧，似有重叠般，看不真切。她闭了闭眼，缓过应激情绪下头疼欲裂、恶心想吐的生理反应，抬眼去看季清和："你怎么回来了？"而且还来得这么及时。

"不放心你。"

在去机场的路上，季清和随口问了问老陈家属的安排。苏暂回答一切都很顺利时，他立刻发觉事情有些反常。

沈千盏坐立不安了一天，就是担心对方家属趁机闹事。以她口述的有关老陈家属的形容，陈家的大伯是位蛮横、善用暴力解决问题的粗俗之人。

　　他要是有心与剧组谈判，索要赔偿金，绝对不会是一副很好说话的姿态。当然，也不排除他为了降低苏晳和沈千盏的戒心，好当面发难的可能。但季清和当时就是感受到了一股强烈的不安，他不放心沈千盏独自面对，于是半道上就叫了车掉头回去，让苏晳继续前往机场接人。

　　"幸好来了。"他说这句话时，语调很平，平得像是掉入深洋里的一滴水，可沈千盏却听得一个发颤，像堪破了海底深处酝酿起的深海风暴。

　　"除了后颈，还伤哪了？"他垂眸看了眼沈千盏已经红了大片的后颈，掌心顺着那片嫣红的痕迹往下轻轻地探去，"这里？还是这里？"

　　他按得轻，火辣辣的伤处已经麻到没有知觉，她分辨着他手心的位置，拉着他的小拇指落在蝴蝶骨上："就到这儿。"

　　陈岩刚才那一棍中途被人挡了下，等落下来时卸了不少力。沈千盏虽然觉得疼，但痛级尚在可承受范围内。

　　季清和小心地护着她的后颈，摸索按压，等确认了伤口大概的位置和面积，他才稍稍松了口气。

　　他来时只看见陈岩挥棒而下，以为沈千盏被击中了后脑，方才挡下陈岩那一棍时故意使了巧劲狠敲他的腕骨，将关节卸了下来。要不是现场很快肃清，不方便再做小动作，陈岩的伤势绝不只是手腕脱臼。

　　他冷眼瞥向被警方缴械后，死死扣住手腕压在地板上痛到脸色发白、面目扭曲的陈岩，目光冷冽，令人不寒而栗。

　　现场被控制后，警方拉起隔离线，驱散围观群众，并派了两位警察在隔离线外阻止人员进出，保护现场免遭破坏。

　　陈岩手持棍棒，聚众闹事是板上钉钉的事实。警察在调查完陈岩一伙人的基本信息后，例行公事地向沈千盏询问事情经过。

　　沈千盏前不久刚报过案，出警的警察对她还有印象。见她也受伤了，先关切地询问了她的伤情："你伤得严不严重？"

"不碍事。"

救护车比警车来得稍晚一步，护士正将混战中受伤流血的剧务抬上担架，往外运送。

沈千盏看着这乱中有序的"案发现场"，按眉苦笑。

她支撑着先配合警方将事情的经过简述一遍，并主动提出："这个房间是剧组另外租用来放置古钟的，我们为了保护古钟安全，特意配置了监控。监控内容我可以提供给警方，作为证据参考。"

老陈意外死亡后，原来放置古钟的房间已经由酒店清理封锁，暂不对外开放。这间房间是沈千盏后来向酒店经理重新租的，好在没图省事，将监控全都装了回去。否则今天这事，说不清还是其次，被人拿去大做文章还没法辩白才最要命。

录完笔录后，警方提走监控录像文件，暂时扣押了陈岩等人，并吩咐沈千盏去医院检查后，将所有伤员的伤情鉴定报告一并提交给公安机关。

其余相关人等，包括剧组几位动手了的场务也统统一并带走，进行进一步的调查。

走到这步，风波已经无法停息。即使此刻她一直待在这个房间里，她也能想象现在的酒店外是怎样长枪短炮腥风血雨的场面。

让乔昕扣着蒋孟欣也没什么用了，没有她，外面还有千千万万个闻风而来的记者。不出半小时，《时间》剧组有工作人员意外死亡，家属闹事的新闻就会传遍各大社交平台，被亿万网友议论。

她当初严防死守，为的就是息事宁人，将事件的危害性降到最小。可千防万防，偏偏没考虑到对方会来最简单粗暴的一招，将她所有的安排搅得稀巴烂。

眼下，剧组走入困局，若危机公关再不处理到位，《时间》极有可能大受创伤，一蹶不振。

她头疼欲裂，使劲地咬了咬唇，飞快地思索着应对方案。她先吩咐剧务主任将两座古钟尽快送至北京，至于地点，她正考虑哪里安全时，季清和接过她的手机，报上了时间堂的地址："联系人叫孟忘舟，手机号码你记一下。"

报完数字，确认对方记下后，季清和挂断电话，将手机递回给她："我先送你去医院，有什么事情车上再说。"

沈千盏稍后还要去趟派出所，继续配合调查，时间极为有限："我还得联系千灯的公关。"

季清和抿唇，声音压抑："车上也能打电话。"

见她还要犟，他一手揽过她的腰身，一手托起她的腿弯，不容分说地将她抱起："这里让乔昕善后，苏暂我已经通知了，他很快就到。"

他目中无人，径直抱着她穿过走廊里围观的人群，往后门的停车场走去："千灯的公关部，不是我说，一盘散沙。"

他这句评价似乎带了些情绪，话说得又重又狠。沈千盏没吭声。她看着季清和半晌，低声道："是有人害我，他们在算计《时间》。"

从蒋孟欣出现的那刻起，从苏暂发来蒋孟欣精彩的履历起，从陈岩有组织有预谋地杀她个措手不及时，她便猜到，自己被算计了。

她不知道算计她的人是谁，但差不离就是那么几个。正因为猜到了这是阴谋，她才觉得齿冷才觉得时间那么不够用。她不吝用最大的恶意去揣测他们背后的阴谋。

陈岩只是一枚被煽动的棋子，他的作用就是为了将沈千盏掩盖得严严实实的场务意外死亡事件公之于众。而她出于正常流程的善后行为会在幕后黑手的操控下，变成一桩实事案件。

随之而来的，就是不明真相的公众对剧组的抨击与抵制。这样的打击会将剧组、将演员的口碑拉至谷底，随之而来的负面影响将层出不穷，再严重些完全可导致剧组中途夭折。

季清和将她抱进副驾，系上安全带。他视线往下，寻到她的手，握进掌心里。

沈千盏的手凉得像是刚在冰窖里冰镇过的，他用力握了握，沉声道："我之前说过的那句话，还算数。"

季清和要回北京，出发时一身正装，西装革履。

此刻微微俯身望着她时，沈千盏才留意到，他原本打得一丝不苟的领带不知何时被他扯松了，慵懒地挂在衬衣上。

他喉结上下轻滚，压着声，慢慢说道："你答应我的追求。"

"只要你愿意，不终岁所有的资源都可以为你所用。"

苏晢在路上得知事情经过，气得险些砸了手机。

他一路怒火中烧，匆匆赶回酒店。还没到门口，远远就看见将酒店堵得密不透风的媒体记者，里三层外三层，乌压压地围成了一个铁桶。他的脸色又往下沉了沉，让司机改道从酒店的后门进露天停车场。

即使是人迹罕至的后门，也有不少想捡漏的记者在那儿守株待兔。苏晢没露面，让司机拿下仪表台上"《时间》剧组"字样的通行证，径直入内。

乔昕走不开，特意让剧务主任在门口等着苏晢，以防他一时冲动，做出什么不理智的行为。

要是以前的苏晢，的确可能凭着一腔怒火，不要命地烧毁整片森林。但现在的苏晢，即使路上还想着要把对家手撕、油炸、焖煮，也不会任由自己一直头脑发热，犯下不可挽救的低智错误。

沈千盏前些日子对他说的话，给他的刺激不小。更令苏晢觉得难堪的，是她那句"你爸妈都没为你这么到处道歉赔罪过吧"。

她的疲惫与离开，终于令苏晢开始反省自己过去到底有多不着调。

人一旦往回看，才会发现自己走过的人生曾做过多少不堪的事情，这打击对苏晢而言几乎是毁灭性的。他像是一夕之间在沉眠中苏醒，算不上涅槃，倒像是回魂般，靠谱了不少。

回到酒店后，苏暂第一时间盯着剧务将古钟转移去北京。

剧组在无锡的录制昨天就已全面杀青，这还是因为老陈意外去世，刻意放缓的速度。

他吩咐场务按原计划将录制器材和道具搬运装车，留了剧务主任在现场盯着后，他立刻召集各组组长开会，下令让剧组所有工作人员不得随意走动，也严禁私下接受记者的采访。

做完这些，他一个人在房间里坐了片刻，主动给苏澜漪打了个电话。

距离事发已经过去了一个多小时，网上虽有不少爆料的声音此起彼伏，但因资本压制，引爆范围尚在掌控之间。

远在北京的苏澜漪，此刻正焦头烂额。

接到苏暂的电话时，她刚发完一通火，嗓音沙哑，带着浓浓的疲惫："什么事？"

苏暂沉默了几秒，说："想跟你确认一件事。"

苏澜漪没作声，等他继续往下说。

苏暂问："《春江》剧组斗殴被《新娱快报》报道后，是怎么解决才让对方记者道歉的？"

苏澜漪没好气地冷笑一声，嘲讽："沈千盏是想不出办法了还是没能力解决了，让你来问我解决方案？"

苏暂扯了扯唇角，语气拉得平直："法务部出函通知对方七日内务必道歉删帖，否则起诉，是不是这样？"

"不是。"苏澜漪焦躁地将长发钩至耳后，语气不善道，"千灯给了一笔公关费，让萧盛自己解决的。"

"况且对方报道的是事实，发函威胁好让对方再次爆料取笑一次吗？"苏澜漪笑了一声，迁怒道，"要不是不终岁的公关部在压热搜，剧组这事早就爆得全网皆知了，你让沈千盏别给我装死，有什么法子使什么法子。

她要是临走之前，还想害死千灯，我跟她没完。"

话落，苏澜漪直接挂断电话，那声愤怒至极的挂断声像是玻璃碎裂前，最后遭遇的风声。

苏暂握着手机的手指渐渐僵硬，好半晌，他都出神地看着已挂断的通话记录。

最新的记录是苏澜漪，他亲姐。

上一段是沈千盏，陪他走过这许多年的最好的朋友。沈千盏沉静的声音混杂在医院叫号的背景声中，仿佛犹在耳边。

她说："苏暂，你可以去问问苏总，上回蒋孟欣记者的道歉是千灯的手笔还是萧盛自己的。如果是前者，那就是你姐在对付我。如果是后者，恭喜，你不用做选择，也不用放弃我了。"

沈千盏怀疑这件事是背后有人捅刀子。

蒋孟欣来得蹊跷，像是熟知一切内情，就等着陈岩带人上门闹事，她好第一时间拿现场一手的照片。可惜她低估了沈千盏的谨慎，也低估了乔昕的难缠，被困在八楼的会客室，直到事后乔昕不得不去现场善后时才得以离开。

巧合的是，不终岁公关部压下的第一批通稿就来自《新娱快报》。目标太明显，让沈千盏想忽略都难。

再深究下去，就是蒋孟欣前阵子与《春江》的纠纷，她怀疑萧盛是和她达成了某种协议，才让蒋孟欣愿意在当时能够放他一马，出了个不痛不痒的道歉声明。

苏澜漪的回答，恰好侧面证实了这一点。

沈千盏收到苏暂短信时，刚上完药。

她背后的伤口已经快速红肿成一片，涂了药，不仅不止痛，反而火烧般将她整个背部点着了，又烫又麻。

她嗅着身上算不上好闻的膏药味，皱了皱鼻子，去看苏暂的微信。

内容只有一个名字——萧盛。

还真是没有一点意外。她揿灭屏幕，抬眸去看正听医嘱的季清和。

察觉到她的视线，他微微侧目看了她一眼，分神问道："疼？"

医生瞧了眼两人，一脸心照不宣的暧昧笑容："你这问了有十多遍了吧，光我听到的就有五六遍了。"

"皮外伤不用太担心，回去后观察下颈部有没有撕拉感。"他将药品名称输入系统，头也没抬道，"睡一觉醒来会更疼，你记得每晚给她用药油推开，等瘀血化了就好了。"

"哦，对了。"医生目光转向沈千盏，叮嘱道，"最近好好休息。"

话落，他又看向季清和，补充上后半句："不宜剧烈运动。"

沈千盏坐上车后，还止不住笑。她时不时看两眼表情淡定、平静得像是没被医生点名告诫的季清和，取笑得明目张胆。

季清和不懂她的乐趣，待缴完停车费，离开医院后，才问道："有这么开心？"

可能作为成年人后，许多事都变得合理合法，属于正常需求。季清和已经很久没感受过孩提时期才会有的类似于羞涩、羞耻的滋味。医生的医嘱，在他的认知里，完全属于正常范畴。

沈千盏欲盖弥彰地否认了一声。见他专注地目视路况，以为他看不见，咬着下唇，笑得格外隐晦。

季清和从后视镜里收回视线，右手从中控的挡位上松开，去牵她的手。

他的掌心温热干燥，握住她时，像张开了一顶保护伞。他将手牵到唇边，低头吻了吻她的手背："其实，也有不激烈的运动方式。"

季清和转头看了她一眼，似笑非笑道："可能你比较想试试？"

沈千盏听出他话里的威胁之意，立刻见好就收。

很奇怪。来医院之前，她还一副天塌下来只有她能顶住的紧迫感。离开医院后，她心里紧绷的那根弦反而稍稍松懈，变得无所谓起来。

也不知是那位医生令人啼笑皆非的医嘱的功劳，还是因为季清和泰山崩于前而面不改色的沉稳冷静。

她莫名地，也有了种走一步看一步的十足底气。

配合警方结束调查后，沈千盏先回酒店主持大局。

酒店门口的记者未散，除媒体一方，渐渐还多了不少听闻"剧组杀人"谣传而担心自家艺人安危的粉丝团体。

网上舆论导向未明，剧组全员无一例外都被严禁公开表态。

酒店正门，除了外卖和快递还有进出，连只苍蝇都没露过面。

沈千盏回到酒店的第一件事，就是与千灯的公关部开会协商。

公关部的经理与沈千盏协作多年，默契十足，一见到她出现在屏幕的另一端，立刻上传下午紧急商讨出来的几套公关预案。

千灯内部对沈千盏意欲离职的消息尚不知晓，仍将公关资金按照最高标准计算拨付。

沈千盏将千灯下午所做的所有工作快速阅览了一遍，又将乔昕整理打印出来的几大舆论导向审阅了一番，一边感慨季清和的承诺果然不是说说而已，一边感叹不终岁真是财大气粗。光是这一天压热搜，买通稿的公关花费就与千灯一年的公关经费持平。

公关经理说："多亏不终岁的公关部及时和千灯联手，否则光这井喷式的爆料，单靠千灯根本压不下去。"

沈千盏微微颔首，没对此事多做议论。

她圈出第二套公关方案，说："按这套方案走，舆论再继续发酵，立刻出声明发律师函，将所有谣言遏制在萌芽状态。"话落，她用点触笔指了指最初开始爆料的几大博主，语气冷漠，声音平静，"立刻公证证据，保留起诉权利。"

公关经理一一颔首，很快召集小组，准备声明稿。

沈千盏留了乔昕继续对接，自己则去隔壁的休息室招来苏暂，询问剧组的打包进度。

她原本是打算延迟几日慢慢转场，好留有人手应对老陈家属的发难。结果陈岩今天这么一招釜底抽薪，将她的计划全盘打乱，剧组留在这儿无非是耗费资金，还容易被媒体盯梢挑刺。

再者，老陈家属闹事给酒店带来的负面影响不小，酒店管理层对剧组已十分不满，就等着约满把人清走，连协商余地都没有。

苏暂下午被酒店经理扣在办公室协商赔偿，已经谈得一个脑袋两个大。等汇报完工作，他脸色青黑，一副压抑了许久马上就要点爆的模样。

沈千盏从刚才起，脑子就处于高速运转的状态，压根儿没留意苏暂的情绪。闻言，将剧组转场的事交给苏暂负责，让他安排人手尽快将剧组平安迁至北京的拍摄地。

《时间》的班底大部分是沈千盏合作惯了的，几大主管跟了她多年，人品和能力全都靠得住。转场对剧组而言，又是常有的事，无论是剧务主任还是现场制片，都有足够的能力处理，她倒不担心。

苏暂答应下来，见她歪靠着椅背，背部悬空，想了想，还是问道："你的伤怎么样了？"

沈千盏这才回过神来，随口说了声："没事。"

她此时才发觉苏暂脸色臭臭的，像是被人招惹急了，又隐而不发，憋得跟受了大委屈似的。她心一软，问："酒店给你气受了？"

她整日忙得连饭都是胡乱塞了两口，压根儿没空再去一些小事上指点。想了想，能让苏暂生这么大气的，估计也就酒店经理了。

他处事不精，又矜傲倔强不愿被人占便宜，哪是对方的对手。

"不是，"苏暂否认，"酒店这边我解决了，你不用管。你就管好公关这一块吧，事过了，回北京把戏拍好，就能歇歇了。"

沈千盏意外："没被人占便宜？"

苏暂脸色别扭，半晌才说："你说过，很多事不是讲道理就能解决的。现在又是特殊时期，跟酒店闹太僵也不好。反正合约签在那儿，他们越不过白字黑纸，做点让步也无伤大雅。"

他不欲多说自己做了多少功课，使了多少劲，总觉得在沈千盏面前说这些跟邀功似的，格外不自在。

苏暂清了清嗓子，若无其事的转移话题："你既然知道是萧盛在使阴招，想到办法了没有？"

聊到这儿，沈千盏脸色微微凝重，她抿了抿唇，说："不只是萧盛，如果你姐没参与的话，他肯定联合了某方背景在对付我。"单凭萧盛一个人，掀不起这么大的风浪。

苏暂神色僵了僵，低声道："我姐不会的。"

苏澜漪是她和苏暂之间很敏感的话题，沈千盏没打算离间他们亲姐弟之间的关系，自然也不打算用自己的观点去说服他。

苏澜漪的确没参与。她不可能拿千灯的未来去报复一个与她有过深厚交情的沈千盏。

沈千盏在猜测萧盛时，就思考过苏澜漪有没有可能也在这件事情里掺和了一脚。但以她对苏澜漪的了解，如果她知道萧盛有这个恐怖的念头，先不提会不会危及千灯的前程，光她们此前的交情，她也会严词拒绝。

苏澜漪和她之间并没有解不开的死结，只是观念不同一拍两散而已。她又是敢爱敢恨，极有主见的性子，这些年她背离初心，渐渐利益至上，野心不仁。以她对千灯拿命去打拼的重视，她决不容许萧盛这样踩她的底线，触她的雷区。

怕只怕，萧盛背后那股势力是蓬莱辰光。一旦他们达成了某种协议，别说《时间》这个项目会毁于一旦，千灯恐怕也在他们的算计之中。

到时候苏澜漪为了自保，也就不会顾及和沈千盏的这点交情了。

沈千盏会猜测萧盛并入蓬莱辰光也是因为看了乔昕整理了一下午的新闻通稿，以及千灯公关部提供的数据报告。

这熟悉的手段，与七八年前赵宗晨运作媒体逼她还钱的手法如出一辙地相似。

如果真如她猜测的这样，很快，她就能重回校场炼狱了。

正如沈千盏所料，陈岩闹事只不过是根导火线。他是一枚只需稍稍激怒就能掌控方向的棋子，被利用来吸引公众视线，激化争端。

就在千灯公关部还在准备声明稿时，网上有关《时间》剧组"场务工作期间熬夜猝死，剧组隐瞒不报"的消息已经彻底压不住了，正在热搜榜上，以每分钟上升一位的火箭速度预定了当天的热搜头条。话题的阅览量与讨论度，成亿上升，很快引起了网友的广泛关注。

沈千盏昨晚和千灯的公关部开会至黎明，声明稿都修改了十几遍，直至黎明所有人精疲力竭，再不休息都没法继续工作时，才刚刚睡下三小时。

忽然失控的局面，是所有人都没有预料到的。与此同时，对方似有备而来，挖出了不少不终岁投资《时间》的确凿证据，并细数不终岁这几年的"黑历史"，试图将投资方与剧组打为一丘之貉。

沈千盏被乔昕着急忙慌叫醒时，连手撕萧盛的心都有了。她咬牙切齿地握着鼠标将话题浏览了一遍，脸色渐渐凝重。

被不终岁强行压下的通稿会被引爆还得归功于蒋孟欣这个自带热搜体质的账号发布的最新微博。

她洋洋洒洒地撰写了一篇长微博，从《时间》剧组一名场务在工作时间猝死，制片人为了隐瞒消息强制逼迫酒店员工签下严苛的保密协议开始，声情并茂地描述了沈千盏为了息事宁人，是如何将死者家属扣留在酒店，且拒不配合采访等作恶多端的行为。

而陈岩的形象也被粉饰成"为了讨回公道不得已反抗"的弱者形象。

后续贴出的所谓视频证据，剧组方面的自卫行为更是被打上了以势欺人、目无法纪的恶霸标签。

沈千盏看完，只有满脑子的疑问。

她抬头，望着屋子里站的乌压压的一群人，居然还有心情开玩笑："这个故事写得还挺好，结合时事。正好上头在整改娱乐圈，绝对能引起重点关注。"

乔昕都快哭了："盏姐。"

沈千盏将鼠标丢开，伸手问苏暂要烟。她的手指伸在半空，细微抖着，并不明显。

苏暂默默看了眼坐在沙发上的季清和，拼命使眼色：你女人，你管管啊。你不管我就给烟了啊。

沈千盏等了半天没要到，顺着苏暂的视线看了眼季清和。

她表面看着还算淡定，但心里怒火中烧，恨不得将这伙人全摁在脚底下摩擦。此刻正憋着一股邪火没处发泄，那血压噌噌地往上涨，正到临界点准备爆发时，季清和往她手心递了块口香糖。

她一怔。那股已经冒上头的火莫名其妙被浇灭了大半，她看了眼手里那块绿色包装的口香糖，又瞧瞧他，问："哪来的？"

"医院小卖部买的。"季清和就近在苏暂让出的空座上坐下，说，"你上药那会儿，怕你疼，就去买了块来哄你。"

结果她一声不吭，压根儿没用上。

这房间里的大部分人都知道顾问季老师跟沈千盏有一腿，至于是怎样的一腿不太清楚，但随便猜测下，见不得光的也就那么几种。还有少部分人无知无觉，反应迟钝，此刻才觉出两人之间有那么点味来。

正面面相觑时，沈千盏剥了那块口香糖喂进嘴里，说："对了，给大家重新介绍下。季老师，我男朋友，打算结婚的那种。之前不说是觉得没必要，现在承认，是给大家打支预防针。回头看见季老师和我出现在新闻上，别太惊讶。"

众人瞬间痴呆。

等等？男女朋友？沈制片，居然舍得为了一棵树放弃整片鲜肉林？

当然，等当天下午，剧组所有闲得发慌等着跟组转场的工作人员看见季清和的照片出现在《时间》剧组不终岁投资方一栏时，都震惊了。

他们以为沈千盏说的预防针，是小道消息针对沈千盏"不检点"的私生活盘点。本还觉得沈千盏小题大做，过分宠爱现任。不料，沈千盏压根儿不是宠爱现任，而是为他们注入了一剂——资本主义的强心剂。

与外界纷乱的谩骂声、讨论声不同，《时间》剧组的工作人员并未受到太大影响。

所有人全被平时不太说话，冷冷清清不端架子的季老师居然是不终岁执行总裁的身份震翻了。全组上下除了讨论"这次剧组会不会被搞凉"以外，全在反省自己有眼不识泰山，居然错过了巴结不终岁执行总裁，出任高管迎娶高富帅的机会。

好后悔。时间能重新再打开一次吗？

沈千盏嫌这么多人站她屋子里，她说话都有种交代临终遗言的感觉。干脆将人打发了个干净。

客厅人一少，看起来就宽阔了很多。

她抱着电脑坐在沙发上，反复地将蒋孟欣发布在微博上的所有音频、视频文件听看了数遍。

乔昕说："蒋孟欣没做恶意剪辑，我们没有漏洞可以针对。"

"她高明的地方就是避重就轻，只选取了对自己有利的。你听采访，她掐头去尾，把你最后质疑她的那句话删掉了。盏姐你看。"乔昕指着视频的角度，"这完全是陈岩在自导自演，我当时在会客厅防狼一样防着蒋孟欣，她就没离开过我的视线范围，怎么可能是她拍的现场视频。"

沈千盏瞥了她一眼，纠正："她没说这是她拍的，你也知道她高明的地方是避重就轻，怎么还会主观地掉进她刻意营造的假象里。"

相比乔昕，沈千盏要冷静得多。

音频没有调换说话顺序，也没恶意剪乱她说话的内容，它仅是作为《时间》剧组确实有场务意外死亡的佐证。

所以即使剧组公布完整版的音频也没什么用，在舆情沸腾，完全一边倒的情况下，沈千盏那句质疑只会被曲解成高傲嚣张、目中无人，就算叫醒了少部分理智清醒的人，也无济于事。

乔昕越想越气，她看着还在飙升的视频浏览量，愤愤吐槽："现在真的是配图说故事就能成为所谓的证据了，关键是还有那么多人都信她。都没人去求证一下事实真相，给什么信什么，心甘情愿被当枪使。"

"想煽动舆论，有点可以发挥的图片就够了。你还指望那些事不关己的吃瓜网友去求证？除了图片，还有音频和视频，这么充分，对他们而言，就已经是证据确凿了。"沈千盏合上电脑，看了眼不远处在接电话的季清和。

不终岁的负面消息出来后，他的电话就没停过。不用听沈千盏也知道那些电话都说了些什么。

她捏了捏眉心，看了眼时间，吩咐乔昕先出去："等十点的时候，把千灯公关部叫醒，我们继续开会。"

乔昕臊眉耷眼地哦了声，垂头丧气地出门去了。

屋子里一空，他的说话声便清晰了不少。

沈千盏没刻意去听，她去煮了壶水，热牛奶。

她的房间偏向于公寓式，有一个开放式的厨房，虽占地较小，但五脏俱全。除了冰箱偶尔用来保鲜水果、冰镇饮料，其余的厨电全跟摆设一样，基本都被沈千盏视为客厅的一部分。

难得她今天开了灶台，点了火，却是为了热一盒冰过的牛奶。

她倚着流理台，耳朵听着灶台火焰燃烧的声音，忍不住将思绪放空。

水面渐渐泛起热气，有气泡从锅底缓缓升上水面，慢慢地，咕噜咕噜，沸腾起来。她盯着沸腾的水面出神，像是完全没察觉水已经开了，一动不动。直到她的身后伸出一只手来，关上火。她才回过神，转头看去。

"你打完电话了？"

"在热牛奶？"

两人同时出声。

沈千盏愣了下，抛了抛手里捏着的迷你包装的咖啡粉，先回答："想喝咖啡。"

"我来。"

季清和从橱柜里找出隔热手套，用铲子将滚烫的牛奶捞出来，替她泡上咖啡。

他的手指修长，做这一切时慢条斯理，像在完成一件艺术品一样，与这间迷你的开放式厨房格格不入。

沈千盏看着他将咖啡粉搅拌均匀，那乳白色的牛奶渐渐被染成奶棕色，出了会儿神，说："你回去吧。"不终岁这会儿被莫名波及、攻击，估计总部焦头烂额，对他也有诸多不满。

季清和手上的动作一顿，抬眼看她："你在这儿，让我回哪儿？"

"是我给你和不终岁添麻烦了。"沈千盏避开他的视线，接过那盏咖啡，继续搅拌，"趁现在我还有权力，不终岁终止合作，立刻撤资，明哲保身。"

咖啡的杯身有些烫，她拿不稳，搁在流理台上，低声道："现在的这一切只是刚开始，接下来的情况会越来越糟糕。站在不终岁的立场考虑，及时止损是最佳的处理方式。"沈千盏顿了顿，补充，"我说这些话，没带任何私人情绪。是出于一个制片人的职业操守，在减少双方的损失。"

"没必要。"季清和微不可察地皱了皱眉:"不终岁也有自己的评估机制,现在撤资,得不偿失。你要是真从制片人的角度考虑,你有想过我真的撤资后,剧组会面临什么吗?"

沈千盏动了动唇,没吭声。

她知道。一旦不终岁撤资,剧组就会加速消亡。以《时间》现在站在风口浪尖的情况,短期内都不会有投资方注资,就算最后剧组救回来了,耽搁的时间也会令项目错过最佳的播映时期。

影视剧项目向来都是风险与收益并存,一旦某个环节出错,就会导致全盘皆输。而参与其中的,无论是制片人、出品方、投资方还是影视公司,都会面临不可估量的损失。

见她沉默不语,季清和低头,与她平视:"情况没有你想的这么糟糕。"

沈千盏搅了搅咖啡,说:"那是因为还没开始恶化。"对方计划周全,又善于煽动舆论,不会就这么草草收尾。

倒是没忘记顶嘴。季清和无声一笑,曲指轻弹了记她的前额:"我比你理智,就算是为了保障你今后的生活,我也会留些余钱让我们安享晚年的。"

沈千盏忽然感受到了自己和季清和的差距。可能这就是成年人的爱情?不盲目,偶尔纵容沉溺,也保持着一刻的清醒。

他始终是一副不急不躁的姿态,维持着一贯的优雅矜贵,连迈过深渊、路过悬崖都是不慌不忙,衣角都未曾沾湿一片。他是真的站在山顶俯瞰人世,既清醒,又慈悲。平时不染俗世,下凡好像也只是为了渡她。

完了。今天也是被狗男人降伏的一天。

受季清和的影响,沈千盏的心情也开始放晴。

临近十点,沈千盏换了身衣服准备去会议室和公关部继续开会时,乔昕先一步顶着"末日来了"的表情,揉着哭红了的眼睛告诉她:"千灯公关部集体下线了。"

沈千盏不解。

乔昕气狠了，一边哽咽一边说："我刚给公关经理打电话，对方说是苏总的意思，让《时间》自己自救，她们也爱莫能助。"

沈千盏狠狠挑了下眉："你确定对方是这么说的？"

因太过吃惊，她还回头和季清和确认了一下。直到听见隔音不好的隔壁传来苏暂失控的争吵声时，她才终于确认，这是她曾鞍前马后为之开疆扩土的苏总颁布的新指令。

她原地站了片刻，良久，自嘲地笑了笑。有些不理解，《时间》难道不是千灯的项目？苏澜漪放弃《时间》对千灯有什么好处？想让她自生自灭？还是逼她向季清和求助？

她手脚有些发凉。有短暂的被放弃后的无助和不知所措。她习惯了利用千灯的资源，这会儿撤掉公关部，等同于废了她的翅膀，让她原地等死。

乔昕见她不说话，越发六神无主，鼻子一酸，险些当着她的面落泪。她连忙低头，擦了擦眼睛，出主意道："我们手上还有公司养的营销号，我现在去把视频处理一下，找营销号放出来。"

"还有老陈的死亡证明，我们立了案的，这些全都是证据……"

"等一下吧。"沈千盏打断她，"苏总那儿应该是遇到什么阻力了。"

老陈的事情在公司已经做了备案，想说清楚并不难。

她手上有的证据，千灯法务部也有存档。苏澜漪这个时候放弃《时间》，除了千灯遇到了什么阻力外，不做他想。

只是接连的打击令沈千盏确实有些疲惫，她站在空荡的屋子里，像身处旷野，四面都在漏风，风呼啸着将她身上的温度一点一点带走，让她冷得连心脏都无法跳动。

半晌，她才低着嗓子，说："你们都先出去吧，我想静静。"

沈千盏不露面后，剧组大小事务全部落在苏皙肩上。

他如常安排剧组转场回京，搭载着剧组道具和摄影器材的大货车从停车场驶出时，门口堵截已久的记者闻风而至，将通道堵得水泄不通。

货车被拦，影响正常出行，酒店出面协调无果后，苏皙主张报警。

另外几位生活制片、现场制片在内，全持不同意见。有认为报警显得太过强势，对剧组更加不利。也有认为报警可以起到威慑作用，也算侧面回应了剧组这几天发生的事。

所有人都被网上一通乱写和故意曲解的报道气得一肚子闷火，声讨过千灯官方不作为后，隐隐地，开始有人怪起沈千盏处事能力差劲，才导致了剧组这次危机。

就在众人热火朝天讨论之时，酒店门口聚集起了以老陈家属为主拉着横幅、摆老陈遗像和香烛纸钱的组织，将本就混乱的现场搅得犹如一摊浑水。

这下别说报警了，剧组就像个与世隔绝的孤岛，被死死困在了酒店里。

这一段插曲，瞬间让并未将此事当回事的所有剧组人员陷入了恐慌的低潮。网上的民怨似乎比想象中的还要沸腾，铺天盖地地席卷而来。

第二日，舆论再度发酵。网上除了前一日发布的视频、音频文件外，又以官方主媒更新的酒店外老陈家属讨要公道、阻截剧组货车的画面最热。

被冲昏头脑的网友像是身临现场般，呐喊助威，摇旗击鼓。偶尔数条冷静的"我怎么觉得事情有蹊跷""我也在等一个反转"或"这种行为难道不是犯法的吗""如果真的要为家属讨要公道不应该是去求证相关部门吗？堵在酒店门口点香烛烧纸钱跟作秀一样"的言论也很快被淹没在人潮中。

当天下午，千灯收到消息，剧组须停止一切拍摄工作，面临审查。苏澜漪作为千灯的法人，被有关部门约谈。迫于压力，千灯很快发表了一篇声明，与之前和沈千盏商讨的那篇声明不同，通篇符合当下网民最想看到的公关文，除了积极配合审查以外，便是对沈千盏等数位剧组负责人做出停职审查的决定。

沈千盏接到停职消息时，并没有太大感受，甚至并不感到意外。

她看了眼躺在邮箱里待发送的辞职信，合上电脑，去楼下找陈嫂。陈岩闹事后，陈嫂就被剧组孤立，除了定时送三餐外，再没有人去看望。

生活制片转达过几次陈嫂要求见面的请求，不是遇上沈千盏在忙，就是后来舆论发酵，剧组全员都被架上了被动局面，只能躺平任嘲。

这一天一夜，沈千盏也并非真的关在房间里，什么都没做。

苏晢去公安机关走了一趟，询问陈岩一案的判定进度，警方皆以在走流程为由，回绝了数次。

陈岩故意伤害罪是没跑了，沈千盏提供的伤情鉴定以及视频文件全都可以作为证据。按流程而言，对公流程确实要走三五个工作日，并非警方故意推诿。

沈千盏花了点时间去查阅相关的案例，也找了不终岁的律师询问起诉条件。心里有了谱，这才松了松筋骨，去见陈嫂。

原本，昨天陈嫂就该带着老陈的遗体回乡了。

陈嫂比她初见时要憔悴不少。眼底青黑明显，双眼空洞，望着她时还有欲言又止的焦虑和怯懦。

沈千盏拉了把椅子坐下，自顾拧开桌上放着的一瓶矿泉水，喝了一口，给陈嫂讲了讲目前的情况。

说罢，她话音一转，道："所有人被这么困着也不是个事。我待会儿出去见见记者，说明下情况。反正我被停职了，下一步应该就是被撤职解雇。"

"最迟明天，我就该回北京接受调查了。剧组的人也能走了，至于你，我安排了小陈送你和老陈回乡。保险公司的赔偿款已经审批结束，五到七个工作日就会打到你的账户。现在，你能跟我说说，你都知道些什么吗？"

陈嫂被冷了数日，脑子也清醒了，没隐瞒，一五一十地说了："我婆母说家里来了个人，是老陈的前同事。听说了老陈的事后，来看望他们，还告诉他们，这种情况公司和制片人都有责任，全该赔偿的。

"我一听，你只说了保险公司会赔偿，公司方面并没有提到。我婆母就说，老陈去世，以后家里没了顶梁柱，俩孩子又小，剧组可能看你一个女人人生地不熟的好欺负，才故意隐瞒。我心里没主意，婆母说让大伯过来谈赔偿，我想了想，就答应了。我真的不知道他们是来闹事的啊。"

沈千盏笑了笑，说："我是没提。"

"老陈死亡原因你也知道，公司是没有责任的。我和苏监制当晚讨论了下，决定替你向公司申请一笔抚恤金，等老陈办完身后事，你家彻底稳定下来后，再以给孩子的名义打给你。"她没戳穿陈嫂对自己贪婪的粉饰。

在明知公司没有责任赔偿钱款时，答应婆母的提议，让家中大伯来剧组索要赔偿。陈嫂并没有沈千盏想象中的那样真正良善识礼，无论是出于对孩子未来的考虑，还是其他原因，这些对沈千盏而言，都已经不重要了。

"我会从公司离职，剧组也面临解散。这笔抚恤金我也没法替你向公司申请了。你如果还想要这笔钱，可以跟苏监制提，我帮你打过招呼了，他不会为难你，但公司愿不愿意再给你，我就不清楚了。"沈千盏语气平静，从头到尾都像是在说与自己无关的事。

"老陈去世那天，我接到我妈妈的电话，说我父亲出海失联。不管是出于职业的责任，还是道德的约束，我都选择了留在剧组。"她看向陈嫂的眼神，难掩失望，"我深刻明白失去家人是什么感受，我很庆幸我的父亲最终被找回来了。所以对你失去老陈的遗憾我感同身受，你没法信任我我也可以理解，但事已至此，多说无益。事情我都已经安排好了，明天我就不送老陈这最后一程了。"

沈千盏原以为自己是抱着日后留一线的心态来说服陈嫂的，可直到看见她泪盈于睫似后悔自己的所作所为时，她才发现，自己只是找个倾诉的理由，多一个人见证她深藏于内心的委屈与不满。

事实并非你们所见，可冤屈深埋在地底，并没有人想要挖掘了解。它渐渐会变得陈旧，随着岁月老去，变得再无紧要。没人会再记得他们曾经轰轰烈烈讨伐过的这件事，除了被深深伤害过的当事人。

回去以后，沈千盏将邮箱内的辞职信发给苏澜漪。随即，她登录只有宣传期才会看心情营业，认证为"千灯影业制片人"的微博号发布了一条微博——

因与公司理念不合，已离职千灯。

顷刻间，铺天盖地地涌入无数条评论——

"为什么不回应场务意外猝死，剧组恶意隐瞒，息事宁人的事？"

"为什么逃避回应，是因为心虚吗？"

"这是什么杀人剧组，简直闻所未闻见所未见。"

"抵制你制片的所有电视剧，我现在为我曾经看过你制片的电视剧而感到恶心。"

"像你这样利欲熏心，毫无底线的制片人真是制片界的耻辱。"

"你身上背着一条人命呢，你晚上还睡得着？"

"没有人关心你离不离职，我们要的是事情真相。"

沈千盏没再看评论，她关闭网页，退出微博。

她也不关心有没有人看得懂，这是她的告别。对千灯，对苏澜漪，也是对曾经的自己。

第二十七章

想把你和时间都藏起来

沈千盏离职的消息，在圈内掀起了轩然大波。

尤以当初挖她墙脚却没能挖动的数家影视公司为首，人事与高管的朋友圈热闹得几乎要开香槟庆祝。

某家影视传媒："最近上热搜的那个制片人，老板曾经十分看好，不只开了高薪，还允诺了别墅豪车，结果愣是没挖动。也不知道我家老板现在还觉不觉得可惜……"

某家影业："这几天的热搜真是腥风血雨，好同情这位制片，前途一片光明的时候，没跳槽没墙头草，一心一意辅佐公司上市。我起初还以为某灯的条件有多好，得知只有一点股份的时候，除了佩服还是佩服。本想看一朝君子一朝臣的深情戏码，结果某灯自己不珍惜，半路就拆了我CP。"

当然，更多的是落井下石的——

"当初太高傲，得罪了不知道多少人。现在墙倒众人堆，挺活该的？"

"之前拒接拉黑那一套骚操作我至今没忘，现在等着看您求职投简历中年危机了。"

"某制片人这几年被人捧得太高，估计已经忘记当初多狼狈了。记吃不记打，迟早要翻车。"

"到现在还有人不知道吗？这位制片是惯犯了，她七八年就干过和男朋友一起骗人资方的资金卷钱跑路的下三烂勾当。后来不知道怎么就洗白了，估计长得好看的人到哪都有市场吧。这几年吹'金牌制片大佬'的人设，吸引投资方给钱，一个做制片的把自己搞出了明星包装那一套，公关营销和人设可以说做得很成功了。"

"既然有人听，那我多说点吧。这位女制片当年和她男朋友给蓬莱辰光画了个大饼，骗了几千万的投资，开机仪式也办了，可能是分赃不均吧，男朋友撇下她跑了。她也一不做二不休，把责任全推给了去天涯海角躲着享乐的男朋友，又是报案又是请律师的，结果自锤。法院判她三年内必须还清全部欠款，她跑不掉，就进了千灯重操旧业。这女人还是有点本事的，否则也不能小几年就把钱全部还上了，还在北京买了房买了车。有钱以后，这位制片就开始膨胀了，非大制作不约，吃相特别难看。基本上，你晚上八点以后，都能在北京的夜场、酒店或者酒吧看见这位美丽女制片钓凯子的身影，身边不是可以给她当爸的资方大佬，就是年纪小到可以给她当弟弟的小鲜肉，听起来是不是觉得挺羡慕的？对了，她最近勾搭上了不终岁亚洲区的执行总裁，估计大佬应该挺喜欢她的，一直在给她压热搜。还有些傻姑娘羡慕他们的爱情，清醒点吧，他们之间哪有爱情，全是权色交易。"

最后这两篇小作文，因爆料内容过于劲爆，被人截图后搬运至微博。再经由数位营销号添油加醋，直接引爆了热搜。

"之前就听说过这位制片人的风评不太好，我家崽崽和她合作过啊，不知道有没有惨遭毒手，我已经不敢想了。"

"所以之前营销号爆料的半夜敲人房间说要谈剧本的就是她吗？她是把剧组当作自己的后宫了？"

"这个社会之所以对女士这么轻视不就是因为有她这种卖身求荣的？"

"不终岁那位超帅的首席钟表修复师是不是已经算她接触过的最优质的大佬了？希望帅哥哥能早日看清她的真面目，别被祸害了。"

"楼上天真了，顶多算臭味相投吧。不终岁也不是什么好鸟，创始人明明是中国人却跑去国外给人创收。被你们捧到神级地位的季庆振，他也算业内顶尖大佬了，表面倡导保护传统文化，结果还不是去不终岁当钟表品牌的制表师，和这家垃圾品牌一起来割国人的韭菜？"

"楼上才蠢货，是不是不收费才不算割韭菜？好不容易有家以中国元素为核心的奢侈品牌，不是攻击创始人国籍问题就是为黑而黑，不终岁的声明早出了，就问你们脸疼不疼？"

微博上是一轮又一轮的混战。

不终岁始终和季清和站在同一立场，不撤资，不袒护，沉默支持。它就犹如矗立在茫茫海中央的灯塔，灯光虽弱，但远隔千里也可窥见。

沈千盏没受影响。她早年兼职向浅浅经纪事务时，被轮番攻击过，早已练就了刀枪不入的钢铁意志。

从无锡回北京的航班上，她甚至还有闲心和季清和讨论，如果她早年没有经历过那番低谷，一直顺风顺水走到现在，会不会一下就扛不住了？

"不会。"季清和替她拉下遮光板，微微昏暗的视线里，他握住沈千盏的手，十指相扣，低声说，"被人冤枉，委屈是难免的。但你不是坐以待毙的性格，就这么如他们所愿沉沦堕落不是你的作风。"

"你可以不做制片，但我想，你停下来的理由只会是你想休息了，而不是因为那些无关紧要的人放弃。"

头等舱的垂帘外，是安静的客舱。

偶有旅客交流时的说话声响起，也很快被飞机的引擎声掩盖，听不太真切。

沈千盏倚着扶手，托腮望向他："一点都不担心我？"

季清和收回落在报纸上的视线，转头与她对视："是我表现得不够明显？"

他这几日除了偶尔接打电话会回避以外，几乎都陪在她身边。外头天塌下来了他也面不改色，好像在他眼里没有什么比她按时吃三餐更重要的事。

况且，沈千盏强大的心理承受能力，导致她意志最消沉时，也不过少吃了一顿晚餐。

反而乔昕，哭掉了酒店两大包抽纸。以至于这段时间，沈千盏无论什么时候看见她，她脸上都是红彤彤的。眼睛、鼻子和两颊，整个肿了一圈。

苏皙也是，上火上到满嘴燎泡。不是周旋在派出所，就是在打电话疏通关系。虽然两件事一件也没做成，但沈千盏看在眼里，仍是欣慰不已——她这几年想方设法想扶起来的阿斗，在她放手后，终于积极复健，准备站起来了。

哪怕现在离他能独当一面还有那么些距离，但幼儿学步，也不是一天两天就能学会。总要跌上那么几次，头破血流。

今天凌晨，沈千盏解散了剧组。

善后工作交给了苏皙和乔昕，她先一步回北京，递交资料，配合审查。

顺便，办理离职手续。她递交的辞呈经苏澜漪批复，已转人事，准备下一步的交接。

说是交接，其实也没什么可交接的。她手里只有一部耗尽了她大半年心血的《时间》，这会儿剧组也已解散，除了账务需要核对，也没别的项目流程需要找人接盘。

反倒是季清和。沈千盏是上了飞机，听到他和明决的对话，才知道今天下午是不终岁情侣对表系列的新品概念发布会。

她要是没记错，腕表的发布会应该在十月左右，这起码比预计提前了将近一个月的时间。

沈千盏的第一反应是不终岁受《时间》负面消息的影响，遭遇了不小的冲击，品牌方是打算借发布会回应一下近段时间的舆论风波。

可冷静下来一思考，她又觉得这不符合季清和的行事作风。新品发布会对新产品上市后的销量及品牌口碑有最直接的市场收效，关系到品牌整年的量化效益。他不会在公事的决策上掺杂私人感情。

况且，像这类重要的发布会，肯定得不终岁内部商议后，才能落实。与她的关系，不大。

不过理智归理智，沈千盏在季清和浏览发布会的几项重要流程时，还是忍不住悄悄提醒："你们现在开发布会，容易被记者牵着走。"

季清和视线未移，只身体往她那方向靠了靠，听她说话。

沈千盏问："你要上台发言的吧？"

季清和正在阅览明决替他准备的发言稿，听她明知故问，忍不住勾了勾唇，转头看她："你想说什么？"

沈千盏组织了下语言，说："你不怎么跟记者打交道，不知道人心险恶。这一行像蒋孟欣这样的记者多了去了，为了博眼球，估计会提不少让人完全不知道怎么回答的问题。就算应付过去了，新品发布会时被带了节奏，顾客对企业公众形象也会存有质疑，这种隐性伤害不可估量。"

尤其现在风口浪尖的，不终岁一旦处理不当，想扩展国内市场会有很大的阻力。

季清和似听进去了，他思考数秒后，说："不终岁有长期合作的媒体，关系一直维护得很好。所以，你不用担心会有记者为难我。"

两人都有自己的事业，在各自的领域里也都是走在前列的佼佼者。

他们的相遇，有点像处在天平两端的两个世界在某一天意外倾斜，才导致了这个故事有了相交的起点。

除了"钟表修复"这一点，能产生互相吸引的，只有彼此。所以在工作这个范围圈内，他们始终保持着泾渭分明的尊重和距离。

季清和反思了一会儿，说："许多事我好像都来不及告诉你。

"不终岁在这次的风波里并没有实际损伤，主流媒体对不终岁的印象很好，反而借这次的舆论回应了以往并没有闹上台面的小道消息。

"不终岁刚进入国内市场时，因孟女士的政治立场与国籍问题，被多次质疑。但这些质疑并没有引起大范围传播，只是小圈子在抱团抵制。公开声明有些大题小做，容易影响品牌形象，放任不管又日渐成为隐患，公关部为此头疼了很久。这次机会倒是正好做了澄清。"

他干脆将文件放在一边，跟她聊了聊这次发布会的内容和目的。

两人平时过于注重灵与肉的结合，反倒很少交流这些日常话题，以至于沈千盏经常忽略他在事业上的野心与图谋。

等她弄明白季清和是借着这波关注为不终岁省掉一笔宣传费后，她心想：幸好，没自作多情。

飞机抵达北京时，是下午一点。

两人的行程虽然全部保密，但抵达机场后，仍是出了一点小小的意外。不知是哪边的媒体收到风声，得知季清和与沈千盏今日回京，虽不知具体航班，但每趟无锡飞北京的航班全都蹲守了一两位记者。等沈千盏发现机场有记者时，已经来不及跑了。

《新娱快报》培养出的记者几乎个个都是和蒋孟欣从一个模子里打印出来的，二话不说，先将镜头杵到脸上，连珠炮似的一连发问——

"沈女士，请问你这趟回京是接受审查的吗？"

"你在微博上公开宣布离职的消息是为了和千灯撇清关系吗？还是仅仅对千灯的无所作为表示不满？"

"沈女士，剧组解散你有什么感想吗？《时间》作为明年年初播放的献礼剧，这个时候夭折，对你的事业会有什么影响呢？"

"你有考虑这次风波结束后，继续组建剧组完成拍摄吗？"

沈千盏几次险些被杵上前来的镜头砸伤鼻梁，要不是季清和及时将她护进怀里，这些不知从哪个角落冒出来的记者，几乎能立刻将她淹没在人潮之中。

季清和回护的举动显然吸引了记者的注意，一部分镜头和话筒纷纷转移，对准了这几日同样出现在话题中心的季清和。

现场一片闹闹嘈嘈的"季先生""沈女士"里，一声惊呼突兀得像是推倒多米诺骨牌的小球。很快，一阵推推搡搡，将本就挤在一处的人群推得东歪西倒。

沈千盏身前一位身材略显娇小的女记者，被身后的记者一撞，手中的摄像机脱手而出，径直砸向沈千盏。

这突然的变故令不少目睹事情发生的人发出一声惊叫。

沈千盏下意识抬头去看，失控的摄像机就在离她眼角数寸距离的地方，被一只手掌死死握住了镜头。

混乱的现场，像忽然按了暂停键一般，安静了下来。

摄像机的另一头还挂在女记者的脖颈上，她吓得花容失色，嘴唇抖了抖，等反应过来后，火速接过摄像机，不断道歉："对不起，对不起……"

季清和没松手。他脸色阴沉得像是在酝酿着一场风暴，眸光幽暗，如乌云压顶风雨欲来般，镇得现场一片鸦雀无声。

他挡住镜头，手腕往下一压，径直将摄像机的视角压向地面。

同一时间，明决领着数名保镖入场，轻轻松松地将季清和与沈千盏护在包围圈内，与记者隔开。

人高马大的保镖，个个身材魁梧，不苟言笑。像堵人墙般，严严实实地将方才还嚣张到不可一世的记者们挡在一臂之外。

这陡然发生的转变，与气势压制，令在场的众人都没能及时反应过来。

他们面面相觑，尚在犹豫要不要继续采访。

季清和手一松，镜框后的那双眼睛，视线回落，瞥了眼面前面若菜色的女记者一眼，低声道："拿好你的相机。"

他的语气勉强还算平和，用词也没有很犀利。偏偏就是有沉如万钧的力量压得那个女记者再抬不起镜头来，周围蔓延开的低气压，恍若实质般，渗入皮肤，冷得所有人牙齿发颤，一时竟忘了反应。

直到季清和拥着沈千盏离开，那批比摄影师还要威武雄壮的保镖紧跟着撤离，这片方寸之地才稍稍涌入了一丝新鲜空气。

众记者原地呆立片刻，方如鸟兽散，一哄而去。

季清和的低气压一路蔓延至车厢内，明决自知失职，上车后就开始检讨。

商务车一前一后，从停车场驶离。

季清和跟压根儿没听见明决说话一样，转头问沈千盏："这几天先住我那儿？"

这句话虽是征求她的意见，但并没有多少询问的意思。

明决自知已经惹了季清和不快，果断闭嘴。

沈千盏还没说话，他已经替她做了决定："你一个人我不放心，等会让司机送你去时间堂。"话落，他声音放低，哑声问："需不需要让孟忘舟再收拾一间客房出来？"

前排副驾的明决眼观鼻鼻观心，若无其事地跟司机交代稍后把沈千盏送去时间堂。

沈千盏还沉浸在刚才那场虚惊中，闻言，与他隔空对视了数秒，无声地用口型回答了三个字："跟你睡。"

季清和勾了勾唇，对她如此识趣表示满意。

隔着扶手，他牵起沈千盏的手，也无声地用口型说了三个字："不要怕。"

在机场被围堵一事，沈千盏并没有放在心上。

她只是意外记者能这么卖力，守株待兔地守在机场等她现身。《时间》的这则负面消息，影响力可能比她预估的还要大得多。

也不知有朝一日当事情真相反转时，这些正义之士是否还能像今天一样拿起长矛，将枪尖指向自己曾维护过的那一方。

下午三点，时间堂。

孟忘舟在门口左顾右盼，等了一个多小时，不终岁的商务车才姗姗来迟。

他殷勤地接过司机递来的行李箱，领着沈千盏去隔壁的四合院。

两人虽许久未见面，但孟忘舟的热情不减，沈千盏想象中会出现的尴尬场面并没有发生。

孟忘舟将沈千盏的行李放到季清和的房间，领着她参观了一下四合院的住宅区域。上次沈千盏来时，只在正厅堂屋和厨房待过。她是去拜访季老先生的，也算是工作应酬的一部分，哪好意思要求参观人家的居住区域。

这一次，孟忘舟俨然把她划分成了自己人，事无巨细地一路讲解："你看这个屋脊啊，几百年前是什么样的，现在还是什么样，我们修缮的时候都尽量保留了。这个拆了可没保留着值钱。"

"还有这个水井，时间堂的小院儿里也有一个，但没这个年份久远。清和说，现在夏天还能冰西瓜，等以后家里有了小孩，水井井口太浅，就要封起来了。"

沈千盏原本只是含笑听着，直到听见"家里有了小孩"，才稍稍正色，问："你有女朋友了？"

"哪儿呀，"孟忘舟摸了摸后脑勺，低声道，"这不是还指望着等分配呢吗。你和清和铁定比我这个孤家寡人快啊。"说完，他自觉失言，扭捏了一下，说："没催生啊，不是催生。"

他也不知道这个话题能不能聊，但想着沈千盏和季清和都睡一屋了，应该能聊？

四合院的占地不小。沈千盏被孟忘舟带着逛了一圈，只剩下感慨季老先生如出一辙的品味了。

西安老宅自然不必说。北京是多寸土寸金的地方，这套四合院表面看着就是栋普通民居，可内里曲径楼台雕梁画栋的，全是藏起来的奢华。说是在金子上堆砌出来的都不为过。

逛完院子，孟忘舟送她回屋休息："北京夜场没开始，清和就回不来。你晚上有没有想吃的，我去给你做。"

"不麻烦了。"沈千盏点了点手腕，说："我想睡一觉，什么时候醒来可能不一定，你不用等我吃晚饭。"

孟忘舟没哄过女孩，也分辨不出她是真的想休息还是随便找了个推托的借口。但一想着最近看到的那些新闻，默默脑补了一番沈千盏故作坚强的戏码，忙不迭答应："好，你有事给我打电话。我反正闲着也是闲着，你可以踏踏实实地使唤我。"

话落，不等沈千盏回答，他合上门，先回了时间堂。

沈千盏安心地睡了一觉。

这个房间虽然不是她所熟悉的地方，但处处都有他的痕迹。

她躺在床上，看着纱幔被风吹起，有细碎的阳光从窗台漫进来，带着细闪的光影。他的卧室外，正对着一株老树，树高两层，枝叶茂密，将四合院的白墙黑瓦，衬得如水乡诗意般，美不胜收。

原来，没有高楼大厦，没有江澜夜景，只一间小屋，一株老树，一抹阳光就可以这么好看。

她微侧过身，枕着枕头，从日暮西斜睡至华灯四起。

醒来时，纯色的纱帘已经被风卷至窗外，缱绻地拖着裙摆。

孟忘舟的大嗓门从时间堂的前厅响到巷尾，隐约还伴着小孩的笑闹声，充满了烟火气。

她坐起身，先去看手机。屏幕上有个视频推送，来源于乔昕的转发。她点开一看，是不终岁的新品发布会。

视频里的前半段全在介绍新系列钟表的设计理念与亮点，从细节上的指针到宏观上的设计感，虽是滔滔不绝的长篇大论，但因介绍钟表的人语言幽默，时不时还会用上一些时下热门的笑梗，导致整个发布会的氛围都异常轻松风趣。

其间镜头数次扫过季清和，虽每次都是一带而过，但只要视频里出现他的镜头都能引起弹幕疯狂刷屏。

"这是不终岁的老套路了，知道大家爱看，每每觉得姐妹们需要提神的时候都会给帅哥哥一个镜头。"

"原来他是执行总裁啊！以前的发布会也有看到过，当时惊为天人，搜遍全网无果。"

"啊啊啊啊啊哥哥又看镜头了，快看哥哥镜片后的眼神，太杀我了。"

此时正值台上的主持翻稿，有短暂的停顿。

镜头也随之很懂地落在了季清和所在的第一排贵宾席。他似开了会儿小差，正低着头把玩手机。

下飞机那会儿时间已经不早，他的西装，设备全是明决带到现场给他换的。这身暗纹色的黑色西装沈千盏见过一身类似的，因收腰显臀，被她又摸又掐，还不准季清和脱下来过。

此刻他坐在那儿，腰身笔直，身姿挺拔，什么都不用做，便轻而易举地吸引了全部人的目光。他却恍若未觉，微低着头，下颌微收，眼睫轻垂，专注地看着手机屏幕。

就在此时，沈千盏的手机微震，仿佛时空交错般，屏幕的消息提示栏里突然垂下来一条来自微信的新消息提示。

——季清和：醒了？

她的心脏像是忽然被他一把攥住，心跳悬于心口，又缓缓下坠。

明知这段视频已经是两小时前的发布会现场，但沈千盏仍有种在勾搭他会议上开小差的心虚感。她咬了咬唇，回："刚醒，你结束了？"

发完，她切回视频。

屏幕里的季清和仍低着头，单手操控手机，快速地打字。

他的侧脸轮廓清俊雅致，线条流畅，无论从哪个角度看去，都挑不出一点瑕疵来。

满屏的"啊啊啊啊"里，全是"哥哥你抬一下眼睛看看我啊"。

场内的话筒有电流微变时发出的轻滋声，他回神，抬眼，那双眼睛像游荡在子夜的幽冥，漆黑得深不见底。

他终于察觉到有镜头在偷偷拍他，准确无误地微微侧目，捕捉了个正着。

于是，满屏的弹幕，瞬间就疯了。

沈千盏忽然觉得，自己这几天完全是替不终岁白操心了。季清和这张脸就是放在娱乐圈都没几个能打的，光凭着这皮相，哪怕是遇上末日危机他都能轻易脱身，何况才一点点小小的"投资失误"。

她正腹诽着，微信一弹，季清和回复："嗯，刚结束。打电话？"

沈千盏刚发了个"好"字，他像是已经在等着了似的，立刻拨了进来。

"在做什么？"季清和问。

"刚睡醒，"沈千盏轻咳了声，认真答题，"看回放。"

"我的？"他问。

沈千盏点头，点完发现他还在等回答，又嗯了声。

"好看吗？"他嗓音低沉，似随口一问。

沈千盏听见他那端传来的讨论声，虽不知道他处在一个什么样的环境里，但显然，他此刻并不是一个人。

她反而要比这位不务正业的当事人还要紧张，一句话揣了半天，才回道："挺好看的啊。"

季清和就适合这种深色调的纯色正装，既内敛又低调。最好不要太正式，过于正式的场合他那些西装就不单单是禁欲气质了，而是纵欲……

反而像今天这种，有点小心机的。腰侧微收，捏出窄腰。再在衣摆处开两道亮口，显露出他线条趋近完美的翘臀。一举一动，虽是无心，却无时无刻不在吸引众人的目光聚焦。

季清和追问："哪里最好看？"

沈千盏认真回忆了下。

好像她喜欢的每个镜头都不是刻意落在他身上的，有他起身示意时，笔挺挺拔的身姿；也有他望向镜头时冷淡又嫌弃的一瞥；甚至他坐下时，西裤在他腿弯处折叠成几褶小扇的纹路而微微露出的脚踝以及……因没时间试穿调整所以小了一码的西裤勾勒出的微微有些紧的裆部。

沈千盏越想越觉得自己好变态……

盯什么不好，专门盯裆。

她回答不上来，就顾左右而言他："哪里都挺好的，就是感觉衣服是不是有点紧？"

季清和轻嗯了声，这声"嗯"，尾音上扬，似带疑惑："我问的是手表。"

沈千盏："……"

季清和得逞，低低笑了两声，不再逗她："我快到了，想不想吃东西？"

"快到了？"沈千盏惊讶。

季清和曲指敲了敲表盘，清脆的叩碰声里，他报时："十点三十二了。"

"是不是我不打电话过来，你就不知道查岗？"

十点多了？

她醒来也没留意时间，看发布会又看了一个多小时，难怪夜深了。她的沉默就是最直接的回答。

季清和迈出车门，换了只手接电话："那我先回来，再决定你吃什么。"

沈千盏觉得这句话似意有所指，但没等她细细再品，他低声说了句"挂了"，就真的干脆利落地挂了。

随即，她便听见在楼下天井旁乘凉的孟大嗓门跟晚归的季清和打了声招呼："回来了？"

"嗯。"季清和回应得冷淡，路过院子时抬头看了眼灯还暗着的房间。尚不知沈千盏已经踏着楼梯下楼，就在门后等他了。

孟忘舟见季清和目不斜视地径直往堂屋走去，热情地问道："沈制片还没醒呢，要不要我激情陪聊啊？"

季清和理都没理地路过他。

孟忘舟不懈努力："不陪聊，下厨做饭也行。"

季清和终于回头瞥了他一眼，说："不劳烦，我带她出去吃。"

孟忘舟："怎么的，我做得没外头好吃是吧？你给我站住，今晚不把话说清楚……"你就别想回房间。

结果，不等他把话说完，季清和一脚迈入屋内，反手关上门，隔绝了外头的呱呱噪声。

他尚未适应眼前的这片黑暗，早在门后等着的人已经拥上来，紧紧地环住了他的腰。

季清和一怔，随即无声地勾了勾唇，回抱住沈千盏。

沈登徒浪子在不动声色地掐了掐这把在视频里想摸很多次的窄腰后，微微后仰，抬眸看他："我的外卖到了。"

季清和稍稍挑眉，立刻意会："现在？"

沈千盏踮脚，凑到他颈窝处用力嗅了嗅："有点凉了。"

季清和十分配合："那热一下？"

他随手将手机扔进玄关的置物盒中，腾出手来将她抵在门后，一手撑在她颈侧的门上，一手揽着她的腰，低头就吻了下来。

在无锡时，接连出事。人的气运不佳，连带着环境都变得压抑起来。酒店那仄小的房间像是到处充斥着无形的压力，压得人喘不上气来。自然也没什么兴致做抵死缠绵的事。

回到北京，一切仿佛又回到了正轨上。

他厮磨着，啃咬着，像要把空窗期她欠下的都索要回来，又凶又急。

门外，孟忘舟还在喋喋不休地骂着："什么人啊这是？见色忘义，过河拆桥。"

"季清和你等着，等你结婚那天，我拉一车的酒缸来，不把你灌醉我孟忘舟三个字就倒过来写！我看你怎么入洞房，猴急猴急的。"

"不用他操心。"他此刻还有闲心，边吮着她的唇边低声道，"我现在就，入洞房。"

后半句，他把字咬得又轻又沉，哑哑的，像有根羽毛从她心尖扫过。

沈千盏感觉到他正抵着她，蓬勃地，像撕毁面前的这一切。她这才有些害怕，喘着声，细声提醒："还在楼下。"

"他不敢进来。"

但你会进来啊……

沈千盏欲哭无泪，揪着他西装时，还在拒绝："不行不行。"

季清和不听。他握着沈千盏的手解开他裤腰上的皮带，再沿着腰线往下，一点点地探："衣服很合身，就这个地方太紧了点。"

沈千盏碰到他说的地方，唔了声，想躲。

他一把攥住她的手腕，偏头去咬她耳朵："说。"

"盯它多久了。"

沈千盏在电话里说"就是感觉衣服是不是有点紧"时，她以为季清和没听见，结果他是等在这儿，打算当面翻旧账。

这种时候她哪答得上来？她顾及着在院子里乘凉的孟忘舟，不敢大声，只含糊其词道："不能看？"

"能。"他低声笑着，松开她的耳垂，转而啃咬她的脖颈，声音沙哑，"就算想把玩也可以。"

不想。起码现在不想。

她微微喘息了声，去推他："有点饿了。"

"我不就是你的外卖？"他打定主意不放开她，攥着她的手回到原处，掌心包裹着她的，隔着一层西裤，一点点教她。

他声音压得极低，低到一分神就听不懂他这句话在说什么。

沈千盏羞耻到双脚抓地，她现在觉得自己只是盯个裆有什么好变态的？

季清和才变态！

这人每次都喜欢隔着门做事，之前是季麟，这次是孟忘舟。好像越有人的地方他就越兴奋。

她手指发酸，掌心火热，像握着一座岩熔化就的火山，正等着它从休眠状态苏醒过来。

他不断安抚着，从她眼睑一路亲至嘴唇，最后辗转流连，撬开她的齿关，吮着她的舌尖，纠缠忘返。

玄关只开了一盏照明用的壁灯，隔着琉璃罩，光线昏暗，带着暖暖的黄昏色调，像日落前的最后一道余光，流沙般惊艳动人。

沈千盏脂粉未施，笼罩在这片灯光下像提灯映画走来的山间灵魅。

季清和失去理智前，将她抱起，抵在了玄关的置物架上。

他咬着她的唇，低声道："别叫。"

随着这声话音刚落，他撩起她的裙摆，在进入的同时，深深地吻住了她。也将她未出口的那声呻吟咬入舌尖，一并吞下。

他抵着她的唇，那双眼里明明燃烧着火，声音却又无比冷静克制："明天去做什么？"

沈千盏像一叶被飓风狂浪摇曳的孤舟，唔了声，费劲地回答："去千灯办离职手续，顺便提交审查资料。"

季清和嗯了声，问："要不要我陪你去？"

沈千盏腿间又酸又胀，她咬着唇，咽下了到嘴边的那声轻哼，瞪了他一眼，说："你是觉得我现在还不够……招眼吗？"

最后那几个字被他用力的顶撞直接撞散了。

她吓得紧紧锁住他，搁在他后颈的手指挠了他一下。

季清和轻哂了声。他维持着上一秒又深又狠的姿势与她僵持了数秒，商量道："我抱你去楼上？"

沈千盏点头。她含得吃力，浑身的力气都被抽走了般，四肢发软。她将脑袋窝在他的颈窝处，环着他的手，随着他每一步走动都越来越紧越来越紧。

季清和从未体验过这种销魂到仿佛抽走脊椎，空无一物的感受。堪堪在进屋后，抱着她平息了一会儿，随即将她放在床上，大穿大刺般手起刀落，不断凌迟。

沈千盏就如同那溺水的鱼，渐渐窒息。

他还在那儿问："离开千灯后，接下来有什么打算？"

知道这是他一贯转移注意力的法子，沈千盏不想随他的意，一双眼半睁半寐，跟雨后第二天看见的远山般，有着朦胧神秘的致命诱惑。

她松唇，无声哼着。看他的眼神跟放钩似的，直到他上钩了，才细细地吐出两声来，说："打算和你醉生梦死啊。"

最后，沈千盏的确小死了几回。她窝在季清和怀里，跟只失去了生命力的布偶般，倦懒得只有尖尖的细牙可以防卫。

季清和怕她半夜醒来会饿，差使孟忘舟去买点粥来温着。

孟忘舟嘀嘀咕咕的不乐意："她是你老婆，凭什么让我去买粥？"

季清和回："欺负你孤家寡人没性生活。"

孟忘舟："这是求人的态度？"

季清和反问："谁求谁？"

孟忘舟这些年全仰仗着季清和的鼻息，自然就跟如来手中的孙猴一般，翻不起浪来。

他认命地起身，去院里骑上他的小哈雷。

买粥的路上，北京这座夜城也正好慵懒翻身，灯火璀璨。他将摩托停在粥铺前，两腿并跨坐在座椅上，收森林能量。这时，手机振了振，又进来条季清和的短信："有没有兴趣，换个工作？"

第二天，沈千盏去千灯办交接。

苏澜漪将她停职的那一天，她除了提交辞职信以外，还向千灯与不终岁提出了解散剧组的申请。

有不终岁的批示在前，千灯迫于投资方的压力，很快妥协。所以，沈千盏这趟回公司，除了签字，走完离职流程外，也就只有打包自己的私人物品一件事。

签完字，她随口问了问人事："苏总呢？"

"苏总在楼上。"人事部与沈千盏的关系很不错，见她办完手续就要走，既惋惜她的离去又怜惜她的遭遇，留了她一会儿，悄悄给她递了条消息："剧组有场务意外死亡的事情发生后，萧制片来过一趟，说帮你查查剧组工作人员的紧急联系人。"

"前不久小苏总也来过一趟要名单，听到我们部门的人正在议论这件事，发了好大一顿火。"

沈千盏对萧盛会动手脚这件事不意外，她意外的是苏暂："苏暂来要名单？"

人事迟疑了数秒，点点头，十分隐晦道："小苏总好像是认为这些事发生得太巧合了，想去调查调查。苏总全都知情，睁一只眼闭一只眼，全放手由他去了。"

沈千盏微微颔首，表示自己知道了。

《时间》的事闹得满城风雨，千灯内部肯定流传着不少私话和八卦。估计有那么几个明眼人看得出来这场风波是两虎相争，谁输谁走。

她也不吝啬于在离职前释放最大的善意，感谢过人事部后，沈千盏回办公室收拾好个人物品。又与共事多年前来送别的同事一一话别后，她抱起她在千灯沉甸甸的这数年，准备离开。

可迈进电梯那刻，她忽然改了主意，按了向上的楼层键，去找苏澜漪。后者仿佛也在等她般，看见她进来，紧绷着的肩膀微微一松，从办公桌后站了起来。

沈千盏见到苏澜漪，和以往还是朋友时与她见面一样。和善地打声招呼，自然地找个空位坐下，静静等她开口。

苏澜漪反而没有她这么冷静，她按着桌角，与沈千盏对视了片刻，问："你就没有什么话想问我？"她明知这个问题愚蠢无比，可内心深处就是有那么一角急于让她给出一个答案。

沈千盏想了想，问："公司没钱了吧？"

"萧盛是不是捏住公司的把柄威胁你了？"

"自己能解决吧？"

她一连问的三个问题，全都和自己无关。

苏澜漪诧异于她对自己的了解，苦笑了声，说："苏暂为了你跟我吵得天翻地覆，昨天回家后，还在爸妈面前和我断绝关系，说不认我这个姐姐。"

她喉间发苦，低声道："你怎么不问问我为什么不救千灯？"

不知道是不是回了自己地盘的原因，回了北京后，沈千盏反而比在无锡要有底气得多。

她双手交叉相叠,沉吟数秒,纠正道:"苏暂不是为了我,他是为了自己那点坚持和纯善。他不明白公司之间的利益牵扯,也不明白商业竞争龙争虎斗的利害关系。公司千万别交给他,肯定会破产的。"

苏澜漪笑了笑,这回从容了许多:"你说得是。"

沈千盏这趟来,并不是叙情的。她只是觉得苏澜漪作为她人生里不可或缺的一个人物,也许日后就会形同陌路,成为过客,不好好道别,有些对不起这些年她为千灯付出的这一切。

即使,她所做的,并非单纯为千灯,也是为了自己。

就在她斟酌着怎么表达才能令苏澜漪感受到失去自己的重要性时,盯着沈千盏看了半天的苏澜漪忽然说:"真是羡慕你。"

沈千盏不明所以:"羡慕我七年一轮回,再跌入谷底吗?"

苏澜漪笑了笑,否认:"不是。"

她没继续深入聊这个话题,也没问沈千盏的下一步计划。事实上,熟悉沈千盏手段的人都知道,这些舆论根本困不住她多久。

她如今的沉默,只不过是在等,等一个合适的,适合她发声的机会。一旦她抓住了这个机会,逆风翻盘指日可待。而有人,正在筹谋着给她这样一个机会。所以苏澜漪觉得羡慕,她羡慕沈千盏,能有这样一张底牌,无论何时,都能无往不胜。

沈千盏从纸箱里找出一份文件,递给苏澜漪:"这个是股权转让协议。"

"《时间》估计让你赔了不少钱,再多我也没有了,这个给你,聊胜于无吧。我也走得干净点,没牵挂。"

苏澜漪脸色僵硬,似不敢相信沈千盏把这么重要的东西说给就给了:"你的股份完全可以拿来跟我做交换。"

沈千盏笑得格外洒脱:"只有你那么看重利益吧。上一次我一无所有,你拉了我一把。我靠自己站起来以后,钱对我来说,就没那么重要了。我去哪都能挣的东西,何必看得这么重?自己良心过得去,才能一路坦荡,继续笑着走下去。"她摆摆手，又说，"你是个什么样的人我很清楚，所以我一开始就没怨你。但如果你没放弃我，我是打算和千灯一起渡过这次难关的。"

"可惜，你放弃了。"

沈千盏介意的仍是苏澜漪这一点。

可能她和苏澜漪要彻底没有利益牵扯了，才能和平相处吧。

苏澜漪更意外的，是另一件事。

她拿着股权转让书，脸色莫名道："你不知道？"

"季总从柏宣那儿把《时间》的版权买走了。"

沈千盏似没听清般，唇边笑容还在，眉头却是一蹙："你说什么？"

苏澜漪咽了咽，说："《时间》的版权，现在在不终岁手里。"

"你一点也不知道？"

沈千盏是真的不知道。

季清和没跟她提起过他收购了《时间》版权这件事，即使当初她提出暂时解散剧组，先回京配合审查时，他也未对此事透露过半句。

偶尔聊起这件事的进展，在确认沈千盏有足够的能力可以处理后，也只是简单的询问。只要沈千盏不主动提起，他便可以只字不提。

她并不觉得只凭男女朋友的关系，就可以要求季清和为她做什么。谁都没有这个义务要无限度地为对方付出。

只是他最近接二连三的举动，每一件都是向着的她的。

季清和并没有直接告诉她，他为她做了什么，而是在她能力范围外的地方，提前替她铺好了路。

并且，他给的，正是她所需要的。没有一点的强加和自我主观意识。

沈千盏再也没法欺骗自己，季清和的这些行为单纯只是为不终岁考虑。

他的所谓理性，早已为她偏得没边了。

她没再与苏澜漪深聊下去，她此刻，迫切地想听他证实这件事。

季清和接到她电话时，正在和几位高管开会。

他暂停会议，避入休息室内，接听她的电话。

沈千盏没直接问，她向来将自己的好奇心隐藏得好好的，不轻易让人察觉。

她坐在自己的宝马车内，先轻声问他："你在忙吗？"

"接女朋友电话的时间还是有的。"季清和掩上门，坐在临窗的沙发上，给自己斟了杯茶，"你做完交接了？"

沈千盏轻嗯了声，启动发动机："晚上一起吃饭吗？"

季清和听她那一声轻响，猜她是刚准备离开千灯，微微莞尔，不忍拒绝："会有点晚，你要是下午没事的话，来我办公室坐坐？"

沈千盏这才想起，他昨晚有提过他今天会很忙，让她遇到麻烦可以直接联系明决，让明决代为转达，他会替她处理好一切。

只是那会儿，她整个意识随着他荡漾逐流，哪听得进去……

她龇了龇牙，说："查岗就不去了，我放心得很。那我等你。"

季清和察觉她今天异常的主动，虽猜不透她有什么事要和他说，但心情瞬间明快不少。

他捏了捏眉心，唇角却不自觉地微微勾起，玩笑道："我办公室有个落地窗的景观台，不想来体验下？"

"不了不了。"沈千盏现在一听他用这种诱哄的腔调就害怕，说，"我想回家取点东西。"

季清和对前天在机场被记者围堵一事还留有阴影，怕她遇到不测，叮嘱沈千盏找孟忘舟随行。

沈千盏嘴上答应着，等挂了电话，径直从千灯出发，回了趟家。

时间堂里除了季清和还住着孟忘舟，沈千盏觉得在别人眼皮子底下没羞没臊的不太好，便琢磨着把房子收拾整理下，随时好搬进来。

但事实上，除了家具要除尘，也没有别的地方好收拾。

老沈夫妇过年来的那一趟，每天都在不遗余力地改造她的狗窝。后来，送二老回无锡后，沈千盏为了剧组奔波，也没怎么住在自己家里过。

比起沈千盏之前的居住环境，现在明显提高了舒适度。

想到老沈夫妇，不免要提起前两天接到的老沈打来的电话。剧组的风波闹得太大，不少新闻电台全在联播，覆盖面之广，不只主流媒体在更新报道，连几大热门社交平台都在不断推送热度。这间接导致了老沈夫妇从各种渠道得知了沈千盏深陷风波一事。

老沈格外心疼地跟她确认："你之前真的欠了别人几千万，没告诉家里？"

沈千盏觉得事情都过去了，嬉皮笑脸地打哈哈："是啊，本事大吧。可惜要不是拿去还债了，还能给你和你的沈夫人换套自建别墅，再装个小电梯。"

老沈沉默不语了几秒后，哽咽着哭了。这直接把沈千盏吓傻了，她连忙安慰了半小时，才勉强将来龙去脉交代清楚。但听完事情经过的老沈同志更气了："那混账，那兔崽子，到现在也没找到人？"

"事情都过去了，我都放下了，你就别惦记着了。"

于是，沈千盏又花了半小时的时间，跟老沈聊了聊剧组风波事件。

她安慰这位操碎了心的老人家："你别担心，过几天，等警方出示声明后就好了。"

老沈现在对她的信任度低入尘埃，很是不相信地确认了两遍："你说真的，没再敷衍我？家里虽然不够富有，但我老沈供闺女吃喝玩乐的本事还是有的，你要是工作得不高兴了，就回家来，爸爸才不嫌弃你。"

沈千盏深受感动，煽情的话还未说出口，老沈又问了句："那……清和不是你雇来骗我和你妈安心的吧？"

沈千盏："……"

她犯得着骗吗？她气得直接把手机转手给了一边闷笑不语的季清和，就这么眼睁睁看着季清和旁若无人地和老沈愉快地交谈了半小时。

聊什么了？她没听懂。但结果反正是，老沈终于弄明白了一件事，季清和是沈千盏男朋友这件事，是真的，不是假的。

他有未来女婿这件事，梦想成真了。

沈千盏在家里做完"未来工作策划案"后，赶在北京晚高峰前，先回了时间堂。

孟忘舟这几天神神秘秘的，也不知道在忙些什么。时间堂的大门也时开时不开，全看他有没有老实坐在店里。

只是沈千盏作为亲密度还没刷满的"预备役自己人"也不好意思过度关心，去干涉孟忘舟的私事，眼看着他热火朝天地呼啦一下出去一趟，又呼啦一下回来，也不知道他在为什么一腔热血。

今天沈千盏来得巧，她刚回来，就遇上了孟忘舟准备出门。

他主动打了声招呼，说："沈制片，你和清和今晚不用等我吃饭，我有事晚点回来。"

沈千盏答应了一声，见他这么开心，顺口问道："孟老板遇到好事了？"

"也不算。"他笑不露齿，嘴角弯弯道，"我换新工作了！"

沈千盏挑了下眉，意外于宇宙第一大闲人的孟忘舟居然也有辛勤工作的一天。

家里没有人，沈千盏便光明正大地在四合院的客厅等季清和下班。

她给自己的规划是，先低调蛰伏一年，去系统地学习怎么做制片人，再兼修一门导演艺术，培养培养自己的导演能力。万一哪一天，她制片干不下去了，还能做做导演呢……

沈千盏会有这个想法还是因为邵愁歇，她这段时间蹲剧组，跟着邵愁歇学了几手运镜，对镜头掌控颇感兴趣。

再加上平时，制片人和导演组开会，商量要拍摄出一个怎么样的影片效果时，经常亲身上阵地讲解说明。这令她对演员的肢体艺术也颇感兴趣。

沈千盏是个行动派，说做就做。下午在确定方向后，查阅资料那会儿就顺手报了名。

她给自己的未来规划十分清醒。知道自己要什么，该重视什么，要往那边发展，想达到什么目的。

一串分析后。沈千盏想，她可能就是搏击海浪，渐渐失去斗志的海燕。她想归巢。

不只是为了弥补这些年和老沈夫妇之间缺失的陪伴与亲情，也是因为她有了让她想慢慢生活，渐渐停下来的人。

当晚，季清和下班回来时，刚进玄关。就被等在门后的沈千盏从身后拥住。

他换了鞋，先转身去抱她："一直在楼下等我？"

沈千盏先是点头，随即摇头："刚才孟忘舟回来了，我就先回楼上了。"

季清和低头亲她，从鼻尖到唇角，一点点，吻得湿漉："明天来公司陪我上班？"

沈千盏仰头看着他，问："我想跟你聊聊。"

她的语气正式，像是有正经事要谈。

他微微肃容，脑海中转过了无数个念头，最终落在她脸上，轻轻一定，似万钧尘埃都在顷刻间静止了般。

他点头，询问："上楼还是就在这里。"

"上楼吧。"虽然孟忘舟自己单独住个小院，但他经常会过来这里的开放式厨房打牙祭，或是来开冰箱搜刮些新鲜水果和零食，或是来搬运点食材自己下厨。

明明外头有个独门独户的正经厨房，他偏偏喜欢来这儿串门。

　　甚至有那么一次，他因为暂时忘记了沈千盏也住在这儿，以为小贼进门了，拿着棒球棒就要来抓贼，结果尴尬地看见季清和把沈千盏压在冰箱上，这样那样的亲密行为。

　　当下脸红得跟猴屁股一样，仿佛比这两位当事人还要羞恼，竟夺门而出，不见了人影。

　　上楼后，沈千盏先把自己接下来的规划递给季清和。她做得精细，不仅把所有步骤打印出来，还分了三四小点，做成册，压成了薄薄的策划案。

　　季清和看了她一眼，默不作声地开始阅览。

　　沈千盏未来规划中，有一部分是对这次舆论风波所做的反击步骤。

　　一是等警方公布老陈的死亡报告以及陈岩被拘留的真实情况。

　　二是发布陈岩闹事当天的完整视频，她安装的视频除了能记录画面，还能录制声音，想还原现场谁是受害者、谁是逼迫的那一方，无比轻松。

　　三是她手上还掌握着一段录音，那是以防万一留下的与陈嫂最后一次协商的录音。录音文件里，陈嫂清晰地替沈千盏做出了澄清。

　　以上，是解决舆论的方式。

　　除此之外，她启用了律师准备起诉萧盛，这种不正当不健康的竞争行为，构成了严重的名誉权侵害，准备齐全资料后，是可以上诉的。

　　但这招有些杀敌一千自伤八百的嫌疑，所以沈千盏在这个方案后打了个问号，应是在犹豫要不要这样执行。

　　除此之外，才是她的未来的规划。

　　他一言不发地浏览完毕，低声问她："决定好了？"

　　沈千盏颔首，她刚洗完澡，换了一身长裙睡衣。她扶着季清和的膝盖在地毯上坐下时，长裙的裙摆曳地，在地毯上摆出十分好看的弧度。

　　她微微仰头，问他："我听苏澜漪说，你把《时间》的版权买下了？"

　　季清和没否认。他对沈千盏隐瞒的一贯态度是，她不主动问，他就不会挑起事端。但沈千盏一旦问了，他也绝对不会为了掩盖而撒谎，消耗双方的信任度。

"买了。"季清和思忖几秒后，说，"剧组出事后，这个版权就没这么珍贵了。不算费劲。"

沈千盏拆台："不信。"

柏宣对他有所图的事，沈千盏一直知道。蒋业呈这样多年修炼成精的老狐狸根本不会让自己吃亏，肯定没少压榨他的价值。

"千灯前有《春江》救急，掏空了资金链。后有萧盛通敌叛国，导致《时间》的口碑被毁，千灯的整个资金链断裂。千灯虽不至于宰你一刀，但绝对不愿意把这块大饼拱手让人。"

就像苏澜漪一贯的作风一样。出事了，找个能扛事的顶着，顶不住了那就推一个听话的出去顶包。

这次沈千盏的剧组出事，舆论又发酵成这样，苏澜漪能扛住压力那么久，最后才选择了推她一人出去保全千灯，已经算是顾念旧情了。

"她没提任何要求，很痛快地就同意了。"提到这儿，季清和也有些意外，"我原本以为，是要费些功夫的。"

"她没提？"沈千盏诧异。

拱手相让不像是她认识的那个苏澜漪会做的事。

这么一想，她转让出去的股票……也不算亏？

季清和抚着她的头发，说："包括苏晢，他那天以为你是打算彻底解散剧组，说他一定会去找到萧盛和蓬莱辰光私下交易的证据，还你个清白。他说不需要你再回千灯，但绝对不能这样一身污名地离开。"

她在他的掌下抬头，微微动容："他没和我说过这些。"

即使那天送他们去无锡的机场，他明明走了，又冒雨回来，一声不吭地跟谁家被抛弃的大狗一样，瞧着可怜兮兮的。

"他说你一定会告诉他，你不在意了，让他也别把这件事放在心上。"季清和这个传声筒当得心甘情愿，他声线低低的，像是在讲一段故事般，说，"娱乐圈最知道什么是真什么是假，所有人都在看你的好戏，但没人会站在上帝的角度去批判你做得是对是错。聪明人都知道你是被算计了，你前途还在，换一家公司仍旧可以轻易坐上这个位置。"

是啊，她知道自己要怎么翻盘。

她没做错，这就是最强有力的反驳。

至于怎么运用舆论，扭转局势，这才是她最近一直在策划并为之计算的事。

只是她还没想通其中的关键，他已经将最趁手的武器拱手送上。

"不能那些无关紧要的人都为你刀山火海，我却什么也不做，看你深陷低谷。"季清和握着她的手，将她牵起，抱坐在膝盖上，低声道，"我也可以是你的臣民，为你赴汤蹈火。"

两天后。

无锡警方公布通告。

通告内容与沈千盏料想的无二，除了澄清老陈的死因系其自身原因外，还出乎沈千盏意料的公布了间接造成老陈死亡的另一大因素——他长期身兼数职，缺乏睡眠，身体素质本就虚空。

这里甚至还点名了雇佣老陈的个别剧组，一一做个警示。

这个通告比沈千盏预料中的晚了两天，但警方调查的内容之详尽，简直出乎她的意料。

官方公布结果后，很快，剧组审查的结果也接连公示。

两大部门跟商量好了似的，在同一天发布。剧组的审查结果也进一步证实了剧组没有任何过错。

同一时间，沈千盏利用手头的营销号，写了数篇《千灯秘辛：两虎相争》的小作文，将沈千盏与萧盛的恩怨讲得一清二楚，明明白白。

网上一片哗然。前几天撕得轰轰烈烈的风波此刻像是一场笑话般，充满了诡异和怪诞。沈千盏最后那条微博底下，瞬间涌入了无数的道歉评论及转发。一切都如沈千盏所预料的那样，正朝着反噬萧盛的方向而去。

但仅仅是这样，还不够。

能引起吃瓜群众热切关注的舆论通常只能维持一周，大家都为自己的生活、事业、家庭忙碌着，大多没耐心，所以才会在一开始的时候连多了解些事实都懒得做，一拥而上。

仿佛哪边是弱势，站队那方就会显得自己无比崇高，富有正义感。

但在事实面前，很快，那些被他们维护过的人就会被他们轻易放弃。

萧盛就是。

苏暂处理完剧组事务后，去了趟老陈的家乡。替沈千盏搜寻到不少证据，他没贸贸然发声，先将这些证据转交给沈千盏。

数日后，沈千盏的微博发布了一则律师函，限萧盛七日内向大众澄清事实，并向沈千盏公开道歉。

紧接着，数位象征着某些风向的官方微博纷纷下场，宣扬网暴的危害性。

这七天内，曾小范围地爆出过沈千盏的所谓黑料。但很快，就被愤怒，也渐渐在正确引导中清醒过来的网友所识破。

但凡涉及沈千盏私生活的黑料，一并被网友用一张拼接成的长图所回应。

这张长图是季清和前阵子在不终岁的钟表新品发布会上的一段私人采访。

记者提问："季先生，你近段时间身陷绯闻风波，你是否承认沈千盏与您的恋爱关系呢？"

季清和微笑回答："千盏是我正在交往并打算结婚的女朋友，我的家人也很喜欢她。"

记者语调微扬，微微兴奋："双方都见过家长了？这是好事将近啊。"

季清和这倒没回答，他含笑颔首，像是默认般，毫不避讳沈千盏此刻深陷风波，被全网抵制，甚至有可能危害到不终岁的口碑。

记者又问："那您对沈千盏近期深陷风波有什么看法呢？"

季清和顿了顿，稍稍挑眉："我就是《时间》剧组的顾问，也是投资方，我不便以公众人物的高度，也不便以她私人关系的视角来回答这个问题。但我信任她。"

记者点头，迟疑了下，提问："那对沈千盏个人风评方面的新闻是否知晓？是否介意呢？"

季清和故作不知，待记者难以启齿地一条条提起时，他目光沉和，似有力量的光般，紧紧锁住了提问的记者，他反问："这些你都难以启齿的内容，强加在一个女孩身上，不觉得荒谬且恶毒吗？"

他稍做停顿，低声道："我的世界很孤独，充斥着或快或慢的白噪声。年少时，我的世界是图书馆里翻书记笔记的白噪声；青年时，是博物馆里时针和齿轮的走动；成年后，我的世界里，念念不忘的只有她。"

"你可能不知道钟表修复师的职业有多枯燥，偶尔下一场雨我都会觉得很新鲜。她就是撑着一顶红伞，在我世界里走来走去的时针。"

"让我，想把她和时间都藏起来。"

沈千盏看到这条长微博时，已是一周以后。

萧盛装死的第八天，她将一切维权事宜交给了律师负责。

律师还是季清和借给她的，以至于每次讨论案情的时候，沈千盏对着这位十分精英的，帮着季清和处理无数成百上亿合同的律师都十分愧疚。

这叫什么？这叫大材小用！浪费人才资源！

还有，烽火戏诸侯的典故季总您听说过吗？

整件事因一波一波的反转与高潮，在网上热闹了整整一个月。

这日，有娱乐八卦的营销号发博，称："剧组都被你们搞黄了，现在在这边欢呼，支持维权，也不知道你们良心过不过得去。"

一石激起千层浪。就在全网打算众筹聘请沈千盏当制片人时，不终岁官宣——

"你和《时间》都是我的。"

不终岁拿下《时间》版权，将继续录制的消息很快席卷全网。

网上一片柠檬精酸倒在服务器里——

"真财大气粗。"

"得，不用众筹了，还能买包包，姐妹们开心吗？"

"这样甜美的爱情，我也想要。"

然而，作为深陷舆论风波，以制片人身份霸占了热搜榜近一个月的当事人却在口碑正式反转后，彻底消失，再没有出现。连带着前阵子高调秀恩爱的季清和也消失得彻彻底底。

在网上一片喊话声中，沈千盏忙着重新组建剧组，改剧本，抓进度，重新回归拍摄。

孟忘舟换的新工作就是剧务助理，主要负责打杂。

苏皙仍是《时间》的监制，整天在剧组里咋咋唬唬。

乔昕也在一个月后交接完毕，离开千灯，签到了沈千盏的工作室，升官当执行制片。

千灯也在苏澜漪强势的介入下，缓过危机，重获新生。

只是千灯在沈千盏事件中迎合网友，而不保护自家员工的行为很是招恨，口碑不可遏制地呈断崖式下跌。

眼看着事情已经彻底落幕，但沈千盏的沉寂，让这场狂欢，像是缺了点什么，意兴阑珊。

有网友渐渐靠着营销号发出的高糊路透来嗑颜嗑CP。

瞧瞧，这是什么神仙剧组。主创团队里，制片和钟表修复师，男主角和女主角以及主、副两大编剧全是甜美爱情。

简直令人窒息。

半年后。

《时间》的官方微博改名为《想把你和时间藏起来》，正式首播。

这部自开拍以来热度不低，关注度极高，却风波不断的神剧终于等来了它的顶档。

更令众网友兴奋的，是几日后的北京电视节。《想把你和时间藏起来》荣获最佳电视剧，而沈千盏也一举斩获最佳制片人。

她与季清和手挽手，亮相红毯。

同一天，不终岁发布 2020 钟表系列新款——"时间"系列。

文案标题是——遇见你发生的故事，才叫爱情。

沈千盏作为大热门，电视节结束后，很快被记者围堵住，接受采访。

记者问："好不容易能采访到你一次，沈制片你能说说不终岁的'时间'系列选择今天上市是否有捆绑炒作的嫌疑呢？"

沈千盏瞥了一眼记者的工作证，还是令她不喜的《新娱快报》。

她目不斜视，完全没将对方故意针对的问题放在眼里，转而回答了另一个记者提出的："沈制片，斩获大奖后，你接下来的半年还有哪些拍摄计划？"

沈千盏晃了晃自己手里的奖杯，笑起来："我做制片的目标有三：一是制片一部热门爆剧，我做到了。二是拿下最佳制片人奖杯，我也做到了。三是名利双收后做一条躺着数钱的咸鱼，第三条可能要穷尽我一生的努力了。"

沈千盏的说话风格幽默风趣，比起往年与媒体接触时更多了淡定从容。

她一连回答了几个工作方面的问题后，就在所有记者以为今天无缘听到从她嘴里谈及季清和时，她忽然抬手，掰正了正对着自己的镜头。

她冲着那镜头一笑，那明艳之感瞬间冲出屏幕，将直播间的所有网友迷得七荤八素。

满屏的"啊啊啊啊啊，她长这么好看为什么不做演员啊，我粉她粉得好辛苦，天天跟剧组路透的糊照，还经常蹲不到啊啊啊啊。羡慕人家爱豆明星有作品可以反复无限舔颜"里，她微微一笑，忽然有些羞涩。

"他说，只要我准备好了，稍稍暗示一下，他就会跟我求婚。"

"我想了半年也不知道该怎么暗示，你们要是见到他，帮我告诉他一声，我准备好了。"

番外

婚期

沈千盏在颁奖典礼上的隔空求婚，出乎意料的，火出了圈。一夜之间，各大社交平台都流行起了"隔空求婚梗"。

至于被求婚的当事人季清和，自然成了热心网友们的重点关注对象。

不终岁的官方微博下方，群情沸腾，全是替沈千盏转达"她准备好了，季总可以求婚了"的民意诉求。

当晚，不终岁的官方微博原预计要发布一则视频软广。

不料，工作人员在登录微博后先看到了被塞爆的互动区里清一色的"催婚"。信息量之大，与半年前不终岁深陷舆论沸点时如出一辙。

于是，茫然不知所措的不终岁，连夜召开了一场公关会议。

会议起初还一本正经地围绕着"如何将网友的这次热点转化成不终岁的品牌宣传，实现利益最大化"，但渐渐地，随着某位关注点跑偏的员工，忽然提出一句"我们是不是应该转达民意，让季总准备准备，做个一二三四期的连载？"。

见众人侧目而视，员工舔了舔唇，干巴巴地解释："正好植入不终岁的珠宝品牌，应该没有比这更好的宣传方案了……吧？"

众人一致点头，觉得员工甲说得特别有道理："做个求婚特辑，既记录了季总刻骨铭心的爱情，给老板老板娘做了见证，又达到了品牌的宣传效果，季总没准会同意。"

"对啊，网友不是都喜欢看秀恩爱撒狗粮吗，今晚出个文案，写篇小作文。这绝对是众望所归，自带流量啊。"

这主意有点新鲜。众人都不觉得自己将主意打到老板身上有多胆大妄为，纷纷出谋划策，连夜赶制了个公关方案，等天一亮，就把策划案递到了明决手里。

昨晚和沈妖精共赴云雨，未听到一点风声的当事人在看到策划案时有片刻的出神："她真的这么说了？"

明决给他递笔的动作一顿，语气僵硬："您不知道？"

季清和昨晚陪沈千盏走完红毯，看着她斩获最佳制片人的金奖后，便先离席去主持视频会议，自然对她后续的采访内容一无所知。

但当着明决的面，他自然不会承认。

季清和甚至回味了一下昨晚她出奇的热情，终于在一帧一帧的画面复盘中捕捉到了她藏着坏的捉弄。

她是故意的。

作为当事人之一的沈千盏，在将季清和送到机场后，驱车前往公司，准备主持例会。

《想把你和时间藏起来》拍摄期间，沈千盏还分心做了一件大事，注册了一家影视传媒公司，作为她独立制片的事业起点。

她的野心向来不小，公司初具规模后，便开始往外扩张。

最佳制片人的奖项，十分有分量。从昨晚开始，她就收到了雪花般纷纷扬扬的合作邀约，更别提今天睁眼后就没停过的消息提醒，有祝贺她获奖的，也有向她伸出橄榄枝的。就像沉寂了半年的壳子忽然被打破，平静地碎了一地，触目所及，是满世界的繁华和热闹。

这半年，沈千盏潜心做她的制片，任外界如何评价都不予发声。

你关上了门，对敲门声置之不理，这个世界就奈你不何。若你在意，即使是轻飘飘的微风刮过，都如噬骨吞血。

她经历过万人嘲万人骂，也经历过两级反转后忽然的善意。沈千盏知道，自己就是万千光束里的一个光点。所以在事情解决后，并未趁势而起，而是韬光养晦，专注于自己的作品。

这半年苦修般严苛自律的生活显然也替她交上了最好的答卷。她这才显露出自己的野心，一步步地将自己的疆域版图点点扩大。

结束例会后，沈千盏预计季清和的航班也已落地，站在落地窗前，给他拨了个电话。

短暂的忙音过后，有轻微的振动提示声，隐隐约约从走廊外传来。她抬腕看了眼时间，并未将走廊外的声音当一回事。直到——

会议室的玻璃门被轻轻叩响，手机的振动声在安静的小会议厅内被无限放大。她愕然转身。

本该落地西安的男人，此刻正握着一枝玫瑰，站在门口。

沈千盏张了张唇，不敢置信地望着他："你不是……"

"没走成。"他倚着门，未走近，就停留在那儿，似笑非笑地看着她，"就是戒指还没送过来，如果不着急的话，再等我两天？"

沈千盏仍是没消化掉他去而复返这件事，她眨了眨眼，内心只有一个想法：完犊子了，她今晚的激情酒吧之夜十有八九要凉了。

她收起手机，轻咳了一声，讪讪的："你从飞机上下来的？"

"没登机。"他瞧了一脸心虚的沈千盏两眼，"今晚有安排了？"

沈千盏否认："没有。"

季清和盲猜："约了宋烟？还是林翘？"

嘴硬的沈千盏："真没有。"

季清和微哂："傅徯和江倦山，我随便求证一位？"

嘴再硬也不得不向现实低头的沈千盏："两个都约了。"

季清和颔首："酒吧？还是私人会所？"

"……"眼看着底都要被掀翻了，沈千盏曲指挠了挠发鬓，几步走至他面前，笑得明艳动人顾盼生辉，试图以色诱人，蒙混过关，"养生茶馆。"

季清和没揭穿她，他反手关上玻璃门，放下会议室四周的百格窗。

机械齿轮运转的电流声里，沈千盏跟只被踩了尾巴的孴毛猫一样。她立刻指向会议厅角落的监控："这里有摄像。"

"看见了。"季清和曲指，扯松了领结，几步挟着她避入监控死角，将她压在了玻璃窗上。

他握在手中的那枝玫瑰，被他折断了一半的枝茎，插进了她西装上衣的领口。

似嫌这样的吓唬还不够到位，他给苏晢拨了个电话，微微哑了声，吩咐道："搬个椅子到会议室门口守着，谁都别放进来。"

苏晢正嘎吱嘎吱啃着甘蔗，闻言，一口糖呛在嗓子眼里，险些背过气去，他抱着手机，跟受了惊吓的狗腿子般，结巴道："我我我……怕我不行啊，我血气方刚的，要是听见点什么……我怕我受不了啊。"

话落，他轻咳一声，一本正经地问："一小时够不够？"

季清和没回答，他随手挂了电话，一双眼睛，眸色深深地望着紧贴着玻璃窗已经僵硬了的沈千盏，低笑道："听见了？"

沈千盏迟疑地点了下头。

季清和低头去咬她的下唇："那你觉得呢，一小时够不够？"

这道送命题的难度不亚于"我跟你妈掉进水里你先救谁"，沈千盏动了动小脑筋，答："理论上，是不够的。"

季清和稍稍挑眉，看向她。他的眼神又深又欲，看得她喉间微微发痒。沈千盏咽了咽口水，目光落到他微微敞露出的锁骨，停顿了一瞬说："实际可能还是不够……"

她微踮脚，主动抱他。鼻尖拱到他颈窝，深嗅了口只属于他的冷松香味："我要是不放你走，你今天想走出这儿？"

她的撒娇向来别致。季清和受用，揽着她的腰将她嵌入怀中，垂首吻她的脸颊和鼻尖，和她商量："休息几天，跟我一起回西安，嗯？"

也不是不行。她有点想季麟了。

季清和嗯了声，又道："那正好，和我爸妈吃个饭。"

沈千盏瞬间僵硬。没等她找到借口推辞，季清和缓缓地又补充了一句："伯父伯母也答应了要来。"

"趁大家都在，把婚期定了，嗯？"

沈千盏彻底石化。

等等。求婚呢？这和说好的，不太一样啊！

非你不取

两家的大家长于西安会面后，很快定下了婚期——次年六月。

定婚期前，其实还出了点小波折。

季老先生盼着季清和早日成家，建议两人在今年年底前就把婚礼给办了，地点倒是不限，由这两位小年轻自己选择。

怕他们觉得仓促，甚至不惜放话，无论沈千盏是喜欢古堡婚礼、海边婚礼还是草原婚礼，只要她有目标有想法，他和孟女士都一手操办了，保准按质按量按时地提供婚礼场地，沈千盏只需在婚礼前抽出一个假期即可。

话落，面带微笑的孟女士就装作很不经意地撞了季老先生一下，替他补救："当然，灯灯如果想自己操办婚礼，我们还是以灯灯的意见为主，不会横加干涉。老爷子是太热心了，觉得你俩平时工作忙，想替你们分担分担。"

沈千盏笑笑，望了季清和一眼。

婚礼这件事，两个人讨论过，但没讨论出什么结果。一是沈千盏觉得时间尚早，暂时还没考虑过。二是她对婚礼没什么概念，既没有特殊的情怀，也没有浪漫的追求。在哪儿结婚，什么形式的婚礼，对她而言，都是可以被安排的一场仪式。小两口不吱声，大家长只能继续讨论。

于是，时间轴不断地往后挪啊挪，定在了次年六月。

季老先生比较急，他说："六月结婚是不是有点晚了，要不，十二月的时候在西安先办场订婚宴？"

沈千盏十二月拉了一个剧组，根本没时间结婚。她不动声色地捏了捏季清和腰侧，暗示他。后者瞥了她一眼，攥住她的手握进掌心，悄悄写字："好处？"

沈千盏回："三十六式。"

季清和勾了勾唇，不负所望地打消了季老先生热火朝天的构想，拍板道："婚期就定在六月，给我们留点时间想想婚礼怎么办。"

也行吧。好歹婚礼有了确切的时间了。

定完婚期后，沈千盏在西安留了几日，陪老沈夫妇逛景点。季清和也暂推了工作，一路陪同。

直到老沈夫妇返程，沈千盏在休息室送别老沈夫妇时，沈母将沈千盏拉至一旁，悄声叮嘱道："你也别光顾着工作，冷落了小季。感情需要经营，你既不花时间又不花心思，时间久了，容易产生矛盾。"

沈千盏本想说，她一向这么白嫖。但意识到白嫖这个词实在不够雅观，她想了想，说："成年人谈恋爱还要这么费心思的话，我跟季清和就不会有今天。"

沈母把季总的一腔真心看得透透的，戳了戳沈千盏的脑门，笑骂道："你就是典型的得了便宜还卖乖，我这趟过来，看得清清楚楚，小季是把这颗心全拴在你身上了。"

"你以为我不知道明年六月结婚是你的主意？你使个眼色他就照做，你给个信号他就领悟，一切照着你的意思办，老沈都没这么惯着你。"

有苦难言的沈千盏："……"

她总不好说，她背地里割地赔款，出卖自己已经出售到几百年后了吧。更别提什么三十六式，七十二变的，她就差和季清和签个不下床的协议书了。到底谁惯着谁啊？

为此，沈千盏还生了好几天闷气。她认为自己又着了季清和的道，这狗男人一边暗地里剥削她，一边在老沈夫妇面前卖乖，表现出情深似海无怨无悔的姿态。

可事实上呢？每一件事都是有偿的！她被占了天大的便宜还难以启齿，无处诉冤。季清和被迁怒数日后，等终于明白她在生什么闷气时，搂着沈千盏闷笑出声。

他笑声低悦，沉沉入耳，跟惯无理取闹的小孩一样，问："无处诉冤？你想诉什么冤？"

沈千盏险些翻白眼，没等她想好说辞，季清和将她拦腰抱起，边走边问："我是不够深还是没遂你的意，嗯？"

他意有所指，沈千盏却听得耳朵燥热："你偷换概念。"

季清和否认。他将沈千盏抱至阳台的藤椅上。他则俯身，圈住椅背，低声道："我只偷心，非你不取。"

你就是最最最最重要的——存在

某日应酬。

沈千盏领着苏暂一同前往。

对方是业内知名的制作人与出品方，有意向与沈千盏达成一部史诗级古装大戏制作的合作，为此特意领了编剧与策划一并赴约。

沈千盏对这次合作机会也格外重视，推杯交盏间表明了合作意向后，对方画风一变，打听起了她的婚期与婚礼计划。

这个行业能做到大佬这个位置的，全是有几把刷子的。沈千盏一听这画外音，就了悟对方是想要资源置换。不是打着消费她的主意，就是想借着她这股东风，去搭不终岁的时尚资源。

自打季清和与沈千盏公开恋爱后，她就被媒体默认为季家的未来儿媳，个人热度也从幕后大佬转为娱乐圈的编外人员，时不时地就会上一上热搜。

季清和出手压过几次，收效甚微。沈千盏自己是不太介意的，她开了家公司，虽是制作公司，但有她这么个圈内顶流的女制片坐镇，就如一个摇钱树的活招牌一样四处招财聚宝，既能招揽人才又能日入斗金，这种快乐，谁能拒绝？

于是，季清和去剧组探班，网友们知道；季清和在某影视城附近为沈千盏购置豪宅，共筑爱巢，网友们也知道；就连双方家长见面，同游西安，也没能躲过网友们的视线。

好在媒体碍于不终岁的面子，虽喜欢发两人的新闻，但大多时候都带着善意，为自家平台引流，也不至于太过分。

不终岁也是吃到了自家老板娘的红利，在营销方面无比谨慎。

总的来说，小两口还算低调，但流量时代，热度为王。沈千盏察觉对方意图后，合作热情瞬间冷却，后续的推进也有那么点意兴阑珊。

虽然项目黄了有些可惜，但沈千盏这一年身价暴涨，手上并不缺优质项目，遗憾了几天后，也就随风淡去了。

不料，对方却觉得自己受了冷遇，后续断断续续地竟传出些不太好听的流言。

比如，"沈千盏的人设也就是营销出来的，不终岁那儿的资源她根本接触不到，和她置换资源，她连屁都不敢放一个"。

又比如，"这年头合约情侣、合约夫妻多了去了，婚期将近是女方单方面的炒作吧？你有见过男方出来认领女方吗？"。

再比如，"沈千盏前几年的风评可不算好，好不容易傍上豪门，连气都不敢出。一边营销自己是独立女性，一边过得也是窝囊。你说她这个级别的制片人，做什么不好，骨子里还是拜金，就想着不劳而获傍张长期饭票"。

流言的内容其实也无伤大雅，但传着传着，影响还是非常恶劣的。即使不少人仅仅是将听来的这些当作饭后谈资，但有心人就会借题发挥了。

都没过一周，这些话一字不漏地全传到了季清和耳朵里。季清和当时正与高层应酬，被人当面发难后，稍稍挑眉，看了对方一眼："我倒是第一次听说。"

他没多做解释，结束饭局，让明决着手去查。自己则临时改了行程，连夜从上海驱车前往横店。

剧组大夜。

沈千盏刚和A组导演开完会，抬眼看见会议室门口站着的季清和，微微吃惊。

两人对待工作的态度一向是互不干涉，就算是来探班，季清和也会提前告知她，征求意见。后来，关注的人多了，两人更是低调，约会过夜不轻易被人发觉，就算偶尔被狗仔拍下，也会开价公关掉。

短暂诧异后，沈千盏问："来查岗？"

剧组上下的工作人员都受过季清和恩惠，见状，全麻利地退出会议室，给两人留出相处空间来。

季清和见她还要忙，拉开椅子在她身侧坐下，说："怕你受委屈了，过来看看。"

沈千盏对近期有关自己的传闻也是有所耳闻，闻言，猜测他是知道了，手边的账单暂时放了放，说："没委屈。"又不是没听过比这更难听的，她压根儿没放心上："人多的地方就嘴碎，我最近估计挡人道了，才被穿小鞋。过一阵子就没事了。"

季清和没作声，他陪着沈千盏核算过账目，熬到凌晨三点时，还替她去季春洱湾买了盅海鲜粥。

这一陪就陪了三天。临走前，沈千盏特意去车上送了送他。

两人的车窗前是灯火通明的剧组，车厢内暗香浮动，仅有氛围灯幽幽亮着。沈千盏坐在副驾，目光凝视着前方的灯火，忽地笑起来："很久以前，我问宋烟，她是怎么承受住那些单纯只是泄愤而加诸她身上的恶意。"

"她说，单纯的恶意没什么好在意的，它们改变不了事实。"那时正是傅僆与她的粉丝闹得最凶的时候，她撩着发，挑眉笑道："他是我的，就够了啊。"

"现在能理解了。"沈千盏摸了摸季清和的下巴，她最近每天晨起都喜欢摸摸他的下巴，那种微刺的触感像羽毛一样，从她指尖一路挠至心口。

她眯了眯眼，神色慵懒地打量着在氛围灯下面容格外清俊的男人："季清和，其他都是假的，只有你是真的。你在这儿，我就会很安心。你不用担心我会受委屈，除了你，没人能给我委屈受。"

她不知道爱情是不是都这样。

不见面的时候，整个世界都与你有关，任何一个话题、一段风景都有你的影子。见面的时候，全世界都与我无关，你就是"最最最最"重要的——存在。

其他的？

真的不重要。

想你

苏晢最近摊上事了。

这事说大不大，但说小……也不小。他既得罪了老板，还开罪了公司最大的投资方。

事情呢，是这样的。那晚苏晢应酬完，正在回家的路上。手机冷不丁地跳出一条提示——您的侦测区域发生变化。这条提示来源于一款智能监控的APP，是当年沈千盏独居时，为了安全安装设置的。

也是赶巧。那天的网速不太友好，苏晢打不开APP的录屏提醒，索性去开了实时视频。

加载的空当，他还切到微信，给沈千盏发了条消息。

——盏姐你出差回来了？

——我看到监控提醒了，不是你的话，你自己睐一眼？

发完，他重新回到APP页面，等待实时视频的打开。

视频加载完毕的刹那，苏晢也……彻底酒醒了。

实时视频的画面上，沈千盏披肩半裉，小露香肩，一根细细的吊带几乎承受不住她身前男人的撕扯。

她眼眸半闭，微微仰头，搂着她的男人正从她的耳垂一路吻至她的锁骨。

情至兴起，她那条半开衩的礼裙还被男人一手撕裂，裂缝从膝盖一路开至大腿，半隐半现地露出了沈千盏光洁匀称大长腿。

苏晢立刻跟浑身过电了般，一下坐得板直。他揉了揉眼睛，确认视频中那颗英俊的后脑勺是季清和没错，受着好奇心的趋势，他咬着手指头，面红耳赤地继续看下去。

接下来发生的事，的确不出苏晢所料，香艳非凡。

但眼看着沈千盏肩上那条细吊带半垂不落地即将滑下来，画面一路奔着限制级而去时，沈千盏忽地抬眼，目光准确地看向了门口的智能监控。

苏晳一抖，心虚得把手指咬得咯嘣响时，沈千盏低头和季清和说了句什么，手已经钻进裙底的男人倏然抬头，眼神狠厉又凛冽地抬头望了过来。

那个眼神，真叫苏晳凉彻心扉。

火速关掉 APP 后，苏晳安慰自己：没事没事，又没有浏览记录，他打死不认就好了。

为抹除嫌疑，苏晳甚至串通了今晚的司机，一定一定要一口咬定，他应酬完就醉死了过去，人事不知。

司机虽不明所以，但老板的要求岂能不从。

可惜，他完全忘了自己当时收到提醒后，手快发的慰问。

于是，一小时后，沈千盏回复——睡了没？

苏晳装死。

沈千盏再发——明儿记得剜了眼珠子再来上班。

苏晳："……"

苏晳深知逃避不是解决的办法，这两口子一个比一个狠毒，他想装傻揭过此事根本没门。

于是，第二天一早，苏晳便带着条不终岁刚出的限量款手链去负荆请罪。

他到公司时，沈千盏还没来。乔昕正在给沈千盏办公室里的绿植添水，见他鬼祟地在门口徘徊，笑道："真是太久没见你这样了，又给盏姐惹事了？"

苏晳有苦说不出："盏姐什么时候回来的啊？"

"昨天下午吧，她没通知我，还是昨晚问我行程时我才知道她回来了。"乔昕抬眼觑他，"你也挺会挑日子的啊？她前脚刚回来，你就赶着犯事了。"

苏晳委屈，他可怜巴巴地拽住乔昕的手腕："昕啊，你苏爷怕是要命不久矣了。"

乔昕莫名："有这么严重？"

正说话间，一阵脚步声由远及近，伴随着办公室工位上众人掷地有声的"盏姐早""盏姐回来了"，苏暂哭丧着脸，硬挤出个笑容殷勤地迎上去。

沈千盏一瞧见苏暂，挑了挑眉："双目健在，这是把我的话当耳边风呢？"她边走边说，踏进办公室内。

苏暂麻利地接过她扔来的外套挂在衣架上，又是递早餐又是塞礼物的："我这双眼睛剜了就剜了，反正不值钱。我这不是考虑到，留着它我还能帮你做更多的事吗？"

他将礼物递过去，笑得十分讨好："盏姐看看，喜不喜欢？"

沈千盏瞥了一眼，说："不终岁的我想要什么没有？"

苏暂头皮一冷，开始撒娇："这可花了我三个月的工资呢。"

见沈千盏不为所动，苏暂清了清嗓子，试图讲道理："盏姐，你看——"

沈千盏打断他："工作做完了？"

苏暂闭嘴不言，等了片刻，见她忙碌起来，识趣地先退了出去。

苏暂一走，沈千盏的注意力终于从电脑屏幕上转移。她揉了揉手腕，用化妆镜看了看被遮瑕膏遮了数层只剩淡淡红印的痕迹，轻啐了声。

这是沈千盏与季清和婚后的第三个月。

沈千盏为考察摄制场地，飞了趟国外，出差半个月有余。昨天还是因为季清和有个慈善晚宴，她这才紧赶慢赶飞了回来，陪他出席。

小别胜新婚，更何况两人本就处于新婚热恋期。她的航班刚落地，就被季清和接到他的商务车里换了礼服，直接赶往会场。

行程匆忙，他又忙于和钟表产线上的负责人开会，直到慈善晚宴开始，两人才有片刻的言语交流。

沈千盏原本还失望季清和的反应竟如此平淡，连等会儿怎么作妖都想好了。不料，晚宴还未结束，他做完面子工程后，就借口还有公事，带着她先行离开。

晚宴会场距离沈千盏婚前居住的住宅很近，仅五分钟的车程。

司机将两人送到停车场，他牵着她下车，等进入电梯后，将她锁在监控禁区，吻得口红糊了一片。

堪堪到了楼上，他连门都来不及进，就将她压在柜前，将她吻了一遍又一遍。

直到此刻回想起来，沈千盏仍是心跳不已，那种被激烈地热烈地对待，像潮水般一波波汹涌着将她推至岸边滩涂，又一瞬卷入海中央，浮浮沉沉。

他吻着，轻咬着，像把这半个月来的分别都尽数用行动倾诉。

裙摆的撕裂声，他探进裙底的炽热手掌，以及……需要她的迫切象征，无一不勾得她心火焚烧，直坠地狱。

但也是那时，她朦胧的余光瞥见了门口的监控摄像，瞬间理智回归。

季清和得知监控除了沈千盏以外，还和苏暂的手机联网时，脸色委实有点不太好看。等进了屋，他将沈千盏抱至餐厅的餐桌上，一声声质问："怎么没有我？"

她身上的高定被撕碎，丝绸裂帛。沈千盏心疼得不行，搂着他后颈，嘀咕："这件裙子我才穿了几小时。"

"喜欢就让她们给你送过来，要什么颜色都有。"他咬着她肩上细腻的皮肤，又问："为什么是苏暂？"

"多少年之前的事了，那时候还不认识你。"沈千盏闭上眼，轻声道，"苏暂替我买的监控，当时安装我不在，师傅用他手机试的。楼道风声大，晚上有点风吹草动的我不敢看，就让苏暂看看外头是不是有人，就一直留下来了。"

季清和偏偏是较劲了般，始终犟着这个话题。

沈千盏一晚上死去活来了好几回，最后也恼怒了，一巴掌打在他胸前："瞎吃什么醋呢？"

狗男人瞬间老实了。他将力竭的沈千盏抱在胸前，一点点地吻着她的眼睛，鼻尖和脸颊："可能是想你想到走火入魔了。"

沈千盏睁眼看他。

满室星光里，他的眼神如缀满了银河，深情又眷恋。

那些想念忽然有些难以开口。她摸了摸季清和的眼角，这个男人的眼睛时而如深渊，时而如悬崖，总是充满了危险性。唯独今晚，像洗涤了一切，只剩下满目柔和。

她凑上去亲亲他的唇角："我突然明白，我为什么这些年谁也看不上。怕是知道要遇见你吧。"

多幸运啊。

这辈子还能遇见一个，让她想起来就怦然心动的人。

至于苏暂？

这小可怜除了割地赔款外，愣是立下了为公司创收三个亿的目标此事才算翻篇儿。不然能怎么办呢？谁让他遇上了沈千盏这个女魔头呢。这两口子结婚后，真的是，一个比一个更坏。

你给的，我都要

婚后一年，沈千盏意外怀孕。

彼时，她正在筹备一部女性群像戏，由林翘担任主编剧，另搭配两位在现代都市剧中也相当出色的编剧，共同编制。

剧本过半后，她开始物色导演和一线演员。

要说沈千盏的事业高光时刻，除了当年的《想把你和时间藏起来》以外，便是季期年不打招呼悄悄而来的这一年。

无数的投资，无数的橄榄枝，无数的自荐信，每天都像浪花一样一潮接着另一潮。

沈千盏发现自己意外怀孕还是那天在公司看演员试镜，乔昕将奶茶递给她时，无意识嘟囔了一句："盏姐你最近怎么喜欢上喝奶茶了？跟隔壁的悠悠一样。"

沈千盏起初没在意，奶茶喝了一半随手放在桌上，便投入了工作状态。

等半小时后，加冰的奶茶化了一摊水浸湿了她的笔记本时，她才突然回过味来。

为了保持形象与身材，多年的自律令沈千盏鲜少碰奶茶这类易胖易上瘾的饮品。但不知从何时起，她每次午餐后都会让助理去买奶茶，一天不喝仿佛就忘记了什么，神思恍惚，总集中不了精神。

当晚回到时间堂，沈千盏在饭桌上忽然提了一句："我最近有没有哪里表现得很奇怪？"

季清和抬眼，看她正吮着排骨，不知被这句话触动到了哪里，眉眼微闪："怎么了？"

"乔昕问我怎么突然喜欢上喝奶茶了，"沈千盏咽下一口米饭，用筷子敲了敲碗沿，"而且我最近食量也变大了，这些迹象是不是都说明我要进入中年危机了？"

季清和眼神微深，眸中似有懊恼之色一闪而过。

他搁下碗筷，问："明天忙不忙？"

"还行？"沈千盏想了想，"要见家资方。"

"那推了。"季清和坐到她身侧，仿佛预知到她要说什么，下一句话直接堵住了她未尽的所有借口，"投资丢了，我投。"

早孕的检查结果，既在意料之中，又在预料之外。

沈千盏看着检查单上的"阳性"二字，抬眼看向季清和，语气风平浪静："怀了。"

季清和握了握她的手，示意她少安毋躁："你在休息室等我，我去问问具体情况。"

按计划，沈千盏原打算在婚后第三年开始备孕。

她的公司刚起步，正处于人员高速扩充、版图疯狂扩张时期。公司内，无论是制片，还是扩展业务，都离不开她。

这点，她和季清和在婚前就达成了共识。

可意外，猝不及防地将她的全盘计划打乱。这孩子来得起码比两人预计的时间还早了两年。

她心烦意乱，连何时在沙发上睡着的都不知道。醒来时，已是下午三点，日暮西斜，透出些黄昏时的苍迈与璀璨。

季清和从她身后拥着她，手臂像港湾般，将她紧紧圈住。

"醒了？"他问。

"你怎么不叫醒我？"沈千盏刚睡醒，嗓音有些哑，她清了清嗓子，正要转头看他时，他微微侧身，将下巴抵在了她的头顶，轻轻摩挲："看你太累了，舍不得叫醒。"

他的手指沿着她的手腕往下，与她十指相扣："休息好了？"

沈千盏没接话。她用指腹在季清和手背上轻轻敲了敲，说："我马上就要进组了，这孩子来得不是时候。如果我不想要，你会同意吗？"

季清和似偏头看了她一眼，下巴在她头顶上轻微摩挲了下。

沈千盏看不见他的表情，但心一软，忽然就舍不得这么试探他，赶在他开口前，说："我没考虑过不要他，既然来了，那就留下。什么都好妥协好协调，唯独要他这件事，从一开始就没做任何选择，始终很坚定。"

身后的人低低笑起来，曲指轻刮了刮她的鼻尖："怕我的回答让你不满意？"

沈千盏坦诚："是有点。"

季清和没立刻作声，他偏头，吻了吻她的耳垂，将她抱得更紧了些，才缓缓道："我问了时间，他大概是一个月前我出差回来那次来的，也就那次过于激烈了。"

沈千盏："……"

"考虑到你现在前期筹备，很快就要开机进组，我询问过医生，你的体质是否可以承受一次……"季清和微顿，接着说道，"可能需要体检才知道你身体的详细数据，但就年龄考虑，医生不建议不要。如果我们考虑留下他，你就会比较辛苦。而且辛苦的不只这一年，还有他出生后的两年内，他可能都离不开你。"

"这和你的事业规划，是相互冲突的。"

"我不想以任何原因道德绑架你，让你为他为我或者为季家做出任何牺牲。如果你不要，不会影响任何事情，除了我，没人会知道这件事。"

"我要啊。"沈千盏转身看他，"你给我的，我什么时候不要了？"

她低头瞄了眼自己尚且平坦的小腹，深深叹了口气："不过现在要他，的确会比较辛苦。"

女制片人在项目期间怀孕的并不在少数，成年女性在婚姻生活中，偶尔是会有无法掌控的时候。难道所有女制片必须选择二保一？

留孩子就必须退出剧组保胎，或者留在剧组拼事业就必须不要孩子？哪有这样的道理。她就不做选择，两个都要！

沈千盏理智又果断，睡了一觉后便拍板决定留下孩子。

起初公司众人都未发觉沈千盏怀孕了，她仍是走路带风，一身飒气。工作雷厉风行，甚至比之前更忙碌，要求更加严苛。

但渐渐地，开始有人发现不对了。

首先是，季清和出现的次数变多了。

自打沈千盏婚后将宝马换成卡宴后，她天天自己开车来上班。可最近，别说看见卡宴了，沈千盏经常被季清和的座驾直接送到公司门口，天天走正门。

其次是，明决出现的次数也变多了……

网上的八卦"瓜众"嗑时间夫妇的第一颗糖就来源于明决，明决作为季清和的特助，经常出现在沈千盏身边服务沈千盏，这糖它不甜吗？

眼下的情况还不太一样，明决每次现身，不是带着季春洱湾的大厨，就是带着各种下午茶甜点，大材小用地辅助着总裁夫人的日常生活。这还不够惊悚？

最后，彻底证实还是因为沈千盏在妊娠第三个月时，出现了严重的妊娠反应。

通常沈千盏前脚刚去卫生间，季总后脚就来了。

后来慢慢发展成为，午饭期间，季清和直接带着季春洱湾的大厨来给沈千盏开小灶，真真是每天雷打不动，风雨不误。

沈千盏怀孕四个月时，项目开机，她也跟着进组。

苏暂担心她的身体状况，暂时放下了手头上的工作，以执行制片的身份进组给她打下手。说是打下手，大部分时间都是苏暂一手包揽，没让沈千盏操半分心。

沈千盏怀孕八个月时，剧组杀青，她也暂时放下手头工作，在时间堂养胎。

季清和每天准点下班，亲自照顾，除此之外，沈母与季母也时常来探望。

宋烟来过几次，每次见沈千盏都跟女王似的卧榻吃葡萄，都忍不住感慨："你这孕期日子过得……我看着都想怀一个了。"

沈千盏又咽下一颗葡萄，笑眯眯道："怀啊，你家傅僕又不是不行，你想怀还不是睡一觉的事？"

宋烟被她逗笑，眼波微转，风情万种："那哪行啊，我得他求我，我才乐意。"

沈千盏养胎这段时间，日子淡得不行，闻言，八卦道："那你俩，什么时候先复个婚啊？"

余生是你

小家伙的名字在出生前两月就取好了。

当然，也有可能更早。

如果是男孩呢，就叫期年；如果是女孩，就叫期月。

按孩子爸的解释，期年和期月都有整一年，满一年的意思，恰好符合小家伙来到他们身边的时间。

沈千盏："你们家取名还挺省心的？全照着时间表取。"

季清和："所以多生几个也不要紧，名字管够。"

沈千盏孕期除了第三四个月时的妊娠反应比较受罪外，整体还算轻松。

尤其到了后期，季清和安排了技师每天替她消肿按摩，自己一有时间更是亲力亲为陪同照顾。

月嫂伺候了沈千盏两个月，那日闲话时，不禁感慨："我做这行也有几十年了，还是头一次见到夫妻俩这么恩爱的。"

沈千盏笑笑。也不怪宋烟看了都想去怀一胎了，她这孕期过的，除了自身身体的不适反应外没人给她添堵了。

临近预产期，沈千盏也准备搬入医院备产。

前一夜，不知是紧张还是午睡睡过了头，沈千盏难得失眠了。

孕后期她的睡眠不太好，床上堆满了替她缓解腰酸的枕垫和头托。

季清和结束工作回屋，见她还醒着，有些意外："睡不着？"

沈千盏耷拉着眉眼，没吱声。

季清和俯身探了探她的额头，又捏了捏她的脸颊："睡不着怎么不来书房找我？"

他坐下后，沈千盏顺势靠过去，搂住他的手臂："费脚，不想走。"

季清和失笑："给你惯的。"

他的声音低沉悦耳，沈千盏听着，心中的烦闷紧跟着一扫而空。

两人顺口聊着天，从明决的相亲后续聊到苏暂的女朋友，又从苏暂的感情状况聊到了最初得知季期年季期月来到这个世界的那一天。

沈千盏问："那天下午我睡着后，你在想什么？"

季清和沉默了数秒，才说："想医生的话，想你的反应，想一切我能想到的会发生的事，也做好了相应的准备。"

他声音低低的，带着夜色的深沉："名字也是那时候想的。那个下午，你睡着，我把这一辈子都考虑完了。"

沈千盏忍不住抬头去看他。

季清和顺势低头，亲吻她。

"我还问了自己一句。"

"当初在西安认出你时，是不是就打算和你共度余生了。"

他轻笑，说："没想出答案。"

"但走的每一步，都是为了和你一起共度余生。"

那个下午，你睡在我怀里，我回忆了第一次遇见你以后的所有时光。

如果时间有刻度，那你的到来，就是我生命真正开始轮转的时刻。